워싱턴 블랙

WASHINGTON BLACK

워싱턴 블랙

에시 에디잔
장편소설

김희용 옮김

민음사

WASHINGTON BLACK

by *Esi Edugyan*

Korean translation edition is published by arrangement with
Ides of March Creative Inc. c/o Trident Media Group through KCC.

차례

클리오와 매덕스에게

1부

1830년, 바베이도스, 페이스 농장

1

첫 주인이 죽었을 때, 나는 — 확실치는 않지만 — 아마 열 살이나 열한 살이었을 것이다.

그의 죽음에 가슴 아파한 사람은 아무도 없었다. 들판에 무릎을 꿇은 우리는 우리 신세와 뒤따를 게 뻔한 토지 매각 때문에 비탄에 젖어 고개를 떨궜다. 그는 아주 늙어서 죽었다. 나는 그를 그저 먼발치에서만 보았을 뿐이다. 여윈 남자가 잔디밭 위, 양산 그늘이 드리운 의자에 무릎 담요를 덮고 웅크려 앉아 잠들어 있었다. 이제 생각해 보니, 그는 마치 병 속에 보관된 표본 같았다. 그는 미친 왕*보다 오래 살았고, 노예 무역 자체가 막을 내린 후에도 살아남았으며, 프랑스 제국**의 몰락과 대영 제국의 번영과 산업 시대의 출현을 목격했지만, 이제는 아무 쓸모 없는 존재임이

* 정신병을 앓았던 영국 왕 조지 3세(1738~1820).

** 나폴레옹 제국으로 불리는 프랑스 제1제정 시기(1804~1814).

분명했다. 그 마지막 날 저녁, 붉은 햇살이 우리를 둘러싼 사탕수수밭에 내려앉아 있는 동안, 내가 페이스(Faith) 농장의 돌투성이 흙바닥에 맨발로 쭈그리고 앉아 한쪽 손바닥을 빅 킷의 종아리에 딱 붙인 채 그녀의 살갗에서 올라오는 뜨거운 체온, 그녀의 강인함과 힘을 느꼈던 기억이 난다. 감독관들이 관을 어깨에 메고 대저택에서 내오는 걸 우리는 다 함께 아무 말 없이 지켜보았다. 그들은 관을 짐마차의 밀짚 속으로 삐걱삐걱 밀어 넣고, 가로장을 쿵 하고 떨어뜨려 제자리에 놓은 다음, 말을 몰아 덜커덕거리며 가 버렸다.

그것은 그런 식으로 시작되었다. 나와 빅 킷이 고인이 자유로워지는 모습을 지켜보면서.

18주 후 어느 날 아침 그의 조카가 브리지타운*의 항구에서 곧장 먼지에 뒤덮인 마차 행렬을 이끌고 당도했다. 당시 우리는 그의 토지가 매각되지 않은 걸 참 다행스러운 일이라고 생각했다. 마차들은 야자수 그늘이 드리워진 완만한 경사면을 삐걱거리며 천천히 올라왔다. 대열 후미의 평상형 짐마차 위엔 뙈기밭에서 채찍질할 때 쓰이는 바위만 한 크기의 낯선 물체 하나가 캔버스 천에 휘감긴 채 놓여 있었다. 나는 그것의 용도가 전혀 짐작이 가지 않았다. 그 모든 게 생생하다. 또 다시 빅 킷과 함께 — 당시 나는 좀처럼 그녀 옆을 떠나지 않았다 — 사탕수수밭 가장자리에서 가이어스와 이매뉴얼이 경직된 자세로 마차 문을 열고 디딤대를 펼치는 모습을 보던 기억이 난다. 대저택 앞에 예쁜 에밀리가 보

* 바베이도스의 수도.

었다. 그녀는 나와 동갑으로, 나는 그녀가 저녁에 설거지물을 냄비에 담아 부엌방 바깥의 풀이 길게 자란 곳에 버리는 것을 언뜻언뜻 보곤 했었다. 그녀는 베란다에서 두 계단 내려와 앞치마를 매만지며 가만히 서 있었다.

두 손에 모자를 들고 맨 처음 모습을 드러낸 남자는 검은 머리카락에 턱은 말처럼 길었고, 짙은 눈썹이 두 눈에 그늘을 드리우고 있었다. 그는 내려서며 얼굴을 쳐들고, 토지와 거기 모인 남녀를 유심히 둘러보았다. 이내 나는 그가 뒤편의 그 묘한 물체 쪽으로 성큼성큼 다가가서, 밧줄과 캔버스 천을 점검하며 그 주위를 서성대는 모습을 보았다. 그가 한 손으로 두 눈가를 짚으며 돌아섰고, 그 무시무시한 순간 내게 닿는 그의 눈길이 느껴졌다. 턱이 살짝 실룩거리고 있던 걸로 보아, 그는 질감이 부드러운 무언가를 씹고 있었다. 그는 눈길을 돌리지 않았다.

하지만 내 관심을 사로잡은 사람은 바로 두 번째 남자, 그러니까 흰옷을 입은 사악해 보이는 남자였다. 그 사람이 우리의 새 주인이었다. 우리는 모두 대번에 그 사실을 알 수 있었다. 그는 키가 컸고 성말랐으며 건강이 나빠 보였고 두 다리는 서로 멀리 떨어진 채 마치 캘리퍼스*처럼 구부러져 있었다. 흰색 삼각 모자 아래로 부스스한 흰 머리카락이 잔뜩 튀어나와 있었다. 나는 그의 속눈썹이 옅은 색이고, 피부에는 그을린 적 없는 창백함이 서려 있음을 알아차렸다. 다른 누군가의 소유물인 사람은 주인의 눈을 관찰하는 법을 아주 일찍부터 배우기 마련이어서, 나는 이 남자

* 측경기. 자로 재기 힘든 물체의 두께, 지름 따위를 재는 기구.

의 눈에서 본 것에 겁을 먹었다. 나는 그의 소유였다. 나와 함께 사는 모든 사람들, 우리의 삶뿐 아니라 죽음까지도 그의 소유였듯 말이다. 그리고 그는 그 사실을 지나칠 정도로 마음에 들어 했다. 그의 이름은 이래즈머스 와일드였다.

빅 킷이 온몸을 부르르 떠는 게 느껴졌다. 나는 이해할 수 있었나. 그의 매끈한 흰 얼굴은 희미하게 반짝거렸고, 옷의 깨끗한 흰색 주름들은 어처구니없을 정도로 밝게 빛났다. 마치 더피*나 유령처럼 말이다. 나는 그가 마음대로 사라졌다가 다시 나타날 수 있을까 싶어 두려웠다. 또 그가 체온을 유지하기 위해 피를 빨아먹어야 하는 게 아닐까 두려웠다. 그리고 그가 우리 눈에 보이지 않으면서 어디에든 있을 수 있을까 두려웠다. 그래서 나는 아무 말 없이 할 일을 시작했다. 그때껏 나는 이미 수많은 죽음을 목격했기에, 악의 본질을 잘 알고 있었다. 그것은 더피처럼 흰색이었다. 그것은 어느 날 아침, 아무 표정 없는 눈으로 마차 밖으로 흘러나와 겁에 질린 농장의 더위 속으로 들어섰다.

지금 나는 빅 킷이 나를 죽이고 스스로 목숨을 끊겠다고, 애정 어린 마음으로 침착하게 결심한 순간이 바로 그때였다고 믿는다.

* 카리브해 지역에서 주로 악령을 지칭하는 말.

2

어린 시절 내내 내게는 아무도 없었다. 오로지 빅 킷뿐이었다. 사탕수수밭에서 그녀는 그 이름으로 통했다. 나는 그녀를 사랑했고, 또 무서워했다.

다섯 살 무렵 나는 숙소 여자들을 화나게 하는 바람에 죽은 야자수 아래 있는 야만적인 오두막, 즉 킷의 오두막에서 살도록 보내졌다. 그곳에서의 첫날 저녁에 나는 첫 저녁밥을 도둑맞았고 내 나무 그릇에는 금이 갔다. 또 알지도 못하던 남자에게 옆머리를 세게 얻어맞은 바람에 몸이 휘청했고 아무것도 들리지 않았다. 어린 여자아이 둘은 내게 침을 뱉었다. 그들의 늙은 할머니는 갈고리 같은 긴 손톱으로 내 두 팔을 덥석 움켜쥐고 나를 내리누른 다음, 가죽을 차지하기 위해 내 발에서 수제 샌들을 잡아챘다.

내가 빅 킷의 목소리를 처음 들은 것은 바로 그때였다.

"이 애는 안 돼."

빅 킷이 부드럽게 말했다.

그게 다였다. 하지만 이내 해안을 향해 부서지며 달려오는 큰 파도처럼 거대하고 가차 없는 어떤 알 수 없는 가공할 힘이 우리 쪽으로 쏟아지듯 덮치더니, 그녀가 마치 흐느적거리는 넝마 조각이라도 되는 양 그 늙은 여자의 머리카락을 낚아채 내동댕이쳐 버렸다. 나는 공포에 질려 물끄러미 쳐다보았다. 빅 킷은 넌더리 기 난다는 듯, 주황새 눈을 부릅뜨고 나를 내려다본 다음, 어두운 구석에 있는 자기 의자로 돌아가 앉았을 뿐이었다.

하지만 아침에 일어나 보니 어슴푸레한 햇살에 빅 킷이 내 옆에 쪼그려 앉아 있었다. 그녀는 으깬 감자가 담긴 자기 그릇을 건네준 다음, 내 손금을 따라 손가락을 움직이며 이렇게 속삭였다. "얘야, 너는 굉장히 위대한 삶을 살게 될 거야. 수많은 강이 있는 삶 말이야." 그런 다음 내 손에 침을 뱉고, 그 침이 손가락 마디들 사이를 타고 흐르도록 주먹을 쥐게 했다. 그녀는 "그게 첫 번째 강이야, 바로 거기가."라고 말한 다음, 소리 내어 웃기 시작했다.

나는 그녀를 숭배했다. 그녀는 누구보다도 거대하고 사납게 모두 위에 군림했다. 그녀의 몸집과 그녀가 솔트워터*로, 잡혀오기 전 예전 다호메이**에서 주술사였다는 사실 때문에 그녀는 두려움의 대상이었다. 그녀는 오두막 아래 흙바닥에 저주의 씨앗을 심곤 했다. 내장이 제거된 떼까마귀들이 문간에 매달린 채 발견되었다. 그녀는 3주 동안 매일 아침저녁, 대장장이의 힘센 수습생

* Saltwater. 아프리카 서해안과 서인도 제도를 잇는 대서양 항로인 중간항로(the middle passage)를 건너 끌려온 노예들을 지칭하는 말. Saltwater African이라도 한다.

** 아프리카 서부, 기니만에 면한 베냉 공화국의 옛 이름.

에게서 강제로 음식을 빼앗았고, 그릇에서 손가락으로 음식을 퍼 내 그의 면전에서 먹어 치웠다. 마침내 그들 사이에 어떤 암묵적인 합의가 이루어질 때까지 줄곧. 검은 연기가 피어오르는 들판에서 그녀는 마치 기름을 바른 듯 번들거리는 살을 출렁거리며 형편없는 땅을 푹푹 파내고, 낮은 목소리로 낯선 노래들을 흥얼거리곤 했다. 어떤 밤에는 오두막에서 잠을 자며 자기 왕국의 낮고 억양이 강한 언어로 웅얼거리거나 고함을 지르기도 했다. 아무도 그 일에 대해 말한 적이 없었고, 이튿날 들판에서 그녀는 날이 무딘 도끼처럼 작물을 베어 내는 만큼 엉망으로 만들며 맹렬한 분노에 타오르곤 했다. 그녀가 언젠가 내게 귓속말로 알려 준 바로, 그녀의 진짜 이름은 나위였다. 예전에 그녀에게는 아들이 셋 있었다. 그녀에게는 아들이 하나 있었다. 그녀에게는 아들이 전혀 없었고, 심지어 딸도 없었다. 그녀의 이야기는 달의 모습이 바뀌듯 바뀌었다. 그녀가 가끔 동틀 녘에 칼날 위로 흙을 한 줌 뿌리며 마치 감정이 북받친 듯 쉰 목소리로 무언가 주문을 중얼거리던 게 기억난다. 나는 그 목소리를, 그 거칠게 울리던 가락을 사랑했다. 그녀는 치아 사이로 공기를 빨아들이고 눈을 찡그리며 위를 쳐다보고 "내가 다호메이에서 근위병이었을 때"라거나 "두 손으로 이렇게 영양을 으스러뜨린 후에"라고 말을 꺼내기 시작했다. 그러면 나는 당장 해야 할 일이 무엇이든 중단하고 넋을 잃은 채 서서 귀를 기울였다. 왜냐하면 그녀는 경이로운 사람, 오두막들과 페이스 농장의 잔인한 들판의 한계를 뛰어넘는, 내가 상상할 수조차 없던 세상의 목격자였으니 말이다.

페이스 농장 자체는 우리의 새 주인 밑에서 음울해졌다. 2주 차에 그는 이전 감독관들을 해고했다. 그들 대신, 문신을 새긴 붉은 얼굴의 거친 남자들이 더위에 얼굴을 찡그린 채 부두에서 찾아왔다. 저마다 주머니에 구깃구깃 서류를 쑤셔 넣고 움푹 들어간 악마의 눈을 가진 그들은 퇴역 군인이거나 나이 든 노예 상인이거나 그저 섬의 빈민들일 뿐이었다. 이내 불구가 될 정도로 심한 폭행이 시작되었다. 그렇게 다쳐 버리면 우리가 대체 무슨 쓸모가 있었겠는가? 나는 남자들이 다리에서 피가 줄줄 흐르는 채로 절뚝거리며 사탕수수밭으로 들어가는 것을 보았다. 또 귀 위로 피투성이 붕대를 감고 있는 여자들을 보았다. 에드워드는 말대꾸를 했다고 혀를 잘렸다. 또 엘리자베스는 전날 침실용 변기를 철저히 닦지 않았다고 그 변기 안에 가득 담긴 것을 강제로 모두 먹어야만 했다. 제임스가 달아나려 했고, 주인은 본보기로 삼기 위해 감독관을 시켜 우리가 지켜보는 가운데 그를 산 채로 태워 죽였다. 그 후 타다 남은 그 장작불에 인두가 달궈졌고, 우리는 참혹하게 타서 숯덩이가 된 그의 앞을 차례차례 지나가며 두 번째로 낙인이 찍혔다.

제임스를 죽인 것은 새로운 살인 행위의 최초였다. 다른 살인들이 뒤를 이었다. 병든 사람들은 몸이 갈가리 찢길 만큼 채찍질을 당하거나 들판에서 목이 매달리거나 총에 맞아 죽었다. 나는 아직 어린 소녀이었기에 밤이면 울음을 터뜨렸다. 하지만 각각의 새로운 죽음에 대해, 빅 킷은 주황색 눈을 사납게 찌푸린 채, 그저 음울한 만족감에 차서 끙 하고 앓는 소리를 낼 뿐이었다.

죽음은 일종의 관문이었다. 그녀는 내가 그 점을 이해하기를 바랐던 같다. 그녀는 죽음을 두려워하지 않았다. 그녀는 아프리카의 고지대 강가에 뿌리를 둔 신앙을 가지고 있었으며, 그 신앙에 따르면 죽은 자들은 고향땅으로 돌아가 온전히 다시 태어나서 한 번 더 자유롭게 활보할 수 있었다. 바로 그것이 흰옷을 입은 그 남자가 나타나면서, 우물에 쏟아져 들어온 한 줄기 독약처럼 그녀에게 떠오른 생각이었다.

어느 날 밤 그녀가 내게 자신의 의도를 알려 주었다. 그녀는 우리가 곧 그렇게 할 거라고 말했다. 그것은 고통스럽지 않을 거라고.

"죽어 갈 거라는 게 두렵니?" 그녀가 속삭였다. 우리가 오두막에 누워 있을 때였다.

"아줌마가 두렵지 않다면 나도 아니에요." 나는 용감하게 말했다. 어둠 속에서 보호하려는 듯 나를 감싼 그녀의 한쪽 팔이 느껴졌다.

그녀는 가슴으로 길고 음울하게 끙 하고 앓는 소리를 냈다. "죽으면 너는 네 고향땅에서 다시 깨어나게 된단다. 자유의 몸으로 깨어나지." 그 말에 나는 한쪽 어깨를 살짝 으쓱했고, 그것이 느껴지자 그녀가 손가락으로 내 턱을 잡아 돌렸다. "지금, 그건 뭐지?" 그녀가 물었다. "안 믿는 거니?"

나는 그녀에게 알리고 싶지 않았다. 그녀가 화를 낼까 봐 두려웠기 때문이다. 하지만 이내 나는 이렇게 속삭였다. "나한테는 고향땅이 없어요, 킷 아줌마. 내 고향땅은 여기에요. 그러면 나는 여기에서 다시 노예로 깨어나는 건가요? 아줌마는 여기 없는데요?"

"너는 나와 함께 다호메이로 가." 그녀가 단호하게 중얼거렸다. "그렇게 되게 돼 있어."

"그들을 본 적이 있어요? 깨어난 죽은 사람들을 말이에요. 다호메이에 있었을 때?"

"나는 그들을 봤어." 그녀가 소곤거렸다. "우리 모두 그들을 봤지. 우리는 그들이 어떤 존재인지 알고 있었어."

"그리고 그들은 기뻐했나요?"

"그들은 자유로웠지."

그날 하루의 극도의 피로감이 몰려드는 게 느껴졌다. "킷 아줌마, 그건 어떤 느낌이에요? 자유롭다는 건요?"

그녀가 흙바닥에서 자세를 바꾸는 게 느껴졌다. 이내 그녀는 나를 바짝 끌어당겼고, 내 귀에 그녀의 뜨거운 입김이 닿았다. "아, 얘야, 이 세상에 그에 비길 만한 건 아무것도 없단다. 자유로우면 너는 무엇이든 할 수 있어."

"원하는 곳은 어디든 갈 수 있나요?"

"원하는 곳은 어디든 갈 수 있지. 언제든 원할 때 잠자리에서 일어날 수 있고." 그녀가 속삭였다. "자유로우면, 누군가가 네게 질문을 해도 대답하지 않아도 돼. 끝마치고 싶지 않은 일은 끝마치지 않아도 돼. 그냥 내버려 두면 돼."

나는 궁금해 하면서 졸려서 게슴츠레한 눈을 감았다. "정말 그래요?"

그녀가 내 귀 바로 뒤 머리카락에 입을 맞췄다. "응. 너는 그저 삽을 내려놓고, 가기만 하면 된단다."

그렇다면, 그녀는 왜 머뭇거렸을까? 며칠이 흘러갔다. 페이스 농장은 점점 더 황량해지고, 더 무자비해졌다. 그런데도 아직 그녀는 나와 그녀 자신을 죽이지 않았다. 어떤 불길한 예감, 아마도 어떤 전조에 망설였을 것이다.

어느 날 저녁 그녀가 나를 자신의 작은 채소밭으로 데리고 나갔고, 거기에는 우리 둘밖에 없었다. 나는 그녀의 손에 들린 괭이의 녹슬었지만 날카로운 날을 보고 덜덜 떨기 시작했다. 하지만 그녀는 그저 내게 싹이 나기 시작한 작은 당근들을 보여 주고 싶었을 뿐이었다. 또 다른 날 밤에는, 잠자던 나를 깨우더니 어두운 밖으로 나가 긴 풀숲을 헤치고 죽은 야자수까지 데리고 갔다. 하지만 이번에도 내게 우리의 의도에 대해 말하지 말라고 지시하기 위해서일 뿐이었다. "얘야, 누가 됐든 그걸 들으면, 정말이지 우리는 헤어지게 될 거야." 그녀가 화난 듯 낮게 말했다. 나는 우리가 왜 기다리는지를 이해하지 못했다. 나는 그녀에게 그녀의 고향땅을 보고 싶다고 말했다. 다호메이에서 그녀와 함께 자유롭게 걷고 싶었다.

"하지만 얘야, 그건 정확하게 실행되어야만 한단다." 그녀가 내게 속삭였다. "정확한 모양의 달이 뜬 날. 정확한 말과 함께. 그러지 않으면, 신들을 불러낼 수가 없어."

그런데 그 무렵 다른 자살 행위들이 시작되었다. 코시모가 도끼로 자신의 목을 베었고, 애덤은 대장간에서 훔친 못으로 자신의 두 팔목에 구멍을 뚫었다. 두 사람 다 차례로 아침에 오두막 뒤편 풀밭에서 과다 출혈로 죽은 채 발견되었다. 그들은 킷처럼 '나이 든 솔트워터'였다. 다시 말해 자신들이 조상 전래의 땅에서 환생할 거라고 믿은 사람들이었다. 하지만 농장에서 태어난 '젊은 윌리엄'이 세탁장에서 목을 매 죽자, 이래즈머스 와일드가 직접 우리 가운데 모습을 드러냈다.

그는 눈부시게 흰 옷을 입고 잔디밭 위를 천천히 걸었고, 감독관 하나가 몇 걸음 뒤에서 그를 느릿느릿 따랐다. 감독관은 너덜너덜한 밀짚모자를 쓰고 외바퀴 손수레를 밀고 있었다. 수레 받침대 위에는 나무 말뚝 하나와 헝클어진 회색 삼베 자루 하나가 놓여 있었다. 그들은 무자비한 햇살을 받으며 풀밭을 가로질러 딱 사탕수수밭 끝에 잠시 멈춰 섰는데, 거기가 우리가 소집된 곳이기 때문이었다. 화창하고 뜨거운 공기 속에서, 새 주인은 우리를 유심히 살펴보았다.

나는 그의 얼굴과 손의 피부가 밀랍처럼 희고 핏기가 없음을 알 수 있었다. 그의 입술은 분홍색이었고 눈은 몹시 날카로운 푸른색이었다. 그는 줄지어 선 우리 앞을 천천히 걸으며, 차례로 우리를 하나하나 뚫어지게 바라보았다. 빅 킷이 내 위쪽에서 거칠게 숨 쉬는 소리가 들려서 나는 그녀 역시 겁을 먹었음을 깨달았다. 주인이 나를 바라보았을 때, 나는 타는 듯 뜨거운 그의 눈길을 느끼고 덜덜 떨면서 즉시 두 눈을 내리깔았다. 공기는 정체돼 있었고 땀 냄새가 진동했다.

이윽고 흰옷을 입은 남자가 그의 뒤에 있는 감독관에게 손짓을 했다. 감독관이 수레의 양 손잡이를 비틀어 짐을 땅바닥에 쏟았다.

수군대는 소리가 마치 한 줄기 바람처럼 우리 사이를 뚫고 지나갔다.

회색 옷 더미에 싸인 채 흙바닥에 큰대자로 널브러져 있는 것은 윌리엄의 시체였다. 그의 얼굴은 입이 벌어진 채 고통에 일그러졌고, 두 눈은 툭 불거져 나왔으며, 혀는 까맣게 비어져 나와 있었다. 사후 며칠이 지난 상태였기에, 그의 몸에는 벌써 이상한 일늘이 일어나고 있었다. 그는 비대하고 잔뜩 부푼 것처럼 보였다. 피부는 이미 얼룩덜룩해지고 스펀지 같은 상태가 되어 있었다. 뒤늦은 깨달음에 나는 공포에 질렸다.

마침내 주인이 우리에게 큰 소리로 말했을 때, 그의 목소리는 차분하고 건조했으며 지겨워하는 듯 들렸다.

"너희가 여기 본 것, 이 검둥이는 자살했다." 이래즈머스 와일드가 말했다. "그는 내 노예였는데, 자살을 해 버렸다. 따라서 내 것을 훔친 셈이다. 그는 도둑놈이다." 그가 잠시 말을 멈춘 채, 등 허리 부분에 대고 손깍지를 꼈다. "너희 중 일부는 죽으면 너희 고향땅에서 다시 태어날 거라고 믿는다는 걸 잘 안다." 그는 말을 더 하려는 듯하다가 이내 입을 다물어 버리더니, 갑작스럽게 몸을 돌려 수레 앞의 감독관에게 손짓을 했다.

남자가 가죽 벗기는 사람들이 쓰는 날이 휜 커다란 칼을 들고 시체 위로 몸을 구부렸다. 그는 손을 뻗어 굳은살이 박인 손바닥으로 윌리엄의 턱 아래를 감싸 쥐고 톱질하듯 자르기 시작했다. 우리는 축축한 살이 찢기는 끔찍한 소리, 뼈들이 으드득 으스러지는 소리를 들었고, 머리가 떨어져 나가자 생기 없이 기괴하게 축 늘어진 윌리엄의 몸통을 보았다.

감독관이 일어서서 두 손으로 잘린 머리를 들어 올렸다. 그러고는 다시 수레로 가더니, 긴 나무 말뚝을 꺼냈다. 그는 메마른 땅에 그것을 두드려 박은 다음, 윌리엄의 머리를 날카로운 끝부분에 박아 넣었다.

"머리 없이는 어떤 사람도 다시 태어날 수 없다." 주인이 큰 소리로 말했다. "나는 누구든 새로 자살하는 자에게는 모두 이렇게 할 것이다. 내 말 잘 들어라. 만일 너희가 계속해서 자살을 한다면 너희 중 어느 누구도 다시는 너희 고국을 볼 수 없을 것이다. 순리대로 자연스럽게 죽음을 맞아라."

나는 킷을 빤히 올려다보았다. 그녀는 뾰족한 말뚝에 박힌 윌리엄의 머리, 태양 아래 불룩 튀어나온 그 연약한 피부를 눈여겨보고 있었고, 그녀의 얼굴에는 내가 그녀에게서 본 적이 없었던 무언가가 서려 있었다.

절망이었다.

3

하지만 이것은 결코 이야기의 첫머리가 될 수 없다. 실례를 무릅쓰고, 공식적인 기록을 위해 이야기를 다시 시작하겠다.

나는 지금껏 18년 동안 이 세상을 돌아다녔다. 지금은 나 자신의 몸에 대한 소유권을 가진 자유인이다.

나는 1818년 바베이도스의 땡볕에 그을린 그 대농장에서 태어났다. 내가 전해 듣기로는 그랬다. 어느 무면허 네덜란드 선박에 태워져 대서양을 횡단하던 광적인 기간에 쇠사슬이 채워진 화물칸에서 태어났다는 이야기도 들은 적이 있었다. 그건 1817년 가을이었을 것이다. 후자의 이야기에 따르면, 내 어머니는 난산 중에 돌아가셨다. 여러 해 동안, 내 태생에 관해 어느 쪽 이야기가 특별히 더 믿을 만하다고 여기지 않았지만, 자유로워진 처음 몇 해 동안 이상한 꿈들, 번쩍이는 이미지들에 시달리게 되었다. 높은 나무 말뚝 울타리들, 그 너머에 자리한 성벽처럼 캄캄한 밀림. 멍에로 함께 연결된 채 썩은 널빤지 위를 비틀비틀 걸어 검은 쌍돛대 범선 속으로 들어가는 벌거벗은 사람들 — 내가 꿈에서 보았던 건 황금 해안,* 아나마보**의 노예 교역 시장이었을까? 당신은 그것이 어떻게 가능하냐고 묻는가? 자신의 어린 시절에 대해 무엇을 알고 있는지, 그리고 자신의 삶이 그것과 딴판인지 아닌지 자문해 보라. 우리는 우리의 출생에 대한 이야기들을 증거도 없이 모조리 믿어야만 한다. 왜냐하면 비록 그 이야기들 속에 등장하기는 하지만, 우리는 아직 존재하는 것이 아니기 때문이다.

나는 들일을 하는 검둥이였다. 나는 사탕수수를 베었고, 오로지 내 땀만이 가치가 있었다. 두 살에 괭이를 휘두르고, 잡초를 뽑고, 소들을 위해 꼴을 모으고, 손으로 직접 퇴비를 퍼서 사탕수수 구덩이에 뿌리고 있었다. 아홉 살이 되던 해에는 밀짚모자와 가까스로 들어 올릴 수 있는 삽을 선물 받았고 어엿한 남자로 인정받았다는 데 자부심을 느꼈다.

내 아버지?

나는 아버지를 알지 못했다.

첫 주인이 내게 이름을 지어 주었다. 우리 모두에게 그랬듯이. 나는 조지 워싱턴 블랙 — 알려졌다시피, 워시라는 이름으로 세례를 받았다. 그는 비웃으면서 자신이 내게서 한 국가와, 용사 같은 대통령과, 친절하고 자유로운 땅의 탄생을 언뜻 감지했다고

* 서아프리카 기니만의 북쪽 해안으로, 과거 노예 무역의 중심지이자, 오늘날 가나 공화국의 대서양에 면한 해안 지대. 총, 럼주, 금 등의 교역으로 큰돈이 오가던 지역이었기에 유럽인들은 이 지역을 황금 해안(골드 코스트)이라 불렀다.

** 오늘날에는 아노마보라 불리는 아프리카 가나의 소도시.

말했었다. 물론, 이 모든 건 내가 얼굴에 화상을 입기 전의 일이었다. 내가 바베이도스에서 달아나 밤하늘 속으로 출항을 하기 전이었고, 머리 가죽에 걸린 현상금 때문에 몰래 뒤를 밟힌다는 게 무엇을 의미하는지 알기 전이었다.

그 백인 남자가 내 발치에서 죽기 전이었다.

내가 티치를 만나기 전이었다.

4

티치.

나는 바로 그날 밤, 윌리엄의 시체가 신성모독적인 훼손을 당한 그 밤, 빅 킷과 함께 주인의 식사 시중을 들도록 대저택으로 불려갔을 때 처음으로 그를 만났다.

그 이상한 요구는 심상치 않았다. 들일을 하는 노예는 분명 집 안으로 들이기 위한 존재가 아니라 고된 노역을 위해 태어난 검은 피부의 짐승이었기 때문이다. 우리는 주인이 왜 우리를 요구했는지 알지 못했다. 우리는 그에게 어떤 존재였을까? 킷의 절망은 몇 시간에 걸쳐 자라서 그녀가 자기 자신과 나를 더 이상 어떻게도 할 수 없다는 사실에 대한 조용한 분노로 커져 있었다. 이제 그녀는 주인이 그녀의 의도를 이미 알아냈고 우리에게 어떤 잔인하고 극악무도한 벌을 내릴 작정인가 보다고 두려워하기 시작했다.

이매뉴얼과 어린 에밀리가 집안일을 할 때 입는 흰색과 회색의 깨끗한 옷을 입고 완만한 언덕을 애써 걸어 내려와 제멋대로 뻗어 있는 오두막들 사이로 우리를 부르러 왔다. 킷은 우리 오두막 앞 돌 위에 앉아 있다가, 화가 나서 고개를 가로저으며 벌떡 일어났다.

"워시는 거기로 올려 보내지 마." 그녀가 말했다. "나는 가. 하지만 이 애는 내버려 둬."

"주인 나리께서 분명히 그러셨어요." 이매뉴얼이 말했다. "두 사람 다라고."

"안녕, 워시." 에밀리가 수줍게 말했다.

"안녕." 내가 말했다. 얼굴이 달아올랐다.

"그분들은 날이 어두워지기 전에 식사를 해요." 이매뉴얼이 말했다. "둘 다 잽싸게 올라가 봐야 해요. 둘 중 누구도 그분들을 기다리게 하면 안 돼요."

나는 어린 시절 내내 단 한 번도 그늘진 프랜지패니 숲을 지나 주인의 베란다에 가까이 가 본 적이 없었다. 땅거미 질 무렵에 나는 처음으로 두 발에 조약돌과 서늘한 풀을 느끼며, 킷을 따라 언덕을 올라갔다. 킷은 그 집을 돌처럼 차갑게 응시했다.

문은 열려 있었다. 마치 나방을 삼키기라도 한 듯, 목구멍 근육이 팔딱거렸다. 언젠가 세탁장의 커다란 굴뚝 밑으로 기어 들어가, 목을 비틀고 그 굴뚝 구멍 너머의 네모난 하늘과 바삐 흐르는 구름들을 유심히 응시했던 적이 있었다. 하지만 그것의 높이는 이곳 천장에 비하면 아무것도 아닌 것 같았다. 게다가 꼭대기에는 커다란 유리 돔이 달린 창문이 하나 있어서, 희미한 저녁 빛 한 줄기가 바닥까지 떨어져 내렸다. 허공에는 먼지가 떠돌았다. 문 위에 새겨진 소용돌이무늬와 육중한 진홍색 휘장, 우아하게 구부러진 다리 위에 푹신한 쿠션이 웅크리고 있는 초록색 의자들이 보였다. 불현듯 어처구니없을 만큼 아름답다는 생각이 들었다.

"너무너무 조용해." 빅 킷이 고개를 끄덕이며 속삭였다. "잘 들어 봐."

우리는 — 지금 생각해 보니 — 땀과 먼지에 찌들어 더러운 발에 옷에서는 고약한 냄새가 나고, 머리카락엔 벌레들이 돌아다니는 꼴로 감히 안에 들어 설 엄두를 내지 못하고 있었다. 우리는 망설이며 비참한 심정으로 서 있었다. 호출을 받고 왔기에 오두막으로 돌아갈 수도 없었고, 그렇다고 우리가 왔다고 알리려고 문을 쾅쾅 두드릴 수도 없었다. 우리는 서로를 물끄러미 바라보았다.

마침내 문지기인 가이어스가 모퉁이를 돌아 나타났다. 이래즈머스 와일드가 도착한 후 몇 주 동안 그가 주인의 지시 사항들을 가지고 더 자주 감독관들에게 파견되었기에 나는 그를 더 잘 알게 된 상태였다. 가이어스는 키가 크고 말랐으며 유목(流木)처럼 나이가 많았다. 그의 몸짓은 신중하며 찬찬했고, 오두막에 사는 우리 모두가 감탄해 마지않는 동시에 그 때문에 흉내 내며 놀리게 되는 우아함이 있었다. 그는 한때는 용모가 수려했었고, 그의 도드라진 광대뼈와 또렷한 이마에서 누구나 일종의 왕처럼 당당한 태도, 평범한 사람을 넘어서는 기품 있는 한 남자를 언뜻 볼 수 있었다. 내 눈에 그는 백인의 말투와 교양을 갖춘, 주인의 대리인 같은 존재였다. 나는 그를 두려워했다.

그는 뻣뻣하고 쌀쌀맞았다. 하지만 불친절하지는 않았다. "안녕, 캐서린. 꼬마 워싱턴."

"가이어스." 빅 킷이 조심스럽게 말했다. "에밀리와 이매뉴얼이 우리를 부르러 내려왔었어요." 그녀가 머뭇거리며 말했다. "주인 나리가 무엇 때문에 우리를 원하시는 건가요?"

"주인 나리?"

"바로 그분이요."

"이매뉴얼이 말해 주지 않던가?"

빅 킷이 내 정수리에 커다란 손을 올려놓았다. 그녀가 긴장했음이 느껴졌다. 나는 그녀가 주인의 노여움을 두려워한다는 걸 알고 있었다. "우리가 그분 식사 시중을 들어야 한다고 하던데요."

가이어스는 얼굴을 찡그리며 우리 너머로 땅거미가 지는 풍경을 흘낏 보았다. 마치 누군가 다른 사람이 거기 있을지도 모른다는 듯이. "그러면 그게 당신들이 해야 할 일이야." 그가 말했다. "나는 그분에게 그분 나름의 이유가 있다고 확신해. 당신들은 부름을 받을 때까지 부엌에서 기다리도록 해."

우리는 둘 다 꼼짝도 하지 않았다.

마침내 킷이 말했다. "우리 발 때문에요."

가이어스가 우리 맨발에 잔뜩 말라붙어 있는 오물을 물끄러미 내려다보았다. 이내 그는 아주 천천히 재킷을 젖히더니 조끼 안주머니에서 커다란 흰색 손수건을 꺼내 빅 킷에게 건네주었다. "발을 닦도록 해." 그가 말했다. "두 사람 다. 둘 중 누구라도 주인 나리 대리석에 발자국만 남겨 봐, 후회하게 될 테니."

우리가 발을 말끔히 닦자, 그는 돌아서서 우리를 이끌고 그랜드 홀을 지나갔다. 그 끝에 이르러, 우리는 차가운 대리석을 벗어나 쪽매붙임 마룻바닥 위로 발을 들여놓았는데, 나는 살면서 그런 것, 그러니까 놀랄 만한 무늬를 만들어 내기 위해 온갖 각도로 짜 맞춰진 목재들을 한 번도 본 적이 없었다. 공기는 시원했고 박하 향을 풍겼다. 나는 두려움이 조금 줄어드는 것을 느꼈다. 사실, 빅 킷은 마음을 놓지 않았다. 하지만 나는 이런 경이로운 것들을 간직한 채 오두막으로 돌아가기 위해, 모든 것을 보고, 모든 것을 기억해 두고 싶었다. 하얀 레이스, 은촛대들, 신선한 빵처럼 보일 만큼 문질러 닦아서 윤기가 줄줄 흐르는 목재. 우리는 아주 오래된 양탄자와 키가 큰 낡은 시계와 황갈색 갈고리 발톱이며 성난 눈을 한, 꼼짝도 않는 이상한 생명체들로 가득 찬 방들 앞을 지나갔다. 나는 감히 눈을 깜박거릴 엄두조차 내지 못한 채 빤히 쳐다보고 또 쳐다보았다.

"진짜예요, 가이어스?" 내가 속삭였다. "저 동물들 말이에요."

가이어스는 잠시 멈춰 서서 벽감 속 횃대에 앉아 있는 거대한 흰색 올빼미를 힐끗 보았다. 녀석의 노란색 눈은 멍하니 앞을 응시하고 있었다. 녀석은 꼼짝도 하지 않았다. "저것들도 한때는 살아 있었지." 그가 거의 들리지 않을 만큼 작게 중얼거렸다. "지금은 죽었고 배가 잔뜩 불러 있단다.* 주인 나리와 마찬가지야."

"그분도 한때는 살아 있었어요?" 내가 속삭였다.

가이어스는 잠시 말을 멈추고 헤아릴 수 없는 표정으로 나를 유심히 살펴보았다. 마침 그가 눈길을 돌릴 거라고 생각하던 순간, 그는 아주 희미한 미소를 지으며 말했다. "소문에는 그렇다고

* '배가 잔뜩 부른'이라는 뜻의 'stuffed'에 '박제된, 박제로 만든'이라는 또 다른 의미가 있음을 이용한 일종의 말장난.

하더구나, 꼬마 워싱턴."

나는 그때껏 킷이 무시무시하다고, 폭발적인 힘의 소유자라고 알고 있었다. 하지만 여기 와일드 홀의 복도를 걸어가면서, 그녀 역시 약해지고 주눅 들고 불안해 하는 것처럼 보였다. 그녀의 변화는 홀의 꼼짝도 않는 짐승들보다도 더, 우리를 둘러싼 낯설고 반짝반짝 빛나는 사치품들보다도 더 나를 겁먹게 만들었다. 가이어스가 우리를 데리고 집 안으로 더 깊숙이 들어가자 나는 서둘러 그를 따라갔다.

마침내 우리는 부엌으로 들어갔다. 커다란 은색 통들이 부글부글 끓고 있고, 공중에 열기의 벽이 일렁거리는 거대한 방이었다. 요리사인 마리아가 고개를 돌려 우리를 보고는 깜짝 놀랐는데, 그녀의 얼굴은 밀가루투성이였고, 양 소매는 둘둘 말려 올라가 있었다. 안쪽에서는 음식 시중을 드는 하녀 둘이 커다란 깡통과 씨름하고 있었다. 나는 에밀리를 찾아보았지만, 느닷없이 휘날리는 밀가루와 그레이비 소스가 묻은 접시 더미와 깍둑썰기 한 고추며 얌* 조각들이 놓여 있는 커다란 나무도마들 사이에서 그녀는 보이지 않았다. 거대한 불이 커다란 개방형 벽난로에서 활활 타올랐고, 번들거리는 새 한 마리가 익어 가면서 벽난로 쇠줄에 매달려 천천히 돌고 있었다. 나는 깜짝 놀라서 그 풍요로움을 뚫어져라 보았고, 알지 못했던 무언가가 나를 엄습하는 것이 느껴졌다 — 갈망이었다.

* 주로 열대 및 아열대 지방에 분포하는 덩굴성 식물의 총칭으로, 우리 나라의 '마'도 이에 속한다.

"절대로 그러면 안 돼, 검둥이 녀석아." 내 한쪽 눈에 문 근처의 페이스트리 접시가 포착되던 순간, 마리아가 날카롭게 말했다.

꼼짝없이 들킨 나는 겁에 질려 그녀를 바라보았다. 그녀의 얼굴에서 무언가가 바뀌며, 누그러졌다.

"나중에 그럴 시간이 있을 거야." 그녀가 좀 더 다정한 목소리로 말했다. "치우면서, 남은 것을 핥아 먹을 수 있어."

"그래요?" 내가 말했다.

"하지만 손이 갔던 음식에 한해서야. 네가 그분들의 접시를 문질러 닦고 있을 동안만이라고." 가이어스가 덧붙여 말했다. "손도 안 댄 새 음식을 먹어 치우는 건 너한테 좋을 게 없을 거야."

"우리가 접시를 핥을 수 있대요, 킷 아줌마." 나는 놀란 눈으로 그녀를 올려다보고 미소를 지으며 말했다.

빅 킷과 내가 롤빵 쟁반과 김이 모락모락 오르는 뜨거운 채소 접시들을 들고 느릿느릿 걸어 들어갔을 때, 그들 두 사람은 이야기를 나누는 중이었다. 뒤쪽 벽의 낮은 식기 선반에는 가이어스가 우리에게 설명했던 요리들이 제공될 수 있도록 차려져 있었다. 그는 우리에게 신속하며 주의 깊고 정숙해야 한다고 주의를 주었다. 낯선 하얀 장갑을 낀 우리 손은 언제나 그 자리에 있어야 하지만, 우리의 몸은 언제나 없어야 한다고.

나는 빅 킷이 얼마나 불안한지 알 수 있었다. 그녀가 조용히 분에 차서, 마치 유난히 두드러지는 자신의 몸을 벌주기라도 하는 듯, 두 손을 꽉 마주 잡았다 풀었다 하고 있었기 때문이다. 우리 자신을 살해하려는 계획에 대한 벌이 가벼울 리 없다는 걸 그녀는 알고 있었다. 그녀는 얼굴 표정을 누그러뜨리려 애썼고, 그녀의 눈길은 느리고 은밀해졌다.

나도 공포에 휩싸였다. 하지만 동시에 나는 주인이 식사를 하는 동안 그의 접시를 흘낏거리지 않을 수 없었고, 거기 묻은 소스와 그가 지겹다는 듯 떨어뜨린 뜨겁고 노르스름한 파이 껍질들을 생각하지 않을 수 없었다.

나는 그때껏 주인과 물리적으로 그렇게 가까이 있어 본 적이 한 번도 없었다. 번들거리는 촛불 빛 아래서, 그는 들판에 있었을 때처럼 밀랍같이 창백하고 아파 보였다. 그들 앞의 테이블 위에 놓인 단단한 치즈의 껍질 같은 안색이었다. 그의 살갗은 지쳐 늘어져 있었다. 내가 두 손을 덜덜 떨며 물을 따르기 위해 몸을 숙이자, 그의 몸에서 젖은 종이 냄새가 나는 것 같았다. 그의 손톱들 밑에는 핏자국이 말라붙어 있었다.

그런데도 내 눈길이 계속 흘러간 대상은 바로 두 번째 남자였다. 나는 그가 음울하고 무서울 거라고 상상했었다. 그렇지 않았다. 그는 머리가 어깨까지 내려왔고, 짙은 파란색 프록코트를 입고 있었다. 손가락은 길고 가늘었으며, 양쪽 집게손가락에는 보석이 박힌 반지가 끼워져 있었다. 양발은 그가 앉은 자리 아래에 넓게 벌려진 채 단단히 놓여 있었다. 마치 언제라도 자리에서 일어설지 모른다는 듯. 그렇지만 그는 내가 자기 잔에 미지근한 물을 따르는 동안 꼼짝 않고 앉아 있었고, 말을 잠시 멈추더니 내게 희미한 미소를 지어 보였다. 그는 거미처럼 가늘고 긴 손가락으로 크고 활처럼 휜 데다 콧구멍은 단춧구멍처럼 작은 자기 코의 콧날을 죽 더듬어 내리더니, 낮은 목소리로 말을 이어 갔다. "시험

삼아 황산을 쇳가루 위로 흘려 보기도 했어. 짐승들의 방광이나 비단 양말도 시도해 봤지. 종이 포대도. 심지어 더 말도 안 되는 것 몇 가지도 말이야. 그것들이 지닌 어떤 장점을 놓쳤는지 알아보려고. 하지만 모두 지극히 합당하게 버려진 것들이었어, 형. 내 생각에는 수소, 그러니까 단순한 수소와 캔버스 천만큼 잘되는 건 아무것도 없어. 사람이 도달할 수 있는 높이를 알아야만 해 — 글쎄, 1만, 2만 피트라니까. 그건 정말 장관이야. 그 위에서 내려다보는 세상은, 음 — 그건 그야말로 주님이 지으신 세상이지."

주인은 고개를 들어 흘낏 쳐다보지도 않고 고기만 씹고 있었다. "하지만 네가 올라갔다 온 적은 없잖아."

"아, 없지. 직접은 없어. 아직까지는."

"그러면 너도 모르는 거잖아."

"나는 그것에 관한 글들을 읽었어. 다른 사람들의 보고서 말이야."

"그리고 너는 네가 그 물건을 타고 실제로 대서양을 횡단하는 데 성공할 거라고 믿지."

"먼저 시험 비행을 몇 번 해 봐야 할 테지만, 그럴 거라고 믿어."

주인은 끙 하고 앓는 소리를 내며 말했다. "코르버스봉(峯)은 고생스러운 오르막이야. 한낮 무더위에 거길 오르는 게 마음에 들지는 않을 거다."

짙은 초록색을 지닌 두 번째 남자는 아무 대답도 하지 않았다.

이제 주인이 얼굴을 들었다. "아마 너는 내가 네 장치를 운반할 노예를 몇 명 내주길 기다리고 있을 테지. 뭐야?"

검은 머리 남자가 이맛살을 찌푸렸다.

"뭐야? 이봐, 똑똑히 말해."

남자는 접시 위쪽으로 나이프와 포크를 들어 올린 채 잠시 머뭇거렸다. 그는 주인의 눈을 마주 보더니, 다른 이야기를 꺼냈다. "이 감자 말이야, 이건 굉장히 이례적이야. 형은 모르겠어? 맛이 그럭저럭 괜찮지만, 나는 정말이지 햄프셔의 우리 흰색 품종이 더 좋아."

"이런, 네가 관례를 깨고 이렇게 시시한 식탁에서 식사하는 데 동의해 줘서 기쁘구나." 주인이 테이블보 가장자리로 입을 닦았다.

"너무 쉽게 기분이 상하는군, 형. 이건 감자에 불과해."

"내 감자지." 주인이 노려보았다. "내가 엄선한 감자. 내가 좋아서 선택한 모든 것들을 넌 늘 열정적으로 비웃었지. 너랑 아버지는 둘 다 늘 이런 식이었어. 지옥에 떨어질 만큼 비판적이야."

나는 아버지에 대한 이와 같은 언급에 깜짝 놀라서, 두 번째 남자를 힐끗 바라보았다. 그때까지는 그가 주인과 어떤 종류의 혈연 관계일 거라고 생각하지 않았지만, 이제는 닮은 점이 마치 수위표처럼 둥실 떠올라 눈에 들어오기 시작했다. 쌀쌀맞고 밝은 색깔의 눈, 특이하게 도톰한 아랫입술, 마치 물속에서 손짓하듯이 손을 나른하게 휘둘러 특정한 어구가 끝났음을 강조하는 방식 등.

주인은 두 번째 남자가 빅 킷을 거북스럽게 흘낏 건너다보는 모습을 포착하고, 날카로운 웃음을 터뜨렸다. "뭐야? 저 암퇘지 같은 계집? 저 계집이 내 말에 불쾌해 할 리는 없어. 불쾌해 할 만한 감수성이 전혀 없거든, 크리스토퍼."

두 번째 남자가 나이프와 포크를 조용히 내려놓았다.

"아무튼," 주인이 짜증스러운 듯 느릿느릿 한 손을 흔들며 말했다. "너는 네가 아버지의 공기 풍선을 개량한 것에 대해, 네가 도달하게 될 엄청난 높이에 대해 말하고 있었지."

"저, 그건 정확하게는 공기 풍선이 아니야. 하지만 그래 —"

"그리고 지금 너는 엄청나게 무거운 것을 원하고 있고."

동생이 선뜻 웃음을 터뜨렸다. 이상한 소리였다. "나한테는 함께 그 새로운 장치에 탈 또 다른 한 사람이 필요해. 알다시피, 밸러스트* 때문이야. 혼자서는 안 되거든."

"그러니까 네게 필요한 건 바로 엄청나게 나가는 내 몸무게지?" 주인의 눈빛이 심술궂어져 있었다.

"형, 형은 모든 면에서 엄청난 자질을 가지고 있어."

"그러니까 네 말은 내가 뚱뚱하다는 거지?"

그 남자는 주저하다가, 주인의 눈을 마주 보았다.

"어쩌면 너한테는 뭔가 무게가 덜 나가는 게 필요할지도 몰라." 주인이 고개를 획 돌렸다. 그런 다음 그는 내가 서 있는 쪽으로 손짓을 해 나를 가리켰다. 내 손에 들린 물주전자가 덜덜 떨리기 시작하는 게 느껴졌다. 나는 감히 그의 눈을 마주 볼 엄두를 내지 못했다. "소 새끼 같은 검둥이 놈을 하나 데리고 올라가는 건 어때? 녀석은 충분히 가벼울 거야."

"그만해, 형."

"그건 제안이냐 아니면 지시냐?"

* 배에 실은 화물의 양이 적어 배의 균형을 유지하기 어려울 때 안전을 위해 배의 바닥에 싣는 중량물. 경기구나 비행선의 경우 주로 모래주머니를 의미한다.

그 남자가 천천히 길게 숨을 쉬었다. "형이 왜 내가 하는 모든 말에서 거슬리는 부분을 찾아내려고 하는지 나는 결코 이해하지 못할 거야. 여기에는 우리 둘뿐이고, 나는 한정된 기간 동안만 지내려고 왔어. 우리가 서로를 이해하려고 노력한다면 함께하는 시간이 좀 더 즐겁지 않을까?"

"나한테 이해심이 부족하다는 거냐?"

"형한테 부족한 건," 동생은 말을 시작했지만, 이내 중단했고, 계속해서 자기 생각을 피력하지는 않았다. 대신에, 그는 이렇게 말했다. "나라면 지금 하인 앞에서 이런 대화를 나누지는 않겠어."

"그들은 하인이 아니야, 티치. 그들은 가구야."

동생이 눈알을 살짝 굴리며, 숨을 내쉬었다.

"내 동생, 너는 너무 물러. 검둥이 앞에서 쓰인 비속어 따위에 벌써부터 슬퍼하면, 1년 내내 여기서 어떻게 버틸 작정이야? 맙소사. 아버지가 네가 얼마나 물렁한지 보시면, 너에 대한 그분의 높은 평가는 모두 대변에 말라붙고 말 거다. 정말이지, 네 소신은 다 어쩌고, 대체 왜 이렇게 끔찍한 곳으로 나를 따라오겠다고 우겼던 거냐? 내가 자는 사이에, 내 노예들을 모조리 훔쳐 가기라도 할 작정이냐?"

그 남자가 미소를 지으며 짜증스럽다는 듯 말했다. "그만하라고 부탁했잖아."

나는 주인 역시 느닷없이 미소를 짓더니 소리 내 웃기 시작하는 모습을 보고 깜짝 놀랐다. "그러니까, 어쨌든 네 안 어딘가에도 사내다운 사내가 있다는 거군. 클라레* 더 마실래?"

나는 그의 웃음이 진심에서 우러난 것이었다고 믿는다. 그 순간, 나는 내가 결코 주인의 본심을 이해하지 못하리라는 사실을 깨달았다. 왜냐하면 이해해야 할 만한 본심이라는 게 아예 없었으니까.

그가 클라레가 담긴 디캔터**를 내밀다가 쏟는 바람에 하얀 테이블보 위에 서서히 붉은 얼룩이 번졌다. 나는 그것이 바깥쪽으로 배어들며 마치 피처럼 번지는 것을 지켜보았다. 그 색깔, 그 짙은 붉은색이 무시무시하면서도 아름다워 보였다. 하지만 빅 킷은 크고 검은 그림자처럼 말없이 발을 끌며 서둘러 앞으로 가더니, 즉시 흰 수건으로 그 얼룩을 톡톡 두드려 닦기 시작했다.

주인은 알은척도 하지 않았다.

동생이 헛기침을 했다. "오늘 지금까지 셔츠를 세 장이나 갈아입었어. 정말 지독한 기후야."

주인은 그저 두 뺨을 한 번 살짝 부풀리고 말았을 뿐이다. 아직 자신의 생각을 다 말하지 못했던 것이다. "이건 거친 일이야. 강철같이 강인한 기질이 요구되지. 어, 부활절 폭동이 일어난 게 고작 십사오 년 전쯤이었나? 검둥이들이 유혈이 낭자한 섬 전체를 불바다로 만들었지. 경계가 가장 중요해, 티치. 저, 오늘 오후에 존 윌러드와 브리지타운에 갔었어. 그와 함께 클럽에 갔지."

"요전 날 밤 저녁 식사 때 그 남자? 붉은 얼굴에 땀을 뻘뻘 흘리

* 프랑스의 보르도 지방에서 나는 레드 와인.

** 주로 와인을 상에 낼 때 따로 담아 두는 유리병.

던 그 투실투실한 사람?"

"아니, 키 작은 사람, 안경 쓴 노랑머리 말이야. 그는 드랙스*의 원장(元帳)** 담당이었지만, 거기서 좌절을 느낀다는 걸 깨닫고 원장을 작성하는 일보다는 검둥이들을 추적해서 잡으러 다니는 일을 더 많이 한 것 같아. 그는 아직도 그곳의 경영 능력에 대해 심한 말을 하지. '열 살짜리 사내아이가 사탕수수를 두 배 더 많이 벨 수 있는데, 왜 거의 서 있기도 힘든 쉰 살 먹은 남자를 계속 먹여 살려야 하지요?'라고 했지. 윌러드는 아주 경제적인 기질을 가진 남자인 것 같아. 그의 말에 따르면, 그건 낭비의 문제야. 그렇고말고. 최고로 존경받는 농장주는 겨드랑이에 원장을 끼고 제 노예들 사이를 걸을 수 있고, 그 모습만으로도 검둥이가 자기 속바지에 똥오줌을 싸게 만들 수 있지. 그는 그런 모습을 직접 본 적도 있어. 거기 너. 말해 봐. 여기 내 동생이 원장을 가지고 있는 모습을 보면 똥오줌을 지릴 테냐?"

내게 쏠린 주인의 옅은 색 눈이 느껴졌다.

"이봐." 그가 날카롭게 외쳤다.

나는 고개를 들지 않았다. "네, 나리."

주인은 마치 내 대답이 마음에 안 들기라도 한 것처럼 당황스럽다는 듯 투덜거렸다. "내 요점은, 약간의 티끌이 없다면 아수라장이 되리라는 거야. 크리스토퍼, 내 일은 그 티끌을 제공하는 거야. 나는 네 과학 연구에는 전혀 관심 없어. 그게 내 농장 운영에

* 사탕수수 재배 초기부터 존재하던 바베이도스의 사탕수수 농장.

** 자산이나 부채, 자본의 상태를 표시하는 계정을 모두 기록하는 장부.

지장을 주지 않는 한."

"아이티까지 거리가 얼마나 되지?" 동생이 정신이 딴 데 팔린 듯 접시를 문지르며 물었다. "내가 알기로, 최초의 비행선은 그곳에서 띄워졌어 — 아메리카 대륙에서 그런 비행선으로는 최초의 출항이었지."

주인이 눈살을 찌푸리며, 잠시 머뭇거렸다. "너는 내가 평생을 이런 식으로 살고 싶어 했을 거라고 생각하냐? 검둥이들의 오물을 두고 야단법석을 떨고, 하루 종일 고약한 설탕 냄새나 풍기면서? 내가 열심히 책임을 찾아다닌 건 아니지만, 그래도 책임은 날 찾아왔어. 너와는 달리, 나는 아버지가 총애하는 자식이 아니고, 말도 안 되는 우스꽝스러운 장치들 생각이나 하면서 무턱대고 세상을 돌아다닐 수가 없어. 나는 가족이 의무로 요구하는 것을 실제로 이행해야 해."

"형은 맏아들이야." 크리스토퍼라는 남자가 말했다. "그게 형의 몫이지."

"아침 식사 때," — 주인이 눈을 가늘게 떴다 — "그때 네가 했던 어떤 말이…… 그게 떠오르는구나. 말해 봐 — 어머니는 네가 여기 있다는 걸 아시니?"

동생은 잠시 말을 멈추고, 맞은편의 주인을 변함없이 응시했다.

"어머니가 제정신을 차리지 못하게 되리라는 걸 너도 잘 알지, 안 그래? 우린 지금껏 내내 함께 있었고 너는 아무 말도 하지 않았어. 지금껏 내내. 자, 네가 어머니를 두고 이렇게 계속 행방불명인 채로 있을 리가 없지. 어머니는 네가 어디에 있다고 생각하시는 거냐?"

"내가 어떻게 주제넘게 어머니가 뭐라고 생각하실지 아는 체하겠어?" 동생이 어깨를 으쓱했다. "아마, 파리거나 런던이겠지. 내가 그로브너를 방문한다는 둥 했던 것도 같고."

주인은 넌더리가 난다는 듯 웃음을 터뜨리며 고개를 살살 저었다.

"그 계획만으로도 어머니는 나를 독살하려고 하셨을걸, 안 그래?"

"그래서 때마침 리버풀에서 간단히 날 발견하자 출항하겠다고 생각했고? 그냥 갑자기? 미리 말 한마디 없이?"

"때때로 사람은 잠시 모습을 감출 필요가 있어. 그게 영혼에 좋아."

"누구 영혼?"

"아마, 내 영혼이겠지."

"이 모든 고생이, 바로 네 빌어먹을 날아다니는 누더기 때문이겠지."

그 남자는 주인을 차분하게 쳐다보았다. "그건 누더기가 아니야, 형. 그건 구름 범선이야."

"그게 어떤 목적에 도움이 되는 거지? 인류의 질병들을 치유할까? 이 황량한 섬 밖으로 나를 해방시켜 줄까?" 빅 킷은 조심스럽게 눈길을 돌린 채, 여전히 테이블보에 묻은 얼룩을 톡톡 두드려 닦는 중이었고, 주인은 그제야 그 사실을 알아차렸다. "그 짓 좀 집어치워." 그가 갑작스럽게 고함을 질렀다.

빅 킷은 안절부절못하면서 얼룩을 마지막으로 몇 번 더 세게 두드렸다.

"집어치우라고 했잖아!" 주인이 자기 접시에 손을 뻗더니 반쯤 일어서서, 그 접시로 빅 킷의 얼굴을 정통으로 가격했다.

엄청나게 날카로운 소리가 크게 울렸고, 사방이 피와 도자기 그릇 파편투성이가 되었다.

나는 모골이 송연해져 움찔했지만, 물주전자가 손가락 사이에서 빠져나가기 바로 직전에 붙잡았다. 나는 주인의 두 손을, 한쪽 엄지의 선혈을 뚫어지게 보았다. 나는 킷의 곁으로 달려가고 싶었지만, 레몬 씨들이 마치 이빨처럼 달그럭 거리는 주전자를 꽉 움켜쥔 채 서 있기만 했다.

"이런, 빌어먹을, 베였잖아." 주인이 두 손으로 테이블보를 세게 후려치며 말했다. 그는 깨진 접시를 떨어뜨린 후, 몸을 돌려 방에서 성큼성큼 걸어 나갔다. "마리아! 마리아! 대체 어디에 있는 거야?"

그 정적은 끔찍했다. 얼굴을 감싸 쥐고 있는 빅 킷의 손가락들 사이로 피가 뚝뚝 떨어지는 소리가 들렸다.

두 번째 남자, 그러니까 주인의 동생은 머뭇거렸다. 결국 그는 일어서더니 자기 냅킨을 앞으로 내밀며 킷에게 다가갔다. "자, 손을 내려."

빅 킷이 두 손을 내렸다.

"고개를 돌려 봐. 그쪽으로. 그렇지."

남자는 빅 킷만큼이나 키가 컸다. 내가 그때껏 보았던 어떤 백인 남자보다도 컸다. 그가 킷의 얼굴을 톡톡 눌러 닦는 동안 그의 눈이 나를 훑는 게 느껴졌다. "이름이 뭐니?" 그가 내게 말했다.

나는 당황해서 킷을 힐끗 보다가, 그녀의 변함없이 검은 눈과 마주치자, 뒤를 돌아보았다.

문간에서 바스락거리는 소리가 들렸고, 나는 무릎을 꿇고 피투성이가 된 접시 파편들을 줍기 시작했다. 나는 엉망진창이 된 쪽매붙임 마루에서 눈을 떼지 않았다.

"맙소사, 크리스토퍼, 내버려 둬." 주인이 말했다. "바보 같은 짓 하지 마. 그건 그들이 치울 거야. 그게 그들 일이라고." 이제 그의 목소리는 느긋해서 거의 만족스러워하는 것처럼 들렸다. "들어 봐, 쑥국화 커스터드가 곧 나올 거야. 난 다소나마 그게 먹을 만하기를 기대하고 있어. 자, 앉아."

빅 킷의 코는 부러졌다.

나는 울지 않았다. 함께 말없이 그녀의 피를 닦아 내면서, 나는 눈을 바닥에 고정한 채 주인이 지저분한 것을 닦아 내려고 자기 구두를 무심코 쪽매붙임 마루에 비벼 대는 소리에 귀를 기울였다.

커스터드는 따뜻하고 달콤한 온기에 싸여 등장했다. 주인은 양껏 먹은 반면에, 그의 동생은 접시를 밀어내고, 대신에 클라레를 한 잔 더 청했다. 창가에는 밤이 깊어졌고, 나는 거기 비친 우리 모습을 보려고 힐끗 쳐다보았다. 불빛에 환히 빛나고 깨끗한 모습이었다. 마치 어떤 다른 노예들이 비참하고 무표정한 얼굴로 우리 맞은편에 서 있기라도 한 것 같았다. 내 눈을 찾아보았지만 하얀 장갑을 낀 채 묵묵히 내 자리에 서 있는 소년에게선 그것을 발견할 수가 없었다. 마침내 주인과 그의 동생이 자리를 뜨고, 우리가 부엌방 바닥에서 거대한 통들을 싹싹 문질러 닦는 일을 돕고 김이 모락모락 나는 접시들이 마르도록 포개 놓자, 가이어스는 우리가 긁어모아서 큰 서빙 접시에 옮겨 놓은 먹다 만 음식들을 뒤져서 먹어도 좋다고 허락했다. 나는 이미 그럴 열의를 상실한 상태였지만, 빅 킷은 몹시 화가 난 눈으로 나를 힐끗 본 다음, 손가락 두 개를 포크 삼아 음식을 퍼서 기형적으로 한쪽 입으로만 씹으며 빠르게 먹기 시작했다. 그녀는 그러면서, 움찔움찔 했고, 그러고 나서는 놀랍고도 분한 듯 두 눈을 크게 뜨곤 했으며, 이내 더 많은 음식을 푸기 위해 다시 한번 몸을 앞으로 구부렸다. 나는 거의 맛을 느끼지 못했다. 나는 절대 잊지 않으려 하면서, 그녀의 코를 빤히 쳐다보았다.

나중에 빅 킷과 내가 눈부신 달빛을 헤치며 오두막으로 내려갈 때에야, 그녀는 이야기를 하기 시작했다. "절대로 네 것을 빼앗기지 마." 그녀가 화난 어조로 낮게 말했다. "너는 그 음식을 약속받았어. 그러니 받도록 해."

"그는 아줌마를 때리지 말았어야 해요, 킷 아줌마."

"이거 말이니?" 그녀가 얼굴을 쳐들었다. 코에서 다시 피가 나고 있었다. "나는 그가 다호메이로 돌아가려 했다는 이유로 우리를 부엌방 불 속에 던져 넣을 거라고 생각했어. 이건, 이건 아무것도 아니야, 얘야. 지금껏 피를 조금도 본 적이 없니?"

물론 나도 본 적이 있었다. 우리는 그때껏 수년 동안, 나는 평생을 피투성이로 살았다. 하지만 그날 저녁과 관련된 무언가 — 주인 저택의 반짝반짝 빛나는 아름다움, 우아한 물건들, 느긋하고 고상한 태도 — 로 인해 나는 심각하고 심란한 절망을 느끼게 되었다. 그날 있었던 윌리엄의 시체 절단, 그러니까 그의 머리가 심시어 그 순간에도 어둠 속에서 들판 너머를 빤히 노려보고 있음을 알았기 때문만은 아니었다. 그 순간 내가 느낀 것은, 비록 그 당시 내게는 그것을 표현할 언어가 부족했지만, 그 모든 일의 노골적이고 폭력적인 부당함이었다.

"그럼, 다 끝난 거예요?" 내가 거친 목소리로 말했다. 나는 달빛을 받으며 돌아서서 그녀를 올려다보았다. "우린 함께 다호메이에 가지 못하게 된 거죠?"

그녀는 잠시 말을 멈추고 꼼짝 않고 나를 바라보았다.

"킷 아줌마? 그럼, 우리는 그냥 굴복하는 거예요?"

"맞아." 그녀가 말했다. "그리고 무엇이든 내가 말했던 건 다 잊어라. 모두 잊어 버려."

그녀의 분노에, 나는 무언가를 잘못했다고 느끼며 어찌할 바를 모른 채 고개를 끄덕거렸다. "우리 셔츠가 엉망진창이에요, 킷 아줌마." 나는 비참하게 말했다. "우리는 이것 때문에 혼날 거예요."

우리가 동시에 우리 뒤쪽 길을 따라 나는 바스락 소리를 들은 것은 바로 그때였다. 빅 킷이 내 앞쪽으로 조금 나서면서, 우리는 한 몸처럼 동시에 돌아섰다.

하지만 그것은 가이어스일 뿐이었다. 그는 여전히 훌륭한 근무복을 차려입고 있었지만, 어둠 속에서 그의 딱딱한 태도는 모호하게 줄어들어 있었다. 우리를 본 그가 무슨 생각을 하는지 알 수 없는 얼굴로 재빨리 예의 바르게 고개를 끄덕였다.

"가이어스군요." 빅 킷이 투덜거렸다. "나한테 그분들이 한 번 더 식사를 하려고 자리에 앉아 있다고 말하지는 않을 거죠?"

그가 고개를 가로저었다. "주인 나리는 잠자리에 드셨어. 그분은 술에 도취되셨지." 우리가 멀뚱멀뚱 자신을 응시하자, 그가 덧붙여 말했다. "술에 취했다고. 이래즈머스 주인 나리는 거나하게 취하셨어. 당신 코는 좀 어때, 캐서린?"

"아직 내 얼굴에 붙어 있어요."

"그렇군."

잠시 시간이 흘렀다. 빅 킷이 말했다. "내 코가 어떤지 물어보려고 여기까지 내려오지는 않았을 텐데요. 지금 길을 잃어버린 건가요?" 그녀는 지친 손으로 자기 목, 어깨를 훑어 내렸다.

"아. 아니야. 당신은 이제 가서 자도록 해, 캐서린. 당신 밤 근무는 끝났어."

그녀가 돌아서기 시작했고, 나도 그녀와 함께였다. 그때 그녀가 커다란 한 손을 내 어깨에 얹으며 되돌아섰다. "내 밤 근무가 끝나요? 워시의 밤 근무는 아니고요?"

가이어스가 낯설며 차갑고 무슨 생각인지 알 수 없는 눈빛으로 나를 빤히 쳐다보았다. "그건 아닌 것 같군."

"무슨 뜻이지요?"

"미스터 와일드가 이 애를 찾으셨어. 그분이 네게 거처에서 시중을 들어 달라고 하셨단다, 워싱턴. 오늘 저녁에. 지금. 알아듣겠니?"

나는 알아듣지 못했다. "주인 나리께서요?" 나는 겁에 질려 빤히 올려다보며 그렇게 말했다. 그분이 내게 무엇을 원할 수 있단 말인가?

"주인 나리 말고." 가이어스가 침착하게 말했다. "주인 나리 동생인 미스터 와일드. 오늘 저녁 식탁에 앉아 계시던 다른 분, 검은 머리 남자분 말이다. 그분이 네가 숙소로 와 주기를 바라셔."

"그분에게 아이가 자고 있다고 말씀드려요, 가이어스." 빅 킷이 날카롭게 말했다. "이 애를 도저히 찾지 못했다고 해요."

가이어스가 혀로 입술을 축였다. "그럴 수는 없어, 캐서린. 내가 그럴 수 없다는 걸 잘 알잖아."

그녀가 한 걸음 앞으로 나섰다. "이 애는 올라가지 않을 거예요."

그녀가 가이어스를 노려보았지만 그는 움츠러들지 않고 그저 차분하게 그녀의 얼굴을 쳐다보며 기다릴 뿐이었다. 마침내, 그가 부드럽게 말했다. "우리가 중단시킬 일이 아니야, 캐서린. 나는 저택으로 돌아가야 할 테지만, 당신은 워싱턴을 반드시 올려 보내야 해." 그런 다음 그는 내게 가장 이상한 일을 했다. 자신의 훌륭한 바지를 손가락으로 추어올린 다음, 내 얼굴을 똑바로 보기 위해 웅크리고 앉았던 것이다. "미스터 와일드를 계속 기다리시게 하지 마라, 워싱턴. 그분은 주인 나리 동생이야. 그분이 너를 못마땅해 하시길 바라지는 않겠지."

"절대로 그럴 구실을 드리지 않을 거예요."

"아주 좋아."

"그분은 얘한테 뭘 원하는 건가요?" 킷이 말했다.

"그분들이 항상 원하는 게 뭐겠어?" 가이어스가 상냥하고 씁쓸하게 말했다. "그분은 이 애가 당신 말씀대로 하고 왜냐고 묻지 않기를 바라시지." 그는 일어나서 걷기 시작했지만, 곧 빅 킷을 돌아보며 이해할 수 없는 말을 했다. "이건 기회야, 캐서린. 이 애는 안전한 피난처를 발견할 기회를 갖게 된 거야. 만일 미스터 와일드가 이 애를 좋아하시게 되면 — ”

“그런 생각은 시작도 하지 마요.” 그렇게 말하기는 했지만, 킷의 목소리는 낮았고 꽉 잠겨 있었다.

“이 일은 이 애한테 기회를 줄 거야.” 가이어스가 말했다. 그의 얼굴이 그늘에 가려 있어서 확신할 수는 없었지만, 그의 목소리는 다소 슬프게 들렸다.

“그냥 가요, 가이어스” 킷이 말했다. 아줌마는 그를 향해 위협적으로 한 걸음 다가갔다. “당장 가 버리라고요.”

그 남자는 떠났다.

나는 환한 달빛을 받으며 빅 킷 옆에 오랫동안 서 있었다. 마침내 우리는 걷기 시작했다. 그녀는 고통스러운 것처럼 보였고, 나는 그녀가 자기 코 때문에, 그리고 나까지 얻어맞기를 바라지 않기 때문에 화가 난 게 틀림없다고 생각했다. 그녀의 두려움을 덜어 주려고 나는 이렇게 말했다. “걱정 마세요, 킷 아줌마. 그분이 내 코를 때려도 나는 울거나 하지 않을 거예요. 나도 꼭 아줌마처럼 할 거예요. 두고 보세요.”

하지만 이 말은 별 도움이 되지 않은 것 같았다. 나는 오두막 뒤에 있는 물통에서 물을 끼얹어 얼굴과 팔을 씻고 머리카락을 문질렀다. 밤이라 차가워진 물이 피부에 닿으니 상쾌했다. 눈을 뜨자, 킷이 오두막의 캄캄한 그림자 속에 우뚝 서 있는 모습이 보였다. 그녀가 한 걸음 앞으로 나왔다.

“그는 너를 건드리려고 하는 거야, 워시.” 그녀가 속삭였다. “이걸 그의 눈 속으로 밀어 넣고, 그냥 계속 누르고 있어.”

그녀가 내 손바닥에 무언가를 꼭 쥐여 주는 게 느껴졌다. 내려다보니, 그것은 못이었다. 대장간에서 쿵쾅대며 망치로 두드리는 길고 굵고 무거운 쇠못. 나는 손을 펼친 채 서 있었는데, 손바닥 위의 못은 그녀의 주먹의 열기로 따뜻했다. 나는 힐끗 그녀를 보았지만, 그녀는 이미 돌아서서 가 버리고 있었다.

나는 그 못을 마치 어둠의 파편인 양 주먹에 쥐고 갔다. 그것을 마치 비밀처럼, 어떤 믿기 어려운 미래가 언뜻 보일 수도 있는 좁은 틈새처럼 들고 갔다. 그것을 마치 열쇠처럼 들고 갔다.

심장이 쿵쿵 뛰어서, 나는 천천히 걸었다. 빅 킷이 내게 시키려는 게 어떤 일인지는 잘 알았지만, 그 일을 생각하면 겁이 났다. 길은 와일드 홀의 뒤쪽 들판을 거쳐, 더 이상 나무들이 없는 불 꺼진 황량한 곳으로 이어졌다. 주인의 동생은 감독관들의 낡은 숙소 중 한 곳 — 줄곧 물품을 보관하는 데 사용되고 몇 년간 아무도 살지 않았던, 깊은 지하 저장고가 딸린 길고 낮은 목조 건물 — 을 거처로 삼았다. 노예들 중 몇몇은 거기서 있었던 과거의 무시무시한 일들에 대해 이야기하곤 했다. 몇몇은 달이 뜨지 않은 캄캄한 밤이면 아직도 그 지하 저장고에서 울음소리들이 들린다고도 했다.

나는 덜덜 떨고 있었다. 베란다 가장자리를 따라 랜턴들이 켜져 있었고, 소리쳐 누군가를 부르기가 두려워 나는 머뭇머뭇 안을 살펴보며, 열린 문간에 멈춰 서 있었다. 어떤 하인도 나를 맞으러 나오지 않았다. 나는 눈을 동그랗게 뜨고 문 안쪽을 보면서, 그 못을 단단히 움켜쥐었다. 문 너머 하얗게 회반죽을 바른 커다란 방들에서는, 잘 정돈된 곳이라곤 한 군데도 발견할 수 없었다. 모든 테이블 위, 모든 바닥 공간 구석구석에 막대기 같은 이상한 장치들, 메뚜기처럼 다리가 달리고 등이 긴 관찰 기구들, 사슬에 매달린 접시들이 산더미처럼 놓여 있었다.

결국 아무 일도 일어나지 않아서, 나는 손을 떨며 가볍게 문을 두드렸다. 나방 한 마리가 천장에 매달린 랜턴들 중 하나를 연달아 쳐 댔다.

“누구야?” 어떤 목소리가 날카롭게 외쳤다. “얘야, 너냐? 어서 오렴. 이리 들어와.”

나는 머뭇거리며 안으로 한 걸음 내디뎠다. 이내 그가, 미스터 와일드가 그 긴 방의 가장 안쪽 창문 앞에 서 있는 모습이 보였다. 그는 나를 마주 보고 있지 않았다. 어깨를 웅크린 채 상체를 구부리고 있었던 것이다. 나는 이상한 그의 집, 안에 벨벳을 덧댄 상자들이 뚜껑이 휙 젖혀진 채 널브러져 있는 창턱들, 그 상자들 안에 놓여 있는 반짝반짝 빛나는 도구들을 눈여겨보았다. 어떤 상자들에는 잠시 감독관으로 일했던 늙은 선장이 사용하던 소형 망원경처럼, 각각의 끝에 렌즈가 달린 나무 실린더들이 담겨 있었다 — 하지만 그것들은 더 이상하고 각각 다 달랐다. 나는 마호가니 식탁을 지나가면서, 씨앗이 담긴 유리병, 평범한 흙이 담긴 단지, 그 식탁에 온통 엎질러져 있는 가루들을 보았다. 내가 그에게 다가가는 동안, 사방에 종이가 널브러진 마룻바닥이 발밑에서 삐걱거렸다.

“선생님, 나리?” 내가 말했다.

나는 쇠못을 꽉 움켜쥐고 있었다.

그리고 미스터 와일드가 곧바로 본 것은 바로 그것이었다. 가공할 만큼 큰 키의 그가 턱을 들어 가리켰다. "거기 갖고 있는 건 뭐지? 칼인가? 못이야?" 그가 눈살을 찌푸리며 나를 내려다보았다.

나는 덜덜 떨기 시작했다. 당연히 그는 알고 있었다. 주인들은 모든 것을 알았다.

"아무튼, 그건 거기 내려놓고 이리 와라. 그건 거기 놔." 그가 내 옆 마룻바닥 위의 종이 더미를 가리켰다.

내가 뭘 할 수 있었겠는가? 나는 못을 내려놓았다. 거기서, 부인할 수 없는, 그 사실을 인식한다는 것은 내 목숨만큼 가치가 있는 일이었다.

"더 가까이 와." 그가 조바심치며 말했다. "여기, 이걸 흔들리지 않게 잡고 있어. 이렇게. 우리한테는 시간이 별로 없어."

그는 너를 건드리려고 하는 거야, 워시. 빅 킷의 목소리가 다시 떠올랐다. 그의 눈 속으로. 그냥 계속 누르고 있어.

나는 달아나고 싶었다. 하지만 그는 그게 무엇이든 이미 자기 앞에 있는 것으로 다시 관심을 돌린 상태였다.

"서둘러." 그가 외쳤다. "말해 보렴, 얘야, 반사경으로 추분 무렵의 보름달을 본 적이 있니?"

내 목소리는 갈비뼈에 달라붙은 듯 입 밖으로 나오지 못했다.

그가 작업 도중에 올려다보았고, 그의 초록색 눈에 나는 그 자리에 못 박혀 버렸다. "믿으려면 직접 봐야지. 달은 우리가 생각하는 것과는 달라. 자, 여기." 그가 옆으로 옮겨 갔다. 황금빛 받침대 위에 긴 나무 실린더가 창밖으로 비스듬히 놓여 있었다. 내 쪽 끝부분은 유리로 덮여 있었다.

"한쪽 눈을 여기 대."

나는 시키는 대로 했다. 내가 본 것은 무시무시한 암흑이었다. 내가 여기에 올 준비를 하는 동안, 킷은 감독관들이 사내아이들에게 저지른 입에 담기도 무서운 짓들을 설명했다. 그리고 몸을 굽혀 한쪽 눈을 그 물체의 차가운 놋쇠 테두리에 갖다 댔을 때, 나는 위험에 노출된 느낌에 겁이 났다. 나는 뒤따를 게 분명한 추악한 일이 어떤 것인지는 알지 못했지만, 빅 킷이 깨닫지 못한 사실을 깨닫고 있었다 — 이 남자가 나보다 훨씬 더 덩치가 크기 때문에 내가 그와 싸울 수는 없다는 것, 내 핏속에 폭력성은 존재하지 않는다는 것을. 나는 두 눈을 감고, 기다렸다.

내 귓가에서 그의 부드러운 숨결이 느껴졌다. 그가 말했다. "얘야, 그게 보이니?"

내가 뭐라고 말할 수 있었을까? 나는 그의 말뜻을 알지 못했다.

"네, 미스터 와일드 나리." 내가 말했다.

"놀랄 만큼 멋지지 않니?"

"아, 그럼요, 미스터 와일드 나리." 내가 말했다.

그가 기쁨에 겨워 외쳤다. "반점들이 보이니? 크레이터*들은? 얘야, 그건 지구의 중력장에 걸려 있는 행성이란다. 저 크레이터들의 가장자리를 천천히 밟으며 저 땅을 걷는다고 상상해 봐. 우리보다 먼저 저 땅을 걸은 발은 없어. 저곳에는 우리 인간의 손때가 묻지 않았지."

* 행성, 위성 등의 표면에 난, 움푹 파인 큰 구덩이 모양의 지형, 화산 활동이나 운석의 충돌에 의해 생긴다.

그 순간 그가 뒤로 물러나라고 내 어깨를 톡톡 두드리고 나서, 자신의 한쪽 눈을 접안렌즈에 댔다. 그런 다음 그 이상한 남자는 웃음을 터뜨렸다.

"그런데 너는 아무것도 보지 못했구나." 그가 말했다.

그의 얼굴은 여전히 그 장치에 고정되어 있었고, 이제 그는 작은 다이얼로 손을 뻗어 그것을 손끝으로 돌리기 시작하며 말했다. "이건 내가 직접 설계한 반사 망원경이야. 물론, 16세기의 훌륭한 네덜란드 모델들을 바탕으로 한 거지. 하지만 내 생각에는 좀 더 작고 쓸모 있는 것 같아. 지금, 거기야." 그가 뒤로 물러서며 말했다. "이제 한번 봐."

아, 그때 내가 본 것이라니. 달은 거대하고 거위 알 노른자처럼 주황색이었다. 그리고 미스터 와일드가 말했던 것과 꼭 마찬가지로, 그 위에 뚜렷이 새겨져 있는 것은 분명히 깊은 크레이터와 산등성이들이었다. 그것은 (나는 나중에서야 그렇게 생각하게 될 테지만) 나무나 관목이나 호수가 없는 땅, 사람들이 없는 땅이었다. 좋은 하느님께서 지구를 채우기 시작하시기 전의 지구, 셋째 날의 지구였다.

나는 자제할 수가 없어서, 경탄의 한숨을 내쉬었다.

미스터 와일드는 이번에는 만족스러워하며, 다시 웃음을 터뜨렸다. "얘야, 이제, 말해 봐라. 왜 추분 무렵의 보름달은 날마다 30분씩 늦게 뜨는 걸까? 우리가 익숙하게 목격하듯이 일 년 중 다른 때는 50분씩 늦게 뜨는데 말이야."

그가 무표정한 얼굴로 나를 주시했다.

"말해 보렴, 연중 이맘때는 그것의 궤도가 지평선과 평행해서,

지구가 그렇게까지 돌 필요가 없기 때문이라고 생각하니?" 그가 말했다.

나는 불안해 하며 그를 응시했다. 나는 그가 아주 다정하게, 아주 살짝 나를 놀리고 있음을 감지했다.

그가 말을 이어 갔다. "아, 정말 수수께끼 같은 문제야."

우리는 둘 다 여전히 열린 창가에 서 있었지만, 이제 그는 몸을 돌려 바로 옆에 펼쳐져 있던 커다란 원장에 아주 빠르게 글을 쓰기 시작했다. 그는 잠시 동안 아무 말이 없다가 이내 여전히 손으로 무언가를 갈겨쓰면서 이렇게 말했다. "얘야, 이름이 뭐니?"

나는 고개를 숙였다. "워시입니다, 나리."

"워시?"

"워싱턴이요. 조지 워싱턴 블랙입니다, 나리."

그가 원장에서 고개를 들었다. "나한테는 미국인들이 그들의 나라를 위해 싸우고 있었을 때 그들에게 몸값을 치르고 풀려난 삼촌이 한 분 계셨어. 정말이지 그분은 그들을 상당히 존경하게 됐지. 자, 꼬마 조지 워싱턴 군, 우리의 델라웨어강을 건너 볼까?*"

내가 상황을 전혀 이해하지 못한 채 자기를 가만히 바라보고만 있자, 그는 혼자서 킥킥거리며 원장에 몇 자 더 적어 넣었다. "우리의 델라웨어강이라." 그가 만족스럽게 중얼거렸다. 그는 기구의 다이얼 위치를 다시 확인하고 무언가 다른 것을 적었다. 그는 다시 눈을 들어 나를 쳐다보며 말했다. "크리스토퍼 와일드야."

* 조지 워싱턴의 1776년 델라웨어강 도강 작전에 대한 언급이다.

내가 이해하기로는 그 자신의 이름을 알려 주는 것이었다. "하지만 너는 날 티치라고 부르렴. 나랑 가장 가까운 사람들은 나를 그렇게 불러. 있잖니, 나는 어렸을 때 몸이 아파서 한동안 아주 작았단다 — 아무튼, 그 이름이 붙어 버렸지.* 세월이 흐르면서 나는 그 이름을 받아들이게 되었어. 틀림없이 처음에는 너한테 조금 낯설 거라고 생각하지만, 그게 미스터 와일드보다 더 딱 맞아. 미스터 와일드는 우리 아버지야. 그리고 우리 어머니가 내게 끊임없이 일깨워 주시듯이, 나는 우리 아버지가 아니거든. 네 물건들은 가져왔니? 아직 포치**에 있는 거야?"

나는 그의 말뜻을 상상조차 할 수 없었다.

"그 사람이 너한테 말해 주지 않았니? 이런." 그가 순간적으로 희미한 미소를 짓더니 원장에서 두 손을 내렸다. "대체 이 시간에 네가 여기서 뭘 하고 있는 건지 궁금해 하고 있을 게 틀림없구나. 너는 내 하인으로 여기서 함께 살게 됐단다, 워싱턴. 정리할 게 많을 거야, 그건 인정해. 하지만 너는 내가 만족시키기 쉬운 사람이라는 걸 알게 될 거야. 있잖니, 네 진짜 임무는 내 과학적인 시도들을 거드는 게 될 거야. 그 일에 대해서는 지금은 걱정하지 마. 오늘 밤은 아니야. 오늘 밤은 자리 잡고 적응부터 해야지. 아침에 네가 이 모든 걸 어느 정도 치우고 나서, 함께 일에 착수할 거야."

내가 완전히 어리둥절한 표정을 짓고 있었던 게 분명하다. 그가 잠시 말을 멈췄던 걸 보면 말이다.

* 티치(Titch)는 '땅꼬마'라는 뜻이다.

** 건물의 입구나 현관에 지붕을 갖춰 잠시 비바람을 피할 수 있게 만든 곳.

"이 계획에 반대하지는 않니?" 그가 말했다.

당연히 내 머릿속에는 무엇에든 반대한다는 개념 자체가 떠올랐던 적이 한 번도 없었다. 나는 공포에 질려 그를 뚫어져라 쳐다보았다. "아니요, 나리, 미스터 티치 나리." 내가 속삭였다.

"티치." 그가 바로잡았다. "그냥 티치면 돼."

"티치 나리."

"아주 좋아." 그는 눈으로 재빨리 나를 가늠해 보았다. "그래. 그래, 너는 나한테 딱 필요한 몸집이야. 몸무게 말이다. 그게 구름 범선의 열쇠란다."

나는 그때껏 감히 숨을 쉴 엄두조차 내지 못하고 있었다. 필사적으로 그가 그 못에 대해 잊어버렸다고 가정하면서도 말이다. 하지만 그는 그 이상한 마지막 발언을 끝내자마자, 못이 있는 쪽으로 건너가 그것을 집어 들었다.

"철금속이군." 그는 그렇게 중얼거린 다음, 이해할 수 없는 표정으로 나를 유심히 쳐다보았다. "내가 듣기로, 인간은 철을 다루는 법을 꽤 늦게 배웠어. 영국학사원*의 내 친한 친구 한 사람은 인간이 더 단순한 금속들을 먼저 다뤘다고 믿어. 타당한 얘기 아니니? 그런데도 우리는 단속**들을 가치 있게 여기는 것만큼 철을 가치 있게 여기진 않아."

그는 그 못을 촛불에 대고 들어 올려, 섬세하게 쥐고 있었다. "분명히 이건 꽤 쓸모가 있을 거야. 나를 십자가에 매달아 처형하

* 로열 소사이어티. 1662년 설립된 영국의 자연 과학 학회.

** 알루미늄, 동, 금, 구리 등 단일한 원소로 이뤄진 금속.

는 데 사용할 수도 있겠지."

내가 아무 대답도 하지 않자, 그가 미소를 지었고, 그 기이하고 악의 없는 미소에 나는 어리둥절해졌다. 게다가 나는 아무것도 이해하지 못했기 때문에, 깊고 차가운 공포를 느꼈다.

"그게 다일 거다, 워싱턴." 정신이 딴 데 팔려, 그는 돌아서서 다시 자기 원장 쪽으로 가기 시작했다. 하지만 그 순간 멈칫하더니, 나를 향해 다가와 아주 부드럽게 그 못을 건네주었다.

"맨 끝 방에 침대가 있어, 워싱턴." 그가 말했다. "편히 자거라. 푹 자."

5

꼭두새벽에 잠에서 깼을 때, 나는 여전히 그 못을 꼭 움켜쥐고 있었다.

나는 단번에 두 가지를 깨달았다. 첫째, 내가 킷과 우리의 오두막과 그녀의 어둡고 강력한 영향권으로 돌아가게 되지 않으리라는 것. 둘째, 그녀는 그 사실을 심지어 그때, 그러니까 전날 밤 내가 끌려가듯 떠날 때 이미 알았다는 것.

나는 추위에 닭살이 돋은 채 몹시 초라하고 외로운 기분을 느끼며, 낯설고 작은 방의 희끄무레한 어둠 속에 서 있었다. 마치 한때 건조되지 않은 목재가 보관되어 있기라도 했던 것처럼, 공기에서 수액(樹液) 냄새가 났다. 이상하게도 관절이 제자리에 있지 않은 것 같아서, 나는 맨어깨를 문질렀다. 회색 리넨 시트가 비비 꼬인 채 헝클어져 있었다. 나는 평생 오로지 흙바닥 위에서만 잤기 때문에, 그 밤 내내 푹신하게 내려앉는 매트리스에 깜짝 놀라 계속 이리저리 뒤척이며 깨어 있었다.

이 이상한 집은 인적이 끊긴 버림받은 곳인지도 모른다. 나는 일어나서 문으로 가 귀를 바짝 댔다. 한 걸음 뒤로 물러나, 양팔을 옆구리에 붙이고 방 한가운데 서서 기다리고 있었다. 문이 쾅 열리고 티치라는 남자가 나한테 고래고래 소리를 지르며 명령해 대기를 기다리는 동안, 그 고요함에 불안했기 때문이었다. 몇 분이 흘렀지만, 아무도 오지 않았다.

문 오른쪽, 받침대 위에 물 대야가 있었다. 표면은 먼지로 얼룩덜룩했고, 물에는 은빛이 도는 초록색 파리 한 마리가 둥둥 떠 있었다. 그 물그릇 바로 옆에는 작은 흰색 천과 함께, 짧고 뻣뻣한 털들이 달린 나무 막대기와 상상 속에나 나올 법한 체리들이 그려진 양철통이 놓여 있었다. 나는 녹슨 뚜껑 아래로 손톱을 미끄러뜨려 넣고, 코를 킁킁거렸다. 두 개의 따뜻한 바위를 연달아 맞부딪혀 산산조각 낼 때처럼, 석회 가루 같으면서도 몸이 따끔따끔해질 것 같은 냄새가 났다.

나는 천진난만한 아이였다. 사실이다. 하지만 바보는 아니었다. 나는 가사 노예들이 그래야만 하듯이, 씻고 몸단장을 해야 한다는 걸 깨달았다. 하지만 바로 그런 도구들조차도 불가사의한 고문 도구처럼 보였다. 마침내 나는 리넨 천을 집어 들어 적신 다음 얼굴을 닦았다.

갈색이 도는 붉은 때가 떨어져 나와서 크게 놀랐다. 나는 코와 양쪽 귀 뒤를 더 열심히 북북 문질러 닦았다. 쪼그리고 앉아서 발가락 사이를 씻고, 일어나서 목이 접히는 부분을 문질렀다. 물은 꽤 아름답고, 꽤 놀랄 만한 검은색으로 변했다. 나는 피부가 따끔거리는 채로, 넋을 놓고 그것을 빤히 바라보았다.

여전히 아무도 나를 찾으러 오지 않았다. 나는 점점 더 두려워졌다. 분명히 어디에선가 내 존재가 필요할 텐데, 분명히 나는 어떤 일에 늦었을 텐데.

나는 길고 뾰족한 못을 안전하게 보관하기 위해 매트리스 아래로 슬며시 밀어 넣고 복도로 나갔다.

"미스터 디치 나리?" 나는 큰 소리로 불렀다. 정적 속에서 내 목소리는 지나치게 컸다. "나리?"

공기는 고요하고 뜨거웠으며, 흙냄새가 나지만 먹을 만한 어떤 견과류 같은 냄새, 갓 씻은 돌 냄새를 풍겼다. 나는 복도를 주의 깊게 살피다가, 이미 햇살이 가득 차 먼지들이 하얀 빛을 받으며 빙빙 돌고 있는 눈부신 방 하나를 보았다. 햇빛이 비치는 창문 하나도. 나는 그 방으로 들어갔다. 맨발가락에 닿은 낡디낡은 진홍색 양탄자는 마치 괴물의 뻣뻣한 사체 같았다. 몸서리가 쳐졌다. 나는 뒷걸음질 쳤고, 조용히 바로 옆 방문으로 걸음을 옮겼다.

그리고 그 순간 그가 보였다.

그는 셔츠 바람으로, 기본적인 도구만 갖춰진 부엌에서 창문을 등진 채 혼자 서 있었다. 잿빛이 도는 달걀 몇 개가 담긴 접시 하나가 그의 옆 테이블 위에 놓여 있었다. 그는 얼마나 크고 말라 보였던가. 얼마나 백인답게 분홍빛으로 빛났던가. 그는 종이 한 뭉치를 펼쳐 놓고 읽으면서, 가느다란 손에 달걀을 쥐고 돌려 가며 껍질을 조각조각 떼어 내고 있었다. 그는 내 존재를 알아차리지 못했다. 나는 그를 방해하기가 두려워, 입을 딱 벌리고 멍하니 서서, 그의 헝클어진 머리카락, 껍질을 깐 달걀을 입속에 훽 털어 넣는 방식, 재빨리 성급하게 씹는 모습을 관찰했다. 나는 그에게 양쪽 입꼬리에서 시작해 두 뺨을 가로질러 두 귀로 이어지는 미세하고 하얀 베인 흉터가 있음을 알게 되었다. 마치 실 한 가닥이 그의 혓바닥에 놓여 있다가 위쪽으로 홱 잡아당겨지기라도 한 것 같았다. 그것은 마치 실금 같았다.

그가 휙 고개를 들었다.

"워싱턴이구나." 그가 말했다.

나는 놀라 움찔하며 미소를 지었다.

그가 손뼉을 치자, 달걀 껍질 부스러기들이 손가락에서 도마 위로 떨어져 내렸다. "어때? 잘 쉬었니?"

나는 사죄의 의미로 고개를 끄덕거리기 시작했지만, 이미 그는 다시 말을 하고 있었다.

"그렇다면 아주 잘됐구나. 자, 자. 세탁 일에도 능숙하니? 그래, 아닐 거라고 이미 생각했어. 오늘 아침에 형의 집 안 하녀들 중 하나를 부르러 사람을 보냈어. 네 제복을 가져다 달라고 말이야. 그녀에게 시간을 내서 너한테 세탁 일을 가르쳐 주라고 청할 셈이야. 겸사겸사 다른 여러 가지도. 네가 영국 요리에 대해 아는 게 조금이라도 있을 거라고는 생각하지 않거든? 아, 아, 너는 참 복도 많지. 그건 농담이다, 워싱턴. 나 자신은 프랑스식 요리를 더 좋아하지만, 브리지타운에서는 그게 분수에 넘친다는 걸 잘 알아. 그러니까 우리는 영국식으로 대충 때워야 해. 한 가지 구제 수단, 그러니까 내게 모든 재료가 다 있는 한 끼 식사가 있어. 오늘 아침에는 내가 실례를 무릅쓰고 우리를 위해 가벼운 홀랜다이즈 소스를 준비했지. 그건 내 가장 능숙한 요리법 중 하나야. 비법? 라임 두 개의 즙과 실론산 생강 조금이지. 장담하는데, 암스테르담에서도 이보다 더 훌륭한 홀랜다이즈 소스를 맛볼 수는 없을 거야. 자, 잘 들어. 나는 몇 번의 동양 여행에서 많은 향신료를 가지고 돌아왔어 — 찬장에서 그것들을 보게 될 거야. 너는 그것들을 듬뿍 써야만 해. 나는 아주 중독이 돼 버렸어 — 향신료 없이는 아무것도 먹을 수가 없지. 여기에선 모든 것에서 지팡이 맛이 나.*" 그가 잠시 말을 멈췄다. "나는 딱 한 가지 제한 규정만 둘 거야. 그건 바로, 절대 설탕을 사용해서는 안 된다는 거야. 나는 그건 참지 않을 거야. 너는 내 식품저장실에서 설탕을 전혀 찾을 수 없을 거고, 나는 우리 형의 거처에서 조금 가져오는 것조차도 원하지 않아."

줄줄이 이어지는 이런 말에 대해 내가 어떤 의견을 가져야 했을까? 미스터 티치는 내 어깨를 잡아서, 나를 바로 옆방으로 — 부드럽기는 하지만 — 단호하게 몰고 갔는데, 그곳에는 커다란 마호가니 테이블 하나와 짝이 맞지 않는 의자 여섯 개가 놓여 있었다. 나는 서로 마주 보게 배치된, 두 개의 하얀 접시를 물끄러미 쳐다보았다.

"앉아." 그는 손짓을 하고서 내가 당혹스러워하는 걸 보더니, 약간은 화가 난 듯도 한 얼굴로 미소를 지으며 자리에 앉았다. "워싱턴, 나는 네가 마치 살인범처럼 내 위를 맴돌며 지켜보는 동안 식사할 생각은 없어. 앉아라. 이건 부탁이 아니야."

나는 입술을 축인 다음, 나에 대한 생사 여탈권을 가진 백인 남

* 이 책에서는 주로 '사탕수수(sugarcane)'라는 의미로 사용되었지만, 사전적으로 cane에는 '지팡이'라는 의미도 있음을 이용해 말장난을 한 것이다. 사탕수수 농장인 이곳의 모든 먹을 것에서는 사탕수수 맛, 즉 '지팡이(walking stick)' 같은 맛이 난다고 이야기한 것이다.

자의 바로 맞은편, 테이블 앞에 놓인 푹신하고 무시무시하게 큰, 천을 씌운 의자에 앉았다. 나는 고작해야 농장의 어린아이에 불과했기에, 그의 눈길을 마주할 때, 입안이 두려움으로 시큼해졌다.

그가 자기 포크를 들어 올렸고, 나도 내 것을 들어 올렸다. 나는 주먹을 느슨하게 쥔 채, 그것을 어설프게 잡았다.

으스스하고 색이 옅은 구형(球形)의 소스가 각자의 접시 한가운데 놓여 있었다.

미스터 티치는 마치 나를 가르치기라도 하듯, 매우 찬찬히 먹기 시작했다. "형은 내가 여기 체류하는 기간 동안 너를 내게 빌려줬어. 나는 이 일이 너한테 잘 맞는다고 믿어." 그는 잠시 말을 멈추고 내 손에 들린 포크를 향해 진지하게 고개를 끄덕여 신호한 다음, 기다렸다.

나는 홀랜다이즈 소스 한 덩어리를 퍼 올려 먹었다. 혐오감을 드러내지는 않았다.

그가 미소를 지으며 말했다. "우리 어머니가 네가 나와 함께 테이블에 앉아 있는 모습을 보시게 된다면 얼마나 충격을 받으실까." 그는 그녀의 반응을 상상하며 딱 한 번 날카로운 웃음을 터뜨렸다. "음. 내가 식사를 하기 위해서만 너를 여기 데려온 건 결코 아니야. 너는 내 조수가 될 거야. 나는 네게 나한테 도움이 되는 몇몇 간단한 기술들을 터득할 만한 지능이 있기를 바라고 있어."

"네, 미스터 티치 나리." 나는 그의 말뜻을 전혀 알지 못했다. 하지만 바라건대 그가 듣기를 기대했을 만한 대답을 무턱대고 제공했을 뿐이다.

그가 포크 한가득 엄청난 양의 홀랜다이즈 소스를 들어 올렸다. "아주 좋아." 그가 입이 꽉 찬 채로 말했다.

나는 아무 대답도 하지 않았다.

"네 예전 주인인 리처드 블랙 — 그분은 우리 삼촌, 그러니까 우리 어머니의 오빠였어." 그가 말을 이어 갔다. "그분이 돌아가셨을 때, 페이스 농장을 포함해서 그분의 모든 재산을 우리 형이 물려받았지. 내 짐작에, 형은 우리 아버지가 가까이 머물면서 조언을 해 주실지도 모른다고 기대했던 것 같아. 하지만 아버지는, 그분은 진정한 과학자야. 재산을 관리하고, 임차인의 임차료를 받으러 다니는 일 따위는 그분의 본성에 들어 있지 않아. 사실 심지어 그분이 집에, 그러니까 그랜본에 계실 때조차도 그런 일은 이미 형의 몫이 되어 있었어. 아버지는 연구 여행에 많은 시간을 쓰셔. 바로 지금 이 순간에도, 실제로, 북극으로 긴 항해를 하고 계시지. 벌써 1년째 집을 떠나 계시고, 최소한 2년은 더 집을 비우실 거야." 그가 한숨을 쉬며 말했다. "형이 자기 책임을 정말로 즐기는 것 같지는 않아. 하지만 형에게는 숫자에 밝은 머리와 노력만 하면 사람들의 마음을 끄는 나름의 방법이 있어. 솔직히 말해서 그런 경우가 드물기는 하지만."

미스터 티치는 씹으면서 입가를 훔친 다음, 재빨리 두 번 더 베어 물었다. "이제 리처드 삼촌이 떠나셨으니, 형은 우리 그랜본뿐 아니라 삼촌의 샌덜리와 호크스워스까지 관리해야 해. 페이스 농장도. 내 생각에 영국에는 주기적으로만 다녀오면서, 여기 서인도에서 대부분의 시간을 보내는 게 형의 계획인 것 같아. 가장 많은 보살핌이 필요한 곳이 바로 페이스라고 하더군. 그 말은 그야말로 다른 사람들에게 돈을 공급하는 게 바로 페이스라는 의미지."

나는 눈을 거듭 깜박거리며 그와 제대로 눈을 마주치지 않았다. 나는 마치 몇 년간 말 상대 없이 지내기라도 한 것처럼 수다를 떨고 싶어 하는 그의 엄청난 욕구에 놀랐다.

"아버지의 과학 연구 활동에 드는 경비를 고려할 때, 우리 가문의 재산은 최근 몇 년간 감소 추세였어. 그런데 하, 이것 보게, 리처드 삼촌의 세습재산(世襲財産)*이 우리에게 다시 부를 가져다 줬지 뭐야." 그가 씁쓸하게 한숨을 쉬며 말했다.

나는 그 말을 거의 하나도 이해하지 못했다. 미스터 티치는 그것을 알아차리고, 눈살을 찌푸리며 포크를 내려놓았다.

"알아들었니?" 그가 말했다.

나는 겁에 질려 아무 말도 하지 않았다.

"자, 말해 봐." 그가 좀 더 다정하게 말했다.

나는 고개를 가볍게 숙이기는 했지만, 말은 하지 않았다.

"내 생각에, 너는 분명히 내가 여기 와 있을 필요가 없는데 왜 왔는지 궁금해 하고 있을 거야." 나는 그런 것을 궁금해 한 적이 전혀 없었는데도, 그는 그렇게 말했다. "음, 지금 나는 여기 와 있고, 날마다 바로 그런 걸 자문하면서 잠에서 깨어나." 그가 빙긋 웃으며 말했다. "농담이야, 워싱턴. 사실, 나는 달아나고 싶었고, 달아날 곳이 필요했단다. 그래서 어느 날 아침, 무턱대고 내 물건들을 챙겨서 아무에게도 알리지 않고 리버풀로 떠났지. 이래즈머스 형이 그 달이 끝나기 전에 출항하리란 걸 알고 있었거든. 그래

* 대대로 한 집안의 계승자가 물려받기는 하지만, 소유자가 자유롭게 처분하거나 채권자가 강제 집행을 할 수 없는 재산을 말한다.

서 형의 객실에 훅 들어가 형과 합류하게 해줘야 한다고 주장했어. 서인도 제도 — 거기에는 배울 것이 얼마나 많을까! 얼마나 귀하고 기적 같은 기회란 말인가! 나는 그때껏 북반구 서쪽의 바람의 흐름에 대해서 많은 연구를 했는데, 여기가 내가 대충 설계해 두었던 비행기구를 띄울 최적의 장소일지도 모른다는 생각이 들었어. 그래서 본격적으로 그 설계도들을 다시 찾아보고, 운반할 자재를 모으면서 횡단 전 몇 주를 보냈어."

그는 천천히 씹으면서 몇 입 더 베어 물었다. "살아남기 위해 의식주라고 할 만한 것을 내가 거의 필요로 하지 않는다는 점이 도움이 된단다 — 그저 내 도구들과 이따금 먹을 약간의 음식이면 족해. 주거지는 고급일 필요가 없고, 유능한 조수만 곁에 있으면 하인 없이도 꽤 잘 지낼 수 있지. 사실, 여기 오기 전에는 이스탄불에서 시중 드는 현지 소년 하나만 데리고 일곱 달 정도 있었어. 이스탄불에서는 숙녀들이 베일로 얼굴을 가린다는 걸 아니? 그건 사실이야. 상당히 매혹적이지."

참으로 특이한 남자였다. 어머니라는 존재가 있고, 그러면서 그녀를 거의 신경 쓰지 않는데도, 한 개인으로서는 충분히 따뜻해 보였으니 말이다.

"이제, 더 실질적인 문제들에 대해 얘기해 보자." 미스터 티치는 그의 빈 접시 위로 가느다란 두 손을 철썩 마주치며 말을 이었다. "요리, 세탁 — 이런 일들을 소홀히 해서는 안 돼. 하지만 네 진짜 일은, 이미 언급했듯이, 내가 실험을 할 때 나를 돕는 거야. 너는 내 구름 범선에 딱 맞는 몸집이야. 밸러스트가 열쇠란다, 알겠니? 총명한 눈을 보니 네가 한두 가지 사실을 배울 수도 있겠다는 걸 알겠어. 비록 고도의 지성을 필요로 하는 내 질문들을 그리 쉽게 흡수할 수는 없으리라는 걸 이해하긴 하지만 말이야. 그래, 우리는 함께 꽤 잘 지낼 수 있을 것 같구나. 너는 아주 잘해 낼 거야. 사실은 — ” 그가 느닷없이 일어나더니, 사이드보드*로 성큼성큼 걸어갔고, 거기서 종이 한 장을 낚아채 내가 앉아 있는 쪽 테이블로 와서 몸을 가까이 숙였다.

나는 그의 목구멍에서 나는 쌕쌕거리는 숨소리를 듣고, 양 손목에서 풍기는 비누의 갑오징어 냄새를 맡을 수 있었다. 나는 매트리스 밑에 예리한 칼날처럼 놓여 있는 검은 못을 떠올렸다.

하지만 미스터 티치는 그저 그 종이를 내 앞 테이블 위에 반듯이 펴 놓았을 뿐이다. 그의 손가락들이 그것을 매만지는 동안 얇고 반투명한 용지가 바지직 소리를 냈다. 그런 다음 그는 놀랄 만큼 멋진 일을 했다.

옷 안감 속 어딘가에서 그가 몽당연필을 하나 꺼냈다. 그는 일종의 가죽끈 안에 든 거대하고 매끄러운 공을 아주 재빨리 그렸다. 나는 그때껏 한 번도 그런 것을 본 적이 없었다. 그가 그림자들과 빛을 좀 더 자세히 그리자, 공이 그 종이에서 위로 올라가는 것처럼 보였다. 그것으로부터 드리워진 밧줄들이 있었다. 그리고 그는 그 구체 아래쪽에, 두 개의 이물이 있는 기상천외한 배 한 척과 거기 매달려 허공으로 튀어나와 있는 노들을 그려 넣었다.

나는 그때껏 그런 예술적 기교는 한 번도 본 적이 없었다. 나는

* 주방에서 상에 내갈 음식을 얹어 두는 작은 탁자. 서랍이 달려 있어 그 안에 나이프, 포크 등을 넣어 둔다.

깜짝 놀라서 그 종이를 뚫어져라 쳐다보았다. 그러다가 불현듯 나도 그렇게 하고 싶어 한다는—필사적으로 그렇게 하고 싶어 한다는—것을 깨달았다. 다시 말해, 내 두 손으로 하나의 세계를 창조하고 싶었던 것이다.

내가 눈을 들어 쳐다보자, 미스터 티치의 두 눈이 반짝반짝 빛나고 있었다. "어때?" 그가 말했다.

나는 그것이 경이로운 것, 더할 나위 없이 경이로운 것이라고 생각했다. 나는 고작 이렇게 말했을 뿐이었다. "훌륭합니다, 선생님."

"나는 그걸 3년쯤 계속 재설계하고 있어." 그가 내게서 종이를 가져가 높이 들어 빛에 비춰 보았다. "우리 아버지는 30년 전쯤에 비슷한 설계도를 과감히 제안하셨지만, 결코 초기 구상을 뛰어넘으려는 수고를 애써 하시지는 않았지. 아버지는, 그래—그분은 내가 여기서 지금껏 만들어 낸 것에 엄청 크게 놀라실 거야. 그분은 자신의 창조물이 너무 불안정하다고 생각하셨거든. 있잖니, 가스들 말이야. 하지만 그분이 한창 활약하던 시절 이래로 비행기구 조종 기술이 얼마나 많이 변했는지 몰라. 나는 내 것이 실제로 날 거라고, 그것도 상당한 거리를 날 거라고 믿어."

그가 목구멍 깊숙한 곳에서 시끄러운 소리를 내며, 갑작스럽게 나를 돌아보았다. "아아, 하지만 당연히—너는 글을 모르는구나. 그럼, 우리는 할 수 있는 한, 그것부터 개선하기 위해 애써 봐야 해. 너는 글자를 사용하지 않고서는 나를 거의 도와줄 수가 없어. 나는 네게 측정값, 방정식, 결과 들을 기록하라고 요구할 거야. 저녁마다 그것들을 나한테 다시 읽어 달라고 할 거야."

"네, 미스터 티치 나리."

그가 말을 잠시 멈추더니, 나를 보며 얼굴을 찡그렸다. "이런. 그 건에 대해서 내가 뭐라고 했지? 나를 뭐라고 불러야 하지?"

"티치?"

"아주 좋아. 됐어."

나는 그의 반짝반짝 빛나는 초록색 눈, 파리의 다리처럼 빽빽한 까만 속눈썹을 빤히 올려다보았다. 그리고 내 미소는 겁에 질린 미소였다.

6

그리하여 나의 이상한 두 번째 삶이 시작되었다.

아침이면 티치와 나는, 처음에는 티치가, 그리고 비록 아주 미숙하기는 해도 나 역시 — 몇 주가 흐르자 점차 더 많이 — 표시해 놓은 상세한 계산 결과를 기록하면서, 전날의 작업들을 검토하곤 했다. 오후가 되면, 우리는 농장 바깥의 미개척지를 걸어 다니면서 식물군을 조사했다. 그런 다음 그는 나를 집으로 보내 청소와 요리를 하게 하고, 그동안 자기 혼자서 한 시간쯤 더 일했다. 그러고 나서, 저녁이면 나는 간단한 책의 단어들 때문에 말을 더듬거리며 얼굴이 빨개져 애처롭게 웅얼거리곤 했고, 그러는 동안 티치는 짜증이 난 채 곁에 앉아서, 그것들을 큰 소리로 발음해 주었다.

나는 그 저녁들을 몹시 두려워하게 되었다. 하지만 아침의 작업들은 기묘하고 경이로웠다. 우리는 산도(酸度)를 검사하기 위해 여러 개의 통에 빗물을 모았고, 전류를 측정하기 위해 바로 그

동늘도 뱀장어를 잡았다. 또 목초지의 똥 무더기들에서 등껍질이 초록색인 딱정벌레들을 골라내 혈청이 담긴 흐릿한 병들 속으로 떨어뜨렸다. 나는 티치를 도저히 이해할 수가 없었다. 나는 그때껏 한 번도 그토록 호기심에 불타는 지적인 사람을 본 적이 없었다. 들판에서 그는 모든 것을 열심히 지켜보았고, 모든 것의 냄새를 열심히 맡았으며, 나이프 같은 손가락들을 흙 속에 마구 밀어 넣으며 모든 것을 만져 보았다. 그는 풀이며 토양을 맛보느라 혀는 까매지고 치아는 엷은 초록색으로 물든 채 들판을 떠나곤 했다. 그는 절벽 끝의 바위들을 따라 날쌔게 뛰어다녔고, 껍질을 벗기며 나무들을 반쯤 타고 올라갔고, 희귀한 게를 잡아채려고 옷을 다 입은 채로 바다에 걸어 들어가는 바람에 셔츠가 파도 속에서 부풀어 오른 적도 있었다. 그리고 새롭게 발견한 것을 볼 때면 매번 가느다랗게 실눈을 뜨곤 했다. 어느 날 오후 그가 내게 손을 펼치라고 말하고, 내 손바닥 위에 아주 작은 푸른색 도마뱀을 한 마리 떨어뜨렸는데, 녀석의 심장이 양 옆구리를 통해 펄떡였다. 내 주먹 안에서 눈부시게 빛나는 생명의 현장이었다.

그는 한 번도 날 학대한 적이 없다. 하지만 그건 전혀 친절한 행동이 아니었다. 왜냐하면 나는 이것이 틀림없이 모두 끝날 것임을, 언젠가 내가 잔인한 사탕수수밭으로 돌려보내질 것임을 잘 알고 있었기 때문이다. 그래서 나는 나 자신이 편해지는 것을 용납하지 않았다. 대신에 풀밭에 내던져진 온도계들을 찾으려 기어 다니고, 떨어진 그의 관찰 기구들을 챙기고, 그가 식물 채집통이라고 부르는 긴 나무 상자 안에 잎사귀들을 조심스럽게 집어넣고, 매일 저녁이면 고작 벌을 받지 않았다는 안도감만을 느꼈다.

자기 형이 다른 노예들을 처벌하는 것에 대해 어떻게 생각하는지 그는 결코 말하지 않았다. 그는 때때로 멀리 떨어져 있는 사탕수수밭을 유심히 쳐다보며 서 있었는데, 마체테*가 푸른 하늘을 배경으로 번쩍이는 걸 지켜볼 때, 그의 얼굴은 지쳤지만 두 눈은 바짝 긴장해 있었다. 자기가 목격한 것으로 인해 괴로웠다 해도, 그는 결코 그것에 대해 이야기하지 않았고, 표본을 수집하거나 계산을 하는 일로 아무렇지도 않게 돌아가곤 했다. 그가 딱 한 번 내게 과감히 어떤 견해를 드러낸 적이 있었다. 우리가 들판 서쪽 가장자리를 지나가고 있었을 때 한 감독관이 농장 일꾼인 메리의 얼굴을 녹슨 가축 몰이용 막대기로 때렸다. 그건 마치 산들바람이 그녀의 뺨 위를 지나간 거나 마찬가지였다. 그래서 그녀는 입에서 피가 새어 나오는 동안에도 여전히 원래 자세를 유지했다. 티치는 그 광경을 긴장한 눈으로 한참 동안 뚫어져라 쳐다보았다. 나 역시 뚫어져라 보았고, 기억에 남아 있던 극심한 공포가 서서히 차올랐다. 그 순간 거의 알아들을 수 없을 만큼 몹시 조용한 목소리로 그가 말했다. "하느님 맙소사."

그날 저녁, 주인이 그와 포트와인을 한잔 하러 왔을 때, 그들의 언성이 급격히 올라가는 것이 서재 문 밖까지 들렸다. 나는 호출을 기다리면서, 조금 떨어진 곳에 조용히 서 있었다. 그들의 목소리는 사나웠으며 화난 듯 쉭쉭거렸고, 주인이 자기 동생의 이해심 부족에 대해 불평하는 소리가 들렸다. 그런 다음 온통 고요해졌다. 문

* 주로 중남미 원주민이 사탕수수를 베거나 벌채를 하던 도구 혹은 무기로 사용한 날이 넓고 무거운 칼.

이 일렀고, 수인은 몹시 화난 눈으로 살짝 뒤뚱거리며 가 버렸다.

티치가 그의 숙소에 늘 넉넉하게 보관해 두는 것 한 가지가 있다면, 그건 종이였다. 그는 종이를 소유하는 데 광적인 사람이어서, 어떤 오후에는 브리지타운에서 종이가 가득 담긴 커다란 나무 상자들을 가지고 돌아오곤 했다. 그래서 결코 재고가 부족하지 않았기 때문에, 그는 내게 매주 많은 양의 새 종이와 질 좋은 까만 데생용 심* 하나를 주고, 글자 쓰기 연습을 하라고 지시했다. 나는 양초 토막이 다 타들어 갈 때쯤에야 내 방으로 물러나곤 했고, 그런 다음 어스름한 주황색 빛 웅덩이 속에서 그림을 그리기 시작했다.

작업을 하는 동안에는 아주 중요한 무언가가, 마음을 평온하게 하는 무언가가 훑고 지나가는 게 느껴졌다. 거의 처음부터, 그것은 내게 경이로운 일, 손가락이 한다기보다는 눈이 하는 행위인 것 같았다. 나는 근처에 있는 것은 무엇이든 그렸고, 체계적인 방법을 모르고 훈련을 받지도 않은 채 작업을 하면서 음영이 중량감을 자아내는 방식들을 연구했다. 그렇지만 조심성을 잃지 않고 매일 밤 완성된 데생을 좁은 원뿔 모양으로 둘둘 만 다음 불에 타 재가 되도록 불꽃 위로 들고 있었다. 주인이 내 불복종에 대해 알게 되면 어떤 일을 저지를지 생각하기도 두려웠기 때문이다.

* 최초의 연필은 단순한 흑연 막대기였으며, 이후 로프로 싸서 사용하는 단계를 거쳐 나무로 감싸는 오늘날과 같은 형태로 발전했다. 17세기 초 영국과 독일에서 흑연 막대기가 들어 있는 나무 연필을 만들었는데, 모양 때문에 한동안 '심(lead)'이라고 불렸다.

하지만 어떤 비밀도 오랫동안 지켜질 수는 없는 법이다. 그것은 이 세상의 진리들 중 하나다.

어느 날 저녁, 마침 내가 종이를 쥐고 촛불에 대고 있을 때, 티치가 내 일을 방해했다. 그가 짜증이 나서 얼굴을 찡그리며 물었다. "왜 종이를 낭비하는 거지, 워싱턴? 네 글씨가 그 정도로 끔찍할 리는 없을 텐데. 어디 보자."

심장이 조여들었다. 티치는 얼굴이 햇볕에 타고 매부리코는 살갗이 벗겨진 채로 천천히 내 부드러운 주먹을 벌렸다. 나는 그에게 저항하지 않았다. 그리고 거기 그것이 있었다. 그날 낮에 우리가 관찰했던, 햇빛이 점점이 뿌려진 나비의 날개들이.

티치는 그 그림을 물끄러미 쳐다보았다.

"죄송해요, 티치 나리." 나는 겁에 질린 채 중얼거렸다.

티치는 나를 쳐다보지 않았다.

"푸른색 부전나비군." 그가 조용히 말했다. "그런데 진짜 네가 이걸 그렸니, 워싱턴? 하느님 맙소사. 자연이 이렇게 정확하게 표현된 건 거의 본 적이 없어." 그는 거의 일격을 당한 듯한 표정으로 나를 유심히 내려다보았다. "정말이지 너는 신동이야."

얼굴이 뜨겁게 달아올라 나는 재빨리 고개를 돌렸다.

이튿날 오후, 그는 자신이 달팽이들을 위해 지어 놓은 작은 나무 우리를 살펴보기 위해 나뭇가지들이 지붕처럼 우거져 그늘진 숲으로 갈 채비를 하다가 잠시 멈추더니 갑자기 나까지 멈춰 세웠다. 그는 자기 삼베 책가방*에 손을 넣어 데생용 심들이 든 통과

* 흔히 새첼 백(Satchel bag)이라 불리는 사각형 가방이다. 손잡이와

소심스럽게 묶인 삽화용 판지들을 꺼냈다. "하마터면 잊어버릴 뻔했구나." 그가 굉장히 진지한 목소리로 말했다. "이게 다야. 망가뜨리지 마라. 지금부터는 네가 수석 삽화가가 될 거야. 네가 보기로 돼 있는 것이 아니라, 본 것에 충실하도록 해, 워싱턴. 내 말 알아듣겠니?"

깔고 앉은 양동이의 뜨거운 테두리가 넓적다리를 파고들고 있었기에, 나는 고개를 끄덕이며 일어섰다 — 비록 당시에는 그 말의 의미가 지닌 중요성을 온전히 이해하지 못했지만.

그날 저녁, 우리는 식사 후 베란다로 갔다. 베란다 난간 너머로는 희미해져 가는 빛이 들판의 초록색을 은은하게 물들이고 있었다. 티치는 여러 권의 책을 무더기로 가지고 와 있었다. "우리 오늘 저녁에는 뭘 읽어 볼까? 『비행기구 조종술의 역사와 실제』? 『항공학 개론』? 『자연 지리학』? 수생 동물들에 관해 읽고 싶은 생각이 있다면, 여기 해양 동물학에 관한 책도 몇 권 있단다. 그리고 여기 소설도 두 권 있지. 라블레*는 어떨까, 이거야 — 이건 정말 오싹하지. 그래, 이거야, 우리 이걸 읽도록 하자."

나는 그가 내게 말하는 게 아니라 혼잣말을 하고 있음을 (내가 종종 알아차리곤 했듯이) 알았다. 그래서 대답을 하지 않았다. 그는 손자국이 묻은 클라레 잔은 자기 쪽 사이드 테이블 위에, 망고 주스 잔은 내 사이드 테이블 위에 놓고 나서, 의자 두 개를 바싹 끌어당겼다. 그는 내가 내민 손에 그 무시무시한 라블레의 책을 놓

어깨끈이 있으며 책가방 혹은 여행용 가방으로 사용된다.

* 프랑수아 라블레(François Rabelais, 1483?~1553). 프랑스의 의학자, 인문학자, 작가. 대표작으로 『가르강튀아와 팡타그뤼엘』이 있다.

았다.

정말이지 나는 그 단어들을 거의 이해할 수가 없었다. 나는 그런 시간들이 질색이었다. 하지만 처음 몇 달 동안 내 손에 느껴지던 종이의 감촉은 결코 잊지 않을 것이다. 마치 압축된 흙먼지처럼 거칠고 익숙하지 않았지만. 그 경이로웠던 느낌도 잊지 않을 것이다. 나는 종이들을 만지작거리곤 했는데, 약제상에게서 온 소포처럼 돌연 약품 냄새가 나곤 했다.

그날 저녁에, 티치는 나를 마주 보게끔 자리를 잡고 앉아, 글자들을 거꾸로 읽었다. "이건 무슨 뜻이지? 우리는 이 단어를 바로 어제 봤어."

나는 그 페이지를, 건조실 간호사가 꿰맨 끔찍한 바늘땀 같은 아주 작고 까만 글자들을 비참하게 응시했다.

"시도라도 해 봐." 그가 말했다.

나는 그 까만 부분들을 살펴보며, 곰곰이 기억을 더듬어 보았다. "에스-추리." 내가 말했다.

"아주 비슷해. 아주 비슷해. 좀 천천히만 해 봐. 에스-추-어-리*."

"에스-추-어-리."

그는 만족스럽게 얼굴을 누그러뜨리며, 즉시 등을 기대고 편히 앉았다. "요 몇 주간 너 때문에 내가 얼마나 많이 놀랐는지 모른다, 워싱턴. 네 이해력 때문에 말이야. 그걸 기대하지는 않았었거든."

그 당시에 만일 내 학습 능력을 믿지 않았다면, 그가 왜 나를

* estuary. '강어귀' 또는 '후미'라는 뜻.

신덱했는시 의심할 생각은 하지 못했다. 대신에 나는 그 칭찬만 귀담아 들었고, 두려움이 무뎌져 가면서 마침내 그 단어들이 무엇이냐는 그의 물음들, 그러니까 질문만이라도 알아듣거나, 또 가끔은 말을 더듬지 않고 대답까지도 할 수 있게 되었다.

그 상태는 오래가지 않았다. 티치는 페이지를 표시하기 위해 손을 얹어 둔 채로 책을 덮고, 얼굴을 희미하게 찌푸린 채 앉아 있었다. "내가 너를 처음 불렀던 그날 밤, 저녁 식사 때, 너랑 같이 식사 시중을 들던 덩치 큰 여자는 누구였지? 그 여자 이름이 통 생각이 안 나는구나."

나는 갑자기 경계하며 머뭇거렸다.

"어서." 그가 단호하게 말했다. "너는 그 여자의 이름을 분명히 알고 있어. 그 덩치 큰 여자 말이다. 코가 부러진 여자. 너희 둘은 아주 친밀했어. 나는 그 밤 내내 너희 둘을 지켜봤지."

"킷이요." 마침내 내가 속삭이듯 대답했다. "빅 킷."

"빅 킷. 그녀는 너랑 무슨 사이니?"

"나리?" 내가 당황하며 말했다.

"네 친구지, 아니니?"

나는 얼굴이 화끈 달아올라 잠시 말을 멈췄다. 몇 주가 지났지만, 나는 아직도 그녀에게서 어떤 비밀스러운 말도, 심부름을 온 주인의 가사 노예들을 통해서나 길고 서늘한 풀밭을 통과하며 지나치는 들 일꾼들에게서 어떤 은밀한 전갈도 듣지 못했다. 나는 그녀에게 버려지고 무시당한 것 같았고, 상처를 입은 동시에 몹시 당황스러웠다.

"네, 나리, 제 친구예요." 마침내 나는 이맛살을 찌푸리며 말했다.

"아줌마는 어머니 같은 존재예요. 만일 제게 어머니가 있다면요."

잠시 이야기가 끊겼다. "틀림없이 그립겠구나."

나는 눈길을 계속 내 무릎에 두었다.

"자, 그래." 그가 과감하게 헛기침을 하며 내게 마음을 가라앉힐 시간을 주었다. 그런 다음 그는 다시 그 책을 펼쳤다. "우리의 삶이 작별과 귀환의 연속이 아니면 뭐겠니? 자, 이제. 이걸 발음해 봐. 여기 이거. 좋아."

내가 빅 킷을 그리워했을까, 그녀의 부재를 뼈저리게 느꼈을까, 그녀를 잃은 것을 애통해 했을까?

두 눈을 감았을 때, 내가 느낀 것은 어둠 속에서 내 얼굴에 닿던 그녀의 서늘한 손의 무게였다. 그녀의 왼손 엄지손톱은 누렇고 조개껍데기처럼 갈라져 있었는데, 그녀는 그 엄지를 손바닥에 대고 오므리는 버릇이 있어서, 그것에 내 뺨이 긁혔다. 그녀의 목소리는 낮고 쉰 듯했고, 그녀는 마치 어떤 훌륭하고 현명한 진리에 도달하듯이 말끄트머리를 내리는 이상한 서아프리카식 말투를 썼다. 그녀는 식사를 하는 동안 한 입 베어 먹는 사이사이 헛기침을 했고, 이를 질색하는 사람들도 있었지만, 아주 어렸을 때 나는 그 모습을 보며 소리 내어 웃었다. 그녀는 언제나 자기 아침 식사의 마지막 한 입을 떠서 내게 내밀었고, 나는 길들여진 동물처럼 그녀의 손에서 그것을 받아먹곤 했다. 그러면 그녀는 활짝 웃었다. 그녀는 거침없고 힘이 셌으며 내 앞에서 태연히 볼일을 봤다. 그녀는 무딘 칼로 머리를 아주 짧게 잘랐다. 두 귀는 다호메이에서 수년간 착용했던 무거운 장신구들로 인해 정상적인 모양이 아니었다. 그녀는 복부에 일곱 개의 각기 다른 창에 찔려 생긴 일곱 개의 흉터가 있었다. 두 앞니 사이엔 소리 내 웃으면 공기가 새며 쉿쉿 소리가 나는 틈이 있었다. 하지만 그녀는 자주 웃지 않았다. 내가 알았던 것은 그녀가 노예로 사는 걸 더 이상 견디지 못할 날이 올 테고, 그날 나를 데리고 자유를 향해 떠나기 전에 많은 사람들을 학살하리라는 것이었다.

7

아침이 지평선에서 하얗게 활활 타올랐다. 나는 아침 식사 전에 티치와 함께 포치에 서서, 하늘의 흐릿하고 얇은 막을 살피면서, 하루 종일 점점 더 더워지기만 하리라는 것을 그 아지랑이에서 알아차렸다.

티치도 내가 본 것을 보았다. 그리고 내가 열기를 느끼는 동안 그도 그것을 느꼈다. 그런데도 그는 펄펄 끓어오르는 태양에서 얼굴을 돌리지도 않은 채로, 내게 이렇게 말했다. "오늘 우리는 코르버스봉을 오를 거야, 워싱턴."

나는 기다리며 그를 가만히 지켜보았다. 그는 한 마리 곤충 같은 팔을 뻗어 저 멀리 있는 코르버스봉의 아지랑이를, 그 봉우리의 평평한 잿빛 정상을 가리켰다. 대부분의 대저택들은 농장의 가장 높은 지점에 지어졌지만, 코르버스봉에 있는 이곳 페이스 농장에서는 그럴 수 없다는 게 이미 판명되었을 것이다. 왜냐하면 그 봉은 표면적이 거의 없는, 정말로 작고 가파른 산이었기 때문이다. 땅거미 질 무렵, 그곳 주위에는 보통 떼까마귀 떼들이 정신없이 들끓었다 — 그래서 이름이 그랬다.* 감히 그곳에 가 볼 엄두를 내지 못하던 우리 들 일꾼들에게, 그곳은 무시무시한 감시탑, 그러니까 감독관들이 우리의 일거수일투족을 상공에서 살펴보러 갈 수 있는 장소였다. 우리는 그것을 두려워했다.

아침 식사 후, 함께 갖가지 도구와 측정 장치들을 챙기면서, 티치는 그의 신비에 싸인 구름 범선을 조립해 띄울 장소로서, 그 지형을 조사할 작정이라고 설명했다. 나는 그의 불그스레하고 눈이 반짝거리는 얼굴에서 (이때는 내가 이미 알고 있던) 열망을 언뜻 보았다. 나는 코르버스봉에 대한 내 두려움을 표명하지도, 다가오는 그날의 더위에 대해 경고하지도 않은 채, 입을 다물고 있었다.

우리는 땡볕에 그을린 너른 들판으로 터벅터벅 걸어갔다. 티치는 가벼운 코트 아래 헐렁한 바지와 흰색 리넨 셔츠를 입고 있었다. 우리는 둘 다 꾸러미를 여러 개씩 어깨에 끈으로 묶어 메 나르고 있었다. 나는 귀중한 나무 식물 채집통을 엉덩이에 차고 있었다. 코르버스봉의 기슭으로 가는 길은, 들판 가장자리에서 시작되어 관목 덤불과 험한 숲을 지나 내륙으로 이어지다가 바로 그 산의 바위 부스러기와 메마른 바위들 사이에서 사라져 버렸다. 키가 큰 풀잎들이 우리 무릎에서 서걱서걱 스치는 소리를 냈다. 우리가 걸어가는 동안, 나는 저 멀리 더위 속에 번쩍이는 마체테 칼들을 언뜻 보았다. 번쩍거리는 그 모든 움직임들에서 빅 킷을 골

* '코르버스'에는 까마귀 모양의 별자리인 '까마귀자리'라는 의미가 있다.

라내려 애썼지만, 그것은 불가능했다.

나무들이 있는 곳에서는 더위가 누그러졌다. 비록 벌레들이 물기 시작하기는 했지만. 우리는 손을 휘두르고 목을 찰싹찰싹 때리면서 걸었다. 그곳은 길이라기보다는 부러진 관목들이 줄지어 짓밟혀 있는 곳이었다. 자신의 목적을 설명하지 않으면서 티치는 여러 그루의 나무 줄기에 초록색 리본을 묶었다. 시간이 흘렀다. 마침내 우리는 비탈을 오르고 있는 것 같았다. 나무들이 드문드문해졌고, 더위가 다시 한번 그 끔찍한 힘으로 우리를 짓누르기 시작했다. 산비탈의 바위투성이 기슭의 공기는 따뜻했고, 곰팡내와 썩어 가는 풀 냄새를 풍기고 있었다. 여기서 우리는 잠시 멈춰섰고, 티치는 내게 나무 맛이 나는 따뜻한 물 한 그릇을 건넸다. 우리는 딱딱한 크래커를 몇 개 먹었다. 그런 다음 거의 아무 말 없이 일어나서 올라가기 시작했다. 낮은 위치에서 올려다본 코르버스봉은 여기저기 덤불이 우거진 바위투성이 급경사면에 지나지 않는 듯 보였다. 그 이상의 엄청난 높이의 봉우리가 솟아올라 있는 모습은 보이지 않았다.

우리는 처음에는 안정적인 발놀림으로 꽤 수월하게 기어올랐다. 나는 티치가 발을 디딘 곳을 지켜보고, 계속 나아가기 전에 내 무게를 실어 시험을 해 본 다음 그의 뒤를 따라갔다. 흙은 푸석푸석했고 잘 부서졌다. 걸을 때마다 흙이 우리 발목 주위로 쏟아져 내렸다. 이따금 풀이 나 있는 특이한 곳이나 엉켜 있는 작은 잎사귀 덩어리를 지나갈 때면, 티치는 내게 그것들을 주워 모아서 식물 채집통에 밀어 넣으라고 외치곤 했고, 나는 그 일이 제공해 주는 휴식에 감사하면서 그렇게 했다. 그 외에는 그는 자신의 계획에 몰두한 채, 말을 하지 않았다. 하지만 나는 이제는 그의 침묵이 별로 두렵지 않았다. 나는 식물 채집통의 깎아 만든 칸들 속으로 작은 노란색 꽃들을 구부려 넣으면서 힐끗 올려다보다가, 그가 축축한 땅에 온도계를 꽂아 넣고 맞바람을 맞으며 실눈을 뜬 채 치솟는 수은주를 바라보는 모습을 지켜보았다.

"38.7도군." 그가 얼굴을 찡그리며 중얼거렸다. "계속 가자."

방금 전까지만 해도 푸석푸석한 땅바닥이었던 것이 갑작스럽게 험준해졌다. 이제 우리는 맥없이 무너지는 돌 더미를 와락 움켜잡으며 네 발로 엉금엉금 기면서 허우적거렸고, 상자들은 우리 등에 철썩철썩 부딪치며 덜거덕거렸다. 내가 몇 차례 미끄러져 아래로 밀려나자, 티치가 잠시 멈춰 서서 고개를 틀어 나를 유심히 내려다보았다. 하지만 우리는 계속 나아갔다. 이윽고 내가 발을 디딜 암석의 노두(露頭)*가 동났고, 식물 채집통의 무게 때문에 몸이 한쪽으로 쏠리며 두 손이 느슨해지는 것이 느껴졌다. 나는 대략 5피트 아래로 세게 곤두박질쳐, 긴 의자 같은 평평한 바위와 충돌했다.

나는 헐떡헐떡 숨을 몰아쉬며 누워 있었다. 나는 몸을 똑바로 일으켜 피가 나고 쓰라린 입술과 뺨의 상처를 만져 보았다. 셔츠는 찢어졌고, 무릎에서는 피가 흐르고 있었다. 나는 티치의 소중한 식물 채집통을 부서뜨렸다는 사실에 겁이 나서, 즉시 끈을 벗으려 몸부림치기 시작했다. 저 멀리 공중에서, 물새 떼가 일제히 날아올랐는데, 하늘과 대조적으로 그들의 날개는 까맸다.

* 기반암 또는 지층 내부 광맥이 지표면에 드러난 부분.

내가 바닥에 무릎을 꿇고 있는 곳으로 티치가 조심스럽게 다시 기어 내려왔다.

"아무 데도 부서지지 않았어요." 나는 그가 볼지도 모를 식물 채집통을 들어 올리며, 불안하게 말했다.

"내가 더 걱정되는 건 네 뼈들이야." 티치는 내 옆에 웅크리고 앉아, 내 양어깨에서 흙먼지를 탁탁 털어 냈다. 그의 피부에서 박하 냄새가 났다. "뉴턴의 제2법칙*을 시험하는 데는 덜 아픈 방법들도 있단다." 그는 가느다란 손가락을 자기 프록코트의 가슴 주머니에 넣어 붉은색 비단 손수건을 꺼냈다. 자기 몸을 기울여 내 뺨을 가볍게 두드려 닦았다. 그는 내 셔츠의 찢어진 곳을 통해 내 가슴에 찍혀 있는 얼룩덜룩한 F자 자국을 얼핏 보았다. 그는 얼굴을 찡그렸다.

"거의 다 온 건가요?" 나는 부분적으로는 그의 관심을 다른 곳으로 돌리기 위해 이렇게 물었다.

그의 목소리는 조용하고 부드러웠다. "지쳤니?"

"아니에요, 티치."

그는 나를 가만히 지켜보았다. "아직 좀 남았어, 워싱턴. 돌아가고 싶니?"

"아니요, 티치 나리. 저는 정말로 괜찮아요. 우리 계속 가요."

그는 힘없는 얼굴로 끈덕지게 숨을 쉬며, 눈을 가늘게 뜬 채 태양을 바라보았다. 그의 아랫입술 밑에는 땀 때문에 뾰루지가 나

* 가속도의 법칙. 어떤 물체에 힘이 가해졌을 때 그 물체가 얻는 가속도는 힘에 비례하고 질량에 반비례한다는 것.

있었다. 두 뺨을 가로지르는 가느다란 흉터는 한 줄기 피처럼 선명한 붉은색으로 변해 있었다.

나는 일어서기 시작했지만, 그는 내 팔목에 손을 얹으며 고개를 가로저었다.

"나는 안데스산맥에서 침보라소산*을 등반하다가 떨어졌어." 그가 말했다. "그 이름은 너한테 아무 의미도 없겠지. 그건 거대한 화산이야. 아마 가장 거대할 거야. 2만 1000피트지. 너무 높아서 일 년 내내 눈에 파묻혀 있어. 그건 어리석은 등반이었어. 우리 중 누구도 준비가 되어 있지 않았으니까. 나는 그보다 이 년 전에는 피레네산맥에서 등반을 했었고, 심지어 그때는 고산병으로 하마터면 실신할 뻔했었어. 하지만 그런 질병들이 남반구에서는 발병하지 않는다는 이론이 그 당시 돌고 있었지."

그가 잠시 말을 멈췄고, 우리는 한동안 더위 속에 앉아 있었다.

"눈이 뭐예요?" 내가 물었다.

"너는 결코 알 필요가 없는 것이란다." 그가 나를 내려다보고 빙긋 웃으며 말했다. "그건 얼어붙은 물인데, 마치 비처럼 하늘에서 떨어져. 아주 차갑고 발밑에 있으면 위험하지."

"거기에 떨어지셨군요."

"짐꾼들이 우리를 버리고 떠났을 때, 우리는 1만 4000피트보다 더 높은 데 있었어. 침보라소산의 안개와 절벽들에 관한 전설들이 있었지. 우리는 도구를 우리끼리 나눠 지고, 계속 갔어. 몇몇

* 남아메리카 에콰도르 중앙부, 안데스산맥에 있는 휴화산. 적도 바로 밑에 있으나 산꼭대기에는 빙하가 있다. 높이 6267미터.

지점에서는 길이 너무 좁아서 어쩔 수 없이 기어 올라가야만 했어. 우리 눈에서는 혈관이 터지고, 잇몸에서는 피가 흐르고 있었지. 티보도는, 가엾은 사람 같으니, 심지어 물조차 토하고 있었어. 호르헤는 두통으로 눈이 멀었어. 내가 미끄러진 건 바로 그때였어. 나는 그냥 떨어지고 또 떨어지고 계속해서 떨어졌지. 간신히 튀어나온 노두에 몸을 기대고 버텨서 추락을 멈출 수 있었어. 한쪽 쇄골이 부러졌어. 그게 그 상태의 정점이었지. 우리 모두 되돌아가야만 한다는 결정이 내려졌어." 그가 미소를 지으며 말했다. "코르버스봉은 알고 보면 아마 조금 덜 힘들 거야."

티치가 길고 가느다란 손으로 자기 목덜미를 쓸었다. 목덜미에서 떨어져 나온 손이 땀에 젖어 번들거렸다. 나는 눈부신 빛을 받으며 눈을 가늘게 뜨고, 하늘의 아지랑이를 빤히 올려다보았다.

"추운 곳 다음에는 더운 곳이군." 티치가 조용히 말했다. 그는 일어섰다.

"티치, 잠깐만요." 나는 몹시 큰 식물 표본들로 가득 찬 마대를 열어서 섬유질이 많은 야자 잎을 두 줌 꺼냈다. 티치는 살짝 당황해서 나를 바라보았다. 나는 두 손을 높이 들어 올렸다.

"이걸 모자 안에 넣으세요. 도움이 될 거예요."

"모자 안에? 그게 뭐에 도움이 된다는 거지?"

"더워요, 나리. 티치. 더워요."

그는 반쯤 생각에 잠겨 잠시 나를 바라보았다. 그런 다음, 땀에 절어 색이 짙어진 머리에서 모자를 벗어 엎어 놓고, 안쪽에 잎사귀들을 깔기 시작했다.

우리는 늦은 오후마저 얼마쯤 지난 후 코르버스봉의 탁 트인 붉은 평지에 도달했다.

하지만 그곳은 평평하지는 않았다. 뜨거운 바람에 쓰러진, 누렇게 그을린 긴 풀들에 뒤덮인 채, 울퉁불퉁하고 깨진 평판들에 에워싸여 있었다. 나무는 전혀 없었다.

아, 그 높이에서 세상은 얼마나 다르게 보였던가. 상상해 보라. 평생 동안 나는 그 야만적인 섬에서 살면서 한 번도 그 섬 둘레를 본 적이 없었고, 광활한 바다를 본 적도, 큰 파도들이 흰 포말을 일으키며 해변으로 밀려 들어오는 것을 본 적도 없었다. 나는 한 번도 조그마한 사람들과 조그마한 말들이 다니는 도로들, 빛 속에서 반짝이는 와일드 홀의 지붕을 본 적이 없었다. 그 섬은 초록색으로 반짝반짝 빛나며 사방으로 서서히 작아져 갔다. 코르버스봉의 풀밭에는 새들이 있었는데, 내가 걸음을 옮길 때면 노래의 파도를 타며 하늘로 날아올라 황급히 흩어지곤 했다. 해는 이미 기우는 중이어서 그림자들이 우리보다 더 길어지고 있었다. 나는 남쪽 절벽 끝으로 걸어가서 반짝거리는 푸른 바다, 마치 수천 개의 사탕수수 수확용 칼들처럼 그곳을 찌르는 따끔따끔한 햇빛을 물끄러미 바라보았다. 그리고 티치가 서 있는 동쪽 끝으로 가 그와 합류했다. 나는 희부연 빛 속에서 페이스 농장의 깔끔하게 손질된 들판, 지면을 가르는 하얀 선들을 보았다. 부정할 수 없는 그 아름다움에 충격을 받아 당황한 채 서 있었다.

"이제 꾸물거리면 안 돼, 워싱턴." 티치는 마치 그 장관에도 동요하지 않았다는 듯, 그렇게 말했다. "깨닫고 보니 어느새 어둠 속에서 하산하고 있는 처지가 되지 않으려면 말이야."

그는 우리가 도구들을 내려놓았던 곳으로 성큼성큼 다시 걸어가더니, 어떤 자루 속을 더듬거렸다. 그가 나를 보며 서류철과 심을 흔들었다.

"자, 어서." 그가 외쳤다. "보이는 대로 그리길 바란다. 지형이 가장 중요해. 그걸 삭기 나른 여리 위치에서 그려."

티치가 자기 책가방에서 가장 긴 막대자를 꺼냈다. 그는 우리에 갇힌 짐승처럼 이리저리 왔다 갔다 하더니, 거리를 휘갈겨 쓰며 중얼거리기 시작했다. "폭이 스무 걸음, 길이가 열일곱 걸음이야. 좋아, 정말 좋아." 그가 혼잣말을 했다. "이거면 아주 잘될 거야. 남쪽 모서리는 16인치 오르막이고, 북쪽은 3인치 내리막이로군. 제법 평탄한 땅이야. 완벽하게 날아오르겠어."

하지만 그 지형을 자세히 둘러보는 동안 서서히 어떤 감정이, 설명할 수 없는 어떤 감정이 내 안에서 차츰 자라고 있었다. 그리고 보이는 대로 더없이 정확하게 그리기 시작했을 때, 우리 아래 펼쳐진 들판 여기저기에 부러진 사람 치아들이 흩어져 있다는 사실을 잘 알고 있는데도 그 봉과 보석 같은 들판이 여전히 엄청나게 아름답기 때문에 내가 애를 먹고 있다는 걸 깨달았다. 뜨거운 바람이 종이로 달려들었고, 아래쪽에서 귀신 울음 같은 소리가 났다. 나는 아기 울음소리가 들렸다고 생각했다. 이곳에서 출산을 한 몇 안 되는 여자들은 곧바로 들판으로 다시 내몰렸고, 뜨거운 태양에 울부짖도록 연한 피부의 갓난아기들을 밭고랑에 놓아 두곤 했기 때문이었다. 들판으로 목을 길게 빼 봤지만, 아무것도 보이지 않았다. 먼바다에서, 엄청난 갈매기 떼가 날아오르며 방향을 들었고, 늦은 오후의 햇살이 그들의 날개 아랫면에 닿아 눈부시게 빛났다.

8

티치는 마지막 한 가지 요소 없이는 그의 실험을 시작할 수 없다고 말했다.

"일꾼들이야, 워싱턴." 그가 내게 설명했다. "들고 나르는 사람, 끄는 사람, 들어 올리는 사람, 잡아당기는 사람, 힘센 팔과 힘센 손목. 우리가 그 기구를 직접 운반할 수는 없지 않겠니?"

그리하여 깨닫고 보니 우리는 어느새 와일드 홀의 출입구에서 가만히 땀을 흘리고 있었다. 공기에서는 찻잎 냄새가 났다. 마치 최근에 저택의 양탄자들을 세탁하기라도 한 것 같았다. 티치는 점점 더 조바심쳤다. 나는 그가 긁힌 흠집이 있는 쪽매붙임 마루 위를 서성거리는 모습을 지켜보았는데, 그가 걸음을 옮길 때마다 목재가 살짝살짝 삐걱거렸다. 그는 그러다가도 내게 다시 다가와 잠시 멈춰 서서, 내 어깨에 머뭇머뭇 부드러운 손을 얹곤 했다. 그의 눈길은 줄곧 먼 복도 끝으로 흘러갔다. 시간이 느릿느릿 가고, 우리 주변이 팽팽하게 부푸는 것 같았다.

얼마나 오래 기다렸는지는 모른다. 마침내 실루엣만 보이는 한 사람이 멀리서 복도를 가로질러 지나갔다. 티치가 그 사람을 큰 소리로 불렀다.

그의 목소리가 그늘 속으로 둥둥 떠내려가는 것 같았다. 잠시 침묵이 찾아왔다. 이내 가이어스가 눈에 띄지 않는 곳에서 모습을 나타냈는데, 그의 제복은 영국산 봉투처럼 빳빳했다. 나는 그를 보면서, 그는 틀림없이 보통 사람보다 뼈가 더 많아서 그렇게 많은 마디로 온갖 각도의 자세를 취할 수 있는 거라고 생각했다. 그가 다가오는 동안, 나는 그의 관절들이 내는 날카로운 소리가 희미하게 들릴 거라고 상상했다.

그는 잘생기고 딱딱한 얼굴에 아무 감정도 드러내지 않은 채 티치를 쳐다보았다.

"이 사람아, 뭣 때문에 이렇게 지체되는 건가?" 티치가 벌겋게 긴장된 얼굴로 말했다. "우린 15분이나 기다렸어. 아무 설명도 없었지. 아니, 음료 한잔 없었어. 형이 어디 아픈가?"

"아닙니다, 나리."

타치가 코웃음을 치며 말했다. "건강하다고?"

"저는 나리께서 여기 계시다는 걸 몰랐습니다, 나리. 아마도 이래즈머스 주인 나리께서도 전해 듣지 못하셨을 겁니다, 나리. 나리를 맞이한 사람이 있었습니까?"

"그랬다면 내가 여기 이렇게 서 있겠어? 형은 어디에 있지?"

가이어스는 나를 힐끗 쳐다보았지만, 몇 초 동안은 몰라본 것 같았다. 따로 떨어져서 줄곧 티치와 함께 몇 주를 보낸 지금, 그의 눈에는 내가 어떻게 보였을까? — 내가 조금이라도 변했을까? 그는 아무 내색도 하지 않았다. 나는 빅 킷의 안부를 묻고 싶은 생각이 간절했지만, 그건 불가능했다. 돌연히 가이어스가 거의 눈에 띄지 않을 정도로 살짝 내게 고개를 까딱했다. 그는 티치에게 이렇게 말했다. "이래즈머스 주인 나리께서는 유감스럽게도 오늘 오후에 몹시 바쁘십니다. 저희가 지시받은 내용은, 모든 방문객들께 알리기를 —"

"나는 방문객이 아니야." 티치가 톡 쏘아붙였다. "나는 동생이야. 나 대신 형에게 상기시켜 줘."

"알았습니다, 나리."

가이어스가 공손하게 살짝 고개를 숙였다 들면서 말했다.

"형에게 전해. 만일 우리를 맞아들이지 않는다면, 다음에 나와 저녁 식사를 할 때 아주 많이 후회하게 될 거라고."

"잘 알았습니다, 나리."

가이어스가 말했다.

하지만 그는 꼼짝도 하지 않았고, 눈길을 돌린 채 여전히 서 있었다. 나는 그가 주인의 분노를 살 위험을 무릅쓰고 싶어 하지 않는 걸 이해했다. 긴 침묵이 흘렀다.

"에이, 망할 것." 티치가 투덜거렸다. "형은 어디에 있지? 위층에 있나? 따라와, 워싱턴."

그는 접견실을 벗어나 집 안쪽으로 더 깊숙이 성큼성큼 걸어갔다. 나는 그의 뒤를 터벅터벅 따라가며, 벨벳으로 만든 물건들이 잔뜩 있는 거실, 섬세한 소형 의자들, 정교한 소용돌이무늬가 새겨진 무시무시하게 큰 사이드보드 앞을 지나갔다.

우리는 폭이 넓은 곡선형 계단을 내려가서 반쯤 그늘진 복도로 나갔다. 한쪽 벽에 붙여 놓은 어느 작은 테이블 앞에, 실밥이 너덜너덜 다 해진 천을 꼭 움켜쥔 한 소녀가 연기에 검게 그을린 촛대를 닦으며 서 있었다. 처음에 나는 부드러워진 자세 때문에 그녀를 알아보지 못했다. 하지만 이내 그녀가 돌아서자 짙은 베이지색 피부, 두드러진 광대뼈가 보였다. 에밀리였다. 그녀의 얼굴은 마치 구겨진 종이처럼, 머리카락 위에서 맴돌고 있는 빳빳한 흰색 보닛*에 감싸여 있었다. 그녀는 나를 보자 멈칫했다가, 수줍게 눈을 내리깔았다.

내가 얼굴이 달아올라서 본능적으로 힐끗 아래를 보다가, 그것을 본 것은 바로 그때였다. 부엌방용 흰옷의 풀 먹인 천에 달라붙은 그녀의 둥근 배.

나는 표정에서 충격을 감출 수가 없었고, 그녀를 빤히 쳐다보고 또 쳐다보았다. 임신부가 고생스럽게 일하는 여건을 감안할 때 실제 출산은 드물기는 했지만, 여자가 아이를 배는 것은 페이스에서는 아주 흔한 일이었다. 하지만 그때껏 이런 일을 예상해 본 적은 결코 없었다. 에밀리는 겨우 열한 살이었고, 아름답고 더럽혀지지 않은 하느님의 천사였다. 아기 아버지가 어느 누구든 이곳의 남자일지도 모르고, 심지어 주인일지도 모른다는 사실에 나는 뺨을 한 대 얻어맞은 것 같았다. 나는 놋쇠 촛대에 가만히 얹혀 있는 에밀리의 두 손을 지켜보면서, 속이 뒤틀리는 기분, 너무 서늘해서 외면할 수밖에 없는 슬픔을 느꼈다.

* 여자나 어린아이들이 예전에 주로 쓰던 모자의 일종. 턱 밑에서 끈을 매게 되어 있다.

티치는 우리의 불편을 전혀 알아채지 못했다. 그는 어서 자신의 일과를 계속하고 싶어 안달이었다.

"응?" 그가 캐물었다. "형은 어디에 있지?"

에밀리는 고개를 돌려, 그녀 뒤쪽에 살짝 열려 있는 문 하나를 매우 의식적으로 힐끗 쳐다보았다. 칼날 같은 빛줄기가 거기서 새어 나왔다. 그 안은 작고 좁은 방, 즉 소다와 젖은 모직물 냄새가 심하게 나는 세탁실이었다. 그리고 그 가장 안쪽에 우리를 마주한 채 삐걱거리는 테이블 위로 몸을 활처럼 구부리고 이래즈머스 와일드가 서 있었다.

그는 쇠로 만든 크고 까맣고 쉿쉿 소리를 내는 가공품을 자기 몸무게를 실어 가며 사용하고 있었다. 우리가 다가가는 동안, 나는 그가 푸른색 면 셔츠 전체를 가로지르며 그것을 누르고 있는 모습을 보았다. 그가 힐끗 올려다본 것은 바로 그때였다.

하지만 그런 식으로, 그렇게 몸소 천한 노동을 하느라 열심인 그를, 그러니까 그 일에 정신이 팔려 묘하게 매력적인 그의 얼굴, 볼록 튀어나온 아랫입술, 컵에 든 물처럼 흐릿한 색의 눈을 목격하다니 얼마나 놀라운 일인가. 나는 그의 이목구비에서 일종의 상처받기 쉬운 매력 같은 것, 다시 말해 어떤 섬세함을 언뜻 보았다.

하지만 그때 주인이 갑작스럽게 딱딱한 미소를 지었고, 그 순간은 지나가 버렸다. "크리스토퍼." 그가 부드럽게 말했다. "줄곧 기다리고 있었구나."

"그랬어."

주인은 어깨를 으쓱했다. 그는 두 손으로 쇠로 된 그 기괴한 물건을 들어 올려서 셔츠의 한쪽 옆으로 옮겼다. "내가 그 가이어스란 녀석에게 너를 돌려보내라고 지시했는데. 그놈 대가리를 박살 내고 더 나은 하인을 찾아야겠군."

"그는 우리한테 형이 아주 바쁘다고 경고했어." 티치가 이맛살을 찡그리며 말했다. "그를 나무라지 마. 나는 형의 일이 얼마나 긴박한지 깨닫지 못했었어."

"이런, 아주 기발하군.*" 이래즈머스 주인 나리가 말했다. 하지만 그는 미소를 짓지 않았다. "내가 이렇게 열심인 것을 보고 놀랐니?"

"나는 그 어떤 것에도 놀라지 않아." 티치가 말했다. "그래서 내가 이렇게 쇠처럼 튼튼한 체질인 거야."

"아주 훌륭하군.**" 주인이 말했다. "재미있어."

우리는 한참 동안 아무도 말 없이 서 있었다. 다리미 밑바닥에서 김이 헐떡대며 올라왔다.

"그래서?" 티치가 말했다.

"나는 네 재치가 다 바닥나는지 보려고 기다리는 중이야. 자, 나한테 원하는 게 뭐니?"

"확실히, 세탁 일은 아니야."

"그러라고 네 검둥이 새끼가 있는 거야." 주인이 유쾌하게 말했다. "아니면 내가 왜 녀석을 빌려줬겠어?"

티치는 놀란 시늉을 하며 눈썹을 추켜세우고 고개를 끄덕였다.

* 다림질(pressing)을 하고 있었던 상황에 대해 티치가 '긴박하다(pressing)'고 표현한 데 대해 대꾸한 것이다.

** iron에 '다리미'와 '쇠'라는 뜻이 모두 있음을 이용한 티치의 말장난에 대한 언급이다.

"방금 형이 내 목적을 딱 맞혔어. 내가 여기 온 건 일손이 더 필요해서야."

주인이 말했다. "저런, 네 풍선 장치 때문이겠지?"

"그래, 내 구름 범선 때문이야. 형이 예상한 대로."

주인이 겉이 검은 다리미를 뒤집어서 그 표면에 침을 뱉었지만 아주 희미하게 쉿쉿 소리가 났을 뿐이었다. 녹슨 금속 냄새가 방 안을 가득 채웠다. "네가 내 다리미의 열을 죽여 버렸어." 그가 심란한 듯 말했다.

"딱 열다섯 명만 부탁해. 힘센 여자들이 껴 있어도 감수할 게. 그게 형한테 더 낫다면 말이야. 일꾼 열다섯이야, 형. 게다가 오로지 그 범선을 코르버스봉으로 운반해서 조립할 때까지만 있으면 돼. 일주일. 어쩌면 이 주 정도야."

"코르버스봉?"

"그곳의 고도면 딱 충분할 것 같아."

"이 녀석아, 코르버스봉이면 소규모 원정이 아니야."

"그래서 내가 노동 인력을 추가로 요청하는 거야."

주인이 입을 오므렸다. "네가 부르는 대로 하자면, 이 구름 범선이라는 게 — 지금 막 나한테 일깨워 주는구나. 그거 꽤 위험하지 않니?"

티치가 잠시 멈칫거렸다. "위험하냐고?"

"음."

"적절한 예방조치 없이는 무엇이든 다 위험해. 마차를 타는 것도 위험하지."

"정도가 같다고는 할 수 없지."

"그걸 띄울 때마다 매번, 밧줄에 묶어 둘 거야, 형. 그리고 오로지 나하고 이 애만 타고 올라갈 거야. 다른 모든 사람들에게는 위험이 아주 적은 것으로 판명되리라 기대해."

"녀석은 내 재산이야." 주인은 나를 거들떠보지도 않고서 말했다. "언젠가 나한테 그 장치가 폭발하기 쉬운 것으로 판명될 수도 있다고 말하지 않았니?"

"맞아, 이전 모델들은 그랬어." 티치가 그렇게 말했다. 그의 목소리에는 조심스러워하는 기색이 있었다. "내가 설계한 게 아니었어. 이번 디자인이 아니었다고. 가스를 조심스럽게 다루기만 한다면, 비교적 안정적이야."

"그리고 너는 검둥이들이 그걸 그렇게 다룰 수 있다고 믿고."

"그들은 감독을 받게 될 거야, 형."

주인이 어깨를 으쓱하며 빈손으로 두 팔을 활짝 벌렸다. "유감스럽게도, 그럴 수는 없겠구나." 그가 간단히 말했다. "검둥이 열다섯을 잃을 수는 없어. 들일을 하는 시간만 생각해 봐도 그건 불가능해. 안 돼."

티치는 놀란 것 같지 않았다. "몇이야?"

"몇이냐니?"

"몇 명이나 내줄 수 있어?"

"정말이지, 잃게 될 수익이 상당해. 어쩌면 한 놈쯤은 보내 줄 수 있을지도 모르지."

"충분하지 않아. 내가 여기 있는 동안, 내 실험에 형의 자산 중 일부를 써도 될 거라고 하지 않았어? 그렇게 말하지 않았냐고?"

주인이 끙 하고 앓는 소리를 냈다. "수익성을 훼손해도 된다는 뜻은 아니었어."

"수익성이라고." 티치가 비웃었다.

이래즈머스 주인 나리가 급히 나를 가리키며 말했다. "말투 조심해."

"그럼 이들에게 이해할 능력이 있다고 믿는다는 거야?"

"나는 그들이 나쁜 짓을 할 수 있다고 믿어. 악의를 품을 수 있다고."

주인이 셔츠를 개키기 시작하자, 다림질 테이블의 볼트들이 애처롭게 삐걱거렸다. 먼지가 들끓는 그 방 안으로 갑자기 바깥 복도에서 일을 하는 에밀리의 높고 초조한 콧노래가 들려왔다.

"그럼, 열둘." 티치가 말했다.

"검둥이 둘, 더는 안 돼."

"남자 열 명."

주인은 지친 듯 숨을 길게 내쉬었다. 참으려고 안간힘이라도 쓰고 있는 것 같았다. "우리는 마담 에일린의 과수원에서 사과를 교환하고 있는 게 아니야, 크리스토퍼. 우리는 일곱 살이 아니라고."

"남녀 다 해서 열 명이야, 형. 그러면 나는 들일에 관해서 더 이상 아무것도 묻지 않을 거야."

"그럼 검둥이 열 명이다. 하지만 그들의 하루 작업이 끝났을 때만이야."

하지만 그것은 우리의 시간이라고 나는 생각했다. 깨어 있는 시간 중 유일하게 우리 것인 시간. 나는 그런 짧은 시간들을 오두막들에서 보낸 하루 중 가장 평온한 시간으로 기억했다. 우리는 다 함께 모여서 먹고 이야기를 나누곤 했다.

니지가 고개를 가로젓고 있었다. “그건 그리스도인답지 않아, 형. 흑인들도 다른 모든 사람들처럼 휴식이 필요해. 그들이 어둠 속에서 나를 위해 일하는 게 그들에게 좋을 턱이 있겠어? 부상이 생길 거야. 그리고 낮 동안에도 형한테 무슨 도움이 되겠어? 두 배로 일해서 지친 데다, 그들 중 절반은 부상당해서 — ”

“그래서?”

“그러면, 아홉. 하지만 내 프로젝트 기간 중에는 다른 임무에서 완전히 면제해 줘.”

“너는 너 자신이 그들을 얼마나 힘들게 부려 먹을지에 대해서는 꽤 낙관적인 것 같구나, 티치. 그 유명한 네 양심은 지금 어디에 있는 거냐?”

“그 점에 대해서는 내가 책임을 질 거야. 그들을 빌려주겠어?”

“다섯이었지?”

“아홉.”

주인이 한숨을 쉬었다. 그는 한참 동안 주저하며 다리미를 노려보았다. 천천히 무언가를 기억해 내고 있는 것처럼 보였다. 목청을 가다듬은 다음, 그가 말했다. “그래, 아홉, 그렇게 해. 끈질긴 것 빼면 너는 아무것도 아니지. 이 녀석아, 내 말 잘 들어. 내가 줄곧 너와 함께 얘기하려고 했던 진짜 중요한 문제가 하나 있어.”

티치는 고개를 갸우뚱하고 자기 형을 유심히 내려다보았다. 그는 기다렸다.

“닷새 전 저녁에, 킹스턴* 소인이 찍힌 편지를 한 통 받았어. 킹

* 중앙아메리카 자메이카에 있는 도시. 카리브해의 무역항으로 유명

스턴에서 무슨 용무가 있다는 건가 싶었지. 음, 그건 우리 친척인 필립이 킹스턴에서 오는 중일 거라는 소리 같았어. 그는 곧 도착한다며 우리를 위협하고 있어."

"필립?" 티치는 눈을 가늘게 뜨며, 별안간 입을 다물었다. 마치 자신에게 천벌이 닥칠 거라는 말을, 꼭 사람이 아니라 유령이 나타날 거라는 말을 듣기라도 한 것 같았다. "필립이 여기 와 있다고? 대체 무엇 때문에? 필립이라니. 맙소사."

"정말이야."

"그가 자기 목적이 뭔지 적었어? 즐기자고 항해를 하지는 않았을 텐데."

"그를 즐겁게 하는 건 아무것도 없어. 우리가 금세 그걸 알게 될 거라는 확신이 드는구나."

"필립이 킹스턴에 와 있다니." 티치가 두 눈을 감자, 걱정 때문에 미간에 희미하게 주름이 하나 잡혔다. 그가 고개를 가로저었다. "그런데 그게 형이 그 일에 관해 처음 들은 소식이야? 자기가 도착했다는 걸 우리에게 알리기까지 그렇게 오래 기다렸다는 건, 그로서는 엄청난 위험을 감수한 건데."

"아." 주인이 잔인한 미소를 지었다. "그는 몇 주 전에 편지를 썼지만, 내가 그의 의도를 진지하게 여기지 않았어. 내가 잘못 판단한 것 같아. 우리가 어렸을 때는 그가 그렇게 빨리 움직이지 않았잖아."

티치는 아무 말 없이 형을 노려보았다.

하며, 현재 자메이카의 수도.

"그는 리버풀 부두의 쥐새끼처럼 뚱뚱했지." 주인이 웃음을 터뜨렸다. "그리고 엄청 음침하고, 까다로웠어. 야단났군. 그 불쌍한 인간이 자살 시도를 하지 않기를 바라. 차라리 나를 죽여 줬으면 좋겠어 — 더 이상 그의 변덕스러운 기분에 시달릴 필요가 없을 텐데."

"아무튼, 그는 제 부모님에게서 그런 성격을 물려받았어." 티치가 약간 날카롭게 말했다.

"그래." 주인이 말했다. "나는 네게 그가 도착하면 브리지타운으로 마중 나가라고 요구할 참이야."

"맡겨만 줘. 그게 다야?"

"그리고 그를 묵게 해 주라고 요구할 참이야."

티치는 잠시 눈을 깜박거리며 서 있었다. "와일드 홀의 다섯 개 부속 건물 가운데 내줄 방이 단 한 개도 없어?"

"모두 수리 중이야, 동생아."

"그렇군."

"그는 먹고 또 먹고 수심에 잠겼다가 또 먹을 테고, 날마다 아침이면 몸이 아플 거야. 나한테 연극을 펼칠 만한 공간은 없어."

"형."

"언제든 그를 검둥이들과 함께 묵게 해 줄 수는 있지." 주인이 활짝 웃었다.

티치는 그 말에 미소를 짓지 않았다. "그는 얼마나 오래 머물 예정이지?"

"석 달이라고 들었어. 그걸 믿지는 않지만."

"그는 두 주를 버티지 못할 거야." 티치가 생각에 잠겨 말했다.

“그 아홉 사람을 내게 넘겨줘. 그러면 그 문제는 해결됐다고 여겨도 좋아. 산더미 같은 할 일과 여러 병의 와인으로 필립을 맞이하겠어.”

“우리 친척은 구경거리를 몹시 좋아하지.” 이래즈머스 주인 나리는 주의가 산만해진 듯 다림질한 셔츠 위를 한 손으로 죽 훑으며 말했다. “이세, 방해받지 않고 오늘 내 일과를 계속해도 될까?”

다음 날 아침 이래즈머스 와일드는 약속대로 쇠약한 노예 아홉을, 그의 가장 병약한 소유물들을 넘겨주었다.

티치는 그들에게 옥수수와 대구와 차게 식힌 물로 이뤄진 소박한 식사를 제공하고 하루의 휴식을 허락하는 것으로 그 모험을 시작했다. 그러고 나서, 이튿날 아침 그들에게 코르버스봉의 기슭까지 죽 걸어갈 수 있는 오솔길을 만들라는 임무를 주었고, 그제야 비로소 그들은 바위 부스러기 산비탈 중턱에 길을 개척하기 시작했다. 정상에 이르는 마지막 구간에서는 도구들과 가장 무거운 물건들을 끌어당기기 위해 도르래 장치를 대충 만들어 설치했다. 이제 티치는 그들 사이에서 하루하루를 보냈다. 나는 티치가 진행 중인 갖가지 실험들을 하면서, 언제나 눈을 모로 뜨고 그들을 보곤 했다. 목덜미를 따끔거리게 하는 햇빛을 쏘이며 들판에서 벌레들을 잡고, 여자들과 남자들이 저마다 머리에 고리버들 통, 천을 담은 바구니, 푸르른 하늘을 배경으로 반짝이는 새로 주조된 쇠 볼트들을 이고 경사면에서 가물가물 움직이는 모습을 곁눈질했다. 그리고 비록 멀리 떨어져 있기는 했지만, 그들이 말하는 것, 햇볕에 그을려 가무잡잡한 그들의 목소리가 내게 들린다고 상상했다. 나는 빅 킷을 생각했다. 하지만 그녀는 그들 중에 없었다.

그 아홉 명은 대부분 나를 알면서도 외면했는데, 나는 그들 중 '블랙 짐'이라고 알려져 있던 제임스 매디슨에게만 말을 걸었다. 하지만 내가 그에게 빅 킷의 안부를, 그녀가 내게 보낸 비밀스러운 편지는 없는지 물었을 때, 그는 조약돌 같은 검은색 눈으로 잠자코 나를 되쏘아보았다. 나는 그때 그가 백인의 세계가 이미 나를 통째로 집어삼켜 버렸다고 생각한다는 것을 깨달았다. 심지어 가이어스와 에밀리조차도 그렇게 되지는 않았는데 말이다. 내 눈은 그의 거부로 인한 수치심과 분노에 불타오르듯 쑤셨다. 그 아픔에 정신이 번쩍 들었다.

서서히 오솔길이 뚫렸고, 구름 범선의 이상하고 기괴한 부품들이 코르버스봉을 향해 옮겨지기 시작했다. 나는 육중한 나무 상자들이 한 번에 네 사람에 의해 간신히 운반되고, 쇳덩어리들로 가득 찬 자루들이 여러 어깨 위로 거칠게 던져지는 걸 지켜보고 있었다. 다양한 굵기의 긴 밧줄들과 떨어지면 안 되는 유리 도구 상자들과 타르 칠을 한 방수포와 기름 먹인 유포와 잔뜩 뒤엉킨 천들이 있었다. 나는 그 모든 것을 놀란 눈으로 관찰했다

하지만 미스터 필립이 도착하는 날 아침에는 모든 작업이 중단되었다. 왜냐하면 티치는 일꾼들이 목소리가 들리지 않을 만큼 먼 곳에 있으면 그들을 신뢰하지 않았기 때문이다. 그 전날 밤, 티치는 딴 데 정신이 팔린 채 묵묵히 식사를 하고 나서, 거칠게 숨을 내쉬며 놀란 듯 나를 힐끗 쳐다보더니 먼지를 털고 방을 하나 더 마련해 달라고 했다. 나는 갑자기 두려움을 느꼈다. 티치와 함께

하는 이 특이하고 평화로운 가정생활이 결국에는 분명히 끝날 거라고 처음부터 줄곧 두려워하기는 했지만 말이다. 이제 나는 그의 친척인 필립의 기질과는 별개로, 집 안에 백인 주인이 한 명 더 있으면 관용은 줄어들고 엄격함은 늘어나리라는 점을 깨달았다. 배 속에서 공포라는 밧줄이 풀리는 게 느껴졌다.

우리는 아침 식사 후 마차를 타고 출발했는데, 티치는 내가 함께 마차 안에 타고 가야 한다고 주장했다. "너는 자리를 그리 많이 차지하지 않아, 워싱턴, 괜찮아. 문을 꼭 닫아라." 그는 처벌에 직면한 남자의 일그러진 얼굴을 하고 있었다.

"그분이 그렇게 심하게 고약하신가요, 티치?" 내가 물었다.

티치가 놀라서 미소를 지으며 말했다. "고약하냐고? 이런, 워싱턴, 그동안 내내 걱정하고 있었던 거니? 맙소사, 아니야. 필립은 괜찮은 사람이야. 약간 우울해 하기는 해, 분명히 그렇다고 할 수 있어 — 아니, 아주 우울해 하지 — 하지만 대체로 운동가다운 친구야."

티치는 창밖에 지나가는 들판을 응시하기 시작했다. 마음이 완전히 편해 보이지는 않았다. 마차가 도로를 따라 덜컹거리며 나아갔다. 그는 초록색 눈으로 나를 찬찬히 바라보았다. "우리 셋은, 그러니까 이래즈머스 형, 필립, 나는 함께 놀았고, 같은 해에 사교계에 입문했어. 하지만 각자 삶과 책임이 중요해지면서, 우리 사이에 점점 거리가 생겼지."

마차가 모퉁이를 돌아 천천히 내리막길을 가기 시작하자, 티치의 두 어깨가 흔들렸다. 창문으로 들어오는 햇살이 타는 듯이 뜨거웠다. 창문은 열리지 않았다.

"필립은 아주 점잖아, 아주 점잖지." 그는 혼자 심란하고 슬퍼 보이는 미소를 지으며 말했다. "오랫동안 그는 악수하는 걸 거부했어. 손길이 닿는 걸 몹시 두려워하거든. 있잖니, 분자들 때문이야. 그는 사방에 자신을 병들게 할 분자들이 있다고 믿어. 우리 어머니도 비슷해. 아니, 필립은 아주 매력적인 사람이야, 대체로는. 아마 그저 조금 기운이 없을 뿐일 거야. 그런데 식욕은 왕성해. 내가 거리끼는 태도를 취한다면, 그건 그저 누군가와 함께 있는 것에 대한 일반적인 두려움 때문일 거야. 우리 모두 고독할 때는 누구와 함께하길 바라지만, 엄청난 방문이 있기 전날 밤에는 몸서리를 치기 마련이거든."

그가 숨을 느릿느릿 내쉬었고, 침묵 속에 흙길 위에서 말발굽들이 딸가닥거리는 소리가 들렸다. 바스락거리는 농작물 위로 햇살이 눈부시게 빛나는 아름다운 날이었다.

"내 생각에 우리는 이상한 가족이야, 워싱턴, 대부분의 가족보다 더 이상한 것 같아." 티치가 한쪽 무릎 위로 깍지를 끼었다. 그의 모자는 바로 옆자리에 뒤집혀 있었다. 그의 검은 머리카락은 헝클어져 있었다. 나는 창밖에 지나가는 흙먼지 빛깔의 지붕 없는 노예 오두막들을 힐끗 바라보았다. "내가 우리 어머니, 아버지가 잘 맞지 않는다고 말했던 것 같은데. 마음이 끌린다고 결혼하는 건 우리 계층의 운명은 아니야. 우리 모두에게는 저마다 의무가 있어서, 자유를 얻으려면 투쟁을 해야만 해." 그가 나를 보며 얼굴을 붉혔다. "음." 그는 잠시 말이 없었다. "우리 아버지는 유물론적 세계관을 가지고 계셔. 그분은 자연의 비밀들을 풀 수만 있다면, 인간이 알아야 할 모든 것을 알 수 있을 거라고 믿으시지. 그리고 지금껏 많은 것을 발견해 내셨어. 그건 사실이야. 그런데 그분의 모든 연구 능력을 물리친 단 한 가지가 바로 우리 어머니의 마음이야. 아버지는 도무지 어머니를 이해하시지 못해. 이건 나도 많이 공감해. 나도 어머니 마음을 헤아릴 수가 없으니까. 어머니는 거의 비이성적일 정도로 고집불통이셔. 자신이 우리나라 북쪽 지방에서 태어났기 때문에 그런 거라고 주장하시지. 거긴 비가 아주 찬 데다가 1년 내내 수그러들지를 않거든."

나는 티치의 나라의 추운 북쪽 지방을 상상해 보려 노력했다. 불가능했다. "친척 분도 거기 출신이신가요?"

"아, 사실은, 아니야—필립은 우리 아버지의 사촌의 아들, 그러니까 우리 육촌이야. 지금까지 수십 년 동안 그들 분가(分家)는 런던에 거주했어. 그들은 그로브너 스퀘어에 타운하우스*를 두고 있지."

"그분은 런던 출신이군요." 나는 따라 말했다.

티치가 앞으로 손을 뻗어, 내 한쪽 어깨를 꽉 쥐었다. "그렇게 조바심치는 건 너한테 득 될 게 하나도 없어, 워싱턴. 필립은 충분히 온화한 사람이야. 알게 될 거야."

마차가 브리지타운에 들어서자, 나는 벤치에 몸을 더 꼿꼿이 세우고 앉아, 뜨거운 유리창에 이마를 바짝 대고 눌렀다. 나는 한 번도 그 거리들을 방문했던 적이 없었다. 그런 특권은 엄선된 노

* 대체로 영국 귀족들이나 부자들은 지방에 본집(country house)이 있으면서도, 런던에 머물 때를 위해 별도로 도시저택(townhouse)을 두었다.

예늘에게만 허락되는 것이지, 들에서 사탕수수를 베는 노예에게 허락되는 것은 결코 아니었기 때문이다. 나는 경이에 찬 눈으로 빤히 쳐다보았다. 건물들이 너무나 많았다. 그 지붕을 덮은 나무 널빤지들은 수십 년에 걸쳐 허리케인이 몰아친 날씨 탓에 은빛으로 반짝였고, 그 앞쪽으로는 눈부시게 차려입은 창백한 사람들이 바삐 거리를 지나가고 있었다. 도로에서는 흙먼지가 뭉게뭉게 솟아올랐다. 말들은 더위에 고개를 숙이고 빠른 걸음으로 지나쳐 갔고, 파리가 들끓었다. 우리는 어느 길모퉁이에서 기묘한 매듭 피리를 불고 있는 한 뱃사람을 덜커덕거리며 지나쳐 갔는데, 남자가 그러고 있는 동안 그 옆에서는 또 다른 남자가 현 위에서 손가락들을 눈에 보이지 않을 정도로 빠르게 움직이며, 스스로 그 피들* 소리에 맞춰 춤을 추고 있었다. 우리가 갑작스러운 교통 체증에 막혀 멈춰 서자, 항구에서 손수레에 실려 온 너무 익어 버린 과일과 더위에 상하기 시작한 거대한 참다랑어 토막들의 악취가 마차를 뚫고 흘러들어 왔다. 나는 지나가던 어느 시장 좌판에서 생선의 흐리멍덩한 눈을 언뜻 보았는데, 그것들은 바닥에 깔린 시원한 잎사귀들 위에 누워 멍한 눈을 하고서 길게 갈린 몸 틈으로 피를 흘리고 있었다.

그 첫 도시 여행에서 나는 이 모든 것을 기억해 두고 싶었다. 나중에 그림을 그리기 위해 이 모든 것을 내 마음속에 담아 두고 싶었다. 말들이 바닷가를 따라 널빤지를 깐 길 같은 곳을 가로지르며 터벅터벅 나아가는 동안, 마차가 가볍게 덜컹거렸다. 이내

* 구어로 바이올린이나 그 비슷한 현악기를 이르는 말.

누구라도 눈을 휘둥그렇게 뜨고 보지 않을 수 없는 것이 눈에 들어왔다. 거기, 그 도시의 언덕 위, 거무스름한 나무들 사이에 하얗고 거대한 수많은 풍차들이 끝없이 무리 지어 반짝거리고 있었던 것이다. 나는 두 손을 유리창에 바짝 대고 누르며 몸을 앞으로 숙였다.

"제당 공장에 동력을 공급하는 풍차들을 본 적이 있잖니, 워싱턴?" 티치가 내 관심에 놀라 말했다. "한꺼번에 이렇게 많이 본 적은 한 번도 없겠구나. 그래, 엄청난 광경이지."

천진난만한 내 눈에 브리지타운은 끝없이 뻗어 있는 것처럼 보였다. 나는 코르버스봉에서 언뜻 보았던 지붕들을 머릿속에 그려 보려고 노력했지만, 그럴 수가 없었다. 우리가 바다를 향해 내려가는 동안, 레몬, 라임, 오렌지 과수원들이 보였다. 나는 흘낏 위를 쳐다보았다. 포대(砲臺)가 항만 입구에 우뚝 솟아 있었다. 마침내 우리가 부두에 도착하자, 티치가 마차 문을 홱 열고 내리며 거리로 나섰다. 그는 모자를 조심스럽게 머리에 얹었다.

"자네가 이런 더위를 무릅쓸 필요는 없어, 르네." 그가 마부에게 큰 소리로 말했다. "내가 직접 우리 육촌을 데리고 올게."

그는 인파 속을 좀 더 쉽게 빠져나가려고 두 팔꿈치를 살짝 들어 올린 채, 그 속으로 발을 들여놓았다. 나는 마차에서 내려, 마차 문 앞에 세워져 있던 접이식 층층대의 먼지를 털어 냈다. 마치 주인의 아들인 양 안에 앉아서 기다리는 건 적절하지 않을 것이다. 나는 우리가 바닷가를 따라 넓은 널빤지를 깐 길의 육지 쪽에 멈춰 섰음을 알게 되었다. 잔교와 하선장과 현문(舷門) 들이 항구를 따라 쭉 늘어서 있고, 하늘 높이 우뚝 솟은 거대한 나무배들이

성박해 있었다. 사방에서 사람들이 밝고 걸걸한 목소리로 크게 외쳤고, 배와 부두 사이에 걸쳐 놓은 널빤지 위로 짐들이 우당탕거리며 내려왔고, 땀을 뻘뻘 흘리는 흑인 짐꾼들이 옅은 색의 새 나무 상자들을 자기들 머리 위로 들어 올렸다. 사방에 온갖 빛깔이 넘실거렸고 대이동이 이뤄지고 있었다.

우리는 기다렸다. 르네는 한 손을 마구에 얹고 말들 곁에 서 있었다. 그는 내게 말을 걸지 않았다.

마침내 티치가 머리 색이 짙은 남자의 어깨에 한 팔을 두르고, 군중 사이를 비집으며 돌아오고 있었다. 나는 심장이 목구멍으로 튀어나올 듯 펄떡거리는 것을 느꼈고, 두 다리는 후들후들 떨리는 것 같았다. 왜냐하면 비록 남자가 티치처럼 얼굴 골격이 섬세하고, 똑같이 머리카락도 검고 눈도 비취색이기는 했지만, 허리가 훨씬 더 굵은 데다 얼굴 표정이 달라서, 냉혹하고 주도면밀해 보였기 때문이다. 나는 그의 표정이 마음에 들지 않았다.

짐꾼 둘이 손님의 커다란 여행용 가죽 가방들을 굴림대로 운반하며 뒤따라왔다. 나는 즉시 앞으로 나가 각각의 가방을 마차 지붕 위 어디에, 어떻게 놓을지를 그들에게 알려 주기 시작했다. 티치의 육촌은 나를 거들떠보지 않고, 더워서 모자로 얼굴에 연신 부채질을 하며 나를 지나쳐 마차 안으로 들어갔다. 파리들이 물어뜯고 있었다. 그리고 나는 그 남자가 티치보다 몸집이 더 크기는 해도, 결코 거대하지는 않다는 것을 알아차렸다. 나는 그의 먹성에 대한 그들의 그 모든 대화 때문에 그가 가르강튀아처럼 거대할 것이라고 생각하게 되었던 것이다. 그는 심지어 빅 킷의 허리둘레의 반도 되지 않았다. 어색하게 가느다란 그의 두 팔이 몸통으로부터 기묘하게 뻗어 나와 있었다. 정말로 이상한 사람이었다.

나는 먼지투성이 길을 달려 페이스 농장으로 돌아가는 동안 필립이라는 남자의 짐이 분실되지 않도록 확실히 하기 위해 매듭들을 한 번 더 확인했다. 그런 다음 재빨리 기어 내려가 마차에 올라탔다. 나는 문을 홱 당겨 확실히 쾅 소리가 나게 닫았다.

미스터 필립이 뚫어지게 쳐다보았다. "이 녀석이 너와 함께 여기 탄다고?"

티치가 나를 가리키며 말했다. "미안하지만, 이 애는 워싱턴이야. 내 조수지."

"워싱턴?" 미스터 필립이 다소 불쾌하다는 듯 말했다. "내가 너라면 그 이름을 다시 생각해 보겠어, 티치. 불쌍한 녀석을 놀림감으로 만들잖아."

"내가 고른 게 아니야, 필립. 그건 그의 이름이야."

"좋아, 그렇다면, 부디 이름을 다시 지어 줘. 도대체 어쩌다가 그런 이름을 얻었지?"

"우리 리처드 삼촌이 그러신 것 같아." 티치가 말했다. "리처드 블랙. 사실, 대부분의 노예들이 상당히 유순한 이름들을 부여받았지만, 나머지 노예들은 조금 기묘한 이름으로 세례를 받은 것 같아. 데카르트의 이름을 따서 르네, 이마누엘 칸트의 이름을 따서 이마누엘, 에밀리 뒤 샤틀레*의 이름을 따서 에밀리라고 말이야."

* Émilie du Châtelet(1706~1749). 빛의 성질을 연구하고 에너지 보존의 개념을 세운 근대 최초의 프랑스 여성 과학자.

나는 그녀의 이름에 가슴이 살짝 철렁했다. 나는 페이스에서 마지막으로 그녀의 모습을 잠깐 본 이후로 여러 주가 지나고 세상과 격리된 우리의 따뜻한 마차 안에서 지금에야 비로소, 내가 수색을 포기한 상태임을 자각했다. 그녀가 더 이상 와일드 홀에 없다는 것은 분명했다. 그렇다면 아이를 밴 그 무거운 몸으로 그녀는 어디에 갔을까? 지금쯤 아기는 태어났을까? 나는 내가 결코 알아내지 못하리라는 것을 깨달았다. 왜냐하면 페이스에서 사라진 사람들은 결코 다시 보인 적이 없었기 때문이다.

"리처드 블랙." 미스터 필립이 고개를 절레절레 흔들며 말했다. "맙소사. 그분은 미치광이였어." 미스터 필립의 초록색 눈이 밖에서 지나가는 한 숙녀를 슬며시 스쳐 지나갔다. 그녀의 보닛이 세찬 바람에 뒤로 홀렁 벗겨져 얼굴이 드러난 순간이었다. 그가 갑작스럽게 나를 힐끗 돌아보았다. "안에서 냄새 한번 지독하게 나는군."

"냄새는 괜찮은데." 티치가 얼굴을 찌푸렸다.

미스터 필립은 어깨를 으쓱하며 육중한 몸을 움직여 다리를 꼬았다. "나는 늘 그 무리가 비위에 거슬린다고 생각했어. 블랙 집안 사람들 말이야. 그들의 그 모든 찬송가며 설교들도. 다시 한번 친애하는 펠리시어 블랙의 만찬 테이블의 손님이 되느니 차라리 납골당을 견디겠어."

"나는 그들이 꽤 총명하다고 생각했어. 책을 좋아하는 일족이라고 말이야."

"그럼, 나는 괜찮으니 네가 그들을 차지해도 좋아."

"지금은 하느님께서 그들을 차지하고 계시지."

"그렇지. 사람은 누구나 내세를 더 잘 활용하기를 바라지. 주님은 그들이 자신들의 시간을 이 아래 지상에서 허비하고 있음을 잘 아셔. 코닐리어스 블랙은 그 작은 예배당에서 제 딱한 두 무릎을 해뜨렸지."

"그렇게 불경스러운 말을 하다니." 티치가 빙긋 웃으며 말했다.

"차라리 제 아내의 두 무릎을 해뜨렸어야만 했어. 그랬다면 천국 같았을 거야. 아니면 더 신성하거나. 네가 내 말뜻을 알아듣는다면 좋을 텐데."

"이런, 맙소사."

"자, 자. 너도 너희 어밀리아 외숙모가 두 볼에 홍조가 없었다고 주장하지는 않을 테지?"

티치는 덜커덩거리는 창유리를 의도적으로 매우 신중하게 살펴보았다. "그분은 아주 당당하고 아름다웠지, 맞아."

"이봐, 그분은 치커리 자루처럼 보이는 상태로 돌아가셨어. 그런데 한창때였다고? 이런." 미스터 필립은 과장되게 눈을 감았다. "친애하는 크리스토퍼, 네 결점은 언제나 세상의 자비심에 대한 판단력이 부족하다는 거였어. 너는 아름다움을 직접 경험하느니, 차라리 기괴한 것들에 시달리는 게 낫다 싶겠지."

티치가 소리 내 웃으며 말했다. "기괴한 것들?"

"그 과학적입네 하는 네 모든 허튼짓들 말이야. 정말로 애석한 일이야."

"당치 않은 동정심이야. 우리 아버지와 나는 충분히 만족해."

"그렇군." 미스터 필립이 말했다. 그리고 그의 얼굴에서 무언가가 변했다. 말로 표현하기는 어려웠지만, 거의 양심의 가책을 느끼는 듯한 표정이었다. "좋아. 어쨌든. 네 건강 상태가 좋은 건 알겠어. 이래즈머스 형 역시 건강하겠지? 형을 다시 만나길 매우 간절히 바라고 있어."

"형은 또 다른 농장에서 볼일이 있어. 실은, 일주일 내내, 어쩌면 이 주 동안 없을 수도 있어. 진심으로 너를 맞이하고 싶어 했지만, 내가 이해하기로는 그건 상당히 긴박한 문제였어."

"알겠어." 미스터 필립은 그렇게 말했고, 나는 내가 그의 사람 좋고 느긋한 미소 아래 숨어 있는 어떤 희미한 걱정거리를 언뜻 보았다고 생각했다. "그래." 그는 잠시 동안 잠자코 있었다. "그래."

티치가 창가에서 고개를 돌려 육촌을 힐끗 쳐다보았다. "그런데 우리 어머니는 어떠셔?"

필립이 한숨을 쉬며 말했다. "햄프셔에서는 너를 몹시 그리워해, 크리스토퍼. 그 가엾은 부인께서는 네 행방을 알아내시는 데 시간이 한참 걸렸지. 듣자 하니, 이래즈머스 형이 편지를 보낸 것 같더군. 네가 멍청해져서 도구들을 끌고 신께 버림받은 이런 미개척지까지 줄곧 자기를 따라왔다고 했다던데. 네 어머니가 그 소식을 아주 잘 받아들이셨다고는 말 못 하겠어. 하마터면 반쯤 미칠 뻔하셨지."

"그러니까 어머니가 정신이 이상해지신 건 아니군." 티치는 그렇게 중얼거렸지만, 그의 두 뺨에 홍조가 서서히 피어올랐다. "아무튼 대체로 건강하신 거지?"

"감히 말하는데, 아마 네 어머니는 영원히 몸이 불편하실 거고, 우리 모두보다 더 오래 사실 거야. 아마 영국이라는 나라 자체가

망한 후에도 살아 계실걸."

티치가 빙긋 웃으며 말했다. "이봐, 수준 높은 관찰이로군. 너도 우리 어머니와 똑같이 분자들을 두려워하지 않았어?"

"그 분자들은 다 지난 얘기야." 미스터 필립이 웅얼거렸다.

우리는 덜컥거리며 브로드가를 향해 나아갔고, 나는 얼굴을 들어 햇살 아래 껍질이 벗겨진 채 은빛으로 반짝이며 줄줄이 늘어서 있는 크고 단단한 나무 우리들을 바라보았다. 그 안에서는 노예들이 앉거나 서성거리거나 햇볕에 까져 쓰라린 얼굴을 창살에 기대고 쉬고 있었다. 그들의 발밑 땅바닥에는 헌 옷가지들과 그들 자신의 진저리 나는 배설물이 마구 흩어져 있었고, 우리는 천천히 그 옆을 지나가면서 불쾌하고 지독한 누린 악취를 맡을 수 있었다.

미스터 필립은 그들에 관해 묻지 않았다. 하지만 나는 그들이 도망자임을 알고 있었다. 가사 노예들은 임시로 만든 그런 길거리 감옥을 목격하는 것을 은근히 좋아하면서 종종 언급하곤 했었다. 아무도 고개를 들려 하지 않았고, 나는 누구의 눈에도 띄지 않았다는 데 안도했다. 나는 근육이 얼룩덜룩한 누더기에 가려져 있는, 땅딸막한 체격의 한 남자를 빤히 바라보았다. 그의 얼굴은 무표정했다. 마치 오래 살아서 본능적 충동에서 벗어났거나, 욕구에 대한 기억 자체를 잃어버리기라도 한 것 같았다. 머지않아 그의 주인이 그를 되찾아 가서 불구로 만든 다음 살려줄지도 모르는 일이었다.

한 소년의 거무스름한 허깨비가 훌륭한 리넨 근무복을 입고 미끄러지듯 지나가, 나는 햇살에 따뜻해진 창유리에 손바닥을 밀착시켰다.

"굉장히 음울한 곳이야." 미스터 필립이 주먹을 입에 대고 하품을 하며 말했다. "나는 네가 이곳을 어떻게 참는지 상상도 못 하겠어."

내가 당시 그를 그렇게 묘사할 수 있었을 리는 없지만, 미스터 필립은 그저 자기 계층에 속한 한 남자에 불과했을 뿐, 그 이상은 전혀 아니었다. 그의 위대한 열정의 대상들은 열정의 대상이 아니라 심심풀이였고, 하루는 그저 다음 날로 이어지는 가교에 지나지 않았다. 그는 세상에 가벼운 불만만 품었다. 왜냐하면 세상은 별로 중요하지 않았기 때문이다.

그가 자주 몹시 우울해 했던 것은 사실이다. 그런 날이면 그는 마치 절묘한 난제를 두고 머리를 짜내고 있기라도 한 것처럼, 몇 시간 동안 아무 말 없이 있기도 했다. 그는 우리의 채집 원정 중에 티치와 함께 관목이 우거진 언덕을 걷는 것도 좋아하긴 했지만, 주로 산탄총을 가져가서 가는 길에 사냥을 하려고 시도했다. 이 산탄총 때문에 티치는 그를 꽤 짓궂게 놀려 댔다. 미스터 필립이 심지어 그 자신의 외모보다도 그것을 훨씬 더 세심하게 다뤘기 때문이다. 그는 옷차림에 돈을 많이 썼지만, 성급하게 마구 섞어 입었고, 항상 어떤 단추나 끈들이 너덜너덜 달랑거렸다. 그의 총과 위는 그가 가장 집착하는 대상이었고, 그는 두 가지를 보살피는 일에서는 열광적이었다. 배고픔은 거의 느끼지 않았지만, 식욕은 왕성했고, 요리를 요구할 때는 심사숙고했지만 단호했다. 그는 기름에 튀긴 플랜테인*과 고구마를 파운드 단위로 먹어 댔고,

소금에 절인 대구와 바다거북 스튜를 조금씩 자주 먹었다. 그는 생굴을 얹은 카사바, 홀랜다이즈 소스에 넣어 뭉근히 끓인 청새치 눈알을 먹었다. 결신들린 듯 모비**를 잔째, 커스터드를 그릇째 연거푸 집어삼켰다. 아침에는 늦잠을 잤고, 오후에는 한 손에 레몬수를 들고 우리 숙소 베란다의 등나무 흔들의자에 털썩 주저앉아 있는 모습으로 발견되곤 했다. 그는 부드럽게 명령할 때 말고는 나한테 거의 말을 걸지 않았다. 하지만 어느 날, 내가 스카치 보닛*** 달팽이 요리 접시를 앞에 둔 티치 옆에서 스케치를 하고 있었을 때, 내 데생을 언뜻 보더니, 끙 하고 앓는 소리를 내면서 그 종이를 빼앗아 가, 어리둥절해 하며 그것을 내밀었다.

"이거 봤어, 크리스토퍼?" 그가 말했다.

티치가 흘낏 쳐다보더니 미소를 지으며 말했다. "워싱턴에게 보기 드문 재능이 있지, 안 그래?"

미스터 필립은 고개를 절레절레 흔들었다. "너는 노예에게 헛된 망상을 품게 했어, 크리스토퍼. 너는 좀 더 조심해야만 해. 그런 일이 결과가 좋았던 적은 한 번도 없어."

"이래즈머스 형 같은 소리를 하는군."

"나는 기번의 책****을 읽었어. 너도 그걸 다시 읽는 게 좋을 거

* 아프리카와 서인도 제도 요리의 기본 식품. '요리용 바나나'라는 별칭으로도 불린다.

** 서인도 제도에서 고구마나 생강을 발효시켜 만드는 술.

*** 자메이카에서 재배되는 아주 매운 고추의 일종으로 하바네로와 비슷하다.

**** 에드워드 기번(Edward Gibbon)의 『로마 제국 쇠망사』.

야."

티치가 얼굴을 찡그렸다. "로마인들은 그들의 노예들이 그림 그리는 법을 배웠기 때문에 멸망한 게 아니야."

미스터 필립은 내게 종이를 돌려주었다. "모든 일에는 시작이 있는 법이야."

그가 대체로 온화했음에도 불구하고, 당연히 나는 그를 두려워했다. 그는 정교한 프록코트에 가슴팍이 쪼이고, 더위에 머리카락이 이마에 딱 들러붙은 상태로, 티치의 거처 복도 여기저기를 길 잃은 유령 같은 표정으로 돌아다녔다.

"이봐." 그는 저녁마다 내가 무릎을 꿇고 두툼한 코코넛 조각으로 거무스름한 마호가니 마룻바닥에 광을 내고 있을 때면, 나를 부드럽게 부르곤 했다. 나는 마룻널을 가로지르는 그의 발걸음의 진동을 느끼면서, 근처 창으로 흘러드는 빛줄기 속에 얼어붙어 있곤 했다. 그때껏 그가 나를 때린 적은 한 번도 없었지만, 그 가능성은 가늘게 이어지며 줄곧 맴도는 음악 소리처럼 우리 사이에 늘 떠돌고 있었다. "너는 음식에 관한 한 예술가는 아니구나." 그가 마치 실망한 아버지처럼 부드럽게 말했다. "오늘 밤의 닭고기 요리는 별로였어. 어, 소금을 너무 많이 쳤고, 생강도 너무 많이 넣었어. 내일은 더 잘해야 한다."

그의 어두운 형체가 물러가는 바로 그 순간에도, 나는 고개를 끄덕거렸다.

그렇지만, 날이 갈수록, 나는 그가 주인처럼 주먹으로 마구 두들겨 패지는 않을 거라는 사실을 깨닫기 시작했다. 사실 그는 어떤 오후에는 고되게 일하는 노예들의 모습에 화들짝 놀라는 것처럼 보였다. 마치 그들의 그림자가 그가 자신을 위해 상상했던 그림같이 아름다운 섬에서의 휴가를 망치는 느닷없는 어둠이기라도 한 듯. "그래." 그는 불편한 것처럼 들리는 목소리로 다소 무기력하게 이렇게 말하곤 했다. "희생 없이는 발전도 없는 법이겠지." 그러고 나서는 마치 한기라도 든 듯, 그 광경에서 뻣뻣하게 몸을 놀려 생각에 잠긴 채 느릿느릿 티치의 숙소로 돌아갔다.

몇 주가 지나며, 비록 미스터 필립에 대한 내 경계심은 여전했지만, 두려움은 누그러졌다. 과식을 한 게 분명한 밤이면 미스터 필립은 동향인 거실로 자리를 옮겨, 다리를 뻗을 수 있는 긴 안락의자에 드러눕곤 했다. 그럴 때면, 나는 내 심들과 너덜너덜해진 스케치북을 들고 그 방으로 살금살금 기어들었다. 거기에 그가 짙은 분홍색 목구멍이 드러나 보이도록 입을 헤벌리고 달콤한 우유 냄새가 나는 숨을 씨근거리며 누워 있었다. 그러면 나는 긴 양말이 벗겨진 채 양탄자 위에 놓인, 울퉁불퉁하고 사나워 보이는 발가락의 뿌리 부분들에서부터 그의 모습을 그리기 시작하곤 했다. 그런 다음 위로, 위로 올라가다가, 관자놀이에 난 새끼 새의 것과 비슷한 하얀 솜털에서 끝을 내곤 했다.

그런 스케치들은 일찍이 내가 그렸던 것들 중 가장 부드러운 것들에 속했다. 사실 나는 기술적으로 더 나은 그림들, 꽃이 너무나도 부스러지기 쉬워 보여서 살짝 건드리기만 해도 종이가 갈가리 찢어질 것처럼 보이는 그림들을 그렸었다. 하지만 그 대식가를 그린 그런 은밀한 스케치들은 이상하리만치 생생했고, 내가 이해하지 못하던 부드러움이 더해져 어렴풋했다. 나는 그것들을 아무에게도, 특히 티치에게는 더더욱 보여 주지 않았다.

매일 밤 내 방에서 나는 그것들을 갈기갈기 찢어 조각조각 촛불로 태워 없앴다.

9

그렇게 몇 주가 흘러갔다. 우리 사이에 살아 있는 인간의 모습을 한 끝없는 허기가 있었다는 점만 제외하고는 그 전에 흘러갔던 몇 주와 거의 비슷했다. 주인은 드디어 섬 맞은편에서 볼일을 마치고 돌아왔지만, 병이 들어 오들오들 떨며 와일드 홀에 틀어박혀 버렸다. 새로 도착한 그의 육촌과 동생이 방문차 갔을 때, 가이어스는 그들을 상냥하게 물리쳤다. 발진티푸스라거나 주인이 죽을 수도 있다는 소문들이 돌았다. 나는 그 소문들이 사실이기를 간절히 빌었다.

티치와 함께 매일 밤마다 하던 글 읽기는 그 무렵 음울한 미스터 필립의 존재로 인해 가끔씩 중단되기는 했지만 계속 이어졌고, 나는 여전히 단어들을 쉽게 식별하려고 무진 애를 쓰고 있었다. 나는 현장에서 가장 초보적인 받아쓰기만 할 수 있을 뿐이었지만, 티치는 내 발전에 만족스러워했다. 나는 그때 그가 실질적으로는 내 성공을 거의 기대하지 않으면서 나를 선택했다는 것과, 이제 내 능력을 알게 되었기 때문에 기뻐하면서 자기 선택에 대한 믿음이 더욱 굳건해졌다는 것을 깨달았다.

남자들과 여자들은 나무 상자와 목재와 밧줄 들을 부서져 내리는 비탈 위로 끌어당기며, 코르버스봉에서 노역을 계속 이어 갔다. 우리는 날마다 그들의 진척 상황을 점검하곤 했는데, 몇몇 오후에는 더위 속에서 도구들이 든 책가방을 한쪽 어깨에 걸쳐 멘 티치와 우리의 식량을 지고 가는 나를 미스터 필립이 따라오기도 했다. 마침내, 끔찍하기 짝이 없는 어느 오후에, 그 기구의 모든 부분이 다 모여서 최종적으로 조립 준비가 끝났다.

티치는 신바람이 났다. 그는 작업을 하려고 가져온 천으로 자기 목덜미를 계속 찰싹찰싹 치고 있었다. "우리 축배를 들어야겠어, 필립." 그가 미스터 필립이 부르는 소리에 헐떡이며 답했다. "이 광경을 봐." 그가 나를 돌아보며 활짝 웃었다. "우리 아버지가 이 일에 대해 들으실 때까지 기다려 보라고. 그분은 그렇게 될 리가 없다고 장담하셨지." 그가 축축한 한 손을 내 어깨 위에 얹었다. "얼마나 위대한 모험이 여기 숨어서 기다리고 있을까."

"빌어먹을 바보 같은 모험이지." 미스터 필립이 산마루에 도착하자 숨을 헐떡이며 간신히 말했다.

거기, 그 코르버스봉 꼭대기에는 수십 개의 대형 나무 상자와 온갖 통, 밧줄 뭉치들이 놓여 있었다. 쓰러진 거대한 모자걸이 같은 반짝거리는 고리버들 뼈대, 이상한 베이지색 천 더미가 있었고, 기름을 걷어 낸 버터처럼 색이 연한 곤돌라용 새 목재들은 곳곳에 나뒹굴었다. 나는 뜨거운 흙바닥에 쭈그리고 앉아, 식량 가방을 어깨에서 내린 다음, 어깨를 주무르기 시작했다. 모든 것이 그 봉우리의 가장 평평하고 넓게 트인 공간에 반원형으로 세심하게 배치되어 있었고, 그 한복판에는 고무가 도포된 거대한 비행기구 자체가 놓여 있었다. 우리는, 그러니까 티치와 나는 그 며칠 전부터 줄곧 어떤 불완전한 부분이나, 혹시 있을지 모를 구멍을 찾으며 그 표면을 구석구석 주의 깊게 점검했다. 그 당시 내가 그의 구름 범선의 본질을 완전히 이해하지 못했던 것은 사실이지만, 나는 그의 지시 사항들만은 충분히 잘 알아들었다.

나는 종종걸음을 치며 티치에게 다가가 목소리를 낮추고 말했다. "저는 아버님께서 엄청 감명받으실 거라고 믿어 의심치 않아요."

미스터 필립은 한 손을 가슴에 얹고 서서, 가벼운 호기심을 품고 주변을 유심히 둘러보고 있었다. 그는 땀이 줄줄 흐르는 얼굴을 닦아 냈다. "이래즈머스 형이 이 모든 난장판을 보면 뭐라고 할 거라고 생각해?"

미스터 필립은 딱딱한 미소를 띠고 살짝 숨을 헐떡이며, 봉우리의 서쪽 가장자리에서 보이는 경치를 살펴보기 위해 서서히 움직였다. 티치는 서성이면서 중얼거리다가 무시무시한 태양을 향해 눈살을 찌푸리기 시작했다. 바람 한 점 없는 날이어서, 그 위쪽에는 열기가 연기처럼 엉겨 있는 느낌이었다. 그가 자신의 번들거리는 이마에 검은색 줄무늬 손수건을 가져다 댔다.

"북극은 엄청나게 먼 곳인가요?" 내가 말했다.

티치가 몇 걸음 걸었다. 그러자 햇빛이 그의 몸에만 다르게 쏟아져 내렸고, 그 바람에 그의 모습은 이제 눈부신 푸른 하늘과 대조적으로 어두워 보였다. "그래, 엄청나게 먼 곳이야." 그가 기침을 하며 말했다. "아버지는 당신의 표본 수집품으로 유명한데, 그 대부분을 몬터규 하우스*에 기증하시지." 나는 그의 목소리에서 그가 감춰 둔 자부심을 간파했다. "너도 알다시피, 그분은 영국학사원의 회원이시고, 코플리 메달** 수상자인 동시에 베이커 메달 수상 연설***을 하신 분이야. 정말, 정말 대단한 명예지."

티치는 나를 지나쳐 가더니, 고무 같은 천 옆에 무릎을 꿇고 앉았다. "우리는 이 덮개를 저쪽에 있는 저 뼈대에 부착할 거야. 그 뼈대 바닥에, 운항용 날개와 노를 설치한 우리 곤돌라를 매달 거고."

"그러면 그것들이 그게 공중에 떠 있게 해 줄 거고요."

"그것들은 그것에 방향을 제시하고, 항로를 따라 나아가게 해 줄 거야. 그게 공중에 떠 있게 해 줄 것은 가스야. 수소지."

나는 호기심에 차서 그를 바라보았다. 그는 그때껏 수소 가스에 대해서는 거의 이야기하지 않았다.

티치가 그 뼈대의 가벼운 목재 부품들을 샅샅이 뒤지는 바람

* 원래 런던 블룸즈버리 지역에 있던 저택의 이름으로, 17세기 후반 영국 박물관 개관을 위해 위원회가 그 저택을 구입하면서 당시 영국 박물관을 의미하는 말로 사용된 바 있다. 박물관 확장을 위해 1980년대에 철거되었다.

** 영국학사원에서 과학 발전에 공이 큰 사람에게 수여하는 상. 오늘날의 노벨상과 같은 권위로, 특히 당대 과학자들에게는 최고의 영예였다.

*** 영국학사원의 회원이자 코플리 메달 수상자인 헨리 베이커가 남긴 유산으로 1775년부터 수여되기 시작한 베이커 메달의 수상자는 자연 과학을 주제로 한 수상 연설을 해야만 한다.

에, 막대기들이 서로 부딪쳐 손가락 관절들처럼 딱딱 소리를 냈다. 나는 그 빳빳한 직물을 더듬었다. 그 면직물에는 한때는 살아 있었던 어떤 것의 감촉, 그러니까 시체의 피부 같은 감촉을 전달하는 두툼한 고무 막이 입혀져 있었다.

"그게 우리가 수소 가스를 가득 채워 넣을 주머니야. 알다시피, 그 가스는 수변 내기보다 분자량이 더 적으니, 상승할 수 있게 해 줄 거야." 그의 머리칼이 난 부위의 피부는 끊임없이 내리쬐는 햇빛에 얻어맞아 멍이라도 든 듯 자줏빛이었다. "여기 봐, 내가 한번 보여 줄까? 필립!" 그가 큰 소리로 불렀다.

그의 육촌이 손을 들어 눈을 보호하며 돌아섰다.

"내가 가스를 시연해 볼까?" 티치가 외쳤다.

미스터 필립은 손을 흔들고, 무심하게 터덜터덜 걸어 돌아왔다.

"너는 저쪽에서 대기해야 해." 티치가 그의 육촌에게 말했다. "그리고 워싱턴, 너도 거기서 그와 함께 기다려."

티치가 여러 개의 레버가 갖춰진 커다란 금속 통 옆에 무릎을 꿇고 있는 동안, 나는 열다섯 걸음 정도 떨어져 있는 미스터 필립 쪽으로 갔다.

미스터 필립은 마치 더울 때 움직이는 것이 통증을 유발한다는 듯, 천천히 나를 돌아보았다. "이봐, 샌드위치는 어디에 있지?" 그가 말했다.

"다시 한번 말씀해 주시겠습니까, 나리?" 내가 말했다.

"샌드위치 말이야. 어디에 뒀지?"

나는 티치가 수소 가스실을 작동시키고 있는 쪽을 힐끗 뒤돌아보았다. 그가 무릎을 꿇고 있는 곳에서 대략 5피트 떨어진 누렇게 시든 풀밭에 그 식량 가방이 놓여 있었다. 미스터 필립을 올려다보았을 때, 그는 기대감에 차서 나를 빤히 쳐다보고 있었다. 나는 레버들이 마치 달가닥거리는 유리잔들이 놓인 쟁반처럼 쨍강거리는 소리를 들으면서, 저 아래 들판을, 반짝이며 줄줄이 늘어서 있는 사탕수수들을 힐끗 바라보았다. 이런 높이에서 나무들은 마치 풍경화의 가느다란 선처럼, 가늘고 길어 보였다. 우리는 그때 이미 코르버스봉에 여러 차례 올라갔었지만, 그래도 매번 등반할 때마다 여전히 내 마음은 감탄에 벅차올랐다. 나는 티치가 자랑스럽게 보여 주기 시작할 준비가 다 되기 전에, 그 책가방을 가지러 갔다가 미스터 필립에게 돌아올 수 있을 거라고 생각하면서, 잰걸음으로 뛰다시피 그 가방을 향해 갔다.

하지만 뒤쪽에서 엄청나게 큰 쉭 하는 소리가 났고, 나는 놀라서 티치를 돌아보았다. 느닷없이 공기가 번쩍하면서 일제히 우르르 폭발했다. 마치 수많은 유리 벌 떼가 터지기라도 한 것 같았다. 곧이어 내 얼굴에 불이 붙었고, 나는 온몸이 덜덜 떨리는 유백색 섬광이 번쩍이는 가운데 붕 떴다가 나동그라지며 땅바닥에 머리를 부딪혔다. 멀리서 시끄럽게 윙윙거리는 소리, 그러니까 거대한 날개들이 허공을 가르는 것 같은 소리가 내 귀를 가득 채웠다.

그런 다음 모든 것이 고요하고 캄캄해졌다.

얼마나 오랫동안 어둠 속에 머물렀을까? 익숙하게 느껴지는 것이 거의 없었고, 오른쪽으로 몸을 돌리자 갈비뼈가 쑤셨다. 나 자신의 숨소리가 시끄럽게 들렸다. 두 눈에 서늘한 압력이 느껴져서 눈을 뜰 수가 없었다.

이윽고 문이 열리는 소리, 다가오는 발소리가 들렸다. 나는 고개를 좌우로 돌렸다.

"여기가 다호메이인가요?" 나는 부드럽게 외쳤다. "우리 거기 있는 거예요, 킷 아줌마?"

긴 침묵이 찾아왔다.

"킷 아줌마?"

"워시." 티치가 입을 열자, 나는 긴장했다. 잠시 동안, 나는 두 세계 사이에 끼어 있는 게 아닐까, 다시 말해 죽음이 완료되지 않아서 무게가 나가지 않는 상태로 길을 잃고 떠돌게 된 건 아닐까 싶어 두려웠다. "기분이 좀 어떠니?" 그가 말을 이었고, 나는 그 순간 내가, 나의 모든 부분이 오해의 여지 없이 아직 페이스에 있으며 내가 죽지 않았다는 사실을 알게 되었다.

침대가 휘어졌고 티치가 체중을 다른 쪽으로 옮겨 실었다. 그는 아무 말도 하지 않고, 거기 어둠 속에서 그저 숨만 쉬고 있을 따름이었다. 이윽고 그는 헛기침을 하고 나서 이렇게 말했다. "유감스럽지만 뜻밖의 문제가 있었던 것 같아. 나는 그 고도에 시연을 해도 좋을 만큼 산소가 적다고 추측했었어. 내가 틀렸어." 그리고 그는 자신이 어떻게 수소를 대기 중으로 방출했는지, 어떻게 공기가 끓어오르기 시작했고, 그런 다음 강렬한 폭발에 우리 두 사람이 어떻게 완전히 내동댕이쳐졌는지를 띄엄띄엄 아주 상냥하게 설명했다. 티치는 프록코트에 불이 붙었지만, 허둥지둥 무릎으로 기어서, 가까스로 늦지 않게 그 코트를 벗어 버렸고, 팔목과 손에 아주 가벼운 화상만 입었다. 그러고 나서 그는 귀가 윙 하고 울리는 상태로 맞은편을 보다가 나를 목격했다. 나는 당혹스럽게도 고개를 돌리는 바람에, 폭발을 정통으로 맞닥뜨렸던 것이다.

그는 차분하게 말했다. "다행히 네 몸은 다치지 않았어."

나는 말을 하려고 하다가, 깜짝 놀라서 잠시 멈춰 버렸다. 입술 피부에 꿰매어 붙인 느낌이 들어서, 오른쪽 입가를 벌릴 수가 없었다. 나는 머뭇머뭇 한 손을 들어 붕대를 두른 얼굴에 갖다 댔다.

"너는 꽤 운이 좋아. 그 폭발로 죽을 수도 있었어."

나는 아무 말도 하지 않았다. 마른침을 삼키기가 고통스러웠다.

"무엇 때문에 그렇게 가까이 서 있었던 거니? 내가 필립과 함께 지켜보라고 너를 돌려보냈잖아. 그는 다치지 않았어. 너는 그와 함께 있었어야만 해. 내가 너를 돌려보냈잖아, 워시."

그러자 그 순간 미스터 필립, 그의 식욕이 기억났다. 그 섬광, 내 두개골을 동틀 녘 햇살처럼 강타하던 고통이 기억났다.

이제 내 목에 가해지는 무게감, 둔탁하고 무감각한 낯선 느낌을 느낄 수 있었다. 뺨을 돌리자, 베개에 고름 혹은 피 같은, 축축한 자국이 나 있는 게 보였다. 나는 입술을 적셨다. "샌드위치요."

"그게 뭐지?" 그가 상냥하게 말했다. "뭐라고 했지?"

나는 다시 한번 입술을 축이려고 애를 썼다. 그러자 입술이 욱신거리기 시작했다. "그분이 제게 샌드위치를 가져오라고 하셨어요."

티치는 잠시 침묵을 지켰다. "그랬구나."

나는 통증이 가라앉기를 바라며, 입술을 다물었다. 통증은 가라앉지 않았다. 나는 가까스로 이렇게 말했다. "보고 싶어요. 거기가 어떻게 됐는지 보고 싶어요."

티치가 곰곰이 생각하며 내 위쪽에서 조용히 숨을 쉬는 소리가 들렸다. "그건 너무 일러. 인내심을 가져. 낫게 내버려 두자."

"부탁이에요, 티치."

그는 잠시 말이 없었다. "워시." 그가 상냥하게 말했다. "나는 그럴 수 없어."

"부탁이에요." 나는 갈라진 목소리로 말했다.

그때 그는 내 목소리에서 무엇을 들었을까? 잠시 더 침묵이 흘렀다. 마침내 그가 가깝게 몸을 숙이고, 거친 손으로 거즈를 풀기 시작하는 것이 느껴졌다. 아, 얼마나 고통스럽던지. 그 끔찍한 순간을 나는 평생 결코 잊지 못할 것이다. 먼저 고름이 말라붙은 붕대가 바지직거리며 내 살갗이 벗겨지던 소리. 그런 다음 최종적으로 붕대가 벗겨지며 몰려들던 빛과 공기. 방이 밝아서 왼쪽 눈이 움찔했다. 하지만 오른쪽 눈에서는 그림자들이 보였다. 마치 붕대가 일부만 제거되기라도 한 것 같았다.

주름지고 햇볕에 그을린 티치의 얼굴, 몹시 지치고 늙어 보이는 반짝거리는 두 눈이 보였다. 그는 내게 힘없는 미소를 지어 보였다. "이제 과학이 네게 표시를 남겼단다, 워시. 널 자기 것이라고 주장했어."

"제 모습을 보고 싶어요, 티치."

"네게 거짓말은 하지 않을게. 모습이 심각하게 변했단다."

"제가 봐도 될까요?"

"너는 기다려야만 해."

"티치."

그는 망설이다가, 밖으로 나가더니, 몇 분 후 되돌아왔다. 그가 내 얼굴에서 15센티미터 정도 떨어진 곳에 작은 거울을 들고 있었고, 내 모습이 눈앞 거기에서 아른거리고 있었다.

얼마나 기괴한 모습의 생명체가 나를 마주하고 있었던가. 나는 한 손을 들어 올렸고, 내 뺨의 감촉에 몸서리를 쳤다. 마치 고깃덩어리처럼 느껴졌다. 오른쪽은 부분적으로 찢겨 나간 상태였다. 내 볼살 틈으로 분홍색이 도는 낯설고 하얀 부분이 보였다. 오래된 검은색 딱지들이 끓인 오트밀처럼 색이 연한 갓 생긴 딱지들과 함께 상처 주위를 덮고 있었다. 오른쪽 눈에는 피가 가득 고여 있었다. 안개가 낀 듯 흐릿하게나마 그쪽 눈도 여전히 보이기는 했지만, 눈동자는 마치 푸른빛이 도는 흰색의 달처럼 보였다. 그것을 보자, 더피의 살갗 밖으로 튀어나온, 저주를 내리는 눈이 떠올랐다.

티치가 헛기침을 했다. "차츰 치유될 거라고 들었어. 시간이 지나면 나아질 거래." 그가 주머니에서 흰색 손수건을 꺼내 내 눈 밑을 닦았다.

"제가 울고 있나요?" 내가 물었다. 나는 그것을 느끼지도 못하고 있었다.

"상처에서 진물이 나오고 있어." 그가 다정하게 말했다. "그게 다야."

나는 전에도 여러 번 부상을 입은 적이 있었다. 그중 어느 것도 이번만큼 심하지는 않았지만 말이다. 마지막으로 내게 부상을 입혔던 사람은 바로 빅 킷이었다.

날이 시원한 계절, 그녀의 발바닥 궤양성 피부병이 갑자기 심해져서, 그녀가 건강한 노예들의 조(組)에서 쫓겨나 두 번째 조에서 우리같이 약한 녀석들과 함께 힘겹게 일하고 있을 때였다. 그녀가 어쩌다 자기 마체테 끝부분으로 나를 베었을 때 우리는 들에서 함께 일을 하는 중이었다. 나는 그녀에게 조심하라고 말했다.

묘한 주황색을 띤 그녀의 두 눈이 찌푸려졌다. "야, 뭐라고?"

나는 마른침을 꿀꺽 삼켰다. "아줌마 칼이요, 킷 아줌마. 아줌마가 내 다리를 벴어요."

그 순간 뻣뻣하게 굳어버린 그녀의 낯선 표정이 기억난다. 감독관이 우리 왼편 어딘가에서 목이 쉬도록 소리치고 있었다. 건조하고 뜨거운 들판에서, 설탕을 태우는 것 같은 냄새가 공기를 가득 채웠다. 킷은 머리가 사탕수수 꼭대기에 닿도록 몸을 죽 펴고 서서, 평온하고 뭔가에 완전히 홀린 듯한 표정으로 나를 빤히 내려다보고 있었다.

내 심장은 가슴 속에서 간신히 뛰고 있었다.

그녀가 육중하게 한 걸음 내딛자, 갑작스럽게 갈비뼈 밑에서 극심한 통증이 찌르르 번지며 헉하고 숨이 멎는 것 같았다. 나는 숨을 헐떡거리며 휘청휘청 뒷걸음질 치다가, 귀가 윙윙 울리는 소리를 들으며 땅바닥에 세게 부딪혔다. 토양에서 발산되는 열기의 냄새를 맡을 수 있었고, 이 사이에서는 피 맛이 났다. 사나운 태양 아래서 나는 여자들의 그림자가 서로에게 큰 소리로 외치며, 내 위를 지나가는 것을 지켜보았다. 이윽고 나는 아주 천천히 나무판자 위로 들어 올려졌고, 눈부신 들판을 가로질러 운반되고 있는 걸 느꼈다.

갈비뼈 세 대가 나갔다. 그녀의 발길질은 그 정도로 무자비하고 그 정도로 날랬다. 나는 감독관들에게 누가 그랬는지 말하기를 거부했고, 그래서 킷은 벌을 받지 않았다. 하지만 통증은 엄청났고 숨을 쉬기가 힘들었으며, 나는 다시 우리 오두막으로 돌아가기 전까지 건조실에서 며칠 밤을 보냈다. 내가 가슴에 여전히 붕대를 감은 채로 오두막 안으로 이끌려 들어갔을 때 그녀는 내 눈을 피했다.

그날 저녁, 내가 설핏 잠에 빠져들던 때, 내 얼굴로 어떤 손길이 다가왔다. 조용히 우는 소리가 들렸고, 나는 깜짝 놀라며 그 사람이 빅 킷임을 깨달았다. 그녀는 차가운 손바닥으로 내 이마를 쓰다듬으며 중얼거리고 있었다.

"아, 내 새끼." 그녀가 연거푸 그렇게 말하는 것이 들렸다. "내 새끼."

그 순간 나는 그녀가 나를 그렇게 세게 찰 작정은 아니었으며 내가 떨어져 있던 며칠이 그녀를 몹시 고통스럽게 했음을 깨달았다. 나는 이마에 닿는 그녀의 서늘한 피부를 느끼며 눈을 감았다.

10

느릿느릿 몇 주가 지나갔다. 너무 오래 침대에만 누워 있었던 탓에, 킷이 부러뜨렸던 갈비뼈들에서 오래된 아픔이 되살아나, 나는 그 부위를 주물렀다. 불에 탄 내 얼굴은 빳빳하게 오그라들며 검어지기 시작했고, 오른쪽 눈의 시야가 더 넓어졌다. 통증은 점차 희미해졌고, 서서히 사물의 거무스름한 윤곽이 시야에 들어왔다. 티치는 비록 내게 소리 내 말하지는 않았지만 자신의 오산에 대해 몹시 괴로워하며, 내게 쉬라고 일렀다.

내가 침대 옆에 시원한 물 대야가 있는 병실에서 잠들었다 깨어나기를 반복하고 있는 동안, 티치는 기구를 수리하기 위해 코르버스봉으로 돌아갔다. 몇몇 저녁에는 내게 진행 상황을 알려주러 와서, 세심한 측량과 건조(建造) 방식을 전달해 주곤 했다. 나는 벽 쪽으로 얼굴을 돌린 채, 아무 말 없이 잠자코 귀를 기울였다. 점차 건강해짐에 따라, 나는 일어나서 작은 서재까지 걷기 시작했고, 거기서 수중 생물에 관한 티치의 책들을 꺼내, 조용히 삽

와를 응시하곤 했다. 때때로 단어들을 읽어 보려 애써 봤지만, 많이 어려워서 더듬거리기 일쑤였다. 대신에, 광택이 도는 수채화 스케치들, 그 떠들썩한 생동감을 골똘히 바라보았다. 내가 제일 좋아한 것은 유충기를 벗어나면 껍데기를 벗어 버리는 연체동물의 일종인 나새류에 관한 두툼한 학술 서적이었다. 그들은 자연 그대로의 다양한 색깔을 지닌, 이 세상 것 같지 않은 아름다운 생물이었다.

마침내, 어느 날 나는 쨍쨍 내리쬐는 햇볕이 고통스러워 눈을 가늘게 뜬 채 포치로 걸어 나가서, 코르버스봉이 있는 동쪽을 유심히 살펴보았다. 그리고 거기서 부풀어 오른 구름 범선의 으스스하고 사후 세계의 물건 같은 구체(球體)를 목격했다. 그 거대하고 괴물 같은 물건은 길고 굵은 밧줄들에 꽉 잡힌 채 그곳 상공을 맴돌고 있었다. 나는 돌아서서 다시 안으로 들어갔다.

나는 내 눈이 회복되지 않을까 봐 두려웠고, 내 얼굴이 낯설고 기괴할까 봐 두려웠다. 하지만 무엇보다도, 내가 쓸모없을 정도로 화상을 입었을까 봐, 완전히 망가진 존재가 돼 버렸을까 봐 두려웠다.

티치는 그런 말은 들으려 하지 않았다. 그는 내게 참을성 있고 상냥하게 다가왔고, 나는 그의 세심한 배려가 너무 낯설어서 어떻게 이해해야 할지 알지 못했다. 그는 내가 많이 나아졌으며, 곧 업무로 복귀하게 될 것이라고 말했다. 그는 내 부재가 절실히 느껴진다고 했다. 몇 주 동안 만족할 만한 스케치를 한 장도 건지지 못했다고 했다.

나는 아무 대답도 하지 않았다.

이윽고 그는 사고 후 내게 처음 왔을 때부터 줄곧 그를 괴롭혔음이 분명한 질문을 꺼냈다. "그날 처음 눈을 떴을 때……"—그는 잠시 망설였다—"죽어서 아프리카로 돌아가 다시 깨어났다고 생각했니?"

나는 잠시 침묵하다가, 우리의 아주 오래된 믿음에 대해, 포로가 되어 목숨을 빼앗긴 사람이 사후에 자기 고향으로 돌아가게 되는 방식에 대해 천천히 설명하기 시작했다.

티치는 매우 주의 깊게 귀 기울여 들으며, 꼼짝도 않고 가만히 있었다. 그가 입을 열었을 때, 그의 말은 몹시 다정했다. "하지만 너는 여기서 태어났어, 워시. 여기가 네 고향이야."

나는 킷이 나를 다호메이로 데려가기로 결정했다고 말했다.

그는 잠시 머뭇거리다가 이렇게 말했다. "나는 네가 이럴 거라고는 예상하지 못했어, 워시."

나는 그의 못마땅해 하는 말투에 마음이 아파, 아무 말도 하지 않았다.

"그건 말도 안 되는 소리야. 우리가 죽으면, 아무것도 없어. 오로지 암흑뿐이지. 영원무궁토록."

무언가가 내 가슴을 쓰라리게 했고, 나는 느닷없는 공포에 허둥대며 모든 것을 밀어내고 싶은 기분을 느꼈다. 나는 벽 쪽으로 고개를 돌렸다.

그는 스스로 느끼기에 친절한 행동을 한 것이었다. 그러니까 자기가 생각하기에는 선한 일을 행하는 중이었던 것이다.

미스터 필립은 상황이 완전히 달랐다. 처음 내 화상을 본 그는 얼굴이 새하얗게 질려 버렸다. 나는 어두컴컴한 복도에서 두 무릎을 맞붙인 채로 그의 앞에 서 있었는데, 몸이 덜덜 떨리기 시작하는 게 느껴졌다. 그는 엄숙한 표정으로 고개를 절레절레 흔들었다. "이제 넌 추한 녀석이구나, 안 그러니?" 그렇게 말하기는 했지만 그의 목소리에 악의는 전혀 없었다. 대신에 마치 내 모습이 자신에게 엄청난 정서적 고통을 유발하기라도 한 것처럼, 화가 난 표정이었다. "미스터 와일드가 네게 달리 지시한 게 아니었다면, 너는 가까이 다가가지 말았어야 했어." 그가 부드럽게 말했다. "지시를 받으면, 그대로 하는 게 제일 좋아. 그건 너 자신의 안전을 위해서라고. 아마 다시는 그런 실수를 저지르지 않을 거라고 생각하기는 한다만."

"네, 나리." 내가 말했다.

"아주 좋아." 비록 마음의 동요에 여전히 시달리고 있는 게 분명했지만 그는 그렇게 말했다. "이제 저리 가거라."

나는 그가 느낀 것이 죄책감이었는지, 아니면 아무 상관 없는 어떤 큰 슬픔이었는지 알지 못했다. 하지만 그는 미스터 필립이었으므로, 곧 그답게 요리로 관심을 돌렸다. 그의 염려를 해소해 주기 위해, 티치는 형의 부엌 노예들 중 한 명을 오게 했다. 나는 도착한 여자의 이름만 알고 있었고, 그녀가 일종의 불쌍하지만 어쩔 수 없다는 듯 매정한 눈길로 나를 노려보는 모습을 포착했다. 내게 말을 걸 때, 그녀의 말은 퉁명스러웠고 명백하게 혐오감에 차 있었다. 그녀는 에스터라고 불렸다. 그녀에게는 그림물감으로 그린 선처럼, 오른쪽 뺨을 가로질러 콧날을 넘어가는 길고 하얀 흉터가 있었다.

미스터 필립은 그녀가 만든 첫 요리인 생선 수프를 뱉어 내고, 의자를 뒤로 밀치며 방을 나갔다. 두 번째 요리인 대구와 뿌리채소들로 속을 채운 빵 껍질은 실망해서 바닥으로 떨어뜨려 버렸다. 세 번째 요리는 무례하게 접시에서 테이블 위로 밀쳐 버렸고, 네 번째 요리는 그녀를 강제로 자리에 앉혀 직접 맛보게 했다.

마침내 티치는 더 이상 참으려 하지 않았다. 그는 길고 가느다란 팔을 내밀어 미스터 필립을 잡고 그가 테이블에서 일어나기 전에 그를 제지했다. "내일 밤에는 꼭 내가 먹는 것과 똑같은 것을 먹어야 할 거야, 필립. 아니면 에스터를 와일드 홀로 돌려보내겠어. 그러고 나면 매일 밤 홀랜다이즈를 먹게 될 거야."

하지만 결국 미스터 필립은 일시적이나마 위기를 모면했다. 여러 주 동안 열병에 시달린 후 드디어 기력을 회복한 주인에게서 함께 만찬을 하자는 초대를 받았던 것이다. 그가 회복했음을 알고 내가 얼마나 실망했던가. 그의 느닷없는 죽음이 얼마나 많은 목숨을 살려 주었을 것인가. 만약 티치가 그 농장을 어떻게 수습하든 분명히 삶의 형편이 더 나아질 거라고 나는 상상했다. 하지만 그렇게는 되지 않을 운명이었다.

주인은 평소보다 더 여위고 창백해 보였고 눈가에는 다크서클이 생겨 있었다. 하지만 기분은 좋은 것 같았고. 날카로운 혀로 손님들을 맞이했다. 나는 티치의 강권에 따라 그와 동행했고, 화상을 입어 소름 끼치는 모습으로 그의 의자 뒤에 서 있었다. 하지만 그는 내게 아무것도 신경 쓰지 말고, 무리하지 말라고 지시를 내린 상태였다. 왜냐하면 시중을 들 다른 노예들, 그러니까 시중을 들러 불려온 몇몇 들 일꾼들이 있었기 때문이다. 그들을 지켜보는 농안 빅 킷과 내가 여기, 이 방 안에서 시중을 들었던 한참 전 그날 밤이 생각났다. 작은 소년 하나와 더불어 내가 알지 못하는, 키가 크고 체격 좋고 머리가 하얗게 센 나이 많은 여자 노예 하나가 있었다. 그들의 모습에서 그날 우리가 어떻게 보였는지를 어렴풋이 알아챌 수 있었다. 나이 든 노예는 끔찍하게 잔인한 행위에 시달렸던 흔적이 몸에 남아 있었다. 오른쪽 어깨의 동그스름한 부분이 거칠게 잘렸던 적이 있어서, 늘 어깨를 움츠리고 있는 것처럼 보였다. 그녀가 비틀비틀 걸으며 계속 눈을 부릅뜨고 나를 보는 바람에 마음이 불편했다. 내 눈길이 그녀에게 가 닿을 때마다, 나는 그녀가 그 아이에게 얼마나 세심하게 신경을 쓰는지를 알아차렸다. 언제나 자기가 더 무거운 접시를 나르고, 아이에게는 좀 더 쉬운 일을 맡기곤 했다. 킷이 나를 도우려 애썼던 것과 꼭 마찬가지였다. 한번은 주인들을 등지고 있을 때, 그녀가 내게 근엄하게 미소를 지어 보였다. 그것을 보았는지조차 불확실할 정도로 전광석화 같은 순간이었다. 나는 나의 킷을 기억해 내지 않으려 애쓰며 그녀를 외면해 버렸다.

그 노예들에게는 겁먹은 태도가 있었다. 나는 그들이 테이블이나 서로에게 부딪치지 않으려 애쓰며 종종걸음 치는 동안 하얀 테이블보를 가로지르며 떨어져 내리는 그들의 그림자를 지켜보았다. 어렴풋한 땀내와 흙냄새가 그들의 피부에서 발산되고 있었다. 갓 베어 낸 사탕수수의 아련한 풋내도. 소년은 괴물, 화상을 입은 사람인 내게 눈길 한번 주지 않았다. 우리 앞쪽에서는, 마치 줄곧 덜컥거리는 마차처럼, 주인들의 대화가 시끌시끌 이어지고 있었다.

"실내 장식을 새로 할 생각을 해 본 적 있어, 형?" 미스터 필립은 음식을 씹는 사이 애써 고개를 드는 수고조차 하지 않고서 말했다. "이 방에 딱 맞는 독일식 비율 조정 방법이 있어. 어렵지 않을 거야."

주인이 얼굴을 찡그렸다. "뭣 때문에? 검둥이들이 곳곳에 불결한 발자국이나 남기라고?"

"런던에서 실내 장식가를 불러오게 사람을 보낼 수도 있을 거야. 안목이 뛰어난 남자를 알아. 13개월 만에 그로브너의 절반을 새롭게 단장해 냈지."

주인이 길고 감미로운 하품을 하자, 구름처럼 하얀 그의 머리털 한 다발이 이마를 가로지르며 떨어져 내렸다. "크리스토퍼." 그가 동생을 돌아보며 말했다. "이렇게 여러 달이 지났는데 아직도 네가 그대로 머물고 있는 걸 보고 내가 충격을 받았다는 걸 말해야겠구나. 내 동생, 너한테는 투지가 있어. 사실상 1년을 다 나게 될지도 모르지."

미스터 필립은 접시를 긁어 싹 다 비웠다. "어, 홍합이 조금 과하게 익었어."

"음. 내 범선과 관련해서 모든 것이 아주 잘 진행되고 있어." 티치가 잔에 남은 와인을 모두 들이켜며 말했다.

"그래?" 주인이 그렇게 말했는데, 그 문제에 대해 그가 어떻게 생각하는지를 판단하기는 불가능했다. 그가 돌연 눈길을 돌리더니, 나를 찾아냈다. 그는 한참 동안 나를 유심히 살피고 나서, 아주 천천히 테이블로 고개를 돌렸다. "그건 그렇고 네가 저렇게 벌을 주다니, 저 녀석이 대체 무슨 짓을 한 거지?"

"사고였어, 형."

주인이 양해한다는 몸짓을 했다. "그들을 대할 때면 울화통이 치미는 걸 억누르기가 힘들지. 나 자신도 아주 잘 알고 있어."

티치는 짜증이 나서 맞은편의 미스터 필립을 빤히 쳐다보았다. "필립이 그 자리에 있었어. 그에게 물어보지 그래?"

미스터 필립은 접시를 손가락으로 훑어서 핥아 먹느라 여념이 없었다. "뭐라고?"

"그 사고 말이야. 저 아이 얼굴."

"아, 그래. 그렇고말고. 저건, 정말 유감이야."

"어디 말해 봐." 주인이 말을 이었다. "저런 상태인데, 저 녀석을 계속 데리고 있는 의도가 뭐니?"

"그럼 형은 나한테 어떻게 하라고 하고 싶은데?" 티치가 말했다.

미스터 필립이 자기 포크를 내려놓았다. "아주 좋았어. 아주 좋았어." 그는 빠르게 말하고, 의자에 기대앉으며 테이블보 주름에 기름이 번들거리는 손가락들을 문질러 닦았다. "크리스토퍼. 이래즈머스 형. 둘 모두에게 할 얘기가 있어."

티치가 살짝 놀라서 미스터 필립을 돌아보았고, 나 자신도 그렇게 하지 않을 수 없었다. 정말로 그가 내 얼굴이 손상되는 데 자신이 맡은 역할을 털어놓을 셈일까?

미스터 필립은 마치 마음을 단단히 먹으려는 듯, 자기 접시를 흘낏 내려다보았다. "두 사람 아버지와 관련된 거야." 그가 신경질적으로 헛기침을 했다. "두 사람 아버지와." 그는 그렇게 거듭 말하고 나서 침묵에 빠졌다.

"그래, 좋아. 속 시원히 털어놔 봐." 주인이 심술궂게 말했다. "그분이 뭐가 어떻다는 거야?"

미스터 필립은 다시 한번 흘낏 내려다보았다. 마치 자기가 하고 싶은 모든 말이 오랜 세월 손때 묻어 흐릿해진 만찬용 나이프 표면에 대본으로 다 쓰여 있기라도 한 것처럼. 머리가 하얗게 센, 키가 크고 상애가 있는 노예가 그의 잔을 다시 채우기 시작하자, 그가 멈추라고 날카롭게 손짓을 했다. 그녀는 즉시 벽 쪽으로 슬그머니 물러났다.

"무슨 일인데?" 티치가 말했다.

미스터 필립이 입술을 왈칵 움직였다. "아무래도 두 사람 아버지께서 돌아가신 것 같아."

나는 마룻바닥에서 소리 없이 발뒤꿈치를 움직여 더욱더 똑바로 섰다.

주인이 그의 육촌에게 얼굴을 찡그리고 있었다. "돌아가셨다니."

"두 사람에게 이렇게 말해야 한다는 게 안타깝지만, 맞아. 북극의 그분 전초 기지에서 사고가 있었어. 자세한 건 나도 몰라."

티치는 매우 빠르게 눈을 깜박거리고 있었다. 할 말을 찾고 있는 것처럼 보였다. "이해가 안 돼." 그는 당황해서 주인을 힐끗 바라보았다가, 다시 한번 미스터 필립에게로 눈길을 돌렸다. "지금 우리한테 우리 아버지께서 사망하셨다고 말하는 거야?"

"나도 안타까워." 미스터 필립이 괴로운 표정으로 말했다. "사실, 내가 방문한 이유가 바로 그거야. 그랜본에서 편지를 한 통 가져왔어. 두 사람 어머니께서 모든 세부 사항을 자세히 적으셨지.

마지막 요리를 먹고 나서 가져다줄게."

티치와 주인은 잠자코 서로를 바라보았다. 병으로 이미 퀭했던 주인의 얼굴은 사색이 되어 있었다.

잠시 동안 방 안에서는 여자 노예가 사이드보드를 구석구석 마른행주로 닦아 내는 소리만 났다.

"5주야." 티치가 거의 안 들릴 정도로 기운 없는 목소리로 말했다. 그가 기진맥진한 얼굴을 들어 올렸다. "너는 여기 5주나 있었어. 내 음식을 먹으면서. 내가 쉴 시간을 축내면서."

"곧바로 알릴 작정이었어. 정말이야." 미스터 필립이 잠시 망설였다. "하지만 이래즈머스 형에게는 말하지 않고 티치, 네게만 말하는 건 잘못이라는 생각이 들었어." 그가 주인을 돌아보았다. "하지만 형은 내가 처음 도착했을 때 집에 없었어. 그러고 나서, 돌아왔을 때는 너무 아파서 오늘 밤까지는 어떤 방문객도 허용하지 않았고. 내가 기회를 얻은 건 지금이 처음이야."

"너는 고의로 이 소식을 알려 주지 않았어." 주인이 톡 쏘아붙였다. "복수심에 불타는 사기꾼 새끼야. 너는 복수를 하고 있는 거야. 너는 개만도 못한 놈이야. 최악의 인간이야."

주인이 백인 남자에게 그렇게 욕설을 퍼붓는 것을 듣는 게 얼마나 낯설던지. 나는 얼굴을 숙이고, 감히 그를 쳐다볼 엄두도 내지 못했다.

"고의가 아니었어, 형. 형은 내가 그 이야기를 하지 못해서 얼마나 압박감을 느꼈는지 상상도 못 할 거야."

"불쌍해서 어쩌나." 주인이 화난 어조로 낮게 말했다.

"내 의도는 그저……." 미스터 필립이 눈길을 자기 손으로 떨구며 말을 멈췄다. "두 사람 모두에게 정말 안된 일이야. 참으로 견디기 힘든 소식이지. 그리고 나는 정말이지 두 사람의 운명을 동정하고 있어 — 이제 겨우 자리를 잡았는데 페이스를 떠나야만 하다니. 얼마나 맥 빠지는 일인지."

"페이스를 떠나?" 티치가 말했다.

"당연히, 이래즈머스 형은 페이스를 떠나야 할 거야." 미스터 필립이 거북한 듯 맞은편의 주인을 힐끗 쳐다보았다. "형, 내 생각에는 형네 아버지의 일들을 정리하고, 한동안 현장에서 그랜본을 관리하려면 햄프셔에 형이 필요할 거 같아. 1년. 2년. 모든 것이 자리를 잡을 때까지. 형네 어머니가 편지에 모든 것을 다 적어 놓으셨을 거라고 확신해. 그분 때문에 나도 형이 나와 함께 돌아가야 한다는 걸 알게 되었어. 사실, 형의 승선권은 이미 예약되어 있어."

주인이 육촌에게 냉혹한 눈길을 던졌지만, 그의 격렬한 분노는 부분적으로는 이미 가라앉아 있었다. 그는 영국으로의 귀국이라는 갑작스러운 일시적 구제를 저울질해 보고 있는 것처럼 보였다.

티치는 노란 촛불 빛 속에서 피부에 핏기가 싹 가신 채, 아무 표정 없이 테이블보를 빤히 쳐다보고 있었다. 그의 의자 뒤쪽에서는 노예들이 마치 증기처럼 가볍게 왔다 갔다 하고 있었다.

"하지만 내가 없는 사이에 페이스는 어쩌고?" 주인이 차분한 목소리로 말했다. "어, 크리스토퍼가 여기 있잖아. 형네 어머니는 형이 없을 때 어쩌면 크리스토퍼가 상황을 관리할 수도 있을 거라고 생각하시더군. 그분은 크리스토퍼가 달아난 곳이 바로 크리스토퍼가 필요한 곳이라니 이 얼마나 다행스러운 일이냐고 말씀하셨어. 신의 섭리라고. 형이 돌아와서 제임스 경의 일들을 정리할 거라고 말이야. 페이스는 2, 3년 동안 크리스토퍼가 그런대로 운영할 수 있을지도 모른다고 하셨지. 바라건대, 수익을 내면서 운영할 수 있을 거라고 말이야. 우리는 네가 수익을 내면서 운영할 수 있으리란 걸 믿어 의심치 않아, 크리스토퍼. 어쨌든 결과적으로 이래즈머스 형은 귀국하자마자 엉망진창인 상황을 전부 해결할 거라고."

아무래도 주인은 그것을 곰곰이 생각하고 있는 듯했다. "그것도 한 가지 아이디어이기는 해." 그가 말했다.

"그 편지에 다 나와 있어." 미스터 필립이 말했다.

아주 조용히, 티치가 의자를 뒤로 밀어냈고, 그 바람에 어린 노예는 허둥지둥 비켜서야만 했다. 그는 입을 꽉 다물고 먼 곳을 보는 듯한 눈으로, 무릎에서 냅킨을 집어 들어 그레이비 소스가 묻은 자기 접시 위에 놓았다. 그는 아무도 쳐다보지 않고서, 문으로 향하기 시작했다.

"이런, 야." 주인이 외쳤다. "제발 돌아와. 이렇게 심각한 소식은 함께 견뎌야 해. 서로를 위로해 줘야지."

하지만 티치는 돌아서지 않았다. 우리는 모두 그가 가는 모습을 지켜보았다. 노예들은 고개를 살짝 숙이고 있었고, 미스터 필립은 침통하고 후회하는 것처럼 보였다. 티치가 나를 지나쳐 갔을 때 고개를 들었지만, 그는 나를 쳐다보지 않았다.

그는 문을 활짝 열린 채로 내버려 두었다.

나는 그를 따라가야 한다고 느꼈지만, 주인의 관심을 끌고 싶지는 않았다. 나는 그 나이 들고 머리가 하얗게 센 노예가 고개를 돌리는 모습을 지켜보았고, 그녀의 강렬한 황금빛 눈과 마주치는 순간, 느닷없이 고통이 물밀듯 밀려들면서, 충격을 받아 어찌할 바를 몰랐다.

그건 빅 킷이었다.

어떻게 내가 그녀를 알아보지 못할 수가 있었을까? 요 몇 달 동안 내내 밤마다 그녀의 해방을 위해 기도하고, 그녀를 위해 피로 검게 물든 페이스의 들판 너머의 삶을 상상해 보지 않았던가? 처음에 티치와 함께 살게 되었을 때, 나를 절망에서 지켜 준 것은 바로 킷의 쇠못이었다. 또한 그 가스 폭발 사고 후에 암흑 속으로 빠져 들어갔을 때, 내 머리맡에 있다고 믿었던 사람도 바로 킷이었고, 내 이마에 얹혀 있다고 믿은 것도 바로 그녀의 손이었다.

그녀가 많이 변한 것은 사실이었다. 끔직한 장애를 입었고, 여위었으며, 관자놀이의 머리카락은 파리의 날개처럼 은빛이었다. 마치 수십 년의 세월이 우리를 갈라놓기라도 한 것처럼, 이제는 팍 늙어 버렸다. 하지만 나는 더 많이 변했고, 그것이야말로 더 추한 진실이었다.

나는 킷의 키 큰 체구를 응시하면서, 두 손을 간절히 틀어쥐었다. 그녀가 그 소년을 얼마나 살뜰히 배려했던가. 이제 나는 그녀가 그의 자세, 예절을 얼마나 주의 깊게 지켜보는지를 알 수 있었다. 나는 본능적으로 그것이 무엇을 의미하는지 알았다. 그녀의 내면에 마치 주먹처럼 꼭 품고 있는 그 소년에 대한 엄청나게 격렬한 사랑을 말이다. 나는 그가 어떤 아이일지 상상해 보려 노력했다. 예닐곱 살 이상일 리는 없을 것 같았다. 나는 내 속에서 치비는 갑작스러운 아픔에 크게 놀랐다.

주인과 미스터 필립이 테이블에서 일어섰고, 미스터 필립은 육촌 형의 주눅 든 어깨에 그의 흔들림 없는 손을 얹었다. 그는 가이어스에게 그들의 포트와인과 담배 파이프를 응접실에 가져다 놓으라고 지시했다. 나는 킷의 눈에 띄려고 노력했지만, 그때쯤 그녀는 이미 나가라는 지시를 받은 상태였다. 그래서 나는 그녀가 사이드보드에서 포크를 회수하고 돌아서서, 그 소년을 데리고 구부정한 자세로 방에서 나가는 모습을 지켜보았다.

나는 목구멍이 바짝 마른 채 절박한 기분을 느끼며, 그녀의 줄어든 몸집을 뒤에서 빤히 쳐다보았다.

바로 그때 한 손이 불쑥 내 멱살을 틀어쥐었다. 나는 주인의 희번덕거리는 핏발 선 두 눈을 힐끗 올려다보았다.

"아직도 여기 있는 거냐, 검둥이?" 그가 말했다. 나는 그의 젖은 진홍색 입안이 깊이 들여다보여 몹시 겁이 났다. "내 동생은 가 버렸어. 이봐, 너도 가, 어서."

11

나는 달아났다.

티치의 거처로 돌아가 보내 촛불 하나 켜 두지 않아서 방들이 캄캄했다. 하지만 티치의 서재의 닫힌 문 밑으로 촛불 빛이 새 나왔다. 그 복도에 잠시 멈춰 서서 귀를 기울여 보았지만, 안에서는 아무 소리도 나지 않았다. 나는 그가 큰 슬픔에 빠져 있게 내버려 두었다. 그가 내게 했던 말들로 미루어 그의 아버지가 그에게 전부였음을, 바로 그의 삶의 핵심이었음을 나는 알고 있었다.

나는 그를 거기 남겨 두고 어둠을 헤치고 나아가, 옷을 벗고 조용히 잠자리에 들었다. 아침에 나는 일찍 일어났다. 고요한 집 안에서 양동이를 가져다가, 물을 채우러 밖으로 나갔다. 나는 미스터 필립의 방문으로 걸어가, 복도 창문 사이 벽 앞에 놓인 낮은 테이블 위에 평소처럼 물이 담긴 도자기 그릇과 깨끗한 수건들을 놓아 두었다. 그런 다음 티치의 침실로 가서 똑같이 했다. 하지만 그의 방문을 열자 침구는 흐트러지지도 않은 채 방이 텅 비어 있었다.

나는 마침내 서재에서 턱에 고정액* 가루를 묻힌 채 마호가니 책상 위로 몸을 구부리고 있는 그를 발견했다. 나는 잉크 냄새와 땀에 전 살내가 섞인 냄새를 맞닥뜨렸다. 그 방은 고요하고 후텁지근했다. 휘장이 삐딱하게 쳐져 있었다. 나방 한 마리가 기절이라도 하고 싶은 듯 잠긴 창문에 톡톡 부딪어 대는 소리가 나고 있었다. 티치의 팔꿈치 옆에 종이 더미가 탑처럼 쌓여 있었다. 종이는 잉크가 스며 뒤틀린 채, 프랑스식 페이스트리처럼 물결치듯 연달아 서로 들러붙어 있었다. 그가 그때껏 무엇을 쓰고 있었는지는 알지 못했지만, 나는 그것이 그의 아버지와 관련이 있다고 믿었다. 내가 그의 어깨에 부드럽게 손을 얹자, 그가 놀라 움찔했다. 그가 고개를 들더니, 큰 슬픔에 잔뜩 굳은 얼굴로 나를 돌아보았다.

"워시구나." 그가 말했다.

"잠을 주무셨어요." 내가 말했다. "아침이에요."

그는 재킷 없이 셔츠만 입고 있었고, 왼쪽 소맷부리를 끌어당겨 자기 입을 가렸다.

"가서 뭐든 좀 가져다 드릴까요?" 내가 말했다.

그가 고개를 저었다. "그렇게 대단한 사람, 그렇게 대단한 지성인이. 나는 아직도 믿을 수가 없어. 그야말로 이해할 수가 없어. 돌아가셨다고, 정말로? 나는 —" 그는 슬픔에 젖어 나를 힐끗 쳐

* 생물을 살아 있는 상태에 가깝게 보존하기 위해 조직이나 세포를 응고시키는 액체.

다보며 고개를 저었다. "그분은 내 구름 범선을 볼 기회가 없었어."

"몹시 자랑스러워하셨을 거예요." 내가 조심스럽게 말해 보았다.

"게다가 계속 남아서 페이스를 운영하라고?" 그가 희미하게 경멸스럽다는 표정을 지으며 고개를 가로저었다. "그들은 그게 미친 짓이라는 걸 알아야만 해." 그가 신경질적인 손길로 짙은 머리카락을 빗어 넘기자, 피부가 살짝 뒤로 당겨지면서 가는 끈 같은 그의 하얀 상처가 뚜렷해졌다. 마치 입 양쪽에서 마구(馬具)를 잡아 올리고 있는 듯한 모습이었다. "우리 어머니를 사랑하기는 하지만, 어머니는 성격이 까다로워. 그분은 정말이지 너무 자아도취적이야. 어렸을 때, 나는 아버지가 늘 집을 비우신다는 걸 알아차렸고, 그분의 끊임없는 부재를 이해하지 못했지." 그가 고개를 가로저었다.

나는 아무 말도 하지 않고 그 자리에 가만히 서 있었다.

그가 살짝 눈살을 찌푸렸다. "하지만 그 문제에서는 나도 선택의 여지가 없는 것 같아."

나는 무슨 말을 해야 할지 몰라서 잠시 더 침묵을 지켰다. "아침 식사 준비를 시작해야 해요."

"필립은 배가 고플 테지." 그가 경멸이 담긴 날 선 목소리로 말했다. 그러고 나서 자제하려는 듯, 고개를 저었다. "필립의 잘못은 아니야. 이 중 그 무엇도 그가 한 짓은 아니지."

나는 그가 그런 소식을 숨긴 육촌에 대해 그토록 너그럽다는 사실에 놀랐다.

"안타깝게 생각해요, 티치. 아버님 일이요."

얼굴에 두려움과 체념의 빛을 띠고 있어서인지, 그는 갑작스레 연약해 보였다. "그래."

나는 왜 그런지 몹시 뒤숭숭한 기분을 느끼며, 문을 향해 움직이기 시작했다. 아마 내가 주제넘게 굴었을까 봐 두려웠던 것 같다. 하지만 내가 복도에 이르기 전에 티치가 나를 불렀다. 내가 돌아섰을 때, 그가 다시 자기 옆으로 오라는 손짓을 했다.

"네게 이걸 보여 주고 싶었어." 그가 말했다.

그가 종이들을 똑바로 펼쳐 놓았다. 나는 그의 책상을 가로지르며 떨어져 내리는 빛 속으로 몸을 숙였다. 그의 잉크병 옆에 거무스름해져 가는 세 개의 바나나 껍질이 단정하게 접힌 채 쌓여 있었다. 나는 눈을 가늘게 뜨고 그 페이지를 바라보았다. 『서인도 제도의 수소 동력 경기구 조종술의 이론과 실제에 관한 예비적 고찰』.

나는 깜짝 놀라 탄성을 질렀다. "그럼 다 된 건가요? 그렇다면 그거 아주 멋진 일인데요, 티치."

"더 자세히 봐."

그때 무언가가 내 눈에 띄었다. 그 제목 아래, 깔끔하고 멋진 필체로 그가 이렇게 적어 놓았던 것이다. **크리스토퍼 와일드 지음, 조지 워싱턴 블랙 그림.**

나는 확신을 가질 수가 없어서, 그를 흘낏 올려다보았다.

티치가 내게 서글프고 지쳐 보이는 미소를 지었다. "이제 너는 과학자야, 워시. 아니 그렇게 될 거야. 이 논문이 영국학사원에 전달되면 말이야." 그가 잠시 말을 멈췄다. "어젯밤, 만찬 때 그 사람은 너의 빅 킷이었어. 몸이 무척 안 좋아 보인 건 사실이야. 하지만 바로 우리 눈앞에 있었던 건 그녀였지. 그녀를 봤니?"

얼굴로 피가 몰리는 게 느껴졌다. 내가 그녀를 금방 알아보지 못했다는 것도, 또 알아보았을 때, 그녀가 그렇게 흉하게 망가지고 학대당했음을 발견하고 충격을 받았다는 것도 티치에게 알리고 싶지 않았기 때문이다. 다른 소년에 대해, 그들이 그토록 가까운 것을 보면서 느낀 고통에 대해 그에게 알리고 싶지 않았다.

내가 깜짝 놀란 것처럼 보였던 게 분명하다. 그가 표정을 누그러뜨리고, 내 어깨에 부드럽게 손을 얹었던 걸 보면 말이다. "우리의 연구가 이곳에서 내가 한 작업의 전부는 아니야." 그가 조용히 말했다. 그는 종이들을 휙휙 넘기다가, 우리의 논문 아래서 두꺼운 종이 다발 하나를 끄집어냈다. 나는 그쪽으로 몸을 기울였다. 『서인도 제도, 바베이도스의 어느 농장 흑인 노예들의 신체와 정신에 가해진 일련의 부당하고 잔인한 행위들』. 나는 화들짝 놀라서 그를 쳐다보았다.

"나는 그냥 무턱대고 달아난 게 아니었어." 그가 말했다. "아니, 맞아, 사실이야, 나는 달아났지. 하지만 개인적인 자유가 필요해서는 아니었어." 그가 조심스럽게 방문을 힐끗 쳐다보았다. "런던에 있는 내 가장 친한 친구 새뮤얼이 말했지. '만일 너희 가족 농장에 다니러 갈 가능성이 조금이라도 있다면, 그렇게 해.'라고. 그는 내가 본 모든 것에 관해 솔직하게 기록해 달라고 부탁했어. 있잖니, 우리에게는 동료들이 있어, 워시. 그들 중 많은 사람들이 이 모든 일이 끝나는 것을 보는 데, 너와 너희 종족이 자유로워지는 것을 보는 데 아주 관심이 많아. 우리 모임 사람들은 기록들을 모으고 있고, 우리가 목격한 잔인한 행위를 하나도 빠짐 없이 기록하고 있어. 이런 보고서들을 최종적으로는 의회의 아주 영향력 있는 한 친구에게 넘겨줄 거야." 그는 내 표정을 가늠하기 위해 잠시 말을 멈춘 다음, 길고 마디진 손가락들로 페이지들을 끝까지 휙휙 넘기며 훑어보았다. "자, 여기를 봐. 바로 오늘 저녁에 너의 킷을 내 기록에 추가했어. 그녀의 비참한 상태가 꼭 상황을 움직일 거야. 게다가 알고 보면 너 자신의 과학적 연구도 도움이 될 거라고 예상해."

나는 너무 놀라서, 아무 말도 하지 않았다. 나는 그가 관찰한 것들을 기록한 것은 고사하고, 언제 관찰을 했는지도 짐작할 수가 없었다.

그의 눈가 피부가 팽팽히 당겨졌다. 그는 고개를 절레절레 흔들었다. "흑인들도 당연한 권리와 자유를 모두 지닌 하느님의 피조물이야. 노예 제도는 우리에게 달라붙어 있는 도덕적 오점이지. 백인들이 그들의 천국에 들어가지 못하게 하는 무언가가 있다면, 바로 이거야."

몇 년이 지나서야, 그의 표현이 나를 엄습할 테지만, 그 순간에는 그저 공포에 휩싸여 주인이 그 보고서들을 발견하는 장면을 떠올렸을 뿐이다.

"형에게 너를 영구적으로 해방시켜 달라고 부탁할 거야." 그가 내 표정을 가늠해 보며 말했다. "기쁘니?"

나는 너무 충격을 받아서, 아무 대답도 하지 못했다.

"차라리 계속 우리 형의 소유인 채로 있고 싶니?"

"아, 아니에요, 티치. 저는 차라리 당신의 소유가 되고 싶어요."

내가 간절히 말했다. 나는 그의 얼굴에 스치던 그 고통스러운 표정을 이해하지 못했다.

"그래." 그가 말했다. "좋아. 그 문제에 관해서는 다시 한번 이야기를 나누자, 워시. 그래."

하지만 그는 어쩐지 난처한 듯 보였고, 순진했던 나는 그것을 이해하지 못했다. 나는 내가 그가 듣고 싶어 하는 말을 하고 있다고 생각했던 것이다.

"농담이겠지, 크리스토퍼. 저놈을 좀 봐. 저 녀석은 괴물이야."

주인이 기다란 꿩 사냥용 총을 어깨까지 치켜들어, 오른쪽 눈을 찡그려 감고, 총알을 발사하자, 총열에서 회색 연기가 피어올랐다. "제기랄." 그가 얼굴을 찌푸리며 말했다. 그는 총을 내리고 어깨를 문지르며 미스터 필립과 티치를 힐끗 돌아보았다. 그들 셋은 그날 코르버스봉 기슭의 관목 덤불과 비탈에서 사냥을 하려고 나와 있었다.

미스터 필립이 그 소식을 공표한 이후로 꼬박 일주일이 흘렀다. 그 암울한 날들 동안, 티치는 자기 방에만 단단히 틀어박혀, 미스터 필립이 자리를 뜨고 한참 지나 밤이 이슥해서야 혼자 식사를 하러 모습을 드러냈을 뿐이다. 그러다가 어느 날 아침, 주인이 집에 당도하여, 나는 겁에 질려서 급하게 티치를 부르러 갔고, 결국 그는 자기 형과 함께 앉아 있기로 동의했다.

그들은 내가 매시간마다 다시 채워 넣은 따뜻한 럼주를 마시면서, 베란다에 나가 오후를 보냈다. 추억을 나눈 그 슬픈 시간 동안, 얼마간 마음의 치유가 이뤄진 것 같았다. 미스터 필립이 그들과 합류하기 위해 어슬렁거리며 밖으로 나왔고, 그 세 사람은 자리에 앉아서 고인이 된 미스터 와일드의 무모한 행동, 별난 행동들과 뛰어난 재치에 대해 이야기하며 한바탕 웃음을 터뜨렸다.

이튿날 그들은 사냥을 하러 가기로 결정했고, 깨닫고 보니 어느새 우리는 여기 코르버스봉 아래 관목 덤불 깊은 곳에 와 있었다.

"아니, 그분을 영국으로 옮기는 건 잔인한 일일 거야." 주인이 말을 이었다. 아버지의 사망으로 귀국할 수 있게 되었음을 알아차린 후로, 그는 줄곧 최고로 명랑한 기분이었다. 마치 아버지가 아니라 만족스럽게 여기던 개 한 마리가 죽기라도 한 것처럼 말이다. "그래서 좋을 게 뭐가 있겠어? 어쨌든 영국으로 돌아갈 사람은 네가 아니라 나야. 그리고 분명히 나는 거기서 그분이 필요하지 않아."

두 뺨에 열이 오르는 것이 느껴졌다. 티치가 내게 영국으로 돌아갈 가능성을 언급한 적은 없었다.

티치는 망설였다. "상황이 필립이 지시한 대로 전개될 필요는 없어. 내가 그랜본으로 돌아가 있는 동안, 형이 여기 머물면서 페이스를 건사하는 게 훨씬 더 이치에 맞아. 생각해 봐. 다른 가족들이 호사를 누리도록 해 주는 건 바로 이 농장이야. 뭔가 잘못되기라도 하면 어떡해?"

"지시한 건 내가 아니라 네 어머니야." 미스터 필립이 말했다.

하지만 주인은 말을 다 끝내지 않은 상태였다. "그랜본에 검둥이 노예라." 그가 옅은 색 눈으로 티치를 똑바로 바라보았다. "이런, 이 사람아. 정식 하인들은 저 불쌍한 놈을 산 채로 잡아먹어

버릴 거야. 너도 알다시피, 그들은 자부심이 상당히 강해."

"정확히 어느 하인들이?"

주인이 그의 무기를 들어 올렸다. "그랜본, 호크스워스, 샌덜리에서의 지위 — 변변치는 않지만, 나름 모두 지명도가 있는 자리들이야. 너는 그걸 알아야만 해."

"내 생각에 형이 우리보다는 하인들을 한층 더 잘 아는 것 같아." 미스터 필립이 미소를 지으며 말했다.

"형은 위대한 지식 수집가거든." 티치가 신랄하게 말했다.

"아마, 특정 하인들에 대한 지식이겠지. 하녀들 따위에 대한."

주인은 짓궂은 놀림에 얼굴을 찡그렸다. "위대한 가문을 섬기는 건 하나의 특권이야."

"위대한 가문의 수탉*을 섬기는 거지." 미스터 필립이 말했다.

티치는 자기도 모르게 미소를 지었다. "그들은 지위보다는 좋은 대우와 알찬 보수에 더 신경 쓸 거 같은데."

"형이 그 모든 직책을 맡고 있지." 미스터 필립이 말했다.

"아, 너무 순진하게 굴지 마, 크리스토퍼." 주인이 톡 쏘아붙였다. "누구나 다 자기 신분에 신경을 써."

"나는 아니야." 티치가 말했다.

"왜냐하면 너는 그럴 필요가 없으니까. 아니, 나는 네가 저 녀석을 갖게 놔두지 않을 거야. 너는 여기 머무는 동안 계속 녀석을 빌릴 수 있어. 그런 다음, 내가 돌아오는 대로, 만일 녀석이 여전히 살아 있으면, 나한테 내 일꾼을 돌려줘야 할 거야." 그가 방아

* cock에 '음경'이라는 의미도 있음을 활용한 말장난.

쇠를 당기는 손을 털었다. "말해 봐, 내가 보내 준 원장들을 살펴본 적이 있긴 한 거니? 너는 결국 그것들을 읽는 법을 이해해야만 할 거야."

티치가 건너편의 미스터 필립을 쳐다보며 얼굴을 찡그렸다.

"네가 공부해야 할 게 많을 거라고 생각해, 크리스토퍼." 미스터 필립이 말했다.

"나는 아직 결정을 내리지 않았어." 티치가 말했다. "그러니까, 페이스의 운영을 인계받을지를 말이야."

"마치 다른 선택권이 있는 것처럼 말하는구나." 미스터 필립이 말했다.

"우리 어머니는 완벽하게 잘 관리하실 수 있어. 사실, 형이 없는 동안 어머니가 누구에게 의지했지? 확실히, 신뢰할 만한 소작인들이 있어. 사무변호사들. 회계사들. 어머니가 기댈 수 있는 다른 사람들도."

"어머니는 늙으셨어, 크리스토퍼." 주인은 총을 내려 바위투성이 땅바닥에 개머리판을 놓은 다음, 휴대용 와인 병을 달라고 손을 내밀었다. 나는 급히 앞으로 나아갔다. "한동안 다른 사람들을 고용하는 것과 주인이 사망한 후 무기한으로 그들에게 의존하는 것은 완전히 별개의 일이야. 그랜본이 여전히 질서가 잡혀 있다는 걸 모든 소작인들에게 강조해야만 해. 내가 가야 해. 네가 나 대신 가도록 허락할 수는 없어. 너는 일을 엉망진창으로 만들 거야."

"형이 허락할 수 없다고?"

"그래."

티치가 날카롭고 성난 웃음을 터뜨렸다. 전에는 그가 그런 소리를 내는 걸 들어 본 적이 없었다. 재빨리 올려다보았지만, 그가 하늘을 노려보고 있어서 얼굴은 보이지 않았다.

"이래즈머스 형의 승선권은 이미 예약이 되어 있어." 미스터 필립이 말했다. 그리고 그의 목소리에는 무언가 애원하는 듯한 기색이 있었다. "우리는 월말에 돌아올 거야. 노기등등한 바람이 본격적으로 시작되기 전에."

"누군가는 사망 소식을 언급하기까지 5주나 기다릴 수 있을지도 모르지." 티치가 말했다. "하지만 지금 중요한 건 시간이야."

주인이 고개를 절레절레 흔들었다. "네 날카로운 말투를 이해하지 못하겠구나. 우리는 어머니의 바람을 무시하지 않을 거야. 그걸로 이 얘기는 끝이야."

이제 미스터 필립이 앞으로 걸음을 내디디면서, 처음으로 그와 티치를 한꺼번에 보게 된 나는 두 사람 사이의 놀랄 만큼 선명한 신체적 격차를 알아차렸다. 미스터 필립의 떡 벌어진 어깨에는 힘, 그러니까 내 주인을 왜소해 보이게 만드는 힘이 있었다. 미스터 필립이 티치의 어깨에 두툼한 손을 얹자, 왠지 위협적이라는 느낌을 받았다. "나는 네 어머니에게 형을 다시 데려다 드리겠다고 약속했어." 미스터 필립이 말했다. "지금 위기에 처한 건 내 명예이기도 해, 크리스토퍼. 이 문제에서는 내 생각도 해 줘."

"아, 그래." 티치가 말했다. "나는 네 명성을 더럽히고 싶어 하면 안 되는구나."

주인은 눈을 깜박거리고 있었다. "잠깐이라도 내가 이 큰 슬픔을 함께하지 않는다고는 생각하지 마. 크리스토퍼. 그분은 내 아버지이기도 했어. 내게 분풀이를 해선 안 돼. 나는 오로지 토지의 앞날을 걱정하는 것뿐이야. 너도 그래야만 하는 것처럼."

미스터 필립이 평평한 노란색 돌 조각에 한쪽 무릎을 기대며 웅크리고 앉았다. 그가 총을 들어 발사했다. 그 엄청나고 격렬한 한 방에 공기가 마구 흔들렸고, 우리는 모두 하얗게 바랜 하늘을 힐끗 쳐다보았다. 들꿩의 갈색 실루엣은 조금도 상처를 입지 않은 채 날개를 치고 푸드덕거리며 앞으로 나아갔다.

"빌어먹을." 미스터 필립이 투덜거렸다.

"그게 네가 런던에서 배웠다는 사격 방법이냐, 필립?" 주인이 웃음을 터뜨렸다. "게다가 자기 총에 그렇게 엄청나게 신경을 쓴다는 사람치고는……." 그가 고개를 절레절레 흔들었다.

"형 가방도 내 것처럼 텅 비었어." 미스터 필립이 말했다. "크리스토퍼만 운이 좋았지."

"그건 과학자의 훈련된 눈이야." 주인이 말했다. "운 같은 것은 없어."

티치는 눈길을 돌렸다.

미스터 필립이 기침을 하더니, 실처럼 길고 노란 것을 풀밭에 뱉었다. 그는 태양을 마주한 채 눈을 가늘게 뜨고 티치를 보았다. "어머니를 생각해, 이 친구야. 그분은 지금 상당히 취약한 상태야 — 모든 사기꾼이 등쳐 먹으려 할 거야. 오로지 실용적인 차원에서라면 이래즈머스 형의 귀국이 몹시 절박해. 토지가 정리될 때까지만이라도."

티치는 대답하지 않았다.

"크리스토퍼는 내가 저 화상 입은 놈을 선물로 주지 않아서 골이 나 있어." 주인이 말했다. "재가 얼마나 시무룩해졌는지 한번 봐."

미스터 필립이 미소를 지었다. "이래즈머스 형한테서 저 녀석을 사지그래?" 그가 주인을 돌아보았다. "얼마면 저 녀석을 팔겠어?"

"우리를 그냥 좀 내버려 둬." 티치가 조용히 말했다.

"왜 녀석이 내 동생에게 그토록 가치가 있는 걸까?" 주인이 생각에 잠겨 혼잣말을 했다. "너는 크리스토퍼가 불미스러운 애착을 갖게 되었다고 생각하지 않니?" 주인이 충격을 받은 척하면서 잠시 말을 멈추고, 나를 대충 훑어보며 큰 소리로 말했다. "이봐, 그가 너와 자연법칙에 어긋나는 짓을 하나? 둘이 딱 붙어서 그 짓을 하는 거야?"

"그 애를 내버려 둬, 형." 티치가 말했다.

미스터 필립이 쯧쯧 혀를 찼다. "이런, 크리스토퍼에게 녀석을 그냥 팔아 버리고 그것으로 끝내. 만일 크리스토퍼에게 그에게 마음의 평안을 가져다 준다면 — "

"아닐 거야." 주인이 말허리를 잘랐다. "싫어."

"녀석은 형에게 아무 가치도 없어. 녀석을 좀 봐."

"오히려 그 반대야." 주인이 어깨를 으쓱하면서, 총구 위쪽에서 길고 야윈 손가락들로 깍지를 끼었다. "티치는 저 녀석에게 멋진 삽화를 그리도록 가르쳤고, 그건 엄청나게 쓸모가 있어. 퀸 박사가 올해 리버풀에서 올 거야. 거액을 내면 그의 실험을 위해 내 노예 열 놈을 이용할 수 있게 해 주겠다고 그에게 약속했어. 발진티푸스 말이야. 그는 발진티푸스 예방 접종 방법을 개발하기 위해 노력하는 중이야. 분명히 그는 정확한 도해(圖解)가 필요할 거야."

느닷없이 미스터 필립이 한쪽 무릎을 털썩 꿇고 앉으며, 총을 어깨에 휙 둘러메더니, 다시 한번 천둥처럼 강력한 소리를 터뜨리고 고약한 금속성 냄새와 유령 같은 희미한 갈색 연기 구름을 내뿜으며 총을 발사했다. 윤곽이 흐릿한 무언가가 저 멀리 하늘에서 곤두박질쳤다.

개들은 풀려나자마자 미친 듯이 짖어 대며 한꺼번에 덤불 속으로 사라져 버렸다.

"저기를 봐, 저렇게 하는 거라고." 미스터 필립이 껄껄 웃기 시작하며 그렇게 외쳤다. 그는 총을 빙 돌려 내리고, 육촌들을 돌아보며 힘겹게 일어섰다. "봤지? 정말이지 훌륭한 조준 사격이었어. 그걸 런던식 사격이라고 불러야겠어. 런던식 사격."

바로 이튿날 날씨가 돌변했다.

하늘이 어두워지더니, 차 색깔처럼 거무스름해졌다. 하지만 그러고 나서 그날 오후는 비가 내리지 않은 채 지나갔고 구름은 슬그머니 바다로 흘러갔다. 그다음 날도 마찬가지였다. 티치는 거의 매일 아침 구름 범선이 있는 곳까지 천천히 걸어 올라가면서 그 모든 것을 판단하는 눈초리로 지켜보았다. 나는 그가 걱정스럽게 관찰한 내용들을 내 초보적인 언어로 최선을 다해 충실히 기록했다.

옅은 색 옷 무릎 언저리에 풀물이 든 남자들과 여자들이 우리의 피진어*로 서로 큰 소리로 말하며, 봉우리 전역의 도처에서 열

* 두 개의 언어가 섞여서 형성된 보조적 언어. 어떤 언어의 제한된 어

심히 일하고 있었다. 나는 그 범선과 곳곳이 움푹 팬 그것의 거대한 허파와 그것에 매달린, 고무를 입혀 그물로 싼 외피를 뚫어져라 바라보았다. 나는 그것이 경이롭고 아름다운 물건임을 알고 있었다. 계절이 끝나가고 있는 것은 사실이었다. 허리케인 철이 머지않아 우리 앞에 닥쳐오리라는 것도 사실이었다. 하지만 티치는 그 사실을 받아들이고 싶어 하지 않았다.

"날씨가 좋지 않은 계절에는 그 위에 방수포를 씌워 두면 안 되나요?" 내가 말했다. "저걸 몽땅 다시 끌고 내려가는 건 엄청나게 힘든 일일 거예요. 폭풍우가 지나간 후에는 다시 위로 날라야만 할 텐데요."

그때 그가 묘한 표정으로 나를 보았고, 나는 나조차도 그가 다음 겨울까지 여기 머무르는 것을 피할 수 없다고 선고했다는 데 그가 깜짝 놀랐음을 깨달았다.

그럼에도 불구하고, 티치가 자기 일을 하려고 움직이고 문제점들에 몰두하면서, 다시 한번 활기차게 움직이는 모습을 보는 것은 내게는 일종의 위안이었다. 그는 아버지 소식을 들은 직후 며칠 동안 음울한 무감각 상태에 빠져, 아버지의 죽음에 대해서도, 영국에 대해서도 이야기하고 싶어 하지 않았다. 이제 그는 적어도 관심은 있었다. 비록 여전히 가족들의 집요한 압력을 받으며 어떻게 대처할지에 대해 상당히 걱정하고 있기는 했지만 말이다. 그는 아버지가 그것을, 그러니까 그의 평생의 역작, 그가 하나하나 손수 만든, 그들이 공유한 비행에 대한 열정의 결과물을 결코

휘들이 토착 언어의 어휘들과 결합되어 만들어지며, 형태가 단순하다.

보지 못하리라는 사실에 자신이 얼마나 엄청난 충격을 받았는지 계속 중얼거렸다.

"어떤 일을 해야만 하는지 아니?" 그는 눈을 크게 뜨고 먼 데를 바라보는 듯한 눈빛으로 말했다. "우리 아버지가 묻히신 곳인 북극에 그분을 위해 일종의 기념비를 세워야만 해. 누군가가 거기까지 가서, 그분을 위해 묘비를 세워야만 해. 아버지의 조수인 페터는 그곳에서 그분의 유일한 동료였는데, 감상적인 행위를 즐겨 하는 남자는 아니야. 우리 아버지는 세상 곳곳에서 사람들을 계몽하기 위해 아주 많은 일을 하셨어. 정말로 그분이 추위에 몸서리 한번 치지 않고 거기서 세상을 뜨실 수 있는 걸까?" 그가 나를 힐끗 보았다. "그건 자연스럽지 않아. 옳지 않아."

그는 대답은 기다리지도 않고 측량을 하러 다시 몸을 구부렸고, 우리는 침묵 속에 일을 하며 그날 아침을 보냈다. 몇 시간이 지나고 멀리서 외침 소리가 들리는 것 같았다 — 마지막으로 내쉬는 숨처럼, 거칠고 체념한 듯한 소리였다. 나는 얼굴을 들어, 눈을 가늘게 뜨고 넘실거리는 사탕수수 쪽을 내려다보았다.

내가 들판에서 일하던 내내 들리던 소리였다. 그런데 이제는 그런 소리를 좀처럼 듣지 못한다는 사실을 깨닫고 내가 얼마나 충격을 받았던가. 내 얼굴은 고통과 수치심에 붉어졌고, 어느 정도 치유된 피부마저 욱신거렸다.

티치가 얼굴을 하늘로 치켜들더니, 일찍 내려가기로 결정했다. 우리는 말을 하지는 않았지만, 실망하고 지쳐서 누렇게 시든 풀밭을 헤치며 서서히 아래로 내려갔다 티치와 내가 코르버스봉 기슭에 거의 다다랐을 때, 뿌연 오후 햇살 아래 떨리는 실루엣 하나가 보였다. 티치가 잠시 멈춰 서더니, 내 가슴에 손을 얹어 걸음을 멈추게 했다. 우리는 눈을 가늘게 뜨고 그 형체들을 바라보았다. 여자의 원피스 자락은 깡마른 종아리에 스치며 펄럭이고 있었고, 그녀 옆에는 안짱다리인 아이가 있었다. 그들의 얼굴은 그늘에 가려 보이지 않았다.

아니, 얼굴을 가로지르는 하얀 흉터가 있었다. 에스터였다. 그녀는 풀을 먹인 하얀 부엌용 제복을 입은 채, 아이의 한쪽 어깨를 움켜쥐고, 멍하니 터덜터덜 걷고 있었다. 무표정한 눈빛에도 불구하고 그녀의 입가에는 사악한 심성이 배어 있었다. 소년은 내가 모르는 아이였는데, 철사처럼 빼빼 마른 몸으로 그녀 곁에서 걷고 있었다. 그는 모자반 한 줄기를 씹고 있다가, 우리 앞에 다다르자 초조하게 내뱉었다.

"에스터. 네가 날 찾고 있는 거라는 생각이 드는구나." 티치가 소년을 유심히 보았다. "안녕, 얘야."

"네, 나리." 반응이 있었다. 소년의 얼굴은 자기 구두를 향한 채였다.

그의 구두는 굉장히 반짝반짝하게 닦여 있었고, 두 치수는 커 보였다. 그는 마치 진창에 빠져 허우적대는 생물처럼 그 구두 속에서 어색하게 꼼지락거렸다.

"음? 무슨 일이지?" 티치는 살랑바람이 불자 모자를 잡고 눌렀다. "무슨 일이라도 생겼어?"

에스터는 눈을 깜박거리며 그의 앞에 서 있었다. "이래즈머스 주인 나리께서 나리의 새 시동을 보내셨어요, 나리." 나는 불현듯 그녀의 목소리가 아름답다는 것을 알아차렸다. 저음에 음악적이었다.

시커먼 먹구름이 우리 머리 위로 지나가고 있었다. 티치는 따뜻한 바람을 맞으며 눈살을 찌푸린 채 서 있었다. "하지만 나는 새 시동을 요청한 적이 없어." 그가 천천히 말했다.

"네, 나리."

"네 주인 나리께 내가 현재의 내 시동에게 몹시 만족하고 있다고 알려드려라."

그녀는 얼굴을 숙였지만, 움직이지는 않았다.

"에스터? 내 말 못 들었니?"

"이래즈머스 주인 나리께서는 저 녀석 대신 이 녀석을 나리께 드리는 거예요." 그녀가 완고하게 말했다. "주인 나리는 저 화상 입은 녀석을 돌려받고 싶어 하세요, 와일드 나리."

나는 재빨리 고개를 돌려, 티치를 힐끗 쳐다보았다.

티치는 냉정을 잃지 않은 듯 보였다. "그건 나도 이미 알아들었어. 이건 네 주인 나리와 내가 직접 계속 상의할 문제야. 형은 너를 연관시키지 말았어야 해, 에스터."

"네, 나리."

"형에게 며칠 내로 내가 가겠다고 했다고 말해도 좋아. 우리는 좀 더 상의할 거야."

땅바닥을 노려보며, 이제는 거의 불만스러워하는 듯한 목소리로 에스터가 말했다. "이래즈머스 주인 나리는 강력하게 주장하셨어요, 나리, 말하자면요. 그분은 이 녀석을 돌려받으려고 하시지 않을 거예요. 그분께서는 나리께 저 화상 입은 녀석을 당장 보내라고 명령하셨어요."

"형이 나한테 명령을 한다고?" 어느새 티치의 목소리가 딱딱하게 굳어 있었다. "내가 불복종할 경우 어떻게 할지에 대해서도 말하던가?"

에스터는 아무 말도 하지 않고, 그저 냉담한 눈빛으로 지렁이 같은 하얀 흉터가 있는 매정한 얼굴을 치켜들 뿐이었다. 나는 그녀가 티치의 전갈을 가지고 돌아가면 주인이 그녀를 두드려 팰 것임을 알고 있었다. 나는 지켜보면서 아무 말도 하지 않았다.

티치 역시 이해한 것 같았다. 그는 한숨을 쉬면서 그 소년의 어깨를 잡았다. "그럼, 우리는 지금 와일드 홀로 가자. 에스터, 너는 워시와 함께 돌아가도록 해." 그가 내게 자기의 도구 자루를 건넸다. "워시, 부디 이걸 가지고 집으로 돌아가서, 점심 식사 준비를 시작하기 바란다." 그는 조심스럽게 그 소년을 바라보았는데, 소년은 계속 고개를 숙이고 있었다. "얘, 네 이름이 뭐니?"

잠시 조용하다가 속삭이는 소리가 났다. "유제니오입니다, 나리."

"유제니오구나. 와일드 홀로 돌아가자."

그들은 주인의 저택이 있는 방향으로 출발했다. 그들이 가는 모습을 지켜보면서, 그 모습이 티치와 내가 함께 있을 때의 모습과 아주 많이 비슷해 보일 거라는 생각이 들었다. 그림자처럼 어둑해진 들판 사이로 굼실굼실 이동하는 어색한 두 형체.

뒤이어 일어난 사건들을 어떻게 설명해야 할까? 나는 이 7년 동안 줄곧 마음속으로 그날 오후에 대해 곰곰이 생각해 보았고,

결국 나 자신은 그것을 깔끔하게 설명할 수 없음을 알게 되었다. 내가 어리고 겁에 질려 있었으며 어찌할 바를 몰랐던 것은 사실이다. 하지만 그날 일어났던 일의 본질이 변함없이 확고하지 않다는 것 또한 사실이다. 다시 말해, 그것은 세월이 가면서 변하고 뒤틀린다.

나는 에스터와 내가 얼마나 오래 덤불을 헤치며 걸어갔는지 알지 못한다. 그저 늦은 오후의 공기가 쾌적하게 식어 가고 있었고, 우리가 이야기를 하지 않았다는 것을 알고 있을 뿐이다. 그녀는 상념에 잠겨 있지도, 불안한 것 같지도 않았다. 그녀의 침묵은 여러 해가 지난 지금에야 내가 비로소 의지의 억제라고 이해하게 된, 억눌린 강한 분노를 담고 있었다. 그녀는 엄청나게 총명한 여자였는데, 억지로 그 사실을 감추느라 무리를 하기 때문이었다. 그녀는 가끔 어떤 노예도 말을 해서는 안 될 때, 말을 하곤 했고, 그녀의 얼굴에 난 흉터는 그 사실을 입증하는 증거였다. 티치의 집에서 그녀는 관용과 참을성 있게 들어 주는 귀를 발견했다. 비록 그조차도 가끔은 짜증이 나서 억지로 그녀가 자신의 위치를 잊지 못하게 만들곤 했지만 말이다.

그녀는 계속 얼굴을 앞으로 향한 채, 부드럽게 숨을 쉬면서 움직였고, 그녀의 원피스 단은 지나가는 잡초에 걸리곤 했다. 가끔 그녀의 축축한 팔이 내 팔에 스쳤지만, 그녀는 물러나지 않았다. 우리 위에서는 새들이 빳빳한 햇살을 받으며 심술궂게 빙빙 돌고 있었다. 나는 멈춰 서서 들꽃을 한 움큼 움켜잡았다. 꽃잎들이 다 타 버린 파슬리처럼 만족스럽게 코를 찌르는 냄새를 풍기며 바스러졌다. 나는 마음을 진정하려 애쓰는 중이었다. 나를 자신에게 돌려보내라는 주인의 두려운 요구를 깊이 생각하지 않으려 애쓰는 중이었다. 미세한 전율이 나를 훑고 지나갔다.

그 순간, 난데없이, 한 목소리가 크게 외쳤다.

"이봐! 너! 이봐!"

우리는 멈춰 서서, 고개를 돌려 어슴푸레해진 빛 속에서 그가 우리를 향해 똑바로 성큼성큼 걸어오는 모습을 보았다. 우리는 서로를 쳐다보지 않았다. 그 대신 나는 그의 두꺼운 손에서 반짝이는 것, 모든 파괴 수단을 견뎌 내도록 제작된, 갓 기름칠한 사악하고 둔감하며 결정적인 무기를 지켜보았다. 미스터 필립과 그의 총. 그는 아름다운 옷을 입고 굼뜨게 움직였다. 총은 그의 마디진 붉은 손에 들려 있었고, 차분한 표정에도 불구하고 그의 눈빛은 강렬했다. 나는 심장이 쿵쾅거리는 채로, 그가 다가오기를 기다리며 잠시 멈춰 서 있었다.

그는 숨을 가쁘게 몰아쉬며 우리 앞에 이르렀다. 그가 크게 외쳤을 때, 그의 목소리는 위협적으로 들렸었다. 이제 우리 앞에서 한숨 돌리고 있는 동안, 마치 부드러운 잿빛 공기가 그에게 내려앉기라도 한 듯, 그는 흐릿하고 위축되고 작아진 것처럼 보였다. 검은색 머리카락이 그의 온 이마에 들러붙었고 가느다란 푸른 혈관들이 관자놀이에서 불거져 있었다.

그는 에스터를 오랫동안 유심히 바라보았고, 결국 그 상황은 불편해졌다. "이제 너는 가 봐." 그가 마침내 그렇게 말했지만, 강요하는 말투는 아니었다.

그녀는 아무 표정 없이 그를 이리저리 살펴보며 턱을 치켜들었다. 하얀 흙터가 그녀의 얼굴 둘레에 마치 끈처럼 묶여 있었다. 그녀는 나를 쳐다보지도 않고, 돌아서서 혼자 계속 집으로 걸어갔다.

나는 미스터 필립의 뒤쪽을 재빨리 훑어보았다. 티치는 이제 아주 멀리 있어서, 더 이상은 보이지 않았다. 나는 미스터 필립을 초조하게 응시했다. 그는 술에 취한 듯 흐릿하고 벌건 눈으로, 얼굴을 찡그리고 있었다.

공포가 내 온몸으로 스며들었다. 나는 그것을 억눌렀다. "티치가 제게 집으로 돌아가라고 하셨어요, 나리. 만일 나리께서도 그쪽으로 가시는 거라면, 괜찮으시다면 제가 나리께 약간의 다과를 베란다로 가져다 드릴 수 있습니다."

미스터 필립은 마치 아무 말도 들리지 않는 것처럼, 내 뒤쪽으로 멀리 떨어져 있는 관목 덤불을 빤히 쳐다보고 있었다. 뒤돌아보았지만 볼 것은 아무것도 없었고, 오로지 먼지투성이 허공에서 서걱거리고 있는 누렇게 시든 풀들과 점점 희미해져 가는 에스터의 실루엣뿐이었다. 서서히 그가 얼굴을 찡그려 딱딱한 미소를 지으면서 나를 내려다보았다. "이봐, 여기 있다. 이걸 챙겨 들어."

나는 그가 내민 식량을 받기 위해 쭈뼛쭈뼛 손을 내밀었다. "이건 사냥하기 좋은 날씨가 아닐지도 모릅니다, 나리." 나는 너무 건방진 말임을 알고는 있었지만, 그가 마음에 품고 있는 계획이 무엇이든 어쩌면 내가 중단시킬 수 있을지도 모른다고 생각하며 그렇게 말했다. "티치는 비가 올 거라고 생각하십니다."

그의 얼굴이 어두워졌다. "겁도 없이 나한테 말을 다 거는구나."

나는 일격이 가해지기를 기다리며 얼굴을 숙였다.

그는 그저 내게 자기를 따라오라고 손짓하면서, 이렇게 중얼거렸을 뿐이다. "노예들이 자신이 노예임을 잊어 버리면……." 그는 절레절레 고개를 흔들었다.

우리는 묵묵히 걸었고, 나는 들판을 지나 코르버스봉 주위를 에워싼 관목 덤불이 우거진 땅, 그러니까 사냥터를 향해 성큼성큼 발을 옮기는 그를 따라갔다. 나는 겁에 질려 있었고 너무 두려워서 가까스로 걷고 있었다. 이게 다 무슨 뜻일까? 만일 사냥을 할 작정이었다면, 사냥개들은 어디에 있을까? 나는 그저 에스터가 티치에게 무슨 일이 있었는지 알려서, 그가 나를 찾으러 오기를 바랄 뿐이었다. 미스터 필립의 식량은 무거웠고, 나는 감히 그것을 내려놓을 엄두를 내지는 못했지만, 목에 시원한 바람을 충분히 쐬기 위해 몇 걸음마다 고개를 숙이곤 했다. 나는 얼굴을 들어 그의 총을 보지 않으려 애쓰며, 관목 덤불이 우거진 땅을 눈을 부릅뜨고 쳐다보곤 했다.

"어쩌면 너한테 더 쉬울지도 모르겠구나."

나는 조심스럽게 그를 건너다보았다. "나리?"

미스터 필립은 대답하지 않았다. 그저 총을 포동포동한 넓적다리 위에 어설프게 얹어 놓고, 산기슭의 튀어나온 노두 위에 힘겹게 앉아 있을 뿐이었다.

비록 평생처럼 느껴졌지만, 한 시간이 채 지나지 않았고, 우리는 어두워지는 대기 속에서 귀뚜라미들이 벌써 귀뚤귀뚤 울어 대는 가운데 코르버스봉 기슭의 바위 부스러기 비탈에 앉아 있었다. 그때껏 그는 단 한 발도 쏘지 않았고, 심지어 총을 들어 올리

시도 않았다. 그의 걸음걸이는 느려지고 또 느려졌고, 떡 벌어진 양어깨는 처졌고, 눈은 점점 더 몽롱해지며 더 먼 곳을 보는 것 같았다. 그는 수심에 잠겨 있었고 심각했다. 그가 내게 힐끗 던진 몇 번의 눈길은 거의 사과하는 것처럼 보였다. 마치 그 나들이를 후회하기라도 하는 것처럼 말이다. 그는 팔을 내려 넓적다리 높이로 총을 들고 갔고, 그가 총을 든 손을 바꿀 때마다 나는 걱정스럽게 그의 손가락들을 응시하고 나서, 눈길을 돌려 작은 소리로 풀잎들을 세어 보곤 했다.

우리가 바위가 잔뜩 드러나 있는 노두에 자리를 잡았을 무렵, 나는 단순히 겁을 먹은 정도가 아니었다. 그의 목소리가 간신히 들릴 지경이었다. 어차피 그것은 조용하고 생각에 잠겨 있었고 힘없이 울리기는 했지만 말이다. 마치 목이 마르기라도 한 것 같았다. 두려움이 더 커진 듯, 나는 부자연스러울 정도로 가만히 있었다. 지겹도록 앉아 있던 바위에 넓적다리가 고통스러울 정도로 배겼다. 그날의 마지막 열기 속에서 야생 레몬그라스의 냄새가 나고, 모기들이 내 정강이를 무는 것이 느껴졌다.

내 맞은편에서는 미스터 필립이 저 멀리 있는 타마린드 나무들을 쏘아보고 있었다. 우듬지들이 텁텁한 바람에 활처럼 구부러져 있었다. 그의 흰자위에는 핏발이 서 있었고, 산그늘 아래서 그의 피부는 잿빛처럼 보였다. 나는 한가한 남자치고는 매우 드물게도 벌겋게 피부가 벗어진 그의 손가락 관절들과 넋을 빼놓을 정도로 매혹적인 그의 새하얀 치아를 보았다. 또한 나는 오로지 욕구를 채우는 데만 사용되는 육체의 기이한 모습을 보았다. 그것은 마치 부서지기라도 할 듯, 파도의 포말처럼 터질 듯 부풀어 이 세상

것이 아닌 듯했다. 그에게서는 당밀과 소금에 절인 대구 냄새와 무더운 계절의 망고의 기분 좋은 단내가 났다. 나는 불안한 눈으로 그를 흘끔흘끔 쳐다보았다.

그는 눈썹을 찌푸리고 나를 힐끗 보았다. "어쩌면 너한테 더 쉬울지도 모르겠구나." 그가 다시 한번 말했다. "모든 게 너를 위해 알아서 해결되지. 너는 앞날에 어떤 일들이 벌어질지 걱정할 필요가 없어. 매일이 똑같으니까. 네가 받는 유일한 요구는 네 주인이 너를 위해 제시하는 요구뿐이야. 아주 간단한 삶이지."

그는 마치 그 말이 진실이라고 단정 짓기 위해 그렇게 말한 것 같았다. 그는 짜증스럽게 고개를 저었다.

나는 입도 벙긋하지 않았다. 아무 말도 하지 않았다.

그가 넓적다리에서 총을 끌어 올리며, 거칠게 숨을 내쉬었다. 나는 거무스름한 금속에 닿은 그의 창백한 두 손을 바라보았다.

"미안하구나." 그의 목소리가 너무 낮아서 그의 말을 간신히 들었다. 그가 턱짓을 해 보였다. "네 얼굴 말이다."

나는 무릎에 놓은 두 손이 살짝 떨리는 것을 느끼며, 눈을 휘둥그레 뜨고 쳐다보았다.

"나는 여기 오기 전에 몇 달 동안 빈에 있었어." 그는 똑같이 숨죽인 목소리로 계속 말을 이었다. "빈의 빵은 경이로워. 모두 파리 얘기를 하지만, 진정한 예술성은 빈의 밀가루 반죽에서 찾아야 해. 그건 아마 그들의 이스트 혹은 반죽을 치대는 방식 때문일 거야." 그는 조용히 총을 내려다보았다. "거기 교회 가장자리에 아주 훌륭한 공동묘지가 하나 있었어. 나는 그날 햇빛에 두통이 난 데다 지쳐서, 그 묘지를 둘러싼 정교하게 세공된 철책 너머의 한 벤치에 앉아서 빵을 먹었어." 그가 입술을 축였다. "거리는 아주 고요했고, 인적이 끊겨 있었지. 하지만 잠시 후에 말 한 마리가 따가닥거리며 다가오는 소리가 들려서 얼굴을 들었어.

그 말의 살은 — 그건 무언가 문제가 있었어. 병에 걸려서 하얀 가죽 사이로 분홍색으로 빛나고 있었거든. 그 뒤에서 상당히 초라한 4륜마차 한 대가 부서진 바퀴살로 자갈길을 탁탁 치면서 질질 끌려오고 있었어. 마부는 없었지."

그는 한동안 말을 멈추고, 오랫동안 말없이 자기 손을 응시했다. "기이했어." 그가 중얼거렸다. "기이했어. 당혹스러웠지. 나는 그 말이 얼굴에 파리 떼를 달고, 빠른 걸음으로 지나가는 모습을 지켜봤어. 자갈길을 밟는 말발굽 소리는 서서히 희미해졌지. 부서진 바퀴살이 긁히는 소리도. 나는 그 으스스한 소리를 절대 잊지 못할 거야." 그는 고개를 절레절레 흔들었다.

"몇 분 후에, 묘지 모퉁이에서 한 남자가 나타났어. 말 주인인 것 같았지. 전혀 서두르지 않고, 천천히 다가왔어. 그는 키가 작고 옷차림이 무척 형편없었어. 프록코트는 초록색에, 바지는 노란색이었고, 한 세기 전 사람의 복장이었지. 그가 당근을 우물우물 씹고 있던 게 생생히 기억나. 그는 나와 가까워지자 인사를 하려고 모자를 살짝 들다가, 곧 멈추더니 나를 뚫어져라 쳐다보았어. 그의 눈은 작고 추했어.

내가 안녕하시냐고 인사를 했는데도, 그는 계속 빤히 쳐다보기만 할 뿐이었어. 마침내 그가 말했지. '저는 방금 당신의 무덤을 지나왔어요. 방금 당신의 묘비를 지나왔다고요.'

나는 그가 농담을 하고 있는 줄 알았어.

'이리 오세요.' 그가 내게 당근을 흔들며 말했어. 보여 드릴 테니.'

"나는 그를 따라 묘지 안쪽으로 들어갔어. 그는 큰길 아래쪽으로 경사진 작은 삼나무 숲으로 나를 데려갔지. 그리고 그곳에서 나는 나를 꼭 닮은 돌덩어리와 마주하게 되었어."

미스터 필립은 말을 멈추고 넓적다리 위의 긴 총을 가만히 응시했다. "거기, 내가 돌에 새겨져 있었어. 똑같은 머리카락, 똑같은 두 눈, 똑같은 입, 똑같은 턱. 하나도 빠짐 없이. 나는 그 묘석을 살펴보았지. 그 남자는 50년 전 바로 내 생일날에 죽었더군."

그는 체념한 듯 어깨를 으쓱했다. "좀 물어보자, 진실은 무엇일까?"

나는 아무 말도 하지 않고, 바위 위에서 자세를 바꿨다.

"그 이야기에서 유령은 누구일까?" 미스터 필립이 힐끗 쳐다보자, 생기 없는 그의 눈빛에 내가 입 밖에 내었을지 모를 어떤 말이 바싹 말라 버렸다. 그의 눈동자는 크고 검었다. 그는 내가 갑작스럽게 등장한 장애물이기라도 한 듯, 마치 나를 꿰뚫어 보려 몸부림치듯, 뚫어져라 쳐다보았다.

아, 그 어둡고 온통 잡초로 뒤덮인 작은 숲, 황혼 녘에 이미 은빛으로 빛나며 나를 짓누르던 그곳의 나무들에서 벗어나 그 모든 것으로부터 얼마나 달아나고 싶었던가. 우리 위에서는 갈매기 떼가 까악 소리를 지르며, 바다를 향해 슬피 울고 있었다. 부드러운 산들바람을 맞으며 풀잎들이 서걱거리기 시작했다.

무언가가 잘못됐다. 느닷없이 미스터 필립이 총을 움켜쥐고 위로 빙글 돌리면서 일어났다. 넘어가는 해를 등진 그의 그림자는 검고 뭉툭했다. 무슨 일이 닥칠지 내가 어떻게 알았을까? 나는 급히 두 손으로 얼굴을 덮었다. 마치 공포를 덮어 감추기라도 하려는 것처럼. 내 심장이 갈비뼈 안쪽에서 쿵쾅거렸다. 소리를 지르려고 입을 벌렸지만, 아무 소리도 나오지 않았다.

소름 끼치는 큰 돌풍이 한바탕 불고 나서, 모든 것이 하얗게 변하고 폭발이 급격히 멎었다. 하늘이 텅 비고 바닷새들이 사라져 보이지 않았으며, 공기 중에서는 날고기와 석회 가루의 악취가 코를 찔렀다. 풀들이 이리저리 쓰러져 있었으며, 세찬 바람 속에 내 얼굴에 달라붙은 축축한 무언가가 느껴졌고 느닷없이 피의 고약한 쇳내가 났다. 나는 공처럼 몸을 말고 노두에 꼭 달라붙어 있었고, 꼼짝도 할 수가 없었다. 나는 그의 숨소리를 들으려고 귀를 기울였고, 어떤 소리나 움직임이 있는지 귀를 기울였다. 팔에 작고 축축한 파편들이 느껴져, 나는 얼굴을 들고 황혼 속에 내게 묻은 그 불쾌한 것을 빤히 쳐다보았다.

그것은 치아나 뼛조각이나 그의 산산조각 난 얼굴의 다른 부분들이었다. 나는 공포에 질려 그것을 털어 버리고 — 태어날 때부터 줄곧 나와 함께했던 느닷없는 폭력 때문이 아니라, 백인 남자의 사망 현장에 나 혼자 있었다는 끔찍한 사실 때문에 — 와들와들 떨면서 일어섰다.

옷을 털고 있을 때, 나는 거의 숨이 막혀 죽을 것 같은 기분이 들었고, 곁눈질로 슬쩍 볼 수 있는 것 — 활짝 펼쳐진 크고 새하얀 손바닥, 흐릿한 잿빛 광이 도는 부츠 — 은 똑바로 쳐다보지 않았다. 그런데도 나는 떠나면서, 힐끗 뒤돌아보지 않을 수 없었다. 그의 얼굴 살은 마치 갓 절개된 가죽처럼, 두개골에서 떨어져 나와 잔인하게 접혀 있었다. 멀리서, 떼까마귀가 큰 소리로 울었다.

나는 달렸다.

처음에 티치는 그것을 단 한마디도 알아듣지 못했다.

"지금 막 너를 찾으러 갈 작정이었어." 내가 들판에서 촛불을 밝힌 그의 서재로 급히 달려 들어갔을 때, 그는 그렇게 말했다. "그런데 이건 뭐지?" 얼굴이 하얗게 질려 즉시 일어나면서 그가 말했다. "하느님 맙소사, 워시. 어서 이리 와 — 당장 검사를 받아야겠구나. 세상에, 엄청난 양의 피야."

내게도 내가 하는 말이 들렸지만, 내 말은 전혀 이치에 닿지 않았다. 나는 그 방의 온기와 갓 자른 히비스커스의 희미한 향기와 깜박거리는 촛불과 항상 마치 누군가가 방금 박박 문질러 닦기라도 한 것처럼 보이는 이상할 정도로 밝은 벽의 한 지점을 어렴풋하게나마 알아차리고 있었다. 내 이가 서로 딱딱 부딪치고 있음을 느끼며, 정신을 차리려고 노력했다.

티치가 엉덩이를 깔고 털썩 주저앉았다. "다친 데가 어디니?" 그가 나를 살펴보며 말했다. "상처를 보여 줘."

아플 정도로 이가 딱딱 맞부딪치고 있었지만, 나는 그럭저럭 그것이 내 피가 아니라고 말할 수 있었다.

티치의 온몸이 딱딱하게 굳었다. "워시." 그가 조용히 말했다.

나는 더듬더듬 설명을 하기 시작했다. 그리고 그의 혼란이 서서히 불신으로 바뀌는 것을 지켜보았다. 그의 입술이 부드럽게 벌어지고, 핏기가 싹 가신 얼굴이 천천히 일그러졌다. 그가 불쑥 일어나더니, 긴장한 손길로 자신의 검은 머리카락을 온통 헤집었다. 그는 잠시 동안 반들반들 닳기 시작한 양탄자를 뚫어져라 쳐다보며 서 있었다.

그런 다음 아주 갑작스럽게, 이마를 문지르며, 입으로 요란하게 숨을 쉬기 시작했다. 나는 그의 생각을 파악할 수가 없었고, 무엇보다도 그 때문에 나는 공황 상태에 빠졌다. 그래서 나는 다시 한번 그에게 내가 아무 짓도 하지 않았으며, 어쩔 수 없이 지켜보았고, 미스터 필립이 직접 그의 악의에 찬 최후를 초래했다고 말하고 싶었다. 하지만 그것을 티치는 이미 알고 있었다. 또 나는 이미 여러 번 말했다. 그렇다고 하더라도 나는 그것을 강조하고 싶었고, 티치가 정말로 받아들였다는 것을 확인하고 싶었다.

"에스터." 그가 무슨 생각을 하는지 알 수 없는 표정으로 말했다. "내가 형과 함께 있는 동안, 그녀가 와일드 홀에 왔어. 그녀는 우리 둘에게 네가 그와, 그러니까 필립과 함께 가 버렸다고 알렸지."

나는 여전히 살짝 떨면서, 아무 대답도 하지 않았다.

"그가 왜 너를 데려가려고 했을까?" 그가 부드럽게 말했다.

그래도 나는 아무 말도 하지 않았다.

그는 생각에 잠겨 나를 빤히 쳐다보았다. "그는 어디에 있지?"

나는 입술을 축였지만, 잠시 뒤에야 말을 할 수 있었다. "여전히 사냥터에요. 코르버스봉의 관목 덤불에요."

"당장 나를 그에게 데려다 줘야겠다."

나는 눈을 깜박이고 또 깜박였다 — 어떻게 내가 스스로 그곳으로 돌아갈 수 있을까?

그는 한참 동안 눈을 감고 있었다. 눈을 뜨고 나서, 자신이 아직도 그 방 안에 있다는 것을 알고 살짝 놀란 듯 보였다. 그가 앞으로 나와 한 손을 내 쇄골에 얹었다. 그의 손바닥은 시원하고 부드러웠다. "네가 나를 안내하지 않으면, 나는 그를 찾아낼 수가 없어."

나는 숨을 내쉬었다. 내가 결코 그곳으로 돌아갈 수 없다는 것을 알고 있었기 때문이다.

"워시. 부탁한다."

그리하여 어느새 나는 문으로 걸어가고 있었고, 티치가 공기가 눅눅한 저녁에 밖으로 나가려고 프록코트를 입는 동안 기다리며 서 있었다. 문턱에서 그가 찌푸린 얼굴로 나를 내려다보았는데, 그의 창백한 얼굴에는 불안감이 서려 있었다.

나는 그를 따라 밖으로 나갔다. 그는 느릿느릿 뻣뻣하게 움직였는데, 그의 마지못해 하는 듯한 몸짓에서, 미스터 필립 자신이 마치 마지막으로 한 번 더 그 초록색 들판의 바스락거리는 소리와 울음소리들을 음미하고 있기라도 한 것처럼, 풀밭을 헤치며 느릿느릿 나아가던 모습, 그의 유령 같은 걸음걸이, 장황하게 말을 늘어놓던 모습이 보였다.

12

멀리서는 시신이 온전한 듯 보였다. 하지만, 우리가 밤의 축축한 풀밭을 가로질러 빈터에 있는 뒤엉킨 옷가지 쪽으로 걸어갈수록, 시신의 훼손 상태가 명백해졌다. 마치 큰 여행용 옷가방이 들판에서 터져 열려 버리기라도 한 것 같았고, 천 조각들이 근처 나뭇가지들에 매달려 있었다. 그것을 알아차리고 나는 충격을 받았다. 그것을 본 기억이 없었기 때문이다. 그의 엉망이 된 얼굴 말고는 아무것도 기억나지 않았다. 그 넝마 조각들은 마치 어떤 가공할 별의 광채 같았다. 이미 소멸된 무언가로부터 뿜어져 나오고 있는 눈부신 광채 말이다. 나는 불현듯 티치가 자신과 함께 살도록 나를 불러들인 그 밤, 그리고 그가 내게 달의 더럽혀지지 않은 표면을 관찰하라고 했을 때 그의 갸름한 얼굴에 떠 있던 경외감이 생각났다.

그는 사냥터로 한참 걸어오는 내내 침묵을 지켰다. 갈가리 찢긴 육촌의 어두운 형체를 보자, 그의 얼굴에는 고뇌가 가득 찼다.

하지만 그는 울부짖지 않았다. 그 어떤 말도 하지 않았다. 그는 물기 어린 눈으로, 풀이 길게 자란 수풀 깊숙한 곳에서 총을 회수하기 위해 난장판이 된 그 빈터를 빙빙 돌았다.

나는 더 이상 갈 수가 없었다. 내 팔꿈치와 무릎 안쪽의 오목한 부분이 잔인할 정도로 근질거렸고, 숨이 턱 막혔다. 미스터 필립의 찢어진 붉은 얼굴의 잔해, 폭파된 채 피로 번들거리는 풀잎에 부풀어 오른 쌀처럼 붙어 있는 치아와 뼈가 보였다. 그리고 가느다란 뿔피리 소리 같던 그의 마지막 비명 소리, 마치 눅눅한 담요가 무심히 내동댕이쳐지기라도 한 것처럼 그의 젖은 몸이 쿵 하고 떨어지던 소리가 다시 한번 들렸다. 또한 '안 그래'라는 말이 들어간 그 어구들을 끝맺던 이상한 말투*와 그의 총이 풀숲 사이로 질질 끌리며 나던 희미한 쉭쉭 소리도 들렸다. 총신에 닿은 그의 두 손이 보였고, 극도로 불쾌한 갈색 악취가 공중에 가득했다. 그리고 마치 그 마지막 순간에, 자신이 베란다 흔들의자에 앉아 보낸 마지막 아침, 피부에 고이던 벌꿀 빛 햇살, 그 햇살의 온기와 안락함을 마음속으로 그려보고 있기라도 한 것처럼, 들판을 건너가는 내내 피곤해 하던 그의 모습이 보였다.

나는 차마 그를 만질 수가 없었다.

* 다소 예스러운 표현으로, what을 문장 끝에 덧붙여 상대방의 동의를 구하는 감탄사적인 말로 사용하는 경우, 보통 그 뒤에 물음표를 붙이기 마련이다. 이는 이렇게 사용된 what에 '안 그래?', '응?', '그렇지?' 등의 의미가 있기 때문인데, 앞서 본문에 나온 미스터 필립의 "아주 간단한 삶이야, 안 그래."라는 말은 물음표가 아닌 마침표로 끝나고 있고, 주인공이 이를 지적한 것이다.

당연히, 그날 밤 나는 잠들지 못했다. 눈을 꼭 감고 있었지만 그 모습들이 계속 나타났다. 주먹 안에 돌돌 말아 쥔 침대보에 대고 거칠게 숨을 쉬는 내내, 심장이 터질 것 같은 느낌이 들었다. 그 행위 자체는 몸서리쳐지는 것이기는 했지만, 나는 티치와는 달리 그것을 이해했다. 선택에 의한 죽음은 일종의 첫 관문이었다. 그러니까 그것은 또 다른 세상으로 가는 해방이었던 것이다.

내가 이해하지 못한 것은 왜 미스터 필립이 나를 연루시켰는가 하는 점이었다. 그는 내 얼굴에 대해 사과를 했지만, 이제 그의 행위가 내 삶에 철저한 파멸을 초래한 탓에 그 예의 바른 행동은 훼손되어 버렸다. 비록 아주 어리기는 했지만, 나는 그의 죽음이 분명 나 자신의 죽음을 의미한다는 것을 확실히 이해하고 있었다. 나는 비난을 받을 테고, 티치는 나를 보호하기 위해 아무것도 할 수 없을 것이다. 주인은 그 사고와 사고 현장에 있던 내 존재를 알아낼 것이고, 나는 죽임을 당할 것이다. 나는 이성적으로 신속하게 교수형에 처해지거나 뒤통수에 도끼가 날아들기만을 바랄 수밖에 없었다. 나는 그가 단말마의 고통이 터무니없이 길게 이어지는 일을 면하게 해 주기를 기도할 수 있을 뿐이었다.

나는 어떤 소리가 들렸다는 생각이 들어, 벽에서 돌아누우며 머리를 들어 올렸다. 하지만 방은 갓 닦은 돌과 나 자신의 땀내가 날 뿐, 조용했다. 동틀 녘까지 고작 몇 시간밖에 남지 않았음을 나는 알고 있었다. 나는 다시 머리를 대고 누워, 빅 킷이 나와 그녀 자신을 죽이지 못하면서 우리에게 허락되지 않은 위대한 여행, 그녀의 다호메이로 돌아가는 항해를 쓰디쓰게 떠올렸다. 왜냐하면 나는 티치가 죽음에 관해 말했던 모든 것 — 죽음은 끝이고,

암흑이라는 것—이 오로지 스스로 선택하지 않은 죽음에만 적용된다고 믿었고, 그런 죽음은 당연히 살인을 의미했기 때문이다. 나 자신이 주인의 손에 죽임을 당하는 모습, 이 세상으로부터 잔인하게 단절되는 모습을 머릿속에 그려 보자, 풋사과 같은 시큼한 맛이 내 목구멍을 가득 채웠고, 티치가 말했던 암흑, 그 돌이킬 수 없는 최후가 보였다.

다시 그 소리가 났다. 복도에서 장식용 은제품이 쨍그랑하는 낮은 소리, 마룻바닥을 미끄러지듯 가로지르며 무언가가 질질 끌려가는 소리였다. 나는 한쪽 팔꿈치로 짚고 일어나며, 두 발을 바닥 쪽으로 휙 돌렸다. 마침내 나는 방 밖으로 가만가만 걸어 나갔다.

티치였다. 그는 옷을 다 갖춰 입고 맨발로 부츠를 반듯이 접어 한쪽 겨드랑이에 끼고 있었다. 그는 일렁일렁 작열하는 랜턴으로 어둠을 가르며, 온 집 안을 방마다 살금살금 돌아다니는 중이었다. 내 심장은 가슴 속에서 쿵쾅거리고 있었다. 나는 그를 따라 그의 침실로 들어갔다.

"티치?" 내가 낮은 소리로 말했다.

그가 빙그르르 돌아서더니, 마치 나를 몰라본 듯, 한참 동안 암울하게 나를 응시했다. 이윽고 그가 고개를 끄덕였다. "거기 있었구나." 그가 그렇게 속삭였다. 그의 말투에서 그가 나를 거기서 발견하고 다소 놀랐음을 알아차렸다. 그는 랜턴을 더 높이 들어 올렸다. 나는 그의 긴장한 초록색 눈, 밀랍 봉인처럼 빨갛게 부은 눈밑 피부를 보고 숨을 내쉬었다.

"뭐 하시는 거예요?" 내가 말했다.

"목소리를 낮춰라." 그가 속삭였다. 나는 희미하게 어른거리는 노란 불빛 속에서, 그의 형체가 방을 가로지는 것만 간신히 알아볼 수 있었다. 그의 대형 옷장 문의 끈끈한 광택제에서 입 맞추던 입술들이 떨어질 때의 소리 같은 것이 들렸다. 이내 옷들이 사락거리는 소리, 서류가 바스락거리는 소리가 났다. 그 방은 습했다.

"티치." 내가 말했다. "무슨 일이에요?"

"우리는 떠날 거야, 워시. 조용히 해. 에스터를 깨우지 마."

"떠나다니요?"

"세인트빈센트로 떠날 거야. 아니면 세인트루시아로. 어딘가 다른 섬으로. 바람이 우리를 데리고 가는 쪽이면 어디든."

나는 서서히 깨닫기 시작했다. "티치."

"이제 가, 워시. 옷을 입어. 가장 귀중한 것만 챙겨. 우리는 다른 건 다 새로 마련할 수 있을 거야. 하지만 되도록 조용히 해."

"저는 우리가 항구를 떠나기도 전에 사슬에 묶일 거예요."

"물론, 우리는 배를 타지 않을 거야."

나는 잠시 멈칫했다. "구름 범선을 말씀하시는 건 아니겠지요. 이렇게 깜깜한데요? 구름 범선으로요?"

그가 내 일꾼용 자루처럼 보이는 것에 무언가를 밀어 넣었다. "네 스케치용 심과 노트, 옷 몇 벌, 네 확대용 렌즈 들이 들어 있어." 그가 그 자루를 내 가슴팍에 탁 던졌다. "한두 가지쯤 더 가져갈 수도 있겠지. 하지만 그러려면 무게를 고려하도록 해."

나는 그의 방 문간에 망연자실한 채 서 있었다.

"맙소사, 워시." 그가 화난 소리로 낮게 말했다. "서둘러."

그의 톡 쏘듯 신랄한 목소리를 들으며 — 그는 좀처럼 안달하는 법이 없는 사람이었다 — 나는 갑자기 한기를 느꼈다. 그 순간 그곳에서 줄곧 나고 있었던 게 분명한 소리가 들렸다. 금이 간 창문에서 나는 희미한 바람 소리였다.

"식량은 이미 챙겨서 포치에 갖다 놓았어." 티치가 속삭였다. "무게를 고려할 때, 거의 가져갈 수가 없어. 하지만 우리한테는 그 정도면 착륙할 때까지 충분할 거야."

갑자기 상황이 실감 났고, 나는 일종의 불신에서 오는 공포로 가득 찼다. 나는 방 문간에서 초조하게 오락가락했다. 그때 그가 나를 구하기 위해 기꺼이 감수하려 하는 모든 것이 떠올랐다. "티치, 제발요. 저는 어떤 벌이 기다리고 있더라도 받아들일 거예요. 이래즈머스 주인 나리의 처분에 따를 거예요."

그가 내 쪽으로 홱 고개를 돌렸다. "옷을 입어. 서둘러라. 우리한테는 시간이 전혀 없어."

내가 여전히 머뭇거리자, 그가 요 몇 년간 줄곧 내 뇌리를 떠나지 않는 어떤 말을 했다. "너만을 위해 이러고 있는 게 아니야. 나는 이 끔찍한 곳에 머물지 않을 거야. 이건 나를 위한 삶이 아니야."

그는 내 마음을 알았기 때문에 이렇게 말했던 걸까? 만일 그가 자기 목숨을 걸고 위험을 무릅쓸 작정이라면 내가 거절하리라는 것을 알았기 때문에?

나는 얼굴을 찡그렸다. "진심으로 구름 범선을 당장 쓸 수 있다고 생각하세요?"

"지금이 아니면, 영영 날아오르지 못할 거야. 내가 밤새도록 부풀려 놨어. 이제, 그만, 이야기는 그만. 서둘러."

나는 머뭇거렸다.

그가 어둠 속에서 나를 향해 홱 돌아섰다. "에스터가 이미 네가 고와 함께 가 버렸다고 폭로했어 — 그녀가 너를 경멸한다는 걸 잘 알지? 그녀는 너를 그 죽음에 연루시키기 위해서라면 할 수 있는 모든 일을 다 할 거야. 형이 실제로 네게 책임이 있다고 믿으리라는 건 아니야 — 하지만 내가 어쩔 수 없이 너를 넘겨주게 만들기 위한 수단으로 틀림없이 그렇게 믿는 척할 거야. 잘 생각해 봐, 워시 — 형은 이런 불행한 일이 있기 전에 이미 네 복귀를 요구했어. 이제 네게 어떤 일이 닥칠 것 같니? 무슨 일이 기다리고 있을 것 같아?" 그가 잠시 말을 멈췄다. 그의 목소리는 차분해졌다. "슬프게도, 너는 형제들 간의 추악한 게임에 휘말렸어. 이제는 게임 그 이상이지." 그는 느릿느릿 거칠게 숨을 내쉬었다. "물론, 네 마음대로 너 자신의 길을 택해도 좋아. 하지만 그러면서, 무엇이 올바른지 자문해 봐. 이 일의 진상을 살펴봐. 그리고 무엇이 정당한지 자문해 봐."

나는 흔들렸다. 말투는 무덤덤했지만, 그래도 그의 말은 나를 뒤흔들었다. 나는 얼룩 같은 랜턴 불빛 속으로 발을 내딛고, 가방을 집어 들었다.

덥고 습한 방 안에 침묵이 흘렀고, 곧이어 그가 랜턴을 자기 얼굴 높이로 들어 올리더니, 후 불어서 불을 꺼 버렸다.

그리하여 우리는 희부연 어스름 속에서 각자 자루를 짊어지고 비틀거리며 달아났다.

달은 흐릿해져 있었다. 티치가 랜턴을 다시 켜서 천으로 덮었고, 우리는 그 약한 주황색 불빛에 의지해, 그토록 여러 번 가로질렀던 길을 발부리가 걸려 넘어질 듯 비틀거리며 걸어갔다. 우리는 묵묵히 코르버스봉으로 올라가는 길을 더듬으며 천천히 기어 올라갔다. 잿빛 하늘을 배경으로 검고 생경한 산이 보였다. 나는 근처에 있는 미스터 필립의 시신을 떠올리니 점점 더 두려워졌다. 왜냐하면 결국에는 티치가 유해를 다 거둬들이지 못해서, 우리는 그 충격적인 형체를 그가 가지고 갔던 담요 한 장으로 덮어 놓았을 뿐이기 때문이었다. 그는 그의 서재 책상 위에 그 자살에 대해 자세히 서술한 쪽지와 그의 육촌을 발견하게 해 줄 지도를 남겨 두고 왔다.

나는 우리가 틀림없이 발견될 것 같아 두려웠다. 또한 주인에게 우리가 지나갔음을 알려 줄, 일종의 경비 혹은 파수꾼이 틀림없이 있을 것 같아 두려웠다. 하지만 티치는 나처럼 두려워하는 것 같지 않았다. 이제 막 자신이 하려는 일의 심각성에 짓눌려 마음이 어수선했을 텐데도, 한결같이 걸었던 것을 보면 말이다. 우리가 산을 둘러싸고 있는 관목 덤불에 가까워지면서, 나는 그 피로 얼룩진 담요를 찾고 또 찾아보았지만, 어둠 속에서 아무것도 보이지 않았다.

봉우리에 도달했을 때, 다리가 후들거리고 얼굴이 땀으로 축축해져서 우리는 짐 꾸러미들을 미끄러뜨리듯 떨궜다. 바람이 불고 있어서, 구름 범선이 밧줄들에 매달린 채 요란한 소리를 내며 삐걱거렸다. 바람은 따뜻하고 불쾌했으며 쇳내와 비 냄새가 배어 있었다. 나는 티치의 어두운 형체가 끙 하고 앓는 소리를 내고 조용히 욕을 하며 그 암흑 속에서 가스통을 조절하기 위해 움직이는 모습을 지켜보았다. 덮개가 내 위쪽 높은 곳에 매달려 있었는데, 좀 더 밝아진 하늘을 배경으로 마치 검게 탄 자국처럼 보였다.

티치가 다급하게 나를 큰 소리로 불러서 고리버들과 나무로 만든 곤돌라 속으로 기어 올라갔는데, 곤돌라의 노들은 마치 더듬이처럼 하늘로 뻗어 있었고 네 개의 특이한 날개는 바람 속 꽁지깃처럼 삐걱삐걱 움직이고 있었다. 어둠 속에서 그 모든 게 얼마나 무시무시해 보였던가. 엄청나게 강렬한 죽음의 공포가 나를 휩쓸고 지나갔다. 티치가 볼트며 매듭을 다시 점검하다가 잠시 멈추고, 낯설고 차분한 눈길을 내게 던졌다. 하지만 나는 아무 말도 하지 않았고 그도 아무 말 하지 않았다. 그리고 그는 묵묵히 다시 준비를 하기 시작했다.

"좋아, 워시." 마침내 그가 말했다.

"좋아요." 내가 겁에 질린 채 말했다.

그런 다음, 그는 한마디도 더 하지 않고, 가스통을 조절했다. 불기둥이 덮개 안쪽에서 더 높이 치솟자, 천이 전율하며 마구 흔들리기 시작했다. 그 떨림은 지독했다. 내 이가 두개골 속에서 달가닥거렸다. 나는 불길을 빨아올리는 그 넓고 시커먼 입을 두려워하면서도 넋을 잃고 뚫어져라 쳐다보았다.

공기에서 숯과 연기의 악취, 기름을 태우는 악취가 났다. 마지막으로 티치가 밖으로 몸을 구부리더니 각각의 밧줄을 차례대로 다 잘랐다. 고리버들 바구니가 풀밭을 가로지르며 질질 끌려가는 동안, 나는 사방에서 풀들이 쉭쉭거리는 소리를 들었다 — 잔인한 마지막 소리였다.

어스름 속에서 나는 티치의 얼굴의 쑥 들어간 곳들만 간신히 알아볼 수 있었다. 눈 부위는 깜깜해져 보이지 않았고, 오로지 치아의 하얀 조각들만 뚜렷이 눈에 띄었다. 나는 배 속이 꿀렁거리는 것을 느끼고, 겁이 나서 구름 범선의 노를 꽉 움켜잡았다. 우리를 둘러싼 공기가 윙윙 울부짖기 시작했고, 하늘이 우리를 향해 갑자기 달려들었다. 우리는 날아오르고 있었다.

나는 그 광경을 간신히 묘사할 수 있을 뿐이다. 아래쪽으로 잔뜩 찌푸린 하늘, 엄청난 틈을 통해 새어 들어오는, 방금 뜬 괴물의 눈처럼 붉은 햇빛이 보였다. 우리 주위의 하늘은 여전히 캄캄했지만, 바람은 이미 우리를 바다를 향해 세게 내던지고 있었다. 나는 희미한 빛 속에서, 반쯤 잘려 나간 사탕수수밭, 여자의 머리 가르마처럼 반짝거리는 수확의 하얀 흉터들을 자세히 살펴보았다.

내가 무엇을 느꼈을까? 그런 곳에서는 누가 무엇을 느낄까? 나는 고뇌와 경이로움에, 그리고 끊임없이 이어진 경악스러운 일에 가슴이 아팠고, 숨을 돌릴 새가 없었다. 구름 범선은 훨씬 더 높이 날아오르며 회전했고 차츰 더 빨리 방향을 틀었다. 나는 끝없는 세상을 뚫어져라 쳐다보고 있는 티치에게서 얼굴을 돌린 채, 몸이 아플 만큼 심하게 소리 없이 울기 시작했다. 공기는 점점 더 차가워지면서 피부 속으로 스멀스멀 기어 들어왔다. 사방에 그림자, 붉은빛, 폭풍 같은 불길, 극도의 흥분뿐이었다. 그리고 우리는 기적적으로 전혀 부서지지 않은 채, 한복판으로 날아올라 갔다.

2부

1832년,
표류

1

섬에서 떠난 지 한 시간도 되지 않아 스콜이 덮쳤다. 비가 윙윙 굉음을 내며 느닷없이 세차게 우리를 공격했고, 나는 그 작은 배가 밧줄에 매달려 난폭하게 흔들리자, 노걸이에 발이 걸려 두 팔을 허우적대며 나자빠질 뻔했다. 티치는 구름 범선을 가로지르며 몸을 내던져, 어둠 속에서 바닥짐들을 더듬거리며 내게 소리쳤다. 하지만 나는 희부옇게 일그러진 그의 얼굴 형태, 입이 있어야만 할 자리를 차지한 그림자 말고는, 거의 아무것도 볼 수가 없었다.

지금 생각해 보면 그는 나만큼 놀라지는 않았던 것 같다. 우리가 암흑을 향해 출항했을 때, 그가 어떤 식으로 기압계를 톡톡 두드리며 혼자 부드럽게 탄성을 질렀는지 기억난다. 또 어떤 식으로 구름 범선 바닥에 무릎을 꿇고 우리 짐들 사이에서 자세를 바꾸며 이리저리 움직였는지, 어떤 식으로 가장 불필요한 것들을 골라내서 고물에 차곡차곡 쌓았는지가 기억난다. 그리고 나는 폭풍이 덮친 직후에 티치가 어떤 식으로 즉시 작은 더미를 들어 올려 어둠 속으로 내던졌는지도 지금껏 잊지 않았다.

그는 바람에 머리카락이 납작 들러붙은 채, 몸을 기울여 내게 바짝 붙으며 외쳤다. "우리는 더 위로 올라가야 해. 상승해야 해!" 그는 마치 내가 그것을 다루는 방법에 관해 무언가를 알고 있을지도 모른다는 듯, 손가락으로 위쪽을 가리켰다.

거센 바람이 갑자기 우리를 뒤흔들었고, 뒤쪽으로 내동댕이쳐진 티치는 추락 직전에 몸을 가누기 위해 버팀줄 중 하나를 와락 움켜잡았다. "이대로는 안 되겠어, 워시! 이대로는 안 되겠어!"

나는 눈을 감아 버렸다.

우리가 폭풍을 뚫고 곤두박질치며 하강하는 게 느껴졌다. 이제 비까지 가세해서 우리를 후려쳤고, 기구(氣球)의 방수포는 맹공격을 받아 바지직 소리를 내며 째지고 있었다. 티치가 고도를 낮췄고, 덮개를 씌운 랜턴은 아직 구름 범선의 뱃머리에 필사적으로 매달려 있었다. 가장자리를 꽉 붙잡고 고개를 내밀어 유심히 보았더니, 이제 우리 아래로 바다 저 멀리 까만 파도가 미친 듯 날뛰고 있었다. 우리는 빠르게 떨어지는 중이었다.

"티치!" 내가 소리쳤다. "티치!"

그는 내 말을 듣지 못했다. 그래서 나는 그의 팔을 와락 움켜잡으며 멀리 있는 너울을 가리켰다. 그 파도의 물마루에서 불빛 하나가 희미하게 반짝이고 있는 것처럼 보였다. 그러다가 이내 사라져 보이지 않았고, 사방이 너무 캄캄해서 나는 그것이 내 상상이었는지 아닌지 알 수가 없었다. 휑뎅그렁한 동굴처럼 캄캄한 암흑 속에서 소리만 요란하게 윙윙거렸다.

티치는 유도 밧줄에 매달려 혼신의 힘을 다해 비행기구를 어둠을 향해 움직여서 우리가 그쪽으로 나아가게 조종했다. 폭이 넓고 산더미 같은 너울들 사이에서 나는 비스듬한 나무못 같은 것을 언뜻 보았다. 거의 뱃전으로 돌아눕다시피 한 배의 실루엣이 시야에 들어왔다. 그 순간 그것은 물마루에 올랐다가, 거품을 일으키며 너울을 타고 내려가 또다시 사라졌다. 잠시 후 그것이 떠올랐다. 나는 마른침을 꿀꺽 삼키고, 고개를 돌려 흠뻑 젖은 채 밧줄에 매달려 있는 미치광이를 뚫어져라 쳐다보았다. 내가 다음과 같은 사실을 깨달았기 때문이었다. 티치는 그 배를 직접 겨냥하고 있었다.

우리는 이상한 각도로 돛대를 들이받아 기우뚱하다가, 이내 아래쪽으로 떨어져 쪼개져 있는 큰 나무토막을 박살 냈다. 우리는 다시 한번 들렸다가, 다시 한번 요란하게 아래로 돌진했다. 그런 다음, 구름 범선은 귀에 거슬리는 끽끽 소리를 내며 통통 튀면서 갑판을 가로질러 끌려가다가, 곧 나무 조각들이 우당탕거리면서 뒤집혀 버렸다.

나는 멍해서 고개를 흔들었다. 무언가 따뜻한 것이 내 얼굴 위로 쏟아지고 있었다. 내가 거꾸로 매달려 있는 게 느껴졌고, 구름 범선의 밧줄들에 뒤얽혀 있음을 깨달았다. 그런 다음 거꾸로 뒤집힌 티치의 얼굴이 빗속에서 내게 소리치고 있는 것이 보였다. 이내 다시 한번 어둠 말고는 아무것도 보이지 않았다.

구름 범선이 소름 끼치게 삐걱삐걱 신음하더니, 배의 가장자리를 향해 미끄러지기 시작했다.

"워시!" 티치가 울부짖었다. 그가 미친 듯이 힘껏 밧줄들을 잡아당기고 있었지만, 나는 풀려나지 못했다. 구름 범선이 바람에 끌려

가볍게 스르륵 움직이는 것이 느껴졌다. 내 배 속이 요동쳤다.

"워시, 손을 빼내!" 티치가 소리치고 있었다. 그는 부츠를 신은 한쪽 발로 구름 범선의 뱃머리를 밀며, 있는 힘껏 몸을 젖히고 있었다.

배는 파도의 측면을 타고 나아가다가 다시 한번 곧추선 채 그 위로 올라갔다. 나는 거꾸로 뒤집힌 채 어둠을 응시하고 있었는데, 세상이 미쳐 버린 것 같았다.

그때 티치 뒤에서 한 형체가 비바람을 뚫고 비틀거리며 나타났다. 그것이 그를 한쪽으로 밀쳐 냈다. 휘날리는 턱수염으로 물보라를 뿌리며 옆에 도끼를 끌고 있는 건장하고 야수 같은 사내였다. 그는 도끼를 뒤로 번쩍 들어 올렸다가 휘둘러, 내 목을 꼼짝 못 하게 누르고 있던 밧줄들의 매듭을 잘랐다. 나는 풀려나 앞으로 쓰러져 네발로 바닥을 짚고 빗속에서 헉헉거렸다.

갑판은 미끄럽고 차가웠다. 나는 얼굴을 반쯤 들어 올렸다.

남자가 거친 후두음을 사용하는 어떤 언어로 뭐라고 고함치는 소리가 들렸다. 티치 역시 소리를 지르고 있었다.

갑작스러운 돌풍에 기구가 바지직 소리를 내며 캄캄한 바다 너머 허공으로 끌려 올라갔다. 구름 범선이 똑바로 들리더니 소름 끼치게 날카로운 긁는 소리를 내며 뒤쪽으로 급격히 끌려갔다. 나는 그것이 앞 돛대 근처 삭구에 일렬로 늘어서 있던 나무통들과 세게 충돌하고 튀어 오르는 모습을 지켜보았다. 그러고 나서 갑자기 그것은 잔해와 암흑만을 남기고, 폭풍우 속으로 빨려 들어가 버렸다. 그동안 배의 랜턴 불빛을 받아 은빛으로 빛나는 비가 우리 살을 아프게 저미듯 줄곧 쏟아져 내렸다.

2

그렇게 우리는 죽음을 면했다. 도끼를 든 건장한 남자는 그 배의 선장으로, 독일 태생에 어쩌다 보니 영국인이 된, 통칭 베네딕트 키나스트라는 사람이었다. 붉은 손에는 핏줄이 툭 불거졌고 주름이 자글자글한 그의 나이는 아무리 적게 잡아도 예순은 되어 보였다. 그는 흠뻑 젖어 헐떡이는 우리를 폭풍우 속에서 끌어내 요동치며 삐걱거리는 배의 선창(船倉)으로 데리고 내려갔다. 선원들은 어둠 속에서 민첩하게 움직이며, 밧줄을 단단히 결박하고, 승강구를 열심히 손보는 중이었다. 갑작스럽게 선박이 요동칠 때마다, 단숨에 엄청난 양의 물이 해치를 통해 쏟아져 들어와 우리 발치에서 출렁거렸다.

미스터 베네딕트의 머리 위 들보에 박힌 못에 불 켜진 랜턴 하나가 매달려 있었다. 그는 흔들리는 불빛 속에서 우리에게 달려들며 욕설을 퍼부었다. "당신들은 뒤 돛대를 부수고 내 식료품에 피해를 입혔어." 그가 호통을 쳤다. "그건 그렇고, 대체 무슨 일로 이런 폭풍우 속에 저런 기묘한 장치를 타고 길을 나선 거요?"

"그건 구름 범선이었어요." 티치가 말했다.

"나는 당신이 그걸 뭐라고 부르든 관심 없어. 당신은 그걸 내 후갑판에 떨어뜨리지 말았어야 해. 당신 대체 누구야?" 그가 티치에게 달려들며 말했다.

"나도 같은 걸 물어보면 어떨까 싶군요, 선생님." 티치가 대꾸했다. "그리고 선생님의 선박은, 사실, 내 구름 범선에 피해를 입힌 정도가 아니라, 더 정확히 말하면, 그것을 박살 내 버렸어요. 모조리. 선생님은 선생님 말마따나 저 장치를 완전히 새로 만드는 데 드는 비용을 내게 빚졌다고 말씀드리면 어떨까 싶군요."

선장이 커다란 붉은 손을 벌려 그의 젖은 턱수염을 훔쳤다. 그가 내 어깨 너머를 힐끗 보았다. "미스터 슬립, 돌아가서 나무통들을 단단히 묶어 놔. 나는 오늘 밤 더 이상은 피해를 보지 않을 테야." 그의 두 눈이 다시 티치에게 못 박혔다. "나는 여기서 빌어먹을 별들처럼 꾸준히 올바른 침로(針路)에 있었어. 당신이 내 위로 떨어졌잖아."

"선장님!" 또 다른 남자가 위에서 외쳤다. "커터*가 풀려 나가려는 것 같아요!"

"단단히 고정해, 이 후레자식들아!" 그가 으르렁거리듯 고함을 질렀다.

"선장님, 조종은 완벽했어요." 티치는 마치 그 건장한 남자가

* 대형 선박에 딸린, 노를 갖춘 소형 외돛배로, 대형 선박과 육지 사이를 오가는 데 사용된다.

망나 소리를 지르지도 않았다는 듯 침착하게 말을 이어 갔다. "우리는 폭풍우를 피하려고 낮게 날고 있었지요. 선생님이 우리 쪽으로 항해를 했어요. 갑판 랜턴들은 어디에 있었나요, 선생님? 어떻게 그렇게 아무 표시도 없이 항해를 할 수가 있지요?"

"빌어먹을 폭풍우 같으니." 미스터 베네딕트가 투덜거렸다. "빌어먹을 폭풍우 속에 기구라니."

티치는 낮은 천장에 머리를 부딪치지 않으려고 고개를 앞으로 숙이고 있었고, 이제 균형을 잡기 위해 두 팔을 위로 뻗어 들보를 움켜잡았다. 그가 화를 내며 말했다. "누군가가 이걸 밀수선으로 오인한다고 해도 무리가 아닐 겁니다. 대체 밤중에 불빛도 없이 항해할 사람이 달리 누가 또 있겠어요?"

"당신 그 괘씸한 입 조심하는 게 좋을 거요."

"내 괘씸한 입 말씀이시군요, 선생님." 티치가 톡 쏘아붙였다.

두 남자는 배가 요동치는 내내 서로를 노려보았다. 둘 다 제자리에 서 있으려고 넓적다리 근육에 의지하고 있었다. 내 배 속이 요동쳤다. 선장은 건장했고, 완전히 격분해서 침을 뱉어 대는 모습은 폭풍우의 연장선 그 자체였다.

"당신 대담한 사람이로군, 아닌가?" 그가 말했다. "이름은 있겠지?"

티치는 계속 침묵했다.

"응, 말하고 싶지 않은 건가?" 미스터 베네딕트가 말했다. "그럼, 누군가가 당신들을 쫓고 있나? 한 쌍의 도망자들인가?"

"크리스토퍼 와일드입니다." 티치가 무거운 눈빛으로 남자를 쳐다보며 말했다. "영국학사원 회원이며, 코플리 메달 수상자이자 베이커 메달 수상 연설자인 제임스 와일드의 아들입니다."

베네딕트 선장이 뺨을 불룩하게 부풀렸다. "영국학사원이라."

"여기 내 친구는 나를 티치라고 부르지요."

비록 폭풍우가 수그러들지는 않았지만, 그래도 갑판 아래 우리 세 사람 사이는 무언가가 변하면서 편해졌다. 베네딕트 선장은 잔뜩 찌푸린 얼굴로 내게 미소를 지어 보이며 툴툴거렸다. "친구? 이봐, 넌 소유물 아니니?"

티치는 균형을 잡기 위해 움켜잡고 있었던 들보에서 손을 떼고, 한 손을 내 어깨에 얹었다. "확실히 이 소년은 내 소유예요." 그가 그렇게 말했고, 나는 그가 이런 말을 하는 것을 듣고 당황했다. "이 소년은 자신이 탁월한 과학 삽화가임을 증명했고, 그래서 나는 지금껏 이 애의 재능을 육체노동에 낭비하는 대신에 이 애를 내 개인 조수로 더 적절히 활용했어요. 이 애는 비행술을 그림으로 표현하는 데 엄청난 재능이 있어요. 당신과 당신 승무원들은 마땅히 이 애를 정중하게 대하는 게 좋을 겁니다. 영국에는 우리의 최근 보고서에 흥미를 가지고 검토하는 유력자들이 있어요."

미스터 베네딕트가 자기 파이프 자루를 씹었다. "음, 냄새가 나." 그가 말했다. "나한테는 그냥 평범한 검둥이로 보이는걸."

"선장님, 과학의 첫 번째 규칙은 겉모습을 믿지 말고, 대신 실체를 찾아내라는 겁니다."

배가 좌우로 흔들리고, 빙글 돌고, 좌우로 흔들렸다. "실체 따위 알게 뭐야!" 미스터 베네딕트는 배의 요동 따위는 무시하고 말했다. "당신은 여전히 나한테 배 한 척 수리비에 해당하는 돈을 시불할 의무가 있어, 크리스토퍼 와일드. 그리고 우리는 그 권리의 실체에 대해 충분히 이야기를 하게 될 거요."

내 두피에서 피가 나고 있었다. 베네딕트 선장이 맞은편의 내게 바닷물에 젖어 차가운 크고 빨간 손수건을 건네주었고, 내가 그것을 머리에 바짝 대고 누르자, 상처가 대번에 따끔거리기 시작했다. 그는 선의(船醫)가 타고 있기는 하지만, 심하게 아파서 자기 선실에 머무르는 중이라고 설명했다. 그는 우리를 노려보며, 그 친구를 찾아 고물 쪽으로나 가 버리고 빌어먹을 그의 선원들 옆에는 얼씬도 말라고 말했다.

"어서 가." 미스터 베네딕트가 내뱉듯 말했다. "둘 다. 당신 둘이 내 우라질 갑판 위에서 숨을 거두게 두지는 않을 거야."

"우리가 의사를 어디에서 찾아야 하지요?" 배가 또 다른 너울을 타고 오르자, 티치가 무릎을 잽싸게 움직이며 물었다.

위에서 굉음과 남자들이 고함치는 소리가 났다.

"내가 방향을 알려 줄 시간이 있는 사람처럼 보이나?" 미스터 베네틱트가 화를 내며 호통을 쳤다. 그러면서도 그는 이렇게 말했다. "해먹을 지나서 죽 가다가 첫 번째 사다리를 타고 올라가. 본능적으로 알게 될 거요." 그가 가려고 돌아서다가, 고개를 절레절레 흔들며 투덜거렸다. "이건 빌어먹을 바크*란 말이야. 얼마 걷지 않아도 탁 트인 바다가 보인다고."

티치가 지친 표정으로 나를 보자, 그날 밤의 사건들로 인한 대

* 돛대가 세 개 이상인 범선.

가가 보였다. 그는 계속 좁은 벽에 부딪혀 넘어지고 고개를 휙 숙이면서, 나를 캄캄한 배 안쪽으로 계속 이끌고 걸어갔다. 랜턴 하나가 가죽끈 근처 갈고리에 걸려 흔들렸고, 그 그림자들이 벽을 가로질러 기어 다니고 있었다. 봉인된 나무 상자 하나가 선실을 가로지르며 미끄러지더니, 맞은편 벽에 부딪치며 물을 튀긴 다음, 곧이어 발목까지 차오른 파도 속으로 다시 굴러 들어갔다.

미스터 필립의 망가진 얼굴 모습이 뇌리에 번뜩여, 토할 것 같은 극도의 공포가 엄습했다. 우리가 발견되리라는 것, 또 나한테서 아직도 그 피비린내가 나는 것이 내게는 피할 수 없는 일로 보였다.

늙은 선의는 두 번째 노크에 선실 문을 열었다. 나는 빤히 쳐다보면서 숨을 죽였다. 나는 그 장난의 본질이 이해가 되지 않았다. 끙끙 신음하면서 우리 앞에 서 있는 사람은 바로 베네딕트 선장이었기 때문이다. 이제 그의 코트는 바뀐 데다 보송보송 말라 있었고, 머리카락은 고통스러워하는 얼굴 뒤로 바싹 당겨져 묶여 있었다. 그는 똑같이 턱수염을 기르고, 똑같이 가래 섞인 기침을 했다. "뭐야?" 그가 소리를 질렀다.

"선장님?" 티치가 말했다.

그 순간 나는 그 남자의 왼손에 손가락 몇 개가 없음을 보고, 어리둥절해서 고개를 흔들었다.

그는 한 걸음 물러나며, 우리에게 들어오라고 턱짓을 했다. "진찰받으라고 여기로 보낸 모양이지? 자, 어디 한번 봅시다. 틀림없이, 당신들이 우리 갑판으로 떨어진 그 신사분들이겠군. 들어와요, 어서. 내가 이 소년의 머리에 난 저 상처에 적어도 붕대라도 김아 주시 않으면, 내 동생이 언짢아 할 거요."

"저분을 좀 보세요, 티치." 내가 깜짝 놀라서 말했다. "저분은 아주 똑같이 생겼어요."

"이분들은 쌍둥이야, 워시." 티치가 말했다.

"나는 그렇다고 믿어요." 그 선의가 말했다. "그게 아니면 내 태생에 내가 설명할 수 있는 것 이상의 수수께끼가 있겠지요. 앉겠어요?" 선의가 우리에게 살짝 미소를 지어 보였다. "테오 키나스트요, 선생. 선의이자 선원들의 불행의 전반적인 원인 제공자지요." 그가 티치에게 말했다. "그리고 너, 얘야. 내가 그 깊은 상처를 처리할 수 있게 움직이지 말고 가만히 있어라. 하긴 외견상 그 상처는 네 과거 부상들에 비하면 아무것도 아니지만 말이다. 정말 무시무시한 화상 자국이로군."

나는 우리 발밑에서 마룻바닥이 흔들려 그의 좁은 침대 틀 가장자리를 꼭 붙잡았다. 그가 내 상처를 쿡쿡 쑤시는 동안 나는 이를 악물었다. 비록 말을 하거나 비명을 지를 만큼 어리석지는 않았지만 말이다.

의사는 일을 하면서 중얼거렸다. "당신들 때문에 저 녀석들이 상당히 많이 놀랐어요. 마치 신들처럼 하늘에서 뚝 떨어져서 말이지. 그들 중 일부는 미신을 단단히 믿거든." 그가 쿨럭쿨럭 기침을 하며 티치를 돌아보았다. "자, 당신 이름은 뭐지요?"

"크리스토퍼 와일드입니다, 선생님."

"이 검둥이는 당신을 티치라고 부르던데."

티치가 얼굴을 찡그렸다. "그 소년은 워싱턴이라고 합니다. 그리고 맞습니다, 그 애는 나를 티치라고 불렀지요."

선의는 끙 하고 앓는 소리를 내며 우리 둘을 흘끔흘끔 쳐다보았다. "좋아요, 미스터 와일드, 이런 날씨에 날아다니다니 대체 그게 무슨 뜻인가요? 어디에서 날아오고 있었던 거예요?" 그가 무언가 날카로운 것으로 내 두피를 쿡쿡 찔러, 내가 비명을 질렀다. "이제, 그만." 내게 그렇게 말하기는 했지만, 말투가 불친절하지는 않았다. 그는 지친 듯 티치를 힐끗 보았다. "저 녀석들 말로는 내 동생은 이 소년을 도망자라고 여긴다더군요. 당신이, 그러니까 선생이 이 흑인을 정당한 주인한테서 훔쳐 몰래 달아나는 중이라고 여긴다고 말이에요."

"내가 그 애의 주인이에요." 티치가 참을성 있게 말했다. "내가 선생님 동생에게 설명했다시피, 그 소년은 농장에서 내 조수예요. 나는 내 비행기구의 시제품을 처음으로 띄우던 중이었어요."

"그러면 그게 어느 농장이었을까요?" 선의가 말했다.

"세인트루시아에 있는 호프 농장입니다."

"왜 농장주가 자기 농장을 다른 사람들이 마음 내키는 대로 하게 내버려 두고 그런 식으로 모험을 했을까요?"

"나는 농장주가 아닙니다 — 나는 기계화된 도구들을 조작하는 노예들을 감독해요. 나는 기술자로 훈련을 받았어요. 그 농장의 자원을 사용할 전권을 위임받았지요. 내 비행기구의 성공적인 첫 비행을 위해 약간의 휴일을 얻은 것은 물론이고요. 만일 내가 큰 성공을 거뒀더라면, 그 구름 범선은 거기서 우리의 일상적인 작업에 값을 매길 수 없을 정도로 귀중한 도구라는 게 입증되었을 겁니다. 여기 선생님이 보고 있는 이 소년은 조수로서 내게 양도되었어요. 내 비행기구의 조립과 첫 비행에서 결정적인 역할을 헤냈지요."

"이제는 바다 밑바닥에 있는 그 풍선 말이군요." 의사가 말했다.

"그건 풍선이 아니에요." 티치가 말했다.

선의는 피곤한 듯 미소를 지었다.

"선생님, 실수가 없다면 그게 무슨 발전이겠습니까?" 티치가 말했다.

"움직이지 마라." 선의가 그렇게 말했다. 하지만 그는 몸을 뒤로 젖히고 호기심에 찬 표정으로 나를 바라보았다. 그의 턱수염 위쪽으로는 길고 바늘로 꿰맨 것 같은 코와 움푹 들어간 검은 눈이 있었다. 그의 이마는 굉장한 절벽처럼 쑥 튀어나와 있었다. 이 모든 것에도 불구하고, 내게는 그의 짙은 두 눈이 부드럽고 끊임없이 움직이고 사려 깊으며 나 같은 사람에게는 몹시 드물게 베풀어지는 호의를 담고 있는 것처럼 보였고, 그와 눈길을 마주하자 저릿저릿 전율이 일었다.

아침 바다는 잔잔했다. 배에서는 타르와 토사물과 바닷물 냄새가 났다. 나는 또다시 잠을 통 자지 못한 상태로, 가구 하나 없는 비좁은 선실의 널빤지 위에서 티치 옆자리에 담요를 휘감고 누워 있었다. 티치는 너무 피곤해서 드러눕자마자 코를 골기 시작했다. 잠이 든 그는 마치 관대한 처분을 받은 것처럼, 편안하고 힘들었던 일을 모두 훌훌 털어 버린 것처럼 보였다. 나는 그 전날 밤 그의 거짓말, 내가 자신의 소유라는 그의 주장을 듣는 순간 내 온몸에 퍼지던 냉기를 기억해 냈다. 물론 그 속임수는 불가피했지만,

그래도 나는 그것이 마치 느닷없는 현실의 침범처럼 섬뜩하게 느껴졌다. 내 생각에, 가장 기묘한 것은 아주 비슷한 어떤 삶 — 또는 어쩌면 심지어, 도덕적인 깨달음을 얻기 이전의 그의 삶 — 에서는 티치의 이야기가 사실이었을지도 모른다는 점이었다.

이제 그가 꿈틀거리자 그의 뼈들이 살짝 삐걱거렸고, 그의 얼굴은 지쳐서 창백했다. 그가 두 뺨을 문지르며 일어나 앉았고, 잠시 동안 그에게서는 전날 저녁의 고뇌가 언뜻 비쳤다. 내 눈길이 자신에게 쏠리자, 그의 얼굴에 천천히 슬픈 미소가 번졌다. "우리가 해냈어, 워시." 그가 소곤거렸다. "엄청난 기적이야."

나는 미소로 답했지만, 미스터 필립과 주인을 떠올리지 않을 수가 없었다. 나는 티치가 일어난 모든 일에 대해 나를 비난할 가능성이 전혀 없음을 잘 알고 있었지만, 내가 육촌의 잔혹한 죽음의 유일한 목격자라는 점과 우리 둘 모두의 삶을 궤도에서 이탈시켰다는 이유로 마음이 불편했다. 나는 또한 키나스트 형제에게 들킬까 봐 겁에 질려 있었다. 그 형제에게 우리가 어디에서 왔는지, 우리가 실제로는 어떤 사람들인지 알아낼 어떤 탐지 방법이 있었을까? 그러면 그들은 우리를 어떻게 했을까? 배가 우리 아래에서 부드럽게 너울을 타고 올라갔고, 나는 이와 얼굴을 닦기 위해 말없이 일어났다.

잠시 후, 티치와 나는 어느새 선장의 숙소에 있는 작은 아침 식사용 테이블에서 선의를 마주하고 앉아 있었다. 우리 중 식욕이 있는 사람은 아무도 없었지만 말이다. 베네딕트 선장은 어디에도 보이지 않았다. "내 동생은 매너는 거칠지만, 너그러운 마음씨를 가졌어요." 그의 형이 설명했다. 그의 눈 주위는 거무스름했고,

피부는 아파 보였다. "동생 말로는, 당신들이 다음 항구까지 우리와 동행할 거래요. 사실, 그렇게 하거나 아니면 당신들을 상어 밥으로 남겨 두거나지요." 그가 날카롭게 픽 하고 웃음을 터뜨렸다. "걱정하지 마요, 아이티에서 당신들을 세인트루시아로 다시 데려다 줄 선박을 찾기는 전혀 힘들지 않을 테니까. 만일 버지니아까지 우리와 동행하고 싶지 않다면요. 그러고 싶지는 않을 테지요."

티치는 금속 컵을 꼭 움켜쥔 채 잠시 멈칫했다. 무언가가 그의 얼굴을 가로지르는 것이 보였다. "버지니아." 그가 천천히 말했다. "그럼, 선생님들은 이 배로 삼각 무역*을 하는 겁니까?"

"우리는 불법적인 노예 상인이 아니에요. 그게 당신이 말하려는 거라면." 미스터 테오는 나한테는 눈길 한번 주지 않고 그렇게 말했다. 우리는 그가 자세히 설명하기를 기다렸지만, 그는 더 이상 이야기하지 않았다.

나는 티치가 그냥 내버려 둘 거라고 생각했지만, 그는 이렇게 말했다. "그래, 그렇다면 무슨 사업을 하시는 건가요, 선생님?"

미스터 테오는 거북한 듯 자세를 바꿨다. "럼주, 당밀. 설탕. 서인도 제도에서 나는 상품들이지요. 우리는 그것들을 버지니아에서 대마(大麻)와 교환해요 — 확실히 대마와 담배일 거예요." 그는 당황해서 얼굴이 어두워졌다 "알겠지만, 나는 이 배를 타고 항해를 해요. 이 배가 어디로 가든, 무엇을 운반하든 내게는 아무 차이가 없지요. 내가 받는 보수는 똑같아요."

* 삼각 무역 중에서도 뉴잉글랜드 양조장의 럼주→아프리카의 노예→서인도 제도 농장의 당밀(럼주의 원료)→뉴잉글랜드 양조장으로 순환되던 당시의 무역 구조를 가리킨다.

"동생분이 주는 거지요."

"이번 여정의 비용을 부담하기로 동의한 신사분들이 주는 거예요. 내 동생은 선장이지, 화주(貨主)가 아니에요."

"틀림없이 흔치 않은 생계 수단이겠군요."

"이 일을 정기적으로 하지는 않아요." 미스터 테오가 말했다. "나는 주로, 족부 전문의로 일해요. 이번 항해에는 내 동생에 대한 호의로 함께한 거예요. 그게 다지요."

"족부 전문의요." 티치가 흥미롭다는 듯 말했다. "그건 발을 연구하는 학문이지요."

미스터 테오가 거친 나무의자에서 엉거주춤 일어나 손을 내밀어 자기 럼주 잔을 잡고 잔 테두리를 혀로 핥았다. "바로 그거예요, 선생, 맞아요. 물론, 내가 받은 교육은 외과의사가 받는 정규 교육이에요. 나는 이 일을 할 만한 자격이 있어요. 내 전문 분야는 오히려 나 자신만의 영역이지요."

나는 이 남자가 우리에게 솔직하지 않음을 깨달았고, 그가 시치미를 떼는 근본 원인을 알아낼 수는 없었지만, 자기들이 노예 상인이 아니라는 그의 주장은 믿었다. 이런 배에서 그처럼 말도 안 되는 시도를 감추기는 어려울 터였다. 어쨌든 감춰야 할 비밀스러운 일이 있는 우리가 그에게 더 이상 캐묻는 것은 현명하지 못한 일인 것 같았다. 천장의 나무 들보들이 배가 움직이면서 삐걱거렸고, 갑판 위 선원들의 고함 소리와 머리 위에서 지나다니는 발소리들이 들렸다. 좌현의 작은 창문으로, 희부연 빛이 흘러들어왔다. 선반들에는 가죽으로 장정한 해도들과 해양 연보들이 놓여 있었다. 미스터 테오가 해도 하나를 빼내 펼치더니, 티치에 세 사신과 함께 위치를 살펴보자는 손짓을 해 보였다.

"버지니아에 아주 친한 친구가 하나 있어요." 티치가 그렇게 말해서, 나는 그를 흘낏 올려다보았다. "선생님들이 그곳으로 향하고 있다는 건 나한테는 사실 뜻밖의 행운이지요. 너무 큰 폐가 아니라면 버지니아까지 가는 여정 내내 우리가 동행해도 될까요? 우리는 식비를 지불할 만한 돈이 있고, 가능한 한 도움이 되려고 노력할 겁니다."

"그런데 자리를 그렇게 여러 달 동안 비워도 좋다는 허락은 받은 건가요, 선생?" 미스터 테오가 무미건조하게 말했다. 하지만 그가 수상쩍어 하는 것은 분명했다.

"그렇지는 않아요. 하지만 버지니아에서 그와 만나면 의심할 여지 없이 구름 범선을 재설계하는 데 큰 도움을 받을 겁니다. 내 친구는 훌륭한 열기구 조종사예요. 나는 즉시 고용주에게 상황을 설명하는 편지를 써 보낼 겁니다. 틀림없이 휴가를 받을 수 있을 거예요."

미스터 테오가 그 말을 받아들이겠다는 듯 헛기침을 했지만, 나는 그가 티치를 믿지 않는다는 것을 감지했다. "이 문제는 동생과 의논해 봐야만 해요. 우리가 아메리카에 가기까지 아직 많은 날, 많은 기항지가 남아 있다는 걸 알지요?" 그가 망가진 손으로 해도를 찌르듯 가리키며 말했다. "당신 장치, 당신의 구름 범선은 — 폭풍이 강타하기 전에 당신 목적지는 어디였나요?"

우리의 침묵은 너무 두드러졌고 불편했다. 그래서 나는 불쑥 이렇게 말해 버렸다. "나리 손가락은 어떻게 된 거예요?"

"워시." 티치가 부드럽게 말했다.

미스터 테오는 턱수염을 문지르며 나를 유심히 보았다. "얘야, 그것들은 칼에 잘려 나갔단다. 전쟁 중에, 프랑스인들이 준 선물이지. 그건 아주 뜨거운 칼이었어. 그리고 아주 달갑지 않은 선물이었지."

나는 전에는 쌍둥이를 알고 지냈던 적이 없어서, 그 첫날 그들이 함께 있는 모습에 하루 종일, 마치 구름이 태양을 가리며 지나가기라도 한 듯 불안해 했다. 티치와 나는 배를 산책하고, 휴식을 취하고, 아주 작은 도서관의 책들이며 해도들을 살펴보고, 잠을 잤다. 우리 둘 중 어느 누구도 그의 육촌이나 형이나 개 목줄처럼 우리를 꽉 붙잡고 있는 발각될 위험에 대해서는 언급하지 않았다. 둘째 날, 나는 티치보다 먼저 일어났다. 나는 희미한 아침 햇살 속에 잠시 가만히 있으면서, 그가 이제는 그의 차지가 된, 매달아 놓은 해먹 안에서 흔들리는 모습을 지켜보았다. 나는 선실에서 슬그머니 빠져나와 상갑판으로 향했다. 머리가 따끔거리기는 했지만, 상처는 심각하지 않았다. 햇빛이 사방에서 새하얗게 반짝거렸고, 나는 갑자기 마주친 바다 공기 속에서, 옷이 내 몸 곳곳에서 바스락거리는 동안, 얼굴에 닿는 시원한 바람을 느끼며 서 있었다. 마치 물이 세상을 삼켜 버리기라도 한 것처럼, 푸른 바다가 사방팔방으로 시야가 닿는 곳까지 쭉 펼쳐져 있었다. 선원들이 밧줄을 감고, 삭구를 기어 오르내리고, 갑판을 씻어 내리며 작업을 하고 있었다. 나는 두 남자 — 목수들 — 가 널빤지를 톱으로 자르고 못질해 구름 범선이 타고 넘어간 난간에 임시 방벽을 고정하고 있는 모습을 보았다. 만일 그런 증거가 없었다면, 폭풍우는 그저 환상에 불과했을 것이다. 배는 바람을 타 이물과 고물의 돛들이 한껏 부푼 채, 파도를 가르며 포말을 뒤로하고 빠르게 나아갔다.

처음 며칠이 지난 후에는, 나는 선장과 그의 형인 선의를 거의 보지 못했다. 이것은 걱정스럽기도 했지만 동시에 엄청나게 안심이 되는 일이었다. 우리가 여기 나타난 실제 원인에 대해 추궁을 받을까 봐 두려웠지만, 키나스트 형제가 몰래 우리에 대해 논의하며 은밀히 우리를 고발할 계획을 세우고 있다고 생각하기는 싫었기 때문이다.

나는 이 모든 것을 여러 날이 지나 몇 주가 되는 동안 줄곧 마음에서 밀어내려고 노력했다. 하지만 지켜보고 관찰하며 결코 경계를 늦추지는 않았다. 어떤 저녁에는 종이와 심들을 꺼내서 기억을 더듬어 그 쌍둥이를 스케치하려 하곤 했다. 그들을, 그들의 차이점들을 기억해 내고, 서로 뚜렷이 다르게 그리려고 안간힘을 쓰면서. 하지만 나는 늘 실패했다. 그들은 사실 각자 성격과 내력과 말하는 방식을 가지고 있어서 사탕수수밭들처럼 개별적이었다. 하지만 내가 그들을 그리려고 자리에 앉는 순간, 그들은 하나의 흰 얼굴, 평가하듯 말똥말똥 빛나는 한 쌍의 눈이 되어 버렸다. 그들은 그들을 제대로 파악하려는 내 모든 시도를 물리쳤다. 나는 심란해져서 대신에 탁 트인 바다를 스케치하기 시작했다. 나는 천천히 난간으로 걸어가 요동치는 파도를 눈을 부릅뜨고 응시하곤 했다. 아이티의 항구에 도착했을 때, 나는 티치와 함께 배에 그대로 머물면서, 선원들이 해초가 달라붙어 검게 변한 밧줄들로 허공을 가르며 거대한 나무 상자들을 끌어당기는 모습을 스케치했다.

바다에서의 길고 느린 몇 주는 나를 내향적으로 만들고, 내게 원치 않은 반추의 시간을 안겨 주었다. 아바나의 꾸불꾸불 이어지는 엄청난 거주지를 유심히 넘겨다보면서, 나는 미스터 필립의 돌연한 죽음과 틀림없이 뒤따랐을 미지의 장면들에 대해 생각했다. 빅 킷과 가이이스와 페이스에 남겨 두고 온 그 모든 사람들에 대해서도 많이 생각했다. 심지어 그 순간에도, 고작 몇 마일 떨어진 곳에 잔인하고 고통스러운 세상이 존재한다는 것은 나에게 불가사의한 일이었다. 나는 '어떻게 우리가 그런 악몽 속에 사는 동안 줄곧, 배에 타고 바람이 이끄는 곳이라면 어느 방향으로든 움직이는 이런 사람들이 사는 세상이 수평선 바로 너머에서 이어질 수 있었을까?' 하고 생각했다. 티치가 어떤 식으로 나를 위해 모든 위험을 감수했는지를 생각했다. 나는 그가 자신의 혈육의 죽음에도 불구하고 나라는 한 인간을 보호했음을 알았고, 또한 내가 살아 있다는 것, 그것도 온전하게, 더욱이 놀랍게도 구할 만한 가치가 있는 존재로 살아 있다는 것이 얼마나 낯선 느낌인지도 알았다.

나는 그런 생각들로 마음이 무거워서 막판에야 비로소 내가 더 이상 혼자가 아님을 알아차렸다. 돌아서자 티치가 내 뒤에 서서 긴 손가락들로 자신의 불그레한 얼굴을 쓰다듬으며, 환한 햇살 속에 졸린 듯 눈을 깜박거리는 모습이 보였다.

"항해하기에 좋은 날씨구나." 그가 지친 미소를 머금고 말했다. 그는 나를 지나쳐 아무것도 없는 끝없는 바다를 내다본 다음, 얼굴을 들어, 높다란 뒤 돛대를 햇빛 속에서 분주히 기어 오르내리는 작은 형체들을 응시했다.

"이런 삶을 상상해 봐." 그가 말했다. "원숭이처럼 종종걸음 치며 다니는 걸 말이야. 저들을 봐."

내가 쳐다보았다.

"내 예상으로는, 우리는 며칠 후면 아메리카에 도착할 것 같아." 티치가 말했다.

그가 그 말을 하는 동안, 나는 그의 얼굴을 유심히 살펴보았다. 나는 그가 말해야 할 것을 내게 모두 말하지는 않고 있음을 알았다. 나는 목소리를 낮췄다. "그들이 알고 있을 거라고 생각하세요?"

티치가 어깨를 살짝 으쓱하며 나를 돌아보았다. "그건 확실히 말할 수 없어. 하지만 그들이 모르는 것, 그리고 결코 알아내서는 안 되는 건 우리가 어느 섬, 어느 농장에서 왔는지야."

나는 불안해 하면서, 그를 빤히 쳐다보았다. "그런데 버지니아에 도착하면 우리는 거기에 머무를 건가요?"

그가 내게 서글프게 미소를 지어 보였다. "네가 일단 그곳을 보고 나면, 머무르고 싶어 하지 않을까봐 겁이 나는구나, 워시. 정말이야. 아마 거기서 출항하는 배들이 많을 거야. 볼티모어에서 온 배가 우리한테 가장 도움이 되긴 하겠지만 말이야." 내가 궁금하다는 듯 쳐다보자, 그가 말을 덧붙였다. "해안을 따라 조금만 더 가면 되거든. 그건 큰 도시, 배들의 도시야."

나는 고개를 끄덕였다. "그런 다음에는 어디로 이동하나요?"

"커다란 세상." 그는 나를 한참 동안 탐색하는 눈으로 보았다. "뭐 좀 먹었니? 내려가서 우리가 먹을 아침 식사거리를 찾아보자.

다른 사람들은 몇 시간째 깨어 있었으니, 남아 있는 게 거의 없을까 봐 걱정이구나."

베네딕트 선장은 격이 떨어지는 일이라는 듯 결코 내게 말을 걸지 않았다—내가 가까이 있으면 내 머리를 지나쳐 먼 곳을 응시하곤 했다. 하지만 그의 형 테오는 경청해 줄 귀를 간절히 바라는 것처럼 보였고, 아베마리아호가 플로리다 해안에 가까워졌을 때쯤, 나는 키나스트 형제의 기묘한 이야기를 더 많이 알게 되었다.

그들의 아버지 키나스트는 하노버 근위 보병 연대*의 장교였는데, 조지 2세가 1756년 프랑스에 선전 포고를 하자, 징집되어 영국 해협을 건너가 영국군과 훈련을 받게 되었다. 그 당시 쌍둥이는 생후 몇 개월밖에 되지 않은 갓난아기들이었다. 그들은 어머니와 함께 켄트주의 메이드스톤으로 옮겨 갔는데, 그곳이 그들의 아버지가 배치된 곳이었기 때문이다. 그 후로 몇 년 동안, 소년들은 켄트가 의심 많고 음산하며 그들처럼 (어머니에게 말을 배운 탓에) 서투른 영어를 사용하는 사람이면 어느 누구에게든 불친절한 곳임을 알게 되었다. 영어 단어들이 마치 그들이 독일인임을 나타내는 희미한 흔적처럼 그들의 입안에서 엉겨 붙었다. 그들의 서리처럼 하얀 머리카락과 똑같은 얼굴은 그 고장 아이들의 놀림을 받았다.

그 전쟁 마지막 해에 콜레라가 그들의 부모를 모두 데려가자,

* 영국 하노버 왕조의 근위 연대. 독일에 뿌리를 둔 하노버 왕가는 1714년 조지 1세부터 1901년 빅토리아 여왕 때까지 187년 동안 이어졌다.

미스터 테오와 미스터 베네딕트는 좁고 더러운 방에 단 둘만 남겨졌다. 그러자 그들은 음식을 찾아 배회하는 부랑아 무리와 함께 거리를 헤맸다. 일주일이 지난 후 그들의 부모를 돌봤던 의사가 쌍둥이 소년들이 고아가 되었음을 알고 나타나, 그의 웅장한 저택으로 그들을 데려갔다.

"그건 우리에게는 익숙하지 않은 자선 행위였어." 미스터 테오가 내게 설명했다. "얘야, 내가 세상은 홀로 남겨진 아이에게 아무 관심이 없다고 말하면, 너는 내 말을 이해할 거라는 생각이 드는구나."

"부모님은 어떻게 되셨어요?" 내가 조용히 물었다.

미스터 테오는 살짝 곁눈질을 했다. "그분들은 그해 여름에 죽은 모든 사람들과 마찬가지로 극빈자 무덤에 묻히셨어. 우리는 결코 다시는 그분들을 보지 못했지. 그리고 죽은 사람들에게는 산 사람들에게 베풀 동정심이 없어."

그 영국인 의사와 그의 아내는 자식이 없었기에, 소년들의 교육을 도맡아 자기들이 선택한 세상에 그들을 소개하며, 친자식처럼 키웠다. 미스터 베네딕트는 그들의 아버지가 그랬던 것처럼 육군에 들어가기를 바랐었지만, 결국에는 영국 해군에 입대해서 5년간 복무한 후에 제대하고 중개 무역에 발을 들였다. 미스터 테오는 에든버러에서 의학을, 그리고 나중에는 런던에서 그를 연구에 매진하게 한 인간의 발의 특성을 공부했다. 그는 뼈의 형태와 인간의 보행 방식에 관심이 있었지만, 발 치료의 수익성 측면은 그만큼 흥미롭지는 않다는 사실을 알게 되었다.

"얘야, 나는 랜싯*으로 발바닥의 사마귀를 절개하거나 내향성 발톱을 뽑아. 그러면 그게 거기 대야 안에서 어떤 흉물스러운 따개비처럼 반짝거리며 놓여 있지." 그가 말했다. 그의 입술에는 순간적으로 미소가 감돌았다. 손가락이 잘린 부분의 피부는 벌겋게 벗어진 듯 보였다. 그는 휴대용 술병으로 잽싸게 세 모금을 마셨다. "게나가 그건 한 남자가 한평생, 날마다 해야 하는 일이야. 너는 그걸 어떻게 생각하니?"

나는 최대한 말할 용기를 내려고 애쓴 후에도, 계속 침묵을 지켰다.

"어느 날 밤, 나는 내 회계사를 치료하기로 했어 — 참 좋은 사람이었지." 미스터 테오가 말을 이었다. "그가 의자에 자리를 잡고 앉았을 때, 바깥세상은 온통 조용해져 있는 것 같았어. 나는 — 일하며 사는 동안 매일같이 그랬던 것처럼 — 수술용 메스들을 준비했지만, 내 손은 뻣뻣하고 무감각했고, 그 가엾은 남자가 초조해 하는 게 보였지. 얘야, 나는 최대한 침착성을 발휘해서, 그의 발뒤꿈치를 절개했단다. 그는 비명을 질렀어."

전율이 내 몸을 꿰뚫었다.

"발에 대한 내 관심이 줄어들기 시작한 건 바로 그때부터였어. 그걸 설명할 길이 없어. 그 대야 안에는 구역질 날 정도로 불쾌한 오물이 놓여 있었는데, 마치 그때껏 매주 봐 왔던 그런 불결한 것을 난생처음 보기라도 한 것처럼 그 썩은 냄새를 맡게 되었어. 그리

* 양날의 끝이 뾰족한 의료용 칼. 길이 6센티미터, 폭 7밀리미터 정도의 크기다.

고 그날부터 계속, 매번 수술을 할 때마다, 내 안에서 엄청난 메아리가 우르르 울리는 소리가 들렸어. 천둥 치듯 엄청 크게 울리는 메아리 말이야. 마치 내가 반쯤 미치기라도 한 것 같았지."

나는 고개를 끄덕였다.

"그러고는 얼마 후에, 마침내 그 소리가 더 이상 들리지 않았어. 그리고 그 소리가 그쳤을 때, 바로 그때 그 일이 일어났어."

나는 머뭇거렸다. "무슨 일이 일어났는데요, 나리?"

"늘 일어나는 일. 여자 말이야."

"그들이 홀연히 나타나는 일이 생기나요?"

"얘야, 만일 네가 운이 좋다면, 일어나는 일은 그게 다겠지."

나는 그의 말뜻을 이해하지 못했다. "그건 끔찍하겠는데요, 나리." 나는 속을 헤아릴 수 없는 백인 남자에게 과감히 의견을 말하기가 겁이 나 그렇게 속삭였다.

그는 나를 날카로운 표정으로 재빨리 바라보았다. "그런가? 아. 그럼, 아마 내가 상황을 제대로 설명하지 못하고 있나 보군."

아베마리아호는 쌍돛대에 가로돛을 단 150톤짜리 범선이었지만, 그 크기치고는 무거웠다. 장비는 영국에서 갖췄고, 선체는 북쪽 바다에 대비해 보강되어 있었다.

이 모든 것은 미스터 테오가 내게 말해 주었다. 마치 깊은 인상을 줄지도 모른다는 듯이. 배는 파도를 일직선으로 예리하게 가르며, 나침반처럼 똑바로 항해했다. 날이 갈수록, 티치를 보는 일이 줄어들었다. 하지만 배의 도서관에서 난해한 문서를 검토하거나 선장과 대화에 빠져 있는 그를 언뜻언뜻 보곤 했다. 나는 그가 키나스트 형제와 함께 우리의 상황에 도움이 되도록 애쓰고 있으리란 걸 알았기 때문에, 그를 그냥 내버려 두었다. 그래서 나는 타르를 칠한 갑판들을 돌아다녔고, 위에서 보며 스케치를 하려고 사다리들을 기어 올라갔고, 갑판 아래에서 보며 스케치하려고 나무통이며 그물들 사이를 돌아다녔다. 나는 바로 첫날부터 내가 승무원들에게 매료되었음을 깨달았는데, 그들은 같은 또래인 듯했고, 서로 거의 말을 하지는 않았지만 거의 하나의 유기체처럼 무엇이 어디에 필요한지를 알아챘고 모두 하나로 뭉쳐 일했다. 그들은 그 배의 모든 볼트와 죔쇠와 나무 상자와 돛과 밧줄과 도르래 들을 내가 생각하기에는 최면에 걸린 듯 변함없이 집중해서, 닦고, 광내고, 동여매고, 다시 동여매고, 접고, 펼치고, 풀고, 끌어당겼다. 나는 그 배 위의 모든 것, 침상과 작은 선실, 맨 아래 선창을 스케치하는 일을 나의 업무로 삼았다. 그리고 우리는 그때껏 내내 자유의 땅, 내 이름이 유래한 땅, 믿기 어려운 위대한 아메리카로 점점 더 가까이 항해해 가고 있었다.

68일째 된 날, 티치가 내가 태양을 마주 보며 앉아 있던 고물 쪽으로 걸어왔다. 그가 웃으며 말했다.

"요 몇 주간 줄곧 바쁘게 지내더구나." 그가 말했다.

"저는 고양이랑 비슷해요." 내가 말했다. "어디든 다 돌아다니지만 눈에 띄지는 않아요."

그는 햇빛 속에서 눈을 가늘게 뜨고는 곧 나를 다시 돌아보았다. "지금껏 나는 베네딕트 선장과 이야기를 나눴어." 그가 조용히 말했다. "우리의 출신과 가족에 관한 모든 대화가 매우 유쾌했지. 그는 너에 대해 많은 걸 물어봐. 그가 네 가슴에서 본 그 F자에 대해서."

나는 깜짝 놀란 얼굴을 하지 않으려고 애썼다.

"우리는 노퍽에 상륙할 거야." 티치는 마치 이것이 어떤 안도감을 주기라도 하는 것처럼 말했다.

물론, 그 말은 내게는 별 의미가 없었다. 티치는 우리가 체서피크만으로 접어드는 중일 것이고, 따라서 곧 배를 떠나게 될 것이라고 설명했다. 그렇지만 우리는 또한 우리 자신이 아메리카의 자유에 관한 법률의 적용을 받는다는 것을 알게 될 터였다. "워시, 자유는 각기 다른 사람에게 각기 다른 의미를 지니는 말이야." 그는 마치 내가 그것에 관한 진실을 자기보다 더 잘 알지 못하기라도 하는 것처럼 말했다.

"나는 내 친구를 만나면 기쁠 거야." 티치가 생각에 잠겨 말했다.

"그분, 그러니까 버지니아의 이 남자분은 누구세요?" 내가 말했다. "요 몇 주 내내 그분에 대해 동료라고 말씀하셨어요. 그분은 열기구 조종사인가요?"

"다른 일들도 여러 가지 해." 우리 주위의 바다는 옅은 푸른색이었고, 티치의 머리카락을 헝클어뜨리는 바람결에 햇빛이 반짝반짝 빛나고 있었다. "너는 그가 최고로 흥미로운 사람이란 걸 알게 될 거야."

우리가 상륙하기 전날 밤에, 나는 서쪽, 그러니까 내 생각에 틀림없이 버지니아가 있는 쪽을 유심히 보며 상갑판에 서 있었다. 공기가 달랐다. 나는 절벽의 축축한 풀 냄새, 그 너머 농경지의 냄새, 그리고 다른 무언가, 내가 알지 못하던 매캐하게 톡 쏘는 듯한 냄새를 맡을 수가 있었다. 나는 배가 넘실거리는 파도를 타고 오르내리는 동안, 한 손으로 난간을 느슨하게 잡고 얼굴을 치켜든 채 두 눈을 감고 거의 완전한 어둠 속에 서 있었다. 그 순간 내 뒤에서 치직 하는 이상한 소리가 들렸다. 거의 잎사귀들이 바스락거리는 소리 같았다. 나는 흠칫 놀라서 고개를 돌렸다가 들쭉날쭉한 실루엣 하나가 불붙은 파이프 담배의 희미한 불빛 속에 흔들리고 있는 것을 목격했다.

미스터 베네딕트였다. 그는 이 사이에 파이프 담배를 꽉 물고 뱃전 난간 앞에 서서, 눈 한번 깜박거리지 않고 나를 지켜보고 있었다.

나는 초조해져서, 눈을 내리깔고 슬쩍 지나가려 했다.

"테오한테 줄곧 말을 걸던데." 그가 불쑥 말했다.

나는 완전히 벌거벗은 듯한 느낌으로 거기 서 있었다. "그분이 저한테 줄곧 말을 거셨어요, 나리." 나는 다시 눈을 내리깔며, 거의 알아듣기 힘들게 말했다.

"참 활발하구나, 아니니? 네 친구랑 꽤 비슷해."

나는 여전히 눈을 내리깐 채로, 이 말에 아무 대답도 하지 않았다.

"네가 친구라고 주장하는 그 사람은 네 주인이야."

비록 손이 덜덜 떨리기는 했지만, 나는 대놓고 그를 쳐다보며 턱을 치켜들었다.

내 초조감은 그의 안중에 없는 것 같았다. "그런데 아베마리아호는 어떠니? 이런 종류치고는 꽤 괜찮은 배지. 약간 까다롭기는 해도." 그가 이둠을 놀아보며, 마치 자기 말에 동의한다는 듯 고개를 끄덕였다. "이 배는 사략선*이었지만, 빌어먹을 해군이 2년 전에 이 배의 나포 면허장을 취소해 버렸어. 이 배의 크기 때문에 애를 먹은 적은 결코 없어. 이건 외돛대 범선보다 작지도 않고, 두 배나 빨라. 적어도 한때는 그랬어. 이봐, 그 표정은 뭐지? 이 배는 지금은 무역을 하며 대서양을 누비지, 암." 미스터 베네딕트가 어두운 표정으로 재빨리 나를 보았다. "네가 지금껏 봤다시피, 노예가 아니야. 설탕과 담배지. 그건 줄곧 바람을 등질 수 있는 사람들에게는, 수익성이 충분히 있어."

나는 그가 왜 느닷없이 그런 말을 하고 있는지 알 수가 없었다. 나는 그의 형에 대해, 그리고 미스터 테오가 그를 무뚝뚝하기는 해도 선량한 마음을 가진 사람으로 묘사했던 것에 대해 생각했다. 나는 이제 내게 말을 걸고 있는 그의 행동이 그 선량한 마음인지 알고 싶었다.

그는 한 야간 승무원이 갑판을 가로질러 고물로 가는 동안 잠시 말을 멈췄다. "이봐, 저걸 봐. 내 선원들은 모두 같은 또래야. 한두 살 차이가 날지는 모르겠지만. 그게 이상하다는 생각이 들지 않았어? 그런 생각 안 해 봤어?"

나는 대답하지 않았다.

"그들은 모두 고아가 된 사내 녀석들이야. 빌어먹을 승무원 전체가. 고아원이 문을 닫아서, 모두 거리로 내동댕이쳐지게 되었

* 승무원은 민간인이지만 교전국의 정부로부터 적선을 공격하고 나포할 권리를 인정받은, 일종의 민간 무장 선박. 16, 17세기에 유럽에서 성행했으며 사나포선이라고도 한다.

을 때, 내가 직접 그들을 책임지기로 했지. 내가 옳았다는 걸 처음으로 안 건, 내가 아부셰르의 어느 소형 쌍돛대 범선에서 하마터면 익사할 뻔했을 때였어. 그 사내 녀석들 중 다섯이 나를 구하려고 파도 속으로 뛰어들었어. 그들 중 다섯이 말이야. 그건 한 시대 전이었어.* 다른 부하들은 다 떠났지만, 이들 몇몇은 아직 여기 있어. 그게 내게 말해 주는 건 뭘까?"

나는 겁이 나서 한참 지나서야 말했다. "그들은 나리를 존경합니다, 나리." 내가 부드럽게 말했다.

"그렇지." 미스터 베네딕트가 희미하게 시금털털한 미소를 지었다. 그가 아주 조용히 말했다. "나는 네가 도망 노예라는 걸 알아. 그리고 너를 손에 넣었으니, 너의 미스터 와일드가 도둑이라는 것도 알고."

나는 여전히 가만히 서 있었다. 그는 우리가 처음 그의 배에 추락했을 때도 그 말을 했었다. 그러니 그것은 새로 발각된 것은 전혀 아니었다.

그가 어둠 속에서 나를 주시했고, 바람에 배가 파도를 타고 오르며 출렁거렸다. "세인트루시아라니 웃기고 있네." 그가 고개를 절레절레 흔들었다. "너희는 세인트루시아라고 하기엔 지나치게 남동쪽에 있었어. 아니, 너는 바베이도스나 그레나다 출신 검둥이 노예야."

심장이 너무 세차게 두근거려서 나는 내가 발을 딛고 선 바로

* 현재 이야기의 배경인 1832년은 영국 왕 윌리엄 4세(재위 1830~1837) 시대이며, 전임자인 그의 형, 조지 4세의 재위 기간은 1820~1830년이었다.

그 자리에서 바로 쓰러져 버릴 것만 같았다. 눈에 잘 띄지 않는 열은 물안개가 일었다.

"너는 뭐지?" 그가 느닷없이 더 부드러운 목소리로 말했다.

나는 겁에 질려, 얼굴을 들었다.

"너는 인간이냐?"

그는 손을 내밀어 화상을 입은 내 반쪽 얼굴을 만지더니, 마치 그슬리기라도 한 것처럼 자신의 거친 손을 황급히 거둬들였다. 나는 너무 놀라서 꼼짝도 할 수 없었다. 그의 손가락 감촉에 정신이 아뜩해져 서 있었다. 그의 손길은 시원하고 정중했으며, 비록 그때의 나는 결코 그런 생각을 하지 않았을 테지만, 왠지 믿기 어려울 만큼의 슬픔으로 가득 차 있었다

3

노퍽에서는 악취가 났다. 그곳의 부두에서는 담배, 흑연, 짓이겨진 갈대의 악취가 났고, 특히 목화의 악취가 두드러졌는데, 하얀 목화 뭉치들은 마치 뽑힌 눈알처럼 가지 위에서 반짝반짝 빛나고 있었다. 그곳에서는 씻지 않은 갑판원들과 양고기 스튜와 항구 거리 곳곳의 시궁창에서 모락모락 김을 내는 동물 내장의 악취가 났다. 그곳에서는 진창과 테레빈유와 기름때에 찌든 드레스를 입은 매춘부들의 모공에서 배어나는 퀴퀴한 향수의 악취가 났다. 나는 바다에서 여러 날을 보낸 후 그 모든 강렬한 자극에 머리가 어질어질해져서, 얼간이처럼 입을 딱 벌리고 사방을 두리번거렸다.

어찌 됐든, 노퍽은 몹시 웅장한 도시였으니까! 북적북적 떠들썩한 소리, 무리 지어 일하는 남자들, 거리 곳곳의 허둥대는 발소리, 조선소들을 마주 보며 우뚝 솟아 있는 3층짜리 벽돌 창고들. 나는 그 모든 것을 얼마나 간절히 그리고 싶어 했던가! 꼼짝도 않는 손수레들을 헤치고 나아가는 말들이 끄는, 차체가 엄청 큰 덮개 없는 짐마차들이 있었고, 그 마부들은 술에 취해 축 늘어져 가벼운 비속어를 크게 외쳐 댔다. 티치가 이미 내게 1804년 도시를 불태웠던 화재에 대해 말해 주었지만, 그 흔적은 전혀 보이지 않았다.

결국 우리는 키나스트 형제를 두려워할 필요가 없었다. 아니, 그렇다고 믿으며 떠났다. 확실히 그들은 우리의 내력을 짐작하고 있었지만, 베네딕트 선장이 그 거짓말의 실제 내용에 대해서보다는, 줄곧 거짓말을 듣고 있다는 데 대해 더 신경을 쓴다는 게 점점 더 분명해졌다. 그는 직면해야 할 그 자신의 운명을 지닌 남자였고, 그도, 그의 형도 그들 스스로 떠맡지 않은 복잡한 문제들로 인해 갑자기 곤란을 겪고 싶어 하지 않았다. 그래서 그들은 우리가 자신들의 배를 떠나면서 신중히 행동할 것과 아메리카 땅에 어떻게 도착했는지에 대해 이야기할 때 자신들의 선박 혹은 자신들의 이름을 언급하지 말 것을 요구했을 뿐이다. 그들은 우리의 필사적인 모습에서 그들 자신의 어린 시절의 상실감 같은 것을 보았기에, 우리를 해치거나 괴롭히고 싶어 하지 않았다.

티치가 말했다. "워시, 아직은 조심하는 게, 낯선 사람은 가능한 한 신뢰하지 않는 게 최선이야. 사람들은 너무 빨리 제 주제를 잊어버리는 데다, 자비는 보통 제일 먼저 취소되는 법이거든."

그리하여 티치와 나는 널빤지를 건너 항구에 발을 내디뎠는데, 왁자지껄한 소리에 귀가 멍했고, 바다에는 배들이 득실거렸다. 부두를 따라 죽 늘어선 기름내 나는 모닥불마다 연기가 피어올랐다. 나무 상자들이 가득 든 그물들이 캄캄하고 깊은 바다 위에서 크게 흔들리고 있었다. 그리고 사방에서 사람들이 자유 의지로 그들 자신의 운명을 이끌며 걸어갔다. 나는 감탄하며 생각했다. 그러니까 이것이, 바로 이게 아메리카구나.

아, 하지만 모든 사람이 그렇게 자유롭게 돌아다닌 것은 아니었다. 나 자신 같은 사람들은 아니었다.

티치와 나는 눈에 띄지 않으려 매우 열심히 노력하면서, 어두컴컴한 부둣가의 군중을 헤치며 서서히 움직였다. 그는 적절하게 물어보기만 한다면, 그가 언급했던 그 "최고로 흥미로운 사람", 그러니까 그의 아버지의 절친한 친구이자 동료인 미스터 패로라는 사람을 찾아낼 수 있을 것이라고 믿었다. 그가 자신이 선택할 수 있는 질문들을 곰곰이 생각하는 동안에도, 우리는 사방을 살피며 걸었다. 나는 선원용 옷 한 보따리와 소금에 절인 햄 한 덩어리를 등에 동여매고 있었다. 성마른 베네딕트 선장이 몇 개의 반짝거리는 동전들과 함께 우리가 아메리카라는 세상을 더 잘 알게 해 줄 물품들을 주었던 것이다.

티치는 나를 번화한 큰 거리의 햇빛이 비치는 모퉁이에 남겨두고 자리를 떴다. 그는 그늘로 들어선 다음, 우체국 역할까지 겸하는 어느 여관에서 물어보려고 길을 건너갔다. 나는 키가 큰 그가 흐트러진 차림새로 지인의 주소가 적힌 종이를 움켜쥐고 가는 모습을 지켜보았다. 그러고 나서, 위에 썩은 나무 간판이 매달려 있는 가게 앞쪽에서 기다리려고 옆으로 비켜섰는데, 간판의 용도는 알아보기가 어려웠고 가게 내부는 그늘져 있었다. 하얀 실크해트를 쓴 한 남자가 바로 옆 출입구에서 걸어 나와, 나는 깜짝 놀라서 얼굴을 들었다. 불쾌할 정도로 강한 단내가 코를 가득 채웠

나. 예선 내 삶의 바로 그 냄새였다.

설탕.

나는 손을 잔 모양으로 만들어 두 눈 옆을 가리고 이마를 더러운 진열창에 바싹 붙이며 걸음을 앞으로 내디뎠다. 상자에 담겨 있는 노란색, 황금색, 초록색으로 빛나는 큼직큼직한 알사탕들, 막대기에 붙여 놓은 빨간색 원반 모양 사탕들, 브리지타운으로 갔던 단 한 번의 여행길에 보았던 검은색 나선형 감초사탕들. 굳혀서 원뿔형 종이컵에 얹어 놓은 설탕으로 만든 흰 눈송이. 이른 해가 일찌감치 창유리를 덥혀 놓아서, 바싹 댄 내 얼굴에는 그것이 마치 인간의 손처럼 느껴졌다. 빅 킷의 느릿느릿한 부드러운 손바닥이 생각났다.

"이봐, 거기서 얼굴 떼!"

잠깐 동안 나는 나 자신이 두 세계 사이에 있는 것처럼 느껴졌다. 얼굴은 꽤 따뜻한 창유리에 바싹 붙어 있지만, 몸은 제자리에 머물러 있었던 것이다.

나는 옆구리를 얻어맞고 비틀거리며 충격에 숨을 헉 들이마셨다. 나를 덮친 것은 고통이 아니라 놀라움이었다. 빛바랜 머튼 촙스*를 기른, 눈이 흐릿한 한 남자가 도끼눈을 하고 서 있었다. 그는 흰색 앞치마를 풀렀고, 셔츠 소매는 끈으로 묶여 있었다. 앞니는 주황색이었다.

그는 훠이 하고 손을 내젓는 별난 동작을 했다.

"썩 꺼져, 검둥이." 그가 말했다. "네 빌어먹을 코를 내 창문에

* 양 볼에만 기른 수염. 위는 좁고 아래는 넓은 삼각형이다.

대고 밀어 올리지 말란 말이야, 알아들었어?"

거리에서 마차 한 대가 자갈길 위를 덜커덕거리며 지나갔다. 남자들과 숙녀들이 서로 밀치며 무심하게 지나쳐 갔다.

나는 겁에 질려 한 발짝 뒤로 물러섰다.

그가 턱을 치켜들고 내 등 너머 햄을 눈여겨보았다. "이봐, 너 거기 그거 훔친 거지? 너 도망자야? 여기 누구랑 같이 왔어?" 그가 나를 향해 한 발짝 더 다가왔다. 그는 거구는 아니었지만 겁이 없었고, 나는 페이스 농장에서 이미 그런 남자들을 알고 지냈다. 그들은 가장 무자비했다. "얼굴은 어떻게 된 거야? 누군지 아주 제대로 태워 버렸군."

나는 너무 겁이 나서 두 눈을 감아 버렸다. 마치 그러면 그가 사라져 버릴지도 모른다는 듯이다. 나는 티치가 어디로 가 버렸는지 알지 못했지만, 그 순간 사람이 어디에도 그리고 그 누구에게도 속해 있지 않을 때 이 열린 세상의 끔찍한, 헤아릴 수 없는 본성을 깨달았다.

나는 가슴에 엄청 센 일격을 느꼈고, 곧 한 대 더 얻어맞았으며, 또 다시 일격을 당하기를 기다리고 있었지만, 아무런 고통도 느껴지지 않았다. 세 번째 주먹이 날아오지 않자, 나는 깜짝 놀라 눈을 떴다.

티치가 우리 사이를 밀치고 들어와 있었는데, 그의 넥타이는 삐뚜름해져 있었고, 모자는 화를 내며 나를 가리키는 내내 손에 들려 있었다. "대체 이게 다 무슨 일이지요?" 그가 우뚝 서서 눈을 부릅뜨고 그 작은 제과점 주인을 내려다보았다. "뭡니까?"

"이 녀석이 당신 하인인가요?" 제과점 주인이 어색하게 말했다.

"이 애가 무슨 짓을 했나요?"

그 남자는 헛기침을 하며, 손등으로 턱을 문질렀다. "사과드립니다. 녀석을 도망자라고 오해해요."

"오해했어요."

"뭐라고요?"

"'오해했어요'가 맞는 말이에요. 그리고 맞아요. 당신이 오해했어요."

바로 그때 모닝코트를 입은 한 남자가 그 제과점으로 한가로이 걸어 들어갔다. 가게 주인은 눈살을 찌푸리고 성난 표정으로 나를 보며 이렇게 말했다. "여기 당신 하인한테 당신 물건들을 가지고 다닐 제대로 된 자루를 좀 구해 줘요. 저러고 돌아다니면 도망자처럼 보이니까." 그는 고개를 까딱하고 돌아서서 들어가 버렸다.

너무 무서워서 나는 바로 그 자리, 그 거리의 불결한 진창에 주저앉고 싶은 생각이 간절했다. 하지만 티치는 내 팔꿈치 아래로 손을 미끄러뜨리더니, 수심에 잠긴 표정으로 나를 이끌고 그 장소를 벗어났다.

티치는 처음에는 무언가가 잘못되었음을 언급하지 않았다.

그는 묘하게 경쾌한 목소리로, 그의 동료의 주소로 가는 길을 어떻게 알아냈는지 설명했다. 그 남자는 이름이 에드거 패로였고, 세인트존스 교구의 교회 관리인 대리였다. 그 교구는 서쪽으로 10마일쯤 떨어진 기복이 완만한 들판과 삼림 지대에 엘리자베스강의 강줄기를 따라 위치해 있었다. 새들이 활기차게 움직이며 큰 소리로 지저귀었고, 우리는 아침 햇살을 받으며 잠시 걸어갔다. 티치는 아무 말 없이, 딴 데 정신이 팔려 있었다.

"미스터 패로를 다시 만나게 되니 긴장되세요?" 그의 생각을 어림짐작해 보며 내가 말했다.

"나는 평생 그를 본 적이 한 번도 없어. 사실 그는 처음에는 우리 아버지의 영국학사원 동료였지. 우리의 서신 왕래는 불과 몇 년 전에 시작됐지만, 아주 빠르게 거듭되었고 열렬해졌어. 그의 지성은, 워시, 그건 완전히 경이로워. 아주 뛰어나." 티치가 걷다가 숨을 세게 내쉬었다. "그 때문에 놀라지 마. 그는 이 세상의 본질에 대해 꽤 특이한 관념들을 가지고 있고, 그것을 어디까지 진척시킬 수 있을지 알아내려 애쓰고 있어. 내 예상에, 그 점에서는 그도 우리와 전혀 다르지 않을 거야." 그가 잠시 말을 멈췄다. "그의 주된 관심사가 비행술에 대해서가 아니라는 점만 제외하면 말이야. 그는 해부학자야. 인체의 부패를 연구하는 학자." 그러고 나서 티치는 내가 혹시라도 충분히 불안해 하지 않을까 봐 그랬는지, 이렇게 덧붙여 말했다. "지금껏 미스터 패로는 인간의 육체가 썩는 방식들과 조건들을 조사하는 것으로 명성을 얻었어."

나는 티치를 불쾌한 표정으로 바라보았다. "그분은 교회에 속한 사람이잖아요."

"맞아." 그가 내 말뜻을 오해하며 고개를 끄덕였다. "그가 모순덩어리라는 걸 너도 알게 될 거야."

우리는 계속 걸어갔고, 높이 뜬 태양은 뜨거웠다.

"마음이 뒤숭숭한가 보구나." 티치가 말했다.

"아니요." 내가 말했다. "네, 어쩌면요."

"필립을 생각하고 있구나." 그가 조용히 말했다.

나는 고개를 끄덕였다.

티치는 얼굴을 살짝 찡그리더니, 주머니 속에서 너덜너덜한 종이 한 장을 꺼내며, 붉은 흙길 위에 멈춰 섰다. "너한테는 이걸 보여 주고 싶지 않았어. 이게 우체국에 붙어 있었어." 나를 조심스레 힐끗 본 후, 그는 다음과 같은 내용을 읽기 시작했다.

> 조지 워싱턴 블랙을 잡으면 1000파운드의 보상금이 지급될 예정이다. 그는 키가 작은 흑인 소년으로, 얼굴에 화상 자국이 있으며, 종신 노예다. 새 펠트 모자를 쓰고 검은색 면 프록코트와 브리치*를 입었으며 새 스타킹에 구두를 신고 있다. 그는 합법적 소유주가 아닌, 눈이 초록색이고 머리카락은 검으며 키가 큰 백인 남성 노예제 폐지론자와 동행하고 있을 수 있다. 죽은 채로든 산 채로든 녀석을 잡을 수 있도록 이 흉악한 노예를 손에 넣는 사람은 누구든 1000파운드의 보상금을 받게 될 것이다.
>
> 영국령 서인도 제도, 바베이도스, 페이스 농장,
> 이래즈머스 와일드의 임시 대리인, 존 프랜시스 윌러드

나는 흙길에 꼼짝도 않고 서 있었다. 나는 티치의 두 손에 들린 종이를 뚫어져라 쳐다보았다. 그 순간 엄청난 무감각이 나를 덮

* 무릎 바로 아래서 여미게 되어 있는 반바지의 일종.

쳤다. 어마어마한 충격이었다.

티치가 내 팔을 잡고 꽃이 만발한 층층나무 아래 그늘로 나를 이끌었다. 우리 위, 맑게 갠 하늘에서는 조그마한 새들이 신이 나서 짧게 급강하를 해 댔다.

"그 우체국장은 말이 많은 부류였어." 티치가 말했다. "그것을 붙인 남자에 대해 물어봤지만, 그가 이름을 대지 않았다고 하더군. 나는 그의 인상착의와 그가 들른 지 얼마나 됐는지를 물어봤지. 우체국장은 그게 아주 최근, 불과 며칠 전이었다고 했어. 그는 그 남자가 갈색 머리와 햇볕에 그을린 얼굴에 키가 크고 꽤 뚱뚱한 편으로 갈색 눈이었다고 했어."

나는 그가 알고 있는 것을 말하기를 기다리며, 그를 날카롭게 힐끗 올려다보았다.

"그 묘사는 내가 아는 어느 누구와도 들어맞지 않아 — 모르는 남자였지. 하지만 그때 그 벽보의 이름, 그러니까 그 임시 대리인이 내가 아는 사람이라는 걸 깨달았어. 존 프랜시스 윌러드야."

"그게 누군데요?"

"우리가 처음 바베이도스에 도착했을 때, 형이 연달아 공식 만찬을 열었어. 존 윌러드는 두 번 참석했지."

"노예를 잡는 사람인가요?"

"더 정확히 말하면, 자칭 불만의 원인을 바로잡는 사람이지." 티치는 마치 애써 기억을 더듬는 듯, 두 눈을 꼭 감았다. "매우 교양 있고, 말씨가 부드럽고, 매너도 나무랄 데 없었어. 그가 근처 어느 농장의 회계 장부 담당자였다는 게 기억나. 그 모든 일에 좌절을 느끼기 전에는 말이야. 나는 그가 일종의 국경을 넘나드는 현상금 사냥꾼으로서 단기 용역을 제공하기 시작한 상태라고 이해했지." 티치가 고개를 절레절레 흔들었다. "그가 그 일에 대해 이야기하는 걸 들으니 참 이상했어. 그건 서글프게도 그의 성격에 맞지 않는 것처럼 보였어. 그는 도박 빚을 쌓아 올린 것 말고는 아무 짓도 하지 않은 사람들을 잡으려고 먼 거리를 여행하는 일에 대해 이야기했어. 섬에서 내뺀 도망 노예들을 찾아내는 일에 대해서도 이야기했어. 그 일을 진짜 무람없이 설명했어. 마치 어떤 나라의 법을 넘어선다는 데 흥분하기라도 하는 것처럼 말이야. 그는 관할권을 전혀 인정하지 않고, 너도 알겠지만, 결코 책임 추궁을 받지 않아." 그가 얼굴을 찡그리며 중얼거렸다. "나는 그가 무언가 끔찍한 짓들을 저질렀다고 생각했어."

나는 내 두 손을 빤히 바라보며 침묵에 잠겼다.

"워시." 티치가 말했다.

"1000파운드." 내가 속삭이듯 말했다. 나는 그런 부를 상상할 수가 없었다.

티치가 약하게 끙 하고 앓는 소리를 냈다. "나는 이래즈머스 형의 신분에 어울리지 않는 이런 종류의 명령을 이미 예상했어." 그가 중얼거렸다. "사람들이 겉으로 보이는 모습 그대로인 경우는 거의 없을 거야, 아마."

나는 아무 말도 하지 않았다. 나는 반쯤 열린 자루에 든 햄 주변을 분주히 왱왱거리는 파리의 영롱한 빛깔을 물끄러미 쳐다보았다.

"그건 상당한 액수야." 티치가 고개를 절레절레 흔들었다. "그리고 너도 알다시피 그게 전부도 아니고. 윌러드는 설사 실비에 불과하다고 해도, 이미 추적을 시작할 돈을 받았을 거야. 내 예상으로는 만일 성공하면, 그는 그 이상으로 차지하려고 들 거야." 그가 나를 돌아보았다. "우리 형이 실제로 너한테 책임이 있다고 믿지는 않는다는 건 너도 잘 알지? 이 모든 게 그저 나를 질책하기 위한 수단에 지나지 않는다는 것도?"

만일 이 말이 위로를 위한 것이었다면, 그것은 처참하게 실패했다. 격렬한 욕지기가 나를 헤집어 물어뜯기 시작했다. 마치 어떤 흉포한 것이 창자 속에 숨어 있기라도 한 듯했다. "그냥 간단하게 저를 영국으로 데려가실 수는 없나요?" 내가 힘없고 가느다란 목소리로 말했다. "저는 거기서 더 안전하지 않을까요?"

티치가 불편한 듯 흘끔흘끔 나를 보았다. "이건 현상금이야, 워시. 보상금을 받으려고 도둑 잡는 일을 업으로 하는 사람에게는 법은 아무 의미도 없어. 그리고 솔직히, 그 보상금은 많은 사람에게 미끼가 될 거야. 그건 어처구니없을 정도로 액수가 커."

나는 생각하고 또 생각했다. "그냥 간단하게 직접 그걸 지불하실 수는 없나요?"

"윌러드나, 아니면 어떤 다른 미치광이를 매수하라고? 그게 어떻게 가능하지? 그는 그저 그 돈을 자기 호주머니에 넣은 다음, 다시 한번 1000파운드를 벌려고 너를 계속 쫓을 거야. 게다가 매수를 하려면 우리한테 얼마나 많은 돈이 필요할까? 나한테 내 마음대로 사용할 수 있는 그렇게 큰 자금은 없어." 그가 자갈 위에서 자세를 바꾸며 헛기침을 했다. "나는 둘째로 태어났고, 적은 수입이 고작이야. 나는 우리 형처럼 가문의 재산에 접근할 수는 없어."

우리는 아무 말도 하지 않고, 더위 속에 꽤 오랫동안 앉아 있었다. 우연히, 곧 부서질 것처럼 보이는 짐수레 한 대가 지나가면서 나이가 아주 많은 마부가 올라타라고 했다. 티치는 앞쪽 벤치에 탔고, 나는 뒤쪽 짐칸에 올라타 가죽이며 못이 담긴 자루 하나를 등지고 앉아서, 햄을 밀짚에 옆으로 내려놓았다. 그 짐수레는 핏발 선 하나뿐인 눈알을 뒤로 뒤룩뒤룩 굴리며 우리를 보는, 갈기가 텁수룩한 회색 암말이 끌고 있었다. 마부는 볼에 담배가 꽉 찬 채로 몸을 굽혀 침을 뱉더니, 한 손으로 입가를 닦은 다음 고삐를 흔들었다. 우리는 계속 천천히 달려갔다. 나는 마부가 동행과 이야기를 하고 싶어할까 봐 두려웠지만, 그는 아무 말도 하지 않고 가끔씩 침만 뱉으며 잠자코 있었다.

그때까지의 일들은 아주 천천히 벌어졌지만, 티치와 보낸 그 몇 달간 나는 내 모든 고통에서 영원히 벗어날 수 있다고, 모든 폭력을 던져 버리고 악랄한 죽음을 쓰러뜨릴 수 있다고 믿으라고 배웠다. 나는 심지어 내가 더 고귀한 목적을 위해, 그러니까 이 지구의 풍성함을 그리고 창조하기 위해 태어났다고 생각하기 시작한 상태였다. 또 나는 내 존재가 자연 질서의 본질적이고 당연한 일부라고 여기게 된 상태였다. 그 모두가 얼마나 잘못된 생각이었던가. 나는 흑인 소년에 불과했다 — 내 앞에 미래 따위는 없었고. 내 과거에 은총이나 자비도 없었다. 나는 아무것도 아니었고, 다급하게 추적을 받아 잡히고 도살당해서, 아무것도 아닌 채로 죽을 것이다.

나는 햇살 아래, 초원 그러니까 봄철 버지니아의 따사로운 드넓은 들판이 느릿느릿 지나가는 것을 빤히 바라보았다. 나는 그 광대함, 그 끝없이 펼쳐진 대지에 화들짝 놀랐다. 작은 숲을 지나갈 때, 나는 조그마한 흰 꽃들의 냄새, 그것들이 풍기는 은은하고 부드러운 향기에 압도당했다. 들판의 노예들도 언뜻 보았는데, 그들의 육체를 물끄러미 바라보는 동안, 나는 죄책감과 나 자신에 대한 걱정에 휩싸였다.

마침내 우리는 길림길에서 내렸다. 마부는 우리에게 손짓으로 동쪽을 가리켰다. 태양이 이미 우리 등 뒤로 지고 있어서, 우리는 우리 그림자가 앞쪽에 길게 뻗은 풀이 무성한 길바닥을 걸었다.

바로 그때 우리가 비탈의 모퉁이를 돌자 그곳이 보였다. 세인트존스였다.

그것은 첨탑이 딱 하나 낮게 솟아 있고 한편에서는 비바람에 부서진 울타리가 묘지를 둘러싸고 있는, 작고 하얀 비늘판 벽* 교회당이었다. 우리가 언덕을 올라갔을 때, 검은 옷을 입은 한 사람이 등을 활처럼 구부린 채 무덤들 사이를 걷고 있었다. 티치가 나한테서 햄을 가져가, 출입구 앞에 잠시 멈춰 섰다.

"미스터 패로." 그가 큰 소리로 불렀다. "에드거 패로 선생님."

그 남자가 얼굴을 찡그리며 모자의 넓은 검은색 챙을 젖혔다. "오늘은 아무것도 사지 않을 겁니다." 그가 큰 소리로 대답했다. "하지만 하룻밤 쉴 곳을 제공해 드릴 수는 있어요."

티치가 미소를 지으며 말했다. "아, 우리는 아무것도 팔지 않을 겁니다. 하지만 그래도 여전히 그 쉴 곳은 받아들이겠어요. 미스

* 비늘판을 댄 벽. 비늘판은 비늘처럼 널의 한옆을 조금 겹쳐 대어 빗줄이 흘러내리게 붙이는 벽널이다.

너 봬도, 선생님은 제 얼굴을 모를 겁니다. 제 필체는 알아볼지 몰라도요. 선생님, 저는 크리스토퍼 와일드입니다. 우리는 지난 2년간 비행기구 상승에 따른 압력 변화 가능성과 그것이 인체에 미칠 영향에 관해 편지를 주고받았지요. 제 아버지 제임스 와일드는 선생님의 영국학사원 동료이시고요."

그러자 곧 그 남자가 자세를 바로 하고 모자를 살짝 들어 올리며 인사를 하는 것이 보였다. 커다란 타원형 머리통에 검은 머리카락이 축 늘어진 그는 갑작스럽게 몹시 말라 보였다. 그는 머리가 약간 벗어지기 시작했고, 짙은 눈썹 아래 두 눈은 동그랗고 까맸으며 수면 부족으로 눈가가 거무스름했다. 입술은 핏기가 없었고 표정은 무덤덤했다. 그는 열린 무덤가를 지나, 재빨리 우리를 향해 다가왔다.

"크리스토퍼 와일드, 실물로 뵙는군요." 그가 진지한 목소리로 말했다. "서인도 제도를 떠났군요, 선생. 당신 구름 범선은 어디에 있나요?"

"유감스럽지만 바다 밑바닥인 것 같군요." 티치가 소리 내 웃었다. "우리는 이곳 해안으로 밀려나 있고요, 선생님."

"바다 밑바닥? 그럼, 무슨 일이 있었던 건가요?"

"폭풍우요."

"확실히 그런 계절이기는 하지요." 교회 관리인이 중얼거리듯 말했다. 그런 다음 눈길을 내게 떨궜는데, 검은 두 눈은 초점이 맞지 않았다. 그는 마치 내가 거기 서 있는 걸 알아보지 못한 듯, 연신 규칙적으로 눈을 깜박거렸다. 갑작스럽게 그는 불쾌하다는 듯 얼굴을 찡그렸다. 하지만 그가 말을 할 때는, 이상하게도 그런 티가 나지 않았다. "폭풍우가 치는 계절이에요, 맞아요." 그가 천천히 한 번 더 말했다. "그리고 온갖 종류의 이상한 일들이 들이닥치지요. 두 사람 다 어서 와요. 안에서 이야기합시다."

4

"들어와요, 들어와. 나는 무덤들이 동쪽으로 향하게, 그러니까 예루살렘 쪽을 바라보게 해요." 그가 말하고 있었다. "그들이 그리스도의 부활을 맞이할 수 있게요." 그가 숙소 문을 느닷없이 탕 소리 나게 닫고 잠갔다. 그 방은 어둑하고 춥게 느껴졌다. 그의 손바닥과 손톱 밑에서 젖은 흙냄새가 나는 것 같았다. 그 냄새 뒤에, 희미한 풀 냄새 같은 것 속에, 너무 오래 방치된 한 통의 피클 국물이나 식초처럼 시큼하고 강렬한 뭔가가 있었다. 나는 코를 찡그렸다. "물론 다 터무니없는 소리지요, 미스터 와일드, 모두 미신이고 어리석은 행동이에요." 교회 관리인이 말하고 있었다. "그래도, 그건 교구 주민들을 계속 만족시켜 줘요. 그들이 내 능력이 부족한 걸 알고 질문을 해 대기 시작하는 건 그들에게 도움이 되지 않을 거예요."

그는 작은 검정 스토브 옆에 잠시 멈춰 서더니, 작은 장작개비를 하나 주워 든 다음, 어두운 표정으로 나를 돌아보았다. "자, 당신이 내게 데려온 이 사람은 누굽니까?"

"조지 워싱턴 블랙이라고 합니다." 티치가 말했다. "최근까지 페이스 농장에 있었지요."

"그리고 말조심을 할 줄 아는 소년이라고 믿어도 되겠지요?"

"그럼요. 그렇다는 데 제 목숨을 걸겠어요."

나는 티치가 마치 한쪽 면만 인쇄된 그 커다란 벽보의 심각성을 미처 충분히 이해하지 못하기라도 한 듯이 그 낯선 사람에게 그렇게 쉽게 우리의 자초지종을 밝히려 한다는 사실에 깜짝 놀라서, 날카롭게 티치를 힐끗 보았다.

"미스터 와일드, 무언가에 그렇게 성급하게 목숨을 걸지 마요. 그건 내가 수많은 시행착오를 거쳐 얻은 교훈이랍니다." 교회 관리인은 혀로 똑딱하는 특이한 소리를 두 번 내고 나서, 빙그르르 돌아서더니 방을 가로질러 맞은편으로 갔다. "신사분들, 여기가 내가 잠자고 먹고 씻는 곳입니다. 저기 저 문은 내가 연구 활동을 하는 사무실들로 이어져 있어요. 저 통로는 교회로 통해요. 그리고 이 문은, 신사분들." 그가 무거운 부츠를 신은 발을 두 번 쿵쿵 구르고 나서 말했다. "지하 저장고로 이어지지요."

"머물게 해 주셔서 감사합니다, 선생님." 티치가 말했다. "소박하고 훌륭한 집이군요."

미스터 에드거가 나를 향해 한 걸음 내디뎠다. "의심할 것도 없이, 미스터 와일드는 네게 내가 은둔하는 버릇이 있는 별난 사람이라고 말했을 테지."

나는 머뭇거렸다. "저분은 선생님께서 죽은 사람들을 연구한다고 말씀하셨습니다, 선생님. 그게 다예요."

미스터 에느거가 티치를 향해 눈썹을 추켜세웠다.

“이 소년은 뒤통수에도 눈이 달렸어요.” 티치가 미소를 참지 않으며 말했다. “이 애라면 틀림없이 제 힘으로도 그 사실을 파악했을 겁니다.”

교회 관리인이 나를 유심히 보았다. 그리고 다시 혀로 두 번 똑딱 소리를 냈다. “사내애는, 그래요.” 그가 부드러운 목소리로 말했다. “나는 어린 시절을 그다지 좋아하지 않아요. 그건 끔찍하게 취약한 상태여서, 부자연스럽고 인간의 삶과 양립할 수 없어요. 모두가 상처 주고, 때리고, 속이려 하지요. 선의가 강한 영향력을 발휘해야 하는 순간에 모두가 고통을 가하려고 해요. 게다가 어린아이들은 혼자 힘으로는 아무것도 할 수 없기 때문에, 좋은 지지자, 좋은 부모가 필요해요. 하지만 유감스럽게도 좋은 부모는 여름 철 눈만큼이나 드문 것 같아요.”

“선생님도 고아 아니신가요?” 티치가 끼어들었다.

교회 관리인의 얼굴에 그늘이 스쳐 지나가며, 넓고 창백한 이마가 어두워졌다. 우리는 그가 더 안내해 주기를 기다리면서, 여전히 문간 바로 안쪽에 서 있었다. 흘낏거리던 내 눈길이, 하나뿐인 창문 위쪽에 못 박혀 늘어진 채 방 안을 어둡게 하는 네모난 노란색 모슬린 천 쪽으로 서서히 움직였다. 밖에는 벌써 땅거미가 지는 중이었다.

미스터 에드거가 말을 이었다. “때때로 세례식이 있을 때면, 나는 멀찌감치 본당 회중석에 서서 아기의 얼굴을 지켜보곤 해요. 그 보드라운 피부, 연약함, 속임수라고는 모르는 신뢰에 가득 찬 눈을 간신히 견뎌 내요. 나는 아무 죄 없는 그 아기들이 거기, 하느님의 집에서 당장 고통받기를 바랄 뻔하기도 해요. 그런 순수함을 온전히 유지하도록 말이에요. 하느님의 품에서 다시 하느님의 품으로 갈 때까지."

티치는 호기심 어린 표정으로 그 남자를 살펴보고 있었다. "그렇군요." 마침내 그가 말했다. 그런 다음 더는 아무 말도 없었다.

미스터 에드거가 천천히 미소를 지었다. "그런데 왜 우리가 여기 서 있는 거지요? 당신들은 오늘 밤 내 귀빈들이에요. 침구를 좀 가져다 드려야겠군요. 들어와요, 어서. 괜찮다면, 당신들 두 사람은 여기서 자게 될 거예요."

그는 우리에게 촛불을 남겨 두고, 지하 저장고로 가는 뚜껑문으로 걸어갔다. 그는 바닥에 박혀 있는 커다란 쇠고리를 끌어 올린 다음, 어둠 속으로 내려가 사라져 버렸다. 나는 그가 불을 가져가지 않은 데 놀랐다. 멀리서 쩔거덕하는 소리와 우리 아래 땅속에서 물건들을 질질 끄는 소리가 들렸다.

티치는 촛불을 집어 들더니, 방을 살펴보기 위해 높이 치켜들면서 천천히 돌아섰다. 그는 아무 말도 하지 않았다. 그는 좁은 문을 지나 교회 관리인의 사무실로 갔고, 나도 따라갔다. 그 이상한 피클 냄새가 점점 더 강해졌다.

그리고 그때 나는 촛불 빛 아래, 티치의 왼쪽 어깨 근처에서 그것을 보았다. 프랑스식으로 측면이 굴곡진 높다란 놋쇠 세숫대야였다. 그 안쪽 바닥의 어두운 물속에 놓여 있던 것은 가늘고 길쭉한 형태의 인간의 팔이었다. 그것은 곰팡이처럼 하얗고, 표면에는 잿빛이 도는 혈관들이 퍼져 있었다. 들어 올릴 수 있도록 손목에 끈 하나가 묶여 있었다. 그 손은 작았고 여자의 손이었는데, 촛불

빛 속에서 새하얗고 동글납작해 보였고 살이 퉁퉁 불어 있었다. 엄지손가락이 벌어진 채 어떤 금속 물체가 그 움푹 팬 곳에 삽입되어 있는 것이 보였다.

"이게 뭐예요?" 내가 속삭였다. "하느님 맙소사."

티치가 부드럽게 말했다. "그건 절단된 팔 같아 보이는구나."

나는 욕을 내뱉고, 역겨워서 고개를 절레절레 흔들었다. "그런데 저 여자의 나머지 몸은 어디에 있나요?"

"오래 머물지는 않을 거야." 티치는 이미 돌아서서 그 사무실을 떠나는 중이었다. 그가 양초를 원래 있던 자리인 현관 옆 작은 사이드 테이블 위에 내려놓았다.

"어쨌든 머무르긴 해야 해요? 티치?" 내가 말했다.

"쉿."

"저분은 미치광이예요. 정신이 온전치 못해요."

"그가 죽은 사람들을 연구한다고 내가 말했잖아. 내가 그렇다고 분명히 말해 줬을 텐데."

"저를 데리고 정신 나간 사람 집으로 왔어요."

"쉿." 티치가 다시 한번 화난 듯 낮게 말했다.

"이건 옳지 않아요." 내가 이의를 제기했다. "저분이 무슨 짓을 했는지 좀 보세요. 저는 이런 혐오스러운 곳에 머무느니 차라리 도시에서 나리의 지인인 미스터 윌러드와 마주칠 위험을 감수하겠어요."

"미스터 윌러드는 내 지인이 아니야." 티치가 말했다.

그런데 바로 그때 미스터 에드거가 그늘져 창백한 얼굴에, 검고 무슨 생각을 하는지 알 수 없는 눈빛으로 불쑥 나타났다. "친애하는 신사 여러분." 그가 낮은 목소리로 말했다. 나는 가슴이 떨리는 것을 느꼈다. 그가 얼마나 들었는지, 얼마나 오래 거기 있었는지 알지 못했기 때문이다. "먼저 우리 집에 적응을 좀 하고 나서, 함께 즐겁게 식사를 합시다."

우리가 가져간 소금에 절인 햄에 감자와 풋강낭콩을 곁들인 저녁 식사는 훌륭하고 소박했다. 나는 미스터 에드거의 본성을 판단하려 애쓰면서, 그를 차분한 눈빛으로 지켜보았다. 하지만 티치가 이 교회 관리인이 믿을 만하다고 보장했기에, 무턱대고 불신하지는 않았다.

미스터 에드거는 햄을 아주 힘차게 자른 다음, 네모난 고기 조각을 포크로 찔러서 씹기 시작했다. "당신이 올 줄 알고 있었어요, 미스터 와일드." 그가 음식을 베어 무는 사이사이 말했다. "아침 기도를 드리는 동안, 그런 감이 왔어요. 아니 더 정확히 말하면, 그게 느껴졌어요, 선생. 하느님께서 내 육신에 그 지식을 불어넣어 주셨지요." 그는 미소를 짓고, 씹다가 또 미소를 지었다. "그래도 이 햄은 예감하지 못했어요."

"우리 집주인께서는 줄곧 육신에 대해 연구를 하셨어, 워시." 티치가 내게 말했다. "저분은 마치 그것이 지식을 실어 나르기라도 하는 것처럼 말씀하시는구나."

"왜냐하면 진짜로 그러니까요." 미스터 에드거가 재빨리 말했다. "저, 얘야, 나는 네 몸에 난 자국들을 대충 살펴보기만 해도 너와 네 버릇들과 바로 네 인생사에 대해서 상세히 말할 수 있어. 우리의 몸은 우리 정신이 도외시한 진실들을 알고 있지." 그가 눈을 힘주어 가늘게 뜨고 보았다. "너는 분명히 갑작스러운 발화, 그러니까 자연 폭발로 인해 화상을 입었어. 네 귓불의 깃털 모양을 보면 네가 바로 그 고온의 불길이 작열하는 순간에 고개를 돌렸다는 걸 누구나 알 수 있지." 그가 불쑥 티치를 돌아보았다. "그리고 미스터 와일드, 당신 입가의 그 흉터요."

티치가 거북한 표정으로 멈칫거렸다.

"그건 분명히 네 살에서 여섯 살 사이 소년 시절에 생겼어요," 미스터 에드거가 말을 이었다. "아마 담금질한 쇠로 만든 아주 굵은 철사가 당신 입안으로 들이밀어졌다가 뒤로 홱 잡아당겨졌겠군요. 이런 식으로요." 그가 마르고 창백한 두 손을 들어 두 뺨에 대더니 뒤로 홱 끌어당겼다. "당신은 마침내 식도에서 그 철사가 제거될 때까지 2, 3분 정도 이리저리 질질 끌려 다녔어요. 상피와 기저막과 진피가 크게 손상되었지만, 다행히 피하조직은 고스란히 남아 있었지요."

나는 미스터 에드거의 두 눈에 비친 랜턴의 주황색 불빛을 볼 수 있었다. 그는 한참 동안 생각에 잠겨 나를 물끄러미 바라보았다. 그의 의자가 삐걱거렸다.

"놀랍군요." 티치가 말했다. 하지만 조금도 깊은 인상을 받은 것처럼 들리지는 않았다. 곧이어, 그는 아주 느닷없이 목청을 가다듬고 우리 모험에 대해 이야기하기 시작했다. 그는 그 폭풍우와 구름 범선이 아베마리아호의 갑판 위로 곤두박질친 일에 대해 상세히 설명했다. 그가 그 배의 이름을 언급한 것은 충격적인 일이었기에, 나는 깜짝 놀라서 그를 보지도 못했다. 그가 자기 육촌의 죽음과 내 머리에 걸린 현상금에 대해 말하기 시작하고 나서야 비로소 나는 조용히 공포에 질린 채 그를 돌아보았다.

티치는 포크를 내려놓고 나서, 주머니에서 그 커다란 벽보를 재빨리 꺼내, 기름으로 얼룩진 테이블보 위에 평편하게 펼쳐 놓았다. 미스터 에드거는 커다란 검은 눈으로 그것을 면밀히 검토했다.

"윌러드." 미스터 에드거가 고개를 흔들며 중얼거렸다. "만일 그가 나타나면, 어떻게 알아볼 수 있을까요?"

"그는 금발에 금속테 안경을 쓰고 있어요. 눈은 매우 크고 새파래요." 티치는 생각을 하느라, 잠시 말을 멈췄다. "그는 가르마를 몹시 철저하게 타서, 거의 고통스러워 보일 지경이에요. 한쪽 눈은 초점이 잘 맞지 않아서, 눈동자가 사방으로 흔들리고, 상대방의 마음을 누그러뜨리지요."

미스터 에드거는 이 말을 몹시 주의 깊게 들었다. "아마도 한 흑인 소년이 여행하기에는 먼 길이 될 거예요."

"그것이 이 애에게 헛고생은 절대 아닐 거라고 믿어요."

미스터 에드거가 얼굴을 찡그렸다. "당신들이 여기에 있다는 사실은 아무도 모를 거라고 믿겠습니다."

"아베마리아호의 선장에게는 우리가 도시 바로 너머에서 동료 과학자를 찾아낼 거라고 말했어요. 자세한 사항들을 알려 주지는 않았어요."

"그렇다면, 안타깝지만 당신들은 버지니아에 얼마 못 머무를 것 같군요."

"그래요." 그들 사이에 어떤 무언의 제안이 오갔는데, 나로서는 그 의미를 파악할 수 없는 것이었다. 다시 한번, 나는 갑작스럽게 돈요히며 집에 살았다.

"그 농장은 당신 아버님 것 아닌가요?" 미스터 에드거가 말했다.

"외삼촌으로부터 제 형한테로, 어머니의 가문에서 대대로 전해 내려왔어요."

"그렇다 해도, 당신이 아버지에게 어떤 일이 일어나고 있는지 경고해 드리면 어떨까요. 아마 그분이 개입하실 수도 있을 거예요."

티치는 호박색 불빛 속에서 이마가 주름지고 수심에 잠겨 있어, 몹시 지쳐 보였다. "아, 아직 못 들으셨군요. 제 아버지는 돌아가셨어요. 8개월쯤 전에요."

미스터 에드거가 묘하게 얼굴을 찌푸렸다. "돌아가셨다고요?"

"북극에서요. 그분의 조수가 우리 어머니에게 편지를 써 보냈어요. 제 육촌인 필립이 그 소식을 전하러 페이스로 왔지요."

미스터 에드거는 긴장감을 조성하는 무표정한 눈으로 테이블 위에서 긴 손가락들을 꼬았다가 풀며 앉아 있었다. 그는 불쑥 자리에서 일어나, 작은 방을 가로질러 갔다가, 그의 이름이 훌륭한 필체로 적혀 있는 한쪽 귀퉁이가 접힌 상아색 봉투를 하나 가지고 돌아왔다. 그는 그것을 티치 앞에 놓았다.

티치는 얼굴을 찡그리며, 봉투에서 종이를 꺼내 읽기 시작했다. 나는 맞은편에서 미스터 에드거를, 구부러진 그의 한 쌍의 입술을 조용히 응시했다. 엄밀히 말해, 그가 미소 짓고 있는 것 같지는 않았다. 그의 이목구비에는 마치 장례식에서 오랫동안 보지 못한 이모를 만난 사람처럼, 슬픈 웃음기 같은 것이 있었다.

티치의 얼굴에서 핏기가 싹 가셨다. 그가 천천히 올려다보았다. "어쩌면 이건 페터의 필체일지도 몰라요. 그분 조수요." 그는 거의 짜증이 난 것 같았다. "두 사람의 필적이 아주 비슷하지 않던가요?"

미스터 에드거는 티치에게서 종이들을 가지고 가서, 길고 앙상한 손으로 휙휙 넘기며 훑어본 다음, 반으로 갈랐다. 그는 묵묵히 두 개의 얄팍한 종이 더미를 테이블 위에 나란히 놓았다. "당신 아버지의 편지는 여기 왼쪽에 있어요. 그리고 보다시피 그분 조수인 페터 하우스가 써서, 당신 아버지의 편지와 함께 부친 편지는 여기 있고요."

우리는 주황색 촛불 빛 속으로 몸을 숙이고, 그 편지들을 이모저모 살펴보았다. 필기체가 뚜렷이 달랐다. 페터 하우스의 필기체는 더 빽빽하고 뭉툭하며 고르지 못하고, 마치 강풍의 맹공격을 받는 중인 듯, 오른쪽으로 심하게 기울어 있었다. 티치가 파란 잉크 자국을 손가락으로 죽 더듬었다.

"하지만 당신 말대로," 미스터 에드거가 인정했다. "어쩌면 당신 아버지의 편지는 그분이 돌아가시기 한참 전에 쓰였는데, 두 통 다 하우스가 한참 뒤에야 부쳤을 뿐인지도 모르지요."

티치는 입을 험상궂게 다물고 볼 안쪽을 잘근잘근 씹으며 자기 아버지의 편지를 빤히 쳐다보고 있었다. 그가 의기소침하게 중얼거렸다. "끝에서 두 번째 단락에서 아버지는 제가 페이스에서 거의 1년 동안 머물고 있다고 언급하시고 있어요." 그는 분개하며 얼굴을 쳐들었다. "선생님, 이건 아주 최근이에요."

"진상은 나도 몰라요." 미스터 에드거가 부드럽게 말했다. "하지만 과학자로서 나는 우리가 그 사실을 파헤칠 수 있다고 확신해요."

티치는 기가 꺾인 표정으로, 계속 두 손으로 머리를 빗어 넘기고 있었다. 그 모든 일이 그에게 얼마나 고통스러운지 명백해지고 있었다. 그는 완전히 당황해 어쩔 줄 몰라 했다. 그의 아버지의 죽음이 그를 산산조각 냈었는데, 지금도 여전히 그 아버지의 생존 가능성이 그를 산산조각 내고 있음이 분명했다. 그것은 그에게 몹시 무모한 희망을 강요했고, 그의 비통한 상처를 헤집었다.

내가 그의 어깨에 한 손을 얹자, 그는 피곤한 듯 미소를 지었다.

"모두 다 내일로 미루지요." 그가 말했다. "어쩌면 밝을 때는 더 타당한 설명이 떠오를지도 몰라요."

"확실히 그렇지요." 미스터 에드거가 말했다.

티치는 크게 한숨을 쉬며, 삐걱거리는 의자에서 일어섰다. 불가능한 일은 이 세상에서, 심지어 그런 일을 연구하는 데 자신들의 일생을 바치려는 사람들에게조차도, 몹시 드물게 일어나는 법이다. 하지만 누구라도 알아볼 수 있었다. 그가 믿고 싶어 못 견딜 지경이었다는 것을.

티치와 나는 씻고, 테이블을 한쪽으로 질질 끌어 옮겨 뒤집어 놓은 후, 난롯불 앞에 우리 침구를 펼쳐 놓았다. 그런 다음 우리는 우리 쪽과 교회 관리인 쪽 사이에 임시로 커튼을 쳐서, 사실상 그 방에서 밖으로 통하는 문을 막아 버렸다. 왜냐하면 우리는 그 방 뒤편의, 구석에 지하 저장고 뚜껑문이 있는 곳에 있었기 때문이다. 나는 티치가 머리를 대고 누웠을 때, 그의 불안을 알아차릴 수

밖에 없었다.

미스터 에드거가 숙녀의 팔이 해부되고 있는 작은 방을 들락거리며 커튼 너머에서 이리저리 움직이는 동안 숨을 쉬며 혀를 똑딱거리는 소리가 들렸다.

"그분이 정말로 살아 계신 것 같으세요?" 내가 속삭였다.

티치가 몸을 뒤척였다. 그는 아무 말도 하지 않았다.

"어쩌면 그분 조수인 미스터 하우스에게 직접 편지를 써 보내실 수도 있을 거예요. 확실히 그가 모든 것을 명백하게 밝혀 줄 수 있을까요?"

"이런 얘기는 모두 내일 하도록 하자, 워시. 늦었어."

티치는 흥분했음에도 불구하고, 즉시 잠에 빠져들었다. 나 자신은 잠을 잘 수가 없었다. 나는 미스터 에드거 패로라는 이상한 인물 때문에 경계심과 불안감을 느끼고 있었음을 고백한다.

티치의 아버지가 얼음으로 뒤덮인 곳에서 죽음을 견디고 살아남았다는 마음을 뒤흔드는 생각보다 훨씬 더 나를 괴롭힌 것은 존 프랜시스 윌러드라는 사람이었다. 그는 누구인가? 비록 어린아이에 불과했지만, 나는 마음속으로 괴물을 그려 보지는 않았다 — 그는 이빨이 잔뜩 나 있고 짓이겨진 금속테 안경을 쓴, 사악한 푸른 눈만 보이는 괴 생명체가 아니었다. 또 그의 목소리는 느리지도 파충류 같지도 않으며, 그의 손은 거대하고 검은 갈고리발톱이 아니었다. 나는 악의 본질을 알고 있었다. 또 나는 그 인자하고 너그러운 얼굴을 알고 있었다. 요컨대, 그는 사람일 것이다. 그리고 그가 다가옴을 알아차리지 못하게 만들 것은 바로 그의 익명성이었다. 그런 생각을 마음에서 몰아내고 눈을 감으려

하는 순간, 나는 그의 창백하고 무표정한 얼굴이 불쑥 나타나는 것을 보았고, 그 밤이 지나면 더 이상 살고 싶지가 않았다.

그러고 나서 깜빡 잠이 들었던 게 분명하다. 눈을 떠 보니 깜깜했고, 내 귀에 들리는 내 숨소리는 거칠었으며, 이제 공기가 너무 차서 잘하면 어둠 속에서도 입김을 볼 수 있을 지경이었으니까. 자정이 조금 지난 시간이었음이 분명하다. 난롯불이 다 타서 꺼져 있던 것을 보면 말이다. 나는 무엇 때문에 잠에서 깼던 걸까? 추위 때문이었을까?

하지만 그때 다시 한번 그 소리가 들렸다. 금속 양동이에 달린 헐거운 손잡이처럼 덜거덕거리는 소리. 그것은 마치 금속끼리 부딪혀 쨍그랑거리는 소리처럼 들렸다. 나는 재빨리 몸을 일으키고 똑바로 앉아 귀를 기울였다.

누군가가 거기 어둠 속에서 숨을 쉬고 있었다.

티치를 흔들어 깨우려고 손을 뻗었지만, 손가락에는 텅 빈 이부자리만 닿았을 뿐이었다.

“거기 누구예요?” 내가 낮은 소리로 물었다. “미스터 에드거?”

경첩이 삐걱거리는 소리와 랜턴의 유리 뚜껑이 딸칵 닫히는 소리가 났고, 그런 다음 희미한 주황색 불빛이 바닥을 가로지르며 쏟아졌다. 교회 관리인이 랜턴을 높이 쳐들고 있었다. 나머지 한 손에는 삽날을 위로 해 삽을 하나 들고 있었다. 모직 코트를 따뜻하게 차려 입은 모습이었다.

“얘야, 내가 너를 놀라게 했니?” 그가 속삭였다. “무서워할 것 없어.”

“티치는 어디에 계세요?” 내가 애원했다. “미스터 와일드는 어디에 계세요?"

"이리 와라." 미스터 에드거가 말했다. "그에게 데려다줄 테니."

내가 그날 밤 자리에서 일어나 그와 함께 바깥의 추운 공기 속으로 나가서 어둠 속에서 묘비들 사이를 걸었다는 건 놀라운 일이다. 나 자신도 그 일이 이상하다고 생각한다. 왜냐하면 나는 아직은 어린아이였던 데다 몸집은 그 남자의 반밖에 안 되었으며, 그를 조금도 신뢰하지 않았기 때문이다.

그는 나를 이끌고 열려 있는 무덤가로 갔다. 거기서 그가 랜턴의 뚜껑을 떼어 내자, 돌연 비스듬한 불빛 아래서, 그 무덤 안에 똑바로 서 있는 작은 나무 사다리가 보였다. 무덤 뒷부분은 땅이 사각형으로 파여 있었고, 거친 나무 상자 — 관 — 뚜껑이 보였다.

"얘야, 다 괜찮아." 교회 관리인이 부드럽게 말했다. "너의 미스터 와일드는 저 아래 있어. 만일 네가 그와 합류하고 싶은 거라면 말이야."

나는 깜짝 놀라며 뒷걸음질 쳤다. 나는 그 남자에게서 두 눈을 떼지 않았다.

그가 미소를 지었는데, 랜턴 불빛이 비치자 이가 없는 것처럼 입안이 깜깜해 보였다. "아, 이건 무덤이 아니란다, 얘야." 그가 내게 큰 소리로 말했다. "이건 출입구이자 통로야. 미래로 가는 길이지. 겁먹을 것 없어. 우리는 누구나 되살아나기 전에는 반드시 내려가야만 한단다."

"티치는 어디에 계세요?" 심지어 내 귀에도, 내 목소리가 작고 약간 떨리는 것같이 들렸다.

하지만 교회 관리인은 이미 돌아서서 몸을 뻣뻣이 세우고 꽉 움켜쥔 랜턴을 흔들며 무덤 속으로 내려가고 있었다. 그가 완전히 사라지자, 내가 알아볼 수 있는 것이라고는 그가 사라져 간 땅속에서 올라오는 은은한 주황색 불빛이 전부였다. 어둠이 사방에서 내게 밀려드는 것이 느껴졌다. 무덤 속의 불빛이 흐릿해졌다.

"미스터 에드거?" 나는 불안해서 큰 소리로 불렀다.

잠시 후, 나는 풀을 바스락바스락 밟으며 걸어가, 무덤 끝에 이르렀다. 나는 안을 유심히 들여다보았다.

무덤은 텅 비어 있었다.

교회 관리인은 완전히 사라지고 없었다. 하지만 더 가까이에서 살펴보니 내가 관의 널빤지로 착각했던 것이 완전히 들려서, 이제는 무덤 벽에 기대 세워져 있었다. 그것은 무언가의 뚜껑 역할을 하고 있었다. 그 구멍 안에서 땅속으로 이어진, 두 번째 사다리의 꼭대기가 보였다. 교회 관리인의 랜턴의 주황색 불빛이 어둠 속에서 약하게 빛났다. 마치 그가 그 작은 구멍에 들어갔고, 지금도 내게서 멀어져 가고 있는 것처럼.

나는 다시 부르지는 않았다. 재빨리 사다리를 타고 내려가, 그 터널 끝에 무릎을 꿇고 앉아서 머리를 거꾸로 들이밀었다. 거의 아무것도 보이지 않았다. 두 번째 사다리는 흙벽이 드러난 좁은 수직 갱도 아래로 뻗어 있었고, 나는 이제 막 바닥 근처 통로의 입구를 알아볼 수 있었다. 공기가 차고 시큼했다. 그래서 나는 그 속으로 내려가면서, 셔츠 앞자락 끌어 올려 입을 가렸다.

나는 사다리 맨 아래 칸에서 잠시 멈춰 섰다. 비록 무슨 말을 하고 있는지 파악할 수는 없었지만, 목소리들이 들렸다. 그 터널은 네모나게 파여 있었고, 사방의 토양은 검고 축축했다. 나는 무릎을 꿇고 앉아 몸을 확 구부리고 조심스럽게 그 통로로 들어갔다.

나는 채 열 걸음도 가기 전에 커다란 바위에 이르렀다. 그것을 타고 넘어갔더니, 나는 어느새 랜턴의 환한 빛 웅덩이 속에 쭈그리고 앉아 있었다.

"드디어 온 거니?" 한 목소리가 말했다.

티치였다.

그 공간은 낮았다. 서 있기에는 지나치게 낮았다 — 흙을 파내고, 측면에 버팀목을, 천장에 들보를 받쳐 놓은 길고 좁은 방이었다. 바닥 역시 널빤지로 되어 있었고 충분히 말라 있는 듯 보였다. 랜턴을 사이에 두고 반대편 끝에 앉아 있는 사람은 티치와 미스터 에드거, 그리고 두 명의 도망 노예였다.

나는 그들이 어떤 사람들인지 대번에 알아보았다. 내가 어떻게 그렇게 확실히 알아보았는지 궁금할 것이다. 하지만 그런 사람들 사이에서 평생을 살며, 감히 직접 자유를 꿈꿔 본 적은 한 번도 없지만 탈주가 감행된 밤이면 소문, 귓속말, 중얼거림을 들었던 소년이 어떤 착각을 할 수 있겠는가? 나는 그들 눈의 흰자위와 손가락의 떨림으로 그들을 알아보았고, 또한 마치 호흡도 제 것이 아닌 양, 미동도 없는 어깨를 보고 그들을 알아보았다.

"이리 와, 워시, 가까이 오거라." 티치가 내게 가까이 손을 흔들며 조용히 말했다. "우리한테는 상의할 건 많은데, 상의할 시간은 거의 없어."

나는 얼굴을 찡그리며, 천천히 앞으로 기어갔다. 한쪽 구석에 오물통이 있었는데, 거기서 나는 냄새가 몹시 불쾌했다. 맞은편 벽에 밀어 놓은 책가방 둘과 돌돌 말린 침구 하나가 보였다. 두 도망자가 의심과 연민이 뒤섞인 채, 어떤 식으로 나를 바라보는지가 보였다. 비록 이상할 정도로 부끄러운 기분이 들었지만, 나는 목이 굵고 손가락 마디마디 딱지가 앉은, 건장한 그들 두 사람을 용감하게 빤히 마주 보았다.

"이 사람들은 내일 밤에 떠날 거야." 티치가 내 눈길을 알아차리고 조용히 말했다. "이 사람은 애덤이고, 이 사람이 이지키얼* 이야."

두 도망자는 아무 말도 하지 않았다. 이지키얼은 피곤한 듯 보이는 친절한 눈매에 키가 더 작았고 더 말랐다. 그의 동행은 마치 누군가가 자신에게 끔찍한 손길을 내밀기라도 한 것처럼, 더 거친 눈빛으로 주위를 두리번거렸다. 그는 냉담한 표정으로 나를 빤히 쳐다보았다. 나는 아무 말도 하지 않았다. 나는 이제 캐묻듯이 티치를 바라보다가, 그다음에는 미스터 에드거를 바라보았다.

"이들은 이달이 가기 전에 북쪽에 가 있게 될 거야, 워시." 티치가 말을 이었다. "자유인. 앞날이 있는 사람들. 이들은 어퍼캐나다** 에 있게 될 테고, 그러면 대영제국의 신민이 될 거야."

교회 관리인이 말했다. "아니, 꼭 그런 건 아니야. 좀 더 정확히 말하면, 몇 년 전에 어떤 법령이 통과되었어 — 노예 상태로 어퍼

* 구약 성서에 등장하는 기원전 6세기경 유대 왕국의 선지자 가운데 한 사람인 에스겔의 영어식 이름.

** 1791~1841년에 영국령 캐나다의 한 주였으며 현재는 온타리오주의 남부에 해당하는 지역.

캐나다에 당도한 사람은 누구나 도착하자마자 자유의 몸이 될 것이다."

"밀수업자군요." 내가 말했다. 나는 페이스 농장에서 브리지타운의 어느 증류소에 관한 이야기들, 그러니까 술통에 단순한 럼주 이상의 것이 들어 있다는 소문을 들은 적이 있었다. 우리는 그 소문을 거의 믿지 않았었다. 빅 킷은 콧방귀를 뀌고 웃음을 터뜨리며 쏘아보곤 했다. "저런, 나는 그 백인들이 그들 소유인 가엾은 흑인이 이런 삶에서 빠져 나가도록 간절히 돕고 싶어 한다는 걸 믿어 의심치 않아." 그녀는 입을 삐죽거리며 그렇게 말하곤 했다.

티치가 얼굴을 살짝 찡그리며, 몸을 앞으로 숙였다. "물론 이건 엄청난 모험이야. 애덤과 이지키얼 역시 현재 위험한 상황에 처해 있어. 이들은 지금 이 순간에도 쫓기는 중이야."

나는 티치의 진지한 말투에 놀라, 그들을 흥미롭게 바라보았다. 이지키얼은 질질 끌고 다녀 닳아 버린 구두에 눈길을 고정한 채 계속 고개를 숙이고 있었다. 하지만 나는 여기까지 버텨 냈다는 사실만으로도 그가 강단 있고 용감한 사람임을 알 수 있었다. 애덤은 마치 전에 사람을 죽인 적이라도 있는 것처럼 눈초리가 무자비했다. 나는 페이스에서 그와 비슷한 남자를 알고 지냈다. 우리 모두가 저택에서 일하는 하녀를 살해했다고 믿었던 가죽 기술자였다. 그 가죽 기술자는 어느 날 아침 가슴에 칼이 꽂힌 채 우물가에서에서 발견되었다.

티치가 목청을 가다듬었다. "이건 분명히 위험을 감수할 가치가 있는 모험인 것 같아." 그가 말했다. "안 그러니? 워시?"

바로 그 순간 나는 알아들었다. 하지만 나는 그러고 싶지 않았다. "무슨 말씀을 하시는 거예요?" 내가 물었다.

"얘야, 목소리를 낮춰." 미스터 에드거가 말했다. 그는 내 뒤쪽에 있는 터널을 불안한 듯 흘낏 쳐다보았다.

나는 그의 말에 아랑곳하지 않았다.

티치는 한참 동안 나를 유심히 바라보았다. "워시, 나는 네게 너 자신의 목숨을 구하러 가라고 이야기하는 거야."

나는 놀라서, 아무 말 없이 그 자리에 서 있었다.

티치가 고개를 가로저었다. "나는 북쪽으로 갈 거야, 워시. 북극으로."

"하지만 —"

"나는 우리 아버지께 무슨 일이 있었는지 알아내기까지는 절대 만족하지 못할 거야. 그분이 영면한 안식처를 내 두 눈으로 직접 봐야 해." 그가 잠시 말을 멈췄다. "워시, 내 말 잘 들어 봐. 이 모든 게 어떤 일인지 이해가 되니?"

나는 그를 빤히 쳐다보기만 했다. 나는 우리가 계속 함께 여행할 것이라고 생각했었다. "저는 바보가 아니에요."

"아니고말고."

"만일 제가 이분들과 함께 가지 않으면 죽을 가능성이 크다고 말씀하시는 거잖아요."

이 말에 도망자 이지키얼이 얼굴을 들어 올렸는데, 거기 서린 동정심에 내 얼굴이 화끈 달아올랐다. 그래도, 나는 자제할 수가 없었다. "하지만 그럴 리는 없어요. 제가 죽을 리가 없어요."

"그는 내 형이야, 워시. 네가 나와 함께 있는 한, 우리 형이 가까이에 있을 거야. 그리고 형은 마음을 풀지 않을 거야. 자존심이 너무 세거든. 너한테 최고의 기회는 어퍼캐나다의 국왕파* 주민들 사이로 사라져 버리는 거야. 너와 같은 사람들 사이로."

나는 마치 이 일이 그들이 한 짓이기라도 한 듯 그 두 도망자를 노려보았다. 불현듯 빅 킷이 했던 말이 기억났다 — 자유인들은 그들의 선택에 대해 완전한 통제권을 가졌으며, 그들 삶의 모든 측면을 지배한다는 것이었다. 그들 자신이 허락하지 않은 그 어떤 일도 일어나지 않는다는 것이었다.

나는 대담하게 티치의 눈을 마주 보았다. "만일 제가 자유인이라면, 그렇다면 제가 어디로 갈지는 제가 선택하는 거예요."

"그렇지."

"설령 그것이 북극에 숨는 것을 의미한다고 해도요."

미스터 에드거는 어리둥절해 하며 나를 힐끗 쳐다보았다.

아마 나는 그런 선택이 어지간히 용감한 것이라고 믿었던 듯하다. 어쩌면 소년 시절의 나 자신은 그것이 신의와 감사를 표현하는 행위이자, 그때껏 티치가 내게 베풀었지만 내가 결코 익숙해지지 못했던 친절에 대한 보답이라는 인상을 받았는지도 모른다. 어쩌면 티치를 내가 남겨 두고 온 가족 비슷한 유일한 존재라고 느꼈는지도 모른다. 어쩌면, 어쩌면. 심지어 지금도 나는 전혀 확신을 가지고 말할 수 없다. 나는 그 당시 내가 뼛속 깊이 겁에 질려 있고 티치 없이 아주 위험한 여행을 시작한다는 생각에 마치 나 자신에게 어떤 잔혹한 행위를 하라는, 그러니까 나 자신의 목

* 18세기 미국 독립 혁명에 즈음하여 미국이 영국으로부터 독립하는 데 반대한 사람들.

을 자르라는 요구를 받고 있기라도 한 것처럼 느껴지는, 몹시 맹렬한 공포에 사로잡혀 있다는 것만 알았다.

나는 엄숙하고 결연하면서도 단호하게 널빤지 위에 계속 앉아 있었다. 티치는 내 선택에 분명히 깜짝 놀라고 당황해서, 고통스러운 표정으로 나를 바라보았다. 하지만 그는 더 이상 한마디도 하지 않았다.

5

그것이 전환점이었을까? 버지니아에서의 그 운명적인 밤 이후 나는 지금껏 단 하루도 그 선택을 반추해 보지 않았다. 만일 그 남자들과 함께 갔더라면 내 삶은 어땠을까? 그들은 결국 어떻게 됐을까? — 그들은 자유를 현명하게 사용했을까, 아니면 어리석게 사용했을까? 이지키얼과 애덤이 어떤 운명을 만났는지, 그들이 무엇을 남겨 두고 떠났는지, 밤에 자면서 누구에 대한 꿈을 꾸었는지, 혹은 그런 그리움이 세월이 흐르면서 무뎌지거나 점차 희미해졌는지 나는 알지 못한다. 나 자신의 경우 그리움이 무뎌지거나 희미해지지 않았음은 알고 있다. 나는 한때 친구로 알고 지냈던 모든 사람들이 그립다. 그리고 그들 중 여전히 살아 있는 사람은 거의 없다.

티치와 나는 다음 날 아침 미스터 에드거의 교회 경내를 떠나 노퍽으로 돌아왔다. 남아 있어 봤자 무의미한 일인 것 같았고, 티치는 북극 분지로 갈 전셋배를 찾고 싶어 안달이었다.

내가 느꼈던 것은 분노, 즉 배신감이었다. 그 느낌은 내게 너무 낯설어서, 그때는 그것을 말할 수가 없었다. 하지만 나는 노퍽으로 돌아가는 여정 내내 티치에게 말을 걸지 않았고, 또 그와 눈길을 마주치지도 않으려 했다. 나는 그가 나 개인의 안전, 그러니까 나의 확실한 해방을 꾀하고 있었음을 잘 알았다. 그렇다 하더라도 내 소년 시절의 정의감에 비춰 보면, 그것은 마치 버림받은 듯한 느낌이었다. 나는 그가 나, 다시 말해 그때껏 자신의 가장 충실한 동반자였던 나에게서 벗어나고 싶어 했다는 생각에 약이 올랐다. 돌이켜 보니, 아마도 기이한 결론이었던 것 같지만, 여러분은 내가 무심코 베푼 친절로 인해 고통스러워하면서, 쇠사슬과 피로 키워졌음을 기억해야만 한다. 그리고 그런 삶 속으로 티치가 걸어 들어왔는데, 그는 차분한 눈으로 나를 지켜보면서 거기서 무언가 중요한 것을, 그러니까 세상에 대한 호기심, 지능, 내가 그때까지 미처 모르고 있었던 그림과 관련된 재능을 알아보았다. 나는 그 남자들과 어퍼캐나다로 가는 길에 어떤 일이 펼쳐질지는 알지 못했지만, 티치와 함께하는 삶이 어떨지에 대해서는 이미 어느 정도 알고 있었다. 그것은 선택이었다. 내게는 찰나의 순간뿐이었다. 나는 해냈다.

내가 또다시 그런 선택을 할까? 음, 이제는 그것이 의문이다. 만일 내가 빅 킷에게서 어떤 지혜를 얻었다면, 그것은 지나온 길은 결코 다시 갈 수 없으니 언제나 앞을 보며 살고, 앞날의 일을 도모하라는 것이라고만 말해 두겠다.

우리는 북쪽으로 갈 승선권을 구하려 애썼고, 결국 칼리오페호에 타게 되었다. 아베마리아호보다 용적 톤수는 약간 덜 나가지만, 설비는 더 새것인 선박이었다. 배의 선장은 마이클 홀러웨이라는 남자였는데, 그는 노예 상인은 아니었지만 그래도 흑인과 백인을 확실히 구분하는 관례를 따랐다. 그는 칭찬거리가 별로 없는 곳인 채터누가에서 나고 자랐다. 그는 키는 작았지만 체격이 다부지고 황소고집이었다. 술은 마시지 않았으며, 대신에 김이 모락모락 나는 자가 든 브랜디 잔을 늘 곁에 두었다.

그의 오른팔인 제이컵 아이벨이라는 이름의 사내는, 그 남자들이 소년 시절부터 줄곧 친했고 사실 같은 거리에서 자랐는데도, 선장의 편견에서 이상할 정도로 자유로웠다. 그는 인간을 대하듯 내게 말을 걸었고, 휘스트와 피노클 같은 카드 게임을 하려고 자주 나를 찾아왔다. 그는 콧수염이 시꺼멨고 마치 햇빛에 시달리기라도 한 것처럼 입술은 매우 창백한 잿빛이었다. 나는 그를 매우 좋아했지만, 두 사람 중 어느 누구도 신뢰하지는 않았다.

티치는 그들의 배에 올라타기 전에, 잠시 시간을 내, 나를 데리고 미스터 에드거가 그에게 준 돈으로 옷, 식료품, 장비를 구입하러 갔다. 우리는 이틀 후 새벽녘에 강한 바람의 도움을 받으며 출항했다. 그 배가 애처롭게 신음하며 항구를 떠나는 동안, 우리가 난간에 서 있었을 때, 나는 바닷가를 따라 널빤지를 깐 길 위에서 키 작은 한 남자의 형체가 배와 나를 당황스러울 정도로 노려보고 있는 걸 보았다.

그는 비대하고 배가 나왔으며, 황갈색 모자챙이 바람에 나부끼며 연신 그의 이마를 스치고 있었다. 그는 흠 잡을 데 없는 검은색 정장을 입고 있었고, 비록 거리가 멀어서 흐릿해 보이기는 했지만, 나는 그의 눈이 인정사정없이 잔인하고 매 같을 거라고 상상했나. 나는 숨이 턱 막혀서, 티치의 소매를 재빨리 두 번 잡아당겼다. 티치가 확인해 보려고 젖은 난간 너머로 몸을 구부렸을 때는, 그 남자는 이미 군중 속에 섞여 든 상태였다.

마침내 해가 완전히 떠올랐을 때, 우리는 미국 해역의 출항 허가증을 치워 버리고, 북쪽으로 꾸준히 나아가고 있었다. 티치와 나는 해먹을 제공받았다. 내가 물어보지는 않았지만, 티치는 그들의 계획보다 우회해서 우리를 허드슨만*의 전초 기지에 내려주면 상당한 보답을 하겠다는 자신의 제안을 선장이 받아들였다고 설명했다. 그는 이 말을 하면서, 눈을 반짝거리고 입술을 뒤틀며 씩 웃었고, 마지못해서이기는 해도 나도 어느새 마주 웃고 있었다.

그 후로는 우리가 북쪽으로 여정을 계속하면서 선박이 날마다 길고 나른하게 파도를 타고 오르내리는 일만 이어졌다. 티치가 마음 한구석으로는 살아 있는 자기 아버지와 만나리라는 희망을 내려놓았다거나 미스터 윌러드를 두려워할지도 모른다는 생각은 들지 않았다. 나는 여전히 그를 신뢰했다. 왜냐하면 나는 아직 소년에 불과했기 때문이다. 나는 그가 보호해야만 내가 안전할 거라고 믿었다.

우리가 노퍽에서 출발했을 때 뜻밖에 내가 느끼기 시작한 것이 행복이었을까? 넘실거리는 초록색 파도와 우리 배가 지나간 자리

* 캐나다 중동부에 있는 만으로, 해협을 통해 대서양과 북극해로 이어진다.

에서 급강하하는 하얀 바닷새들이 온통 우리를 에워싸고 있었다. 높이 솟은 돛들은 바람에 펄럭펄럭 나부꼈고, 그 나날들, 그 나날들은 아직 더할 나위 없었으며, 그날들이 곧 어떻게 될지는 여전히 확실하지 않았다.

티치가 마침내 그 질문을 꺼냈을 때, 우리는 래브라도*에서 멀리 떨어진 검은 바다 어딘가에 있었다.

"북쪽으로 항해하기에는 계절이 좀 이르지 않나요?" 어느 날 그가 선장의 숙소에서 오찬 모임을 할 때 말했다. 참석자는 늘 그렇듯 우리 네 사람, 그러니까 홀러웨이 선장, 미스터 아이벨, 티치 그리고 나였다. 선장은 다소 누그러진 상태여서 이제는 내 존재를 묵인하곤 했다. 비록 나를 절대로 대화에 끼워 주지 않았고, 여전히 내 화상에 불안해 하는 것은 분명했지만 말이다. 온화하고 명랑한 태도로 늘 내게 말을 거는 사람은 미스터 아이벨이었다. 이제 우리는 며칠째 기후가 더 추운 지역으로 항해하는 중이었고, 하늘에는 태양이 낮게 떠 있었다. 나는 언제나, 심지어 잠을 자는 동안에도 셔츠 세 장과 갑판장이 준 두꺼운 코트를 모두 껴입고 있었다.

"그럼요, 이르지요." 선장이 동그란 소시지를 자르며 말했다. "이 해역을 통과하는 첫 번째 배가 되는 게 우리 목표예요."

티치가 럼주를 한 모금 마셨다. "신사 여러분, 나는 그런 일들

* 캐나다 동부, 대서양, 세인트로렌스만, 허드슨만에 둘러싸인 큰 반도. 혹은 래브라도반도 동북부의 뉴펀들랜드주에 속하는 지역.

에 대해서는 아는 게 거의 없어요. 하지만 얼음이 마구 후퇴한다는 건 들어서 잘 알아요. 전적으로 안전한가요?"

"위험을 감수하지 않고 보상을 받았다는 이야기는 들어 본 적이 없어요." 홀러웨이 선장이 말했다. "아이벨, 너는 위험 없는 보상에 대해 들어 본 적 있어?"

"한 번도 없어." 미스터 아이벨이 말했다.

접시 위에서 칼질하는 소리만 났다. 티치가 고개를 저었다. "신사 여러분, 여러분이 시작한 건 어떤 종류의 탐험인가요? 물어봐도 될까요?"

"그건 당신 같은 사람이 상관할 일이 아니에요." 홀러웨이 선장이 말했다.

티치가 고개를 끄덕였다. "그건 사실이지요."

"나는 그건 이제는 결코 문제될 게 없다고 생각해, 마이클." 미스터 아이벨이 말했다. 그가 이맛살을 찌푸렸다. "우리는 항해 중이야. 확실히 그건 결코 문제될 게 없어."

선장은 못마땅한 얼굴을 하며, 수염을 쓰다듬었다.

"우리는 난파한 포경선을 찾는 중이에요." 미스터 아이벨은 친구의 침묵을 동의로 받아들이며, 불쑥 말을 꺼냈다. "매그놀리아 라이언호지요. 그 배는 대략 2년 전 11월에 배핀섬*에서 멀리 떨어진 바다에서 얼음에 부딪혀 부서졌어요."

티치는 조금도 놀란 기색이 없었다. "하지만 틀림없이 그 배는

* 그린랜드와 허드슨만 사이에 있는 캐나다령 섬으로 북극해 제도 가운데 가장 크다.

이제 거기 없을 텐데요? 분명히 얼음이 그걸 북쪽으로 이동시켰을걸요?"

홀러웨이 선장이 눈을 가늘게 떴다. "그럼, 당신은 얼음이 어떻게 움직이는지 안다는 건가요?"

티치가 고개를 저었다. "오로지 그게 움직인다는 사실만요. 해류에 대해서는 몰라요."

"그건 상관없어요." 미스터 아이벨이 말했다. "승무원들이 출발하기 전에 나무통들을 내렸어요. 그들은 그 통들을 그 난파선 근처의 작은 섬으로 가져가서 어느 대피소 아래 묻었지요. 그 기름은 남겨진 바로 그 자리에 있을 거예요. 섬은 움직이지 않는 법이지요, 미스터 와일드."

"그렇고말고." 홀러웨이 선장이 말했다.

티치가 즉시 기쁜 미소를 지었다. "그렇다면 신사분들께서는 스스로 아주 잘해 내실 것 같군요. 그게 가장 수익성 높은 사업이라는 게 입증될 수도 있겠어요."

"그렇게 되는 게 우리 목표예요." 홀러웨이 선장이 말했다.

"1년도 더 전에 어떤 영감님이 내 주의를 끌었어요." 미스터 아이벨이 말했다. "불행하게도 무릎이 잔뜩 부어올라 있는 남자였지요. 그는 우리 아버지의 옛 친구였던 것 같아요. 그 역시 뱃사람이었지요. 그는 눈에 갇혀 오도 가도 못하다가 심각한 동상에 걸린 적이 있었어요. 이미 발가락들을 잃은 상태였지요. 이 남자, 이 미스터 맥베인이라는 사람은 요크셔에서 포경선, 그러니까 앞서 언급한 매그놀리아 라이언호에 선원으로 승선한 스코틀랜드 사람이었어요. 그가 내게 그 난파선과 황량한 설원에 꼼짝없이 놓여 있는 기름과 그것의 가치에 대해 말해 주었어요. 그것에 대해 더 이상은 생각하지 않았어요."

"그러다가……." 홀러웨이 선장이 거들며 재촉했다. 그가 친구에게 거친 손을 흔들었다.

"그러다가 내가 그의 침대 머리맡으로 불려 갔어요. 어느 날 밤 선술집에서 당한 부상으로 그의 다리는 더 악화되고 패혈증까지 생긴 상태였어요. 미스터 맥베인은 다 죽어 가고 있었지요. 나는 그걸 즉시 알 수 있었어요. 그는 어떤 늙은 과부의 간호를 받았는데, 검은색 옷을 입은 그 여자는 그의 누이였지요. 애그니스가 그녀의 이름이었어요. 나는 그가 불쌍했어요. 그래서 그 남자를 위해 내가 할 수 있는 일이 없는지 물어봤지요. 그녀는 자기 오빠와 이야기를 하려고 하는 동안 나를 작은방에 혼자 남겨 두었고, 바로 거기서 나는 손으로 작성한, 호기심을 끄는 지도를 유심히 보게 되었어요."

"그 난파선까지 가는 지도지요." 홀러웨이 선장이 말했다.

"그 기름통까지도요." 미스터 아이벨이 말했다. "비록 그 당시에는 몰랐지만요. 애그니스가 돌아와서, 그걸 읽고 있던 나를 보았어요. 그녀는 내게 그것의 중요성을 알려 주었지요. 자신이 그 표시들을 설명할 수 있고, 직업상 항해사였던 자신의 오빠가 배가 남쪽으로 힘겹게 나아가는 내내 별자리들을 계속 꼼꼼하게 지켜보았다고 했어요. 그녀는 그의 지도가 정확하다고 했어요. 어디를 찾아봐야 할지만 안다면 어떤 배라도 그 기름까지 가는 길을 찾을 수 있다고 했지요."

"이 모든 게 그녀가 당신에게 제안한 것인가요?" 티치가 관심을 가지며 말했다.

"이 모든 게 그녀가 내게 제안한 것이지요. 내게서 이익의 일부를 받는다는 조건으로요."

"그의 길 안내서에 몹시 관심이 가는군요." 티치가 말했다. "계절에 따라 자리를 옮기는 별들에 대해 그가 어떻게 설명을 달아 놓았넌가요?"

"아, 어쩌면 우리가 그 지도를 그냥 꺼내서 당신에게 넘겨줄지도 모르겠군요." 홀러웨이 선장이 비웃었다.

티치는 어깨를 으쓱했다. "나는 돈 욕심은 없어요."

"우라질." 미스터 아이벨이 말했다. "돈 욕심은 누구나 있어요."

"그래서 당신들은 그 난파선으로 항해하는 중이군요." 티치가 말했다. "그 통들을 훔칠 작정인가요?"

"훔치는 게 아니에요." 홀러웨이 선장이 날카롭게 말했다. "권리를 주장하는 거지."

티치가 한쪽 눈썹을 추켜세웠다.

"그렇고말고, 그게 멋진 점이지." 미스터 아이벨이 말했다. "보험금은 이미 지급되었어요. 이제 그 회사 사람들은 그것에 대해 권리를 주장할 수가 없지요."

"하지만 그렇다면 그건 보험 회사의 소유가 아닐까요? 원칙적으로는?"

홀러웨이 선장이 코웃음을 치며 말했다. "해난 구조법에 따르면 아니에요. 그건 난파선이지요. 어떤 선박이든 표류 화물과 잡동사니를 수거할 수 있어요."

"대피소 아래 잔뜩 쌓여 있는 질 좋은 기름통들이 표류 화물로 산수되나요?" 티치가 물었다.

나는 그들의 얼굴에 떠오른 표정을 보며, 그럴 가능성은 없을 거라고 생각했다.

"당신은 가장 중요한 점을 놓치고 있어요, 미스터 와일드." 미스터 아이벨이 건조한 미소를 지으며 말했다. "그들이 우리에게서 그걸 수거해 가려고 애쓰게 내버려 둬요. 우리는 그들이 그 어떤 주장도 하기 전에, 이익을 남기고 그것들을 팔아 버릴 거니까."

"그러면 그런 주장 역시 갈매기배 속의 똥만큼도 가치가 없을걸." 홀러웨이 선장이 씩 웃으며 말했다.

"뭣 하러 지루하게 긴 법정 분쟁을 하겠어요?" 미스터 아이벨이 동의했다.

"그렇군요." 티치가 접시에서 딱딱한 비스킷의 마지막 조각을 집어 들며 미소를 지었다. "그렇다면, 당신들과 만나다니 우리는 굉장히 운이 좋다고 생각해야겠군요. 정말로, 이번 시즌의 첫 배니까요."

그리고 그는 딱딱한 비스킷을 흔쾌히 크게 한 입 베어 물고, 와작와작 씹어 먹으며 앉아서, 지극히 만족스럽게 우리 한 사람 한 사람에게 차례로 미소를 지어 보였다.

공기는 우리 뺨을 얼얼하게 하더니, 얼어붙어 버렸다. 몸이 움츠러들기 시작했다. 항해하면서, 흘러가는 어두운 바닷물 속에서 오싹하고 절묘한 대성당 같은 얼음들이 언뜻언뜻 보이곤 했다. 나는 전에는 그렇게 엄청난 크기의 얼음을 본 적이 한 번도 없었기에, 그 굴절된 빛을 넋이 나간 사람처럼 뚫어져라 쳐다보았다.

그것은 얼마나 아름답고, 얼마나 슬프고, 얼마나 성스러웠던가! 나는 내 그림에서 그것에 대한 경외심을 표현하려 시도했다. 마치 우리가 살아 있는 자들의 세계를 떠나 영혼과 죽은 자들의 세계로 들어가는 것처럼 느껴졌기 때문이다. 나는 미스터 윌러드의 손길이 닿지 않는 곳에서 자유롭고 천하무적인 듯한 기분을 느꼈나. 우리는 쩍쩍 입을 벌린 빙하들을 지나며 항해했는데, 거대하고 맹렬한 빙산들이 거품이 이는 바닷물 속에서 요동치며 갈라지고 있었다. 우리는 반쯤은 수중 충돌에 대한 두려움 때문에 그 해협들을 따라 천천히 항해했다.

고래들은 수면 위로 떠올라, 세찬 물보라를 자욱하게 내뿜고 나서, 차가운 바닷물 속으로 다시 미끄러지듯 들어갔다. 나는 내가 가져온 옷을 몽땅 뒤룩뒤룩 껴입고, 추위 때문에 손뼉을 치면서 갑판을 걸어 다녔다. 더없이 땅딸막하고 뒤뚱뒤뚱 걸을 정도로 몸을 꽁꽁 싸맨 작은 흑인 소년이었다. 선원들은 웃음을 터뜨리며 나를 자기들의 펭귄, 자기들의 마스코트라고 불렀고, 미스터 아이벨이 내게 어떤 책의 펭귄 동판화를 보여 주었을 때, 나 역시 웃음을 터뜨렸다.

노퍽에서 떠난 지 3주째에, 우리는 남쪽으로 항해 중인 낡은 쌍돛대 범선을 지나쳤다. 미스터 아이벨이 조용히 어떤 욕설을 중얼거렸고 홀러웨이 선장은 침을 뱉었지만, 우리는 속도를 늦추지 않았고 그들을 소리쳐 부르지도 않았다. 티치는 그들이 만의 안쪽 어딘가에서 겨울을 났을 테고 이제는 보다 더 따뜻한 바다로 돌아가기를 간절히 바랄 것이라고 설명했다.

"그렇다면, 그들이 선장님의 통들을 가져가지는 않았을까요?"

네가 말했나.

티치가 나를 내려다보고 빙긋 웃으며 말했는데, 추위에 그의 입김이 보였다. "아니, 아닐 거야."

서로 이야기하지는 않았지만, 그 바다를 헤치고 가며 매 리그* 마다 억압에서 벗어난 느낌, 자유의 느낌이 우리 안에서 점점 더 강해졌다. 마치 엄청나게 큰 텅 빈 공간이 우리에게 망각을 허락하기라도 한 것 같았다. 이따금 우리의 눈이 마주치곤 했고, 우리는 그럴 만한 아무 의미도, 아무 이유도 없이 조용히 웃곤 했다.

그렇게 우리는 계속 앞으로, 북쪽으로 나아갔다. 티치가 허드슨만의 서쪽 경계선에 있는 어느 무역 회사의 전초 기지로 가는 우리의 항로를 이미 정해 놓은 상태였다. 몇 주가 흘렀고, 햇빛이 얼음 위에 눈부시게 비쳤고, 눈 언덕들은 바람에 이상한 깃털 모양으로 깎여 있었다. 나는 그것을 보며, 이상하게 고독하고 외로운 기분을 느끼기 시작했다. 우리 모두 그런 것 같았다. 티치, 홀러웨이 선장, 미스터 아이벨, 그리고 나까지 우리 네 사람이 그 얼음같이 찬 기후 속에서 서로를 외면하는 듯했던 걸 보면 말이다. 마치 그 추위가 단순히 우리의 살 속보다 더 깊숙이 침투하기라도 한 것 같았다. 또 마치 우리가 그 배의 비좁은 영역 안에서는 다다를 수 없는 고독을 갈망하는 것 같았다. 내 마음은 계속 과거로 거슬러 올라갔고, 어느새 나는 미스터 윌러드, 미스터 필립, 페이스에서 보낸 긴 세월 — 붉은 흙먼지가 점점 더 많이 내 목구멍에 달라붙던 방식, 사탕수수를 마구 베는 내내 땀 때문에 내 잔허

* 거리의 단위. 영미에서는 약 3마일(5000미터)에 해당.

리에 느껴지던 근질거림, 내 어깨를 애정으로 움켜잡던 빅 킷의 뜨거운 손의 감촉을 떠올리고 있었다.

마침내 우리는 만과 교역소에 가까워졌다.

검은 바닷물은 고요하고, 여전히 얼음덩어리들이 점점이 흩어져 있었다. 티치는 홀러웨이 선장과 미스터 아이벨에게 행운을 빌며 진심으로 악수를 했다. 그런 다음 우리는 우리가 줄사다리에서 몸을 빼내는 동안 줄곧 흔들리고 있던 작은 커터 배에 올라탔다.

선원들이 노를 저어 교역소에 해당하는 초라하고 기울어진 판잣집으로 우리를 데려다주었다

교역소 안에서 머리가 하얗게 센 젊은 무역상이 위스키 냄새를 강하게 풍기며 우리를 맞았다. 그는 자기 앞에 있는 널빤지에 가느다란 팔을 기댔는데, 팔목 피부가 발진으로 갈라지고 딱지투성이였다.

그는 흐릿한 벌건 눈을 가늘게 뜨며 우리를 보았다. "누구라고 했지요?"

티치가 얼어붙은 옷을 서걱거리며 앞으로 나섰다. "제임스 와일드요. 영국인이고, 박물학자예요. 그분이 가장 서쪽의 전초 기지들 중 한 곳에서 돌아가셨다고 하더군요. 정말 그런지 확실히는 모르겠어요."

무역상이 콧물이 흐르는 코를 쓱 문질렀다. "뭐라고요?"

티치는 안달이 나서 얼굴을 찡그렸다. "와일드. 제임스 와일드요. 분명히 이 지역에 박물학자인 신사들이 그렇게 많지는 않을

텐데요?"

무역상은 투덜거리며, 우리를 험악하게 응시했다. "당신이 얘기하는 게 그 사람이에요, 아니면 어떤 다른 사람이에요?"

"와일드요." 티치가 날카롭게 말했다. "와일드. 지금 내게 그분의 최종 야영지로 가는 길을 알려 주면 고맙겠어요."

무역상은 흐릿한 랜턴 불빛 속에서 험상궂은 벌건 눈으로 우리를 말없이 응시했다.

티치는 격분해서 나를 힐끗 바라보다가, 다시 남자를 바라보았다. "내 말 들었어요?"

무역상은 아무 말도 하지 않고, 갑작스럽게 몸을 빙 돌리더니, 고래고래 소리를 질러, 눈 쌓인 바깥에 몇 발짝 떨어져 홀로 서 있던 한 남자를 불렀다. "저 남자예요." 무역상이 단어를 불분명하게 질질 끌면서 우리에게 말했다. "그는 그 길을 속속들이 다 알아요. 그라면 당신을 잘못 데려다주지 않을 거요."

티치는 긴장한 듯 경계하는 눈빛이었다. 티치는 그 어두운 형체가 돌연 우리의 관심을 알아차리고 우리의 눈길을 받아들이는 동안 줄곧 지켜보고 있었다. 그는 마치 어떤 실체에도 매이지 않은 그림자처럼, 천천히 우리에게 다가오기 시작했다.

"그라면 당신을 잘못 데려다주지 않을 거예요." 무역상이 한 번 더 말했다. "그와 그 늙은 은둔자는 서로를 이해해요."

"이해?" 티치는 눈을 뽀드득 밟으며 다가오는 남자에게 여전히 눈길을 고정한 채 산만하게 중얼거렸다. 그는 벨트에 긴 칼을 꽂고 있는 키가 큰 에스키모처럼 보였다.

무역상은 콧물이 새어 나온 코 밑을 온통 발진으로 뒤덮인 굵은 손목으로 쓱 문질렀다. “내 생각에 이 사람은 그의 노예인 것 같아요. 아니면 그의 아내이거나. 뭐 그 비슷한 거지요. 여기 너무 오래 있었던 탓에 그 자신이 반쯤 야만인이에요. 야만인처럼 생각하면서 여전히 인간일 수는 없는 법이지요.”

그는 내게는 눈길 한번 주지 않은 채, 유쾌하게 그 말을 했다.

놀랍게도 티치는 남자에게 고맙다고 인사하고, 눈 위로 뒷걸음질하기 시작했다.

남자는 더 쳐다보지도 않고, 또 다시 술을 마시기 시작했다.

나는 서둘러 티치를 따라갔다. 나는 멀리 떨어져 있는 남자가 묵직하고 느린 걸음걸이로 쌓인 눈의 얼어붙은 표면을 쿵쾅대며 다가오는 것을 겁에 질린 채 지켜보았다. 우리가 도망쳐야 할지도 모른다는 어떤 신호를 기대하면서 티치를 힐끗 올려다보았지만, 그는 차갑고 인정사정없는 공기 속에서 바람을 맞으며 눈을 가늘게 뜬 채, 잠시 멈춰 서 있을 뿐이었다.

그 낯선 사람은 얼마나 놀라웠던가! 그 몸집은 얼마나 크고 또 유령 같았던가. 기름 먹인 카리부* 가죽은 얼어붙어 삐걱거렸고, 그에게서는 오래된 성에와 진창의 악취가 풍겼다. 그는 키가 크고 갈대처럼 말랐으며, 몹시 창백한 두 뺨은 바람에 살갗이 텄고, 회색 턱수염이 그의 온 얼굴을 맹렬하게 뒤덮고 있었다. 그의 안색은 도도록한 갈색 점들로 얼룩덜룩했고, 높은 아치형 코 오른쪽에는 고통스럽고 고름이 꽉 찬 것처럼 보이며 번들거리는 지독

* 북아메리카 북쪽에 사는 순록. 유라시아 북쪽에 사는 순록인 레인디어와 구별하여 부르는 이름이다.

한 종기가 하나 나 있었다. 그의 두 눈은 머리카락처럼 회색이었으며, 그는 나를 불안하게 만드는 무뚝뚝하고 평가하는 듯한 눈길로 티치를 보았다.

그런데 그 순간 갑자기 티치가 남자의 양손을 움켜잡자, 그 남자도 충격을 받아서 몹시 고통스럽기까지 한 표정으로 티치의 손을 맞잡았다. 그들은 조용히 웃으며, 서로를 꼭 붙잡고 있었다. 남자의 웃음소리는 날카롭고 쾌활하며 마치 물개가 짖는 소리 같았다. 그는 말을 하지 않았고, 티치 역시 아무 말도 하지 않았다.

바로 페터 하우스였다. 우연히 그가 물건들을 가지러 전초 기지에 와 있었던 것이다. 나는 티치가 그에게서 물러나 두 손으로 이상하고 우아한 손짓을 하기 시작하는 것을 지켜보았다. 그 남자도 가슴을 탁 치더니 손가락들을 놀라운 모양으로 회전시키며, 맞받아 손짓을 했다. 그의 두 손은 쭈글쭈글했고 마디 곳곳에 회색 털들이 엉클어져 있었다. 티치는 거듭 고개를 끄덕여 자신이 이해했음을 알렸다. 나는 놀라서 두 사람을 빤히 쳐다보며 얼간이처럼 서 있었다.

티치가 두 눈을 쓱 문지르면서 심하게 깜박거렸다. 하지만 나는 그가 안도했으며, 심지어 행복하기까지 하다는 것을 알 수 있었고, 그 순간 그 죽음이 거짓이었음을 깨달았다.

내가 무슨 말을 하기도 전에, 페터 하우스가 얼굴을 찡그리고 내려다보며, 옅은 색의 솔직한 눈으로 나를 평가하고 있었다. 그는 내가 거의 알아보지 못할 정도로 무뚝뚝하게 미소를 지으며, 내 손에 든 자루로 손을 뻗었는데, 그 안에는 우리의 모든 식량이 담겨 있었다. 그런 다음 그는 그 꾸러미를 어깨에 걸어 메고, 돌아서서 더러운 눈을 뽀드득 소리 나게 밟으며 멀리 떨어져 있는 썰매를 향해 가기 시작했다.

"페터가 우리를 야영지로 데려갈 거야." 우리가 그를 따라가는 동안 티치가 말했다. "워시, 우리 아버지가 살아 계셔. 그분은 살아 계셔."

나는 큰 소리로 울리는 그 말을 들으며, 그 섬뜩함에 몸이 떨렸다. "그런데 그가, 저 남자가 당신께 그걸 말해 주었나요?"

"페터는 언어 장애가 있어, 워시. 그는 말을 하지 못해. 손으로 이야기해."

그의 목소리에는 안도의 기미가 있었다. 그렇기는 해도, 마치 그 뜻밖의 사실이 그의 모든 기운을 쏙 빼놓기라도 한 것처럼, 기진맥진하고 슬픈 듯한 분위기가 그에게 감돌았다. 그는 차고 가느다란 한 손을 내 어깨에 얹고, 썰매가 기다리고 있는 앞쪽을 빤히 쳐다보았다. 멀리 떨어져 있어서, 우리는 가무잡잡한 얼굴의 에스키모 안내인이 거기 서 있는 것을 알아차리지 못한 상태였다. 우리가 다가가자, 그는 차분하고 총명한 눈으로 우리에게 알은척했고, 미스터 페터로부터 꾸러미를 받아서 썰매에 단단히 동여맸다. 그런 다음 그는 우리 자신이 마치 짐인 것처럼, 우리에게 올라타라고 일렀다.

안내인이 거대한 개들에게 큰 소리로 명령을 했다. 우리는 급격히 몸이 앞으로 쏠렸다가, 이내 곳곳에 커다란 돔 모양으로 쌓여서 메아리가 울려 퍼지는 눈 속으로 길을 떠났다.

6

아아, 정말이지 그 추위는. 나는 그 후로도 수년간 그 추위에 대한 꿈을 꿨다. 그것에는 색깔과 맛이 있었다 — 그것은 달갑지 않은 피부처럼 사람을 꽁꽁 휘감아, 몹시 정교하게 쥐어짜기 시작했다. 다 나았던 갈비뼈들이 다시 욱신거리기 시작했다. 나는 호흡을 가다듬을 수가 없었다.

우리는 턱이 침으로 젖은 한 무리의 개들이 끄는 이상한 썰매 같은 장치를 타고 이동했다. 티치와 미스터 페터와 나는 썰매의 짐칸에 앉아 있었고, 안내인은 그의 짐승들에게 목이 쉬도록 소리를 치며 우리 뒤에 서 있었다. 썰매의 긴 날들이 단단히 다져진 눈 위를 덜커덕거리며 가로질러 갔다. 나는 우리가 가는 내내 썰매의 날들이 긁히며 쉭쉭거리는 소리에 귀를 기울였다. 우리는 움직일 수 없을 정도로 담요를 꽁꽁 싸매고 있었다. 그때껏 나는 그런 곳이 있을 거라고는 꿈꿔 본 적도 없었고, 눈이 그렇게 단단하고 그렇게 광활할 수 있다고는 생각해 본 적도 없었다. 칼로 에는 듯한 바람이 눈을 깎아서 탑들을 만들었고, 더욱 날카롭게 깎아서 벼랑들과 협곡들을 만들었다. 그리고 나는 눈을 가늘게 뜨고 얼어붙어서 얼얼한 눈꺼풀 사이로 바라보며 그 모든 것에 대해 이렇게 생각했다. '이 모든 것은 그저 물에 불과할 뿐이야.'

나는 미스터 아이벨로부터 눈이 희고 차갑다는 경고를 받았었다. 하지만 그것은 흰색이 아니었다. 그것은 프리즘을 통해 나타나는 빛의 모든 색상을 다 담고 있었다. 그것은 푸른색이자 초록색이고 노란색이자 청록색이었다. 또 우리가 지나갈 때 몇몇 절벽에서는 은은한 분홍색이 감돌기도 했다. 빛이 하늘에서 위치를 바꾸면서, 우리를 둘러싼 눈도 짙어지며 새로운 빛깔을 띠었다. 바다가 결코 푸른색이 아니라 어떤 끊임없이 변화하는 색깔이듯이 말이다. 또한 추위도 그저 단순한 추위가 아니었다 — 그것은 열기를 걸신들린 듯 집어삼키고, 열기가 죄 사라질 때까지 피에서 온기를 모조리 빨아들이는 추위였다. 바람이 휘몰아칠 때면 피부가 에이는 듯했는데, 마치 우리는 사탕수수이고 바람은 우리의 끔찍한 낫질인 것 같았다.

우리는 북쪽으로, 북쪽으로, 그런 다음 서쪽으로, 그런 다음 다시 북쪽으로 갔다. 우리는 개들이 휴식을 취하도록 멈춰 섰고, 안내인은 서로를 공격하지 못하도록 얼음에 박아 넣은 말뚝에 개들을 밧줄로 매 놓았다. 그들은 수많은 하얀 털을 바람에 날리며 몸을 동그랗게 말고 앉아, 눈을 가늘게 뜨고 있었다. 나는 그들의 맹위에 놀라면서, 연필로 재빨리 생생하게 스케치했다. 안내인은 티치가 설명한 바에 따르면 고래나 바다표범의 지방인 게 분명한 작고 네모난 덩어리를 우리에게 건넸다. 냄새가 고약하고 기름진 맛이 났지만, 나는 불평하지 않았다.

그러는 내내 우리는 우리가 위험을 무릅쓰며 무엇을 향해 가고 있는지, 혹은 무엇을 뒤에 남겨 두고 가고 있는지에 대해 거의 아무 말도 하지 않았다. 나는 페이스에서의 삶을 떠올렸는데, 그 모두가 허상이고, 어렴풋이 기억나는 잔인한 꿈인 것 같았다.

우리는 어두운 아침에 길을 떠났고, 가끔씩 휴식을 취하기 위해 멈춰 서기는 했지만, 하루 종일 빠르게 썰매를 타고 갔다. 우리는 또다시 어둠이 내려앉고 있던, 아주 늦은 오후에 마침내 도착했다. 나는 이동하는 동안, 마치 온전히 살아 있는 자기 아버지를 만날 준비가 아직 되어 있지 않은 듯 티치의 불안이 점차 증가하는 것을 알아차렸다. 나는 안내인이 바람에 날려 쌓인 커다란 다섯 개의 눈 더미 한복판에 개들을 멈춰 세우고, 썰매 날들이 쉭쉭거리며 정지했을 때, 우리가 도착했음을 알았다. 미스터 페터가 턱수염에 얼음을 주렁주렁 매단 채, 짐칸에서 내려 우리의 등받이 역할을 하던 나무 상자들을 내리기 시작했다. 티치와 나는 썰매가 해체되어 가는 동안 내내, 아무 말도 하지 않고, 불편하게 자세만 바꿨다.

입안의 혀가 거대하고 차갑게 느껴졌다. 썰매에서 한참 동안 입이 얼어붙은 듯 침묵한 후라, 목소리가 끽끽거렸다. "다 왔어요?" 나는 티치에게 목 쉰 소리로 물었다. "여기가 아버님의 야영지예요?"

그렇게 물은 이유는 이제는 그것들이 바람에 날려 쌓인 눈 더미들이 아니라, 대충 배열된 다섯 개의 얼음 돔이라는 것을 알아보았기 때문이다. 나는 이런 거주 환경을 보고 깜짝 놀랐다. 마치 어떤 부활의 현장을 바라보기라도 한 듯 두려움이 온몸을 휩쓸었다. 썰매에서 미끄러져 내려가 가까스로 두 발로 섰을 때, 나는 입구마다 드리워져 있는 짐승의 가죽들을 언뜻 보았다. 미스터 페터가 손가락들로 빠르게 손짓을 해 보인 다음, 세 번째 돔을 가리켰다.

"저것들은 이글루라고 해, 워시." 티치가 그의 기름 먹인 물개 가죽 틈 사이로 말했다. 그의 목소리는 초조한 듯 흔들리고 있었다. "얼음이 단열재 역할을 해. 그게 내부를 계속해서 아주 따뜻하게 해 주지."

나는 이 말이 몹시 의심스러웠다. 하지만 나는 이미 세상이 헤아릴 수 없는 곳이라는 사실을 충분히 이해할 만큼 많은 이상한 일들을 목격한 상태였다. 티치라면 그런 관념이 비과학적이라고 여길 것이다. 하지만 다 나았던 갈비뼈가 다시 욱신거리는 추위에 반쯤 취한, 열대에서 태어난 아이인 내가 보았을 때, 그것은 내게 별로 중요한 문제가 아니었다. 나는 몸을 돌려 우리 주변의 어두워져 가는 설원을 살펴보았다. 미스터 윌러드는 완전히 별개인 또 하나의 삶에서 찾아와 출몰하는 유령처럼 느껴졌다. 정말로, 우리는 세상 끝에 와 있었다.

티치는 이미 눈을 뽀드득 소리 나게 밟으며 세 번째 돔을 향해 가고 있었다. 그가 입구에 잠시 멈춰 서서 페터를 흘낏 뒤돌아보았을 때, 그의 얼굴에서 언뜻 반신반의하는 기색이 보였다. 하지만 미스터 페터와 에스키모는 이미 개들을 썰매용 벨트에서 풀어 주며, 잇달아 말뚝에 매고 있었다.

티치는 잠시 더 망설이다가, 무릎을 꿇어 엎드리고, 가죽 휘장을 한쪽으로 걷어 젖힌 다음 기어 들어갔다.

나는 미끄러지면서 눈 위를 달려가다가, 입구에서 갑작스럽게 멈춰 섰다. 가슴 속에서 심장이 쿵쾅거려, 잠시 숨을 고른 후 나 역시 안으로 들어갔다.

내부는 밝았지만 연기가 자욱했고, 공기 중에는 지방을 태우는 악취가 가득했다.

"여보세요?" 티치가 속삭이는 소리가 들렸다. 안쪽에서 달그락거리는 소리가 나더니, 이내 고요해졌다. "여기 누구 없어요?"

나는 입구에 계속 꿇어 엎드린 채로, 티치를 지나 그 안쪽을 보려고 안간힘을 쓰고 있었다.

그리고 그때 나는 그를, 어둠 속에서 일어선 한 남자를 언뜻 보았다. 마치 신화 속 인물 같은, 와일드 가문의 위대한 가장, 영국 학사원 회원, 코플리 메달 수상자이자 베이커 메달 수상 연설자, 아들의 지성에 불을 붙여 결코 사위지 않게 한 박학다식한 남자, 어떤 역경에도 불구하고 빙원과 위험을 헤치고 북쪽으로 오도록 우리를 끌어들인 남자, 아아, 얼음에 뒤덮인 혜성의 특성에 관한 바로 그 논문으로 한때 소르본 대학을 혼란에 빠뜨렸고 자신의 학식을 열두 개의 언어로 전달할 수 있으며, 타타르인들의 농담과 잉카인들의 샐러드를 높이 평가하고, 어떤 사람도 도구의 용도가 그 도구에 의해 결정되는 것을 당연하게 여겨서는 안 된다는 이유로 세 살짜리 아들에게 손에 나이프를 쥐고 있을 때는 퍼먹으라고 하고 스푼을 쥐고 있을 때는 자르라고 지시했던 바로 그 남자, 무거운 영국 가죽 부츠로 다섯 대륙의 땅을 밟아서, 각각의 땅에서 진흙을 수집했던, 수천 번의 생을 산 남자 — 나는 그를 보았다. 물방울이 뚝뚝 떨어지는 그 낮은 입구에 무릎을 꿇고서 눈을 휘둥그레 뜨고 쳐다보고 있었다. 왜냐하면 그는 키가 작고 뚱뚱했으며, 듬성듬성 구레나룻이 자란 그의 얼굴은 매우 생기 넘치고 야수처럼 아주 못생겼기 때문이었다.

그가 우리를 내다보며, 다부지고 둥근 얼굴을 살짝 찡그렸다. 그는 위아래 총 네 개의 앞니가 빠져서 없었고, 그 자리는 나무 이가 대신하고 있었다.

나는 우리가 우리 자신의 죽음을 맞으러 왔다는 느낌을 떨쳐버릴 수가 없었다.

티치는 크게 놀라 마비 상태였다. 그는 일종의 고뇌를 견뎌 내며 아버지를 껴안았다. 그에 반해 미스터 와일드는 아들의 애정에 노골적으로 당황스러워하면서 그의 등을 툭툭 두드렸다. 그런 다음, 미스터 와일드는 재빨리 벗어나서, 우리에게 따라오라고 손짓을 했다. 그는 나를 거들떠보지도 않은 채, 이글루의 출입구를 우아하게 미끄러지듯 빠져나갔다. 나는 티치의 뒤를 따라갔고, 티치는 술 취한 사람처럼 어슬렁거리며 엉성한 걸음걸이로 아버지를 따라갔다. 그는 하마터면 몇 번이고 미끄러질 뻔했고, 충격을 받아 몹시 멍했다. 그런 상태의 그가 얼마나 가여웠던가. 수개월 동안 자기 아버지가 돌아가셨다고 믿은 후에 그가 살아 있음을 실제로 목격했으니 — 나는 그 고통을 거의 헤아릴 수가 없었다.

우리는 다시 밖으로 나와 다섯 번째 이글루로 이끌려 갔고, 그 안에서 한 무리의 에스키모들이 연한 색의 희끄무레한 음식을 먹고 있는 것을 보았다. 우리를 향해 얼굴을 들어 올린 그들의 눈은 티치를 스쳐 지나 내게 못 박혔다. 나는 틀림없이 그들에게 정말로 있을 수 없는 생명체처럼 보였을 것이다. 겨울 바다처럼 까맣고 감당할 수 없을 정도로 심하게 화상을 입은 소년이라니. 그들은 음식을 씹으며, 조용한 눈으로 나를 좇았다.

우리가 남자들 사이에 자리를 잡고 나서야 비로소 티치는 말을 하려고 시도했다.

미스터 와일드가 급하게 손을 들어 올렸다. "네가 왜 왔는지 알고 있다."

티치는 그곳의 다른 남자들을 힐끗 바라보며 잠시 주저했다. "그러신 줄은 몰랐어요, 아버지."

미스터 와일드가 반짝반짝 빛나는 생기 있는 눈을 크게 뜨고 말했다. "내가 죽었다고 생각했기 때문에 온 거지."

티치와 나는 잠자코 서로를 힐끗 쳐다보았다. 여러 날 동안 계속된 초조한 기대로 우리는 둘 다 기진맥진한 상태였고, 이 비좁은 숙소의 가물가물한 갈색 불빛 속에서 티치는 초췌하고 몹시 지쳐 보였다. 그 안은 열기로 숨이 막힐 듯하고 동물 지방 냄새가 음침하게 났으며, 가장 크게 울리는 것은 다른 남자들이 턱으로 우적우적 씹어 대는 소리였다. 그 남자들은 여기 미스터 와일드의 작은 야영지의 일부였다. 비록 그와 미스터 페터가 고립을 간절히 원하기는 했지만, 두 백인 남자가 이런 평원에서 자기들끼리만 살 수는 없었기 때문이다. 미스터 페터가 그의 에스키모 동료와 함께 오가며, 전초 기지에서 미스터 와일드에게 필요한 물품이며 도구를 공급했다. 누구라도 미스터 와일드 자신은 에스키모들과 교류가 거의 또는 전혀 없다는 사실을 감지할 수 있었다 — 그들은 오로지 불가피한 존재, 사망에 대비한 보험일 뿐이었다. 미스터 페터가 그의 중개자였고, 사실상 그가 대화를 나누는 것처럼 보이는 유일한 사람이었다. 그들은 좀처럼 별다른 소리가 들리지 않는 이글루에 앉아서, 따뜻한 주황색 불빛 속에 손을 분주히 움직여 그림자를 드리우고 있었다. 그는 미스터 페터에게 상냥했고 심지어 자애롭기까지 했다. 심지어 한번은 미스터 페터의 목덜미의 희끗희끗해져가는 머리카락을 부드럽게 잡아당기기까지 하면서, 그를 아주 많이 만졌다. 티치는 그들이 이야기를 나누는 동안 자신의 손을 자주 바라보았다. 그는 점점 더 안절부절못했고, 그 인공적인 불빛 속에서 얼굴이 빨개진 듯 보이기 시작했다. 미스터 페터는 그저 잠시 머무른 다음, 곧 또다시 심부름을 하러 에스키인들 중 한 사람과 떠났다.

"많은 소문이 돈다는 걸 알고 있었어." 티치가 한 번 더 그 사기 사건의 모든 여파를 설명하려 했을 때, 미스터 와일드가 말했다. "나는 페터가 멕시코의 한 동료로부터 내 죽음에 대해 묻는 편지를 받았을 때, 처음 그 소문을 알게 되었어. 우리는 독일에서 편지가 한 통 더 오고 나서야 비로소 그걸 심각하게 생각했지 — 하이델베르크의 한 친구가 내 죽음을 애도하는 편지였어. 하지만 나는 그 소문이 너와 네 어머니 귀에 들어갈 거라고는 전혀 짐작 못 했다. 인간의 어리석음의 용감무쌍한 본질을 너무 과소평가했던 것 같아. 몸서리가 쳐지는구나. 만일 그 소문이 얼마나 널리 퍼질지 예상했더라면, 당연히 그 거짓을 불식시킬 소식을 보냈을 거야. 사실 네 어머니에게 즉시 짧은 편지를 보낼 필요가 있겠구나."

"그런데 누가 그 거짓말을 꾸며 냈을까요? 그게 어떻게 우리 귀에 들어왔을까요?"

"얘야, 고도 때문에 청력이 손상되기라도 한 거니? 방금 나도 모른다고 했잖아."

티치는 잠자코 있었다.

그의 아버지의 윗입술이 나무 이 위에서 고통스러울 정도로 씰룩거렸고, 나는 그가 미소를 지으려 하고 있음을 알아차렸다. "이 먼 길을 와서 보여 준 네 다정한 마음은 정말 고맙구나, 크리스토퍼. 비록 이제는 그게 헛수고였다는 걸 알겠지만 말이다."

티치가 자기 손을 물끄러미 내려다보았고, 잠시 동안 두꺼운 옷을 입은 남자들이 움직이며 내는 부스럭 소리만 들렸다.

이윽고 티치가 말했다. "어머니께 편지를 쓰실 때, 제가 여기 왔다는 건 언급하지 말아 주세요."

"또 뭘 훔쳐서 도망친 거니?" 미스터 와일드가 턱을 슬슬 긁으며 껄껄 웃었다. "아, 크리스토퍼."

나는 졸려서 자꾸 끊어지는 그들의 목소리에 귀를 기울였지만, 마치 둘 다 유령의 목소리인 양, 너무나 희미하고 허허로웠다.

갑작스럽게 나는 잠에서 깨어났다. 티치와 나에게는 이불로 쓰는 두꺼운 모피가 덮여 있었고, 곁에는 불 켜진 물개 기름 양초가 놓인 작은 접시가 있었다. 바닥에는 맨 아래에 널빤지가, 그리고 그 위에는 모피들이 깔려 있었다. 대체 이런 황무지 어디서 나무를 구했는지 짐작도 할 수 없었지만 말이다. 아마 전초 기지의 무역선에서 구했을 것이다.

맞은편 벽에 기대 쌓여 있는 것은 불로 지져 숫자를 새긴 나무 상자들이었는데, 우리 때문에 흩트러져 있지는 않았다. 나는 누워 있었는데, 거의 즉시 극도의 피로가 물밀듯이 밀려드는 게 느껴졌다.

"티치." 내가 속삭였다. "처음에 그분을 봤을 때, 무슨 생각을 하셨어요? 틀림없이 몹시 충격적이면서도 몹시 행복하셨을 거예요."

"행복하기보다는 오히려 충격적이었던 것 같아. 정말이지, 충격에서 벗어나기가 힘들어. 게다가 다시 아버지 곁에 있자니, 그분이 얼마나 — 그래, 얼마나 복잡할 수 있는 분인지 생각했어." 그가 어깨를 으쓱했다. "잘 모르겠어."

"저는 그분의 야영지가 이렇게 클 거라고는 생각도 못 했어요."

"그래."

"그분은 여기 오래 계셨지요?"

"일평생인 셈이야. 여기 오시기 전에도, 여기 계셨지."

"이제 우리는 어떻게 할 건가요, 티치? 그분이 우리를 여기에 숨겨 주실까요? 얼마 동안이나요?"

"자거라, 워시." 티치가 속삭였다. "그걸 상의할 시간은 충분할 거야."

"음, 네." 나는 그렇게 말하고, 모피로 몸을 더 폭 감쌌다.

"어서 자." 그가 한 번 더 말했다.

그리고 나는 그렇게 했다.

그 이글루, 그러니까 얼음으로 만든 집은 정말로 따뜻하고 매력적인 피난처라는 게 입증되었다. 나는 편안하고 만족스러운 기분으로 잠에서 깨어났고, 푸른빛이 감도는 그 안락한 온기 속에서 내가 얼마나 늦게까지 잤는지 알 길이 없었다. 티치는 이미 깨서 어디론가 가고 없었고, 그의 모피는 단정하게 돌돌 말려서 널빤지 침상 발치에 놓여 있었다.

밤중에 눈이 내려서, 티치가 진눈깨비를 우리 이글루의 입구에서 어디로 쓸고 갔는지가 보였다. 나는 두 번째 이글루로 이어지는 그의 부츠 자국의 흔적을 알아볼 수 있었다. 나는 책상다리를 하고 아버지와 함께 안에 앉아 있는 그를 보았는데, 그들 두 사람은 회색 고무 같아 보이는 걸 아침으로 먹고 있었다.

"워시." 티치가 조심스러운 미소를 지으며 말했다. "들어와, 어서. 이 음식은 쓰기는 해도, 영양가가 있어. 손가락에 담아, 이렇게."

나는 그가 먹으며 미소 짓는 걸 지켜보았지만, 그가 꿀꺽 삼켰을 때는 살짝 몸서리를 쳤다.

"다른 건 없어요?" 내가 말했다.

"얘야, 고급은 아니란다." 미스터 와일드가 말했다. "하지만 너를 죽이고 싶어 하는 곳에서 너를 살려 두기에는 충분해. 먹고 기운 내서 정신 바짝 차려."

나는 그 늙고 꾀죄죄한 과학자를 힐끗 보았지만, 그가 농담을 하고 있는지 아닌지는 알 수 없었다.

그 회색 물질은 네모난 모양으로 대충 잘려 있었다. 나는 혀를 내밀어, 그것을 소심하게 핥아 보았다.

"맛보지 마, 워시" 티치가 웃음을 터뜨렸다. "재빨리 두 번 씹고 단번에 꿀꺽 삼켜. 그러면 끝이야."

"얘야, 그 맛이 점점 더 마음에 들 거야. 나도 처음에는 그걸 좋아하지 않았어. 하지만 지금은 별로 개의치 않아." 미스터 와일드가 껄껄 웃었다.

"그런데 누가 이 별미를 아버지께 소개했나요?" 티치가 말했다. "아버지 밑에서 일하는 사람인가요?"

"페터?"

"그러니까 제 말은, 아버지 에스키모요. 저희를 자기 썰매에 태워서 여기까지 데려온 사람 말이에요."

"헤시어드? 하지만 그는 우리 하인이 아니야." 미스터 와일드의 얼굴에서 미소가 사라졌고, 그는 못마땅하다는 듯 기묘한 눈빛으로 티치를 흘낏 보았다. 나는 그의 격한 성미를 알아차리고 그 신속성을 두려워하기 시작했다. "다른 누구보다도 너라면 그 점을 이해할 거라고 생각한다, 크리스토퍼."

티치가 얼굴을 붉혔다. "헤시어드는 아버지와 페터에게 고용되어 있는 게 아닌가요?"

"그는 자기 선택에 따라 마음대로 오간다. 그의 언어에 '하인'이라는 뜻을 가진 단어는 없어. 그는 그 개념을 전혀 이해하지 못할 거야." 미스터 와일드는 얼굴을 찡그리며, 앞에 있는 얼음 속으로 어떤 노란색 가루를 톡톡 두드려 넣었다. 나는 그 노란색이 표면에 스며 나와 번져 가는 것을 지켜보았다. "헤시어드는 이 지역 부족 사람이 아니야, 크리스토퍼. 그의 부족민들은 훨씬 더 먼 서쪽에 있어. 그는 우리 일행이 교역소의 타락자들보다는 더 어울릴 만하다고 생각해."

"왜 타락자예요, 미스터 와일드?" 내가 조용히 물었다.

그가 조용히 내뱉듯 말했다. "응?"

"왜 그들을 타락자라고 부르시나요?" 내가 한 번 더 말했다.

"그런 사람들이니까. 그들은 술주정뱅이에 지독한 모사꾼들이고 자기 여자들을 데리고 선원들을 상대로 포주 노릇까지 해." 그는 퉁명스럽게 이렇게 말했다. 나는 칼리오페호가 짐을 내리는 동안 자신들의 카약에 타고 있는 그 남자들을 보았지만, 그다지 확신이 들지는 않았다. 그 무역상을 제외하고는, 내가 여기서 마주친 사람은 모두 성실하고 부지런해 보였다. 하지만 나는 내 생각을 혼자서만 간직했다.

"헤시어드는 별난 이름이에요." 대신 나는 그렇게 말했다.

"그건 그의 이름이 아니야. 이곳 사람들 중 몇몇이 그를 위대한 시인이라고 여기기 때문에 우리가 그를 헤시어드*라고 부르는 거지. 그의 진짜 이름은 발음하기가 너무 어려워." 미스터 와일드는 얼굴이 일그러질 정도로 입술을 길게 벌리더니, 나무 이들을 드러내며, 목 뒷부분에서 나오는 듯 낮게 끙끙거리는 소리와 깍깍거리는 소리들을 연달아 길게 냈다. "이게 내가 낼 수 있는 가장 비슷한 소리야."

"대단히 흥미롭네요." 티치가 말했다. "보르네오섬 원주민들의 언어와 상당히 닮았군요."

"하!" 그의 아버지가 혐오스럽다는 듯 말했다. "어디 그 성문 폐쇄음을 잘 들어 보고 나서 그런 소리를 해 보지 그러니. 보르네

* 기원전 8세기경 그리스 시인인 헤시오도스의 영어식 이름. 헤시오도스는 민중의 일상생활과 농업 노동의 존귀함을 노래했으며 영웅 서사시에 뛰어났다.

오섬의 언어라니! 너는 언어학적인 감각이 전혀 없구나, 크리스토퍼."

"저는 항공학 연구에 집중해야 해요." 티치가 두 뺨을 붉히며 말했다.

"네가 바베이도스에서 계속하고 있었던 게 그거니? 공기보다 더 가벼운 구소물을 만드는 거?"

티치는 약간 놀란 듯 보였다. "이래즈머스 형이 그걸 편지에 써 보냈나요?"

그의 아버지가 어깨를 으쓱했다. "그 애는 네가 거기서 자기 자산을 낭비하고 있다고 했을 뿐이다. 그게 어떤 성격의 낭비인지는 알리지 않았어." 그가 껄껄 웃었다. "아, 이 녀석들아. 늘 서로에게 짜증을 내는구나. 지금 얘기가 나왔으니 말인데, 나는 수개월간 네 형에게서 편지를 받지 못했어."

티치가 얼굴을 찡그렸다. "형은 아버지가 돌아가셨다고 생각해요, 아버지."

"아, 그렇구나. 알았다."

나는 티치가 그의 작업, 그러니까 우리의 작업을 설명하기 위해 준비하면서, 자세를 바꾸고 목청을 가다듬는 것을 지켜보았다. 하지만 그가 이야기를 시작하기도 전에, 그의 아버지가 또다시 말을 하기 시작했다.

"헤시어드가 아니라 페터가 내 진정한 조수야." 미스터 와일드는 마치 그 사실을 인정받기라도 하겠다는 듯, 내게 그렇게 말했다. "지금까지 나와 이 세월을, 아, 22년을 함께했지. 우리 실험의 세부 사항들을 정리하는 건 바로 그야. 기구들을 실어 나르고, 시료를 채취하고, 우리가 북쪽의 황무지로 걸어 들어가서 다시는 나오지 못하는 일이 없도록 하는 것도 그야. 그는 수년간 내 가장 진정한 동반자였어." 그가 이야기를 하는 동안, 나는 티치의 얼굴에 굴욕적인 표정이 스쳐 지나가는 것을 보았다. 그의 아버지는 잠시 말을 멈추고서야 비로소 그는 힐끗 쳐다보았다.

미스터 와일드는 두툼하고 가죽 같은 손으로 내가 있는 방향을 가리켰다. "너와 네 소년 사이와 상당히 비슷하지. 동지 사이야."

"저는 아닌 것 같은데요." 티치가 장난스럽게 말했다. 그는 밖에서 조용히 지나가는 남자들을 힐끗 바라보았다. "이 모든 사람과 의사소통을 하지 못하고, 그들의 이야기와 역사를 배우지 못하는 건 낭비 같지 않으세요? 아버지는 언어에 능한 분이세요. 왜 지금껏 그들의 언어를 배우려고 시도하지 않으셨나요?"

하지만 티치의 아버지는 이미 몸을 돌리고, 종이가 다 뒤틀린 채 낮게 쌓여 있는 한 무더기의 가죽 장정 책들을 샅샅이 뒤지는 중이었다.

이제 티치는 목청을 가다듬은 다음, 아버지의 등에 대고 이야기했다. "아버지, 저희가 어떻게 가까스로 여기에 도착했는지 믿기 힘드실 거예요. 제가 비행기구에 묶여 있는 소형 범선을 그린 아버지의 스케치들을 고쳐 그렸던 거 기억하세요? 3, 4년쯤 전이었나요?"

"그걸 어디에 뒀더라?" 미스터 와일드가 여전히 그의 책들을 분류하면서 중얼거렸다.

티치는 내게 설핏 어색한 미소를 지어 보이고, 또다시 자기 아버지의 등을 바라보았다. "저는 그걸 제 구름 범선이라고 불렀지요. 생각나세요?"

그의 아버지는 뒤지고 또 뒤지면서, 중얼거렸다. "아. 맞아 — 그 지긋지긋한 배. 기억난다. 설마 네가 실제로 그걸 건조하려고 시도했다는 건 아니겠지?"

"시도 이상으로 잘해 냈어요, 아버지 — 워싱턴과 저는 그걸 완성했어요. 저희는 그걸 만들어서, 페이스의 어느 작은 산 정상에서 처음으로 띄웠어요."

그의 아버지가 휘둥그레진 비판적인 눈으로 몸을 홱 돌렸다. "그러면 그건 어디에 있지?"

티치의 눈길이 자기 무릎을 스쳤고, 그는 설핏 소심한 미소를 연신 지어 보였다. "유감스럽지만 바다 밑바닥에 있는 것 같아요."

"하지만 만일 폭풍우가 불지 않았다면, 저희는 계속 공중에 떠 있었을 거예요." 내가 수줍게 끼어들었다. "어쩔 수 없는 상황일 뿐이었어요, 나리. 그건 그 어떤 것 못지않게 아주 튼튼하고 실용적인 배였어요. 그걸 보셨다면 자랑스러우셨을 거예요, 나리."

미스터 와일드는 듬성듬성 엉켜 있는 그의 검은 턱수염을 흔들며 껄껄 웃으면서, 나를, 그다음에는 티치를 흘낏 쳐다보았다. "이런, 나는 네가 비행선 조종보다는 짐 운반을 더 잘하는 사람이면 좋겠구나. 페터가 오늘 아침 일찍 떠났어. 네가 내 도구들을 운반해 주면 좋겠어."

며칠이 지나갔다. 시간은 한순간 저도 모르게 쏜살같이 흘러가 버렸다. 티치는 구름 범선을 다시는 언급하지 않았고, 그의 아버지는 그것에 대해 묻지 않았다. 대신, 그들은 기이할 정도로 무심한 태도로 그들의 가정사에 대해 이야기했다. 페이스 농장에서 그 임종 소식에 비통해 했던 남자와 닮은 구석이 없는 티치의 언행에는 거리감과 비딱한 기미가 있었다. 나는 이것이 그의 아버지가 저지른 짓이라는 것을 — 미스터 와일드는 심장 대신에 고장 난 기계 장치를 달고 있는 사람이라는 것을 — 깨달았다. 나는 그가 아예 사랑하지 않는 것은 아니라고, 그저 간간이 사랑할 뿐이라고 여기게 되었다.

그들은 몇 시간이고 계속 이야기했다. 나는 귀를 기울였다. 나는 나 스스로는 결코 상상조차 못 했을 티치의 삶과 세계에 대해서 알게 되었다. 나는 그의 어머니에 대한 이야기들, 그들의 파리 여행의 전말을 들었다. 그들의 영국 토지에 있는 유독한 꽃들로 가득 찬 온실에 대한 이야기들을 들었다. 그리고 나는 정말 기묘하게도, 소년 시절의 이래즈머스 와일드에 대해, 어떻게 티치와 그의 형이 사유지에 있는 호수에서 벌거벗은 채 헤엄을 친 다음 여전히 옷을 입지 않은 채로 하인들을 깜짝 놀래면서 저택 복도들을 죽 달리곤 했는지에 대해 들었다. 나는 이래즈머스와 티치가 아프리카 제사장이 되겠다는 뚱딴지같은 생각으로 몸에 칠을 한 다음, 식당 가구로 안뜰에 모닥불을 피우고, 어머니가 공포에 질려 두 소년에게 물을 몇 동이나 퍼부을 때까지 그 불빛 속에서 기도문을 읊조리고 노래를 불렀던 밤에 대해 들었다. 미스터 와일드가 어떻게 티치를 데리고 래닐러 가든*에서 노리치의 비행

* 1742년 런던, 첼시에 문을 연 공원.

선이 떠오르는 걸 보러 갔었는지에 대해 들었다. 그 기구는 바다로 천천히 곤두박질치기 전까지는 하늘에서 완벽하게 빛나는 구체였다고 했다. 나는 심지어 그 기구 조종사가 물에 빠져 죽는 동안에도 어떻게 미스터 와일드가 기체의 개념을 설명하며 서 있었고, 어떻게 티치가 그 사고를 보고 덜덜 떨기 시작했으며 그랜본으로 반쯤 돌아가는 길에야 비로소 떨림을 멈출 수 있었는지에 대해 들었다. 또한 티치가 열 살 되던 해에 얼마나 아프고 허약했으며 어쩌다가 몸무게를 반이나 잃었는지에 대해, 이 암울한 시기에 어떻게 그의 형이 그가 아주 자그마해졌다는 이유로 그에게 '티치'라는 별명을 붙였는지에 대해 들었다. 나는 어떻게 의사들이 사혈을 하자고 주장하고 그의 어머니가 그들을 막았는지에 대해서도 들었다.

"얘야, 네 어머니가 네 목숨을 구했어." 미스터 와일드가 갑자기 다정하게 말했다. "정말 총명한 여자야."

나는 그를 신기하게 바라보며, 이 땅딸막하고 씻지도 않은 못생긴 남자가 자기 아내와 함께 있는 모습을 상상해 보려 애썼다. 그는 이제 자기 아내, 애비게일 와일드에 관한 추억을 말하기 시작했다. 리버풀에서 보낸 그녀의 청춘기, 그리고 어떻게 그들이 무도회에서 처음 만나 손으로 베낀 지도의 복잡한 부정확성과 유럽 대륙의 표준 도량형 부재에 대해 동틀 녘까지 이야기했는지를 기억해 내면서 말이다. 그는 그 순간부터 청년기 내내 그의 삶을 에워쌌던 고독이 그의 운명이 아닐지도 모른다는 것을 알았다. 티치는 이 말에 대해 잠자코 있었다. 그는 그저 이렇게만 말했다. "형과 저는 어머니가 오후에 이탈리아어 수업을 받으려 앉아 계실 때나나 어머니를 지켜보곤 했어요. 어머니는 저희가 아는 가장 아름다운 존재였지요."

"너희는 어린아이들이었어." 그의 아버지가 말했다. "너희는 아름다움에 대해 아무것도 몰랐어."

"어린아이들은 아름다움에 대해 모든 것을 알고 있어요." 티치가 부드럽게 반박했다. "잊고 지내는 건 바로 어른들이지요."

7

어떤 날은 바람이 빙원을 가로지르며 쌩쌩 불어와, 눈이 옆으로 흩날렸다. 미스터 페터는 매일 아침 길을 트며 야영지를 나섰다가 해 질 녘에 돌아왔다. 나는 그가 가려는 곳이 전초 기지일 거라고 생각했지만, 전적으로 확신하지는 못했다. 나는 그를 지켜보면서, 그가 섬세하고 똑똑하며, 문제 해결 방식이 차분하고 실용주의적인 남자임을 알았다. 나는 왜 그가 자신의 삶을 종잡을 수 없이 변덕스러운 미스터 와일드에게 바치기로 선택했는지 이해할 수가 없었다.

또한 아침마다 티치의 아버지는 현미경을 이용해 다양한 종류의 얼음을 연구하는 데 전념하는 공간인 네 번째 이글루에서 실험에 몰두했다. 그는 얼음으로 뒤덮인 바다에서 찾아낸 아주 작은 생명체들에 대해 상세히 이야기했고, 조심스럽게 꼬리표를 붙여 상자에 담아 놓은 흐트러진 뼈들을 보여 주면서 그것들을 빼앗긴 괴물에 대해서 묘사했다. 그는 그것을 바다코끼리라고 불렀다. 그는 내게 긴 나선형 뿔을 보여 주면서, 그것이 얼음 밑에서 사는 날렵한 흰고래의 것이라고 말했다.

어느 날 나는 한 표본을 스케치하며 앉아 있었다. 그리고 비록 전에도 수많은 스케치를 해 보았지만, 갑작스럽게 나 자신에게 — 손톱 밑에 늘 때가 껴 있는 그 가늘고 떨리는 손가락들로 내가 창조해 낼 수 있는 것에 대해 — 깜짝 놀랐다. 그 형상은 그림이라기보다는 유령, 그러니까 잉크의 영적인 광택으로 표현된, 그 표본의 사후 세계에서의 모습인 것처럼 보였다. 기나긴 그 몇 달 동안 나는 얼마나 멀리 왔으며, 또 예술과 삶 둘 다에서 얼마나 많이 성장했던가.

나는 목덜미에 숨결을 느끼고 고개를 돌렸다가 미스터 와일드가 내 어깨 너머로 스케치를 유심히 들여다보고 있는 것을 발견했다. 나는 흠칫했다가, 다시 고개를 돌려, 그의 얼굴이 거의 내 눈 높이에 있고 그의 목구멍에서 생선 냄새 나는 숨소리가 그르렁거리고 있음을 깨닫고는 언제나처럼 깜짝 놀라며 그 작은 남자를 마주 보았다. 그의 눈은 티치와 똑같이 밝은 초록색이었지녔지만, 더 작고 더 무정했으며 홍채에는 아주 작고 묘한 빛들이 반짝거렸다. 그는 내 손과 종이를 빤히 내려다보았는데, 마치 그의 두 눈은 내 스케치의 획 하나하나를 세밀하게 분석하는 중이기라도 한 것 같았다.

"흠." 그가 놀랐으면서도 동시에 그리 대단치 않게 생각하는 듯 들리는 목소리로 말했다. "그런 데 재능이 있군."

그런 다음 그는 내게 미소를 지어 보였는데, 나무 이와 잇몸만 보이는 그 미소는 마치 찰나의 폭력 같았다. 그 미소를 보는 순간, 내 안에서 무언가가 움츠러들었다. 마치 어떤 둔감한 생명체가 비정상적인 행동을 하는 것, 마치 어떤 온실 식물이 말하는 법을 배워 알고 있는 모습을 지켜보고 있기라도 한 것처럼 그의 강렬한 경외심과 조롱이 동시에 느껴졌다.

나는 오후마다 스케치를 멈추고, 대신에 티치와 그의 아버지와 함께 걸어 다니며 미스터 와일드가 주변에 놓아 둔 다양한 작은 우리들과 덫을 확인하곤 했다. 그것들은 어김없이 비어 있었다. 어느 날 오후 우리는 깊이 파인 북극곰의 발자국들을 우연히 발견했다. 우리는 몇 시간 동안 그것들을 따라갔고, 사방이 툭 트인 빙원에 이르렀을 때, 그 자취가 사라져 버렸다. 그때 미스터 와일드가 제정신을 차리고, 점점 어두워지는 하늘을 힐끗 바라보았는데, 그의 두 눈에는 깜짝 놀란 빛이 역력했다. 우리는 급히 야영지로 몇 마일을 다시 걸어, 지평선상에서 모든 것이 캄캄해지는 바로 그 순간에 도착했다.

나는 이런 모든 일을 정말 흥미롭게 관찰했다. 하지만 이제 와 깨닫고 보니, 내 진정한 연구 대상은 여전히 티치라는 흥미로운 사람이었다. 나는 그가 점점 더 자기 안으로 침잠할까 봐 걱정스러웠다. 그와 그의 아버지 사이에 깊은 사랑이, 말로 표현되지 않았기에 내가 짐작할 수는 없었던 사랑이 분명히 있었을 거라고 생각한다. 하지만 대부분의 사랑이 그렇듯, 그것은 불분명하고 고통스럽고 혼란스러웠으며, 내가 보기에 티치는 지나치게 열렬하고 너무 자주 상처를 받는 것 같았다.

나는 그에게 슬픔이 밀려오고 있음을 알 수 있었다. 일종의 느린 체념이었다. 나는 그가 자기 아버지 때문에 — 그 남자에게 깊은 인상을 주지 못한 것 때문에, 필립이 자살을 했고 우리가 지금 몸을 숨기고 있다는 사실을 어떻게 설명할지 때문에 — 고뇌하고 있음을 알았다. 매일 밤, 우리가 비좁고 어두운 이글루 안에서 모피 속에 누워 있을 때면, 나는 티치의 숨소리에 귀를 기울이며 그의 내면에서 마치 더위처럼 더 심해지는 두려움을 느꼈다. 나는 걱정스러웠다.

결국 나는 더 이상 입을 다물고 있을 수가 없었다. "그분께 말씀드려야만 해요, 티치." 내가 어둠에 대고 말했다. "그분은 무슨 일이 있었는지 아셔야만 해요."

"이 모든 게 함정이라고 생각하니? 이래즈머스 형과 필립이 형은 페이스에서 벗어나고 나는 거기에 가둬 두려고, 우리 아버지가 돌아가셨다는 거짓말을 꾸며 냈다고?"

"하지만 그건 미친 짓이에요. 아버지도 그 소문을 익히 알고 계셨다는 걸 생각해 보세요. 아뇨, 저는 그런 것 같지는 않아요."

"그래, 네가 옳아." 그가 중얼거렸다.

"제발 그분께 모든 걸 털어놓으세요, 티치."

그는 어둠 속에 가만히 누워 거칠게 숨을 쉬면서 아무 말도 하지 않았다.

그날 밤 나는 몇 달 만에 처음으로 빅 킷의 꿈을 꾸었다. 우리는 해 질 녘에 사탕수수밭 가장자리에 서 있었고, 어두워지는 하늘 곳곳에서는 아주 작은 벌레들이 먹이를 잡아먹고 있었다. 아지랑이처럼 어스름한 빛이 후광처럼 킷의 머리를 에워싸고 있어서, 나는 그녀의 얼굴을 알아볼 수가 없었다. 그녀가 손을 내밀어 내 손을 잡았는데, 그 감촉은 소름 끼칠 정도로 차가웠다. 나는 그녀에게 안에 두꺼운 모피를 댄 벙어리장갑 한 켤레를 주었다. 그런 다음, 어찌 된 일인지 우리는 눈 속에 서 있었고, 우리 주변의 세상은 온통 새하얬다. 킷의 얼굴은 내게 경이롭고, 검고, 침울하고, 아름다워 보였다. 나는 그 얼굴을 유심히 쳐다보았다.

"너는 내 눈이야, 워시." 그녀가 내게 말했다.

그리고 그녀는 손가락을 들어 올려, 억지로 자신의 눈을 안으로 밀어 넣었다. 그 눈구멍에서 푸른색 빛이 확 퍼져 나왔다.

평온하고 행복한 느낌이 — 기이한 일이다 — 밀려오는 것이 느껴졌다. 나는 신뢰라는 큰 선물이 내게 베풀어지고 있음을 깨달았다.

어둠 속에서 깨어났을 때, 나는 눈물을 흘리고 있었다.

이튿날 아침 티치가 그의 아버지와 함께 야영지 주변으로 우리들을 점검하러 갔을 때, 나는 그와 동행하지 않았다. 더 정확히 말하면, 나는 나를 좇는 그곳 남자들의 눈길을 받으며, 야영지 가장자리까지 걸어가서, 이글루를 생생하고 세밀하게 스케치했다.

그날 오후 마침내 아버지의 관찰용 이글루에서 돌아왔을 때, 티치는 무거운 옷을 벗는 수고조차 하지 않은 채, 벙어리장갑을 빤히 쳐다보며 우리 거처의 흐릿한 불빛 속에 한참 동안 앉아 있었다. 나 역시 야외에서 입는 옷을 차려입고 있었는데, 아무리 해도 몸이 충분히 따뜻해지지 않았기 때문이다. 나는 내 장갑의 엄지손가락 부분에 난 작은 구멍을 꿰매려고 안간힘을 쓰면서 실을 꿴 바늘을 줄곧 서툴게 만지작거리고 있었다. 나는 흘낏 티치를 건너다보았지만, 말을 하지는 않았다. 우리는 한참 동안 움직이지 않고 앉아 있었다. 그러는 동안 밖에서는 거친 날씨가 휩쓸고 지나갔다.

마침내 티치가 붉어진 얼굴을 문지르며 몸을 움직였다. "가족이 어떤 건지 아니?" 그가 씁쓸하게 말했다. 그는 고개를 돌려 내 눈을 마주 보며, 잠시 동안 나를 유심히 살폈다. "너는 가족이 어떤 건지 몰라. 한 번도 가족을 가져 본 적이 없으니까. 그래서 그게 중요하다고 생각하는 거야." 그는 무릎걸음으로 이동하더니, 바닥 근처 얼음 선반 옆에서 짐을 끌어당겨, 거기에 식량을 채우기 시작했다.

"그럼, 그분께 말씀드린 거예요?" 내가 안절부절못하며 말했다.

티치는 계속 짐에 우리의 식량을 쑤셔 넣었다.

"그분이 뭐라고 하셨어요? 티치?"

그는 흐릿한 불빛 속에서 삐걱대며 무릎걸음으로 움직일 뿐 여전히 아무 말도 하지 않았다.

"설마, 우리를 내쫓으시려는 건가요? 그분께 제가 그 일, 그러니까 그 죽음과 아무 상관도 없다는 걸 강조하셨기를 바라요. 그리고 그 미스터 윌러드가 — "

나는 내 목소리가 흔들리며 서서히 가라앉게 내버려 두었다.

티치가 잠시 동작을 멈춘 상태로, 상체를 젖혀 엉덩이를 대고 앉아 나를 찬찬히 보고 있었다. "그분이 필립의 죽음에 대해 알게 되었을 때, 뭐라고 하셨는지 아니? 그분 말씀이 뭐였는지 알아? '그 애는 너무 자기밖에 몰랐어.'" 티치는 비참한 듯 웃음을 터뜨렸다. "그분이 바로 우리가 상대하고 있는 사람이야, 워시. 그분이 바로 내 아버지라는 남자라고."

내가 머뭇머뭇 말했다. "그분이 미스터 윌러드에 대해서 알고 계시나요? 그가 무슨 짓을 할 작정인지 알고 계세요?"

"아버지는 이래즈머스 형이나 우리 어머니 중 어느 한쪽에 자신이 여전히 살아 있다는 사실을 알리기를 꺼리시는 것 같았어. 그분은 그들을 깜짝 놀라게 하고 싶지 않다고 계속 말씀하셔. 내 생각에는 그들이 모르는 채로 있는 게 약간 유리하다고 보시는 것 같아. 그들이 그분이 죽었다고 믿으면, 당장은 그들한테 시달리실 필요가 없거든 — 자신의 연구, 페터와 함께하는 이곳에서의 삶을 그냥 계속 이어 갈 수가 있지." 그가 얼굴을 찡그리며 터진 입술을 축였다. "나는 아버지가 여전히 살아 있다는 증거 없이는, 페이스에 계속 남아 있으라고 형을 밀어붙이기가 힘들 거라고 설명했어. 내 말만 가지고는 설득력이 전혀 없을 거라고 설명했어. 그분은 못 알아듣는 척을 하셔. '네 형의 사업상 거래에 간섭할 생각은 추호도 없다.' 이게 그분이 실제로 하신 말씀이야. 그분은 자신의 연구 자금이 어디에서 나오는지를 충분히 알고 계셔." 티치는 화가 나서 부츠에 침을 뱉었다. "이런 사람이 내 가족이야, 워시. 이게 내 혈통이야." 그는 고개를 절레절레 흔들었다. "그분 자신이 바로 이 거짓 정보의 출처라는 걸 알게 된다고 해도 전혀 놀랍지 않을 거야."

나는 심장이 가슴 속에서 갈팡질팡하는 동안, 그의 말을 고작 반만 이해한 채, 그를 빤히 쳐다보고 있었다.

"나는 어디에도 머물지 않을 거야." 그가 비통하게 말했다. "내 말 알아듣겠니? 나는 영국에 머물지 않을 거고, 아메리카에 머물지 않을 거고, 서인도 제도에도 머물지 않을 거고, 확실히 여기에도 머물지 않을 거야."

그 순간 두려움이 나를 엄습했다. 우리는 이 세상의 정상에 도달한 것 같았다. 그러므로 숨기에 더 좋은 곳은 없을 것이다. 나는 미소를 지으려 안간힘을 썼다. "그런 곳들 중 그 어디에도 저를 위한 곳 역시 없어요. 그럼, 우리 어디로 갈까요?"

하지만 티치는 다시 한번 나를 외면하고, 침묵을 지켰다. 나는 느닷없이 불안감을 느꼈다. 나는 그의 옆얼굴의 들쭉날쭉한 윤곽을 유심히 살피며, 흐릿한 불빛 속에 그의 입가에서 마치 가느다란 머리카락처럼 길게 뻗어 나간 흉터의 하얀 선을 보았다. 어쩐지 그가 말하지 않은 무언가가 더 있는 것 같았다. 그를 분노를 넘어 절망으로 몰고 간 무언가가.

"티치." 내가 다정하게 말했다. "저는 티치가 원하는 곳이면 어디든 갈 거예요."

그가 나를 바라보았을 때, 그의 두 눈은 빨갰다.

"저는 어디든 갈 거예요."

"너는 한결같아, 워시." 그의 표정은 읽기가 힘들었다. 그가 두툼한 장갑을 낀 채로 내 두 손을 마주 잡았고, 우리 둘은 그 작은 이글루 안에서 무릎을 꿇고 있었다. 램프에 담긴 물개 기름의 자욱한 그을음에 실내 공기가 거뭇해지고 있었다. 그가 마침내 말했다. "내가 아무리 변해도, 너는 나를 알아볼 거라는 걸 알아."

나는 전혀 이해하지 못한 채 그를 빤히 쳐다보았다.

"네 삶은 내 것이 아니야. 내 말 알아듣겠니? 나는 네게 여기까지 동행해 달라고 요구하지 않았어." 그가 목청을 가다듬었다. "내 말은, 우리가 북쪽에 있다는 거야, 워시. 이곳이 어퍼캐나다는 아니지만, 너는 여기서 안전할 거야." 그가 나를 돌아보았고, 나는 그의 눈에서 고뇌를 보았다. "나는 페터와 합의를 봤어. 그가 네 안전을 책임질 거야. 네게 돈과 식량을 남겨 놓았어."

"도대체 무슨 말을 하는 거예요, 티치?"

이내 그는 그의 필수품 꾸러미를 집어 든 다음, 내 곁을 떠나 기어갔다. 그것을 먼저 입구 밖으로 밀어내고는 꿈틀거리며 그날의 지독한 추위를 향해 빠져나갔다.

눈이 마구 비껴 날리고 있었다. 나 역시 이글루에서 기어 나왔을 때, 몸이 바람에 옆으로 떠밀렸다. 모든 것이 새하얗고 눈부셨다. 눈 사이로 떨어져 내리는 묘한 빛에 황량한 느낌이 감돌았다. 나는 어깨를 웅크리며, 눈을 가늘게 뜨고 그 하얀색을 마주 보았다. 티치가 남쪽으로 걷기 시작했을 때, 짐의 무게를 상쇄하기 위해 한쪽으로 쏠린 그의 비뚤어진 실루엣이 보였다. 그의 부츠 자국은 이미 새로 내린 눈으로 채워지고 있었다. 나는 망설이지 않고, 후드를 끌어당겨 얼굴 주위를 단단히 감싼 다음, 이를 악물며 허둥지둥 그의 뒤를 쫓아갔다.

여기서 다시 한번, 교회 관리인 미스터 에드거 패로와 함께했던 버니지아에서처럼, 티치가 내게서 벗어나려 하고 있다는 느낌이 들었다. 그리고 다시 한번 그는 내게 안전한 곳을 마련해 주겠다는 구실로 그러려고 했다.

거기서 나 혼자 앞일을 헤쳐 나가야만 한다고 생각하니 얼마나 부섭던지. 하얀 황무지를 떠올려 보라. 그 믿기 어려운 추위를 생각해 보라. 나는 의지가지없는 열세 살짜리였다. 그래서 나는 두툼한 짐승 가죽에 싸여 뻣뻣한 두 다리로, 그 깊은 눈을 뽀드득 헤치며 고집스럽게 그의 뒤를 따라갔다. 서두르지는 않았다. 그저 그를 내 시야에서 놓치지 않으려고 안간힘을 썼을 뿐이다. 잠시 후 눈이 더 펑펑 쏟아지자, 그는 잠깐 멈춰 서서, 벙어리장갑을 낀 손으로 손뼉을 치며 사방을 둘러보았다. 나는 숨을 헐떡거리며 몇 걸음 떨어진 곳에 서 있었다.

"꼭 유령 같구나." 티치가 내게 큰 소리로 외쳤다. "돌아가."

눈보라의 윙윙거리는 굉음이 점점 더 커지고 있었다. 일찌감치 정오가 지난 때였지만, 빛은 자리만 옮겼을 뿐 어둑해지지 않은 상태였다. 우리는 마치 세상이 사라져 버리기라도 한 듯, 모든 것을 깡그리 지워 버리는 그 순백색 속에 서 있었다.

"너는 나를 떠나지 않을 거야, 워시." 그가 소리쳤다. "심지어 내가 가 버리고 없어도. 그래서 마음이 아파."

나는 이해하지 못했다. 그렇지만 내게는 그가 눈 속으로 들어가 자살할 작정인 것처럼 보였다. "우리 둘 다 되돌아가요." 나는 하는 수 없이 외쳤다. "이런 날씨가 잠잠해질 때까지만이라도요. 그런 다음 함께 교역소까지 갈 수 있을 거예요. 이런 상황에 더 가는 건 미친 짓이에요."

그의 얼굴이 아니라, 그의 후드에서 물결치듯 흔들리는 털들만 보였다. 그가 소리쳤다. "돌아가, 워시."

나는 머뭇거리다가 뒤를 돌아보았다. 눈 속에서 우리의 발자국이 보이지 않았다 — 모든 것이 하얗고 걷잡을 수 없이 거셌다.

그가 소리쳤다. "길을 못 찾겠으면, 그 자리에 그대로 있어. 다른 사람들이 너를 찾아낼 거야."

"우리 둘 다 여기서 기다려야 해요." 내가 소리쳤다. "날씨가 잠해지기를 기다려야만 해요."

티치가 우리 사이의 눈 속으로 그의 짐을 휙 내던졌다.

"그래." 그가 외쳤다.

그는 나를 마주 보고 있었지만, 폭풍 속으로 몇 발짝 뒷걸음질 쳤다.

짐을 서투르게 둘러메다가 비틀비틀 눈 속으로 나자빠질 뻔한 나는 그것과 함께 버둥거렸다. "잠깐만요." 내가 소리쳤다. "이건 너무 무거워요."

"그래." 그가 다시 한번 외쳤다. 하지만 이미 얼굴을 돌려, 마치 귀를 기울여 듣기라도 하는 것처럼, 바람을 마주하고 있었다. 그는 그 순백색을 향해 걸어가기 시작했다.

"티치." 나는 그를 소리쳐 불렀다.

그는 하얀 공동(空洞) 속으로 들어갔고, 그를 에워싼 그 장소의 윙윙거리는 망각은 그를 통째로 먹어 버렸다. 그리하여 그는 자기 삶에서 침착하게 걸어 나가 행방불명이 되어 버린 것이었다.

3부

1834년,
노바스코샤

1

나는 울기 시작했고, 눈물은 곧바로 얼어붙어서 뺨의 피부를 마치 봉합사처럼 잡아당겼다. 티치의 발자국은 이미 바람에 날려 없어져 버렸고, 나는 내 뒤를 혹은 뒤라고 생각한 곳을 유심히 살펴보다가, 세차게 휘도는 하얀 공기를 발견했다. 눈꺼풀이 불타오르고 코는 이미 마비된 듯 아무 감각이 없는 채로, 나는 빙글빙글 돌았다. 극심한 공포가 나를 휩쓸었다. 나는 당연히 내가 이곳에서 벗어날 길을 찾지 못할 테고, 죽을 거라고 생각했다.

무슨 일이 있었을까? 기억나는 게 별로 없다. 내 팔에 닿던 손, 울부짖는 바람을 뚫고 반쯤 들린 채 뒤로 질질 끌려가던 느낌. 사방의 눈. 그리고 그 빛, 그것이 부서져서 연기로 흩어지는 것처럼 보이던 방식, 그리고 내 입안에서 느껴지던 녹(綠) 같은 성에의 맛. 그중 얼마만큼이나 진짜였을까?

나는 연기가 자욱한 주황색 온기 속에서 잠이 깼다. 한쪽 팔꿈치로 바닥을 짚어 몸을 일으키자, 내 물개 가죽이 침상용 널빤지에 스치며 사락거리는 소리가 들렸다. 미스터 와일드가 그을음이 나는 랜턴의 흐릿한 불빛 속에 앉아, 투박한 강철 칼로 말뚝을 뾰족하게 깎고 있었다. 나는 몸을 똑바로 세우고 앉았다.

"얘야, 며칠 동안은 쑤실 거다." 그가 씁쓸하게 미소를 지으며 말했다. "하지만 발가락과 손가락은 지키게 될 거야."

"티치." 눈길을 그 말뚝에 고정하고서 내가 말했다. 이렇게 웅얼거렸다. "티치는 — ?"

그는 잠시 일손을 놓고, 반짝거리는 냉정한 눈으로 나를 유심히 살펴보았다. "바보 같은 내 아들은." 그가 화를 내며 말을 시작했다. 하지만 계속 이어 가지는 않았다.

나는 몸서리치며, 고개를 저었다. "티치는…… 그분은 아직도 저 밖에 있나요? 폭풍 속에요? 미스터 와일드, 나리 — ?"

하지만 노인은 다시 천천히 꼼꼼하게 말뚝을 깎기 시작했다. 흐릿한 불빛 속에서, 나는 그의 얼굴에서 그가 나보다 티치를 더 잘 이해한다는 것을 내게 말해 주는 무언가를 — 아래쪽으로 일그러진 입매, 누그러진 듯한 노여움을 — 포착한 것 같았다.

나는 불안해졌고, 티치가 이 남자의 가장 사랑하는 아들이라는 것을 선명히 인식하게 되었다.

"저를 안전한 곳으로 끌어온 사람이 나리이신가요?" 마침내 내가 말했다.

그는 엉덩이를 대고 편히 앉고 나서, 한참 동안 나를 가만히 지켜보다가 대답했다. "내가 아니다." 그가 마침내 말했다. "페터야. 얘야, 너는 행운의 고리를 목에 걸고 태어났다고 해야 할 것 같구나. 한 시간만 더 있었으면, 너는 얼음에 파묻혀 버렸을 거야." 그는 수늠진 두 손을 떨면서, 퉁명스럽게 다시 말뚝 깎는 일로 돌아갔다. "사람들이 몇 시간째 밖에 나가 있어. 곧 소식이 올 거라고 기대한다." 그가 구레나룻을 긁으면서 쿨럭쿨럭 기침을 했다.

나는 미스터 와일드를, 구약 성서의 신처럼 완고한 그의 얼굴, 사납고 비판적인 그의 두 눈을, 침침한 불빛 속에서 구부정한 자세로 자신의 걱정을 깎아 버리고 있는 노인을 빤히 쳐다보았다.

다음에 말할 때, 내 목소리는 부드러웠다. "나리, 얼마나 됐나요? 제가 얼마나 오래 잠들어 있었나요?"

그는 대답하지 않았다.

시간이 흘러갔다. 미스터 페터와 에스키모들은 티치 없이 돌아왔다가 동이 트자마자 일어나 다시 밖으로 나갔다. 그날이 왔다 갔고, 여전히 그의 흔적은 없었다. 나는 미스터 와일드가 점점 더 안절부절못하는 것을 알 수 있었다. 그는 잠을 거의 자지 못했고 덜 먹었으며, 두 손으로 끊임없이 무언가 사소한 일을 하려고 애쓰고 있었다. 그는 더 이상 덫을 찾아가지 않았고, 대신에 어떤 물건을 깎아서 만드는 쪽을 택했으며, 눈길을 항상 지평선에 둔 채, 자기 이글루의 입구를 지켰다.

그러다가 어느 날 아침 그는 더 이상 참지 못했다. 모든 생존 도구들을 커다란 초록색 자루에 챙겨 넣더니, 쇠약하고 굽은 털 없는 두 다리를 갓 기름 먹인 카리부 가죽에 밀어 넣고 나서, 엄청난 무게의 가방을 지고 눈 쌓인 황무지를 향해 출발했다. 에스키모들이 그를 만류하려 했지만, 그는 그들에게 썩 꺼지라고 고함을 치며, 말을 들으려 하지 않았다. 미스터 페터는 그들에게 그를 보내 주라고 손짓을 한 다음, 비록 뭐라 설명할 수는 없었지만 몹시 가슴 뭉클하도록 다정하게, 아버지인 미스터 와일드마저 행방 불명되지 않도록 지키기 위해 50걸음 정도 거리를 유지하며 뒤따라갔다.

그 당시 내가 주로 느낀 감정은 불안감이었다. 매일 밤, 수색하러 갔던 사람들이 티치 없이 돌아올 때마다, 나는 위가 뒤틀렸고, 낡아 빠진 내 침상 가장자리를 만지작거리며 그의 안전한 구조를 위해 기도했다.

며칠이 흐르고 미스터 와일드와 미스터 페터가 함께 빙하에 깎여 생긴 눈부신 평야를 큰 보폭으로 천천히 걸어서 돌아왔다. 심지어 미스터 와일드가 내 앞에 당도하기도 전에 그의 숨소리가 들렸는데, 터지고 까진 입술 사이로 너무나 거칠게 새어 나왔다.

"티치의 흔적은 찾지 못했나요?" 그들이 내가 서 있는 이글루 입구에 당도했을 때 내가 물었다.

마치 내가 아무 말도 하지 않은 것 같았다. 그는 매서운 바람에 여전히 변함없이 얼굴을 찡그린 채, 살짝 몸을 떨면서 내 옆을 지나갔다. 그가 이글루에 들어갔고, 나는 뒤를 따랐다. 자욱한 연기로 어둠침침한 가운데, 그는 카리부 가죽과 그 속의 모든 모직 옷들을 벗기 시작했고, 하얀 갈비뼈들을 들썩이며 맨가슴으로 자리에 웅크리고 앉았다. 땀이 송골송골 맺힌 그의 피부를 보고 나는 깜짝 놀랐다. 볼품없는 회색 털들이 거기 엉겨 붙어 있었다. 나는 눈을 내리깔았다.

"빌어먹을 멍청한 녀석." 그가 욕을 했다. 그는 벗어 던진 옷들로 몸을 구석구석 닦기 시작했다. "항상 달아나. 심지어 어린 시절에도 그랬어. 항상 나무나 도랑이나 또 다른 곳에 숨어 있다가 돌아오기도 결심하곤 했지." 하지만 나는 고통을 억누르려 애쓰는 그의 얼굴 표정에서 그가 아들이 돌아올 거라고 믿지 않는다는 것, 이번에는 아니라고 여긴다는 것을 알 수 있었다.

나는 얼굴을 돌려 버렸다. 왜냐하면 그 순간 내가 정말로 완전히 버림받았고 나 자신 외에는 아무도 내 안전을 책임져 주지 않을 것임을 깨달았기 때문이었다. 저 바깥 눈 덮인 황무지에 있는 티치는 돌아오지 않을 터였다.

미스터 와일드가 헛기침을 했다. "아마 너는 괜찮을 거야." 그가 조용히 말했다. 나는 내 어깨를 움켜잡은 그의 거친 손길에 깜짝 놀랐다. 나는 그를 유심히 올려다보았다.

나는 그의 눈에 비친 연민에, 거기에 언뜻 스친 무언가에 놀랐다. 그것은 분노가 아니었다. 그는 몸을 돌려 묵묵히 옷을 입기 시작했다. 나는 이글루 벽에 등을 기대고 앉아, 무릎을 가슴팍에 끌어안았다.

"우리한테는 식량이 충분히 있어." 그가 말을 이었다. "우리에게는 음식이 있어. 옷도." 그는 주먹에 대고 끙 하고 앓는 소리를 내며 심하게 기침을 했다. "요전 날 일각고래의 뿔을 그린 네 스케치는 매우 정확했고 매우 멋졌어. 아마 너는 조금 더 그릴 수 있을 거야." 하지만 그 순간 그는 이 말을 하다가 진이 다 빠져 버리기라도 한 듯, 고개를 절레절레 흔들더니, 뭐라고 중얼거리며 돌려 버렸다.

몇 시간 후 그는 심하게 병이 났다. 그는 미스터 페터와 함께 쓰는 이글루에서, 모피에 둘둘 싸인 여위고 털 없는 노구를 덜덜 떨면서 침상용 널빤지 위에 누워 있었다. 때때로 그는 고열로 달아올라 땀에 젖은 얼굴로 몸을 반쯤 일으켜 모피들을 내팽개치곤 했다. 그러고 나서는 곧 다시 그것들을 움켜잡아 제자리로 끌어갔다. 미스터 페터가 빛줄기를 눈 위로 흔들며 흐릿한 랜턴을 들고 드나들었다. 그는 그의 동료에게 온갖 종류의 수프들과 감염을 막는 용도의 팅크*들을 가져다주었다.

하지만 며칠이 흘렀고, 티치가 돌아오지 않은 것과 마찬가지로, 그의 아버지의 건강도 원래 상태로 돌아오지 않았다. 비록 미스터 페터는, 마치 친구를 간호하는 일이 그저 하나 더 추가된 임무인 듯 거의 감정을 드러내지는 않았지만, 옅은 색 눈에는 슬며시 초조한 기색이 어리기 시작했고 몸은 긴장하고 위축된 것처럼 보였다. 나는 매일 아침 그와 함께 주변의 덫들을 확인하러 갔지만, 그것은 오로지 걱정거리에서 관심을 거두기 위해서일 뿐이었다. 우리는 아무것도 거둬들이지 못하고, 대부분의 시간을 단단해진 얼음 폭포들을 응시하면서 묵묵히 걷는 데 썼다.

매일 오후에 나는 미스터 페터가 전초 기지에 다니러 간 동안 미스터 와일드를 지켜보았다. 노인은 눈을 꼭 감고 숨을 얕게 쉬면서 모피에 둘둘 말린 채 가만히 누워 있었다. 그의 모습은 얼마나 충격적이었던가. 눈두덩이 푹 꺼진 그의 짙푸른 눈, 남모르는 어떤 기쁜 일이라도 있는 듯 양쪽 꼬리가 말려 올라간 채 부르터서 피가 나는 입술, 피부에서 나는 덜 숙성된 버터 같은 냄새. 나는 그의 귀를 따라 나 있는 아주 가느다란 회색 털들을 관찰하다

* 동식물에서 얻은 약물이나 화학 물질을 에탄올 또는 에탄올과 정제수의 혼합액으로 흘러나오게 하여 만든 액제. 아이오딘팅크, 캠퍼팅크 따위가 있다.

가, 내 신기 스케치북을 가져왔다.

스케치를 하면서, 나는 티치를, 그가 저 바깥에 혼자 누워 있는 것을 떠올렸다. 이렇게 여러 날이 지났는데 그가 여전히 살아 있을 수는 없을 것 같아 보였다. 나는 존 윌러드와 필립을 떠올렸고, 상상 속에서 다시 한번 필립을 보았다 — 산기슭의 어두운 풀밭 위 혐오스럽던 그의 모습을. 불현듯 그의 단 한 번의 악의적인 행동이 내게 새로운 삶을 안겨 주었다는 생각이 들었다. 육촌의 죽음으로 인해 내게 닥쳤던 그 위험이 없었더라면, 티치는 결코 위험을 무릅쓰면서까지 나를 데리고 떠나지 않았을 것이기 때문이다. 나는 틀림없이 계속 페이스에 남아 있었을 것이다. 그리고 티치가 떠난 후 삶은 어땠을까? 들판으로의, 그리고 얼굴이 일그러진 검은 피부의 영국인이라며 내가 훨씬 더 많은 경멸과 동정을 받게 된 오두막으로의 귀환. 이미 나를 다른 사람으로 대체한 빅 킷에게로의 귀환. 그리고 이 모든 것은 내가 주인에게 되돌려 보내졌을 때, 그를 견뎌 내고 살아남을 수 있을 만큼 운이 좋을 경우에나 가능한 일이었다.

나는 다시 미스터 와일드를 힐끗 쳐다보고 잠시 일을 중단했다. 그의 숨소리가 더 이상 들리지 않았다. 내 쪽으로 돌리고 있던 그의 얼굴은 미동도 없었다. 마치 눈에 보이지 않는 어떤 얇은 막이 그의 이목구비를 단단히 뒤덮고 있기라도 한 것 같았다. 누르스름해져가는 팔 하나가 그의 몸에 걸쳐져 있었다. 그는 죽어 있었다.

꾸며 낸 이야기였던 그의 죽음은 이제 진짜 죽음이었다. 티치가 막으려 했던 새로운 질서는 이제 현실이었다. 나는 미스터 페터와 에스키모들이 미스터 와일드를 누워 있던 자리에서 들어 올려 운반해 가는 동안 추위 속에 서 있었다. 몇 시간이 흘러갔고, 이글루의 따뜻하고 흐릿한 빛 속에서 나는 내 찢어진 벙어리장갑의 엄지손가락을 응시하며 앉아 있었다.

나는 그곳에 미물고 싶지 않았다. 나는 그때껏 따뜻한 서인도 제도, 신선한 소금기를 머금은 바닷바람만 알고 살아왔다. 나는 그 어떤 담요나 짐승 가죽이나 불로도 막을 수 없는 추위에 덜덜 떨면서, 덧문에 갇히고 상자 안에서 옴짝달싹 못 하는 것 같은 기분이 들었다. 미스터 페터와 에스키모들이 나를 안전하게 지켜주려고 최선을 다하리라는 것은 알고 있었지만, 티치와 그의 아버지가 둘 다 떠나고 없으니 얼마나 더 갈지 알 수 없었다. 그래서 시간이 흐르면서, 나는 내 소지품들을 챙기기 시작했고, 저녁에 미스터 페터가 돌아왔을 때, 그에게 떠나겠다는 내 의사를 알렸다.

그는 자신의 가장 소중한 친구, 삶의 동반자를 잃은 상태였다 — 그런데도 그 남자는 내가 처음 보았을 때처럼 태연스럽고 친절했다. 그는 내게 와일드 부자의 소유물들 중 어느 것이든 가장 바라는 것을 가져가라고 일렀고, 내가 선택한 가죽으로 장정된 해양 생물에 관한 논문에다가 미스터 와일드의 손잡이가 달린 확대경 여러 개까지 보태 주었다. 또한 티치가 나를 위해 남겨 둔 돈이 가득 든 가죽 주머니와 많은 양의 질 좋은 음식과 식량까지 주었다. 마침내 내가 떠날 준비를 마치자, 그는 나를 품 안으로 당겨 숨도 못 쉴 정도로 꼭 끌어안았다. 그런 다음 그와 헤시어드는 나를 썰매에 태웠고, 개들을 채찍질하며 나를 데리고 춥고 하얀 왕누지로 나아가기 시작했다.

전초 기지에서 미스터 페터는 짐 꾸러미를 내 어깨에 탁 걸쳐 주며, 나를 엄숙한 눈빛으로 바라보았다. 내가 그에게서 돌아서는 순간, 그가 내게 기다리라는 손짓을 하더니, 느닷없이 옷 주름 사이에서 몇 개의 작은 관찰용 기구들을 꺼냈다. 그것들은 티치의 자체 제작 모델들로, 작았으며 특이하고 거무스름한 장치가 손잡이로 달려 있었다. 미스터 페터는 그것들을 장갑을 낀 내 손바닥 위에 올려놓았다. 그런 다음 내 옆머리를 묘하게 툭 치더니 가 버렸다.

2

티치는 국왕파에 대해 많은 이야기를 했었다. 나는 바로 그들에게 가기로 결심했다. 나는 내가 그들 사이에서 가장 안전할 것이라고 믿었다. 그래서 북쪽 전초 기지에서 술 취한 무역상들을 피해 웅크린 채로 몇 주를 보낸 후, 마침내 캐나다 연해주(沿海州)* 의 작은 섬들을 향해 출항하는 어느 선박의 승선권을 간신히 마련했다. 나는 얼마나 겁에 질려 있었던가, 바다에서 홀로 작은 흑인 소년이라는 게 얼마나 두려웠던가. 나는 선장이 노예주**로 향하는 지나가는 배에 나를 팔아넘길까 봐 두려워하며, 그가 지나다니는 길에서 멀찍이 떨어져 있었다. 존 윌러드나 그의 대리인들이 나를 찾아내 죽일 거라고 확신하고 있었기 때문에 그들과 마주칠까 봐 또한 두려웠다. 어느 날 저녁, 내가 초록색 치즈 껍질

* 캐나다 동부의 뉴브런즈윅주, 노바스코샤주, 프린스에드워드아일랜드주를 가리킨다.

** 남북 전쟁 이전에 노예 제도를 인정하던 미국 남부의 여러 주.

을 먹으며 앉아 있을 때, 주름진 얼굴의 한 선원이 다가왔다. 나는 치명적인 일격을 기다리며, 두려움에 휩싸여 그를 빤히 쳐다보았다. 그 대신, 그는 빵처럼 두툼한 손으로 나를 들어 올려, 삭구에 감겨 있는 밧줄 끝으로 나를 묶었다. 거기서 그는 춤을 추며 나를 조롱했고, 나는 결국 럼주 1쿼트*를 대접하기로 동의했다. 그 후, 나는 갑판 위에서 시간을 보내는 일이 거의 없었고 아무에게도 말을 걸지 않았다. 나는 발밑에서 배가 느릿느릿 들썩거리는 것을 느끼고 내가 가져온 단 한 권의 책 — 멋지게 가죽으로 장정된 티치의 해양 생물에 관한 소논문 — 을 훌훌 훑어보며, 내 숙소에 숨어 있었다.

선원들은 많은 섬들과 자유항들에 대해 이야기했다. 하지만 내가 가장 바랐던 것은 노바스코샤의 국왕파 사이에서 사는 것이었다. 나는 어두운 바다를 가로지르고 짐수레와 마차를 타고 육로를 지나며 남쪽으로, 그다음에는 동쪽으로 이동했고, 마침내 높은 기대를 안고 셸번에 도착했다. 하지만 언젠가 내가 들었던 자유롭고 금빛 찬란한 생활 양식은 먼저 온 모든 이들에 의해 다 바닥나고 짓밟히고 모조리 고갈되어 버렸음을 알게 되었다. 셸번은 비가 많이 내리고 끔찍했으며, 진흙투성이 거리마다 차림새가 남루한 사람들과 지난 세기의 미국 독립 전쟁에서 비롯된 잿빛 얼굴의 집 없는 떠돌이들이 득시글거렸다. 땅이 거의 없고 물자는 더 적었는데, 어쨌든 검은 피부를 가진 이들에게는 무언가가 주

* 1쿼트는 1갤런의 4분의 1, 파인트의 두 배. 영국에서는 약 1.11리터, 미국에서는 약 0.95리터에 해당한다.

어진다고 할지라도 그중 가장 나쁜 것이었다. 나는 한동안 소규모 어장에서 일했다. 하지만 농장에서 보낸 세월과 부두에서의 존 윌러드의 대리인들에 대한 기억으로 인해 내 안의 무언가가 뒤틀려 있었다 — 나는 늘 불안했고, 그래서 짜증이 잘 나고 초조하고 절망적일 만큼 우울했다. 비록 그때는 내가 그 기분을 그렇게 표현하지 못했을 테지만 말이다. 두려움, 두려움은 늘 나와 함께 있었다. 게다가 윌러드의 대리인들에 대한 두려움만도 아니었다 — 납치범들은 보통 해안 지대를 돌아다니다가, 비가 내리는 잿빛 황혼 녘에 노예 신분에서 해방된 자유민을 길거리에서 기절시킨 다음, 또다시 노예로 만들기 위해, 의식이 흐릿한 그를 남부의 주들로 향하는 배로 질질 끌고 가곤 했다.

그것이 유일한 위험 요소는 아니었다. 비록 모든 위험 요소들 중 최악이기는 했지만 말이다. 백인들은 권리를 침해당했다며 도처에서 화를 냈다. 그들은 때때로 우리 검은 악마들, 그러니까 돈을 더 적게 받고 일을 해서 자기들의 생계를 파괴하곤 하는 비열한 검은 골칫거리에 맞서서 들고일어나곤 했다. 어느 날 밤 나는 한 음산한 선술집 귀퉁이에 서서, 더러운 양철 컵으로 양조주를 마시고 있었다. 그런데 그때 누군가가 내 뒤에서, 마치 분리되어 나온 한 조각의 그림자인 양, 슬금슬금 다가오더니 두 손으로 내 목을 감았다. 우리는 거리에서 파편을 날리며 몸싸움을 벌이고 헛발질을 했다. 그러다가 마침내 내가 자갈 한 움큼을 간신히 움켜잡아 그의 눈에 쑤셔 넣었다. 그가 비명을 질러 나는 달아났다. 비록 나중에 구경꾼들이 그가 그 동네 깡패이자 많은 사람들에게 싸움꾼으로 알려진, 성직을 박탈당한 늙은 성공회 사제에 불과하나고 말해 주었지만, 나는 존 윌러드 본인에게서 도망쳤다는 느낌을 떨쳐 버릴 수가 없어서 훨씬 더 조심스럽고 고독해졌다.

그런 시기였다. 나는 나 자신이 냉혹하고 신랄해졌으며 잠도 제대로 못 자고 끊임없이 불안해 한다는 것을 깨달았다. 어느 날 오후 나가서 한참 걷다가, 거리에서 버려진 양철 조각을 하나 주웠는데, 거기 비친 내 모습을 찬찬히 바라보는 동안, 내 눈에서 어둠과 폭력 행사에 대한 빈틈없는 의지를 목격했다. 내가 그곳을 뜨거나, 누군가를 죽이거나, 죽임을 당해야만 한다는 것을 나는 깨달았다.

그때 나는 채 열여섯 살이 되지 않았다. 페터 하우스가 내게 주었던 돈은 오래전에 바닥 나 있었다. 그래서 나는 소지품을 챙겨서 그곳을 떴다. 떠돌아다니던 그 시절에 나는 마치 다른 남자의 유령 속으로 숨으려는 듯, 보통 조지프 크로퍼드라는 이름을 대곤 했다. 하지만 그 이름에 한 번도 대답하지 못한 데다 불안한 느낌까지 든다는 것을 깨달았기 때문에, 그런 속임수 따위는 버리고, 다시 워싱턴 블랙이 되었다. 나는 베드퍼드만*의 가장자리에 위치한 좀 더 조용하고 나른한 바닷가 마을에 자리를 잡았고, 머지않아 접시닦이 일과 세탁 일을 얻었다. 나는 여전히 스케치를 계속하려고 안간힘을 썼다. 하지만 스케치에 대한 관심은 줄어들어 있었다. 그것이 한때 내게 주었던 위안을 더 이상 주지 못했고, 대신 그것 때문에 슬프고 녹초가 된 느낌이 들었기 때문이었다. 얼마

* 캐나다 노바스코샤주의 주도인 핼리팩스의 안쪽 만에 해당하는 지역. 핼리팩스항은 핼리팩스반도에 의해 내만(베드퍼드만)과 외만으로 구분된다.

후 나는 요리사 보조 일을 얻었고, 그 일에 재능이 있음을 알게 되었다. 1834년 말에 나는 제대병들과 뉴펀들랜드에서 물밀듯 밀려들어 오는 실직한 어부들에게 인기 있는 어느 식당에서 주방장으로 일하고 있었다. 하지만 주인이 흉터로 얼룩진 내 얼굴이 불쾌감을 줄까 봐 걱정했기 때문에, 늘 눈에 띄지 않게 휘장 뒤에서 요리를 했다. 스케줄이 고된 몇 달을 보내고 나니 하루 종일 짬을 낼 수가 없었고, 결국 나는 그림 그리기를 완전히 포기해 버렸다. 비록 그때는 알지 못했지만, 나는 이미 몇 달간에 걸친 길고 황폐한 시기에 돌입한 상태였다. 나는 정체불명의 소년, 걸어 다니는 그림자가 되어 버렸고, 매달 점점 더 깊이 소외감에 빠져들었다. 왜냐하면 나 같은 존재, 다시 말해 과학적인 사고방식과 화폭에 타고난 재능을 지니고서 그림자들 중에서도 가장 어둑어둑한 그림자를 피해 늘 달아나는, 보기 흉하게 일그러진 흑인 소년이 속할 곳이 그 어디에도 있을 리 없었기 때문이다.

미스터 와일드가 내가 행운의 고리를 목에 걸고 태어났다고 말했던 적이 있었다. 아마도 행운은 그 자체로 일종의 족쇄인 것 같다. 그것이 차츰 나를 타고 올라와 어느 날 불붙은 듯 확실히 깨닫게 되는 경우가 아니면 언제 행운이 찾아왔는지 나는 알지 못한다. 그러므로 나는 내 상황을 바로잡아야만 했다. 아니면 나는 죽을 것이다.

나는 더 이상 어린아이가 아니었다. 다시 말해, 이미 열여섯 살 젊은이였다. 그래서 나는 부두에서 간헐적인 일을 얻었다. 그 일은 체력을 고려한 선택이었다 — 얼마나 일을 할지를 내가 통제하고 하루의 나머지 시간은 원하는 대로 쓸 수 있었기 때문이다. 나는 언젠가 빅 킷이 자유에 대해 했던 말을 기억해 냈다 — 자유인은 일하고 싶지 않으면 삽을 내던져 버린다. 그는 질문이 마음에 들지 않으면, 아무 대답도 하지 않는다. 나는 그 이상에 따라 살기 위해, 나름대로 자유인이 되기 위해 최선을 다하고 있었다. 하지만 지나칠 만큼 나를 소중히 여겨 주던 티치의 세상을 뒤로하고 떠나, 백인 남자들의 잔인한 행동을 다시 겪은 것은 아주 엄청난 각성의 계기였다. 검둥이라고 불리며 부둣가의 시궁쥐처럼 혐오스럽다는 듯 걷어채었던 일도 마찬가지였다. 내 피부색이 이미 하나의 부담이었는데, 화상 자국은 삶을 부당하게 만들어 버렸다. 어느 날 밤 술집 뒷골목에서 와그르르 웃어 대는 백인 동료들이, 그러니까 내가 날마다 함께 일하던 남자들이 나를 제압하고 구타한 다음 내게 소변을 보았다.

그때쯤 나는 좀처럼 티치를 떠올리지 않았다. 하지만 이따금 밤이면 그의 얼굴 혹은 목소리를 기억하곤 했다. 그리고 가망 없는 생각인 줄 알면서도, 온통 눈뿐이었던 그 상황에서 그가 생존했을 가능성이 있는지 궁금해 하곤 했다. 사후세계에 대한 그의 불신, 육촌의 선택에 대한 그의 당혹감을 고려할 때, 그 역시 그런 식으로 상황을 끝냈으리라는 것에 나는 놀랐다. 그 때문에 나는 어쩌면 내가 결코 그를 제대로 알았던 적이 없는지도 모른다고 느끼게 되었다.

그 기적 같은 일이 일어난 것은 내가 가장 기운이 없던 날이었다. 한밤중에 어느 범선에서 짐을 내리는 일을 얻었는데, 노를 저어 나무 상자를 해안으로 가져다 놓다가, 캄캄한 바닷속에 있는 형체들을 알아차리게 되었다. 느닷없는 해류, 느닷없는 섬광이 언뜻 보였다. 이내 더 멀리 떨어진 곳에서 또 하나의 섬광이 번쩍 일더니, 다시 한번 초록색과 노란색의 폭발이 물샐틈없이 일어났다. 마치 혜성들이 폭발하고 있는 것 같았다.

나는 눈을 휘둥그레 뜨고 뱃전 너머로 몸을 숙였다. 바다가 나무 테이블처럼 매끄러웠는데도 수면에서 특이한 반투명 물체가 보였다. 그 배의 불빛에 그것이 보였다. 아아, 얼마나 놀라운 광경이 거기에 부유하고 있었던가, 얼마나 이국적이고 경이로운 생명체들이었던가! 그때 나는 넓적하고 속이 비치는 초록색 구체가 박동하고, 그 옆에서는 노란색 구체가, 그리고 그다음에는 연이어 또 다른 구체들이, 수십 개의 번쩍거리는 태양들이 캄캄한 바닷속에서 사방으로 훨훨 타오르고 있는 모습을 목격했다.

나는 전에 티치와 함께 페이스 근처의 해변들을 방문할 때, 해파리를 보았다. 하지만 결코 그렇게 많은 수는 아니었고, 결코 그렇게 활기차고 유리처럼 투명하지도 않았다. 바다의 어둠은 마치 어떤 빛도 꿰뚫을 수 없을 것처럼 멀리까지 뻗어 있었다. 그런데 여기 이 생명체들은 비록 여자의 스타킹처럼 연약하지만, 온통 불붙은 몸으로 떠다니고 있었다. 나는 숨이 턱 막혔다. 작은 노 젓는 배의 뱃전 너머로 몸을 내밀고 바다가 색채의 용광로 속에서 출렁이는 것을 지켜보았다.

부두 관리인이 내게 소리를 지르며 농땡이를 부린다고 욕을 퍼부었다. 내가 정신을 차리고, 다시 노를 젓기 시작하자, 노가 돌아가며 그 빛을 흐트러뜨렸다.

나중에, 하숙집에 돌아왔을 때, 종이와 물감을 들춰내서 몇 달

만에 처음으로 스케치를 했다. 수지 양초의 향기로운 불빛 속에 앉아서 바닷물 속에서 본 것을 정확히 표현하려고 시도해 봤다. 그럴 수가 없었다. 그것은 순식간에 폭발하듯 찬란하게 작열하는 불꽃, 음악의 한 음처럼 일체의 생동감을 지닌 빛이었던 것이다.

3

그리하여 나는 나 자신을, 오래전에 나를 지나간 내 소년 시절을 자각했다. 왜 그런지 몰라도, 나는 거죽만 같은 낯선 사람이 되어 있었다. 어떻게 모든 경이감, 모든 호기심이 내게서 새어 나가게 내버려 둘 수 있었던 걸까? 나는 크게 놀랐다. 나는 퓨머턴스 건물(乾物) 상점의 상근 배달원 자리를 찾아내 얻었다. 아침나절부터 오후 늦게까지만 일했고, 그 덕분에 다시 한번 갯바람을 쐬며 스케치를 할 시간적 여유가 생겼다.

몇 해를 쉬고 나서, 내 그림이 형편없어졌다는 걸 알고서 내가 얼마나 놀랐던가. 문득 한때 내 재능이 얼마나 대단했는지, 얼마나 천부적이고 섬뜩할 정도였는지 떠올랐다. 고작 열한 살에 — 정식 교육도 받지 않았고, 노예였던 — 나는 어둠 속에서 빛을 발하는 청개구리들과 바람을 받아 비스듬히 휘어진 야자수들과 인간의 발, 그러니까 그들 자신의 털과 뼈와 얼룩덜룩한 피부의 만행에 겁을 먹은 발들을 스케치할 수 있었다. 이제 나는 한

때 나에게 너무나 자연스러웠던 것을 연습해야만 한다. 다시 말해 내 손을 다시 훈련해야만 한다. 하지만 나는 그런 예상에 괴롭지 않았다. 오히려, 그림을 그리고 싶다는 단순한 충동이 가져다준 고요하고 평온한 기분을 느끼며, 그런 충동이 되돌아온 것을 감사하게 여겼다.

그리고 내가 일종의 우정에 마음을 열 수 있게 해 준 것은 아마 이처럼 다시 시작하는 느낌이었을 것이다. 그의 이름은 메드윈 해리스였는데, 그는 내가 1834년 12월에 옮겨 간 셋방 건물을 관리하고 있었다. 그의 가족이 과거 1815년에 — 한때 미국인 전쟁 포로들을 수용하는 데 사용되었던 — 멜빌섬* 교도소에 난민으로 도착했기에, 그는 노바스코샤에서 오랜 기간 거주한 주민이었다. 그는 잠시 나이아가라 폭포 가장자리에 위치한 이끼로 뒤덮인 그림 같은 어느 호텔에서 종업원으로 일하며, 타향살이를 해 보려 한 적도 있었다. 놀랍게도, 그곳에서는 그의 임금과 근무 조건이 백인 동료들의 임금 및 근무 조건과 동일했다. 그런데도 그는 그 자리를 버리고, 소년 시절을 보낸 그 땅으로 돌아왔다. 그는 내가 묵는 허름하고 다 무너져 가는 셋방 건물의 관리인이 되었고, 그 직책이 마치 의지의 승리인 것처럼 말하며 자랑스러워했다.

"이봐, 쥐들이 도망친 후에도 오랫동안 여기서 나를 찾을 수 있을 거야." 그는 활짝 웃으며 내게 이렇게 말하곤 했다. "잔해 속에서 나를 찾아보라고."

* 캐나다 북쪽, 북극해에 있는 패리 제도에서 가장 큰 섬. 빙하 지대로 식물이 전혀 없다.

그런 다음 그는 자기 부츠에 침을 뱉고 나서 손수건으로 앞부리를 광이 날 때까지 문지르곤 했다.

그를 친구라고 부른다면 아마 부정확한 표현일 것이다. 더 정확히 말하면, 우리는 함께 술을 마셨고, 가끔 함께 문제에 휘말렸다. 빅 킷이나 티치나 필립에 대한 어두운 생각이 들기 시작할 때면, 나는 방늘을 뉘셔 베드윈을 찾아내곤 했고, 그의 농담에 기분이 밝아지곤 했다. 나는 존 윌러드를 한 번도 언급한 적이 없었고, 그는 결코 자진해서 친밀하게 군 적이 없었다.

메드윈은 키가 컸다. 나보다 훨씬 더 컸고, 팔뚝은 짐승처럼 두꺼웠으며, 목은 자기 머리통보다도 더 굵었다. 그는 나보다 다섯 살 연상이었다. 아니, 그가 그렇다고 말했다. 그의 이력을 고려해 볼 때, 그것보다는 좀 더 나이가 많을 거라는 의심이 들기는 했지만 말이다. 그의 행동은 침착하고 심지어 얌전하기까지 했으며, 그의 겉모습과 겸손한 태도 사이의 대조에는 몹시 상충되는 무언가가 있어서, 그는 기분 나쁠 정도로 조심스러워 보였다. 마치 조용히, 그리고 끊임없이 상대를 재 보기라도 하는 것처럼. 그리고 어쩌면 진짜로 그랬는지도 모른다. 그는 재치 있고 쓸모 있는 조언을 자주 했으며, 심지어 빅 킷조차도 이해하지 못했던 나의 침묵을 이해했다고 말해야 할 것 같다. 하지만 그에게 내가 완전히 신뢰하지 못한 어떤 면이 있었던 것 또한 사실이다.

나는 그가 나쁜 사람은 아니었다고 믿는다. 하지만 그가 좋은 사람 또한 아님을 감지했다. 그 시절, 그곳에서 냉혹한 삶의 방식을 배우지 않은 사람은 거의 없었다.

나는 영국인들이 서인도 제도에서 도제 제도를 확립했다는 소식, 그러니까 노예제가 정말로 끝났음을 증명하는 — 아니, 그때 내가 그렇다고 믿었던 — 조치를 실시한다는 소식을 들었을 때, 메드윈과 함께 축하하러 밖으로 나갔다.

우리는 어느 불결한 가게에 앉아, 아마 누군가가 불법 양조장에서 가져왔을 가능성이 큰 쓰레기 같은 술을 마시고 있었다. 해초의 고약한 냄새가 너무 강해서 심지어 안쪽 방들에서도 썩은 피 냄새 같은 악취가 진동하는, 맑게 갠 저녁이었다. 메드윈의 가족들은 미국인이어서 그에게는 그것이 대단한 일이 아니었지만, 그는 그것이 내게 어떤 의미인지를 알았기에, 내게 술을 한 잔 샀다.

"자, 그럼." 그가 자기 잔을 들어 올리며 말했다.

"자, 그럼." 나도 내 잔을 들어 올리며 말했다.

그런 다음 우리는 일종의 침묵에 빠져들었고, 메드윈은 별것 없는 사방을 힐끗거리며 작은 소리로 가볍게 휘파람을 불고 있었다.

나는 페이스와 가이어스, 그리고 특히 빅 킷에 대한 생각에 휩싸여 있었다. 그녀의 삶은 어떻게 되었을까, 이제는 완전히 자유로워졌을까? 내가 홀로 세상을 정처 없이 돌아다닌 것처럼, 그녀도 성가신 일들에 시달리지 않고 세상을 정처 없이 돌아다닐까? 아니면 자신만의 길을 찾을까? 어디로 갈까? 언제고 그녀를 찾을 수는 있을까? 그녀가 그걸 원하기는 할까? 곧이어, 그녀가 살아남지 못했다는, 그러니까 죽었다는 생각이 들었다. 왜 그런 생각을 했는지는 모르지만, 이제 내 머리에 떠오른 생각은 마치 통증처럼 무겁게 거기에 자리를 잡아 버렸다. 술을 홀짝거리면서, 나는 손이 덜덜 떨리고 있음을 깨달았다.

메드윈은 알아차렸을지는 몰라도 아무 말도 하지 않았다. 대신 의자에 앉은 채 몸을 뒤로 뻗으며, 자기 주머니에서 실밥이 너덜너덜한 손수건을 꺼낸 다음, 굵은 손가락들로 그 가장자리를 만지작거리기 시작했다.

난데없이, 얼굴이 검은 남자 둘이 우리 테이블 옆에 섰다. 드문드문 걸려 있는 랜턴의 흐릿한 노란색 불빛 속에, 그들의 반짝거리는 검은 이마, 일그러진 축축한 입이 보였다. 나는 그들을 알지 못했다. 한 남자는 머리를 대머리처럼 짧게 깎았고, 한쪽 다리가 활처럼 휘어 있었으며, 다른 한 남자는 키가 몹시 작고 그렇게 왜소한 몸에 어울리지 않게도 손이 엄청나게 컸다. 하지만 그들 자신의 별난 모습에도 불구하고, 그들은 마치 혐오스러운 짐승 보듯 나를 쳐다보았다.

"이 검둥이 얼굴 봤어?" 키가 큰 쪽이 자기 친구에게 질질 끌리는 불분명한 발음으로 말했다.

"우라질." 친구가 이렇게 말하자, 그의 입김에서 토사물 냄새가 났다. "맙소사."

"대체 누가 이런 물건을 여기 들여놨지?" 첫 번째 남자가 내게 눈의 초점을 맞추려고 애쓰며 큰 소리로 말했다. "제기랄."

"손수레 뒤에서 질질 끌리는 똥 덩어리 같군."

"젠장, 검둥이. 너는 그들이 너를 죽여 주기를 기도했어야 해."

메드윈이 내 맞은편에서 미소를 짓기 시작하는 게 느껴졌다.

"이게 너한테는 웃겨?" 키 작은 남자가 말했다.

"저 녀석이 저렇게 히죽거리고 있는 꼴 좀 봐. 얼간이같이."

"너는 이게 재미있다고 생각해? 내가 네 빌어먹을 목을 부러뜨리기 전에 여기서 썩 꺼지는 게 좋을 거야. 똥도 못 쌀 만큼 두들겨 패 줄 테니까."

"내가 왜 여기서 이런 쓰레기한테 입만 아프게 떠들고 있는 거지?"

"쓰레기야. 둘 다."

"해 봐야 입만 아픈 소리야. 이제 얘기는 다 끝났어."

"뭐라고?" 메드윈이 너무 별안간 말을 하는 바람에, 그 남자들은 마치 순간적으로 술이 깨기라도 한 것처럼, 잠시 말을 멈췄다.

키 큰 남자가 그의 거무스름한 입술을 축였다. "이제 얘기는 다 끝났다고 했다, 검둥이."

"뭐라고?" 메드윈이 다시 한번 말했다.

"귓구멍이 막히기라도 했어? 이제 얘기는 다 끝났다고."

메드윈이 맞은편의 내게 미소를 지어 보이며 말했다. "저치 말처럼 얘기가 다 끝난 것 같지는 않지?"

나는 곧 닥칠 돌격을 마치 일종의 기압처럼 감지하고, 두 눈을 감았다. 곧이어 메드윈이 그의 잔으로 테이블 모서리를 힘껏 치는 소리가 들렸고, 나는 때마침 힐끗 보다가 그가 그 삐죽삐죽한 날을 깜작 놀란 두 얼굴에 차례로 박아 넣는 것을 지켜보았다.

4

그 당시, 그곳은 늘 그런 식이었다. 모든 기괴한 존재에 대해서는 보통 아무렇지도 않게 법을 어겼다. 서로 다른 인종들 사이의 증오에는 충분히 대비하고 있었지만, 때때로 흑인들이 서로를 대하는 방식은, 마치 그들이 학대를 받으며 그때껏 참았던 모든 것을 동포들에게 두 배로 갚아 주기라도 하려는 것처럼, 거의 무시무시하기까지 했다. 때로는 마치 내가 페이스의 다 무너져 가는 오두막에서 그리 멀리 오지 않은 것처럼 느껴졌다.

나는 모든 충돌을 피하려고 노력했다. 메드윈 같은 친구와 함께 있으면 그러기가 힘들었는데, 그는 음식을 찾듯 활력소로서 싸움을 찾아다녔기 때문이다. 어떤 날은 여전히 그와 함께 있는 것을 즐겼지만, 나는 점점 더 혼자 지내는 시간이 많아졌고, 쌀쌀한 봄날 동틀 녘마다 그림을 그리러 밖으로 나가기 시작했다.

매일 아침, 나는 심과 물감이 든 책가방과 내가 직접 만든, 이젤이 부착된 작은 접이식 의자를 챙겨서, 어두컴컴한 내해를 향해 셋방 건물 뒤쪽의 조용한 흙길을 걸어가곤 했다. 그 시각이면, 그 곳에서는, 거리가 온통 내 차지였다. 골목길마다 고양이들이 발톱 가는 소리, 헐거운 문들이 덜컹거리는 소리, 시궁창에서 잎사귀들이 사락거리는 소리 말고는 아무것도 없었다. 존 윌러드, 필립, 티치 — 그 모두가 또 다른 삶인 것 같았다. 나는 바닷가가 보이기 시작할 때까지 한동안, 질식할 듯 해초에 칭칭 감긴 바위들을 느릿느릿 기어오르는 잔잔한 바닷물 소리를 들으며, 마을에서 보이지 않는 곳 바로 너머의 내해를 향해 나아가곤 했다.

세상이 얼마나 밝게 빛나고, 텅 비고 고요했던가. 보통 연중 그맘때면, 썰물이 아직 물러나는 중이기 마련이었다. 나는 조심스럽게 신발을 벗은 다음, 소지품들을 움켜잡은 채, 공기 중의 젖은 해초 냄새를 맡으며 차갑고 축축한 바위들 위를 비틀비틀 걷곤 했다. 막 수평선을 헤치고 태양이 비쳐서, 빛은 부옇고 몽롱했으며, 모래사장은 계속 펼쳐지다가 망각 속으로 들어가 버릴 것처럼 보였다. 바닷가에서 포말이 하얗게 부서졌다. 바로 그곳에 내 도구들을 내려놓았다. 나는 바짓단을 접어 올리고, 숨을 흑 들이쉬면서, 물속으로 걸음을 내디뎠다.

조수 웅덩이는 동이 틀 무렵, 가장 생명력이 넘쳤다. 몽롱한 공기가 그 안에 있는 모든 것을 금빛으로 물들이고, 말미잘들이 인간의 살처럼 분홍색으로 빛나며 애원하듯 촉수를 뻗는 것처럼 보였다. 생기 넘치는 작은 눈이 달리고 딱지가 무른 작은 게들, 그리고 때때로 보이던, 깃털이 위엄 있는 바다조름*. 어떤 날에는, 좀

* 산호의 일종으로 깃털 모양이며, 바다 밑의 모래 진흙에 붙어산다.

더 멀리 물을 헤치고 나가면, 산호나 말똥성게, 큰 게, 독을 지닌 자홍색 폴립*들을 발견하곤 했다. 해파리들은 여기서는 사람들 옆에 잘 오지 않았는데, 다행스러운 일이었다 — 많은 해파리가 작살 같은 촉수에 독을 담고 있었고, 위협적인 대상에 한번 스치기라도 하면 즉시 그것을 용수철을 튕기듯 쏘아서 사람을 인사불성으로 만들기 때문이다.

내 삶이 다시 한번 급변하게 된 것은 몹시 조용하고 바닷물이 매섭도록 차가운 어느 아침이었다. 내가 넓적다리 한가운데까지 오는 바닷물을 헤치며 나아가고 있을 때 — 돌돌 말아 올린 바지는 흠뻑 젖었고, 돌이며 부서진 조개껍질들이 내 맨발을 파고들었다 — 어떤 존재감 같은 것이 느껴졌다. 몸을 휙 돌려 봤지만, 오롯이 나 혼자였고, 내 뒤에는 아무도 보이지 않았다. 하지만 그 순간 햇빛이 비치는 위치가 바뀌었고, 멀리 떨어진 바닷가에 실루엣 하나가 언뜻 보였다. 서서히 그 형체가 구체적인 모습을 드러냈다. 그는 내가 장비를 내려놓았던 곳에서 반마일쯤 떨어진 곳에 서 있었다.

나는 상당한 불안을 느꼈음을 인정해야겠다. 하지만 낯선 사람이 모래사장 위에 이젤을 세우기 시작하자, 다소 긴장이 풀렸다. 존 윌러드의 벽보를 읽은 어떤 남자가 덫을 놓아 나를 잡으려고 그토록 엄청난 공을 들일 거라고는 믿지 않았다. 어쨌든 그 실루엣은 내가 예상했던 현상금 사냥꾼보다는 훨씬 더 키가 작고, 훨

* 자포동물의 생활사의 한 시기에 나타나는 체형. 몸은 원통 모양이며 위쪽 끝에 입이 있고 그 주위에 몇 개의 촉수가 있다. 착생 생활을 하는 개체로 말미잘, 히드라, 산호 등이 이에 해당한다.

씬 더 통통해 보였다. 나는 남자가 자기 도구들을 꺼내 아주 유유히 그림을 그리기 시작하는 것을 전전긍긍하며 지켜보았다.

그 이른 시간의 모험은 내 단 하나의 순수한 즐거움이었고, 그래서 해방감이 강렬했다. 이젤 앞에서, 나는 시간도 자신만의 것이며, 열중하고 있는 일도 자신만의 것인, 어디 하나 빠진 데 없는 한 사람의 남자였다. 어떤 낯선 사람이 나타나서 그것을 파괴할지도 모른다는 것에 신경이 쓰였다. 아침내, 나는 그에게 다가가려 하지 않았고, 그 역시 내가 있는 방향으로 걸어오지 않았다. 나는 부리나케 대충 휘갈겨 스케치를 한 다음 일찍 떠났다.

하지만 이튿날 아침 거기에 그가 다시 와 있었다. 나는 투덜거리며 그가 있는 방향을 화난 표정으로 힐끗힐끗 보면서, 도구들을 챙겨 스케치는 전혀 하지 않고 쿵쾅거리며 그곳을 떴다. 그 작은 만이 더럽혀진 느낌이었고, 심지어 공기에서도 악취가 나는 것 같았다. 이튿날 아침 거기서 다시 그를 발견했을 때, 나는 심지어 그곳조차 빼앗길 것임을 깨달았다. 나는 물속을 헤치며 걷기 전에, 몹시 화난 몸짓으로 그를 향해 한 손을 들어 올렸다. 그가 잠시 멈칫하더니, 나를 보기 위해 손을 눈가로 올렸고, 이내 한 손을 들어 상냥하게 흔들었다 — 아니, 그가 너무 멀리 떨어져 있었기에, 그렇다고 믿었다.

나는 그것을 책망으로 받아들였다. 동료 화가가 작업을 하며 누리는 그 자신만의 즐거움, 그 자신만의 해방감을 부정하려 들다니 나는 대체 어떤 사람이란 말인가. 내게도 이 시간 외에는 가치 있는 것이 아무것도 없었다. 우리는 심지어 다른 삶에서도 동료였을지 모른다. 그리하여 매일 새벽마다 각자 작업에 열중하기 전에, 우리는 긴 바닷가 건너편에서 서로에게 인사를 하곤 했다. 나는 이제 내 사적인 시간을 함께하는 이 사람을 계속 모르는 채로 있어야 한다는 것, 내가 거리에서 알아보지 못할 정도로 그가 너무나 완벽한 타인이라는 것이 이상하다고 생각하기 시작했다. 또한 그가 착수한 작업이 어떤 종류의 것인지 궁금해지기 시작했다. 하지만 나는 일을 복잡하게 만들고 싶지는 않았다.

결국 미묘한 균형을 뒤집은 것은 내가 아니었다. 어느 날 아침, 내가 바다에서 소라게를 꺼내, 활 모양의 은빛 껍데기를 스케치하며 앉아 있었을 때, 종이를 가로지르며 그림자 하나가 드리워졌고, 어떤 어색하고 부드러운 목소리가 들려왔다. "아, 정말 아름다워요. 굉장한 재능을 갖고 계시군요, 선생님."

나는 삐걱거리는 나무 의자에 앉은 채 고개를 획 돌려, 이른 아침 태양에 얼굴을 찡그리며, 처음으로 그녀의 얼굴을 보았다.

그녀는 가무잡잡하고 여우 같은 얼굴 생김새에, 눈을 애매하게 가늘게 뜨고 있었다. 그녀는 내게 미소를 지어 보였다. 그녀는 자신에게 큰 베이지색 바지를 무릎까지 걷어 올려 입고 있었다. 햇볕에 그을린 종아리는 맨살이었고, 튼튼하며 동그스름했다. 눈을 들어 보니, 챙 넓은 남성용 모자 아래 그녀의 검은 머리카락은 마치 짧게 깎여 있기라도 한 것처럼, 목덜미에 핀으로 단단히 고정되어 있었다. 그녀는 키가 매우 작았다. 그녀의 왼손은 그을음으로 더러워진 석고 붕대에 폭 싸여 있었다. 마치 그녀가 오래전에 팔을 부러뜨렸는데, 애써 그것을 제거하려 하지 않았던 것처럼. 그녀는 물감으로 얼룩진 멀쩡한 손으로, 내가 마르라고 모래사장 위 이젤 옆에 놓아두었던 반쯤 마른 말미잘들을 가리켰다. "내 그

님들을 좀 보셔야 해요. 유감스럽지만 그건 남자 바지 아래쪽에 있는 무언가와 훨씬 더 비슷해 보이는 것 같아요."

내가 깜짝 놀란 듯 보였던 게 틀림없다. 그때 그녀가 — 특이하고 순식간에 사라지는 소리로 — 웃음을 터뜨리고, 이렇게 말했던 것을 보면 말이다. "내가 당신에게 충격을 줬군요. 용서해 주세요."

"충격받지 않았어요." 내가 말했다.

"그럼, 당황하셨나 봐요. 정말 죄송해요 — 나는 너무 직설적이에요." 그녀가 자그마한 손을 내밀었고, 나는 잠시 시간이 흐르고 나서야 퍼뜩 깨닫고 그것을 잡았다. "태나 고프예요."

"조지 워싱턴 블랙이에요."

"당연히 그럴 테지요. 그보다 못하리라고는 기대도 하지 않았을 거예요. 처음에는 델라웨어강, 그런 다음에는 래브라도해로군요."

"처음 듣는 농담이네요."

"맙소사, 참 예의 바르시네요." 그녀가 건조한 미소를 지으며 말했다. "불행하게도, 나는 안 그래요. 조지 워싱턴 블랙, 부디 주제넘은 내 행동을 용서해 주세요. 그건 단지 — 저, 우리 지금까지 두 주 동안 매일 아침 함께 스케치를 해 오고 있지 않나요? 나는 우리가 서로 알고 지내는 게 옳다고 생각했어요." 그녀가 쾌활하게 어깨를 으쓱했다.

나는 그 해변을 힐끗 쳐다보았다 — 그녀의 이젤이 으스스하게 버려진 채 서 있었다. "나는 지금껏 줄곧 당신이 남자라고 생각하고 있었어요." 내가 말했다. 그녀의 표정을 보자마자, 나는 바보가 된 기분이었다. "우리 사이의 거리가 상당해서요." 내가 말을 이었다. “당신 기분을 상하게 하려는 건 아니에요. 다시 말해서, 나는 지금은 당신을 착각하지 않을—”

하지만 그녀는 몹시 묘한 미소를 짓고 있었다. “아, 조지 워싱턴 블랙, 정말 착하군요. 나는 바지를 입고 있어요—그건 당연히 예상된 일이에요. 당신은 나를 모욕하지 않았어요. 어쨌든 지금껏 많은 사람들이 지금 우리보다 서로 더 가까이 서 있으면서도, 훨씬 더 심한 말을 했어요.”

어색한 침묵 속에서, 나는 그녀의 얼굴을 유심히 살펴보았다. 그녀의 피부는 황금빛이었고, 콧잔등에는 더 짙은 색의 주근깨들이 흩뿌려져 있었으며, 두 눈은 지극히 냉정하고 총명해 보였다. 그녀는 백인 여자가 아니었다. 아니, 완전히는 아니었다. 그녀는 어디 출신일까? 그녀는 인형 같은 키 때문에 연약하고 어린아이 같아 보였다. 하지만 그녀는 연약하지 않았다. 그녀는 말솜씨가 좋았고, 겉보기에는 알 만큼은 아는 나이였다. 확실히 말할 수는 없었지만, 그녀는 나보다 몇 살 더 위인 것처럼 보였다. 아마 열아홉, 스물쯤. 영민해 보이는 얼굴이었고, 입술은 붉고 도톰하며 촉촉해 보였다.

“당신이 내게 그렇게 그리는 법을 가르쳐 줄 수 있을 거라고 생각하면 안 되겠죠?”

나는 그 제안에 깜짝 놀라서 멈칫했다. “용서해 주세요, 미스 고프. 나는 그럴 수는 없을 것 같—”

“뭐라고요? 벌써부터 내가 가망 없다고 생각하면 안 돼요—먼저 내 스케치들을 보세요. 그러고 나서 내가 아주 가망 없다고 말하세요.”

나는 망설였다. 왜냐하면 내 말은 전혀 그런 뜻이 아니었으니까.

"수업료를 좀 내도 상관없어요."

"아, 아니에요, 절대로 안 돼요." 나는 고개를 가로저었다. "수업료는 바라지 않아요."

"어떻게 보답하는 게 좋을지 함께 생각해 보죠." 그녀가 미소를 띠고 말했다.

"보답이요?"

"자, 그럼 당신도 동의한 거예요. 나를 가르치기로요. 정말 멋지군요."

나는 그녀의 날카로운 얼굴, 아랫입술 위로 살짝 보이는 갈색 앞니를 응시하면서, 체념 비슷한 기분을 느꼈고, 온 세상의 고독한 아침들이 내게서 서서히 사라져 희미해짐을 감지했다.

바닷바람을 쐬며 낯선 사람과 함께 작업을 하다니 얼마나 특이한 일인가.

여자와 함께.

나는 그녀에 대해 아는 것이 거의 없었다. 하지만 평소와 같은 시간에 일어나, 이제 훨씬 더 반신반의하며 거리를 지나 걸어가서, 이미 바닷가에 서 있는 그녀를 찾아내곤 했다. 그녀는 돌아서서 멀쩡한 손을 흔든 다음, 동그스름하고 어린아이 같은 두 팔을 치마의 부드러운 주름들 사이로 밀어 넣고 기다렸다. 첫 만남 이후로 죽 그녀가 좀 더 여성스러운 의상을 차려입기 시작했던 것이다 — 비록 그 천이 일반적으로 받아들여지는 방식보다 늘 볼

륨감이 훨씬 덜해서, 이것조차도 '정숙'하지는 않았지만 말이다. 나는 그녀에게 다가가 조용히 인사를 하며 모래사장 위에 도구를 모두 내려놓고 나서, 소매를 돌돌 말아 올리기 시작했다. 우리는 함께 바닷물을 헤치며 걸었고, 나는 온갖 종류의 게와 물고기과 삿갓조개류와 민달팽이와 벌레와 불가사리 들을 가리키며 알려 주었으며, 그녀는 마치 모조리 외우려 노력하고 있기라도 한 듯 주근깨투성이 코를 찡그리며 눈을 가늘게 뜨곤 했다.

그 아침들을 어떻게 묘사해야 좋을까? 그녀는 익살맞고 직설적인 데다가, 선원처럼 무절제한 입과 거칠고 아름답지 않은 목소리를 지니고 있었다. 정말 이상하게도, 그녀는 솔로몬 제도에서 태어났다. 비록 그녀가 거기 노바스코샤의 그 황량한 해변에 어떻게 와 있게 되었는지 말하지는 않았지만. 그녀에게는 다섯 명의 이복 오빠들이 있었고, 어머니는 그녀를 낳다가 돌아가셨다. 그녀는 그 사실을 쾌활하게 알려 주었지만, 나는 그것이 여전히 그녀의 마음을 어지럽힌다는 것을 알 수 있었다. 그녀는 두 달 전에 손목이 부러졌는데, 회복 경과에 안달을 했다. 도통 낫고 있는 것처럼 보이지 않았기 때문이다.

"그 바람에 내 그림에 얼마나 차질이 빚어졌는지 짐작할 수 있을 거예요. 이보다는 차라리 두 다리가 부러지는 게 나아요." 그녀가 살며시 미소를 지었다. "그러니까, 어딘가가 꼭 부러져야만 한다면요."

"무척 제약이 많을 거라는 건 짐작이 가요." 내가 말했다.

"일종의 사슬이에요." 그녀가 어깨를 으쓱했다. "있잖아요, 나는 심지어 어릴 때도, 자유롭게 움직이는 것에 대한 그 어떤 구속도 결코 받아들일 수가 없었어요. 나는 항상 이런 식이었어요. 때때로 그게 나한테 전혀 도움이 되지 않기도 했지만……." 그녀가 다시 어깨를 으쓱했다.

그녀는 나에 대해 알 수 있는 것은 다 알고 싶어 했다. 사실, 나는 그녀의 강렬한 관심에 당황해서, 안절부절 어쩔 줄을 몰랐다. 그녀가 내 얼굴의 울퉁불퉁한 살 뒤에서 언뜻 보았다고 생각하는 것이 무엇이었는지 헤아릴 수가 없었다. 때때로 내가 이야기를 할 때면, 그녀는 잠자코 나를 맹렬하게 응시하곤 했다 — 하지만 거기서 내가 감지한 것은 동정이나 병적인 호기심이 아니라, 내 의식 속으로 완전히 들어오고 싶다는 탐욕 같은 것이었다. 내가 마치 다른 사람들에 대한 달갑지 않은 경고처럼 달고 다닐 수밖에 없는 망가진 얼굴 생김새는 그녀가 이미 잘 알고 있는 것, 다시 말해 익숙한 가면이었다. 그녀는 그 밑에서 그녀 자신의 고통과 회복을 — 삶을 변화시키는 상처에 대한 수용, 계속 나아가겠다는 의지를 — 얼마간 보는 것 같았다.

하지만 그녀가 그토록 꼬치꼬치 캐물었음에도 불구하고, 나는 내 과거를 나 자신만의 것으로 간직했고, 대신에 수채화 그림물감을 솜씨 좋게 다루는 갖가지 방법들, 즉 그것들을 진하게 또는 묽게 만드는 가장 좋은 방법, 파스텔을 사용하면 더 좋은 경우, 두 가지를 다 가장 잘 받아들이는 종이의 종류에 대해 이야기했다. 그녀는 이 모든 것을 때때로 휘갈겨 쓰기도 하면서 모범생처럼 흡수했고, 자신의 실수에 목이 쉰 것 같은 기묘한 소리로 웃음을 터뜨렸다.

나는 그렇게 사소한 것들을 유심히 보는 사람이 아니었지만,

그녀의 긴 목의 부드러운 모공들, 부자연스러울 정도로 검은 긴 속눈썹이 눈에 들어왔다. 아침 햇살이 그녀의 황금빛 귓바퀴를 가로질러 슬금슬금 기어가는 것을 지켜보면서, 어색한 기분을 느꼈다.

나는 내가 그녀와 함께 있는 것을 무척 즐기게 되었음을 알고 깜짝 놀랐다. 그녀의 말솜씨가 너무 현란해서 일주일도 더 지나고 나서야 비로소 나는 그녀가 매우 다양한 종류의 무척추동물들에 대해 이미 잘 알고 있으며, 사실은 바다 생물들에 대해 나보다 더 예리하고 빈틈없는 지식을 지녔음을 깨달았다. 그녀의 부러진 손목은 심지어 그녀가 바로 이 작은 만의 얕은 바다에서 다이빙을 하다가 울퉁불퉁한 바위에 팔을 세게 찧은 결과였다. 나는 그녀를 학생처럼 가르치려 했다는 당혹감에 얼굴이 화끈거렸다.

"하지만 내게 가르쳐 달라고 했잖아요." 나는 혼란스러워하며 말했다.

"그림 그리는 거요, 조지 워싱턴, 그림 그리는 거 말이에요. 쇠고둥이니 뭐니 하는 것들은 마치 나 자신의 목소리처럼 잘 알아요. 내게 부족한 건 그것들을 묘사할 예술적 기교예요."

"아." 나는 오해를 깨닫고, 눈길을 돌렸다.

그녀가 자기 손을 내 손에 얹은 것은 바로 그때였다. 나는 너무 놀라서 움찔했다. 하지만 내 손을 떼지는 않았다.

"당신이 알려 주겠지요." 그녀가 그렇게 속삭이자, 나는 까무러칠 듯이 놀라고 흥분해 그녀를 돌아보았다.

그녀의 눈이 가늘어졌고, 주근깨투성이인 온 얼굴에는 느긋하고 친밀한 미소가 번졌다. 내게 나 자신의 욕망보다 더 충격적이었던 것은 그녀의 맑은 황갈색 얼굴에 비친 욕망의 모습이었다. 나는 그때껏 한 번도 여자에게서 그렇게 강렬한 감정, 그러니까 노골적인 욕망, 열린 마음을 느껴 본 적이 없었다. 그 찰나의 순간에, 온전한 존재라는 느낌이 갑자기 내게 밀려왔다. 내 넓은 어깨, 그리고 큰 키와 무뚝뚝하고 낮은 목소리의 힘을 자각했던 것이다. 산산조각 났던 내가 갑자기 흠 없는 한 사람의 남자로 합쳐졌다.

그녀가 눈길을 서서히 내 오른쪽 뺨으로 옮겼고, 얼굴 표정이 부드러워졌다. "당신 흉터 말인데요." 그녀가 조용히 말했다. "어쩌다가 생긴 거예요?"

나는 그녀의 평가하듯 날카로운 두 눈을 들여다보았다. 그녀의 미소는 바르르 떨렸고, 치아에는 담배 얼룩이 묻어 있었다. 나는 그녀의 몸에서 풍기는 그 담배 냄새, 그녀의 땀과 아마도 라벤더인 듯한 어떤 꽃의 향수 냄새를 맡을 수 있었다. 내 손을 꼭 쥐는 그녀의 차가운 손, 새 모직 옷처럼 까슬까슬한 피부, 따뜻한 숨결, 그리고 드레스 천 속에서 빠르고 둔탁하게 뛰는 그녀의 심장의 고동을 느꼈다. 나는 걸음을 내디뎠고, 바싹 다가서서 그녀를 느꼈다. 그러자 물밀듯 밀려드는 격한 감정이, 느닷없이 솟구치는 뜨거운 무언가가 나를 관통했다. 나는 정말 그녀에게 한 걸음 더 나아가고 싶었지만, 그 순간 내 귀에 내 숨소리가 선명하게 들렸고, 내 안에서 공포가 솟구쳤다. 내가 멀리 있는 바닷가 판잣집들을 흘낏 보면서 그녀의 손을 떨구는 순간 내 손가락들이 그녀의 거친 드레스 천을 스치고 지나갔다.

그녀도 씁쓸하고 슬픈 미소를 띠고서, 얼굴을 돌려 그 어두운 집들을 바라보았다. 우리 사이에서는 오로지 바닷소리만, 잔잔한 물결 소리만 들렸다.

"물감의 점도를 달리하려고," 내가 그렇게 말하자, 내 목소리는 나 자신의 것이 아닌 듯, 이상하게 들렸다. "어떤 사람들은 황소 쓸개즙을 사용해요. 나 자신은 글리세린을 더 좋아하지만 — " 나는 잠시 말을 멈췄다.

그녀는 생각에 잠긴 듯 보였고, 한참이 지나서야 메모를 하려고 스케치북으로 손을 뻗었다.

5

“백인 여자들은 그저 악마일 뿐이야. 절대로 그러지 마.”

“그녀는 백인이 아니에요.” 내가 대답했다. “적어도 나는 그렇게 생각하지 않아요. 그런데 대체 누구 얘기를 하는 거예요? 당신이 아는 백인 여자가 어디 있어요?”

메드윈은 어깨를 으쓱하며 손바닥을 들어 올릴 뿐이었다.

나는 손에 술잔을 움켜쥐고 상쾌한 밤공기 속에서 메드윈의 조언을 받으며, 우리 셋방 건물의 비뚤어진 나무 계단에 앉아 있었다. 우리 뒤의 큰 방들 중 하나에서는 아일랜드어 뱃노래들이 요란하게 울려 나왔고, 야유 소리며 웃음소리가 끊이지 않았다.

내가 이제 막 태나에 대해 이야기하기 시작했을 때 메드윈이 내 말을 가로막았다.

“이봐, 마치 생지옥을 충분히 겪어 보지 못한 사람처럼 구는군.” 그는 다시 생각해 봐야겠다는 듯 고개를 흔들었다. “빌어먹을, 정신이 나간 거야? 이 사람아, 그 여자가 어째서 여기 와 있다고 생각하는 거야? 그냥 그러고 싶어서, 한 줄기 연기처럼, 휙 하고 여기 와 있는 것 같아? 그녀가 솔로몬 제도에서 왔다고 하지 않았던가? 이상하지 않은 구석이 없어. 그녀는 자기가 어째서 여기 와 있다고 설명했지?"

"설명한 적 없어요."

"아, 그래." 그가 완전히 납득한 표정으로 말했다.

"당신은 탐지 능력이 어마어마해요." 내가 심술궂게 말했다. "요금을 받기 시작해야 해요. 작은 분홍색 차양이 달린 칸막이 가게도 하나 마련하고요. 숙녀들이 잃어버린 모자를 찾게 도와줘요."

"이봐, 잘 들어 봐, 바로 이런 종류의 어리석은 짓 때문에 자다가 목이 찔리는 거야. 이런 종류의 마력 때문에 총에 맞아 창자가 쏟아져 나오게 되는 거라고." 그가 주먹에 대고 아주 세게 기침을 했다. "이제 세부적인 것들을 하나하나 따져 봐야 하지 않겠어? 너는 빌어먹을 바닷가재 샐러드처럼 생긴 얼굴을 한 남자고, 무난하고 사교적인 대화를 나눌 줄도 거의 몰라. 대체 그 여자가 너 같은 젊은이한테 무슨 볼일이 있겠어?"

나는 체념했다는 듯이 어깨를 으쓱했다. 나도 그 못지않게 궁금하다고 말하는 것처럼 말이다. 내가 그때껏 연애 경험이 거의 없었던 것은 사실이다. 나는 평생 오직 한 소녀 — 페이스 농장의 하녀 에밀리 — 만을 순결하게 사랑했고, 다른 두 여자와 함께 누웠던 적이 있었다. 한 명은 아주 훌륭한 숙녀였고, 나머지 한 명은 매춘부였는데, 나는 모든 것이 완전히 끝나고 나서야 그 사실을 알게 되었다. 나는 그 훌륭한 숙녀, 그러니까 비비언 해처라는 이름의 소녀는 그녀가 자기 아버지에게 뜨거운 점심 식사를 가져다주러 왔을 때, 부둣가에서 만났다. 나는 그녀의 아버지와 함께 몇 주 동안 부두 노동자로 일했지만, 그가 조지아주, 메이컨 출신이며 독립 전쟁에서 영국인들과 함께 싸웠고 이제는 적은 임금을 받고 운송용 대형 나무 상자들을 부순다는 것 말고는 그에 대해 아무것도 몰랐다. 비비언은 느리고 솔직하며 짜릿한 눈길을 지닌, 조용하고 거무스름한 얼굴의 열네 살 소녀였다. 우리는 부스럭대는 종이봉투에서 단풍나무 사탕을 꺼내 먹고 서로를 만지며, 그녀의 셋방 건물 뒤 풀이 무성한 둔덕에서 오후를 보내곤 했다. 그녀의 아버지는 이 일을 알게 되자, 내 대갈통을 부숴 버리겠다고 협박했다. 나는 대번에 그가 멸시하는 내 특징이 비비언의 마음을 끌었던 바로 그것, 그러니까 흉터로 얼룩진 내 얼굴임을 알아차렸다. 그는 내 얼굴을 "피가 흥건한 푸줏간 도마"라고 불렀다.

메드윈이 내 이 빠진 잔에 가운뎃손가락 깊이만큼 진을 더 따랐다. 그런 다음 그는 술을 마시고 나는 가득 찬 술잔을 손으로 빙빙 돌리며, 둘 다 아무 말 없이 앉아 있었다.

"그녀는 연체동물들에 대해 웬만한 건 다 알고 있어요." 내가 말했다. "당신이 상상할 수 있다면요."

"내가 상상할 수 있는 건 어떤 튼튼한 떡갈나무 고목에 매달린 네 몸이야." 메드윈이 텅 빈 술잔을 할짝할짝 핥으며 말했다. "내가 상상할 수 있는 건 네가 짐마차에 질질 끌려가는 거야. 그녀가 천사의 물*을 증류해 내는 비법을 안다고 해도 상관없어. 너는 당

* 안젤리카에서 추출한 방향유로 향수나 약제의 원료로 사용된다. 안

장 그 여자한테서 떨어져야 해. 알아들었어? 다시는 그 해변에 가지 마."

나는 부르르 떨면서, 재빨리 술을 한 모금 마셨다.

메드윈이 평소처럼 거슬리는 소리를 내며 크게 웃었다. "그건 내가 직접 만들었어. 마음에 들어?"

"사 마시는 것만큼이나요."

"꽤 훌륭하지, 응?" 그가 껄껄 웃었다. "이봐, 잘 들어 봐. 이제는 나도 너를 좀 알거든 — 어떤 남자가 너를 찾아왔어. 백인 녀석이야. 키가 작고. 추하게 생겼어. 너보다 더 추하게 생겼지. 그러니까 말하자면 상당히 추하게 생겼어."

공포라는 밧줄이 내 배 속에서 똬리를 풀었다. "그가 뭐라고 했나요?"

"별말 없었어. 진짜 과묵한 부류더군. 처음에는 그가 말썽을 일으키려고 온 줄 알았어. 요전 날 밤에 내가 찌른 그 녀석들 때문에 나를 잡으러 왔다고 생각했지. 하지만 그는 그저 질문만 하고 있었어. 이상한 놈이었지. 목소리가 과부나 어린애처럼 정말 부드러웠어. 약간 높았고. 몸집은 그리 대단치 않아 보여 — 이봐, 내가 순식간에 땅바닥에 쓰러뜨릴 수도 있을 정도였어. 그렇기는 하지만, 그 사람한테는 내가 거스르지 못할 무언가가 있었어."

젤리카는 산형과목 미나리과의 여러해살이풀의 일종으로, 속명인 안젤리카는 라틴어로 '천사'라는 뜻을 가지고 있는데, 이는 역병이 유행하던 시기에 한 수도사의 꿈에 천사가 나타나 이 식물의 약효를 알려 주었다는 이야기와 실제로 이 식물에 강심제의 효과가 있었다는 데서 유래한 것이다.

"뭐라고 하던가요?" 내가 조용한 목소리로 다시 말했다.

"음, 별것 없었어. 그냥 너에 대해 묻기만 했어. 내가 네가 누군지 전혀 모른다고 말하니까, 네가 언제 돌아올 것 같으냐고 물었어. 진짜 영리한 새끼야. 나는 한 번 더 너를 모른다고 하면서, 그렇지만 확실히 내 품위 있는 집 문간을 지나가게 내버려 둘 만한 부류는 결코 아닌 것 같다고 말했어. 나는 그에게 썩 꺼지라고, 그리고 수색에 빌어먹을 행운이 함께하기를 빈다고 했어."

자연스럽게 보이려고 애를 썼지만 처참히 실패한 채로 나는 그를 힐끗 쳐다보았다. "고마워요."

"그가 쥐고 있는 네 약점은 나쁜 거야, 그렇지? 아주 나쁜 거. 그렇지만 그게 뭔지 꼬치꼬치 캐묻지는 않겠어." 그가 어깨를 으쓱하더니, 내 잔을 가리켰다. "그건 그렇고. 한잔 더 할 시간 있어?"

그날 밤, 그리고 이튿날 아침까지 줄곧, 나는 두려운 마음으로 침대에 누워 있었다. 제대로 잠들지 못하고 극심한 고통에 시달리는 바람에, 겁에 질린 채 축축한 담요에 뒤엉켜 깨어났다.

나는 몇 주 동안 매일 아침 하던 일을 하고 싶었다. 다시 말해, 내 소지품들을 챙겨서 해변으로 가, 그녀에게 가고 싶었다. 나는 어제 그녀가 차갑고 작은 손을 내 손에 얹었던 그때를 재현하고 싶었다. 다만, 이번에는 그녀를 내 쪽으로 데려와서, 내 몸을 그녀의 허벅지에 밀착하며, 그녀가 나를, 그녀에 대한 내 욕망을 느끼게 하고 싶었다. 내 입을 그녀의 긴 황금빛 목에 대고, 혀 밑에서 펄떡거리는 맥박을 느끼고 싶었다. 하지만 이제 나는 내 셋방에서 나갈 수조차 없었다. 어찌 된 일인지 내가 존 윌러드를 거의 생각하지 않고 있던 순간, 그가 나를 찾아냈기 때문이다.

그게 그 남자인지 아닌지 일말의 의심조차 하지 않은 것은 아니었다. 하지만 그가 아니라고 확실히 말할 수도 없었다. 메드윈이 묘사했던 부드러운 목소리, 작은 키, 사람을 불안하게 만드는 태도—너무나도 익숙한 것이어서, 나는 거칠게 숨을 쉬며 축축한 시트에 등을 대고 똑바로 누워 있었다.

그런데 그렇게 오랜 세월이 지난 후에도 그는 왜 여전히 나를 쫓고 있었을까? 어째서 내가 여전히 이래즈머스 와일드에게 가치가 있는 걸까? 여러 해가 흘렀고, 노예 무역은 서인도 제도에서 한참 전에 폐지된 상태였으며, 비록 아메리카에는 노예 제도가 아직 어두운 그림자를 던지고 있었지만, 서인도 제도에서는 이제 그 제도 자체가 끝이 났다. 설마, 계속 앙심을 품고 있었던 건 아니었겠지? 하지만 악랄한 인간의 마음은 결코 알 수 없는 법이다. 나는 오로지, 내가 이제 너무 겁이 나서 셋방 건물을 떠날 수도 없다는 것과 내가 이 세상에서 가장 바라는 것이 태나의 핀으로 고정한, 검고 고운 머리카락들을 만지는 것임을 알고 있을 뿐이었다.

내가 어떻게 그 일을 해냈는지 지금은 생각이 나지 않는다. 하지만 나는 쇠약해진 상태로 부들부들 떨면서도, 침대에서 일어나 도구들을 챙기기 시작했다. 나는 그날 아침 극심한 공포를 간신히 억누르며, 내 셋방 건물을 떠나, 그러니까 그 삐걱거리는 문을 지나 해변으로 걸어갈 수 있었다.

바닷가는 텅 비어 있었다.

멀리 있는 바위투성이 모래사장을 유심히 살펴보았지만, 나무 그림자들만 보일 뿐 고요했다. 손이 와들와들 떨렸다. 나는 도구를 늘어놓고, 태나를 기다리듯 윌러드 또한 기다리며 수평선을 주시했다. 아무도 오지 않았다. 한 시간 후, 나는 내 물건들을 챙겨서 뒷길로 해서 집으로 돌아갔다. 나는 거기서 초조하게 창밖을 응시하며, 삶은 계란으로 재빨리 식사를 했다. 나는 그날 아침 직장에 나가기로 되어 있었다. 퓨머턴스 건물 상점의 소포들을 배달하는 일이었다. 나는 그 일자리를 지키기로 굳게 결심하고 있었는데, 그 일자리는 날씨가 좋든 나쁘든, 내게 예정된 배달 건수가 열 건이든 한 건도 없든 반드시 얼굴을 내밀 것을 요구했다. 그래서 나는 상아 손잡이가 달린 부엌칼을 양복 조끼에 끼워 넣고, 모자를 깊숙이 눌러쓴 다음 밖으로 나갔다.

그날은 아무 일도 없이 흘러갔다. 하지만 윌러드가 나를 유인하기 위해서는 가짜 이름으로 소포를 주문하기만 하면 된다는 생각이 자꾸 들었다. 나는 노끈을 옆으로 밀며, 두꺼운 포장지 위에 쓰인 이름들을 유심히 살펴보았다. 미세스 스티븐 블래치, 미스터 레이먼드 그라임스, 미스터 제임스 스미스. 이 마지막 이름은 수상쩍을 정도로 인자해 보였고, 그의 지저분한 연립주택식 셋방 문에 다가갔을 때는, 욕지기가 치미는 것이 느껴졌다. 하지만 그는 그저 머리숱이 심하게 줄어들고 있는, 서른 살의 지치고 몹시 왜소한 사람일 뿐이었다. 그는 내 망가진 얼굴을 마치 철썩 따귀를 맞은 남자처럼 충격에 빠져 물끄러미 쳐다보며, 자기 설탕 꾸러미를 받아 들었다.

퇴근 후, 나는 몇 시간이나 긴장하고 경계하며 보낸 탓에 기진맥진해서, 칼을 옆에 둔 채 침대로 털썩 쓰러져 버렸다.

이튿날 아침에도, 태나는 그 바닷가에 나타나지 않았다. 나는 오래 머물지 않았고, 나중에 소포를 배달하러 가기 위해서만 집에서 나갔을 뿐이다. 그 이튿날, 그녀가 마찬가지로 모습을 드러내지 않았을 때, 나는 절망에 빠져서, 이제는 먼 과거 같은 그날 아침 그녀의 손을 너무도 냉담하게 떨궜다며 스스로에게 욕설을 퍼부었다. 마치 내가 고독의 광기 속에서 그녀를 만들어 내기라도 한 것처럼, 그 모든 만남이 꿈 — 나 자신을 짓어발기고, 내 자유와 마음의 평화를 파괴하고, 나를 억지로 진로에서 이탈하도록 한 상상의 산물 — 인 것처럼 보이게 되었기 때문이다. 그리고 그 순간, 느닷없이 나는 내 삶에서 그녀의 출현을 윌러드의 등장에 결부하기 시작했다. 나는 그녀가 어떻게든 그를 위해 일하며 그가 접근할 수 있도록 내 경계를 누그러뜨리기 위해 파견된 것인지를 자문해 보았다. 그건 너무 어리석은 생각이었을까? 맞다, 나는 그렇다고 판단했다. 나는 그 마지막 날 해변에 있었을 때 그녀의 모습을, 그녀의 고운 황금빛 두 뺨을 스치며 반짝거리던 햇살, 썩은 해초와 소금 냄새가 나던 공기를 마음속에 그려 보며 거기 누워 있었다.

며칠이 지나갔다. 때때로 방문을 두드리는 소리가 들렸지만, 나는 결코 대답하지 않았다. 그냥 메드윈일 가능성이 높다는 건 알고 있었지만, 위험을 감수하고 싶지는 않았다. 그 주가 끝날 무렵 음식이 바닥나서, 나는 그다음 이틀 동안 쫄쫄 굶으면서 침대에 누워 있었다. 마침내 머리가 빙글빙글 돌고 근육이 부르르 경련을 일으키기 시작했을 때, 자리에서 일어나, 힘없이 뒷길을 걸어서 4문의 1마일 떨어진 과일 노점상까지 갔다. 나는 거기 서서 사람들을 유심히 살피며, 체격이며 얼굴이 윌러드를 조금이라도 닮은 사람을 찾아보았다. 그가 보이는 것 같지는 않아서, 마침내 과일을 조금 고르러 갔다. 내가 구스베리 바구니를 자세히 살펴보고 있었을 때, 돌연 공기가 담배와 라벤더 냄새로 물들었고, 나는 고개를 들었다. 그럴 확률이 얼마나 됐을까? 그럼에도 불구하고, 그건 바로 늘어진 드레스를 입은 자그마하고 관능적인 그녀, 태나 고프였다. 수레 가득 실린 벌레 먹은 초록색 사과들을 자세히 살펴보는 동안 그녀의 얼굴에는 산만한 표정이 떠올라 있었다.

사람들이 그녀를 흘낏거리고 있었고, 몇몇은 그녀의 별난 모습을 슬며시 비웃고 있었지만, 그녀는 그것을 모르는 듯 보였다. 초저녁 빛이 그녀의 피부를 금빛으로 물들여 얼굴 전체가 환하게 빛났다. 그녀는 느긋해 보였고, 지금은 신랄한 면모가 어느 정도 사라지고 없어서, 눈 속에서 빛나는 뛰어난 지성과 바깥에 머물며 신선한 공기를 들이마신 뚜렷한 육체적 만족감만 남아 있는 상태였다.

어떻게 내가 그 고요, 그 평온을 방해할 수 있었겠는가. 그렇지만 거의 일주일이나 된 데다, 그때껏 매번 실망감이 되살아날 때마다 내 고통은 점점 커져만 가던 상태였다. 그래서 나는 소맷부리를 정돈하고 재빨리 입술을 축이면서 많지 않은 사람들 사이를 천천히 걸어갔다.

하지만 그녀 앞에 다다르기 전에 속에서 구역질이 나 멈춰 섰다. 그녀에게 뭐라고 할 것인가? 내가 바라는 것은 무엇인가? 그녀는 나를 어린애라고, 바보 같다고 생각할 것이다. 나는 그녀의 눈에 띄기 전에, 감자 가판대와 곧 부서질 듯한 사과 수레 사이를 가까스로 비집고 달아났다.

6

나는 겁쟁이였다. 인정한다. 하지만 그때 나는 만사가 고통스러웠고, 괜찮은 것은 아무것도 없었다.

며칠 후, 퓨머턴스 건물 상점에서 나는 배달할 밀가루 한 포대, 설탕 한 봉지, 그리고 숙녀용 옷감 한 필을 건네받았다. 그것은 상당히 흔한 주문이었고, 주목할 만한 점이라고는 아무것도 없었다. 하지만 그 소포 위에 쓰인 이름이 내 눈길을 사로잡았다.

미스터 고프.

나는 내가 그녀의 생활 환경에 대해서 조금도 생각해 본 적이 없었음을 깨달았다. 내 안의 어둑하던 무언가가 캄캄해지는 것이 느껴졌다. 그럼, 결국 남편이 있었단 말인가.

내가 붉은 흙길 끝에 있는 판잣집에 이르기까지는 거의 한 시간이 걸렸다 — 원래 걸렸어야 할 시간의 두 배였다. 나는 줄곧 경계하며 긴장한 채, 인적이 드문 길만 택했다. 속이 메슥거렸고, 나는 그것이 윌러드의 경우와 마찬가지로, 이 주소에서 내가 누구를 발견하게 될 것인가에 대한 두려움에서 비롯되었음을 깨달았다. 마침내 나는 키가 큰 들풀과 자주색 열매들로 출렁대는 나무딸기 덤불에 둘러싸여 있고, 연한 푸른색으로 칠을 한 작은 소금통형 집*에 이르렀다. 누군가가 포치에 쇠로 만든 기묘한 장치를 내팽개쳐 놓았는데, 그 앞바퀴는 비스듬히 기울어 있었다. 나는 삐걱거리는 계단을 올라가서, 짚으로 만든 매트에 부츠를 비벼 닦았는데, 매트가 너덜너덜해져 풀린 가닥들이 낡아 빠진 포치 마룻바닥을 가로지르며 나뒹굴고 있었다.

나는 문 뒤에서 나는 어떤 남자의 희미한 목소리를 들으며, 노커로 현관문을 두드렸다. 이내 그는 내가 뒤로 펄쩍 물러날 정도로 갑작스럽게, 눈이 부셔 희멀건 얼굴을 찡그리며 문을 열었다. 그는 꽤 늙고 땅딸막했다. 그가 나를 유심히 올려다보았을 때, 나는 그의 눈이 검고, 깜박이지도 않고, 눈동자가 없어 보이는, 일종의 광신자의 눈이라는 것을 알아차렸다.

"그래, 무슨 일이지?" 그가 말했다. 그의 치아는 매우 작고 의치 같아 보였다. 그는 내 얼굴을 유심히 살펴보고 있었고, 이제 경계하며 긴장한 듯 보였다.

"배달입니다, 선생님." 나는 마치 그 이름을 벌써 외우지는 못했다는 듯, 소포를 힐끗 보았다. "미스터 고프라는 분께 온 건데요?"

그는 눈살을 찌푸리며 내 손을 내려다보고 나서, 돌아서더니

* 앞에서 보면 2층, 뒤에서 보면 1층인 것처럼 지은 집. 지붕은 앞쪽보다 뒤쪽이 길고 낮다.

그의 뒤쪽 어두운 곳으로 소리를 빽 질렀다. “네 소포가 왔어.” 그는 불만스러워하며 얼굴을 찡그렸다. “이건가? 이게 다야?” 내가 미처 뭐라고 대답을 하기도 전에, 그가 어두운 현관 안으로 한 걸음 물러서 버렸다.

나는 그 순간 희미한 기시감을 느꼈다. 마치 내가 전에도 이 포치에 서서 바로 이런 물품들을 배달한 적이 있었던 것처럼 말이다.

그가 한 손을 어지럽게 흔들며, 내게 들어오라고 일렀다. 나는 머뭇거리다가 그리 크지 않은 현관으로 발을 들여놓았는데, 집 안 공기는 서늘하고 희미하게 레몬 향이 났다. 그는 마치 어린아이 같은 우스운 잰걸음으로 종종거리며, 매우 신속하게 나를 낡고 다 망가진 가구들로 가득 찬 거실로 이끌었다. 한쪽 구석에는, 더러운 채광창 아래 부러진 다리를 조금 어긋나게 붙인 의자 하나가 놓여 있었다. 또 등받이가 있는 긴 안락의자 위의 붉은색 실크 쿠션은 깃털들을 토해 내고 있었다. 하지만 내가 몹시 놀라며 감탄한 것은 사방에 여기저기 흩어져 있는 상자들이었다. 아무렇게나 내던져진 그 상자들에는 말린 불가사리, 큰 게, 그 밖의 다른 바다 동물들이 담겨 있었다. 멀리 창문 아래 처박혀 있는 소나무 책상 위에서는, 조그마한 갈색의 말린 해마 한 마리를 상자 안에 핀으로 꽂아 고정하는 과정이 진행 중이었다.

그는 그 책상으로 걸어가더니, 통통하고 거친 두 손으로 한 무더기의 책들을 바닥으로 밀쳐 냈다. 그것들은 책장이 펄럭펄럭 펼쳐지면서, 털썩 떨어져 내렸다. 양탄자를 덮고 있던 얇은 막 같은 먼지들이 사방으로 흩날렸다.

"자, 어서, 여기 놔둬요." 그가 이제는 치워진 공간을 가리키며 말했다. "식료품 저장실은 지금은 엉망진창이야."

나는 시키는 대로 하고, 책들을 주우려고 몸을 굽혔다. 나는 책을 뒤집어 책등의 제목을 읽었다. "아, 그런데 이 책은 굉장해요, 선생님." 나는 내 분수를 잊은 채, 그렇게 말했다. "이렇게 하시기보다는 더 잘 다루시는 게 좋을 거예요."

그가 나를 날카롭게 훑어보았다. "그 책을 좋아하나?"

나는 폭발 사고 후 빈둥거리던 회복기 내내, 페이스의 서재에서 그런 책들을 수없이 탐독했었다. 나는 그를 유심히 쳐다보았다. "제일 좋아하는 거예요. 그의 『자포동물문과 두족류의 과거와 현재』도 아시나요? 그것 역시 아주 훌륭해요. 솔직히 털어놓자면, 그걸 읽지는 않았어요. 삽화만 봤을 뿐이에요. 하지만 그 삽화들이 넋을 빼놓을 정도라는 걸 알게 되었지요. 저는 저자가 직접 스케치를 한다고 굳게 믿고 있어요. 그는 소름 끼칠 정도로 재능이 있어요 — 훌륭하고 깔끔한 솜씨예요. 그렇지만 그가 그의 『나새류의 광휘』의 수채화들보다 더 뛰어난 삽화를 그린 적은 없다고 믿는다고 말해야 — "

그 노인의 얼굴을 보며, 내 목소리는 차츰 잦아들었다. 나는 천천히 일어섰다.

"이런, 선생님이 그 고프이시군요." 내가 부드럽게 말했다. "지(G). 엠(M). 고프요. 안 그런가요?"

그는 얼굴을 찡그리며 서 있다가, 잠시 후에 인정의 의미로 끙하고 앓는 소리를 냈다. 그는 대단히 저명한 해양 동물학자이자, 내가 그 어떤 것에도 거의 쏟은 적 없는 종교적 열정을 가지고 공부했던 책들의 저자였던 것이다. 그의 명암법은 파격적이고 가끔은 잘못되었다고 느낄 만큼 몹시 색달랐으며, 가늘고 긴 선명한 선은 특이하게 그려진 그의 관찰 기록물들을 아주 매력적이게 만들었다.

"과학에 관심이 있나 보군?" 그의 목소리가 약간 부드러워져 있었다. "자네의 연구 분야는 뭐지?"

"해양 생물입니다, 선생님. 비록 선생님처럼 업적을 쌓은 분 앞에서 이렇게 말씀드리기는 꺼려지지만요."

"그렇다면, 이건 정말 귀하고 다행스러운 만남이로군." 그가 그렇게 말했고, 비록 얼굴은 계속 찡그리고 있었지만, 마음 한편에서는 기뻐하고 있음을 나는 알아차렸다. 그의 두 눈은 얼굴에 비해서는 너무 검어서, 밤바다처럼 끝없이 깊어 보였다.

"그런데, 왜 선생님께서 여기 계시는 건가요? 저는 오히려 마음속으로 영국 어느 장원의 영주의 저택에 계신 선생님을 그려 봤어요. 여기 거주하고 계신 건 아니겠지요?"

"아, 연구 때문이라네, 젊은이, 연구 때문이야. 표본을 채집하는 중이야. 그런 다음 도로 영국으로 가는 거지. 여기서 발견할 수 있는 굉장히 흥미로운 바다나리가 좀 있어."

"그렇고말고요." 나는 다소 지나칠 만큼 힘차게 말했다. 빛이 방 안에서 자리를 옮기며, 점점 더 어둠침침해졌다. 마치 구름이 태양을 가리며 지나가는 것 같았다.

고프가 검은색 양복 조끼 앞부분에 잉크로 얼룩진 손바닥을 닦았다. "그래. 좋아. 자네는 흥미롭고 박식한 젊은이로군. 실례지만 — 자네 이름이?"

"조지 워싱턴 블랙입니다."

"조지 워싱턴." 그가 말했다.

"블랙이요." 내가 말했다.

"그렇군." 그가 말했다.

"제 지인들은 저를 워시라고 불러요."

그는 마음속으로 무인가를 곰곰이 생각해 보며 잠시 말을 멈췄다. "이게 인습적인 일 같지는 않을 거야. 하지만 내 딸과 나는, 우리는 마음이 맞는 동반자 문제 때문에 정말 고민이야. 나한테는 두 명의 유쾌한 누이들이 있어. 한 사람은 영국에, 한 사람은 프랑스에 말이야. 하지만 여기에서 우리는 몹시 고립되어 있고 외로워. 어쨌든 태나와 나는 내일 정오에 배를 타고 바다에 나가 볼 생각이었어. 토요일이니까, 어쩌면 자네가 우리와 함께 갈 수 있지 않을까? 물론 위험한 일 같은 건 전혀 없어. 그저 노 젓는 배와 맛있는 점심뿐이지. 우리는 내 새 책을 위해 관찰 결과를 기록하는 중이야." 그가 끙 하고 앓는 소리를 내며 이렇게 말했다. "어쩌면 다른 볼일이 있을 수도 있겠군. 초대가 너무 늦었어."

내게는 오직 한 단어만 들렸다. 딸. 그의 딸. 나는 안도의 숨을 내쉬었다. "오후를 보내는 더 멋진 방법이 있을 리가 없어요, 선생님."

나는 이상하고 비뚤어진 미소가 그의 얼굴 위로 스쳐 지나가는 것을 지켜보았다.

"아, 아주 좋아, 근사해. 그럼 내일 후미에서 보지. 12시로 하자고." 그리고 이내 그는 얼굴을 찡그리고 혼잣말을 중얼거리면서, 마치 내가 이미 가 버리기라도 한 것처럼, 책상에 자리를 잡고 앉았다.

나는 상쾌한 바닷바람을 맞으며 잠시 멈춰 섰다. 물가에는 작은 노 젓는 배 한 척이 모래사장에 기우뚱하게 박혀 있었다. 나는 두 사람이 그것을 어설프게 움직이는 동안 멀리서 지켜보았다. 여자는 붕대를 감은 손으로 노를 다루려 하고 있었고, 그러는 사이 다른 한 사람은 — 틀림없이 검은색 정장을 차려입은 고프였다 — 배를 똑바로 세우려 안간힘을 쓰며 배 옆구리를 밀고 있었다. 그들 뒤에서는 바다가 하얗고 눈부신 포말을 일으키며 반짝반짝 넘실거렸다.

나는 그들을 향해 천천히 걸어갔다. 하늘이 새파랗고 쾌청하며 살을 에듯 추운 날이었다. 나는 축축한 모래사장을 헤치고 가며 내 부츠에 모래가 묻는 소리, 포트폴리오*에 달린 느슨한 걸쇠가 딸깍거리는 소리에 귀를 기울였다. 공기에서는 썩은 바다 덩이줄기들의 고약한 냄새가 났는데, 시큼하고 끔찍했다. 존 윌러드와 그의 복수심은 아득히 멀게 느껴졌다.

여자가 고개를 쳐들었을 때 나는 여전히 꽤 떨어져 있었는데, 심지어 그 거리에서도, 심지어 그 챙 넓은 보닛을 쓰고 있어도, 나는 그녀를 알아볼 수 있었다. 그러니까 치아가 희미하게 얼룩진 가무잡잡하고 주근깨투성이인 얼굴을 말이다. 나는 심장이 가슴 속에서 쿵쾅거리는 채로 거기 모래사장에 서 있었다. 아무 소리

* 그림이나 서류 따위를 운반할 때 주로 사용되는 납작한 손가방의 일종.

도 들리지 않았다. 심지어 바닷소리마저도.

그녀는 나를 보자, 미소 짓지 않고 내가 눈길을 돌릴 때까지, 화난 듯이 그저 빤히 쳐다보기만 했다. 그렇지만 고프의 얼굴은 특유의 비뚜름한 미소로 밝아졌다. "정말 경이적인 타이밍이로군." 그가 크고 거친 손을 내밀어 악수를 청하며 말했다. 그는 이날은 얼굴에 특이한 안경을 쓰고 있어서, 전에도 탐색하는 듯했던 두 눈이 더욱 활기차 보였다. "자, 미스터 블랙, 부디 우리를 도와주게."

"안녕하세요." 나는 일종의 소개를 기다리며, 두 사람 모두에게 말했다. 태나는 대답하지 않았고, 고프는 그녀를 소개하려는 움직임을 보이지 않았다. 나는 배 옆구리에 자리를 잡고 밀기 시작했다.

"물감을 좀 가져온 건가?" 내가 모래사장에 내려놓은 포트폴리오를 향해 턱짓을 하며 고프가 말했다. "여기 내 딸이 나를 대신해서 스케치를 할 거야. 비록 아직 초보자이고, 실은 몇 달 전에 손목 골절상을 입기는 했지만 말이지. 지난주까지 이 아이는 조수 웅덩이들을 그리려고 이른 아침마다 바닷가로 내려오곤 했어. 내 딸 태나는 대담한 아가씨야. 이 애가 일찍 집을 나서고 있다는 걸 내가 알아차린 것도 몇 주나 지나서였어. 그걸 알고 나서는, 안전을 위해 내가 동행하겠다고 주장했지. 그런데 그거 아나? 이 애는 차라리 집에 틀어박혀 있을지언정 자기 자유를 양보하려 하지는 않았어."

나는 태나를 힐끗 보았다. 그녀는 붕대를 감은 손을 다른 손의 길고 가느다란 손가락들로 움켜쥐고 있었다. 그녀는 나를 보지 앉았다.

나는 다시 한번 일종의 소개를 기대하며 고프를 돌아보았다.

그는 차분한 검은색 눈으로 나를 유심히 쳐다보았다. 그의 홍채가 손가락 자국이 있는 안경 뒤에서 빙빙 도는 것처럼 보였다.

"그럼, 이제 어서 가 볼까." 그가 말했다.

태나가 보닛 아래로 나를 힐끔 곁눈질했다. 그녀는 짜증이 난 것처럼 보였다.

하지만 짜증 난 눈초리일지언정 그녀의 눈길이 내게 닿은 것만으로 기쁨에 겨워 온몸에 전율이 일었다. 나는 고개를 숙였다.

그날 오후 우리가 떠났던 여행은 고뇌와 욕망과 경이로 가득 찬 이상한 것이었다. 나는 물감과 종이를 꺼내 지나가는 물고기들을 스케치했고, 고프는 그런 나를 놀라 감탄하며 바라보았다. 나는 지난 몇 달간 실력이 많이 향상되어서, 소년 시절의 나 자신만큼이나 잘 그리고 있었다. 그 나이 때 완벽하게 능숙했던 내 솜씨, 나였던 그 소년, 이제는 내가 비슷해진 그 남자를 떠올리는 것은 아직도 낯설었다. 내 안에서는 너무나 많은 것이 바뀌었다.

태나는 점심으로 늦은 아침 식사를 가져왔고, 잔뜩 구름 낀 태양의 흐린 빛을 받으며 꾸러미를 풀어, 삶은 달걀과 호밀빵과 차가운 훈제 연어를 말없이 우리에게 건네주었다. 고프와 내가 번갈아 노를 저어 나아가다 보니, 어느새 우리는 몇 마일에 걸쳐 보이는 것이라고는 물뿐인, 바다 한복판인 듯한 곳에 떠 있었다. 수면에 비치던 바닷가 판잣집들의 모습은 오래전에 물속으로 가라앉아 사라지고 없었다.

"자네는 자식이 없나, 젊은 친구?" 고프가 말했다.

나는 잠시 멈칫했다. 내 젊음을 고려해 볼 때, 그 질문은 어쩐지 터무니없어 보였기 때문이다. "없어요."

"아, 음, 자식은 신의 축복이야. 모든 사람이 다 그렇게 생각하지는 않는다는 걸 알기는 하지만. 여기 내 딸은 내가 20년 전쯤 쏠배감펭을 연구하러 솔로몬 제도에 갔던 여행길에 거기서 태어났어. 이 애의 어머니는, 아, 정말 멋진 여자였어 — 불같이 격렬하고, 의지가 강하며, 훌륭한 사색가였지. 여기 태나가 꼭 그대로야, 그녀를 빼닮았어. 나는 이 애를 마치 쏠배감펭이니 뭐니 하는 것들과 마찬가지로 채집이라도 하고 있던 것처럼 그 섬에서 데리고 돌아올 작정은 아니었어. 이 애가 자신이 속한 사회와 그렇게 단절된 채로 자라야 한다는 건 마음에 들지 않았지. 하지만 이 애의 어머니가 세상을 뜨니, 이 애를 버리고 떠나는 건 옳지 않은 일 같았어. 어쨌든 이 애는 내 구세주야. 딸이 얼마나 엄청난 도움이 되는지 자네는 상상할 수 없을 거야. 이 애는 여기 있는 제 늙은 아버지처럼 해양 생물에 대한 열정이 대단해. 내 연구의 진정한 동반자라네."

태나는 유쾌한지 혹은 불쾌한지 조금도 내색하지 않고 이 모든 이야기에 귀를 기울였다. 나는 그녀의 부드러운 숨결, 치맛자락 아래서 두 다리가 어떻게 움직이는지를 의식하고 있었다. 뜻하지 않게 우리의 무릎이 스치자, 내 안에서 몹시 격렬한 열기가 치솟는 바람에, 나는 부끄럽게도 그 충동이 지나갈 때까지 모자로 내 무릎을 가려야만 했다. 그녀는 머리카락을 평소처럼 말아 올려 보닛 아래 핀으로 고정해 놓았는데, 그토록 자유분방한 영혼이 과연 그렇게 볼품없고 자유를 구속하는 방식의 머리 모양을 하고 있겠나고 스스로 선택했을지 궁금증이 인 게 처음은 아니었다. 나는 창밖은 밤이고, 안은 어슴푸레한 침실에서 어깨에 부드럽고 검은 머리카락이 올올이 떨어져 내리도록 핀을 빼고 있는 그녀를 마음속으로 그려 보았다. 담배 냄새가 나는 관자놀이의 머리카락 몇 움큼도.

대화는 매우 호의적으로 오고 갔다. 비록 고프와 나만 말하기는 했지만 말이다. 태나는 말없이 옆모습만 보이게 앉아서, 조용히 음식을 씹고 있었다. 고프는 자기 딸의 기분을 알아채지 못하는 것 같았다. 그는 손가락을 핥으면서, 등 위에 두드러진 돌기 형태의 오므릴 수 있는 아가미를 가진, 세일리시해*의 나새류에 대해 말했다. 또한 노란색에서 붉은색으로, 또 검은색으로 믿기 어려울 정도로 색을 바꿔 대는, 오징어의 근수축에 대해 골똘히 생각했다. 아울러 오아후섬의 초록색 앞바다에서 이루칸지 해파리의 독침을 피했던 일에 대해서는, 마치 자신이 스스로를 속여서 명예롭고 아름답게 죽을 기회를 빼앗기라도 했다는 듯이, 애석해하며 말했다.

"죽음은 사회에 따라 크게 달라지는 사건이야." 그가 말을 이었다. "처음 솔로몬 제도에 도착했을 때, 나는 깊은 슬픔에 잠겨 있었어. 내 막내 여동생인 미란다가 — 있잖나, 여동생이 셋이야, 헨리에타, 주디스, 미란다 — 저, 그 애가 막 자살을 했거든. 어떤 독약인지 뭐 그런 걸 삼켜서, 음독자살을 했어." 그가 고개를 절레절레 흔들었고, 나는 자살에 대한 언급에 불현듯 필립이 생각나 몸

* 북미 대륙의 북서쪽, 캐나다와 미국의 국경 해역.

서리를 쳤다. "한 무리의 섬사람들에게 내 삶에 대해 말하다 보니, 어느새 그 애의 죽음에 대해 이야기하고 있었어. 그런데, 진짜 놀랍게도, 그들 모두가 웃음을 터뜨리기 시작했어 — 숨이 차 헉헉거릴 정도로 엄청 크게 말이야. 나는 충격을 받았지. 내 말을 잘못 알아들은 게 틀림없다고 생각했어. 그래서 다시 제대로 설명하려고 했어. 이번에는 그들이 더 심하게 웃음을 터뜨렸을 뿐이었지.

있잖나, 상황을 이해하지 못한 건 바로 나였어. 그들에게 생명은 우리는 거의 상상조차 할 수 없는 신성함을 지니고 있어. 따라서 그들은 누군가가 그것을 끝내기로 결정했을 거라는 게 터무니없다는 인상을 받았던 거야. 굉장히 우스꽝스러운 짓이지. 어쨌든, 나 자신의 가치관 — 내가 영국인으로서 소중히 여기는 신조들 — 이 현존하는 유일한 가치관도, 또 최고의 가치관도 아니라는 걸 인식하게 된 건 바로 그때였어. 이 세상에는 수많은 존재 방식이 있음을 깨달았지. 하나의 신념 체계를 다른 신념 체계보다 우위에 두고 완고하게 특별 취급하는 건 중요한 무언가를 놓치는 것임을 깨달았어. 모든 것이 독특하고, 모든 것이 다 가치가 있어. 설사 가치는 없다 해도, 적어도 연구해 볼 만은 해."

나는 과학자가 그렇게 말하는 것은 아주 멋진 일이라고 생각했다. 나는 음식을 씹는 그의 밝은 얼굴을 응시하면서, 내가 그를 얼마나 깊이 좋아하는지 깨달았다.

하지만 그렇다고 자기 딸을 대하는 그의 태도까지 내 마음에 들었다는 말은 아닌데, 그녀는 그때껏 줄곧 아무 말도 하지 않은 채, 그가 잔잔한 바다에서 쩌렁쩌렁 울리는 목소리로 외치는 관찰 결과들을 기록하기 위해 깃펜과 종이를 집어 드는 것으로써

짐심 식사를 끝냈다.

“그럼, 혹시 지금은 어떤 연구를 하고 계시는지 말씀해 주실 수 있나요, 선생님?” 나는 어색함을 떨쳐 버리기 위해 그렇게 물었다.

고프는 배 안에 서 있었는데, 그의 한 손에서는 어리둥절한 게 한 마리가 마치 괘종시계 내부 장치처럼 빙빙 돌고 있었고, 다른 한 손에는 대걸레처럼 생긴 바닷말 한 덩어리가 들려 있었다. “나는 지구의 실제 나이와 이른바 하느님의 창조의 증거 사이의 불일치를 탐구하는 중이야. 그건 하나의 확고한 신념이라기보다는 철학적인 연구지. 나는 그저 천지 창조설을 전적으로 반박할 증거가 존재하는지 알고 싶을 뿐이야.” 그가 물이 튄 안경 뒤에서 나를 산만하게 흘낏 내려다보았다. 나는 그가 말을 잇기를 기다렸지만, 그는 그저 눈을 가늘게 뜨고 손에 쥔 잡동사니를 쳐다볼 뿐이었다.

나는 모든 신념이 가치가 있다던 그의 앞선 주장과 모순되는 말에 깜작 놀라 잠시 멈칫했다. “그건 엄청난 시도인 것 같네요, 선생님. 특히 어떤 종류의 증거를 모으시는 중인가요?”

고프는 혼자 중얼중얼하더니, 느닷없이 무릎을 꿇고, 비틀거리며 빙빙 도는 게를 자기 딸의 무릎에 던져 버렸다.

그녀는 태연하게 그것을 응시하다가, 부드러운 손으로 주워 들었다.

“있잖아요, 제 아버지는,” 태나가 그날 처음으로 입을 열어 건조하게 말했다. “런던에서 열릴 작은 전시회를 위해 신세계의 표본들을 채집하고 계세요.”

어쩌면 내가 너무 열심히 그녀를 응시했는지도 모른다. 이내 그녀가 내 눈을 마주 보았고, 배가 우리 발밑에서 부드럽게 흔들리는 내내 아주 한참 동안 우리는 오로지 서로를 바라보기만 했다. 그녀의 얼굴 표정은 침착했고, 심지어 평온하기까지 했지만, 그 고요 아래에는 짜증스러워하는 기색이 있었다. 그녀는 멀쩡한 손에 불안해 보이는 게를 쥐고 앉아 있었다. 나는 말을 하지 않았다. 고프는 망망대해나 다름없이 저 멀리 떨어져 있는 것 같았다.

마침내 태나는 얼굴을 찡그리며, 손을 뱃전 너머로 뻗어, 그 작은 게를 부드럽게 도로 바다에 맡겼다.

우리는 그다음 주 토요일도 다시 한번 함께 보냈다. 차츰 그들이 규칙적으로 가볍게 말다툼을 하기 시작하면서, 나는 고프 부녀에게는 친밀감을 나눈다는 것이 복잡하고 흔치 않은 일임을 깨달았다.

그녀는 조금 누그러져 있었지만, 아주 조금일 뿐이었고, 가끔씩 진담처럼 들리는 농담을 하곤 했다. 정신이 온통 딴 데 팔린 그녀의 아버지는 이런 농담들에 관해 아무 언급도 하지 않았다. 그들이 함께 있는 모습을 보는 것은 얼마나 괴로운 일이었던가. 고프 노인은 성실하고 탐구 정신이 투철하며 고결하고 극도로 무심했고, 태나는 신랄하고 명석하며 억눌려 있었지만, 그래도 어쨌든, 그 자아도취적인 남자에게 헌신적이었다. 둘 다 총명하고 친절한 사람들이지만 서로의 감정에는 부주의하고 기질이 극과 극이라는 점이 내가 볼 때는 분명했다. 나는 두 사람 다 굉장히 좋아했지만, 그들이 함께하는 방식은 질색이었다.

나는 이미도 그것이 실두일 거라고 판단했다 — 아마 내 모든 반감은 질투나 마찬가지였을 것이다. 어쨌든 그녀는 나 자신이 결코 가져 본 적 없었던 아버지라는 존재를 차지하고 있었고, 그 유대 관계에서 비롯되는 괴로움이 무엇이든, 틀림없이 그로 인한 위안이 더 클 것이다. 이제 와 되돌아보면, 질투가 한몫했다는 생각이 든다. 하지만 그는 또한 그녀에게 정말로 차갑고 무뚝뚝했으며, 이럴 때면 나는 그가 지독히도 싫었다.

내가 나에 대한 고프 노인의 반감을 감지할 수 있었던 것은 도움이 되지 않았다. 그는 나를 과학에 취미를 가진 사람으로서는 제법 좋아했지만, 내가 넋을 잃고 태나를 바라보는 모습을 포착할 때면, 거친 광신자 같은 얼굴을 찡그리며 우리 사이에 무겁게 자리 잡곤 했다. 나는 그를 비난할 수는 없었다. 내 욕망은, 내가 짐작하던바, 노예라는 내 태생만큼이나 몹시 명백했으니까. 그는 대체로 편견이 심한 사람이 아니었지만, 이 편견은 자기 혈연을 보호하는 것과 관계가 있었기 때문에, 유독 그 한 가지 편견만은 심했다. 비록 그가 자아도취적이고 과시적이며 태나를 당연하게 여기기는 했지만, 그녀는 분명히 그를 이 세상과 이어 주는 가장 의미 있는 끈이었기에 그런 유대 관계를 파괴할지도 모르는 모든 것으로부터 그 관계를 보호하려 했던 것이다.

나는 그를 존경했다. 정말 그랬다. 하지만 나는 그녀에게 느끼는 욕망을 가라앉히기 위해 아무것도 할 수 없었다. 하루 종일 일을 하다가도 그 잔인한 이끌림에 깜작 놀라서, 가슴이 철렁하며 거듭 멈춰 서곤 했다. 내가 결코 함께할 수 없는 누군가를 못 견디게 갈구하는 것은 자연스러운 일이 아닌 것 같았다. 나는 인간의 마음에 대해 조금도 이해하지 못했다. 그러고 싶지 않았고, 그것을 견딜 수가 없었다. 나는 선정적이고 소름 끼치는 꿈, 축축한 살갗에 대한 꿈에 시달렸고, 시트에 닿아 흥분해서 잠이 깨며 피부가 짜릿할 정도로 살아 있다는 기분과 수치스러운 기분을 한꺼번에 느끼곤 했다.

7

어느 날 화창한 아침에, 일을 하러 가려고 셋방 건물을 나서고 있었을 때, 그녀가 나를 찾아왔다.

메드윈은 심하지 않은 아침 더위 속에 셔츠 단추를 반쯤 푼 채 포치에 나와 앉아 있었다. 그의 피부는 연한 갈색이었고, 가늘고 구불구불한 가슴 털은 검은색이었다. 내가 현관문을 열자, 그가 차분하고 텅 빈 눈으로 나를 힐끗 올려다보았다. 그는 천천히 고개를 돌려 턱으로 길 건너편을 가리켰다.

그녀는 공터나 다름없는, 가시 달린 검은 나무딸기 덤불 가에서 있었다. 나는 즉시 그녀를 알아보았다. 그녀의 그을린 피부, 자그마한 체구, 심지어 아주 먼 거리에서도 햇살처럼 따갑게 느껴지는, 판단하는 듯한 두 눈을.

나는 쯧쯧 혀를 차는 소리를 듣고 내려다보다가 메드윈이 고개를 절레절레 흔들고 있는 걸 보았다. 그는 달그락거리는 찻잔과 신문을 챙기더니 한숨을 쉬면서 일어섰다.

"이 일은 피를 보며 끝나게 될 거야. 두고 보라고." 그가 나를 스쳐 지나 집으로 들어가며 중얼거렸다.

나는 입술을 축이고 나서, 놀라고 긴장한 채, 그녀를 향해 다가갔다. 거의 두려움과 다름없는 기분을 느끼며 숨을 죽인 채 그녀 앞에 이르렀다.

"내가 어디 사는지 어떻게 알아냈어요?" 나는 미소를 지으려 애쓰며 말했다. 만일 그녀가 그렇게 쉽게 나를 찾아낼 수 있다면, 요전 주에 찾아왔던 그 남자가 정말로 윌러드였을 가능성이 훨씬 더 높을 것 같았다. 작은 셋방 건물이 은신처 구실을 전혀 못한다는 사실이 드러나는 중이었다.

태나는 얼굴을 찡그렸다. "나도 당신을 만나니 반갑군요."

"당신이 여기 와 줘서 기뻐요. 정말이에요. 그저 내가 이렇게 쉽게 발견되었다는 되었다는 게 실감 나지 않았을 뿐이에요."

"길을 잃었어요?"

"우리 모두 길을 잃지 않았나요?"

"당신은 강대상에서 설교를 해야 해요." 그녀가 건조하게 말했다. 그녀가 느닷없이 왼쪽 손목을 쳐들었다. 그것은 가늘고 다른 한쪽 손목보다 훨씬 더 창백하며 뼈만 앙상했다.

"붕대를 풀었군요." 내가 말했다.

"꼭 유령 같아요. 아버지는 내 손목이 살프*를 닮았다고 하세요." 그녀가 두 손으로 회색 드레스를 입은 자기 허리를 감쌌다.

* 원통형의 투명한 몸을 갖고 있어서 겉보기에는 해파리를 닮았지만, 분류학상으로는 척삭동물문으로 미더덕이나 멍게에 더 가까운 바다 생물.

"나는 붕대를 해치워서 굉장히 기뻐요. 아직 조금 불편하기는 하지만요."

"어디 좀 봐요." 그리고 두 손으로 그녀의 작고 가느다란 손목을 쥐자, 느닷없는 열기가 내 온몸을 관통했다. 나는 얼굴을 들었다가 그녀 역시 당황했음을 알았다. 나는 가능한 한 무덤덤하게 말했다. "자, 적어도 가혹한 절단 수술은 면했네요."

"정말 친절하게도 말하는군요." 그녀가 건조한 미소를 지어 보였다. "숙녀에게 말하는 법을 정확히 알고 있네요."

"틀림없이 다 연습 덕분이겠지요."

"음. 그런데 우리 오늘 아침에는 어디로 가나요?"

나는 한참 동안 그녀를 응시하며 망설였다. 우리 둘 다 이 일, 그러니까 흑인 소년과 아마 백인 여자로 여겨질 수도 있는, 가무잡잡한 피부의 아가씨가 단둘이 있을 때의 위험성을 잘 알았다. 나는 막다른 골목과 셋방 건물로 이어지는 탁 트인 길을 둘 다 유심히 보았다. 사방이 고요했다. 하지만 모험은 무모한 짓이었기에, 나는 거기 손대지 않을 작정이었다.

그녀는 알아들은 것처럼 보였고, 고개를 숙이더니 내게서 한 걸음 떨어졌다. 우리 머리 위로, 되새 떼가 파닥이며 지나갔다. 주변 나무들 위로 노란빛이 고였고, 따뜻한 바람이 살랑거렸다.

존 윌러드가 우리와 맞닥뜨릴 가능성은 희박하긴 했지만 그래도 여전히 존재했다. 그러면 그녀를 곁에 두고 내가 어떻게 하겠는가? 나는 말없는 그녀의 주근깨 박힌 얼굴을 물끄러미 바라보며, 욕망 그리고 내가 그녀를 보호하기 위해 아무것도 할 수 없을 거라는 섬뜩한 깨달음에 휩싸여 있었다.

그녀는 초조한 손길로 치맛자락 속 깊은 곳에서 너덜너덜한 종이 한 장을 꺼냈다. "당신한테 편지를 썼어요." 그녀는 고개를 쳐들고 머뭇거렸다. "가끔은 당신과 함께 있을 때, 내 의도를 제대로 말하지 못하고 있다는 느낌이 들어서요."

나는 수치심에 얼굴이 달아오르는 것을 느끼며, 그녀가 내민 종이를 빤히 쳐다보았다.

그녀는 손을 내리며 나를 유심히 살펴보았다. "글을 못 읽는군요." 그녀가 조용히 말했다.

"읽을 수 있어요." 내가 톡 쏘아붙였다. 왜냐하면 나는 글을 읽을 수 있었고, 실제로 읽곤 했으니까 — 형편없는 실력에 불과했지만.

그녀가 자신의 두 손을 바라보았다. "괜찮다면, 내가 가르쳐 줄게요."

나는 겉으로는 내가 짜증이 났음을 드러내지 않았다. 의도는 아니었겠지만, 그 제안에는 그녀 자신이 더 우위에 있는 듯 업신여기는 기미가 있는 것 같았다. 마치 내가 글을 모른다는 것이 내 됨됨이와 품성을 규정하기라도 한다는 듯 말이다. 갑작스럽게 희끄무레한 하늘 아래 길고 후텁지근했던 저녁들에 대한 기억이 물밀듯 되살아났다. 새들이 위에서 울어 댔고, 티치는 단어를 소리 내어 읽으며 내게 따라 하라고 재촉했었다.

"아버지는 당신이 노예였대요." 태나가 부드럽게 말했다. "나는 아버지에게 워싱턴 블랙은 설사 사슬에 묶여 태어난대도, 결코 노예 노릇을 하지 않을 거라고 했어요."

다시 한번 나는 아무 말도 하지 않았고, 침묵은 우리 사이를 더 벌려 놓았다.

“내가 당신 마음을 상하게 했군요.” 그녀가 말했다.

나는 어깨를 으쓱했다.

“무슨 뜻이에요?” 그녀가 말했다.

“당신이 날 가르칠 거라고요?” 나는 짜증스럽게 고개를 가로저었다. “게다가 당신은 노예 제도에 대해 마치 그게 선택 사항이라도 되는 것처럼 말하는군요. 아니, 더 정확히 하자면, 마치 그게 기질의 문제인 것처럼 말해요. 패기의 문제인 것처럼요. 마치 천성적으로 노예인 사람과 그렇지 않은 사람들이 있기라도 한 것처럼요. 마치 그게 무분별한 잔학 행위가 아닌 것처럼요. 야만적인 행위가 아닌 것처럼요.”

“하지만 내 말을 그런 뜻으로 받아들여선 안 돼요.” 그녀는 얼굴이 빨개졌다. “내가 말하는 건 당신이 강인하다는 거예요. 당신은 자립했어요. 자급자족하는 생활을 기꺼이 받아들였어요. 당신을 좀 봐요. 당신이 그런 고난을 겪은 후에 살면서 이뤄 낸 걸 좀 보세요.”

나는 입술 사이로 훅 하고 매섭게 바람을 불었다. “네, 보세요.”

바닷가에 밀려와 부서지는 파도 소리가 골목길에서 들려오는 동안, 우리는 다시 한번 침묵에 잠겼다.

“나는 몇 주 후에 떠날 거예요.” 그녀가 말했다. “아버지는 이미 우리 배편을 마련하는 일로 눈길을 돌리고 계세요.”

그 말에 놀라야 할 이유를 나는 알지 못했다 — 그들은 자신들의 체류가 일시적이라고 여러 번 말했었다 — 그럼에도 불구하고 나는 충격을 받았다. 나는 그녀를 자세히 바라보았다. “그럼, 연구는 마무리가 됐군요?"

"우리한테 여전히 없는 표본이 몇 가지 있어요. 하지만 아버지는 보나마나 잠수를 하기에는 너무 늙으셨고, 이번에는 나도 할 수가 없어요." 그녀는 조금 전 자신이 저지른 무례로 주눅이 들어서, 내 눈을 마주 보지 않았다. "내 손목은 여러 달 만에 간신히 나았어요. 또다시 골절의 위험을 감수할 수는 없어요. 게다가 수압이 — 나는 그게 감당할 수 없을 정도로 높을까 봐 겁이 나요."

이내 나는 깨달았다. "당신 대신 잠수해 달라고 부탁하러 왔군요. 그래서 내 셋방 건물에서 나를 찾아낸 거예요."

그녀의 얼굴이 어두워졌다. "당신에게 내 편지를 주러 왔어요. 그리고 당신이 보고 싶었고, 당신도 날 보고 싶어 한다고 생각했기 때문에요. 아무래도 내가 틀린 것 같군요." 내가 말을 하기도 전에, 그녀는 돌아서서 길을 걸어가기 시작했다.

나는 빈손을 양 옆구리에 축 늘어뜨린 채 거리에 서 있었다. 그리고 그 순간 그녀의 내면에는 진화하는 변화무쌍한 세계가 있으며, 내가 그곳에서 영원히 추방되었음을 깨달았다.

8

나는 이용당한다고 느끼는 것을 좋아하지 않았다. 그런데도 그 다음 토요일, 잔뜩 흐린 하늘 아래, 어느새 나는 항구로 이동하고 있었다. 방파제 끝에, 블루 베티라는 이름의 작은 항해용 선박이 계류된 채 서서히 썩어 가고 있었다. 고프와 태나가 나를 기다린 것은 바로 그곳, 승무원들이 오래전에 버린 그 배의 그늘 밑이었다. 고프는 낡은 선박들을 복원해 생계를 꾸리는 현지인 친구에게서 그것을 빌려 두었다. 남자는 그들에게 고프가 원하는 표본들을 찾아낼 수 있을지도 모르는, 얕은 바다에 있는 최근의 난파선 잔해에 대해서도 말해 주었다.

고프 부녀는 아래쪽 해변에서 상자마다 그들의 기구가 담겨 있는, 노새가 끄는 짐수레 옆에 서 있었다. 내가 그들 앞에 이르자, 고프는 마치 나를 알아보지 못한 것처럼 사나운 눈으로 응시했다. 이내 나를 보는 그의 얼굴에 서서히 미소가 번졌다.

“잘 지냈나?” 그가 말했다.

"어쨌든, 아직 숨은 쉬고 있습니다, 선생님." 내가 말했다. 나는 태나를 쳐다보지 않았다. "선생님은 어떻게 지내셨나요?"

"아, 아주 잘 지냈어, 젊은 친구. 아주 잘 지냈다네. 이곳에서 내 작업을 완수할 수 있기를 간절히 바라면서." 그가 숨을 토해 냈다. "나는 자네가 이 일로 우리를 돕는 데 동의해서 한시름 놓았어. 태나가 우리 짐수부지만, 자네도 알다시피, 저 애 손목이 문제야. 만일 우리가 고향 집에 돌아가 있다면, 내 누이들 중 하나에게 부탁할 수도 있을 거야 — 주디스나, 아니면 프랑스에서 헨리에타라도 올 수 있겠지. 하지만 인생이란 게 그런 거지, 산다는 게 다 그런 거야. 그래, 자. 내가 자네를 배 밖으로 내던질 수 있게 준비는 다 한 건가?"

"그 누구보다도 더 단단히 준비가 돼 있습니다, 선생님."

"좋아, 아주 좋아. 전에도 이런 일을 해 본 적이 있나?"

"한 번도 없습니다."

"음, 가장 중요한 건 죽지 않기 위해 노력하는 거야. 자네한테 그런 일이 가장 많이 발생하는 경우에 관해 조언을 좀 해 주지."

그는 이야기를 하면서 동시에 준비를 하도록 나를 배 위로 데리고 갔다. 나는 태나를 지나치며, 그녀가 내 눈을 열심히 피하는 것을 알아차렸다. 나는 그녀를, 뜻밖의 이런 이상한 감정 변화를 이해할 수가 없었다. 나는 며칠 동안 그녀의 편지가 어떤 내용이었을지 고민하며, 내가 제대로 교육받지 못했다는 사실에 괴로워했다. 그리고 이제 나는 표면적으로는 그녀의 아버지를 돕기 위해 와 있었다 — 비록 누구든, 내 짐작으로는 고프조차도, 오로지 그녀가 내게 부탁했기 때문에 내가 왔음을 알 수 있었지만 말이

나. 그런데 이제 내가 여기 있는데, 그녀는 종잡을 수 없이 행동하고 있었다. 나는 진이 다 빠지고, 모든 게 다 끝난 기분이었다. 더 이상 참을 수가 없었다.

그런데도 그녀의 목덜미의 곡선, 거기 들러붙어 있는 부드럽고 검은 머리카락 — 그것들을 보자, 갈망과 욕망이 나를 휩쓸고 지나가는 게 느껴졌다.

고프 자신은 기분이 아주 좋았다. 지난 몇 주 동안의 긴장감은 전혀 없었고, 그는 별것 아닌 일에도 온통 미소를 지었다. 우리가 펌프, 송풍기, 호흡용 호스 뭉치를 꺼내서 갑판으로 다 날랐을 때는 이미 10시 정각이 지나 있었다. 아침 하늘은 구름 한 점 없이 텅 비고 평범해 보였다.

고프는 태나가 내가 옷을 벗는 것을 잠깐이라도 보지 못하도록 주갑판 밑으로 보내 자리를 뜨게 했다. 그는 늙은 두 손을 살짝 떨면서 내가 잠수복 안으로 몸을 넣게 도와주고, 구리 헬멧과 불편한 가죽 공기 호스를 정돈했다. 그는 그것을 대략 2년 전에 주문했다고 설명해 주었다. 그보다 몇 년 전 윗스터블* 앞바다에서 침몰선 인양에 사용된 적이 있는, 조각조각 이어 만든 불완전한 시제품이었다.

"헬멧 조심하게, 젊은 친구." 그가 말했다. "물이 새어 들어오는 걸 원하지는 않겠지."

우리가 그것을 내 머리에 딱 맞게 부착하고 있었을 때, 그가 말했다. "저 애는 너무 어려. 우리 태나는."

* 영국 켄트주 북부의 바닷가 마을.

나는 그를, 그의 새까만 두 눈을 빤히 내려다보며, 잠시 멈칫했다. "제가 더 어린데요, 선생님."

"나이로는, 그렇지." 그가 쾌활하게 웃으며 말했다.

나는 알아들었다. 그의 말은 내가 전에 노예였고, 그 과거의 야만성으로 인해 마치 불 속에서 연기를 내며 끄집어낸 어떤 끔찍한 물건처럼 완진히 망가진 존재가 되어 버렸다는 뜻이었다. 그가 나를 사고력 있는 사람으로 인정한다는 것, 내 사고방식을 존중한다는 것, 혹은 내가 그에게 한창 호의를 베푸는 중이라는 것조차 중요하지 않았다. 나는 검은 피부에 화상 자국까지 있고, 외면만큼이나 내면도 망가져 있었다. 그는 나를 삽화가이자 과학자로 매우 진지하게 생각하기는 했지만, 자기 딸을 위해서는 나를 원하지 않았다.

내가 목에 닿는 헬멧 테두리를 꽉 붙잡았을 때, 그 금속은 태양에 뜨겁게 달궈져 있었다.

냉기의 일격에, 내 폐에서 공기가 모조리 빠져나갔고, 얼어붙을 듯 차가운 검은 물이 내 몸을 빨아들였다. 처음 몇 초는 몹시 충격적이었고, 일렁거리는 어둠 속에서 이상하게 몸무게가 사라진 듯한 기분과 쇳덩이가 된 기분이 동시에 느껴졌다. 캔버스 천으로 만든 옷을 입은 내 두 다리는 물을 휘젓고 있었고, 고개는 헬멧 속에서 딴딴하고 뻐근했다. 끊임없이 빨아들이는 것 같은 소리가 귀로 쇄도했고, 나는 헬멧 창유리로 밀려드는 약간의 기포를 마주 보며 눈을 깜박거렸다. 내 호흡용 튜브 때문에 발생한 기포들이었다. 나는 하강할 때마다 매번 배 속에서 힘껏 잡아당기는 것 같은 기분을 느끼며, 점점 더 떨어져 내려갔다. 강렬한 젖은 가죽 냄새가 내 머리를 가득 채웠다. 나는 목을 부드럽게 뒤로 젖히고, 내 위에서 흔들리고 있는 배 밑바닥을 보았다. 그것은 햇빛이 줄어 어슴푸레한 바닷물 속에 마치 관처럼 떠 있었다.

그 얕은 바닷속에서 세상은 얼마나 선명하게 빛났던가. 끝나가는 아침의 그 모든 황금빛 햇살이 보였고, 파편들이 그 빛 속에서 흔들리며 활기를 띠는 모습이 보였다. 파란색, 자주색, 황금색 섬모가 물속에서 희미한 노란색 빛줄기들을 가르고 빙글빙글 돌며 내려갔다. 금빛으로 빛나는 그 흐릿한 광경 속에서 이질적이고 근육질인 새우의 섬광처럼 번쩍이는 두 눈이 언뜻 보였다. 내 위쪽에서 빛의 속성이 바뀌었고, 힐끗 올려다보다가 일시적인 어스름 같은 것이 수면 위로 내려앉는 것을 지켜보았다. 나는 고개를 돌렸다. 대갈못 하나가 내 쇄골을 고통스럽게 찔렀기 때문이다. 그래서 나는 헬멧을 조절하기 위해 잠시 멈췄다. 그 추위 속에서 이제 시간이 느려지며, 점점 길어지고 있었다. 나는 흘낏 내려다보다가 하얀 섬광을 보았고, 그것이 틀림없이 또 다른 생명체일 거라고 생각했지만, 결국 나 자신의 눈, 다시 말해 헬멧의 관찰용 창유리에 비친 내 두 눈의 모습임을 깨달았다. 그리고 바로 그때, 마치 누군가가 내 옆에서 커다란 종을 치고 있기라도 한 것처럼, 깊은 울림이 내 온몸을 관통했다. 엄청난 진동이었다. 그리고 갑자기 내 몸이 서서히 사라지고 있는 것이 느껴졌다. 그 모든 치떨리는 일들과 분노와 공포, 고프의 검고 탐탁잖아 하는 눈의 혹평, 그리고 빅 킷의 피부의 감촉이 서서히 사라져 갔다. 그리고 얼음 위에서 뒷걸음질 치던 티치의 모습, 북극에서 맡았던 목재의 냄새, 마구 흔들리던 구름 범선, 그 모든 것이 사라져 갔다. 또 그 빈터의 어두워진 풀밭에 떨어진 피, 필립의 얼굴에 서린 그 고통, 나는 그 모든 것이 사라져 가게 내버려 뒀다. 또 끊임없이 어른거리는 윌러드의 작은 그림자—이 모든 것이 사라지게 내버려 둬서, 결국 나는 부드러운 해류가 나를 잡아당기는 동안, 팔이 양 옆구리에서 덜렁거리는 채로 축 늘어져 버렸다. 추위가 나를 집어삼켰고, 빛이 약해졌다. 그리고 마침내 자비롭게도 나는 아무것도 아니었다.

하얀 베일이 내 헬멧에 스쳤다. 나는 깜짝 놀라서 뒤로 물러났다. 해파리였는데, 위험할 정도로 가까웠다. 나는 그것에 독이 있음을 생각해 내고, 발을 차면서, 녀석이 반짝이는 너덜너덜한 레이스 속으로 촉수를 물리는 모습을 지켜보았다. 나는 헬멧에 물이 새어 들어오지 않도록 조심스럽게 똑바로 선 자세를 계속 유지하며, 앞으로 나아가기 시작했다. 흐릿한 물을 헤치며 울퉁불퉁한 바위들 사이를 지나, 바닥 가까이에 있는 암반층을 향해 터벅터벅 걸었다. 이것이 그 바크형 범선인 게 분명했다.

난파선은 해초로 잔뜩 뒤덮이고 쇠 난간이 녹슬고 뒤틀린 채, 똑바로 누워 있었다. 물고기들이 열려 있는 뱃전 창문들 사이로 유유히 들락거리고 있었다. 나는 샅샅이 살펴보기 시작했다. 물은 차가웠다. 내 호흡에 기포가 보글거리는 소리를 두 귀로 들으며, 갈색과 붉은색이 감도는 노두를 응시하고 있었을 때, 어떤 형체가 밝은 주황색으로 밝게 빛났다가, 다시 갈색 녹 빛으로 바뀌었다.

나는 잠시 멈춰 섰다. 이내 바닷물을 가르고 들어온 햇빛이 닿는 마지막 지점을 지나, 아주 천천히 물살을 헤치며 더 가까이 다가가기 시작했다. 눈을 가늘게 뜨고 바라보았지만, 아무것도 움직이지 않았고, 아무것도 흔들리지 않았다. 그때 연달아 환영이 보이며, 바위가 반들반들한 푸른색 얼룩이 되더니, 그다음에는 울퉁불퉁한 붉은색 고깃덩어리, 그다음에는 얼룩덜룩한 갈색 누더기, 또 그다음에는 몸서리쳐지게 깊게 베인 붉은 상처가 되었다.

나는 두꺼운 가죽에 싸인 두 팔을 뻗으며, 다시 한번 그것을 향해 천천히 다가갔다. 그 생명체는 주황색 팔들로 사방을 온통 끓어오르듯 부글거리게 하며, 바위에서 솟구쳐 올랐다. 빨판이 새하얬다. 그것의 눈길은 부드러운 외투막 밖으로 격렬하게 요동치며 나를 태워 버릴 듯했으며, 짐작건대, 슬프도록 뻣뻣한 소년을, 그의 쓸모없이 딱딱하고 유연성 없는 뼈들을 바라보고 있었다. 나는 그것의 축 늘어져 흔들리는 둥근 머리와 그것을 태곳적 생명체처럼 보이게 하는 울퉁불퉁한 바위들을 주시했다. 그러자 별안간 뜨겁고 영광에 찬 느낌이 나를 휩쓸었다. 눈부시게 빛나는 희망이었다.

나는 세 번째 팔에 달린 촉수들로 그것이 암컷임을 알 수 있었다. 그것은 경이롭고 눈이 부실 정도로 생명력이 넘쳤다. 고프가 그의 전시회를 위한 표본으로 나무 상자에 넣으려고 그것을 죽인다고 생각하자, 느닷없이 욕지기가 치밀었다. 그 모든 게 몹시 잘못된 일처럼 느껴졌다. 나는 생각해 보았다. 사람들이 그것을 살아 숨 쉬는 기적으로 여기도록 산 채로 영국으로 가져갈 수는 없을까? 그게 그토록 불가능한가? 사실, 그것들 모두 — 말미잘들과 바다나리류와 나새류와 문어들 — 를, 그런 생물들을 가까이에서 볼 기회를 결코 가질 수 없을 대중이 관찰할 수 있도록 살아 있는 상태로 데려갈 수는 없을까?

나는 그것이 불가능하다는 것을 알고 있었다. 과학적 역량이 부족했다. 그것들을 어디에 살게 할 것인가? 어떤 것들을, 어떻게 함께 넣어 둘 것인가? 식물들 역시 썩지 않게 운반할 수 있을까? 정말이지, 해양 생물 자체는 어떻게 계속 살려 둘 것인가? 그것은 가망 없고, 소용없는 일이었다. 그런데도 나는 그 실패의 확실성으로 인해 오히려 그것을 시도해야만 한다고 전적으로 확신하게 되었다.

문어는 바닷말에 자리를 잡고, 내 앞에서 몸통을 검게 늘어뜨렸다. 내가 그것을 만지려고 앞으로 나섰을 때, 그것이 별안간 먹물을 잔뜩 뿜었다. 우리는 잿빛 누더기처럼 둥둥 떠 있는 먹물을 사이에 두고 서로를 지켜보며 잠시 정지해 있었다. 이내 그것이 물살을 가르며 쏜살같이 멀어지더니, 우뚝 멈춰 불이 붙은 천처럼 빛을 내뿜으며 팔들을 펼쳐 너울너울 흔들었다. 이렇게 잠시 멈추는 동작에는 무언가 재미있는 요소가 있었다. 마치 내가 자기에게 먹물을 되쏘기를 기대하기라도 하는 것 같았다. 나는 그것을 향해 부드럽게 두 손을 내밀었다. 그러자 그 생물은 캄캄한 물속에서 거의 완전히 정지해 있는 것처럼 빙글빙글 맴돌았다. 그런 다음 나를 향해 꿈틀꿈틀 수줍게 다가오기 시작했고, 그러다가 고작 몇 인치 떨어진 곳에 멈춰, 작고 젤리 같은 눈으로 나를 유심히 보았다. 그런 다음 내 두 손으로 곧장 헤엄쳐 들어왔다.

내가 수면으로 올라왔을 때, 태양은 낮게 걸려 있었고 열기도 잃은 상태였다.

나는 몸을 녹일 수가 없었다. 고프 부녀가 랜턴을 켜 놓은 상태였고, 그 깜박거리는 불빛에 태나가 배를 움직이기 시작하는 것이 보였다. 나는 기진맥진해서 갑판 위로 쓰러져, 고프가 나를 줄곧 질질 끌게 내버려 두었다. 내 등 뒤에서 호흡용 튜브가 철퍼덕 부딪히는 소리가 났다. 고프가 간신히 헬멧을 벗겼을 때 나는 차가운 공기에 놀라 숨을 헉하고 들이쉬었고 몸이 덜덜 떨리며 피부 밑에서 불꽃이 튀는 듯한 감각이 느껴졌다. 몹시 고통스러웠다. 점점 희미해져 가는 오후 햇살 아래, 내 위로 불쑥 나타난 고프의 얼굴은 푸르스름했고 군데군데 그늘져 얽은 얼굴처럼 보였다.

"목욕은 어땠지?" 그가 특유의 비뚤어진 미소를 지으며 말했다. "이제 충분히 깨끗해졌나?"

나는 그가 내 등에 걸려 있는 통발을 떼어 내기를 바라며 숨을 헐떡였는데, 그 안에는 그 이름 모를 문어와 몇몇 푸른갯민숭달팽이와 갯나리류와 별벌레들을 모아 놓은 상태였다. 고프는 꽤 연민 어린 표정으로 내가 잠수복을 벗게 도와주었다. 그는 일상용품 상자에서 갈색 모직 담요를 꺼내 내게 건네주었다. 거기에서는 목탄과 나프탈렌의 고약한 냄새가 났지만, 나는 그래도 여전히 고마웠다. 나는 덜덜 떨며 말없이 앉아 있다가, 이내 주갑판 밑으로 가서 옷을 입은 다음, 물이 뚝뚝 떨어지는 우리마다 들어 있는 포획물을 살펴보러 위로 올라갔다.

"그게 뭐지? 뭘 잡은 건가?" 고프가 내 어깨 너머로 자세히 들여다보며 말했다.

마침내 우리와 합류했을 때, 태나는 불안하고 초조해 보였다.

그녀의 얼굴을 유심히 살펴보았지만, 그녀가 울고 있었는지는 알 수 없었다. "몸이 안 좋아요?"

"괜찮아요, 미스터 블랙, 고마워요."

"뭘 건졌어, 응?" 고프가 안절부절못하며 말했다. "그것들을 지금 당장 열어 봐."

나는 태나에게서 돌아선 다음, 우리 하나를 아주 조심스럽게 열고, 번쩍번쩍 빛나는 주황색 생물, 그러니까 그 문어를 꺼냈다.

"북극문어와 꽤 닮았군." 그가 살짝 매료된 듯 관찰했다. "하지만 그것이라기에는 지나치게 커."

"이건 저한테 먹물을 뿜었어요, 선생님." 내가 말했다. "북극문어한테는 먹물이 없다고 생각해요." 내가 그것의 점착성 몸을 두 손으로 들어 올리자, 그것이 꾸물꾸물 내 팔을 칭칭 감았는데, 그 빨판의 감촉은 마치 차가운 작은 입처럼 충격적이었다. 몹시 친밀한 느낌이 들었다. 나는 녀석의 팔을 하나씩 풀어 보려 했지만, 두 번째 팔을 떼어 냈을 때쯤에는, 결국 처음 떼어 낸 팔이 다시 원래 자리에 들러붙어 있는 것을 거듭 발견했을 따름이다.

"그게 자네를 좋아하는군." 고프가 말했다.

팔에 문어가 칭칭 감긴 채, 갑판 위에 웅크리고 앉아 있었을 때, 저 멀리 후미의 늦은 오후 랜턴들이 가까워지고 있는 게 보였다. 매우 평온하고, 그때껏 나 스스로 개척했던 거칠고 정처 없는 삶에서 아주 멀리 떨어져 있는 것 같은 기분이 들었다. 나는 소리 내 웃기 시작했다.

9

우리는 그 동물들을 고프의 작고 파란 집 바로 뒤에 늘어선, 바닷물을 가득 채운 양철 양동이들에 넣어 놓은 다음, 식사를 하러 집 안으로 들어갔다.

어두운 식당으로 들어가니 이곳마저도 폭탄이 터진 듯 서류와 피클 병과 표본 상자들로 엉망진창이었다. 조그마한 오징어 한 마리가 테이블보를 씌우지 않은 테이블 표면에서 건조되어 갈색으로 돌돌 말려 있었다. 고프는 그것을 빵 부스러기가 여기저기 흩어져 있는 마룻바닥으로 쓸어 버렸다.

"우리는 가구가 딸린 집을 빌려서, 엉망진창을 만들고 말았어." 그가 불퉁하게 말했다.

"고등어 튀김을 좋아하면 좋겠네요." 태나가 옆방에서 큰 소리로 말했다. 그녀가 문간에 모습을 드러냈는데, 그녀의 미소는 이상하게도 걱정스러워 보였다. 마치 나를 실망시킬까 봐 두렵기라도 한 것처럼. 나는 하루 종일 그녀의 낯설고 애매한 태도를 이해할 수가 없었다. 하지만 지금은 자기 아버지가 나를 집 안으로 들인 데서, 그가 나를 받아들일 가능성을 본 것 같았다.

"평범한 사람들을 위한 평범한 음식이지." 고프가 코 옆을 긁적이며 불통하게 말했다.

"저희가 그런 사람들인가요?" 태나가 말했다.

"놀랍도록 신선한 냄새가 나네요, 고맙습니다." 내가 소나무 의자에 앉자, 의자가 내 몸무게에 눌려 불안정하게 흔들렸다. 난장판이기는 했지만, 나는 긴 마호가니 사이드보드 위쪽에 녹슨 도금 액자에 든 자그마한 유채 초상화들이 줄줄이 걸려 있는 방이 매력적이라고 생각했다.

"이것들은 직접 그린 건가요?" 나는 태나를 돌아보며 손짓을 했다.

"경우에 따라 달라요." 그녀가 내게 건넬 접시를 든 채, 애매하게 말했다. "마음에 들어요?"

별안간 접시가 뚝 하고 두 동강이 나 버리자, 그녀가 그 조각들을 잡으려고 정신없이 손을 휘저었다. 그녀는 간신히 한 조각을 잡았고, 다른 절반은 쨍그랑거리며 바닥에 무사히 떨어졌다. "말이 돼?" 그녀가 허둥거리며 말했다. "단단한 원목 마룻바닥이 이렇게 부드러운데, 내 손이 그렇게 딱딱하다고?"

나는 자리에서 엉거주춤 일어났다. "다쳤어요?"

"아, 제발요." 그녀가 말했다. "삶은 베네치아 오페라가 아니에요, 미스터 블랙." 나는 그녀의 말뜻을 이해하지는 못했지만, 그녀가 손목 안쪽을 베였다는 것과 당황스러워한다는 것은 알 수 있었다. 그녀는 상황을 수습하려고 혼자서 부엌방으로 갔다.

"따님은 훌륭한 화가예요." 내가 고프에게 그렇게 말했는데, 그는 그때껏 내내 말없이 앉아 있었다. 나는 그 찬사에 대한 그의 반응을 기다리며, 대담하게 그의 얼굴을 빤히 쳐다보았다. 그가 아무 말도 하지 않아서, 내가 말을 이었다. "따님의 많은 매력들 중 하나지요."

"자네는 저 애의 매력에 줄곧 관심이 많은 것 같군." 그가 흔들림 없는 검은 눈으로 말했다.

나는 심장이 목구멍으로 튀어나올 것 같았다. 내가 너무 주제넘게 굴고 있음을 알았지만, 충동적으로 화가 치밀어서 자제할 수가 없었다. 나는 입술을 축였다. "그녀는 감탄스러운 여성이에요."

"저 애는 여성이 아니야. 여자아이지."

"그녀는 이제 스물이에요."

"저 애는 이제야 스물이야."

이제 그의 완고한 눈에 마치 또 하나의 어둠 같은 기묘한 광채가 도는 것이 보였다. 그래서 나는 마치 바위 절벽에 다다르기라도 한 것처럼 돌연 그만둬 버렸다. "그렇군요, 그럼." 나는 점점 잦아드는 목소리로 그렇게 중얼거렸다.

고프가 와인을 한 모금 꿀꺽 마셨고, 나는 내가 그만둬서 그가 안도했음을 알 수 있었다. 그는 손으로 잔의 손잡이를 빙빙 돌렸다. "지금껏 태나의 삶은 일찍이 내가 그럴 거라고 상상했던 것보다 더 힘들었어." 그가 부드럽게 말했다. "자네는 그걸 절대로 모를 거야 — 저 애는 무척 태연해. 하지만 지금껏 영국 사회에 결코 받아들여지지 못했고, 그로 인해 깊은 마음의 상처를 입었어.

내가 보기에 저 애는 늘 이상한 데 마음이 끌려서 더 힘든 상황을 자초했어. 내 말 잘 듣게 — 열두 명의 사람을 한 방에 넣어 놓으면 태나는 항상 그들 중 가장 괴짜인 사람에게 강하게 끌릴 거야. 심지어 어린아이였을 때도 그런 식이었어. 그건 감동적이고 아주 친절한 행동이지만 저 애한테 도움이 된 적은 거의 없어. 나는 저 애가 더 이상 힘든 일을 겪지 않았으면 좋겠어."

그가 나를 부드럽게 건너다보는 순간, 나는 그가 그녀를 위해 우리 둘 다를 위해 걱정하는 것이 사회적인 멸시임을 깨달았다. 그는 만일 상황이 달랐더라면 틀림없이 나를 받아들였을 거라고 말하고 있는 듯했다.

그가 헛기침을 했다. "저 애의 그림, 그래. 음, 태나는 노력을 하지. 하지만 자네의 그림은, 미스터 블랙 — 자, 그건 아주 아름다워. 나는 화가가 그렇게 꼼꼼하고, 그러면서도 그림에 생기를 불어넣는 것은 한 번도 본 적이 없어."

그 칭찬은 생소하지 않았다. 고프가 내 품위 있고 우아한 선에 대해 자주 언급하곤 했기 때문이다.

"몹시 친절하시군요." 내가 말했다.

"우리 둘 다 내가 그렇지 않다는 걸 잘 알아." 그가 언뜻 건조하고 삐뚤어진 미소를 지어 보였다. "하지만 최근 며칠간 줄곧 자네에게 물어볼 작정이었어 — 내 새 논문의 삽화를 그리는 영광을 베풀어 줄 수 있겠나?"

나는 당혹감에 두 뺨이 달아오르는 것을 느꼈다. "저를 놀리시는 건가요?"

"흥미가 안 생기나?"

"더할 나위 없이 즐거운 일일 겁니다, 선생님." 우리 사이의 그 모든 일에도 불구하고, 그는 여전히 내게 전설적인 존재였고, 나는 그 일을 큰 영광이라고 생각했다.

그가 얼굴을 찡그렸다. "무슨 소린가? 더 크게 말해 보게."

태나가 금테를 두른 이 빠진 하얀 접시를 들고 돌아왔다. 그녀가 내 앞에 접시를 내려놓았을 때, 젖은 눈의 생강빛 고양이 한 마리가 테이블 아래에서 슬쩍 튀어나오더니 곧바로 그 위로 펄쩍 뛰어 올랐다.

"이런." 고프가 그 암고양이를 찰싹 때리며 말했다. "자네가 자기 자리에 앉아 있어서 그래." 그가 날카롭게 손뼉을 쳤다. "저리가, 메두사."

"우리가 어떻게 사는지 보셨네요." 태나가 말했다.

마치 그것은 전혀 사과할 일이 아니라는 듯, 고프가 입술 사이로 훅 하고 바람을 불었다. 그런 다음 자기 접시에 눈길을 고정한 채, 재빨리 토끼처럼 생선을 베어 물며 걸신들린 듯 먹어 치우기 시작했다.

"그 일을 한다면 큰 영광일 거라고 말씀드렸습니다, 선생님." 내가 말했다. "집필은 어떻게 되어 가고 있나요?"

"뭘 한다고요?" 태나가 말했다.

"아, 집필." 고프가 불퉁스럽게 말하며 고개를 저었다. 그의 반짝거리는 작은 이 사이에 낀 고등어 살이 언뜻 보였다.

"새 책에 삽화를 그리는 거요." 내가 태나를 돌아보며 말했다.

그녀가 자기 아버지를 힐끗 보았다. "그렇군요." 그녀가 우리 건너편 자리에 앉으며 테이블에 부딪치자 양초들이 흔들리며 잿빛 그림자들이 마치 나방처럼 그녀의 옅은 색 드레스 천을 스쳐 지나갔다. 그녀는 잠시 자기 포크를 바라보고 나서, 빙긋 웃으며 고개를 쳐들었다. “아름다울 거예요. 의심의 여지가 없어요.”

고프는 계속 열심히 먹고 있었다. “내가 직접 하려고 했지만, 알다시피 내 시력이 문제야. 아무튼 나는 요즘 그림 그리는 일에 점점 더 관심이 줄고 있어. 심지어는 글을 쓰는 일에도. 그 전시회 — 그게 문제야.”

나는 그 얘기를 꺼낼 생각은 없었다. 그럼에도 불구하고 잠수를 하다가 들었던 모든 생각이 그 순간 마음속에 떠올랐고, 그 순간 말을 하지 않으면 틀림없이 기회를 놓칠 것 같았다. “선생님의 전시회를 살아 있는 것으로 만들 생각을 해 보신 적이 있나요?”

고프가 나를 보며 얼굴을 찡그렸다. “살아 있는 거라니, 미스터 블랙?”

나는 잠시 멈췄다가, 그들의 관심을 완전히 끌고 나서야 비소로 말을 이어 갔다. “커다란 홀, 전시장을 상상해 보세요. 하지만 벤치가 잔뜩 있는 건 아니에요. 대신에 온갖 종류의 수중 생물을 담은 커다란 수조들이 있어요. 어마어마하게 큰 수조들이요. 아마 두꺼비와 거북과 도마뱀 들이 든 야외 테라리엄*들이 있을 수도 있겠지요. 그러면 사람들이 와서 그 유리에 얼굴을 바싹 들이댈 수도 있겠지요. 그 동물들의 습성을 직접 체험해 배울 수 있어요. 그건 실내 공원처럼 계속 설치해 둘 수도 있어요.”

“일종의 해양 동물원이군요.” 태나가 중얼거렸다.

* 식물을 기르거나 뱀, 거북 등을 넣어 기르는 데 쓰는 유리 용기.

고프는 당황한 듯 끙 하고 앓는 소리를 내며 삶은 감자 몇 개를 입에 아무렇게나 밀어 넣었지만, 나는 그가 관심이 있음을 알 수 있었다. "그런 건 불가능해."

나는 차분하게 그를 응시했다. "실제로 이뤄지기 전까지 가능한 건 아무것도 없습니다, 선생님."

표정이 누그러지면서, 그가 나를 유심히 살폈다 "음. 그건 경이로운 업적이 될 거야, 젊은 친구."

"하지만 어떻게요?" 태나가 그렇게 말해서, 나는 그녀 역시 그것을 진지하게 생각하고 있음을 알 수 있었다. "그 수조들은 장기간 물이 새지 않도록 완전히 밀폐되어야 해요. 하지만 그렇다고 해도 — "

"그 동물들한테는 당장 쓸 수 있는 산소가 필요할 거예요." 내가 말했다.

"바로 그거예요. 게다가 그런 굉장한 컬렉션을 처음에는 어디에 둘 건가요? 죽은 표본들로 일시적인 전시회를 준비하는 것과 여러 해에 걸쳐 살아 있는 생물들을 보살피는 건 완전히 별개의 일이에요. 그런 용도에 맞게 건물을 개조할 수 있을까요? 아마 그래야 비용을 절감할 수 있을 테니까요. 아니면 특별히 그 목적에 맞게 건물을 설계해야만 할까요?"

"아무튼 그건 대단히 흥미진진한 난제로구나." 고프가 불퉁거리듯 말했다.

우리는 탄산과 산소의 균형을 유지하는 문제, 식물의 부패 및 물의 까다로운 산도(酸度)와 관련된 문제들에 대해 자세히 이야기를 나누기 시작했다. 우리 세 사람이 서로의 말을 진정으로 열심히 심사숙고하며 검토해 보는 것은 친밀하고 기운을 북돋워 주는 일이었다. 우리는 대화에 푹 빠져 있었기 때문에, 마침내 내가 화장실에 가려고 자리에서 일어났을 때는 긴 그림자들이 테이블을 가로지르며 길게 드리워져 있었다.

돌아와 보니, 고프는 생각에 잠겨 그레이비 소스가 잔뜩 묻은 자기 접시를 뚫어져라 쳐다보고 있었다. 방금 무언가를 생각해 낸 참이었던 것이다. 나는 산소 농도에 관한 어떤 새로운 의견을 기대했지만, 그는 그저 무뚝뚝하게 이렇게 말했을 따름이다. "다음 토요일에는 두 사람한테 바다나리류를 선별하게 맡겨야겠어. 나는 해안을 따라 여기서 30마일쯤 떨어진 아주 작은 마을에 다녀올 예정이야. 거기 사는 한 어부가 날개 달린 하얀 껍질의 물고기를 한 마리 잡은 것 같아. 사람들 말이 이상하고 아주 이질적인 것이라더군. 이 세상 것이 아니라나. 그게 어느 정도 과장이 아닌지 누가 알겠어 — 겉모습을 바꿀 만한 충격적인 경험을 한 적이 있는 상당히 흔한 종류일지 말이야. 하지만 어쩌면 정말로 희귀한 것, 처음 보는 것일 수도 있어. 아무튼, 하루나 이틀밖에 걸리지 않을 거야. 방을 예약할 건데, 그다음 날 저녁까지는 돌아오려고 해."

태나는 차분하고 냉랭하게 그를 바라보았다. "이건 처음 듣는 얘기네요."

나는 눈을 내리깔고, 어색하게 물을 한 모금 마셨다.

"얘야, 내가 너한테 동행하자고 부탁하지 않아서 마음이 상했구나." 고프가 말했다. "그건 쾌적한 여행이 아닐 거야. 네가 신경 쓸 줄은 몰랐어."

"해야 할 일을 하세요." 태나가 말했다.

그리고 그녀는 일어나서 말없이 테이블을 치우기 시작했고, 접시가 요란하게 쨍그랑거리는 가운데 드레스를 바스락거리며 나가 버렸다.

고프는 냉정을 잃지 않고 나를 돌아보았다. "포트와인 한잔 하겠나, 젊은 친구?"

10

며칠 후에 그 생각이 났다.

나는 그날 아침 이상하고 슬픈 기분을 느끼며, 내 방의 무시무시한 냉기에 잠이 깼다. 나는 셔츠 자락을 축 늘어뜨리고서, 다리를 절뚝거리며 복도를 따라 물통이 있는 곳까지 걸어갔다. 거기서 나는 바로 맞은편 방에서 흘러나오는 소리에 신경 쓰지 않으려 애쓰며, 얼굴과 겨드랑이에 물을 끼얹었다. 그 방의 거주자는 쉴 새 없이 담배를 피우며 이가 하나도 없는 아주 작고 등이 비정상적으로 굽은 남자였는데, 매일 아침 격렬하고 참기 힘든 기침에 잠이 번쩍 깨곤 했다.

나는 내 셋방으로 돌아와, 창턱에 둔 큰 수프 접시들에 기르는 모종들을 돌봤다. 파릇파릇해지라고 사기(沙器) 술통으로 물을 부어 주고 있었을 때 느닷없이 그 생각이 떠올랐다. 몸이 부르르 떨리기 시작했다. 나는 딸깍 소리를 내며 그 통을 내려놓고, 양복 조끼 단추조차 채우지 않고서, 바닷가로 나가 표본들을 건져 올렸다. 돌아왔을 때, 셋방은 어둡고 석회 가루 냄새가 나며 눅눅했다. 나는 거둬들인 윤충류와 적충류를 약간의 바닷물과 함께 그 사기통에 담아 창가에 놓아두었다. 정성껏 보살폈음에도 이틀 후에 그것들이 죽어 있는 발견하고 나는 의기소침해졌다. 하지만 이내 그 문제를 곰곰이 생각해 본 다음, 다시 바닷가로 가 더 많은 바다 생물과 식물을 채집해서, 이번에는 완전히 투명한 유리 용기에 넣어 놓았다.

왜냐하면 내게 떠올랐던 생각이 바로 다음과 같은 것이었기 때문이다. 해양 동물들은 산소를 흡수하고 탄산을 내뿜는다. 하지만 식물들은 그 반대다 — 탄산을 흡수하고 산소를 방출한다. 그러므로 어쩌면 그들이 갇혀 있는 상태에서 잘 자라게 하는 방법은 그들을 함께 넣어 두는 것일지도 몰랐다.

내가 사기 통으로 한 첫 번째 실험에서 놓쳤던 것은 빛이었다. 투명한 유리 수조 안에서는 식물이 광합성에 필요한 것을 얻을 수 있었다.

이렇게 해서 내 새 표본들은 오랫동안 살아남았다. 나는 가끔씩 수조의 바닷물을 휘젓고 동물과 식물을 세척해서, 그 둘 모두의 자연적인 부패와 배설물을 막아 냈다.

나는 성급하게 고프 부녀에게 가지 않았다. 대신에 어느 날 여느 때처럼 메드윈이 핼리팩스에 다니러 가는 길에, 그와 함께 그곳 중앙 광장에 있는 건축 현장까지 안전하게 여행했다. 나는 반쯤 지어진 큰 상점들의 진흙과 쓰러진 목재들을 간신히 가로질러 가서, 건축업자들을 따라다니며 묻기 시작했다. 바다에서 두 구역쯤 떨어진 어느 큰 상점에서 현장 감독 한 명이 주철 골조 그늘 아래서 걸어 나오더니, 짜증을 내며 내 질문에 대답해 주기로 했다. 그의 성마름이 호기심으로 바뀌는 데는 오랜 시간이 걸리지 않았다. 거의 한 시간 동안 대화를 나누고 나서, 나는 계산을 하러 기쁘게 자리를 떴다.

나는 대단한 수학자는 아니다. 하지만 구름 범선에는 매우 정확한 측정이 필요했었다. 나는 그런 지식을 활용해, 그다음 며칠에 걸쳐, 내가 생각하기에 실제로 대형 수조로 쓸 수 있을 만한 물건을 설계할 수 있었다. 나는 뒤틀림을 막기 위해 측면이 평행한 다양한 크기의 판유리 벽을 그렸다. 수많은 접착용 퍼티*로 실험을 하다가, 최종적으로 탄산 납**이 섞인 혼합 제품으로 결정했다.

만드는 데는 사흘 밤이 걸렸다. 나는 직장 업무를 할 때 말고는 아무에게도 말을 걸지 않았고 거의 먹지도 않았으며 손마디에서 고통스럽게 딱딱 소리가 날 때까지 작업을 했다. 나는 길이 2피트, 너비 1.5피트, 깊이 0.5피트인 수조를 만들었다. 바닥으로는 1인치짜리 점판암 석판을 사용했다. 메드윈이 자기 친구의 목재 업체에서 버린 자작나무 재목을 약간 가져다주었고, 나는 이것을 선반기로 깎아 꼭대기에 손잡이가 달린 기둥들로 만들어서, 막대기로 연결했다. 모든 것을 함께 이어 붙인 다음, 메드윈에게 빚이 있는 어느 유리 직공을 찾아가, 유리 네 조각을 무료로 잘라 왔다. 나는 이것들을 점판암 석판과 재목에 새겨 놓은 홈에 부드럽게

* 유리를 창틀에 끼울 때 바르는 접합제.

** 염기성 탄산 납으로도 불린다. 납에 아세트산 증기를 작용시켜 만든 무색, 무미, 무취의 가루. 도기, 건조제, 살포분, 연고 등을 만드는 데 사용된다.

밀어 넣은 다음, 탄산 납 퍼티로 단단히 고정했다. 그렇지만 납이 바다 생물에게 얼마나 위험한지 알고 있었기 때문에 조심했다. 퍼티가 굳고 나서, 호분과 함께 일종의 반죽을 만들기 위해, 그 수조를 나프타에 녹인 셸락*으로 모두 메웠다. 그 혼합물이 굳으면 물이 납과 접촉하는 것을 막아 줄 것인데, 그러지 않으면 납은 늘 소량의 산화물을 방출하게 된다.

나는 숨을 죽이고, 그것이 모두 제대로 합쳐지기를 기도했고, 결국에는 그녀의 잘생기고 예리한 얼굴에서 깜짝 놀란 표정을 끌어낼 수 있는 무언가를 그녀에게 안겨 줄 수 있기를 기도했다.

이튿날 저녁 건물 상점을 나섰을 때 이른 황혼이 드리우고 있었다. 마른 낙엽들이 바람에 바스락거렸고, 나는 깜짝 놀라며 다시 한번 가을이 성큼 다가왔음을 깨달았다. 공기 중에는 전하(電荷)가 있었고, 눅눅한 냄새와 진흙 냄새가 강하게 났다. 나는 창문이 캄캄한 임차인 없는 많은 셋방들을 지나갔고, 또 환하게 불을 밝힌 많은 곳들을 지나면서 창가에 있는 사람들의 몸짓에서 기쁨 혹은 짜증 혹은 실망을 매우 자세하게 알 수 있었다. 나는 한 남자가 두 손으로 머리를 감싸고 조잡한 소나무 책상에 앉아 있는 어느 집을 지나갔다.

유색인 전용 고기구이 집에 가까워졌을 때, 나는 잠시 멈춰 서서 불에 눌은 양파와 향신료를 친 고기 냄새를 들이마셨다. 나는

* 동물성 수지의 하나. 목재 따위의 구멍을 메우거나 초벌 칠, 광을 내는 마무리 따위에 쓰이는 셸락바니시를 제조하는 데 사용된다.

충동적으로 지갑의 돈을 세어 본 다음, 안으로 들어갔다.

그곳은 낡아 빠진 작은 가게였는데, 공기는 기름으로 탁했고, 테이블마다 얼굴이 우중충하게 비치는 접시 위로 등을 구부린 남자들이 들어차 있었다 나는 벗겨진 마룻바닥 위를 걸어 카운터 제일 끝에 있는 빈 스툴로 가며, 내 화상 자국에 남자들의 눈길이 천천히 쏠리는 것을 느꼈다. 늘 그런 식이었고, 음식점에서는 특히 더했다. 비록 이미 오래전에 그런 눈길에 익숙해지기는 했지만, 이방인처럼 동떨어진 기분을 조금이라도 덜 느끼는 것은 아니었다.

나는 책가방에서 작은 원장을 꺼내, 물의 성분 구성과 온도와 용량과 관련된 계산을 하기 시작했다. 남자 바텐더가 내게 다가와 호지포지*를 주문받은 다음 다시 가 버렸다. 나는 식당 끝에 있는 얼룩투성이 창문들을 힐끗 바라보았다. 빛이 점점 어둑해지며 식어 가고 있었다. 두 눈을 비비며, 내 시력에 보조도구가 필요한 건 아닐까 생각해 보았는데, 그때 처음 든 생각은 아니었다. 한숨을 쉬며 눈길을 돌리다가 때마침 나를 힐끗 올려다보던 깨끗한 새 양복 차림의 키가 크고 뚱뚱한 남자와 눈이 마주쳤다. 그는 처음 보는 사람이었다. 나는 재빨리 눈길을 돌렸다.

내 스튜가 나왔고, 나는 한쪽으로만 씹으며 무심코 식사를 하면서 원장에 숫자를 끄적거렸다. 스푼을 잡으려고 손을 뻗었을 때 카운터에서 쩔꺼덕 소리가 났고, 흘끔 곁눈질을 하자 탁한 위

* 고기(특히, 양고기)와 채소를 섞어 만드는 일종의 잡탕 수프 또는 스튜를 가리킨다. 호치포치라고도 부른다.

스기가 든 잔이 보였다. 나는 스툴에 앉은 채 살짝 움직여서, 그 남자가 내 옆에 자리를 잡을 수 있도록 공간을 내 주었다. 나는 종이 위에 세로 칸 두 개를 그린 다음, 얼굴을 찡그리며 계산을 했다. 가게 안 가장 구석진 곳에서 어느 술 취한 사람이 느닷없이 거슬리는 시끄러운 웃음을 터뜨렸다.

"방정식을 즐기시는군." 내 옆에 있는 남자가 말했다.

그 억양은 너무도 분명하게 스코틀랜드 사람의 것이었기에 나는 어리둥절해서 고개를 들어 쳐다보았다.

백인 남자였다.

"나도 예전에는 숫자깨나 만졌었지." 그가 그렇게 말했고, 나는 얼룩진 안경 뒤의 너무 연해 거의 무색에 가까운 그 눈을 보고 얼어붙어 버렸다. "나는 여전히 그것에 매료되어 있어. 계산이며 검산에." 그가 잠시 말을 멈췄다. "누구나 어린 시절에 열중하던 일의 요령은 결코 잊어버리지 않는 것 같아."

나는 혼이 나가서 머리가 어찔어찔한데도, 마치 무거운 잠수복을 입고 있기라도 한 것처럼, 물속에 천천히 가라앉는 느낌이 들었다. 그를 뚫어져라 쳐다보면서, 이 모든 것이 내가 짐작했던 것과 너무도 다르고 너무도 조용하며 친밀하게 느껴진다는 점에 깜짝 놀랐다.

남자 바텐더가 우리를 경계하듯 지켜보았다.

그 백인 남자는 그 바텐더에게 신경 쓰지 않고, 호기심에 차 안경알 뒤에서 나를 부드럽게 응시할 뿐이었다. 그는 거무스름한 금발머리를 오른쪽 귀 위에서 흉터처럼 보일 정도로 아주 정확하게 가르마를 타서 포마드를 발라 고정했다. 얼굴은 햇볕에 그을리고 차분했으며, 두 뺨은 자줏빛 정맥이 희미하게 비쳐 보였다. 광대뼈가 단정한 금발 머리카락의 경계선 아래 도드라지고 극도로 얇은 입술이 느릿느릿 움직이는 야위고 유쾌한 얼굴이었다. 그는 느긋하고 편안해 보였다.

"제발 일어서지 마." 그가 부드럽게 말했다. 내가 그러려는 움직임을 보인 것도, 일어난 것도 전혀 아니었는데 말이다. "식사 계속해. 먹어."

내가 마른침을 꿀꺽 삼키자, 목구멍이 마치 모래가 걸린 듯 껄끄러웠다. 나는 심지어 앉아 있었는데도, 그가 나보다 키가 훨씬 작다는 것을, 아마도 고프의 키만 하다는 것을 알 수 있었다. 그는 홀쭉하고 팔다리가 길었으며, 핏줄이 도드라진 팔뚝은 단단했다.

"제발." 그는 다시 한번 그렇게 말했고, 희미하게 미소 짓는 기미가 있었다. 그때 그는 왼쪽 눈을 감다시피 가늘게 뜨고 바라보고 있었는데, 그 결함은 호감이 가지 않는 것이었다. 마치 그 눈이 타고난 기형이기라도 한 것처럼 말이다. "영양분이 필요할 테니."

나는 한 번도 그런 목소리를 상상해 본 적이 없었을 것이다. 가볍고 부드럽지만 여성적이지는 않았다. 오히려 그는 쉽게 존경받는 남자, 억지로 자기 의견을 듣게 만들 필요가 없는 남자인 것 같았다. 그가 마흔 살이 넘었을 리는 없다는 생각이 들었다.

"어떤 음식을 추천하겠나?" 그가 안경을 벗으며 말했다. "나는 생선은 안 먹는데."

나는 갈비뼈 안쪽에서 세차게 쿵쾅대는 심장을 느끼며 그저 빤히 쳐다보기만 했다.

"아무것도 보장할 수 없다는 건가? 그럼, 자. 그 스튜에서 좋은 냄새가 나는군."

내가 아무 대답도 하지 않자, 그는 천천히 위스키를 들어 올려 마셨다. 얼룩진 유리잔 너머로 입안 가득 반짝거리는 삐뚤빼뚤한 치아가 보였다. 두 손이 덜덜 떨리는데도, 수년 전 그 빈터에서 필립과 함께 있었을 때처럼, 강력한 고요가 내게 밀려왔다. 그 음식점의 소음 — 나이프 긁히는 소리, 쿨럭쿨럭 기침 소리, 중얼거리는 소리 — 은 점점 더 날카롭고 얼음처럼 차가워졌다. 나는 필연성을 쓰라리게 절감했다.

내 눈길이 어쩐 일인지 그의 옷에 머물게 되었다. 그의 형편없는 양복의 왼쪽 소맷동에서 풀려 늘어진 실 몇 가닥과 헝겊조각을 덧댄 팔꿈치가 눈에 들어왔다. 천이 싸구려인 데다 닳아서 올이 다 보였다. 마치 최근에 망해서 크게 몰락하기라도 한 것 같았다.

그는 내가 자기를 재어 보는 모습을 보더니 부드럽게 킥킥거렸다. "믿을지 모르겠지만, 내 재단사가 죽었어. 자, 훌륭한 남자가 있었지. 그는 오늘날 사람들이 신경 쓰지 않는 기술을 잘 알고 있었어. 솔기 하나하나, 바늘땀 하나하나에 나름의 이름과 목적이 있었지. 그런 남자들이 이 세상을 뜨고 이러쿵저러쿵 말만 많은 아마추어들로 대체되고 있어. 일을 취미 삼아 하는 사람들. 정말이야, 이 새로운 세대 중에 진정으로 예술을 배울 만한 인내심을 가진 사람은 거의 없어. 그래서 아무것도 지속되지 못하고, 모든 것이 무너지고 일시적이야. 세상은 우리 눈앞에서 썩어 가고 있어." 그는 눈을 가늘게 뜨며 빙긋 웃었다. "늙은이 같은 소리지." 그가 어깨를 으쓱했다. "나는 늙었어. 아니, 내 딸이 그렇다고 하더군. 나 자신은 변한 걸 모르겠어."

나는 결코 거기에 도달하지 못할 것을 잘 알고 있었기 때문에, 출구를 힘끔거리지도 않았다. 나는 종이에 손이 베이도록 원장을 꽉 움켜쥔 채, 그 남자의 딸을 생각하며, 똑같이 색이 없는 눈과 똑같이 거칠고 붉은 턱을 가진 본 적 없는 얼굴선을 머릿속에 그려 보려 했다.

"물론 그 애는 이점이란 이점은 다 가지고 태어났지." 그가 자기 술을 유심히 살펴보며 말했다. "코티용*에, 멋진 드레스에. 나 자신은, 나는 성 요셉**의 아들이었어. 대못 속에서 컸지. 대못을 잘 알게 되고 나서야 비로소 일을 안다고 할 수 있는 법이야." 그가 미세하게 고개를 가로저었다. "그보다 더 나쁜 건 없어, 아무것도 없어. 더 큰 고통은 없어."

나는 필립과 함께 있었던 마지막 순간들을 떠올렸다. 내 삶이 노예 제도로 인해 쉽고 간단해졌다는 그의 결론을 말이다. 나는 뻣뻣하게 앞을 응시했다.

"우리의 바람이 무엇이든, 현대성은 제 갈 길을 가겠지." 그는 생각에 잠겨 잠시 말을 멈췄다. "새로 나온 증기 기관차를 본 적이 있나? 스톡턴-달링턴 철도***는?"

나는 그의 작은 눈을 응시하며, 아무 말도 하지 않았다.

* 네 사람 또는 여덟 사람이 한 조가 되어 추는 프랑스의 궁정 무용.

** 성경 속 예수의 어머니 마리아의 남편. 그의 직업이 목수였기에, 본문에서는 '목수'를 의미한다.

*** 1825년에 영국의 스톡턴과 달링턴 사이에 개통된 철도. 스티븐슨이 부설했으며, 세계 최초로 증기 기관차를 이용하여 화물과 여객을 수송했다.

그가 선소한 미소를 지었다. "말 안 할 건가? 내가 물었잖아, 영국의 새로운 공공 철도들을 본 적이 있냐고."

"없어요." 나는 그렇게 말하며, 불안정하고 억눌린 경멸이 담긴 내 목소리를 들었다.

"저런, 방정식을 몹시 좋아하는 사람이니, 분명히 그게 아주 훌륭하다고 생각할 거야. 관련된 계산 결과도. 기술도. 그건 진정 추진력의 경이로운 결과야. 하지만 지금부터 내가 하는 말 잘 들어 둬. 그건 우리가 알고 있고 당연히 신성하게 여기는 모든 것을 모독할 거야. 거리는 훨씬 더 짧아지고, 땅들은 더 바싹 한데 모이고, 구분은 흐려져." 그가 천천히 굉장히 많은 말을 하는 바람에 나는 하마터면 그의 말을 놓칠 뻔했다. "나 자신은 늘 마차를 타고 다닐 거야. 그게 더 이상 유행하지 않고 다른 사람들이 — 증기 기관차니 뭐니 하는 — 이상한 운송 수단을 받아들인다 해도 말이야. 하늘을 나는 불경스러운 기계 장치들도 마찬가지고."

나는 조용히 그를 살펴보았다. 물론 그는 구름 범선에 대해 이야기하고 있었다. 내 뒤에서 한 남자가 술을 더 달라고 목쉰 소리로 외치자 그의 동행이 쉿 소리를 내며 그를 제지했다. 유리잔이 바닥에 떨어져 쨍그랑거렸지만, 깨지지는 않았다.

"나는 최근에 아메리카에서 가장 황홀한 여행을 했어. 몇 시간 동안 시골을 죽 지나갔지. 바깥에서는 풀이 우중충하게 시든 채로 몇 마일이고 계속 이어졌어. 알다시피, 사람이 다른 수단으로 여행을 하면, 그런 것들을 놓치기 마련이야 — 크기를 실감하지 못하거든. 그때껏 나는 항상 아메리카를 산이 많은 땅이라고 생각했어. 음, 그렇지 않아. 정말이야. 항상 그렇지는 않아. 나는 내 두 눈으로 그걸 목격했어. 풀이 돋아난 언덕 한번 보지 못하고 며칠을 덜커덕거리며 갈 수도 있어. 길에서 둔덕 한번 만나지도 않고 말이야.

나는 어느 낯선 마을에서 마지막으로 멈춰 서게 되었어. 내리고 싶지 않았지만 마부가 더 이상은 태워 주려 하지 않았지. 걷기 시작했지만, 깜깜해서 주요 지형지물이 전혀 보이지 않았어. 나는 완전히 길을 잃었지. 그때 멀리 떨어진 벤치에 어떤 사람이 앉아 있는 걸 알아차렸어 — 짙은 색 치마를 입은 숙녀였지. 나는 이렇게 생각했어. 숙녀가 밤중에 혼자 밖에 나와 있다니 얼마나 이상한 일인가. 그녀를 큰 소리로 불렀지만, 그녀는 대답하지 않았어. 그래서 내가 다가갔지.

내가 얼마나 놀랐을지 상상해 봐. 그녀는 인간이 아니었어. 포대를 꿰매 붙여 작은 검은색 바윗돌을 눈으로 박아 넣은 실물 크기의 인형이었어. 그 마을로 더 깊숙이 걸어 들어갈수록, 더 많은 인형과 마주쳤어. 마치 어떤 정신 나간 노파가 인형만 꿰매면서 평생을 보내기라도 한 것 같았지. 살아 있는 사람은 하나도 보이지 않았어. 허수아비들만 거주하는 마을이었어."

나는 내가 원장을 너무 꽉 쥐고 있음을 느끼고 축축한 손바닥으로 고쳐 잡았다.

"그걸 어떻게 생각해?" 그가 말했다.

나는 대답하지 않았다. 내 뒤에서 한 남자가 부드럽게 기침을 했다.

그가 말을 이었다. "그 마을에서 2마일쯤 떨어진 한 여관에서 내게 자초지종을 말해 줄 산 사람을 하나 찾았어. 그런 이야기들이 대체로 그렇듯, 그건 기묘하고 슬픈 이야기였어. 대략 20년 전에, 그 마을의 어린아이들이 병을 앓기 시작했어. 처음에는 흔한 질병인 것 같았지. 예를 들어 두통, 유행성 감기, 복통 등등. 하지만 곧이어 타박상, 종기, 발작이 시작됐어. 마치 어떤 뒤틀린 심리적 동요가 저절로 일어나고 있는 것 같았어. 부자연스럽고 옳지 않은 변화 말이야. 지방 의사의 지식은 이런 불가사의한 일에까지 미치지는 못했어. 그래서 사람들은 아이들을 다른 곳으로 보냈어. 그곳에서 보살핌을 받도록.

그들은 결코 돌아오지 않았어. 늙은 사람들만 남았지. 그리고 그 사람들은 하나씩 죽기 시작했어. 죽지 않은 사람들은 다른 방법으로 마을을 떠났어. 결국 드레스 재단사인 과부 하나만 남아서, 사라진 사람들의 얼굴 생김새를 바느질하기 시작했어. 그녀는 몸과 옷가지를 손으로 꿰매고, 그런 다음 얼굴을 마무리했지. 인형 하나하나가 다 한때는 그곳에 살았던 사람의 정확한 복사판이었어."

그는 조용히 테이블을 내려다보았다. "그 결과 진짜 사람들, 살아 있는 사람들은 사라지고, 그들 대신 흉측한 자, 비정상적인 자, 저주받은 자 들이 나타난 거야."

그는 침착하고 물처럼 흐릿한 푸른 눈을 들어 나를 바라보며 잠시 말을 멈췄다. 어떤 대답을 기다리고 있는 것 같았다.

"훌륭한 우화로군요." 내가 말했다.

"우화가 아니야."

나는 출구를 힐끗 보았다.

"내가 지금까지 한 이야기가 자연스럽다고 생각하나?"

"당신이 그 이야기를 한 건 부자연스럽다고 생각해요."

그가 애매한 미소를 지었다. "심지어 네 말투는," 그가 고개를 절레절레 흔들었다. "어둠 속에서는 자칫 잘못하면 너를 영국인이라고 생각하겠어." 그가 잠시 말을 멈췄다. "그게 자연스러운 건가, 미스터 블랙?"

나는 흔들림 없이 그를 뻔히 쳐다보았다. 불안하고 두려운 기색은 전혀 드러내지 않았다.

"열등한 존재들을 그들의 진정하고 당연한 운명에서 떼어 놓는 게 자연스러워? 그들의 타고난 목적에서 떼어 놓는 게? 그들에게 섭리에 대한 잘못된 인식을 심어 주는 게 자연스러워? 마치 어떤 피조물들은 다른 피조물들을 섬기도록 이 세상에 있는 게 아닌 것처럼. 마치 소가 잡아먹히려고 존재하는 게 아닌 것처럼 말이야." 그가 손으로 자기 잔을 빙빙 돌렸다. "자연이 하는 일에 우연한 건 아무것도 없어. 누가 그런 말을 했는지 알아? 아리스토텔레스야. 그는 '우연한 것은 아무것도 없으며, 모든 것은 전적으로 다른 것을 위해서 존재한다.'고 말했어."

나는 쓴웃음을 지었다. 경멸을 숨기는 게 더 낫다는 것을 잘 알고 있었지만, 그 남자는 그리스인들에게서 가져온 훌륭한 인용구들을 그 본래의 의미를 왜곡하기 위해 외우면서, 내게 사기를 친다는 느낌을 넘어서 우스꽝스럽다는 느낌마저 주었다. 그의 맑고 차분한 눈을 보자 가슴이 철렁 내려앉았다.

"내가 널 즐겁게 해 줬나?"

나는 아무런 언급도 하지 않았다.

"아리스토텔레스를 아나?"

나는 대답하지 않았다.

"그는 위대한 사상가였어. 유럽인이었지."

다시 한번 나는 그의 얼굴을 유심히 살피며, 아무 말도 하지 않았다.

"내가 여기 온 건 너 때문이 아니야." 존 윌러드가 부드럽게 말했다. 마치 그 말을 하면서, 그 사실에, 그 기이함 한 번 더 동요하는 것 같았다. "요즘 너는 내 안중에 전혀 없었어."

"당신은 내 셋방 건물에 다녀간 적이 있어요." 내가 말했다.

그 순간 내가 내내 두려워했던 그 남자, 내 과거에서 온 그 사냥꾼이 애매하게 미소를 지으면서, 그의 삐뚤어진 하얀 앞니 하나가 얇은 입술 너머로 살짝 보였다. "나는 심지어 네가 이 나라에 있는지도 몰랐어, 미스터 블랙."

나는 이 말을 어떻게 이해해야 좋을지 몰랐다.

"나는 지금은 보험업계에 있어." 그가 말했다.

나는 그 말에 너무 어리둥절해서, 하마터면 그의 말뜻을 이해하지 못할 뻔했다. 나는 그의 얼굴에 비꼬는 기색이 있는지 유심히 보았다.

"이래즈머스 와일드는 죽었어. 비록 그를 위해 일하기가 점점 더 어려워지고 있었다는 걸 얘기해야겠지만 말이야. 그 후로 일거리가 얼마나 줄어들었는지는 상상할 수 있을 거야."

나는 충격을 받고 몹시 당황해서 말을 할 수가 없었다. 하지만 그 말이 사실인 것은 명백해 보였다. 그런데도 내 마음 한구석에서는 그것을 믿으려 하지 않았다.

"나는 여전히, 뭐랄까, 인간의 실수를 조사하는 사람이야. 단,

해외로 운송되는 화물에 대해 보험 증서를 발행하는 투기적 사업체를 위해 일하지. 훌륭한 일이야."

"그는 어떻게 죽었나요?" 내가 말했다. "와일드 말이에요."

"얼마나 많은 사람들이 부당 청구를 시도하는지 알면 물론 너는 깜짝 놀랄 거야. 아주 만연해 있어. 가장 값싼 물건에 대해서도 거짓말을 하는 사람들 말이야."

"그는 어떻게 죽었나요?" 내가 다시 한번 말했다.

"어떤 병으로. 나도 잘 몰라. 발진티푸스였던 것 같기도 하고. 이제 2년이 됐군." 그가 어깨를 으쓱했다. "나는 일찍이 검둥이들과 부적응자들을 앞다퉈 쫓아다니면서 받았던 것보다 보험 일로 더 많은 돈을 벌어."

나는 이래즈머스를, 그의 숱 많은 하얀 머리카락과 강철 부스러기 같은 연한 색 눈, 세련되고 거의 고상하다고 할 정도의 잔인함을 기억해 냈다. 어떻게 그가 열병으로 인한 죽음이라는 자비를 허락받을 수 있었는지 이해가 되지 않았다. 그것이 그를 아무리 고통스럽게 쓰러뜨렸다 해도, 그 해방은 너무 편안한 것 같았다 — 그날 하늘이 너무 파랬거나, 그들이 들판을 지날 때 너무 느릿느릿 움직였다거나, 그 전날 밤 그가 달 때문에 잠들지 못했기 때문에, 그가 기분 내키는 대로 끝장낸 운명의 소유자였던 수없이 많은 남자들과 여자들과 어린아이들에 대한 배반인 것 같았다.

"나는 너를 여기, 노바스코샤에서 발견하고 충격을 받았어." 그가 말을 이었다. "상상해 봐. 몇 시간 동안 조사를 하고 나서 부두를 떠났는데, 바로 길거리에서 마치 천지만물을 다 가진 것처럼 한가롭게 거닐고 있는 너와 곧장 마주쳤어. 자, 뭐랄까, 너는 이제 나이를 많이 먹어서, 거의 너처럼 보이지 않아 — 처음에는 나도 확신하지 못했다는 걸 인정하지. 하지만 번번이 그 흉터가 네 신분을 드러낼 거야. 맙소사! 몇 년 동안이나 너를 찾아다녔어. 몇 년을. 그런데 내가 마침내 포기했을 때, 네가 나타난 거야."

그가 힐끗 나를 곁눈질했는데, 그의 눈동자는 냉혹하고 검고 아름다웠다. "너는 나를 몹시 당혹스럽게 만들었어. 너랑 네 주인이." 그가 흐릿한 미소를 띠고 말했다. "나는 죽었든 살았든 상관없다는 말을 들었어. 가구는 분해해서 운반용 나무 상자에 넣어 포장할 수도 있고, 아니면 통째로 운반할 수도 있는 법이야. 다 똑같아. 하지만 먼저 그것을 손에 넣어야만 하지." 그는 아무 표정 없이 자기 유리잔을 응시했다. "너 같은 어린애가 세상에 대해 뭘 알아? 세상 물정에 대해 뭘 알겠어? 너는 그릇 속 스푼보다 더 찾기 쉬웠어야만 했어."

"나는 너와 네 주인을 놓친 후로는 그리 훌륭한 평판을 유지하지 못했어." 그의 목소리는 부드러웠다. "뭐랄까, 나를 찾는 경우가 없었지. 일이 확 줄어들었어. 내가 가장 최근에 영국에 있었을 때, 미스터 와일드 자신도 거리에서 눈길 한번 주지 않고 나를 지나쳤어. 몇 년 동안이나 나는 너희 둘을 추적했어. 몇 년 동안 그 남자는 내게서 달아났어. 결국에는? 그가 알은척을 했다 한들, 나를 거리의 청소부로 생각했을지도 모를 일이지." 그는 생각에 잠겨 잠시 말을 멈췄다. "만일 그게 실패가 아니라면, 뭔지 나는 모르겠어. 만일 그게 패배가 아니라면 —" 그는 침묵에 빠졌다.

나는 그의 말을 이해하는 데 시간이 걸렸다. "크리스토퍼?" 내가 말했다. "크리스토퍼를 말하는 거예요?"

"네 주인." 그가 말했다.

"크리스토퍼요." 내가 다시 한번 말했다. "그가 런던에 있나요?"

"리버풀. 나는 서인도 제도에서 온 마호가니 옷장을 조사하고 있었어. 작년 3월 — 아니, 2년 전이군. 거리에서 누군가가 큰 소리로 혼잣말을 하는 걸 들은 일만 없었다면, 나는 그를 전혀 알아차리지 못했을 거야. 나는 위험한 인물인지 확인하려고 그를 힐끗 쳐다봤지."

열기가 내 가슴 곳곳으로 퍼져 나갔다. 따뜻하고 거의 액체나 다름없이 묵직했다.

윌러드는 나를 자세히 살펴보고 있었다. "몰랐군." 그가 말했다.

나는 티치가 — 살아서, 구조돼서, 온전하게 — 그 미지의 도시의 거리에서 혼잣말을 중얼거리며 종종걸음을 친다는 불가능한 일을 머릿속에 그려보고 있었다.

"페이스에서 벗어나자마자, 그에게서도 달아난 건가? 그렇게 된 거야?" 윌러드는 나를 호기심 어린 표정으로 바라보았다. "이런, 설마 그가 널 풀어 줬다는 건 아니겠지?" 그가 고개를 절레절레 흔들었다. "이래즈머스가 옳았어. 그 남자에게는 늘 광기가 있었어."

나는 그의 입술이 위스키 잔에 닿는 소리, 그가 위스키를 꿀꺽 삼키는 축축한 소리를 들으며 멍하게 앉아 있었다.

우리 사이에 시간이 한참 흐른 것 같았다.

“날은 여기서는 이상한 면이 있어.” 윌러드가 잔을 내려놓으며 말했다. “남반구에서 보이는 모습과는 아주 다르지.” 그는 내 뒤쪽의 창문을 유심히 바라보았다. “달빛이 돌에 닿으면, 그건 물의 속성을 가져. 더러운 물의 속성을.”

나는 창문을, 자갈길 위에 웅덩이처럼 고여 있는 선명한 노란 빛을 힐끗 보았다. 윌러드는 침착하게 그의 작은 코에 안경을 얹은 다음, 엄지손가락으로 밀어 올렸다. 그는 일어서서, 술값으로 충분한 동전을 섬세하게 카운터에 올려놓고, 그을리고 핏줄이 도드라진 두 손으로 정리했다.

“나는 이만 가 볼 테니 마저 식사해.” 그가 말했다.

그러고 나서 그는 테이블 사이로 걸음을 옮기더니 가 버렸다.

11

자, 그가 바로 그 남자, 내 유령이었다. 작고 침착하며 기이한 우의(寓意)를 담은 이야기들과 차용한 인용문들에서 용기를 얻는 그 남자. 그 사람이 그였다. 지난 3년간 내가 피해 달아나고 있던 사람, 나를 더위와 바람과 눈의 풍경을 헤치고 나아가도록 몰아붙인 악몽 같은 존재, 배와 마차와 심지어 밤중에 마구 흔들리던 구름 범선까지도 어쩔 수 없이 타게 만들었던 그림자의 주인, 깨어 있던 수많은 낮에 머릿속에 그려 보고 잠 못 이루던 수많은 밤에 상상해 보곤 했던 얼굴의 주인, 알고 지내던 모든 것에서 떠날 수밖에 없게 만들어 어쩔 수 없이 나를 원하지 않는 고장, 나를 위한 공간과 평온이라고는 거의 없는, 광활하고 사나우며 단단한 눈에 뒤덮인 고장에서 고생고생하며 스스로 삶을 헤쳐 나가게 만든 남자였다.

나는 왁자지껄한 소리가 울리는 고기구이 집에 앉아 있었다. 끈적끈적한 그릇이 손등에 닿아 있었다. 목이 바짝 마르고, 엄청난 두려움이 온몸으로 퍼지는 것을 느꼈는데, 그것은 경이가 가미된 두려움이었다.

그가 리버풀에서 실제로 티치와 마주쳤을지도 모른다고 믿는 것은 미친 짓일까? 윌러드는 분명히 사악한 사람이었고, 믿을 만한 가치가 없었다. 그런데도 그 일의 가능성이 느껴졌다. 그때껏 줄곧 빅 킷이 죽었음을 직감하고 있던 것과 같은 방식이었다. 하지만 어쩌면 그런 느낌은 아무 근거도 없고, 한낱 미신, 희망 혹은 희망의 부재에 불과할지도 모른다.

그렇다. 나는 그 말을 믿지 않았다.

또한 나는 윌러드가 단순히 이런 식으로 이야기만 하려고 나를 찾아냈다고 믿지도 않았다. 그는 더 이상 내 몸에 관심이 없다고 했다. 그리고 이제 그는 재해보험 조사원이었다. 그런데도 그가 입 밖에 냈던 모든 말의 기저에는 엄청난 긴장이 깔려 있어서, 심지어 지금도 그의 열렬한 증오와 경멸이 느껴졌다. 거리에서 끊임없이 두리번거리는 그를 떠올리니 절망적이었다.

일어나니 다리가 부들부들 떨려서 자리에 앉아야 했다. 숨을 깊게 들이쉰 후, 다시 일어나서 카운터 위 그의 돈 옆에 내 몫의 돈을 놓았다. 나는 원장과 책가방을 챙겨 밖으로 나갔다.

그날 저녁은 조용했고, 텅 빈 거리에는 멀리서 마차들이 덜커덕거리는 소리만 아득하게 울려 퍼지고 있었다. 계속 건물에 바짝 붙어 가면서 나는 끊임없이 내 어깨 너머를 살폈다. 바람이 살랑거리며 라벤더 향이 났고, 고르지 않은 길 위에서 내 구두에 차인 자갈이 구르는 소리가 들렸다. 낙엽들이 시궁창에서 바스락거렸다. 내 마음이 불타오르며 사방팔방으로 마구 뻗어 갔다. 빅 킷,

필립, 미스터 와일드. 그리고 티치가 자기 거처의 창가에서 그의 긴 관찰용 강철 기구 너머로 몸을 구부리고 있던 모습이 불현듯 떠올랐다. 또 윌러드가 아리스토텔레스의 말을 인용하던 것도 떠올랐다.

나는 오랫동안 학문을 위대한 평형 장치로 여겼다. 세상에는 인종이나 성별이나 종교와 상관없이 — 누구든 알아내 주기를 기다리는 사실들이 있었다. 그것이 어떤 식으로든 오염될지 모른다는 생각을 해 본 적은 거의 없었다.

나는 이제 어두워진 골목길을 지나갔다. 그 끝에는 앞에 한 무더기의 쓰레기가 버려져 있는 벽돌담이 있었다. 느닷없이 작은 그림자 하나가 비명 소리를 내며 튀어나오더니, 단숨에 길을 가로질렀다. 커다란 쥐, 아니면 고양이였다. 바람이 낡은 통조림 병을 낮게 윙윙거리는 소리로 채웠고, 나는 네 살 때 들판에 있던 나 자신에 대한 회상에 잠겼다. 나는 전에도 여러 번 앉았던 낡은 울타리 위에 앉으려고 기어 올라가고 있었다. 비바람에 시달린 그 울타리의 목재는 마치 반쯤 썩은 뼈처럼 몹시 우중충하고 표면이 군데군데 떨어져 나가 있었다. 느닷없이 나는 불길한 예감에, 그러니까 그 울타리가 내 아래서 부서질 거라는 느낌에 사로잡혔다. 그 두려움은 어리석고 근거 없는 것이라고 나 자신을 타일렀지만, 무릎을 휙휙 움직이면서 기어 올라가는 동안 불안이 밀려들었고. 잠시 후, 험악하게 뚝 부러지는 소리가 났으며 나는 들판 가장자리에서 하염없이 떨어져 내리고 있었다. 그 낡고 익숙한 울타리가 무너지며 내 넓적다리에 잔해와 가시들이 박히는 동안, 위에서 안절부절못하는 새들이 깍깍거리는 소리가 났다.

그 어두운 골목길 어귀에서 돌아서는 순간 이마에 세찬 일격을 당했다. 이가 우지직 부서지는 소리가 울려 퍼지고 코에 뜨거운 양철의 고약한 쇳내가 훅 끼치며 몸이 휘청거렸다. 머리 위로는 달빛이 지붕들 사이에서 미친 듯이 흔들렸고, 넘어지지 않으려고 두 발로 단단히 버티고 섰을 때 쇄골에 세찬 일격이 내리꽂히자, 고통이 너울대는 불길처럼 순식간에 팔로 확 퍼졌다. 내가 넘어지면서 무릎 밑에서 자갈들이 사방으로 튀었다. 그가 거기 서서 무언가 단단한 물체를 힘껏 들어 올렸다가 아래로 휘두르는 소리가 들렸다. 내가 본능적으로 그의 궤도 밖으로 몸을 굴리는 바람에 그 망치 혹은 곤봉 혹은 널빤지는 희미하게 빛나는 모래를 내리쳐 먼지만 풀썩 일으켰다.

사방이 어두웠다. 나는 눈을 깜박거려 핏방울을 털어 내고, 그의 작고 흰 손이 미친 듯이 나를 움켜잡고 있는 것을 보았다. 내 딱딱하게 굳은 피부, 그 오래된 흉터들이 찢어지는 것이 느껴지도록 내 두 뺨을 줄곧 잔인하게 파고들던 갈고리 발톱 같은 그의 두 손을 말이다. 나는 충격을 받아 덜덜 떨면서 비명을 질렀고 내 얼굴을 타고 줄줄 흘러내려 입안을 녹슨 쇠 맛으로 가득 채우는 피 때문에 속이 메스꺼웠다. 나는 그의 단내 나는 씻지 않은 피부와 위스키에서 나는 젖내 같은 고약한 냄새를 맡으며, 또 내가 그의 얼굴에 손톱을 박아 넣는 바람에 그가 냅다 욕설을 퍼붓기 시작했기에 그의 입에서 나는 축축한 소리를 들으면서 벗어나려고 몸부림쳤다. 그가 또다시 무기를 집어 들까 봐 두려워서, 그의 숨통을 끊어 놓을 수 있을 만큼 강하게 그의 목을 움켜잡을 수 있기를 빌며 그의 목을 노렸다.

새 한 마리가 담벼락에서 부엉부엉 울었고, 바람에 쓰레기가 바스락거렸다. 나는 가능성이 낮기는 해도 그 식당에서 어떤 술고래가 비틀거리며 걸어와 나를 도와주기를 간절히 바라며, 그가 나를 잡지 못하게 이리저리 몸을 돌리려 안간힘을 쓰면서 그의 목을 찾아 팔을 마구 휘둘렀다.

"건방진 김동이 새끼." 윌러드가 왼손으로 먼지 속 어딘가에 나뒹굴고 있는 무기를 더듬더듬 찾으며, 오른손으로 내 목을 꽉 움켜쥔 채, 화난 어조로 나지막이 말했다. "너는 내게 굴욕을 주지 못해. 너는 나를 당황시키지 못해."

나는 등에서 피가 나는 것이 느껴지도록 돌멩이에 척추를 비벼가며 자갈길 위에서 이리저리 움직였다. 앵초 향과 위스키 냄새, 피와 썩은 잎사귀와 깨끗한 돌가루 냄새가 났다. 그가 뜨겁고 굳은살이 박인 두 손으로 내 목을 조르자, 나는 숨이 막히는 것을 느끼며 두 손으로 그의 목을 꽉 쥐고, 두 발을 쭉 뻗어 발길질을 했다. 그 순간 그의 삐뚤삐뚤한 흰 치아의 희미한 빛과 더러운 안경의 광택이 보였다. 배 위 올라탄 그의 몸집이 느껴졌고, 나는 그 가벼움에, 그러니까 말랐지만 강인한 힘을 지닌 그의 몸무게에 깜짝 놀랐다.

그 칼, 나는 갑자기 그것 — 내가 사이드보드 서랍에서 꺼내, 날마다 앞주머니에 넣고 다니던 상아 손잡이가 달린 부엌칼 — 이 기억났다. 나는 그의 땀에 젖은 목에서 두 손을 떼어 내려 했지만, 어느새 제압당해 헐떡이게 되는 바람에, 그대로 둬야만 했다. 우리는 먼지 속에서 계속 서로 목을 조르고 있었고, 그의 왼손은 흐릿한 달빛 아래서 무기를 찾아 무턱대고 여기저기 더듬거리고 있었다. 나는 천천히 한 손을 풀어, 엄지손가락을 베여 가며 단번에 앞주머니에서 그 칼을 더듬어 찾아냈고, 그의 안경 밑으로 힘차게 휘둘러 올려 칼끝을 최대한 깊게 밀어 넣었다.

그의 비명을 나는 결코 잊지 못할 것이다. 그는 상체를 젖혀 세우며, 몹시 고통스러운 나머지 자기 얼굴을 움켜잡았고, 나는 그 순간 그를 걷어차 밀어내고 무릎으로 엉금엉금 기면서 거칠게 숨을 헐떡였다. 제단 앞에서 예배를 드리는 사람들처럼 나란히 무릎을 꿇은 채, 그는 극심한 고통에 몸부림치며 비명을 질러 댔고, 나는 숨만 몰아쉬고 있었다. 그런 다음 나는 어깨가 부러지고 얼굴에서 피가 줄줄 흐르는 채로 헛구역질을 하며 일어나, 건물의 비늘판을 꼭 붙잡고, 비틀거리며 천천히 자리를 떴다.

12

나는 메드윈을 찾아갔어야 했다. 늘 싸움에 목말라 하고, 다른 사람들을 엉망으로 만들고 싶어 하는 욕구가 있던 메드윈을. 대신에 정신을 차려 보니 작고 푸른 소금통형 집 문 앞이었고, 현관 매트가 내 피로 물들고 있었다.

그녀가 현관문을 열러 나왔을 때, 그녀의 머리카락은 목덜미에 꽂은 일련의 실험용 클립들로 엉성하게 말려 올라가 있었다. 나는 그녀가 돌풍에 휙 부풀어 오르는 흰색 나이트가운을 입고 있는 모습을 보고 깜짝 놀랐다. 소매 끝은 잉크로 얼룩져 있었다.

나는 눈을 내리깔았다. 나는 그녀가 자고 있었을지도 모른다는 것을 깨닫지 못했다.

그녀는 즉시 나와서 내게 다가왔다. "세상에, 워시." 그녀가 소리쳤다. "무슨 일이 있었던 거예요? 하느님 맙소사, 어서 들어와요." 그녀의 목소리는 충격을 받아 낮게 울리는 것 같았다.

나는 레몬과 고정액의 익숙하고 위안을 주는 냄새가 나는 현관으로 들어갔다. 비록 본능은 어리석었지만, 나는 그녀의 정숙함이 더 이상 훼손되지 않도록 그녀의 가운을 쳐다보지 않으려 애썼다 — 이제 나는 피가 나고 뼈가 부러지고 셔츠가 찢어진 채 그녀 앞에 서 있었다. "당신 아버지는 안 계시 — ?"

"어서 들어와요, 어서요. 응접실로 들어가요. 약품 가방을 가져올게요."

그 순간 고프가 풍문에 들은 날개 달린 물고기의 존재를 확인하기 위해 출타 중이라는 것이 기억났다.

그녀는 돌아서서 내게 자기 뒤를 따라 거실로 오라고 일렀다. 램프 불빛이 그녀에게 닿자, 그녀의 몸의 윤곽이 천을 통해 비쳐 보였다. 나는 슬쩍 눈길을 돌리고, 복도에서 시끄럽게 구두를 질질 끌며 걸었다. 그러면서 내가 마룻바닥에 질질 흘리며 자국을 남기고 있을 게 분명한 피에 대해 생각했다. 하지만 내 눈길은 아주 살짝 원위치로 이끌려갔고, 부드럽게 물결치듯 움직이는 그녀의 엉덩이를 보자, 그 모든 일에도 불구하고, 열기가 내 온몸을 휩쓸었다.

우리가 그녀의 무질서한 거실로 들어가자, 약한 난롯불의 불빛이 내 얼굴에 닿았다. 그녀는 충격을 받아 숨을 헉 들이쉬며, 두 손으로 얼굴을 감쌌다. 갑자기 그녀가 울기 시작했다.

"울지 마요, 태나." 내가 부드럽게 말했다. 하지만 그 말은 피 때문에 발음이 뭉개져서 이상하게 들렸다.

그녀는 헛기침을 하고 나서 나를 건너편 먼지투성이 창문 아래 있는 긴 안락의자로 이끌었고, 곧이어 자기 아버지의 의약품 가방을 가지러 갔다. 잉걸불이 난로에서 쉭쉭거리다가 반쯤 탄 무거운 장작들에 찌부러져 연기가 피어오르며, 방 안 가득 숯과 박하뇌 냄새가 났다. 내가 깔고 앉은 긴 안락의자에는 조각누비 담요들이 여기저기 널려 있었다. 그 옆에 잔뜩 쌓여 있는 것은 얼룩이 잔뜩 묻고 뒤틀린 책 한 무더기였다. 마치 그 위에 차를 쏟기라도 한 것 같았다.

그녀가 돌아오더니, 속 다 비칠 정도로 얇은 그 나이트가운을 입은 채로 내 앞에 웅크리고 앉아, 온갖 붕대며 연고며 실들이 마구 뒤엉켜 있는 가죽 자루를 미친 듯이 뒤지기 시작했다. "봉합사도 필요해요?" 그녀가 충격 속에서 헤어나지 못한 채 말했다. "봉합사도 필요할 거예요."

나는 입술을 축이며, 호흡에 집중하려 노력했다.

거친 호흡이 그녀의 입술을 무심하게 통과하는 소리가 들렸다. 바로 내 앞에 무릎을 꿇고 있어서, 그녀의 이마 위에 송골송골 맺혀 반짝거리는 땀까지 보였다. 그녀는 집중하며 입술을 깨물었다. 그녀가 손을 들어 탈지면으로 내 뺨을 톡톡 두드리자, 그녀의 겨드랑이에서 희미한 땀 냄새가 났다.

"개자식들." 그녀가 코를 훌쩍거리며 말했다. 그녀는 봉합을 하려고 바늘을 달구기 시작했다.

"뭐라고요?"

"맙소사, 여기 사람들은 흑인들에게 잔인해요. 정말 소름 끼쳐요."

나는 아무 말도 하지 않고, 턱을 움직여 자세를 잡았다.

그녀가 찢어진 내 얼굴을 꿰매기 시작했다. 그녀의 손가락은 조심스럽고 부드러웠다. 그녀는 일을 서두르지 않았다. 나는 그녀의 긴상한 이마를 응시하며 움찔하지 않으려고 애를 썼다. 마침내 그녀가 말했다. "내가 일을 제대로 못했다고 생각하는군요."

나는 내 얼굴을 만져 보았다.

"봉합 말고요 — 내 봉합은 완벽해요. 난롯불에 대해 이야기하고 있는 거예요. 당신이 들어올 때 멸시하는 눈초리로 그걸 보는 걸 봤어요. 나 자신도 하루 종일 그걸 그런 눈초리로 보고 있었어요. 그래요, 나는 동물학자의 딸이에요. 벌목꾼의 딸이 아니라고요. 내가 난롯불에 대해 뭘 알겠어요?"

나는 헛기침을 했다. "내가 대신 손을 좀 봐 줄까요?"

"아니, 아니에요, 아니고말고요. 당신은 쉬어야 해요."

하지만 나는 어수선한 긴 안락의자에서 스프링을 삐걱거리며 일어났다. 그녀는 이의를 제기했지만, 내가 귀담아들으며 하지 않는 것이 분명해 보이자 침묵에 잠겼다.

"뭐예요?" 그녀가 나를 묘하게 살피는 모습을 보고 내가 말했다.

"그게 당신한테 좋아 보이지는 않아요, 그 새 상처들이요." 그녀가 말했다.

나는 구타당한 내 얼굴을 아주 조심스럽게 만지며, 미소를 지으려 애썼다.

"당신은 소설의 방해 요소 같아요, 워시. 상황이 궤도를 이탈하게 만드는 동인(動因) 말이에요. 우박을 동반한 폭풍 같은 거요. 아니면 결혼식이나요."

"나는 소설을 읽지 않아요."

"내 설명 때문에 소설을 안 읽겠다고 마음먹지는 말아요. 소설이 다 내가 설명한 것 같지는 않아요." 그녀가 바닥에서 재빨리 일어나는 바람에 그녀의 가운이 스르륵 치켜 올라가자, 흐릿한 불빛 속에 황금빛으로 빛나고 있는 무릎뼈가 보였다. 나는 난롯불 쪽으로 다시 고개를 돌렸다.

"그만하면 됐어요." 그녀가 부드럽게 말했다. "그러다가 당신 몸만 더 상하겠어요."

하지만 나는 그녀에게 등을 돌린 채, 할 일을 계속 했다.

"바람이 부는 게 뭐라도 올 거 같아요." 그녀가 속삭였다. 그녀의 목소리가 들리는 방향으로 보건대, 그녀는 창문을 마주 보고 있었다. "아버지는 틀림없이 발이 묶이실 거예요."

마침내 부싯돌에 불꽃이 튀기 시작하자, 나는 장작들은 제쳐 두고 그 작은 불꽃을 키우기 위해 손을 뻗어 불쏘시개를 잡았다.

"이 재목은 아직도 축축해요." 내가 그녀를 돌아보며 말했다. "안으로 들여서 말리지 않았나요?"

그녀는 곤혹스러운 듯 어깨를 살짝 으쓱했다. "나는 구제 불능이에요."

나는 무릎에서 나무껍질 조각들을 털어 내며 일어섰다.

"왜 굳이 계속해서 부상을 악화시키는 거예요? 앉아요, 워시. 좀 쉬어요."

"내가 가기 전에 뭐 더 해 줄 게 있나요?"

"간다고요? 당신은 갈 수 있는 상태가 아니에요."

하지만 고프가 우리가 단둘이 여기 함께 있는 것을 발견하는 상상을 하니 나는 몸서리가 쳐졌다.

그녀가 고개를 끄덕였고, 그녀 역시 틀림없이 자기 아버지를 생각하고 있는 것 같았다. "그래요."

"나는 가는 게 좋겠어요."

"그래요." 하지만 그녀는 자기 자리에서 꼼짝도 하지 않았고, 나를 배웅하기 위한 아무런 움직임도 보이지 않았다. 대신에 그녀는 이렇게 말했다. "당신은 신사예요, 조지 워싱턴. 어쩌면 너무 지나칠 정도로요."

얇은 가운 천 속으로 빛나는 그녀의 몸이 보였다. 내가 신사처럼 느껴지지는 않았다.

"지금껏 내가 당신을 방해했군요, 태나." 내가 말했다.

"그래요." 그녀가 다시 한번 그렇게 말했다. 하지만 그녀는 다른 뜻으로 대답하고 있는 것 같았다.

그녀의 두 눈이 가늘어졌다. 내 심장이 빨라지고, 온몸에서 열기가 발산되는 것이 느껴졌다. 나는 옷 사이로 비치는 그녀의 몸의 어두운 그늘, 목 맨 밑의 매끈하고 오목한 부분, 섬세하고 단단한 갈비뼈들, 넓적다리 사이의 정점을 빤히 바라보면서, 그녀에게 손을 얹고 싶었고, 숨겨진 모든 곳에 내 입을 대고 싶었다.

"워싱턴." 그녀가 부드럽게 말했다.

그게 다였다. 그런 다음 그녀는 천천히 앞으로 나서서 대담하게 나를 바라보며, 가운의 골제 단추들을 풀기 시작했다. 내 뒤에서 난로가 타닥거리는 소리, 멀리 떨어진 방에서 고양이가 무언가를 박박 긁어 대는 소리만 들렸다. 그녀는 마치 무슨 소리라도 들은 듯 잠시 복도 쪽을 바라보았다. 이내 아주 조용하게 천이 바닥으로 떨어졌다.

그사이 언젠가부터 세찬 비가 내리기 시작했다. 어둠 속에서 우리는 긴 은색 빗줄기들이 창문을 지나 세상을 쾅쾅 내리치며 집어삼키고 있는 것을 지켜보면서 누워 있었다. 물이 요란하게 콸콸거리며 도랑에서 넘쳐흘렀다. 포치는 마치 유령들이 그 위에서 왔다 갔다 걸어 다니기라도 하는 것처럼 삐걱삐걱 신음했다. 나는 한쏙 눈에 칼이 꽂힌 채, 아직도 저 밖에 있을 윌러드를 생각했다.

태나는 그녀의 검고 부드러운 머리카락을 다치지 않은 내 한쪽 팔에 풀어 놓고 누워 있었다. 우리는 긴 안락의자 앞, 바닥 위에 있었고, 우리 아래 깔려 있는 양탄자는 빵 부스러기들 때문에 껄끄러웠다. 나는 그 모든 고통을 초월해서 큰 기쁨에 휩싸였고, 모든 것이 얼마나 자연스럽게 느껴졌는지, 또 우리가 서로의 몸을 이미 얼마나 잘 이해하고 있었는지에 깜짝 놀라 여전히 얼떨떨한 상태였다.

나는 그녀의 이마에 입을 맞췄다. "당신이 아버지의 논문 삽화를 그리기로 되어 있었던 거 아닌가요?" 내가 부드럽게 말했다. "그분이 내게 삽화를 그려 달라고 부탁하신 그 논문 말이에요."

"아니에요." 그녀의 미소는 애매했다. "아버지가 내게 부탁하시기를 바랐었지요. 그래서 요 몇 달간 실력을 키우며 지냈고요." 그녀가 한쪽 어깨를 으쓱했다. "하지만 그게 옳아요. 당신을 선택하는 게 더 현명해요."

"나는 사양할 거예요, 태나."

"그러고는 자책하고요? 안 돼요."

"그렇다면 우리가 함께 삽화를 그릴 수도 있어요. 전면 삽화가

임청 많이 늘어갈 거예요."

"아버지의 책은 확실히 성공할 거예요. 거기에 나보다는 당신 솜씨가 가미되면 더욱더 그럴 거고요. 당신이 그 일을 해야만 한다고 생각해요. 친애하는 가엾은 워싱턴 블랙. 당신 자신을 위해서가 아니라면, 그때는 결코 그런 기회를 얻지 못할 당신과 비슷한 처지의 사람들을 위해서라도요. 당신만큼 재능이 있지만, 결코 그 어떤 기회도 얻지 못할 사람들 말이에요."

"그런다고 뭐가 달라지나요?"

"나는 엄청나게 달라질 거라고 생각해요."

"아무도 내 그림을 보고 내 출신을 알아보지는 못할 거예요, 태나."

"진실은 늘 밝혀지게 되어 있어요." 그녀가 말했다. 그녀는 내가 더 이상 이의를 제기하지 못하도록, 입을 다물라는 듯 내 입에 손가락을 댔다. 그런 다음 그녀는 가물거리는 불빛 속에서, 내게서 돌아누워, 책 무더기 위에서 균형을 잡고 있는 다 식은 찻잔으로 손을 뻗었다. 그녀의 척추뼈들이 엿보기라도 하려는 듯 살갗으로 툭툭 불거져 나왔다. 그녀의 엉덩이 위쪽에 크고 색이 진하며 둥근 점이 세 개 있었다.

"그런데 이건 뭐예요?" 내가 장난스럽게 말했다.

"아, 나는 그게 정말 싫어요." 그녀가 내게서 꿈틀꿈틀 빠져나가며 외쳤다. "자세히 보지 마요. 눈 가려요."

"이걸 보니 썰물이 떠올라요. 바닷물이 물러날 때 여기저기 조금씩 드러나는 땅들 말이에요."

그녀가 내 쪽으로 돌아누워, 내 코에 입을 맞췄다. "당신은 끔찍한 시인이에요, 조지 워싱턴 블랙."

나는 잠시 생각에 잠겨 누워 있었다. "당신이 제일 좋아하는 해양 생물은 뭐예요?"

"뭐라고요?" 그녀가 내 목에 부드럽게 입을 맞추며 속삭였다. "당신이 하고 싶은 얘기는 그게 아니잖아요."

"내가 제일 좋아하는 건 나새류예요."

"그게 나체라서?"*

"해파리나 말미잘한테서 자포**를 훔쳐 달아난 다음, 그걸 자기 등에 무기로 얹어 둘 테니까요."

그녀가 몸을 뒤로 젖혔다. "그건 내 성격에 대한 언급인가요? 어서요, 우리는 이런 비유로 이야기할 필요가 없어요." 그녀는 내 얼굴 표정을 보더니 말을 멈추고 웃음을 터뜨렸다. "아, 제발요. 진심이에요? 딱 잘라 말하기는 힘들지만, 아마 문어일 거예요. 만일 내가 기어이 선택해야만 한다면요."

하지만 나는 집중력을 잃지 않았다. "문어요?" 내가 미소를 지으며 말했다. "정말 멋지지요."

"그래요."

"그게 몹시 이상하기 때문인가요?"

* 나새류는 갯민숭달팽이라고도 불리는 복족류의 일종으로 껍데기와 외투강이 없으며 아가미가 밖으로 나와 있어, 영어권에서는 Nudibranch라 부르는데, 이 말은 라틴어로 '벌거벗은'이라는 뜻을 가진 nudus와 그리스어로 '아가미'라는 뜻을 가진 brankhia에서 왔다고 한다.

** 해파리나 말미잘 등 자포동물에 있는, 실 모양의 기관. 몸을 보호하고 먹이를 잡는 데 사용된다.

"이상하다고요? 자기 표피를 수축시키기만 하면, 주변 환경에 맞게 스스로를 바꿀 수 있는 동물이요? 사람만큼 많은 무게가 나가기도 하고 마차 길이만큼 길게 늘어날 수 있고, 그런데도 몸을 접어 바위 틈새를 통과할 수 있는 동물이요? 뇌가 — 완두콩보다도 크지 않은 뇌가 — 목에 둘러싸여 있지만, 실제로 속임수를 쓸 수 있을 만큼 영리한 동물이요? 이렇게 창의적이고 이렇게 똑똑하지만, 애석하게도 5년 안에 죽을 동물이요? 나라면 이상하다고 하지 않고 위엄 있다고 할 거예요. 당신의 나새류는 아무것도 아니에요, 친애하는 조지 워싱턴 블랙. '옥토포데스'*는 바다의 신이에요."

"'옥토파이' 같은데요."

"당신은 그리스어와 라틴어를 혼동하는 경향이 있는 것 같아요."**

그녀가 애매한 미소를 띠고 나를 돌아보자, 도도록한 검정 주근깨들이 그녀의 두 뺨에 여기저기 흩뿌려져 있는 것이 눈에 들어왔다.

나는 그녀의 귀에 입을 맞췄다. "문어는 심장이 세 개예요." 내가 미소를 지으며 속삭였다.

* '옥토포드(octopod, 팔각류)'의 복수형. 팔각류는 다리(해부학적으로 일부는 팔, 일부는 다리)가 여덟 개인 문어, 낙지 등을 지칭한다.

** 본문에서는 태나는 팔각류를 라틴어 복수형 octopodes라고 표현한 반면, 워싱턴은 octopi라고 주장한다. 이에 대해 태나가 octopod는 라틴어가 아닌 그리스어에서 파생된 단어이므로 그리스어식 복수형이라 볼 수 있는 octopi는 잘못된 표현이라고 지적한 것이다.

그녀가 얼굴을 찡그렸다. "어머, 세상에, 결국 당신한테 더 많은 시심(詩心)이 있을까 봐 무섭네요."

그때 문 너머에서 박박 긁어 대는 소리가 났다. "메두사가 들어오고 싶어 하네요." 내가 말했다.

"기다리라고 해요."

나는 그녀의 차갑고 축축한 피부를 느끼며, 그녀를 더 가까이 끌어안았다. 내가 긴 안락의자에서 담요를 잡아채 우리 몸에 덮자, 마치 내 몸 어딘가가 다시 찢어지기라도 한 것처럼, 갑자기 생생한 피 맛이 내 입안을 가득 채웠다. 그 모포는 까끌까끌했고 고약한 장뇌 냄새가 났다.

"나는 늘 내가 다른 모든 사람과 다르다고, 동떨어져 있다고 느꼈어요." 그녀가 흐릿한 미소를 띠고 말했다. "당신도 그렇다는 걸 알아요. 그 첫날, 바닷가에서 그걸 느낄 수 있었어요." 그녀는 고개를 들어 나를 바라보며, 잠시 말을 멈췄다. "내가 당신이 노예였다고 말했을 때, 악의를 가지고 그랬던 건 전혀 아니었어요." 그녀가 부드럽게 말했다.

그녀가 그 말을 했을 때, 왜 그런지, 최근 몇 시간 동안의 그 모든 극심한 고통이 치솟은 바람에, 나는 울음이 터질까 봐 두려웠다. 나는 숨을 고르며 조용히 누워 있었다.

그녀가 가느다란 손을 들어, 내 가슴의 울퉁불퉁한 F자 흉터를 따라 손가락을 살살 움직였다. "당신 주인은 당신에게 잔인했어요."

나는 그 이야기를 하고 싶지 않았다. 그런데도 어느새 나는 페이스 농장으로, 빅 킷에게로, 크리스토퍼 와일드의 이상하고 기적 같은 등장으로 거슬러 올라가고 있었다. 나는 그동안 죽 내 가슴 속에 꼭 조여져 있던 것을 천천히, 차근차근 이야기하기 시작했다. 그때 내가 얼마나 어렸는지, 지금은 나 자신이 얼마나 달라졌다고 느끼는지를. 나는 그녀에게 티치가 나를 데려가기 전의 학대와, 삶이 현실의 한계를 넓혀 주는 것 같았던 그와 함께했던 시절의 믿기 힘든 경이에 대해 말했다. 필립의 자살과 성급한 북극행, 눈 속으로 걸어 들어가던 티치의 마지막 말에 대해 이야기했다.

"그는 환영인 것 같아요." 그녀가 말했다. "유령인 것 같아요."

"그렇다면 내가 설명을 잘 못하고 있는 거예요." 나는 이렇게 말했지만 창피하지는 않았다. 왜냐하면 사실은 때때로 나도 그가 한낱 꿈에 지나지 않았던 것 같은 느낌이 들었기 때문이다. 내가 말을 이어 갔다. "티치와 함께한 삶, 그건 현실이 아니었어요, 태나, 그건 이 세상이 아니었어요. 그건 노예 소년을 위한 친절이 아니었어요. 말하기 부끄럽지만, 저 밖에서, 우리 문 너머에서 계속 벌어지고 있는 그 모든 잔인한 행위에 마음을 닫아 버렸던 때가 있었어요. 나는 그걸 보는 걸 그냥 그만둬 버렸어요. 그 상태로 돌아가는 게 너무 무서웠어요. 정말 말도 안 되는 소리 같지 않아요? 하지만 티치가 내게 제안한 것, 그러니까 나 자신을 구출하는 일은 내 주위에서 벌어지고 있던 무시무시한 사건 때문에 중요했어요. 나는 빗 킷을 외면했어요. 내가 한때 알고 지낸 모두를요."

그녀는 거의 다 꺼진 불을 응시하며, 잠자코 있었다. "존 윌러드였지요?" 그녀가 말했다. "당신을 공격한 사람이요. 그건 무작위적인 사건이 아니에요. 존 윌러드나 그의 대리인들 중 하나겠지요."

나는 머리를 대고 누워, 어둑어둑한 가운데 금이 간 회반죽을 빤히 올려다보았다. 나는 한숨을 쉬었다.

긴 침묵이 흐른 후 그녀가 부드럽게 물었다. "돌이킬 수 없는 상황인가요, 워싱턴? 그를 죽였어요?"

"그는 죽지 않았어요." 비록 내가 안간힘을 쓰기는 했지만, 칼을 비스듬히 잡아서 각도가 어설펐기 때문이었다. 그는 의심의 여지 없이 한쪽 눈을 잃을 테지만, 내가 더 나쁜 소식을 듣게 된다면 그건 놀라운 일일 것이다. 게다가 묘하게도 어떤 면에서는, 내가 그를 살려 주었음을 기꺼이 인정하는 것이 내게 다행스러운 일이었다. 내가 그가 그 오랜 세월 추적했던 존재, 그러니까 살인자는 결코 되지 않을 것이라고 확신하려면 말이다.

태나가 고개를 들었다. "그래도, 당신은 즉시 우리와 함께 런던으로 가야 해요, 워시. 여기 그대로 있을 수는 없어요. 그가 당신을 찾아낼 거예요."

"다 끝난 일이에요, 태나."

"런던에서 당신은 자신을 더 잘 방어할 수 있을 거예요."

"티치는 그렇지 않을 거라고 했어요. 어쨌든, 그건 다 끝난 일이에요."

"왜 그가 다르게 주장하겠어요? 나는 이해할 수가 없어요. 당신은 확실히 이해하겠지만요." 그녀가 잠시 말을 멈췄다. "당신은 이런 말을 듣고 싶지 않을 테지만, 지금껏 당신이 말해 준 걸 모두 고려해 보면, 이 크리스토퍼 와일드라는 사람이 당신의 이익을 최우선으로 삼지는 않았다는 건 분명해요. 당신은 그에게 한 사람의 개인이 아니라 대의였어요 — 그렇지 않다고 그가 아무리 항변한다 해도요. 당신은 그 자신만의 십자군 전쟁, 그 자신만의 선의를 밀고 나아가기 위해 이용된 무엇이었어요."

"그렇지 않아요."

"솔직히 말하자면, 그래요. 당신은 은연중에 그가 처음에 당신의 몸집 때문에 당신을 선택했다고 말했어요. 당신이 기구의 밸러스트 역할을 할 테니까요. 그러고 나서는 자신의 조수로서 허둥지둥 사방을 돌아다니고, 온갖 것을 채집하고, 자기를 위해 그림을 그리게 했어요." 그녀가 얼굴을 찡그렸다. "하지만 당신이 그와 동등한 존재였던가요, 워시? 나는 그가 당신 안에서 자신에게 즉각 쓸모가 있다는 것 말고 무언가를 보았다는 게 몹시 의심스러워요. 당신들의 위상의 불균형을 고려한다면, 그가 어떻게 그럴 수가 있었겠어요?"

나는 입술을 축였다. 그렇게 생각하지는 않았지만 그 말을 반박하지 않았다.

"심지어 그 구름 범선도 그래요." 태나가 말을 이어 갔다. "그 가엾은 영혼들에게 그의 기계 장치를 산으로 끌어 올려 조립하게 하는 게 아마도 그들이 일상적으로 하는 들일만큼이나 육체적으로 고될 거라는 생각을 와일드가 한 번이라도 한 적이 있었을까요?"

나는 좀 더 밝은 하늘을 등지고 있어서 그늘이 져 흐릿해 보이는 옷을 입고 있던 노예들의 모습을 회상하며, 아무 말도 하지 않았다.

태나가 한쪽 팔꿈치를 짚고 몸을 일으켰다. "아버지와 나는 최근에 뉴욕시를 방문했어요. 그곳에 가 본 적 있어요? 아, 워시, 거기는 정말 멋진 곳이에요. 우리는 퀘이커교도인 아버지 친구분 집에 묵었어요. 어느 날 저녁에 그분이 우리를 기독 우회*의 모임에 데리고 갔어요. 나는 그게 어떤 건지 조금도 알지 못했지만, 그냥 자리에 앉아서 미소를 지으며 귀를 기울이기만 했지요. 음, 그들은 이야기하고 또 이야기했어요 — 모두 가엾은 흑인들이 이러저러하다는 이야기들이었지요. 생각 좀 해 봐요. 흑인 셋이 참석해 있었고, 그들은 다른 모든 사람들과 따로 떨어져서 별도의 벤치에 앉게 되어 있었어요. 나는 그것을 — 그 아이러니를 도무지 믿을 수가 없었어요. 게다가 그 퀘이커교도들 중 누구 하나 그 점을 조금도 의식하지 않는 것 같았어요."

나는 한쪽 어깨에 통증이 찌르르 퍼지는 것을 느끼며 가만히 자리에 누워 있었다. 나는 느릿느릿 긴 숨을 내뱉었다. "이래즈머스 와일드는 이제 죽고 없어요. 윌러드가 그렇다고 했어요. 그건 다 끝난 일이에요."

태나가 나를 날카롭게 쳐다보았다. "그의 말을 믿나요?"

나는 잠시 생각해 보았다. "그래요."

태나는 잠자코 있었다.

"그는 다른 얘기도 했어요. 자신이 2년 전에 리버풀에서 티치

* 퀘이커파 혹은 프렌드파라고도 불리는 개신교의 한 종파. 17세기 중엽 당시 기독교의 의식화와 신학화에 반대하던 폭스에 의해 영국에서 발생했으며, 인간은 신으로부터 직접 계시를 받을 수 있다고 주장한 절대 평화주의자들로, 인디언과의 우호, 전쟁 반대, 노예 제도 반대 등을 외쳤다.

를 본 적이 있냐고 했지요. 거리에서요."

"살아 있다고요?"

"누구라도 그렇게 생각할 거예요."

태나는 담요를 칭칭 감은 채 나를 쳐다보며 오랫동안 응시했다. "하지만 그가 당신을 혼란스럽게 하려고, 방심하게 하려고. 그런 말을 했을 수도 있지 않을까요? 그건 거짓말이에요, 워싱턴."

"만일 그렇지 않다면요?"

"그게 무슨 상관이에요? 만일 그가 여전히 살아 있다 한들 그게 무슨 상관이겠어요? 당신은 자유로운 몸이에요, 워싱턴. 당신은 크리스토퍼 와일드에게 빚진 게 아무것도 없어요. 당신은 지금껏 줄곧 혼자 힘으로 해냈어요. 자, 계속 그렇게 해요. 자기 안전은 스스로 지켜요. 우리와 함께 런던으로 가요. 나랑 함께 가요." 그녀가 나를 쳐다보았다. "당신이 여기 머무른다고 생각하면 나는 도저히 견딜 수가 없어요."

"윌러드는 다시는 나를 뒤쫓지 않을 거예요, 태나."

"당신은 백인 남자를 공격했어요. 그에게는 어려운 일이 아닐 거예요."

나는 아무 말도 하지 않았다.

그녀는 미소를 지으려 애썼다. "어디 말해 봐요, 친절한 미스터 블랙. 당신이 곁에 없으면, 대체 내가 누구한테 독설을 퍼붓지요? 게다가 내가 옷을 벗는 동안 누가 나를 위해 로브*를 들고 있을까요?" 그녀가 나를 빤히 바라보았다. "만일 이런 것들에 충분히 마

* 아래위가 붙어 하나로 된 길고 헐렁한 겉옷.

음이 끌리지 않는다면, 표본들을 생각해 봐요. 우리가 당신 없이 그것들을 어떻게 관리하겠어요?"

그 순간 내 수조가 기억났고 내가 알아낸 것, 그러니까 나무와 유리로 만든 초기 모델에 대해 몹시 설명하고 싶어졌다. 하지만 나는 매우 피곤했다. 그래서 대신에 나는 눈을 감았다. 나중에도 시간은 충분히 있을 것이다.

그녀가 내 이마에 입을 맞췄다.

내가 물었다. "왜 당신한테서 늘 담배 냄새가 나는 거예요?"

"그 냄새가 나요?" 그녀가 손가락으로 머리카락을 한 가닥 집어 올려 코를 킁킁거리며 냄새를 맡았다. "내 딴에는 잘 숨겼다고 생각했어요." 그녀가 나를 힐끗 쳐다보았다. "설마 우리 아버지가 눈치챘을 리는 없겠지요?"

고프에 대한 이야기가 나오는 순간 나는 그녀의 머리카락 속으로 얼굴을 들이밀며 입을 다물었다.

4부

1836년, 영국

1

그 건물은 퍽 매력적이었다. 높고 폭이 좁은 목조 건물로, 동물 공원*의 비탈을 따라 완만하게 뻗어 나간 검은 포플러 숲 속에 자리 잡고 있었다. 하지만 잔디밭은 곳곳이 파이고 여기저기 재가 널려 있어서, 부지 자체는 형편없었다. 3년 전쯤, 그 건물의 좌측 부속 건물이 밤중에 폭발해서 널빤지들이 불타오르며 까만 밤하늘로 튀어 올랐기 때문이다. 사람들 말로는 쓰러진 촛불 탓이었다. 복구에 여러 달이 걸려서, 전년도에야 겨우 완공되었다. 그쪽 부분의 재목은 아직 색이 옅어서, 오랫동안 비바람을 맞은 널재목들과 대비를 이루며 마치 흉터처럼 희미하게 빛났다.

그것은 불평거리는 아니었다. 그들이 처음에 우리의 계획을 얼마나 이상하게 여겼을지를 고려할 때, 나는 우리가 무엇이 됐든

* 영국 런던의 리젠트 공원 안에 있는 동물원. 런던 동물학 협회가 운영하며 1828년에 문을 열었다.

허가를 받았다는 사실에 깜짝 놀랐다. 런던으로 출발하기 전에, 고프가 동물학 협회에 그 도시에 수중 생물을 상설 전시하겠다는 우리의 아이디어를 제안했다. 그들은 우리를 열광적으로 받아들였다. 우리는 그것을 좀처럼 믿을 수가 없었다. 며칠 동안 우리는 줄곧 어안이 벙벙했고, 반쯤은 그들이 우리에게서 그 모든 아이디어를 낚아채 갈 것이라 믿고 있었다. 런던시는 땅을 제공했고, 공원에 있는 낡은 목조 건물을 용도에 맞게 개축하는 것을 허락했다. 모든 일이 신속하게 진행된다면, 우리는 그다음 해에 대중에게 문을 열 수 있을 것이다. 그것은 '대양관(大洋館)'이라고 불릴 것이다.

아, 내 아이디어가 세상에 나오는 것을 본다는 게 내게 어떤 의미였던가. 심지어 구름 범선조차도 나를 그만큼 감동시키지는 못했다 — 내가 그것에 아무리 공을 들였어도, 그것은 결코 내 것이 아니었으며, 항상 티치의 이상이었다. 하지만 여기, 마침내 내가 직접 만들어 낸 것이 있었다 — 망각과 노역과 죽음을 위해 태어난 소년이 고안한 것이었다. 내가 이런 흔적을 남길 수도 있다고 생각하다니, 얼마나 큰 설욕이란 말인가.

설사 나 혼자만 그 사실을 간직하게 되리라고는 해도 말이다. 나는 순진하지는 않았다. 내 이름이 그곳의 역사에서 결코 알려지지 않으리라는 걸 나는 잘 알고 있었다. 대양관의 아버지로 영원히 추앙받을 사람은 보잘것없고 얼굴이 흉측한 흑인이 아니라 고프일 것이다. 그것에 대해 진지하게 생각하기 시작하자, 두 눈이 빽빽하게 조이는 느낌이 들었다. 고프는 나쁜 사람이 아니었다 — 그는 원칙적으로는 내가 발견한 것들에 대한 공을 차지하고 싶어 하지 않았다. 하지만 나는 그가 점점 나이 들어 가고 있으며, 늘그막에 큰 화제를 불러일으키고자 하는 욕구가 내면 깊은 곳에서 불타오르고 있음을 잘 알았다. 그리고 나는 더욱 큰 난제도 잘 알고 있었다 — 어떻게 정식 과학 교육을 받지도 않은 열여덟 살짜리 흑인인 내가 혼자서 협회와 접촉하고, 심지어 이 모험적인 사업에서 동등한 존재로 여겨질 수 있었겠는가?

느릿느릿 몽롱하게 시간이 흘러가던 그 무렵, 나는 그 문제를 깊이 생각하지 않았다. 런던에서는 시간이 부족했다. 그래서 내 삶은 옅은 아지랑이에 감싸여 부유하듯 낯설어졌다. 고프 부녀는 시 외곽에 작은 집이 있었고, 내게 그 집 뒤편 정원에 있는 좀 더 작은 공간을 제공했는데, 그곳은 한동안 고프가 자주 쓰지 않는 기구들을 보관하던 창고였다. 비좁고 고약한 진흙 냄새가 났지만, 그곳은 충분히 밝고 쾌적했다. 나는 그곳을 몹시 좋아했다. 견고한 네 벽이 결정적이었다. 내 삶을 마침내 나 자신만의 사적인 것으로 만들어 주었으니까. 내게 그 집은 침범당하지 않을 곳으로 느껴졌다. 나를 찾으려는 누구에게나 여전히 발각될 수 있음을 잘 알고는 있었지만, 키가 큰 노르웨이 단풍나무들의 그늘이 마치 성벽처럼 세상으로부터 나를 지켜 주고 있는 것 같았다.

본채에서 격리되어 있는 것이 내게는 조금도 모욕이 아니었다. 나는 고프가 태나와 내가 연인이 아니라는 환상을 간절히 지키고 싶어 하는 걸 이해했다. 비록 그가 보기에도 틀림없이 그 사실은 불쾌할 정도로 분명해 보였을 테지만 말이다. 그런 거짓 덕분에 그렇게 가까이 살 수 있다면, 나는 그 거짓에 기꺼이 가담해야 했다.

물론 그는 처음에는 내가 자기들과 함께 런던으로 가는 것을 거부했다. 내가 내 곤란한 상황을 모두 털어놓았을 때에서야 비로소 그는 마음이 약해졌다. 하지만 여행 첫 주에는 그가 여전히 퉁명스럽고 쌀쌀맞았기 때문에 나는 그와 거리를 유지했다. 그런데도 긴 항해 기간 동안 그럭저럭 상황이 바뀌기 시작했다. 우리는 살아 있는 표본들을 돌보면서 더 많이 대화하고 다시 농담을 하기 시작했으며, 곧 자주 함께 물을 갈며 산소를 공급하고 생물들에게 먹이를 주게 되었다. 노바스코샤에서의 불안한 휴전보다 더 두터운 유대가 형성되었다. 나는 그의 지성을 존중했고, 그는 내 지성을 존중했다고 믿는다. 그리고 결국 그것이면 충분해 보였다.

다른 사람들이 나를 어떻게 대하는지를 보고 그가 충격을 받은 적도 있다. 고프는 이런 일을 날마다 점점 더 불쾌해 했다. 어느 날 저녁 짙은 색의 값비싸고 화려한 옷을 입은 한 숙녀가 우리가 앉아 있던 전망 갑판 벤치 앞에 잠시 멈춰 섰다. 그녀는 입술을 삐죽이고 과장되게 놀란 척을 하면서, 나를 빤히 쳐다보았다. 고프가 무슨 의도로 그렇게 극적인 행동을 했는지 날카롭게 묻자, 그녀가 말했다. "당신 검둥이는 다른 동물들과 함께 선창에 두는 게 제일 좋아요."

나는 그때껏 그가 그토록 격분한 것을 한 번도 본 적이 없었다. 그 일이 더 큰 사건이 되지 않은 것은 오로지 태나가 주의를 주었기 때문이다. 그 후로, 매번 새로 모욕적인 일이 벌어질 때마다, 그는 마치 자신이 업신여김을 당한 당사자인 것처럼 낮은 목소리로 부들부들 떨면서 공격한 사람을 닦아세웠다.

겨울 항해는 험했고, 덜 튼튼한 종류들 중 일부는 하나씩 죽기 시작했다. 내가 후미에서 잡은 문어가 창백하고 무기력해졌을 때, 우리는 더 이상 바닷물을 가져다 달라고 사환에게 돈을 지불하지 않았다. 대신에 고프와 나는 입항 중인 드문 날이면 뗑그렁거리는 음산한 맨 아래 선창으로 내려갔고, 희끄무레한 공기 속으로 발을 내디디며, 승무원 한 사람과 함께 내려 여러 개의 전나무 통에 깨끗한 바닷물을 모으곤 했다. 우리는 내가 고안해 낸 투박한 기구를 사용해서, 불순물이 있는지 검사했다. 산들바람에 내 모자가 들리곤 했고, 나는 막대기와 종이들을 들고 그 자리에 웅크리고 앉아서, 때때로 치명적인 금속성 맛이 나는지 알아보려고 두 손으로 얼굴까지 바닷물을 퍼 올리곤 했다. 이따금 호기심 많은 몇 안 되는 사람들이 배의 반짝거리는 난간에 모여들어, 바닷물을 직접 퍼 마시는 이상한 노인과 화상 자국이 있는 그의 추한 노예를 빤히 내려다보곤 했다.

어둡고 비가 세차게 쏟아지는 오후면, 태나는 갑판으로 몰래 올라와 눅눅한 담요 위 내 옆자리에 앉아, 우리 무릎 위에 걸쳐 책을 펼쳐 놓고 내가 읽는 소리에 귀를 기울였다. 그녀는 전혀 고쳐 주지 않았다. 그것은 수업이라기보다는 낭독이었다. 그런데 왜 그런지 몰라도 내 읽기 실력은 막힘이 없어졌다. 우리가 영국에 도착하기 몇 주 전, 나는 내가 아끼는 모든 책의 복잡한 문장들을 이해할 수 있게 되었다. 그러자 내가 오랫동안 그림으로 감탄하며 바라보았던 데생들이 잊지 않고 다시 기억난 대화처럼 새삼스럽게 흥미를 불러일으켰다. 이제 그것들은 단순히 겉모습만 꼭 닮은 것 이상이었다. 다시 말해 그것들은 피와 날개와 세포와 숨결이었다.

그렇게 바다에서 보낸 시간들은 풍요롭고 평화로웠다. 그리고 나는 몇 달 동안 북극으로 흘러가던 그 기묘한 시절을 마치 그리워하듯 떠올렸다. 날마다 세상이 끝없이 하얗게 변하고, 자유가 마치 외투처럼, 그러니까 세상에 맞서 갑옷처럼 나를 감싸 줄 수 있는 온기처럼, 내 한 몸 의탁할 수 있을지도 모를 무언가로 느껴지던 그 시절을 말이다. 그 모든 것이, 티치와 함께했던 그 여행이 얼마나 까마득하게 느껴졌던가. 마치 그를 잃은 상처 위로 딱지가 생긴 것 같았다.

2

그럼에도 불구하고, 나는 그가 행방불명되었다고 확신하지 못했다.

우리가 런던에 도착하고 몇 주 후, 나는 템스강의 북쪽 둑길을 따라 블랙프라이어스에서 힘차게 걷다가 한기가 들었다. 몇 시간 만에 나는 너무 힘이 없어서 서 있을 수도, 심지어 고개를 들고 있을 수도 없었다. 입안에서 이가 딱딱 부딪쳤고, 나는 계속 덜덜 떨었다. 그리고 그 비참한 상태에서 내 마음을 가득 채운 것은 과거의 장면들이었다. 윌러드의 공격, 내가 빅 킷을 마지막으로 잠깐 보았던 그 슬픈 마지막 만찬, 우리 사이에 있던 수소 통이 터져 산산조각 났을 때 티치의 눈에 비치던 섬광 등등. 나는 또한 여전히 자기 나라의 초록빛 들판 어딘가에 살아 있으며, 웃음소리가 울려 퍼지고 빰이 지저분한 아이들이 뛰노는 똑같은 런던 거리들, 쥐들이 찍찍거리는 선명한 소리가 생생하게 울리는 침침한 골목길들을 천천히 걷고 있을 티치를 떠올렸다. 그러자 이상한 안개처럼 혼란스러운 감정이 나를 온통 사로잡았다. 무디고 거의 다 사그라든 분노 같은 것이었다.

태나가 몇 시간마다 살금살금 들어와서 석탄불 위에 쇠 주전자를 올려놓았다. 나는 어둠 속에서 이리저리 움직이는 그녀의 존재, 침대 위 내 옆에 누운 그녀의 무게를 감지했다. 이마에 닿은 그녀의 손의 온기가 느껴졌는데, 그것은 마치 창가에 못으로 박아 놓은 리넨 시트를 통해 스며드는 햇살의 감촉 같았다. 나는 힘없이 이렇게 불렀다. “킷 아줌마.”

마체테를 갈고 있는 것처럼 귀에 거슬리는 소리가 났다.

“킷 아줌마.” 내가 다시 말했다.

“쉬. 당신은 뭘 좀 먹어야 해요.”

마체테 소리가 점점 가늘어지더니, 이상하게도 물 끓는 소리가 되었다.

“이건 저녁이 아니에요.” 내가 말했다. “지금은 아니에요, 오늘 밤은 아니에요. 달이 나무 낮게 걸려 있어요.”

그녀의 숨결이 내 얼굴 가까이에서 느껴졌다. “워시?”

나는 살짝 정신이 들면서 이제 그 목소리가 태나의 것임을 깨달았다. 그녀가 마치 다른 방에 있는 것처럼 그녀의 목소리가 아득하게 들렸고, 그녀를 만지려고 손을 쳐들자 땀에 젖어 미끄러운 불쾌한 내 피부만 느껴졌다.

나는 구두와 양말이 조용히 벗겨지는 것을 느꼈고, 물속의 재에 대해, 겨울에 대해 뭐라고 중얼거리기 시작했다.

“쉬어요, 워시.” 갑자기 내 눈에 축축한 천 조각이 덮였다. “쉬지 않으면 결코 낫지 않을 거예요.”

내가 얼마나 많은 밤을 의식이 혼미한 채 누워 있었는지는 알지 못한다. 단지 내 피부가 축축하고 입김에서는 종이 맛이 났으며, 내가 더워 하다가 추워 하다가 또 더워 했다는 것만 알 뿐이다.

우리가 웨이머스로, 그 해안가로 느릿느릿 긴 도보 여행을 했던 그 전전 주말이 기억나기 시작했다. 그리고 갑자기 나는 다시 한번 그곳에서 차가운 바닷물 속으로 걸어 들어가고 있었다. 동틀 녘이라 고요했고, 바닷가에는 인적이 없었다. 나는 양복 조끼를 벗고, 위를 보며 물에 둥둥 떠다니기 시작했다. 해초들이 수면에서 나를 에워싸고 검게 흔들리고 있었다. 나는 귀에 물이 잔뜩 들어간 채로, 무게가 나가지 않는 듯 누워, 떠오르는 태양에 사라져 가며 가물거리는 저 높은 곳의 별들을 응시했다.

나는 마치 커다란 고양이가 내 갈비뼈를 밟고 펄쩍 뛰어오르기라도 한 것처럼 찌뿌둥한 상태로 깨어났다. 오두막의 사방 나무벽이 눅눅한 날씨에 삐걱거렸다. 나는 축축한 침대 시트 속에서 돌아누우며 몸을 비틀었다. 눈은 게슴츠레하고 머리는 여전히 지끈거렸다. 하지만 마침내 열은 내려 있었다. 창가에서는 지평선이 말라 죽은 잿빛 풀들 위로 붉게 타올랐다. 나는 일어나서, 얼굴을 적시고, 이를 칫솔로 박박 문질러 닦은 다음, 옷을 대충 걸쳤다. 그러고 나서 부츠를 신고 외투를 입은 다음 밖으로 나갔다.

나는 감기가 나은 직후, 위험을 무릅쓰고 밖으로 나가면 안 된다는 것을 알고 있었다. 하지만 그 오두막은 어둡고 갑갑하게 느껴졌다. 내가 너무 오래 앓아누워 있었기 때문이다. 그날은 음산하고 구름이 잔뜩 낀 날씨였고, 옅은 안개에 단풍나무들이 은빛으로 빛나고 있었다. 나는 부츠를 철벅거리며 나무딸기 덤불과 진창을 헤치고 걸었다. 입에서 입김이 마치 수증기처럼 줄줄이 빠져나왔다.

어째서 나는 그즈음 빅 킷의 죽음보다 그가 살아 있을 가능성에 대해 더 많이 생각했던가? 그것은 부끄러운 일이었다. 하지만 나는 배신감에 크게 흔들렸다 — 티치가 내가 가지고 있던 전부, 내 생명선이었던 그와 나의 유대를 몹시 무심하게 끊어 버렸다는 생각에 말이다. 나는 말라 죽은 느릅나무 숲을 지나, 잎사귀들이 반짝거리며 생동하는 느릅나무 숲으로 터벅터벅 걸어 들어갔다. 그렇게 많은 비가 내리기에는 철이 너무 이른 것 같았지만, 여기는 그런 계절이어서 엷은 안개가 낀 들판에 어마어마하게 비가 내려 있었다. 나는 마치 화폭을, 회색으로 붓질한 풍경화 속을 헤치고 지나가고 있는 듯한 기분이 들었다.

문득 그의 실종은 그저 내게서 벗어나려는 또 한 번의 필사적인 행동일 뿐이었다는 생각이 들었다. 그가 살아남아서 더없이 편안하게 또 다른 삶 속으로 걸어 들어갔다는 생각이다.

그렇다 해도, 작고 절망적일 정도로 순진한 한 사람을 떨쳐 버리기까지 얼마나 오랜 시간이 걸렸던가. 아마 그는 나를 이 세상에 무방비 상태로 내버려 둔다는 생각이 마음에 들지 않았을 것이다. 그러다가 마침내 내가 자신의 아버지와 페터 하우스와 함께 어떤 식으로 살아갈 수 있을지를 알고 안심했을 것이다. 나는 그가 제공했던 모든 보호 수단, 나의 인간성이 모든 곳에 알려지고 받아들여져야 한다던 그의 연설을 떠올렸다. 그렇다 해도, 그에 대한 태나의 이의 제기에는 어느 정도 진실이 담겨 있었다. 이제 나는 깨달았다. 티치의 행동이 더 정확한 척도였다. 그는 기어이 나를 버리고 떠났다. 그가 경기구 조종술과 페이스 농장 노예들의 처우에 관한 논문들을 끝마치자마자 나는 그에게 어느 정도 가치를 잃은 상태였다. 나는 어쩌면 너무 튼튼하고, 너무 무겁고, 너무 생생해서 없애야 할 대상이 되어 버렸는지도 모른다. 그는 마치 자신의 목숨을 위태롭게 해서라도 내게서 벗어날 가치가 있기라도 한 것처럼, 부서지기 쉬운 구름 범선에 올라탔고 심하게 들썩거리는 깜깜한 바다를 건넜으며 약한 몸을 이끌고 장벽 같은 눈 속으로 걸어 들어가 버렸다.

어떻게 그가 나를 그렇게 대할 수 있었을까? 내가 자신과 동등한 존재라는 자기 신념을 자랑스러워했던 그가 말이다. 나는 결코 그와 동등한 사람이 아니었다. 아마, 마음 깊은 곳에서 그는 평등을 받아들일 수 없었을 것이다. 그는 마음속으로 구원받아야 할 사람들과 그 구원을 실행할 사람들만을 보았다.

귀가하니 오두막 문에 잉크가 번진 쪽지가 꽂혀 있었다. 태나가 나를 찾으러 왔었다. 만일 다 나은 것 같아서 이런 날씨에도 밖으로 나갈 수 있을 정도라면, 돌아오는 대로 본채로 식사를 하러 와야 한다는 것이었다. 그녀의 신랄한 말투에 나는 무심결에 미소를 짓고 말았다. 나는 그 쪽지를 한쪽으로 치워 두고, 외투를 개켜 간이 침대에 놓은 다음, 그녀의 말대로 하는 대신 그림을 그리기 위해 조그마한 나무 테이블에 앉았다.

나는 그림을 그리고 또 그리며, 짜증스럽게 티치를 생각했다. 창가가 깜깜해지고 손이 아프기 시작했지만, 그래도 나는 여전히 실처럼 가늘고 긴 미세한 선들을 그리며, 엄청난 입체감을 더하고 있었다. 페이스를 떠난 이후로 나는 단 한 번도 그곳을 억지로 그려야 했던 적이 없었다. 그렇지만 이제 여기에 그곳이 있었다. 내가 그곳에 대해 기억할 수 있는 모든 것이 생생하고 잔인할 만큼 상세하게. 오두막들, 몇 십 년에 걸쳐 허리케인이 불어 댄 날씨에 반쯤 벗겨진 지붕들, 근처의 스페인 삼나무들, 그리고 자주색과 노란색이 섞인 멋진 열매들이 달린 커다란 대왕야자가 있었다. 덤불 속에서 개골개골 울며 반짝이는 개구리들, 연한 청록색 하늘을 찌르는 석조 굴뚝이 달린, 설탕을 끓이는 오래된 증기 가마가 있었다. 언덕 위 와일드 홀로 이어지는 메마른 돌투성이 오솔길, 백인들의 머리카락처럼 늘어진 이끼 때문에 으스스하고 그 저택을 뒤덮을 듯 우거져 있던 미국삼나무들, 그 이끼 가닥들 사이로 붉게 타오르던 햇살이 있었다.

내가 어렸을 때, 빅 킷이 내 갈비뼈를 부러뜨린 후 한동안 지냈던 건조실의 높다란 사방 벽이 있었다. 그 돌벽에는 마치 커다란 지도처럼 생긴 물 얼룩들이 남아 있었다. 저 높이 뚫려 있는 구멍에서 빽빽 울어 대는 피리새들이 있었다. 그리고 건조실 출입구 위에는 현판이 박혀 있었는데, 거기에는 라틴 문자로 이렇게 적혀 있었다. 병들고 가련한 자들에게 관심을 기울일지어다.

도망자들을 잡기 위한 함정의 집게덫들과 몇몇 사람들이 죽도록 채찍에 맞으며 엎드려 있었기에 그 피로 검게 물든 큰 바위가 있었다. 그리고 마차처럼 폭이 넓은 외로운 미국삼나무 한 그루가 있었는데, 거기에는 비바람에 씻긴 올가미가 매달려 있었다. 그리고 그 나무껍질에는 칼자국들이 있었는데, 그건 사람들이 목을 꿰찔려 꼼짝도 못 하고 죽도록 방치돼 있던 바로 그 자리였다. 또 늙고 병든 사람들의 몸이 놓여 썩어 가기 시작한 이후로 다시는 풀이 자라지 않았던 헐벗은 작은 땅들도 있었다.

그리고 그 모든 것의 위쪽에는, 바다 — 인광성 물질로 반짝거리는 청록색 바다, 몇 마일에 달하는 깨끗하고 소금처럼 하얀 모래사장 — 를 향해 전망이 탁 트인 와일드 홀이 아주 깨끗하고 풍파에 시달리지 않은 모습으로 자리를 잡고 있었다.

3

마침내 나는 내 내면에서 무슨 일이 일어나고 있는지 깨달았다. 나는 아무리 두렵다 해도, 티치를 찾고 싶었던 것이다. 내 안에는 그가 아직 살아 있는지 알아내고 그와 대면하고 싶은 강한 욕구가 있었다. 내 삶은 그가 나를 데려가기 전에도 하나의 삶이었다. 이것을 그가 궤도에서 강제로 이탈시켜 처음에는 경이로운 상황, 그다음에는 고독하고 궁핍한 상황 속으로 몰아넣었던 것이다. 나는 지금 내 삶이 결핍을 중심으로 구축된 사상누각임을 깨달았다. 비록 풍요롭기는 하지만, 여전히 마치 바닥이 폴싹 무너져 내리기라도 할 것 같은 느낌, 마치 그 중심부가 고작 나뭇잎들로 덮여 있을 뿐이어서 그 속으로 미끄러져 들어가 끝없이 떨어져 내리며 결코 다시는 발 디딜 곳을 구하지 못할 것 같은 느낌이 들었기 때문이다.

나는 더 이상 그 일을 미룰 수가 없었다. 나는 그랜본으로 갈 작정이었다. 거기서 그를 찾아낼 것이다.

내가 그곳에 살고 있는 그를 발견하게 될까? 나는 알지 못했다. 하지만 그가 그 저택으로 돌아왔다는 것만이 이치에 닿는 이야기였다. 그는 계속 투덜거리고 불평했으며 그곳을 열렬히 싫어했다. 그럼에도 나는 그곳이 그의 진가를 모르는 이 거친 세상으로부터 그를 지켜 주는 단 하나의 진정한 안식처, 그의 부와 특권의 본거지, 물이 그 수원에 끌리듯 그가 영원히 끌릴 장소라는 생각이 들었다. 그래서 나는 그 앞으로 그랜본에 편지를 보냈고, 놀랍게도 그의 어머니로부터 오후 티타임에 나를 초대한다는 답장을 받았다.

그 답장으로 인해 나는 불안해졌다. 왜 티치가 직접 쓰지 않았을까? 태나가 예상한 대로였을까? 그는 죽었을까?

나는 이튿날 오후 차가운 청어를 점심으로 먹으면서 고프 부녀에게 내 계획을 말했다.

태나는 조용히 포크를 내려놓았다. 얼굴을 찡그리지는 않았지만 그녀의 이마에는 못마땅한 심정이 강하게 드러나 있었다.

"하지만 왜요?" 그녀가 말했다. "왜 그를 찾아내려는 거죠? 그런다고 무슨 의미가 있나요?"

고프는 자리에 앉아서 다람쥐처럼 재빠르게 음식을 베어 물어 씹고 있었고, 거칠게 헛기침을 하기는 했지만 말을 하지는 않았다. 늘 그렇듯 자기 딸의 짜증을 눈치채지 못한 것처럼 보였다.

나는 점점 더 당황했다. 태나는 그 순간 아무것도 이해하지 못할 것처럼 보였기 때문이다. "나는 그저 그와 다시 이야기를 나누고 싶은 거예요. 그가 어디로 갔는지 설명을 듣고요."

사실, 내가 댄 이유들은 확실히 그녀에게 애매했던 만큼 내게도 그랬다. 나는 사과를, 후회한다는 어떤 표현을 원했던 것 같다. 아니면, 적어도 해명이라도 말이다. 나는 왜 그가 맨 처음 나를 고된 삶에서 빼냈는지, 내가 자신의 대의에 쓸모가 있을 거라는 이유 말고도 자기에게 어떤 중요한 이유가 있었는지 말해 주기를 원했다. 나는 내 충성심이 그가 불쑥 나를 버리고 떠날 정도로 그의 마음을 좀처럼 움식이지 못했던 이유를 알고 싶었다. 어쩌면 결국, 그의 말로는 충분하지 못할지도 몰랐다. 어쩌면 그로부터 어떤 평온을 찾는 것은 어리석을 일일지도 몰랐다. 하지만 나는 그가 내 이름을 말하는 것을 듣고, 그의 얼굴 표정에서 죄책감, 수치심을 아주 간절히 읽어 내고 싶었다. 그리고 만일 죄책감이나 수치심이 전혀 없다면, 그런 모습이라도 보고 싶었다.

"그를 만나는 게 무슨 소용이 있을까요?" 태나가 말했다. "그게 뭘 해결할까요?"

나는 아무 대답도 하지 않았다.

"윌러드가 당신에게 거짓말을 했을 가능성이 더 높아 보이지 않나요? 그 크리스토퍼 와일드라는 사람이 죽었을 가능성이요?"

"그래요. 하지만 그렇다 해도 여전히 있을 수 없는 일이라는 의미는 아니에요."

"누구?" 느닷없이 고프가 무뚝뚝하게 말했다. 그가 날카롭게 기침을 했다. "아, 그래, 기억이 나는군."

"그리고 어떤 경우든, 와일드가 왜 그랜본에 가야 하겠어요?" 태나가 말했다. "왜 그가 그곳으로 도피했겠어요? 그는 그곳을 혐오했어요. 당신이 직접 그렇다고 했잖아요."

"거기는 그의 고향 집이었어요. 그곳을 몹시 싫어했지만, 내 생긱에 그는 그 자신도 거의 이해하지 못하는 어떤 방식으로 그곳에 매여 있었어요. 나는 그를 알아요. 만일 그가 현재는 거기 없다 해도, 최근에 그곳을 거쳐 갔을 거예요."

"그가 여전히 살아 있다면요."

"그가 살아 있다면요, 그래요."

태나는 마치 마음을 가라앉히려는 듯 숨을 골랐다. "그 일의 진상은 와일드가 자신의 대의를 증진하지 못할 경우, 당신의 대의만을 증진하기 위해서는 아무것도 하지 않았다는 거예요. 당신은 그에게 편리한 도구였어요."

나는 좌절감에 얼굴을 문질렀다.

그녀의 두 뺨이 빨개졌다. "그런데, 당신은 다음 화요일에는 갈 수 없어요. 우리는 인조 바위를 만들 포틀랜드 시멘트*의 공급처를 찾겠다고 아버지께 약속했어요." 그녀는 식사를 하느라 여념이 없는 고프를 흘낏 훑어보았다. "아버지?"

"그게 뭐지?" 고프가 말했다.

"틀림없이 그건 그다음 날로 미뤄도 될 거예요. 안 되나요?" 내가 고프를 돌아보았다. "아니, 어쩌면 선생님께서 직접 가실 수도 있지 않을까요?"

"게다가 우리는 '울컷 앤드 선스'에서 수조에 대해 이야기하려던 계획도 다 그만둬야 해요." 태나가 말했다. "우리는 그에게 수조에 대해 설명해 줄 필요가 있어요."

* 시멘트의 정식 명칭. 1824년에 영국의 조지프 애스프딘이 최초로 발명한 시멘트가 영국의 포틀랜드 섬에서 나는 석재와 비슷한 데서 나온 말이다.

몇 달 동안 뒤져, 우리는 결국 내 복잡한 설계를 구체화할 만큼 유능한 기술자들을 찾아냈다.

"미스터 울컷은 당신을 좋아하고 존경해요." 나는 짜증을 내며 말했다. "혼자 간다 해도 당신을 푸대접하지는 않을 거예요."

그녀는 그 제안에 상처를 받은 것처럼 보였다. "크리스토퍼 와일드를 찾는 건 딩신에게 중요한 일이에요. 반드시 내가 당신 옆에 있어야 해요."

나는 심사가 꼬였다. 나는 혼자 가는 것에 대해 줄곧 불안해 하고 있었다. 그런데도 그녀의 비난, 그러니까 내 탐색이 어리석고 쓸데없다는 그녀의 강경한 주장을 들으며 가고 싶지는 않았다. 내 신경이 이미 바짝 곤두서 있다는 것을 알고 나는 깜짝 놀랐다.

"혀를 깨물고 잠자코 있을게요." 그녀가 말했다. "약속해요."

"혀를 깨물고 잠자코 있겠다." 고프가 툴툴거렸다. "길을 반도 가기 전에 피투성이 혀뿌리만 남겠구나."

그녀는 나를 건너다보며 초조하게 미소 지었고, 나는 눈을 내리깔았다.

우리는 며칠 동안 준비를 했다. 울컷 앤드 선스 방문은 우리가 돌아올 때까지 미뤄졌고, 고프는 불행하게도 거머리말 공급처를 찾는 일을 맡게 되었다. 이윽고 우리는 밤비로 여전히 축축하게 젖어 있는 서늘한 아침에 여행을 시작했다.

우리는 여행 내내 거의 말을 하지 않았다. 태나는 혼란스러워하고 우리가 가야만 한다는 것을 전혀 이해하지 못하는 것 같았다. 나는 피곤했고, 나 자신을 변호하고 싶지 않았다. 우리는 말없이 서로에게 살며시 기대 도시가 점차 작아지며 서서히 멀어져 가는 것을 지켜보았다.

마침내 우리는 그 큰 땅의 가장자리에 이르렀다. 마차를 타고 은단풍들 사이로 자갈길을 따라 올라가면서, 우리는 서 있기가 불가능할 정도로 심하게 썩은 건물들을 언뜻 보았다. 나는 옹기종기 모여 있는 작은 초가집들과 겉보기에는 돌 틈 사이로 자란 덩굴들 덕에 아직 버티고 있는 다 무너져 가는 정원사용 오두막 하나를 볼 수 있었다. 누군가가 다 타 버린 뼈처럼 까만 부서진 차축들을 비에 흠뻑 젖은 마차 차고 벽에 일렬로 기대 놓았다.

내가 거대한 어둠의 중심, 다시 말해 내 어린 시절과 페이스가 — 그곳에서의 끝없는 고통과 노동이 — 거대한 바퀴의 바퀴살 하나에 불과한 세계의 중심에 가까워지고 있는 게 느껴졌다. 여기에 그 근원, 그러니까 삶, 죽음, 바로 자식의 탄생보다도 더 중요하다고 스스로 주장하는 권력의 시작과 끝이 있었다. 우리는 천천히 말을 달려, 가지가 낮게 늘어진 작은 숲을 지나갔다. 나는 말편자가 자갈을 파고들고, 마차 바퀴들이 진흙을 짓이기는 소리에 귀를 기울였다. 공기에서 금속성 맛이 났고, 나는 갑작스럽게 저 먼 북쪽, 그 사나운 추위가 기억났다.

저 멀리 은빛 띠가 커지며 반짝반짝 빛나기 시작했다. 인공 연못이었다. 수정처럼 투명한 핀들이 연푸른색 수면 도처에서 윙크하듯 반짝거려서, 그것은 마치 맹인의 눈처럼, 어떤 깜짝 놀랄 만한 직감을 가지고 있는 듯 보였다.

그 순간 나는 언젠가 티치가 보기 드물게 차분히 자기 어머니를 비난하는 장광설을 늘어놓다가 했던 말들이 기억났다. 그는 그녀가 영국적인 것이 아니면 그 어떤 것도 용인하지 않는다고 했다. 미스터 와일드와 함께 관습에 얽매이지 않는 삶을 살아왔고 한때 그녀 자신이 관습에 얽매이지 않는 젊은 여성이었는데도, 세상에 대한 그녀의 감각은 고리타분하고 완고하며 가차 없다고 했다.

내가 정말로 여기서, 이끼로 얼룩덜룩한 이 무너져 가는 벽들 뒤에서 그를 찾을 수 있을까? 그 땅은 충만감, 생장과 풍요의 느낌이 감돌았지만, 마치 그곳 사람들뿐만 아니라 진보 자체가 그곳을 이미 버리기라도 한 듯, 텅 빈 것 같기도 했다. 아주 오랜 세월과, 일시 정지 상태 같은 정적이 느껴졌다. 마치 여기서 일어날 수 있는 모든 일은 이미 다 일어난 것 같았고, 마치 그 여파 속으로 걸어 들어가고 있는 것 같았다.

나는 바퀴가 우리 아래 자갈 위에서 덜컹덜컹 진동하는 것을 느끼며, 한숨을 쉬고 머리를 태나의 어깨에 기댔다. 며칠 밤 내내, 티치에게 무슨 말을 할지 생각해 봤지만, 이제 회색 들판을 응시하는 동안, 내 머리는 텅 비고 멍해졌다. 태나가 다정하게 내 손을 잡았지만, 몇 에이커에 달하는 말라 죽은 풀밭을 응시하는 내내 그녀의 눈빛은 냉정했다.

우리는 지붕 모양으로 얽혀 있는 앙상한 가지들 밑을 미끄러지듯 빠져 나왔고, 내가 그것을 언뜻 본 것은 바로 그 순간이었다. 그 웅장하고 으스스하며 유명한 고택, 바로 위대한 그랜본 저택이었다. 나는 그 저택의 불 꺼진 양옆 부속 건물들을 보았고, 저택 전면 외벽에 새겨진 날씨와 전쟁들로 인한 오래된 상흔들을 보았다. 와일드가의 남자들이 도망쳐 나왔던 곳이 바로 이곳이었다.

기둥들과 막공벽들이 부서지고 있었고, 별관은 이끼에 뒤덮여 숨이 막힐 지경이었다. 나는 주변 공기에서 죽은 화단의 동물 내장에서 나는 것 같은 아주 지독한 악취를 맡을 수 있었다.

저택 전면 외벽은 을씨년스러운 느낌을 주는 담쟁이덩굴에 뒤덮여 거무스름했다. 석조 세공 부분에는 초록빛이 도는 더러운 납틀 창문*들이 끼워져 있었다. 우리 마차가 다가가자, 거기에 풍경이 아른아른 비쳐 보이기 시작했다.

느닷없이 현관문 두 짝이 동시에 열리며, 늙은 하인 하나가 높은 층계참으로 나왔다. 그의 얼굴은 아직 보이지 않았다. 그는 뒷짐을 진 채 꼼짝도 하지 않았다. 그는 보통 키에, 약간 살이 찐 편이었지만, 마치 주위의 모든 정적을 빨아들이고 있기라도 한 듯한 부동자세가 그에게 자연스러운 권위를 부여했다. 아기 침대 저 아래에 누워 있는 갓난아기를 보살피는 부모가 꼭 저런 모습이지 않을까 싶었다.

우리는 천장이 높은 접견실로 안내를 받았고, 태나는 마치 몸을 녹일 수가 없다는 듯, 마치 날씨가 우리를 따라 들어오기라도 한 듯, 그곳에 서서 두 손을 맞비비고 있었다. 공기에서는 젖은 찻잎과 먼지 냄새, 다 타 버린 장작 냄새가 났다. 나는 복잡한 소용돌이 문양 장식이 툭 튀어 나와 있는, 불 꺼진 커다란 석조 벽난로를 유심히 바라보았다. 불을 지폈던 흔적이 전혀 없었다.

* 납으로 틀을 짜서 작은 유리 조각들을 다이아몬드 꼴로 배치한 창문. 일종의 조각 유리 장식 창.

하인은 우리를 이끌고 어두컴컴한 복도들을 지난 다음, 비바람에 낡은 의자들과 말라 죽은 긴 장미들이 심긴 금이 간 커다란 회색 돌 화분들이 놓인 큰 테라스로 나갔다. 하늘을 쳐다보았다. 저 멀리 새들이 희미하게, 마치 천 조각들처럼 보였다. 공기는 아주 차게 느껴졌고, 하늘에는 구름이 대기 중에 너무 드문드문 흩어져 있어서 거의 보이지도 않은 정도였다. 그런데도 그 구름들이 모든 온기를 다 차단하고 있는 것 같았다. 태나가 내 옆에서 덜덜 떨고 있는 것이 느껴져, 그녀의 등, 섬세하고 단단한 등뼈를 문질러 주었다. 그렇지만, 이런 추위에도 불구하고, 공기는 여전히 저택 안보다 훨씬 더 따뜻하게 느껴졌다. 마치 오랜 세월에 걸쳐 햄프셔의 겨울 추위가 그 낡은 돌벽들 속에 축적되기라도 한 것 같았다.

하인은 출입구 근처에 대기하며 말없이 서 있었다.

태나는 머뭇거렸고, 우리는 서로를 초조하게 바라보았다. 마침내 그녀가 상체를 앞으로 내밀며 말했다. "미스터 와일드가 현재 거주하고 계신가요?"

하인은 처음에는 그녀의 말을 듣지 못한 것 같았다. 그러더니 곧, 아주 천천히 근엄하게 고개를 한 번 저었다. 그녀의 애매한 질문으로 인해 그의 대답은 명확하지 않았다—어느 와일드가 부재 중이라는 것이었을까? 하지만 심지어 고개를 젓는 것조차도 그 남자에게 엄청난 부담을 준다는 것, 그리고 우리가 더 이상 그를 힘들게 해서는 안 된다는 것은 분명했다. 그는 몹시 늙은 사람이었다. 그는 아마 수십 년 동안 그 집의 붙박이였을 것이다—실은, 그 대저택이 그를 중심으로 세워진 것인지도 모른다.

그의 얼굴은 망가지고 쭈글쭈글했으며, 뻣뻣한 몸가짐 탓에 고통스러워 보였다. 그는 티치가 여기서 보낸 어린 시절을 목격했을 것 같았기에, 나는 그에게 그 시절에 대해 묻고 싶은 생각이 간절했다.

집 안에서 바스락거리는 소리가 나더니, 어둠 속에서 한 여자가 나타났다. 치맛단에 진흙이 잔뜩 묻은 축축한 숙녀용 승마복 차림의 위엄 있게 키가 큰 여자였다. 그녀는 문턱에 잠시 멈춰 서서 눈을 깜빡거리며 우리를 보았다. 그녀는 키가 — 거의 티치의 키만큼 — 엄청 컸고, 상체의 가슴 윗부분은 굴곡이 거의 없었으며, 어깨뼈들 사이에는 완만하게 톡 튀어나온 부위가 한 곳 있었다. 그녀의 얼굴은 넓은 코를 가로지르는 얼룩 같은 홍조를 제외하고는 밀랍처럼 하얬다. 그녀는 두 손을 꼭 맞잡고 있었는데, 양쪽 집게손가락이 똑같은 모양의 굵은 옥 반지들로 장식되어 있었다. 그것을 보니 에메랄드 반지들이 손마디 바로 위에 끼워져 있던 티치의 두 손이 기억났다.

그녀는 한참 동안 빤히 쳐다보았다. "미스터 블랙인가?" 그녀가 마침내 이렇게 말했는데, 그것은 마치 다른 남자를 기대하기라도 했던 것처럼, 환영의 인사라기보다는 실망의 표현이었다. 그렇지만 편지에서 나는 그녀에게 이미 모든 것을 설명했다. 나는 한때 그녀 농장의 노예였는데, 그녀의 막내아들이 훔쳐서 북쪽으로 데려갔다고. 나는 심지어 그녀가 깜짝 놀랄 경우에 대비해 내 흉측한 외모에 대해서도 경고를 해 두었다.

미세스 와일드는 태나에게는 눈길 한번 주지 않은 채, 마지못해 이렇게 말했다. "참 잘 왔어요."

"안녕하십니까, 미세스 와일드." 내가 고개 숙여 인사하며 말했다. "드디어 뵙게 돼서 몹시 기쁩니다. 말씀 많이 들었습니다."

천천히 나를 훑어보다가, 그녀의 눈길이 내 화상 자국에 머물렀다. 그녀는 아무 말도 하지 않았다.

나는 계속 미소를 짓고 있었지만, 마치 뼛속까지 시린 것 같았다.

그녀는 더는 한마디도 하지 않고, 잎사귀들이 타일 위에서 바스락거리며 나뒹구는, 바람에 곳곳이 움폭 파인 테라스를 가로질러 거대한 돌 테이블의 벤치에 자리를 잡고 앉았다. 그녀는 우리에게 아무 말도, 자신과 함께하자는 어떤 몸짓도 하지 않고, 그저 앉아서 자신이 소유한 광범위한 잿빛 땅을 훑어볼 뿐이었다. 태나가 나를 화난 표정으로 보기는 했지만, 우리는 함께 그녀 쪽으로 가서, 차가운 벤치의 흙먼지를 쓸며 그녀의 맞은편에 앉았다.

미세스 와일드는 연한 갈색 눈으로 우리를 유심히 살폈다. 아침 승마로 인해 그녀의 가슴에서 희미하게 색색거리는 소리가 나고 있었지만, 심지어 그조차도 약점이라기보다는 특권의 증거인 것 같았다.

"여기 있는 내 하인은 내게 승마를 하지 말라고 항상 주의를 줘." 그녀가 문 앞에 가만히 서 있는 하인을 애매하게 가리키며 말했다. "내가 생각하기에, 내 나이에는 게으른 게 더 위험해. 부러진 뼈 따위가 대수야?"

"운동은 어떤 나이에든 유익하지요." 태나가 의견을 밝혔다.

미세스 와일드는 희미하게 얼굴을 찡그렸고, 태나를 쳐다보지 않았다. "최근에는 줄곧 날씨가 도와주지를 않았어."

하인이 앞으로 걸어가더니, 멀리 떨어진 의자에서 하얀 모직 숄을 가져다가 부인의 어깨에 걸쳐 놓았다.

"이 먼 길을 뭐라도 먹고 왔기를 바라네." 그녀가 그렇게 말했는데, 티타임에 오라던 그녀의 초대를 고려할 때, 그 말은 뜻밖이었다. "점심을 권하려 했지만, 영국 음식을 즐겨 먹는지 알 수 없었거든." 그녀는 마치 눈길을 어디에 둘지 결정하지 못한 듯, 테라스 주변을 막연하게 두리번거렸다. "확실히 나 자신은 외국에 있을 때 엄청 고생을 해."

"저는 영국인이에요." 태나가 말했다.

처음으로 미세스 와일드의 눈길이 한동안 태나에게 머물렀다. 그녀는 희미한 미소를 지었다.

"제 아버지는 해양 동물학자인 제프리 마이클 고프입니다."

그녀는 여전히 애매한 미소를 머금고 태나를 유심히 살폈다. "내 남편은 그런 모든 것에 어느 정도 관심이 있었어. 나는 그런 주제에는 아무 관심 없어."

"미스터 고프는 그 분야에서 여러 중요한 업적을 세우셨어요." 비록 말하는 동안 마음에 찌릿한 아픔이 느껴지기는 했지만, 나는 그렇게 말했다. "그분은 영국학사원 회원이세요. 제가 알기로는 고인이 되신 부군께서도 마찬가지이셨고요"

미세스 와일드는 변함없는 표정으로 보석으로 치장한 두 손을 테이블 위에서 꼭 맞잡았다.

"저희는 아드님인 크리스토퍼 와일드를 찾아 여기에 왔어요." 태나는 사교적인 인사말이 동이 나자, 그렇게 말해 버렸다. "그분이 여기 계시나요?"

그 순간 미세스 와일드의 얼굴에 어떤 표정, 뭐라 설명하기 힘든 딱딱한 표정이 떠올랐고, 나는 그 표정의 원인이 우리인지 아니면 티치인지 판단할 수가 없었다. "나는 최근 3년간 내 아들을 보지 못했어."

3년. 세 해. 윌라드는 거짓말을 하지 않았다. 티치는 생존해 있었던 것이다. 그는 유리 벽 같은 눈을 뚫고 사방이 탁 트인 자유로운 삶 속으로 걸어 들어갔던 것이다. 나는 그 소식에 온 정신을 빼앗긴 채 멍하니 앉아 있었다.

"그가 얼마나 머물렀나요?" 태나가 물었다. "어디로 갔지요?"

와일드 부인의 눈길이 천천히 내 얼굴 위로 움직였다. 그녀는 변덕을 부리고 싶은 기분인데도, 내 강요에 어쩔 수 없어 하는 것처럼 보였다. "그 농장은 더 이상 우리 소유가 아니야. 그건 더 이상 우리 가문 것이 아니지. 팔렸어."

우리는 이 새로운 세부 정보가 충분히 이해될 동안, 잠시 말없이 앉아 있었다.

"그러면 거기 있던 노예들은 어떻게 됐나요?" 빅 킷을, 가이어스를 고통스럽게 떠올리며 내가 말했다. "설마 그들이 부동산과 함께 팔려 버린 건 아니겠지요?"

미세스 와일드가 얼굴을 찡그렸다. "팔려? 그렇지만 그들은 더 이상 팔 수 있는 노예가 아니었어. 그들은 그 전부터 여러 해 동안 노예가 아니었지. 그들은 도제, 그러니까 일꾼들이었어. 농장에서 일을 하면 보수를 받았어. 한마디 덧붙이자면, 후한 보수를 받았지. 심지어 숙소도 무료로 제공받았어. 하지만 그들에게는 그것도 결코 충분하지 않았어."

이 말에 태나가 경직되는 것이 느껴졌다. 하지만 그녀는 아무 언급도 하지 않았다.

"그들은 어떻게 됐나요?" 내가 다시 말했다.

미세스 와일드는 편히 기대앉더니 두리번거리며 가볍게 숨을 내쉬었다. "그들은 자신들의 자유 의지로 거기에 있었어 — 또 자유 의지로 떠나기도 했을 거야. 어딘가 다른 곳에서, 다른 일을 계속하러 갔겠지."

"아드님은 여기 영국에 있나요?" 태나가 말했다. 나는 그녀의 인내심이 바닥나 가고 있음을 알 수 있었다.

미세스 와일드는 잠시 말이 없었다. 그녀는 양 손바닥을 지그시 밀착시키고, 내게 눈길을 던졌다. "자네는 내 남편이 죽었을 때 그이와 함께 있었지?"

나는 잠시 멈칫했다. "그랬습니다."

그녀가 머뭇거리며 주름진 입술을 축이자, 그 순간 나는 왜 내가 여기로 초대받았는지를 깨달았다. 그것은 티치와는 아무 상관이 없었다. 그녀 자신이 말한 대로, 그녀는 몇 년간 그를 보지 못했으니까. 그녀는 남편의 죽음 — 그녀로서는 상상조차 할 수 없고, 따라서 비인간적인 여러 인종의 남자들에 둘러싸여, 차갑고 반짝거리는 빙원 위에서 그가 보낸 마지막 시간들 — 에 대한 모든 것을 알고 싶었던 것이다. 그녀는 긴 세월 동안 자신의 마음을 어지럽힌 질문을 하고 싶어 했다. 나는 그녀가 페터 하우스에 대해 알고 싶어 했다고 생각한다.

하지만 묻지 않고 시간을 끌수록 그녀는 점점 더 묻기가 힘들어졌다. 우리는 잎사귀들이 테라스를 가로지르며 사락거리고, 멀리 떨어져 있는 나무들에서 후드득 빗방울 듣는 소리가 나기 시작하는 동안, 그녀의 우유부단한 긴 침묵 속에 가만히 앉아 있었다. 나는 그 하인이 그녀의 의자 옆으로 천천히 다가와, 자신이 나서야 한다는 신호를 기다리며 그녀의 일거수일투족을 주시하고 있음을 알아차렸다.

"아드님인 크리스토퍼는 확실히 아직도 살아 있는 거지요?" 태나가 물었다.

미세스 와일드는 머뭇거리며, 마지못해 미소를 지었다. "마지막으로 그 애를 봤을 때는, 그랬지. 하지만 내가 말했듯이, 몇 년이나 지났어. 그렇지만 내게 상황이 달라졌다고 알려주기 위해서 편지를 써 보낸 사람은 지금껏 아무도 없었어." 그녀가 목청을 가다듬었다. "그 애한테서 연락이 온다면, 자네가 찾고 있다고 반드시 알려주지." 그녀는 아무 표정 없이 나를 돌아보았다. "그동안 어쩌면 그 애를 찾아 그로브너에 한번 가 볼 수도 있을 거야." 그녀는 마치 아무것도 모른다는 듯, 눈썹을 추켜세웠다. "그 애의 육촌인 필립의 집에 말이야. 필립의 어머니는 여전히 거기 살고 있어. 혼자서."

그 순간 나는 그녀가 모든 것을 — 내가 필립의 죽음의 목격자이고, 그 일에 개입되었을 가능성이 있음을 — 알고 있음을 깨달았다. 나는 아무 말도 하지 않았다. 태나가 돌 테이블 밑에서 내 손을 꼭 잡는 것이 느껴졌다.

"그런데 영국에는 오래 있을 작정인가?" 미세스 와일드가 벤치에서 천천히 일어났다. 떨어져 내리는 숄을 하인이 그녀의 어깨로 슬며시 다시 밀어 올렸다.

나는 태나를 흘낏 보았다. "아마도, 계속이요. 오래 있을 게 분명해요. 미스 고프와 저는 리젠트 공원*에서 열릴 새 전시회 일로 그녀의 아버지를 돕고 있어요. 어쩌면 들어 보셨을 지도 모르겠군요 — 대양관이라고 들어보셨나요? 살아 있는 수중 생물들을 전시하는 거예요."

미세스 와일드가 희미한 미소를 지어 보였다. "아무튼, 여기 있는 동안 그 도시를 좀 구경할 수 있기를 바라네, 미스터 블랙. 이번이 런던에 와서 처음으로 도시 밖으로 여행하는 건가?"

"그렇습니다."

"리젠트 공원." 그녀가 얼굴을 찡그리며 말했다. "동물원이 거기 있지 않나? 아마 자네는 집에 있는 것처럼 아주 편하겠군." 다시 한번 그녀가 미소를 지었다. "그러니까, 런던에서 말이야."

우리가 그 저택을 거슬러 나와, 마차를 향해 현관 앞의 큰 계단을 내려가고 있었을 때, 하인이 밖으로 나왔다.

그는 돌난간을 꼭 움켜잡고서, 마치 그를 반으로 접어 버리기라도 할 것 같은 바람을 맞으며 서 있었다. 우리는 놀라서 그를 힐끗 올려다보았고, 그가 마치 걸음마를 배우는 어린아이처럼 한 번에 한 계단씩 찬찬히 밟고 내려오는 모습을 지켜보았다.

"감기 걸리시겠어요, 선생님." 내가 걱정스럽게 말했다.

그는 코트 자락을 여미고, 한쪽 손으로 침착하게 난간을 짚었

* 영국 런던 북서부에 있는 왕립 공원으로, 1820년 문을 열었다. 공원 북쪽에는 런던 동물원과 그랜드유니언 운하가 있다.

다. "크리스토퍼는 2년 전쯤인가, 그보다 더 전인가 여기 있었어."

나는 깜짝 놀라서 표정을 감추지 못했다.

"그는 몹시 화가 난 채로 떠났어." 하인이 말을 이었다. "하기야 부인과 아들들 사이는 항상 그런 식이었지. 나는 그가 무슨 일로 고민했는지는 몰라. 하지만 그가 노예제폐지협회를 대표해서 리버풀에서 배를 탈 작성이었다는 것은 알고 있어. 무엇 때문이었는지는 몰라도. 하지만 그는 자신이 할 수 있는 한 어떻게든 협회에 도움이 되기를 바라면서 늘 그들의 사무실에 나가 있었고, 늘 그들의 요청에 따랐어. 그는 가엾은 이래즈머스가 죽은 후에 그곳에 농장 서류들을 뒀어. 그래서 그 서류들을 분류하는 일을 도우러 날마다 그곳에 갔지." 그는 뒤를 힐끗 돌아보기는 했지만, 초조해 보이지는 않았다. "그가 어떻게든 실제로 배를 탔는지는 나도 확실히는 모르겠어 — 그가 그렇게 해도 될지 약간 염려하고 있었다는 걸 알거든. 하지만 그는 그랜본으로 돌아오지 않았고, 우리는 더 이상 그의 소식을 듣지 못했어. 내 생각에 그의 행방에 관해서는 협회에 문의하는 게 좋을 것 같아 — 그들은 분명히 정보를 좀 가지고 있을 테니까."

"아, 하느님의 가호가 함께하시기를." 태나가 속삭이듯 말했다. "그 사무실은 어디에서 찾을 수 있을까요?"

그가 태나에게 그 위치를 설명했을 때, 나는 티치에게 페이스의 서류를 런던에 안전하게 보관해 둘 수단이 있었다는 생각에 다소 혼란스러웠다. 그가 거리에서 중얼거리고 있었다는 월러드의 이야기를 듣고 난 뒤로, 나는 마음 한편으로 그가 반쯤 미친 상태일 거라고 믿고 있었던 것이다.

"정말 큰 도움이 되었습니다." 내가 말했다.

그러자 그는 놀랄 만큼 튼튼하고 하얀 치아를 드러내 보이며, 입꼬리가 비스듬히 늘어진 미소를 지었다.

4

그 하인은 이름을 잘못 알고 있었다. 그것은 '노예 출신자의 지위 개선 및 차별 철폐를 위한 노예제폐지론자협회'였다. 그런데 우리가 그 사무실을 방문하기로 한 날 아침에, 문어가 병이 났다.

그 문어는 새롭고 알려지지 않은 종류여서 그것에 학명을 지어 붙이고 처음으로 전시할 수 있다는 것에 우리는 몹시 흥분해 있었다. 하지만 문어는 날이 갈수록 병이 깊어지며 점점 더 무기력해져서 죽을 가능성마저 있어 보였다. 더 이상은, 내가 물을 순환시켜 줄 때, 막대기를 장난스럽게 움켜잡지도 않았다. 나는 신선한 참새우들을 씨앗처럼 생긴 눈 옆의 수염을 잡고 수조 깊숙이 넣어 주었다. 나는 그 문어가 흥미로워한다면, 그 안에 바위를 집어넣고 있었을지도 모른다. 문어는 팔 하나로 흐느적흐느적 수면을 건드리며, 창백한 몸을 동그랗게 말고 한쪽 구석에 누워 있었다.

임시 수조를 응시하며, 문어를 지켜보고 있을 때, 별안간 묘한 삼성이 나를 엄습했고, 내가 손을 댄 모든 것이 꼭 이런 식으로 초토화되며 끝난다고 느껴지기 시작했다. 나는 한때 노예였고 도망자였으며, 어떤 기묘한 원초적인 꿈에 갇히기라도 한 것처럼 북극에서 어처구니없게 버림받았었고, 그것을 견디고 살아남았지만 결국 내 최고의 창작물인 수중 생물 전시장을 빼앗아 가게 내버려 뒀던 것이다. 그 순간 나는 그것을 거부하고 싶다는, 이 모든 것을 내던져 버리고 싶다는 느닷없는 충동을 느꼈다. 엄청난 노력이 투자되는 데다, 따지고 보면 결국 학문적 업적마저도 내 것으로 인정되지 않을 것이고, 그 가치마저 없어질 것만 같았다. 나는 문어를 쳐다보면서, 그 기적 같은 동물이 아니라 서서히 쉼 없이 소멸해 가는 나 자신을 보았다.

태나가 나를 빤히 쳐다보고 있었다. 내가 그녀의 말을 못 듣고 놓친 모양이었다.

그녀가 다시 수조를 가리켰다. "무엇 때문에 병이 난 걸까요?"

나는 웅크리고 앉아서, 형체가 일그러져 보이는 유리 뒤에서 보글보글 끓고 있는 물체를 유심히 보았다. "저 문어가 물속에서 구리에 노출된 것만은 절대로 아니기를 바라요." 나는 홀딱 벗고 있는 것도 아닌데, 몹시 불안한 기분을 느끼며 그렇게 중얼거렸다. "우리는 진짜 이유를 알아낼 거예요."

하지만 나는 문어의 회색 결절을 응시하면서, 아무것도 확신할 수 없었다.

5

"아, 미스 고프, 만나 봬서 정말 기쁘군요. 아주 좋아요. 그리고 틀림없이 이쪽이 미스터 블랙이겠군요. 우리가 이미 서류를 다 꺼내 놓았어요. 정오까지 방을 사용하실 수 있어요."

나는 조금 당황했다. 어떤 서류도 꺼내 놓아 달라고 부탁을 하지 않았기 때문이다. 내가 막 이의를 제기하려던 찰나, 태나가 한 손을 내 손목에 얹었다.

"정말 잘됐군요." 그녀가 말했다. "고맙습니다."

그녀는 놀란 것 같지 않았고, 그 순간 나는 그녀가 미리 손을 써 놓았음을 알아차렸다.

"혹시 더 필요한 게 있으면 내게 꼭 알려 주세요." 그 여자가 생긋 웃자 마치 갑자기 유리창을 통과해 밖으로 나오기라도 한 것처럼, 그녀의 지친 얼굴이 눈부시게 환히 빛났다. 그녀 뒤쪽에 줄줄이 늘어선 어둑한 방들은 남자들이 종이에 끄적거리는 소리와 누군가를 큰 소리로 부르는 소리와 종종걸음 치며 움직이는 발소리늘로 부산했다. 그 건물은 한때 인쇄소였는데, 심지어 그때도 콘크리트 바닥에는 희미하게 빛바랜 잉크 얼룩들이 남아 있었다. 한때는 검은색이었다가 세월이 지나 이제는 광택이 사라진 회색이 되어 버리기는 했지만. 그 방들은 마치 겨울철 서재처럼 눅눅한 종이 냄새를 짙게 풍겼다.

태나가 그 여자의 팔에 손을 얹었다. "우리는 당신에게 물어볼 작정이었어요 — 우리는 크리스토퍼 와일드도 찾고 있어요. 그의 형은 바베이도스에 있는 페이스 농장의 이전 소유주였던 이래즈머스 와일드예요. 우리는 미스터 와일드가 당신네 단체를 대표해 리버풀에서 배를 타기로 되어 있었다고 알고 있어요." 그녀가 머뭇거렸다. "그가 어디로 갈 예정이었는지 우리에게 알려 주실 수 있을까요? 임무가 뭐였나요?"

그 여자가 얼굴을 찡그렸다. "나는 그런 임무에 대해서는 아무것도 몰라요. 사실 그런 여행은 우리 권한이 미치는 범위를 넘어서는 일이라고 생각해요. 2년 전쯤 미스터 와일드가 페이스의 기록들을 가져다 놓고 정리를 도와주려고 여기 와 있었던 건 기억해요. 하지만 나는 그 이상은 아무것도 몰라요. 미스터 솔랜더라면 틀림없이 도와 드릴 수 있을 거예요." 그녀가 잠시 말을 멈췄다. "그분은 한 시간쯤 뒤에 오실 거예요. 여기 계속 계실 거라면, 그분을 방으로 보내 드리면 어떨까요? 그분은 미스터 와일드의 엄청난 지지자였어요."

"아, 네, 그렇게 해 주세요." 태나가 말했다.

여자는 우리가 방금 지나온 짧고 어두운 복도를 힐끗 뒤돌아보며, 그 단체가 기록 보관소일 뿐 아니라 사실은 서인도 제도의 노예 해방 이후에도, 여전히 노예 제도에 맞서 싸우는 일에 깊이 관여하고 있다고 설명했다. "아메리카는 여전히 암흑천지예요." 그녀가 말했다. "전혀 변한 게 없어요."

나는 우리 앞의 방을 빤히 쳐다보았다. 오래된 물 자국들이 하얗게 묻어 있는 나무 테이블 위에 기록들이 담긴 커다란 나무 상자가 하나 놓여 있었다.

"양이 많다는 건 알고 있어요." 그녀가 머뭇거리며 말했다. "말씀드렸듯이, 정오까지 방을 사용하실 수 있어요." 그러고 나서 그녀는 돌아서서 우리를 두고 가 버렸다.

내 어린 시절의 세계가 단 하나의 나무 상자에 담길 수 있다는 것을 알고 내가 충격을 받았을까? 받아들이기 쉽지 않았다. 나는 불안하게 그것을 응시하고, 태나를 힐끗 보았다.

"당신이 알고 싶어 할지도 모른다고 생각했어요." 그녀가 상냥하게 말했다. "물론, 당신이 원하지 않는다면, 우리는 그것들을 살펴볼 필요가 없어요. 나는 그저 당신에게 기회를 주고 싶었을 뿐이에요."

나는 그 작은 방, 그 고요한 불빛 속으로 걸음을 내디뎠다. 반짝거리는 랜턴 세 개가 테이블 위 나무 상자 앞에서 활활 타올랐고, 그 옆에는 김이 모락모락 나는 찻잔 두 개가 놓여 있었다. 우리의 편의를 보장하기 위해 누군가가 수고를 한 것이 분명했고, 그 점을 생각하자, 나는 갑작스럽게 진이 빠져서, 다시 병이 난 것 같은 기분이었다. 그 나무 상자 속의 책들은 오래돼 갈색이 되어 있었고, 책장들은 온통 뒤틀려 있었다. 나는 종이에서 퀴퀴한 물 냄새, 썩어 가는 냄새를 맡을 수 있을 것 같다고 생각했다. 테이블은 노란 빛에 잠겨 있었고, 나는 천천히 그 조명 속으로 걸어 들어가 내 손길에 희미하게 삐걱거리는 그 나무 상자에서 책 한 권을 꺼냈다.

나는 태나가 맞은편 의자에 앉는 것을 느끼며, 의자를 뒤로 끌어당겼다. 그녀를 보지 않고, 오로지 딱딱한 표지에 닿은 내 두 손, 부서지기 쉬운 그 표지의 감촉에만 집중했다. 마치 거기에 서술되어 있는 생명들이 내 서투른 손놀림에 부서지기라도 할 듯. 또 마치 그 사람들을 기리는 일이 아무리 무시무시하다 해도, 내가 그들을 기리는 유일한 존재라는 듯이.

나는 천천히 그 기록들을, 제본이 풀려 너덜거리는 페이지들을 하나하나 넘기며 보았다. 눈에 보이지 않게 먼지가 풀썩 일었다. 나는 한 번, 두 번 재채기를 했다. 나는 그것을 내려놓고 나서, 오래된 신문 공고문으로, 누런 스크랩북 비슷한 것을 집어 들었다. 그 공고문들은 잃어버린 노예들, 팔려고 내놓은 노예들, 인근 농장들의 공식 대무도회들과 관련된 것들이었다. 나는 오려낸 신문 조각들을 초조하게 죽 훑어보았다. 그리고 그때 그것을 보았다. 버지니아에서 티치와 내가 게시된 것을 보았던 바로 그 광고였다.

조지 워싱턴 블랙을 잡으면 1000파운드의 보상금이 지급될 예정이다. 그는 키가 작은 흑인 소년으로, 얼굴에 화상 자국이 있으며, 종신 노예다. 새 펠트 모자를 쓰고 검은색 면 프록코트와 브리치를 입었으며 새 스타킹에 구두를 신고 있다. 그는 합법적 소유주가 아닌, 눈이 초록색이고 머리카락은 검으며 키가 큰 백인 남성 노예제 폐지론자와 동행하고 있을 수 있다. 죽은 채로든 산 채로든 녀석을 잡을 수 있도록 이 흉악한 노예를 손에 넣는 사람은 누구든 1000파운드의 보상금을 받게 될 것이다.

영국령 서인도 제도, 바베이도스, 페이스 농장,
이래즈머스 와일드의 임시 대리인, 존 프랜시스 윌러드

몸이 살짝 떨렸다. 이제 모든 일이 어떻게 끝났는지 다 알면서 그것을 또다시 보게 되다니 얼마나 이상했던가. 당시 나는 몹시 겁에 질려 있었기에, 그 글은 내 소년 시절을 더 심한 공포 속으로 몰아넣었었다. 그 두려움에 대한 기억은 이제 마치 그림자처럼 내게 드리워져 있었다. 나는 이래즈머스 와일드에게 그저 물건일 뿐이었다. 그저 이 세상에서 그의 부를 표현하는 수단일 뿐이었다. 내 탈출은 그의 왜소화였다. 나는 그가 잃어버린 것이 존경 — 다시 말해, 권력 — 이라는 것을 이해했다.

램프 불빛이 가물거리며 내 두 손을 스쳐 지나갔다. 눈을 들어보니, 태나가 나를 걱정스럽게 응시하고 있었다.

나는 그녀에게 그녀가 들고 있는 책들을 내 쪽으로 밀어 보내달라고 손짓을 했다.

첫 번째 책은 노예 해방 이후에도 여전히 농장에서 일하고 있던 사람들, 즉 도제들에 대해 상세히 적어 놓은 일지였다. 말하자면, 그것은 그들의 이름과 사망 일자의 목록이었다. 나는 한참 동안 그 표지를 빤히 바라보았다. 페이스를 떠난 이후로 줄곧 내 안에 자리하고 있던 불길한 확신, 킷이 죽었다는 인식이 나를 날카롭게 파고들었다. 태나가 표시해 놓은 페이지를 펼쳐 세로로 배열된 일람표를 눈으로 훑어 내려갔지만, 나는 그녀의 이름을, 즉 그녀가 태어날 때부터 가지고 있던 나워라는 진짜 이름도, 또 서인도 제도에 도착하자마자 받은 새 이름도 모두 찾지 못했다. 그러다가 별안간 그것이 언뜻 보였다. 보기 좋은 필체로 적혀 있는 그녀의 사망 일자가. 나는 천천히 책을 내려놓고, 침묵했다.

나는 항상 알고 있었다. 내가 그녀를 처음 만나기 전에도 이미 그녀가 나이가 많았다는 것을. 그녀의 들일 작업량은 도제살이 기간에도 줄어들지 않았다. 게다가 여전히 그 소년을 보살피고 있었다면, 그녀는 그를 무자비한 장시간 노동에서 면하게 해 주려고, 그의 작업량 일부까지 메꾸고 있었을 것이다. 그럼에도 불구하고 마치 그녀의 이름이 내가 살펴보고 있던 재고품 목록이나 주간 설탕 생산량인 듯, 거기 그토록 노골적으로 기록되어 있는 것을 보는 일은 — 그것은 유독 고통스러웠다. 그녀에게 허락된 삶이 부당하고 역겹게 느껴졌다. 나는 죽은 쟁기 끄는 말에게 베푸는 것만도 못한 장례식만 치르고, 그녀의 시신을 들판에서 들어내는 모습을 상상했다. 그러자 내 주먹으로 무언가를 박살내고, 주변의 모든 것을 파괴하고 싶었다. 나는 태나의 눈길을 느꼈고 그 순간 그녀의 존재를 증오했고, 마치 내 어두운 과거를 간단히 상자에 다시 담아 더 이상 생각하지 않고 이 차가운 방에 남겨 두고 갈 수 있기라도 하다는 듯, 내게 과거를 돌려주겠다는 그런 어리석은 시도를 증오했다.

나는 부들부들 떨리는 손으로 두 번째 책을 펼쳤다. 표시된 페이지에는 내 첫 주인인 티치의 삼촌 리처드 블랙의 필체로 아주 깔끔하게 적힌 일지가 있었다. 그의 글씨는 글자들이 마치 그 페이지를 촘촘하게 꿰매 놓은 봉합선 같아서, 알아보기가 힘들었다. 나는 눈을 가늘게 뜨고 그 단어들을 보았다.

어머니 이름	자녀 성별	자녀 이름	생년월일 및 출생지
마리아 쿠니츠	여자	엘리너 앤	1817년 5월 21일, 페이스
엘리너 글랜빌	여자	마리아 클래라	1817년 6월 12일, 페이스
캐서린 매콜리	남자	조지 워싱턴	1818년 4월 19일, 페이스

캐서린 매콜리.

킷.

빅 킷은 내 어머니였다.

모든 빛이 그 방을 나가 버린 것 같았다. 나는 테이블, 찻잔들이 남긴 하얗고 둥근 자국들, 그 자국 위에 놓인 검고 침착한 내 두 손을 뚫어져라 쳐다보았다.

내가 별안간 자기 오두막에 나타나기까지 몇 해 동안 그녀는 나를 모르는 체했다. 그러고 나서는 무시무시할 정도로 사납게 내게 해를 끼치려는 모든 사람을 물리쳤다. 그녀는 나를 보살폈고, 내게 욕설을 퍼부었고, 내 갈비뼈들을 부러뜨렸으며, 그 뼈들을 다시 부러뜨릴지도 모른다는 생각이 들 만큼 꽉 애정을 담아 끌어안았다. 내 아버지는 잔인하고 내 어머니는 어리석다고 헐뜯었고, 내가 아줌마는 그분들의 본성에 대해 아무것도 알지 못한다고 말하자 내 얼굴을 세게 때렸다. 내가 내 부모가 어떤 사람들일지에 대해 다시 한번 골똘히 생각해 볼 용기를 낼 때면, 그녀는 격렬하게 낄낄거리며 내가 염소와 신, 양과 닭, 세찬 강풍과 추운 계절에 농작물을 가로지르며 빠르게 떨어져 내리는 어둠 사이에서 태어났다고 말하곤 했다. 내가 어리석음에서 태어났다고, 그 어리석음은 분명 혈관 깊이 박혀 있는 거라고, 또 내가 아주 총명하다고, 나처럼 총명한 머리를 가진 사람은 다시는 있을 수 없을 거라고 내게 말했다. 그녀는 내가 절대 자기만족에 빠지지 못할 정도로 악랄하게, 세상에 영원한 것은 아무것도 없음을, 우리가 언젠가는 서로 어디에 있는지도 모르게 되리라는 것을 상기시키며 나를 사랑했다. 그녀는 이미 가진 모든 것을 잃고 초토화된 삶을 사는 사람으로서, 이별의 공포에 사로잡힌 채 나를 사랑했다. 그런 과거의 상실에도 불구하고, 마치 '나는 이번에는 굴복하지 않을 테다, 너희는 내게서 이 아이를 빼앗아 가지 못할 것'이라고 말하듯이, 나를 사랑했다.

그녀는 저 먼 아프리카에서 한 사람의 개인으로 태어났고, 노예 무역선의 비참한 선창에서 열등한 인간으로 걸어 나왔다. 이방 땅의 백사장에 이방인으로서 말이다. 그녀는 그 끔찍한 여정에서 무엇을 보았을까, 어떤 일을 겪고 살아남았을까? 나는 킷이 계절풍이 세차게 부는 서늘한 아침 하늘 아래, 먼지투성이 마당에서 붙잡히는 것을 보았다. 몇 주, 몇 달에 걸쳐 해안까지 먼 길을 걸어가는 것을 보았다. 그 길을 따라 가면서 그녀가 스스로에게 들려준 이야기들, 그러니까 새들이 사람으로 변하고 사람들이 나무로 변하고, 개밋둑들이 염소들을 통째로 집어삼키는 이야기들. 죽은 지 2년 후 그녀에게 너무 수척해져 버렸다고 말하기 위해 그녀의 오두막으로 찾아왔던 할머니에 대한 기억.

아마도 그녀는 눈부신 대양, 그 끝없는 빛, 저 멀리 모래톱 위로 구르듯 달려와 부서지는 흰 파도들에 소스라쳤을 것이다. 아마도 고함을 치고, 술을 마시고, 땀을 뻘뻘 흘리며 모래사장에 팔다리를 아무렇게나 벌리고 누워 있는, 포악한 분홍색 남자들을 보고 겁에 질렸을 것이다. 그리고 아래층으로 내려가 감금되고, 발 디딜 틈 없는 좁은 방에 어둠이 몰려들었을 때, 아마도 그녀는 울지 않았을 것이다. 그때쯤에는 남아 있는 눈물도 전혀 없었을 테니까.

나는 마음속으로 요새의 끔찍한 장교들, 그들의 만행, 일상적인 폭력을 보았다. 어떤 식으로 그들이 그녀의 얼굴에 침을 뱉었을지, 혹은 그녀의 두피에 음식 찌꺼기를 던지고, 재미 삼아 때리고 강간했을지 보았다. 나는 그녀가 죽은 장교들의 시체를 닦도록 선발되는 것, 밤에 삶의 반대편에 있는 그 남자들에게 그녀가 어떻게 말을 거는지, 그들이 어떤 식으로 대꾸하는지를 보았다. 아내는 내가 죽었다는 걸 알까? 누군가가 그녀에게 편지를 보낼까? 아버지는 내가 죽었다는 걸 아실까?

그리고 대양 횡단의 소름 끼치는 경험들, 그건 언제 닥쳐왔을까? 선창의 악취, 그 돛대 셋 달린 범선의 어두운 배 속에서 벌거벗고 병든 채 요동치는 파도에 데굴데굴 굴러다니던 그 모든 사람들. 소변과 대변과 토사물, 들쭉날쭉한 손톱으로 자신들의 목을 갈라 버린 남자들, 갑판 난간을 넘어 날카로운 지느러미의 상어들이 우글거리는 바닷물 속으로 뛰어들어 피투성이가 된 여자들. 나는 바베이도스로 가는 도중에 죽어 버린 수십 명의 사람들을 보았고, 해안에 내리자마자 죽은 사람들을 보았다. 나는 나의 킷이 병이 나고, 기름지고 이상한 음식에 살이 찌고, 가까스로 회목되는 것을 보았다. 그리고 티치를 돕기 위해, 어떻게 내가 그녀를 사탕수수밭에, 그리고 그 살인적인 태양 아래 남겨 두고 떠났고 점차 그녀의 얼굴, 목소리를 잊기 시작했는지를 보았다.

그 순간 태나의 따뜻한 손이 내 어깨에 닿는 것이 느껴졌고, 나는 내가 울고 있음을 깨달았다.

6

태나가 손을 떼었을 때, 나는 소맷자락을 두 눈에 갖다 대면서 고개를 들었다. 한 남자가 머뭇거리며 출입구에 서 있었다.

"마음대로 들어와서 미안합니다." 그가 거북한 듯 방 안을 두리번거리며 말했다. "용서하세요." 그가 천천히, 마지못해, 앞으로 걸음을 내디뎠고, 나는 내 화상 자국들을 의식하게 되었다. "로버트 솔랜더입니다. 크리스토퍼 와일드에 관한 정보를 구하고 있다고 들었습니다."

그는 키가 아주 작고 머리는 벗어지기 시작했으며 얼굴이 붉은 남자였다. 나는 티치 옆에 있는, 그의 그림자에 가려 상대적으로 왜소해 보이는 솔랜더의 모습을 그려 보려 했다.

나는 목청을 가다듬고, 마음을 가라앉혔다. "그의 어머니께서 당신이 그의 행방을 알지도 모른다고 말씀하셨어요."

"최근에는 그를 보지 못했어요." 솔랜더가 사과하듯 묘하게 움츠리면서 말했다. 뼈가 높게 툭 불거진 작고 네모난 얼굴이어서,

그 몸짓은 두개골을 바로 이마 표면까지 바짝 밀어붙이는 것처럼 보였다. "하기야 당신이 언제를 최근이라고 여기는지에 따라 다르겠지만요. 그는 2년 전쯤에 자기 가족의 농장의 기록들을 가지고 여기에 나타났어요. 이미 매각된 농장이었지요. 매각은 바로 몇 달 전에 이뤄졌어요 — 내가 알기로는 그의 형이 그 직전에 죽었지요. 그는 지칠 줄 모르고 일하며 우리를 도와서 모든 것을 분류해 목록으로 만들었어요."

"그는 틀림없이 계속 애통해 하고 있었을 거예요." 태나가 말했다.

"그렇고말고요." 솔랜더가 잠시 말을 멈췄다. "비록 겉으로는 평소 모습 그대로 쾌활하고, 생글거리고, 농담을 잔뜩 해 댔지만요. 그가 슬퍼하지 않았다고 말하려는 건 아니에요 — 그의 기분이 가라앉고 우울한 순간들이 분명히 있었어요. 하지만 그래도 우리는 시끌벅적한 시간을 보냈어요. 틀림없이 당신도 알겠지만, 그는 아주 훌륭한 동료예요." 솔랜더의 얼굴에는 마치 가면이 덮어 씌워져 있기라도 한 것처럼 어색한 미소가 떠올라 있었다. "그는 그 직전에 프랑스, 코르메유장파리지에 사는 친구를 방문하러 다녀온 적이 있었어요. 듣자 하니, 그들은 카메라오브스쿠라*를 가지고 야단법석을 떨며 몇 달을 보냈다더군요. 미스터 와일드는 — 음, 그는 빈틈없이 꼼꼼하면서도 동시에 익살맞게 구는 재주가 있어요. 그는 내게 그 과학적 원리를 설명하려고 애썼지만,

* '어두운 방'이라는 뜻의 라틴어. 밀폐된 방의 한쪽 벽에 구멍을 뚫으면 바깥 경치가 다른 쪽 벽 위에 거꾸로 비치는데 16세기 이전부터 이 원리가 알려져 이것을 소형화한 도구가 그림의 스케치에 쓰인 바 있다.

나는 한마디도 이해하지 못했어요. 하지만 여전히 모든 게 대단히 즐거웠어요."

내 정신은 아직도 반쯤은 빅 킷에게 가 있었다. 그래서 정신이 딴 데 팔린 내게, 티치가 익살맞다는 묘사는 마치 그가 아예 다른 남자에 대해 이야기하고 있는 것처럼, 옳지 않다는 생각이 들었다. 나는 빡빡한 미소를 지어 보였다. "혹시 우리에게 더 해 주실 말씀이 있을까요, 솔랜더 씨?"

솔랜더가 없다고 고개를 저었다. 곧이어 이맛살을 찌푸리며 멈칫했다. "있어요." 그가 말했다. "있어요." 그가 확신이 없는 듯, 헛기침을 했다.

우리는 기대감에 차서 그를 바라보았다.

그가 망설이다가 말했다. "말했다시피, 그의 형이 얼마 전에 죽어서, 나는 그 모든 것이 상중이기 때문이라고 생각했어요. 하지만 미스터 와일드가 이곳에 더 이상 나오지 않게 되었을 즈음, 그의 복장이 점점 특이해졌어요. 그는 키가 큰 남자였고, 당신도 알다시피, 호리호리하고 날씬했지요. 그렇다고는 해도, 그 마지막 몇 주 동안에는, 그의 옷이 그에게 지나치게 작아 보였어요—손목은 소맷부리에서 툭 튀어나와 있었고, 바짓단은 너무 껑충하게 올라가 있었지요." 그가 초조하게 어깨를 으쓱했다. "기묘했어요."

태나와 나는 흘낏 눈길을 주고받았다.

"그가 다른 사람의 옷을 입고 있었나요?" 내가 말했다.

"아니요. 아무래도 그의 옷인 것 같았어요. 그런데도 그에게 맞지는 않았지만요."

"마치 그의 키가 더 크기라도 한 것처럼요?" 태나가 말했다.

"아니요." 솔랜더가 말했다. 그는 알맞은 말을 찾아내려 안간힘을 썼다. 결국 그는 다시 한번 이렇게 말했다. "아니요."

"그럼, 어때 보였는데요?" 태나가 말했다.

솔랜더는 고개만 저을 뿐이었다.

"그에게 그 일로 물어보셨나요?" 내가 물었다.

"내키지 않았어요. 그를 난처하게 만들고 싶지 않았거든요. 말했다시피, 그는 상중이었으니까요."

"그러면 그것 말고는 평소의 그와 같았나요?"

"네." 솔랜더가 말했다. "전적으로요."

"그리고 그 후로는 그를 다시 보지 못하셨고요?"

솔랜더가 주머니에서 깔끔하게 접힌, 완전히 새것처럼 보이는 종이봉투 하나를 꺼냈다. "15개월 전쯤에 이걸 받았어요."

태나가 그 봉투를 받아 들어, 그녀의 섬세한 손가락으로 벌려 보았다. "편지는 없어졌나요?"

솔랜더가 얼굴을 확 붉혔다. "마지막으로 그를 만났을 때, 내게 일신상의 문제들이 좀 있었어요. 결혼 생활의 본질과 관련된 것들이요. 미스터 와일드는 그것을 기억해 두었다가, 내게 조언 몇 마디를 적어 보냈어요." 그가 얼굴을 찡그리듯 미소를 지었다. "남들이 보기에는 적합하지 않은 내용이 그 편지에 적혀 있어요. 양해를 부탁드립니다."

"물론이지요." 비록 그 편지가 몹시 보고 싶기는 했지만, 나는 그렇게 말했다. 태나의 어깨 너머로 대강 훑어보는데, 15개월 전의 우체국 소인이 눈에 들어왔다. 나는 티치의 아름다운 필체를 알아보았고, 곧이어 발신인 주소를 보고 깜짝 놀랐다. 그것은 암스테르담의 어느 가정집에서 미스터 페터 하스라는 사람을 거쳐 발송된 것이었다.

태나도 거의 동시에 알아차렸다. 그녀가 나를 힐끗 올려다보았다. "페터 하스. 이 사람은 당신이 북극에서 만난 그 남자 아닌가요? 미스터 와일드의 조수 말이에요." 그녀가 거기 적혀 있는 주소를 보고 이맛살을 찌푸렸다. "나는 그가 하우스인 줄 알았어요."

"하우스." 내가 중얼거렸다. "하스." 아마 내가 너무 세상 경험이 없어서, 잘못 알았던 모양이다. 티치가 페터 하우스라는 사람과 페터 하스라는 사람을 둘 다 알고 있을 것 같지는 않다는 생각이 들었다. 하기야 그것도 불가능한 일은 아니었지만 말이다.

"암스테르담." 태나가 생각에 잠겨 말했다.

"그건 얼마든지 가지고 있어도 좋아요." 아무래도 솔랜더는 우리에게 줄 구체적인 물건이 있어서 안도한 듯 그렇게 말했다. "더 많은 도움을 주지 못해 미안하군요."

나는 그 봉투를 꼭 쥐었다. 종이의 접힌 부분에 아직도 태나의 손의 온기가 남아 있었다.

7

킷의 죽음에 대한 확증이 여전히 나를 짓누르는 가운데, 그녀가 내 어머니임을 받아들이면서, 그다음 몇 주가 고통스럽게 지나갔다. 태나는 나에 대한 걱정에 휩싸여 있었고, 나를 치유하고 결코 혼자 두지 않겠다는 그녀의 간절한 마음에 나는 짜증스럽고 고통스러웠다. 우리는 그다음 주 내내 격렬하게 다퉜고, 그래서 그녀는 내 오두막에서 시간을 보내지 않으려 했다. 나는 사랑에서 시작되었다 해도 의사 표시는 무엇이든 필연적으로 독이 된다는 — 어떤 좋은 말도, 어떤 순수한 제안도 모두 다 허공에서 사라져 버린다는 — 것을 알고 있었기 때문에, 굳이 그녀를 찾으러 가지 않았다. 나는 끊임없이 암스테르담에 대해 생각했지만, 나 자신의 마음을 전혀 이해할 수가 없었다. 미스터 솔랜더와 이야기를 나누고 꼬박 일주일이 지나서야 비로소 내가 간절히 미스터 하스에게 편지를 보내고 싶어 한다는 것, 그를 찾아내고 싶어 한다는 것을 — 사실은 그럴 필요가 있다는 것을 알고 있었기 때문에 내가 툭하면 짜증을 냈음을 — 깨달았다.

그래서 어느 날 저녁, 하루 종일 대양관에서 일을 한 후에, 나는 삐걱거리는 책상에 앉아, 상세히 캐묻는 긴 편지를 작성했다. 그것을 이튿날 아침 발송했는데, 몇 주가 지나도록 아무런 답장을 받지 못했다. 그래서 나는 다시 편지를 썼고, 잇따라 곧 세 번째 편지를 썼나 — 그리고 또다시 아무것도 오지 않았다. 나는 얼마나 실망하고, 얼마나 충격을 받았던가. 나는 그 일에 대해 이야기하고 싶은 생각이 간절했지만, 태나에게 속마음을 털어놓을 수 있을 것 같지 않았다. 결국 유령 같은 존재였을지도 모를 남자를 찾아내려고 그토록 많은 노력을 기울인 데 대해 비난하리라는 걸 알고 있었기 때문이다. 그를 한 번도 만난 적이 없었는데도, 그녀가 티치를 경멸하는 것은 분명했다. 그를 다시 보고 싶어 하는 내 욕구에 대한 그녀의 불쾌감은 사실 그녀가 내 결점들 중 최악이라고 여기던 것에 대한 불쾌감이었다. 다시 말해, 그럴 만한 가치가 없는 그런 일들에, 그리고 그런 사람들에게 — 그녀 자신과 그녀의 아버지를 제외하고 — 기운을 쏟는 버릇 말이다. 그녀는 티치를 찾으려는 내 절박한 심정 속에서 나 자신의 능력을 인정하는 것에 대한 두려움, 까닭 없는 굴복을 보았다. 그렇다고 말한 적은 한 번도 없었지만, 그녀는 그것을 혐오스러워했다.

하지만 그러다가 점차 기적적으로 우리 사이의 상황이 풀리기 시작했다. 우리는 일찍이 그랬던 것처럼 오로지 사랑하는 마음만으로 별다른 계산 없이 이야기를 나눌 수 있게 되었다. 우리는 새로운 표본들이나 장비들을 점검하기 위해 거의 날마다 함께 시내로 가기 시작했다. 인조 바위를 만들 포틀랜드 시멘트와 로만 시넨트* 공급처를 찾아냈고, 어느 석조 부두에서 수조 바닥을 가득 채울 템스강 모래를 구입했다. 우리는 환형동물과 게들을 찾아냈다. 또 끊임없이 빛에 관해, 계절에 따라 이동하는 빛의 특성에 대해 이야기했다. 대양관의 창문들은 아주 크고 품질이 형편없어서, 우리는 여름 몇 달 동안 벌어질 일들을, 태양 광선이 식물들에게는 활기를 불어넣겠지만 동물들의 기력은 소모시킬 그 시기를 걱정했다.

마침내 1층에 둘 수조들이 완성되었고, 우리는 '울컷 앤드 선스'를 방문해 그것들을 검사해 달라는 초대를 받았다. 거기로 가는 길에, 우리는 도로변의 축축한 석조 건물들을 지났는데, 간밤에 내린 비로 전면이 거무스름했다. 길퍼드가로 접어들었을 때, 나는 마침내 하스와 연락을 취하려다 실패했음을 털어놓았다.

나는 태나의 비난에 대비해 마음을 단단히 먹었다. 대신에 그녀는 잠시 머뭇거리다가 마치 그때껏 줄곧 비밀을 감추고 있기라도 했던 것처럼, 약간 마지못해 하며 이렇게 말했다. "그리 가깝지는 않은 사이지만 암스테르담의 요르단 지구에, 케이스 피서라는 아버지 동료가 한 분 있어요. 몇 달 전에 미스터 피서가 본인 생각에 대양관에 안성맞춤이기는 하지만 우체국에 맡길 수는 없는 표본에 대한 소식을 담은 편지를 보냈어요. 그분은 영구적으로 바퀴 달린 환자용 의자를 타야만 하는 처지라, 그것을 직접 가지고 올 수는 없었어요. 하지만 아버지가 그것을 가지러 올 기회가 있

* 천연 시멘트의 일종. 석회와 화산재로 만들어진 로마 시대의 시멘트와 비슷한 갈색을 띠기 때문에 이런 이름이 붙었다.

기를 바라면서, 차게 보관해 두겠다고 했어요." 그녀는 나를 주의 깊게 응시했다. "워시, 이게 지금 그저 지나가는 말로 하는 이야기에 불과하다면, 그건 아버지께서 갈 생각이 없었기 때문이에요. 우리는 미스터 피서를 잘 몰라요. 신뢰할 만한지 아닌지. 하지만 그분의 주장은 본질적으로 전혀 가능성이 없어 보여요. 당신도 알다시피, 우리는 그런 주장들을 수없이 접해요."

나는 이 소식에 빠져 잠시 생각에 잠겼다. 그녀는 마치 호된 질책을 기다리고 있는 것처럼, 잔뜩 긴장한 채 내 앞에 서 있었다. 나는 아주 침착하게 말했다. "그분이 가지고 있다는 게 뭐죠?"

"머리 둘 달린 고래류 동물이요."

"살아서 태어났대요?"

"사산됐대요."

"그런 걸 전시하는 건 큰 업적일 거예요."

"나 자신은 그분 말을 믿지 않아요."

"보기 드문 경우인 건 인정하지만, 자연에는 몸이 붙은 쌍둥이들이 존재해요, 태나."

"그분 말로는, 그건 머리는 둘이지만, 그 두 개의 머리가 대뇌변연계를 완벽하게 나눠 갖고 있어서, 뇌는 하나인 짐승이라고 해요."

"몹시 놀랍군요."

그녀는 아무 대답도 하지 않고 계속 걸었다.

우리는 얼마 동안 계속 걸어갔고, 이제 하늘에서는 비가 한두 방울 후드득거렸다. 나는 그 정보를 알려 주지 않았다고 해서 그녀에게 화가 나지는 않았다. 그녀가 내게 털어놓으면서 큰 위험을 감수했음을 잘 알았기 때문이었다. 왜냐하면 거기에 내가 그때껏 직감적으로 기다리고 있었던 것 — 암스테르담을 방문할 명확하고 그럴듯한 이유, 행방불명된 남자에 대한 소문보다 더욱 구체적인 무언가가 있었으니까.

우리가 '울컷 앤드 선스'의 때 묻은 문을 밀어서 열자, 초인종이 딸랑 울렸다. 갈매기의 깃털처럼 연한 색의 대팻밥이 바닥 곳곳에 널려 있었다. 거의 즉각적으로 미스터 손더스가 검은색 휘장 뒤에서 걸어 나왔는데, 그의 머리카락에는 대팻밥들이 점점이 묻어 있고 얽은 얼굴에는 미소가 어려 있었다. 그는 울컷의 사위로, 미들로디언* 출신의 키가 크고 흐느적거리듯 움직이며 머리털이 붉은 사람이었다. 비록 말할 때 독특한 억양의 흔적은 전혀 없었지만, 누구든 그가 남다르다는 것은 감지할 수 있었다. 그는 소년처럼 손을 흔들어, 우리가 휘장을 통과하게 한 다음, 우물우물하면서 우리를 안쪽에 있는 작업장으로 이끌었다. 불에 눌은 고약한 접착제 냄새가 나고, 테이블마다 여러 병의 풀과 대형 시멘트 판들이 널려 있는 그 커다란 방 안에서, 검정 앞치마를 두른 작고 그을음이 잔뜩 묻은 한 남자가 눈을 가늘게 뜨고 조용히 자기 작업물을 보고 있었다.

"안녕하세요, 미스터 울컷." 태나가 큰 소리로 말했다.

울컷은 끙 하고 앓는 소리를 내기는 했지만, 거들떠보지도 않았다. 하지만 우리는 둘 다 강한 홍조가 그의 두 뺨을 스치는 것을 보았고, 서로를 쳐다보지 않으려고 조심했다. 그 노인은 태나를

* 스코틀랜드 남동 해안에 있던 옛 주(州)의 명칭.

지독하게 숭배했고, 그녀가 있는 곳에서는 부끄러워 어쩔 줄 몰라 하며 퉁명스러워졌다. 나는 언젠가 그가 사교상 남자들끼리만 있는 것을 본 적이 있었는데, 그때 그는 상당히 활발하고 말이 많았다.

"자, 어떻게 생각하십니까?" 미스터 손더스가 우리를 맨 뒤쪽 벽으로 이끌며 말했다. 우리의 새 수조들이 깨끗하게 반짝반짝 빛나며 일렬로 차곡차곡 쌓여 있었다. 그것들은 16인치에서 거의 8피트에 이르기까지 크기가 다양했고, 바닥은 점판암 석판으로, 뼈대는 쇠로 만들어져 있었다.

"아주 훌륭해요!" 태나가 유리를 만져 보려고 무릎을 꿇으면서 말했다. 그녀의 치맛자락이 대팻밥 위에 웅덩이 모양으로 내려앉았다. "내가 직접 이 안에서 살 수 있다면 좋겠어요."

미스터 손더스가 아랫입술 위로 비뚤어진 이 하나를 슬며시 드러내며 빙긋 웃었다. "여기 계신 미스터 울컷께서 이렇게 말씀하셨어요. 우리는 이걸 제대로 만들기 위해 노력해야만 해, 손더스. 이건 미스 고프를 위한 거야."

울컷은 그의 노고의 결과물을 노려보며, 고개를 들지 않았다.

"음, 특별히 신경 써 주셔서 정말 고맙습니다." 태나가 말했다. "벌써 저 안에 담길 작은 세상들이 보여요."

"아아, 우리는 이 일이 즐거웠어요, 아가씨. 게다가 도전이 반가웠고요." 그가 쾌활하게 웃음을 터뜨렸다. "이를테면, 그 설계도는 꽤 복잡했어요. 당신은 매우 현대적인 감각을 가졌고, 뭐든 어중간하게 하는 법이 없더군요." 손더스가 나를 힐끗 훑어보며 말했다. "저건 수요일에 가지고 갈 건가요?"

"나음 주 수요일에요." 내가 말했다. "적당한 운반 수단을 가지고 다시 와야 해요."

"응, 그래요. 뉴게이트* 앞에서 일이 있을 테니 오히려 다행이에요. 거리가 인파로 인산인해를 이룰 거예요."

"또요?" 태나가 얼굴을 찡그렸다. "마치 당국이 식량을 절약할 작정이라도 한 것 같군요. 그 불쌍한 사람들을 없애고 있는 속도를 보면 말이에요."

"그러게요." 손더스가 말했다. "하지만 그들이 강도와 살인자라는 걸 잊을 정도로 신식이어선 안 돼요."

"이번에는 몇 명인가요?" 태나가 말했다. "그들이 저지른 범죄는 뭔가요?"

손더스는 마치 숙녀 앞에서 그런 이야기를 하기는 싫다는 듯, 머뭇거렸다. 그는 미끄러운 대팻밥을 밟으며 걸어가, 얼룩이 잔뜩 묻은 버린 종이들이 널려 있는 카운터에서 신문 한 부를 빼내더니 내게 건넸다.

"여기요, 미스터 고프께 이걸 드려요." 그가 웃음을 터뜨렸다. "그분이 그러기로 하신다면, 딸에게 알려주는 것은 아버지의 특권이지요."

태나는 예의 바르게 생긋 웃었지만, 나는 흐릿한 불빛 속에서 마치 그녀가 그런 죄악에 노출되어야 한다는 게 못마땅하다는 듯, 울컷이 입술을 굳게 다무는 것을 볼 수 있었다.

태나가 그들에게 잘 있으라고 작별을 고했고, 나는 그녀를 이끌

* 런던의 구시가 서문에 있다가 1902년에 헐린 유명한 감옥.

고 밖으로 나왔다. 시원한 잿빛 공기 속으로 걸음을 내딛자, 나는 다시 숨이 트이는 것 같았다. 산들바람이 상쾌하고 날카로웠다.

"수조가 당신 마음에 들면 좋겠는데, 어때요?" 태나가 나를 쳐다보았고, 불안한 기색이 그녀의 얼굴에 떠올랐다. "암스테르담에 대해서 생각하고 있군요."

하지만 나는 그 신문을 훑어보고 있었고, 그의 이름을 발견하고는, 거리에서 우뚝 멈춰 선 채, 말문이 막혀 버렸다.

8

고프는 그날 아침 겨울 소풍을 가고 싶다고 선언한 상태였다. 그리고 우리는 비록 그럴 기분은 아니었지만, 어처구니없게도 그날 저녁 어느새 리젠트 공원에서 저녁을 먹고 있었다.

비틀비틀 뒷걸음질 치는 햇살에 하늘은 이미 황금빛으로 물들어 있었다. 아직 춥기는 했지만, 그 전날보다는 포근한 오후였다. 태나와 나는 시시각각 깊어지는 침묵에 잠겨, 도시를 정처 없이 돌아다니며 남은 시간을 보냈다. 우리는 곧 있을 교수형에 대해 이야기하지는 않았지만, 그것은 우리 사이에 마치 거미줄처럼 불안하게 계속 걸려 있었다. 나는 조용했고 침울했다. 나는 몸도 제대로 가누지 못한 채, 무감각한 상태로 돌아다녔다. 마치 그가 범죄자만큼이나 쉽게 의회의원이 될 수도 있었다는 듯. 손자국으로 얼룩진 종이 위에 그의 이름이 그렇게 사무적으로 인쇄되어 있는 것을 본 충격이 너무 컸다. 나는 고프와 함께 태평스럽게 식사를 하지 않아도 되었으면 싶었다. 그래서 태나에게 빠지자고 거듭 간청했다. 하지만 그녀는 아버지를 실망시키고 싶어 하지 않았다. 그래서 우리는 조용히 공포에 휩싸인 채 갔다.

우리가 리젠트 공원에 도착해 보니 회백색 자작나무 숲 앞의 축축한 풀밭 위 체크무늬 담요에 소박한 소풍 도시락이 펼쳐져 있었다. 냉육, 샐러드, 울퉁불퉁하게 층이 진 흰색 케이크가 있었다. 그 많은 양을 보며, 나는 우리가 고프 혼자 식사하도록 버려두지 않은 것에 안도했다. 그는 마치 로마 원로원 의원처럼 담요 위에 비스듬히 누워 있었다. 그는 벌써 먹기 시작한 상태였다.

"이런, 이게 다 뭐예요?" 태나가 지친 듯 살며시 미소를 머금고 말했다. "설마 아버지가 직접 이 모든 음식을 만드신 건 아니죠?"

"일라이저가 오늘 오후에 와 있었어. 그녀가 요리를 해서 우리를 위해 여기까지 가져다줬지."

"저희가 늦었네요." 내가 말했다. "용서해 주세요. 제 잘못이에요."

"실없는 소리." 고프가 빙긋 웃으며 말했다. "자, 말해 봐. 수조는 어땠어? 울컷이 성공했나?"

태나가 솔을 여미며 풀밭 위에 자리를 잡고 앉았다. "지금은 절대 소풍을 위한 계절은 아니에요." 그녀는 고개를 절레절레 흔들었다. "물론 아버지는 그런 얘기는 들으려고 하지 않으시겠죠. 사실, 아버지는 추위를 몹시 좋아하시고 이런 날씨에 가장 생기가 넘쳐요."

고프가 툴툴거렸다. "그래, 나는 늙었어. 그리고 곧 죽을 거야. 늙은이가 늘그막에 한 가지 기쁨을 누리게 내버려 둔다 한들 너희 젊은이들이 조금이라도 불편할 게 뭐가 있겠니? 응?"

태나는 수조에 대해 묘사하기 시작하면서, 건너편의 나를 애처롭게 힐끗 보았다. 나는 아버지를 위해 그렇게 연기를 해야만 한다는 것에 그녀가 몹시 지쳤음을 알 수 있었다. 하지만 그녀는 여전히 그렇게 했다. 불현듯 그녀의 삶 전체가 어느 정도는 이런 연극 같은 것, 어떤 희생을 치르더라도 고프의 행복을 지켜 주고 싶다는 갈망으로 점철돼 있다는 생각이 들었다. 내가 그녀의 유일한 반항인 것 같았다.

나는 미소를 지으려 노력했다. "저희 몸을 녹여 주시려고 증류주와 좋은 와인을 가져오셨네요. 정말 친절하세요."

"부디 마음껏 마시게." 고프가 말했다.

"저희는 템스강을 따라 죽 걸었어요." 내가 말을 이어 갔다. "저는 저희가 제때 돌아오지 못할까 봐 걱정했어요. 태나는 배려를 아끼지 않는 안내인이었어요. 런던에 태나가 내력을 모르는 명소는 없는 것 같아요. 이곳은 인상적인 도시예요."

"그리고 추한 도시이기도 해." 고프가 어깨를 으쓱했다. "하지만 구제할 가치가 있을 만큼 선량한 사람들이 여기 살고 있기는 해. 적어도, 이곳 사람들 중 일부는 그래."

우리는 각자 접시를 집어 들고, 식사를 하기 시작했다. 하지만 나는 나 자신이 완전히 어딘가 다른 곳에 가 있는 듯 넋이 나가서, 아무 맛도 느끼지 못했다. 마치 전혀 다른 남자가 내 자리를 차지한 것 같았다.

"또다시 겨울 소풍을 나오니 즐겁지 않니, 얘야?" 고프가 말했다.

"헨리에타 고모가 정말 그리워요." 태나가 나를 돌아보았다.

"때때로, 겨울에 우리가 밖에서 저녁 식사를 할 때면, 내가 제일 좋아하는 고모인, 마담 르미외가 우리와 함께하곤 했어요."

"그분은 프랑스인인가요?" 내가 말했다.

"고모 남편이 프랑스인이었어요." 태나가 말했다.

"그 애의 마지막 남편이지." 고프가 씩 웃으며 말했다. "네 명이었거든."

"그렇게 많았어요?"

"지금까지는 넷이야." 고프가 말했다. "한 명 빼고는 다 프랑스인이었지. 헨리에타는 지금 파리에 있어, 아마 다섯 번째 남편을 물색하고 있을 테지. 그렇지 않으면, 내가 자네를 소개하겠다고 우길 텐데 말이야."

"당신이 비범한 영국인의 기질을 보고 싶다면," 비록 다소 심란해 보이기는 했지만, 태나는 그렇게 말했다. "마담 르미외보다 더 나은 사례는 없을 거예요. 아마 더 뛰어난 여성은 만나지 못할걸요."

"그건 논쟁의 여지가 있는데요." 내가 다정한 미소를 지으며 말했다.

"만일 그 애가 여기 있다면, 자네한테 직접 그렇게 말할 거야." 고프가 말했다. "비록 어떤 분야에 재주가 뛰어난지가 진짜 논점이기는 하지만 말이야."

태나가 자기 아버지를 보며 책망하듯 미소를 지었다. "마담 르미외는 존경할 만한 여성이에요, 워시. 아버지 때문에 오해하지는 마세요. 그분은 아흔여덟 번이나 파리에 다녀왔고, 동방에서 낙타를 타고 달린 적도 있고, 한번은 뉴욕시 길거리에서 날아온 말편

사에 맞아 하마터면 죽을 뻔한 적도 있어요."

"아흔여덟 번이나 파리를 방문했다고요?" 내가 말했다.

"깊은 인상을 받았군요."

"수를 세다가 도중에 까먹지 않았다는 데 깊은 인상을 받은 거지."

태나는 내게 지친 듯한 미소를 지어 보였다. "고모는 네 번 결혼한 것 말고도, 적어도 다섯 번의 청혼을 거절하셨어요. 가장 최근에는, 혼이라는 이름의 실업가였어요 — 그 남자에 대해 들어 봤을지도 모르겠네요. 혼 제과라고 알아요? — 고모는 어느 날 저녁 그가 자기 앞에서 구두를 벗었다는 이유로 거절했어요."

"몹시 정숙한 분인가요?" 내가 말했다.

"헨리에타는 반평생 동안 프랑스 남자들과 결혼 생활을 했어, 워싱턴." 고프가 말했다. "그 애가 정숙할 리는 없지. 그 애가 못마땅해 한 건 그 남자의 발이었어."

"아버지께서 말씀하실래요?" 태나가 물었다. 하지만 고프는 그녀에게 계속하라고 손짓을 했다. 그녀가 말을 이었다. "미스터 혼은 무심코 구두와 함께 양말을 벗었던 것 같아요. 그리고 강한 촛불 빛 속에서, 고모는 그가 아주 작고, 털이 없고, 곱게 다듬어진 하얀 발을 가졌다는 걸 알게 되었어요. 마치 어린 소녀의 발 같았지요."

"그에게 도버 얘기도 해 줘." 고프가 말했다.

"도버요?" 내가 말했다.

"내 여동생은 절대로 다시는 도버에 발을 들여놓지 않겠다고 맹세했어." 고프가 말했다.

"마지막으로 거기 가셨을 때, 고모가 만난 모든 여자들이 르미외라는 이름을 가지고 있었나 봐요. 물론, 일가친척은 아니었고요." 태나가 말했다. "우연의 일치였던 것 같아요. 미세스 아델 르미외, 미스 마사 르미외, 미세스 마거릿 르미외……"

"영국에 그 성을 가진 사람이 그렇게 많이 있는 줄은 몰랐네요." 내가 말했다.

"그 애도 마찬가지였어." 고프가 말했다. "그들 중 몇몇은 유럽 대륙에서 건너와 휴가를 보내고 있었지. 하지만 몇몇은 속속들이 영국 사람이었어. 내 생각에 그 애는 오로지 그 이름에서 벗어나기 위해서 다시 결혼할 작정인 것 같아."

"고모는 최대한 빨리 도버에서 도망쳤어요." 태나가 말했다. "우리가 고모를 만났을 때, 고모는 마치 유령을 목격한 것처럼 보였어요."

"그런데 그분의 아흔여덟 번에 걸친 파리 방문 가운데, 그런 일이 있었던 적은 한 번도 없었고요?" 내가 말했다.

"내 여동생은 우리를 즐겁게 해 줘." 고프가 건조하게 말했다. "내 생각에 그 애는 우리의 변변찮은 삶이 측은해서 그러는 것 같아."

"실제로 고모는 큰 도움이 돼 주셨어요." 잠시 후 태나가 말했다. "우리가 고모 없이 해 나갈 수 없던 때가 있었어요. 고모는 함께 바닷가에 가곤 했어요 — 쓰레그물 다루는 솜씨가 정말 놀라워요. 최근에는 유리 부는 기술에 훨씬 더 관심이 많기는 하지만요."

"그리고 남편감들한테도." 고프가 말했다.

"유리 부는 기술은 예술이고 경이로운 일이에요." 내가 약간 멍한 채로 말했다. 내 정신은 몹시 지치고 진이 다 빠진 상태였다. 내가 원한 것은 편안한 목욕, 내 따뜻한 간이 침대의 안락함뿐이었다. "나는 늘 간절히 그걸 배우고 싶어 했어요."

"마담 르미외는 자그마한 유리 나무들을 만들어요." 태나가 말했다. "유리로 된 자그마한 겨울나무들요. 가지만 앙상한 나무 말이에요. 그건 놀랄 만큼 아름다워요."

그런 다음 우리는 침묵에 빠져들었다. 그리고 그녀가 나를 건너다보며 지친 듯 애처롭게 미소를 지었을 때, 나는 마침내 우리의 공연이 끝났음을 깨닫고 안도했다. 고프는 행복하게 음식을 씹으며 사방에 미소를 지었다.

9

수요일은 몹시 고통스러울 정도로 느릿느릿 찾아왔다. 그제야 비로소 태나와 나는 얇게 썬 차가운 고기와 절인 바다빙어 요리를 앞에 두고 서로를 빤히 마주 보며, 이심전심으로 최종적인 결론에 도달했다. 우리는 그 교수형을 보러 갈 작정이었다. 어떻게 그러지 않을 수 있었겠는가? 만일 직접 보지 못한다면, 나는 결코 그 죽음을 받아들일 수 없을 것이다.

우리는 마차를 타고 가는 내내 아무 말 없이 앉아 있었다. 마차가 우리 아래에서 흔들리며 덜커덩거리는 동안 실내에는 우리 숨소리만 가득했다. 태나는 장갑을 벗고 축축한 손으로 내 손을 꼭 잡았다.

뉴게이트가 보이기 한참 전부터 뉴게이트 앞에 모인 군중의 소리가 들렸다. 우리가 모퉁이를 돌자, 마치 어떤 광적인 환각처럼 사람들이 진흙 속에서 솟아오른 것 같았다. 사람이 너무 많아서 마부가 실제로 교도소에 도착하기 한참 전에 내리라고 우리에게 고함을 졌을 때 우리는 말다툼을 할 수도 없었다. 내 마음은 불타오르듯 흥분했고 팔다리는 나른했다. 태나가 안절부절못하며 나를 유심히 살펴보는 동안, 나는 비에 젖어 축축한 거리를 지나며 말없이 터벅터벅 걸었다. 내가 대충 세어 본 바에 따르면, 적어도 400명이나 되는 영혼들이 진창을 마구 휘젓고 다니고 있었다.

나는 키가 꽤 컸고, 비록 마르기는 했어도, 넓은 어깨에 실을 힘이 있어서, 군중을 밀치며 우리를 위해 길을 훤히 뚫을 수 있었다. 여기 모인 사람들은 거칠었다. 그리고 그들은 하느님의 은총이 없었더라면 그들 자신이 교수형에 처해졌을지도 모를 남자들, 선원들, 몇몇 해방 노예들이었다. 하지만 낡을 대로 낡은 모자를 쓰고, 찢어진 솔기 때문에 보기 흉한 드레스를 입은 여자들도 있었다. 양파와 시큼한 와인의 악취가 공기 중에 감돌았다. 심지어 어린아이들, 그 많은 어린아이들이 모여 있는 사람들 사이를 쏜살같이 돌아다니며 호주머니들을 자르고 운수 좋은 날의 수입을 거둬들이고 있었다.

런던에서 지낸 7개월 동안, 나는 뉴게이트 교도소를 한 번도 본 적이 없었다. 나는 그 정문에 올 일이 아무것도 없었다. 이제 나는 기분 나쁘게 우뚝 솟아 있는, 흉물스러운 벽돌 건물을 보았다. 그 앞에는 교수대가 있는 큰 단이 세워져 있었다. 그 단은 개 한 마리도 제대로 막아 내기 힘들 만큼 약한, 낮은 나무 울타리에 둘러싸여 있었다. 그리고 바로 이 울타리 뒤에서 군중이 밀려와, 마치 벌써부터 그 장관을 음미하고 있는 듯 흔들리는 올가미들을 쳐다보며, 야유를 하고 웃음을 터뜨리고 있었다.

우리는 계속 밀치며 앞으로 갔다. 나는 군중의 낮은 함성을 들으며 점점 더 불안해졌다. 나는 태나를, 그녀의 조용하고 긴장한 얼굴을 힐끗 돌아보았다. 여기 그녀를 데리고 오지 말았어야 했다는 생각이 들었다. 우리가 처형대에 가까이 가자, 무언가 — 강한 욕지기 — 가 솟구쳤다. 나는 내가 가까이 가고 있는 것이 지난 5년 동안 내 삶을 황폐하게 만들었던 그 끔찍한 연극의 마지막 상변일지도 모른다는 것을 잘 알았다. 정말로 그렇게 될까? 정말로 그게 이렇게 끝이 날까? 그 신문에는 두 사람이 — 절도죄 및 방화죄로 흑인 루이스 해저드와 자유인 살인죄로 스코틀랜드인 존 프랜시스 윌러드가 — 교수형에 처해질 예정이라고 적혀 있었다. 그사이 몇 달 동안 그에게 대체 무슨 일이 벌어졌을까? 결국 복수심을 억누르지 못하고, 다른 남자를 나라고 믿고 죽였을까? 아니면 좀 더 무작위적인 소행, 그러니까 그에게는 비정상적인 것처럼 보이는 자유를 누리는 어느 흑인 남성을 노려 공격한 것이었을까? 나는 서늘한 바람을 맞으며 서서, 그가 나와 꼭 닮은 사람을 죽인 죄로 기소되고, 이제는 또 다른 흑인 남자와 함께 법에서 정한 이런 죽음을 맞이하는 그 엄청난 아이러니를 지켜보았다.

노점상들이 자기들이 파는 물건 이름을 큰 소리로 외쳤고, 남자들이 목에 군밤 쟁반을 걸고 돌아다녔다. 한 무리의 피들 연주자들이 얇은 울타리를 넘어가, 연주를 하기 위해 음을 조율하기 시작했다. 우리는 계속해서 밀치며 앞으로 나아갔다.

이제 나는 처형대를 선명하게 볼 수 있었다. 그것은 금방이라도 부서질 듯 흔들거리는 회색 구조물로, 반대편에 있는 계단은 반쯤 휘어져 있었다. 경비병들이 각자 준비 태세로 무기를 들고 그 구조물 주위에 반원형으로 띄엄띄엄 서 있었다. 사람들은 긴장했지만, 화가 나 있지는 않았다. 그 모든 것에는 휴일을 보내는 분위기가 감돌았다.

마침내 시계가 정오를 알리며 울리자, 두 남자가 끌려 나왔다.

나는 그들을 보려고 안간힘을 썼다. 흑인 남자가 먼저 나왔고, 비록 그는 내가 아는 어떤 사람과도 닮지 않았지만, 나는 그의 모습에 마치 친한 사람을 바라보고 있는 것처럼 흠칫 놀랐다. 그는 젊지도 늙지도 않았고, 빡빡 깎은 머리에 눈은 가늘게 뜨고 있었다. 그는 부츠를 신고 있지 않았다. 마치 발바닥에 닿는 축축한 벽돌을 음미하는 것처럼 — 아니, 어쩌면 주저앉을까 봐 걱정하는 것처럼 천천히 걸었다. 그는 순간적으로 어리둥절해 하는 것처럼 보였다.

두 번째 남자를 응시하자, 고통이 나를 엄습했다. 어떻게 우리가 이 울타리를 사이에 두고 마주 서 있게 되었을까? 그것은 마치 생사를 가르는 경계선 같았다. 나는 부들부들 떨기 시작했고, 태나는 내 팔을 더 힘껏 움켜잡았다. 나는 그의 반짝거리는 안경 너머로 앞이 보이지 않아 허옇게 치뜨고 있는 망가진 한쪽 눈을 똑똑히 보았다. 나는 마치 방금 다림질한 듯, 티 하나 없이 깔끔한 그의 회색 죄수복 셔츠를 보았고, 그가 마치 누군가를 찾는 것처럼 사람들을 하나하나 빤히 쳐다보는 동안, 학자 같은 태도를 유지하던 그의 금빛 머리를 보았다. 그는 믿기 어려울 정도로 끔찍하게 피곤해 보였다.

신문에서 그의 이름을 보았을 때, 나는 안도감에 휩싸였었다. 이제 그가 마치 오래전에 잃어버린 위엄을 지키려 안간힘을 쓰듯 저기 저렇게 허리를 꼿꼿이 세우고 서 있는 모습을 보니, 강한 혐오가 밀려왔다. 피를 보고 싶어 하는 나 자신의 강한 욕망에 대한 경악이었다. 나는 한 목숨을 빼앗고 싶지 않았기 때문에, 수개월 전 노바스코샤에서 그를 죽이지 않았다. 그것은 내게 훈장이자, 품위의 승리였다. 이제 그를 보면서, 내가 내심 느꼈던 그 기쁨이, 내 고결한 도덕적 태도가 얼마나 거짓된 것이었는지 알 수 있었다. 나는 두려웠던 것이다. 그게 전부다. 진정한 자비는 그를 죽이는 것, 그 오랜 세월이 흐른 후에도 그가 목말라 하고 있던 죽음을 그에게 안겨 주는 것이었다. 그것이야말로 그가 나를 추적한 그 모든 세월에 대한 진정한 상이었으니까. 다시 말해, 내 손에 맞는 죽음이라는 선물, 그의 이상에 걸맞은 죽음, 순교였으니까.

남자들이 처형대로 끌려갈 때 나는 숨을 죽였다. 젊은 교수형 집행인이 그 어떤 연극적인 동작 한번 없이, 앞으로 나와 죄수들을 각자의 자리로 질질 끌어다 놓더니, 교수대에서 올가미를 끌어 내려 느슨하게 한 다음, 죄수들의 머리에 자루를 덮어 씌웠다. 자루가 덮이기 직전에 나는 재빨리 월러드의 얼굴을 보았다. 그는 극도로 당황해 움찔했고, 공포에 질려 눈을 희번덕거렸다.

성직자가 성경을 펼쳐서 받쳐 들고 앞으로 나섰다. 그가 얼굴을 쳐들자, 그의 턱 밑에 커다란 자주색 점이 보였다. 그가 내게는 들리지 않는 말을 몇 마디 하자, 그 젊은 간수가 고개를 끄덕였다. 군중은 마치 한 마리 짐승처럼, 이를 모조리 드러내며 잔인한 기대에 차서 야유와 조롱을 퍼붓기 시작했다.

나는 두려움에 휩싸여, 태나의 얼굴을 가슴에 꽉 껴안았고, 그 바람에 그녀는 아무것도 보지 못했을지도 모른다. 그 설교자가 물러서고, 교수형 집행인이 자기 자리로 갔다. 그가 도르래를 힘끗 잡아당기자, 바닥이 소리 없이 갈라져 덜렁거렸다. 두 남자는 발을 차며 버둥거리다가 이내 잠잠해졌다. 사람들은 무시무시할 정도로 침묵에 빠져 있었다. 내가 서 있는 곳에서, 밧줄들이 끼익 끼익 하는 소리가 들렸다. 교수형 집행인이 처형대에서 침착하게 내려오더니, 그 아래로 고개를 획 숙이고 들어갔다. 그는 먼저 해저드의 다리를, 그다음에는 윌러드의 다리를 움켜잡고, 있는 힘을 다해 잡아당긴 다음, 그들의 사망을 확실히 하기 위해 각각 2분 동안 붙잡고 있었다.

사람들은 폭발적으로 환호하고, 웃음을 터뜨리며, 노래를 불렀다. 이윽고 그 광경에 등을 돌리고, 서로에게로 관심을 돌리더니, 여기저기서 주먹다짐이 벌어지고, 남자들이 소리를 지르며 난투를 벌였다. 한 경비병이 진저리를 치며 가까운 곳에 서 있었다.

그리하여 그것은 정말로 끝이 났다. 완전히 끝나 버렸다.

나는 군중 사이에 서 있었고, 사방이 요동치고 있었다. 태나는 얼굴을 들어 맥없이 덜렁거리고 있는 다리, 오줌에 젖어 거무스름해진 바지를 엄숙하게 응시했다. 홀린 듯 바라보는 그녀를 지켜보며, 나는 당연한 일일 뿐인데도 그녀의 관심에 약간 짜증이 났다. 그리고 바로 그때, 그녀의 머리 바로 뒤에서 강렬하게 번뜩이는 어떤 색깔이 언뜻 보였고, 나는 그것을 확인하기 위해 그녀의 뒤쪽을 훑어보았다.

한 사람이 사람들에게 반쯤 가려진 채 교수대를 빤히 올려다보며 서 있었다. 그는 말처럼 긴 얼굴에 키가 크고 살집이 조금 있었다. 그는 심혈을 기울여 딱 맞게 만든 파란색 프록코트 속에 해바라기 같은 노란색 조끼를 받쳐 입었다. 아무 장신구도 끼지 않은 맨손에, 검정색 실크해트를 들고, 챙을 잡아 빙글빙글 돌리고 있었다.

온몸에서 피가 다 빠져나가고, 내가 차갑게 식어 가는 것 같은 기분이 들었다. 나는 그 남자가 고개를 숙여 다시 모자를 쓰는 동안 그를 빤히 쳐다보았다. 이내 그가 돌아서기 시작했다.

나는 소리를 지르고 사람들을 밀어젖히며 앞으로 나아갔다.

"티치!" 내가 외쳤다.

뒤에서 태나가 내 이름을 부르는 소리가 희미하게 들렸지만, 나는 멈추지 않고, 땀범벅에다 숨결에서는 고약한 맥주 냄새와 불결한 고기 냄새가 나는 남자들을 헤치며 나아갔다. 밝은 파란색 코트가 인파 속으로 완전히 모습을 감췄다가, 불쑥 다시 눈에 띄었다. 나는 그의 이름을 거듭 부르고 사람들을 마구 밀치며 더 가까이 다가갔다. 내가 막 그를 완전히 놓쳤다고 생각하던 참에, 그가 돌아서서 내 머리 너머로 교수대를 가만히 바라보았다. 그리고 그 순간 그의 얼굴의 전체적인 모습—주먹코, 과음으로 퉁퉁 부은 두 뺨—이 보였다. 나는 그가 완전히 다른 사람, 내가 전혀 모르는 낯선 사람이라는 것을 깨달았다.

10

그다음 며칠 동안 나는 교수형에 대한 생각을 떨쳐 낼 수가 없었다 — 덮개가 씌워지기 전 윌러드의 눈에 떠오른 두려움, 잔인하고 흉포한 군중, 마치 어떻게 모든 사람이 자기가 무죄임을 믿지 않을 수 있는지 이해하지 못하는 것처럼 해저드가 주변을 응시하던 모습에 대한 생각을 말이다. 삶과 죽음을 가르는 것은 고작 실처럼 가는 경계선 하나뿐이었고, 그는 애꿎게 부적절한 쪽으로 발을 헛디뎠던 것이다. 나는 그가 가여웠다. 그리고 내가 윌러드 역시 몹시 가엽게 여긴다는 사실에 깜짝 놀랐다. 그는 끔찍한 남자, 염병할 인간이었지만, 아무리 당연한 대가라고 해도, 그가 겪은 야만적인 최후가 나는 기쁘지 않았다. 그도 한때는 세상을 이해할 수 있기를 열망하던 소년이었다. 그런데 자신이 알게 된 새로운 사실을 매번 왜곡해 무분별하고 잔인한 짓을 하기로 하면서, 어떻게 자신의 모든 재능을, 명백히 타고난 학습의 재능을 낭비했던가. 그는 오랫동안 인품을 함양하기 위해 노력했고,

명석한 사고력을 지녔음에도 불구하고, 일평생 피할 수도 있었던 야만적인 삶을 살고 말았다.

삶을 낭비하는 것은 얼마나 쉬운 일인가.

나는 내가 따라갔던 남자, 내가 티치라고 생각했던 그 사람을 떠올렸다. 그는 결국 티치가 아니었다. 그의 뭉툭한 이목구비를 고려해 볼 때, 나는 내가 한 번이라도 그렇게 믿었다는 사실에 화들짝 놀랐다. 그런데도 그를 닮은 사람을 본 일은 내 머릿속에 희미한 흔적, 얼룩을 남겼다.

그 순간 나는 그 어느 때보다도 더 강하게, 암스테르담에 가야만 한다고 느꼈다

내가 거기서 무엇을 알아낼지 누가 알았겠는가. 하지만 적어도 내 역량을 충분히 발휘해 찾아볼 필요는 있었다.

나는 태나에게 나와 동행할 필요는 없다고 말했지만, 그녀는 그러겠다고 고집을 부렸고, 나는 당황스럽기는 했지만 굉장히 기뻤다. 암스테르담은 우리가 흔치 않은 수중 생물 표본들 때문에 언급되는 것을 자주 들을 수 있었던 도시였다. 그리고 고프 없이 떠난다고 생각하니 그 여행이 특별히 더 신나게 느껴졌다. 우리는 연인들의 휴가인 양, 그 여행에 대해 남몰래 속삭이기 시작했다.

우리는 물론 고프에게는 태나가 나와 함께 갈 예정이라고 명확히 밝히지 않았다. 대신에, 태나는 그에게 주디스 고모 — 고프의 살아 있는 둘째 여동생 — 를 다시 만나고 싶다고 말했다. 태나는 고프에게 자신이 이미 주디스에게 편지를 보냈고, 고모가 친절하게도 시골에 있는 본인 집에 머물도록 초대해 주었다고 말했다. 그녀는 여느 때처럼, 역에서 가난해진 헝가리인 백작인 주디스의

하인의 마중을 받고, 극도로 호사스럽고 안전하게 보살핌을 받을 터였다.

사실 태나는 그런 편지를 쓴 적이 없었다. 그녀는 고프와 주디스가 애정이 없는 것까지는 아니더라도, 서로를 대하는 태도가 서먹하기 때문에, 몇 년 동안 만날 일이 없을 것이라고 믿었다.

나는 그런 거짓말이 태나에게 안겨 주는 것처럼 보이는 기쁨을 이해할 수 없었다. 하지만 그녀는 웃음을 터뜨리고 빠른 말투로 그것에 대해 비밀스럽게 수군거렸고, 나는 이전의 음울했던 몇 주가 지나고 그녀의 기분이 다시 좋아진 것을 보고 몹시 기뻤다.

그렇게 해서 고프는 그녀에게 시골에 가도 좋다고 허락했고, 나는 그에게 머리 두 개 달린 고래류의 표본이 정말로 존재한다면, 암스테르담에서 그것을 가지고 돌아오겠다고 약속했다. 태나와 나는 따로 출발해서 나중에 항구에서 만날 예정이었다.

비 오는 날 오후였다. 빛이 프린센 운하*의 수면 위에 마치 기름처럼 쌓여, 운하의 물은 차처럼 아무 반짝거림 없이 탁한 빛을 띠고 있었다. 높고 좁은 집들이 운하를 따라 늘어서 있었고, 우리는 페터 하스의 주소를 찾으며 그 앞에 깔려 있는 자갈길을 죽 걸어갔다. 나는 그에게서 한 번도 답장을 받지 못했다. 그래서 마음 속으로는 그가 죽었을까 봐 걱정하면서, 몹시 불안해 하며 이곳을 돌아다녔다. 태나와 나는 그 풍경에서 색이란 색은 싹 다 빼낼

* 프린센흐라흐트, 왕자의 운하. 헤렌 운하(헤렌흐라흐트, 귀족의 운하), 카이제르 운하(카이제르흐라흐트, 황제의 운하)와 더불어 17세기 굴착된 암스테르담의 3대 운하 중 하나.

것처럼 내리는 비에 눈을 깜박거리며, 흠뻑 젖은 나무들이 늘어선 좁은 길을 천천히 걸었다.

여행은 그때까지는 기적 같았다. 전날 우리는 항구 언저리에 있는 판잣집, 케이스 피서의 작은 실험실로 들어갔다. 바퀴 달린 의자에 앉은 그는 작고 창백하며 눈썹이 희끗희끗했고, 그의 눈길은 새의 그것처럼 사나웠다. 그는 이미 그 표본을 볼 수 있게 준비해 둔 상태였다. 용해제가 잔뜩 묻어 있고 아무것도 씌워져 있지 않은 나무 테이블에 다가갔을 때, 우리는 본능적으로 침묵에 빠졌다. 거기 깜박거리는 창백한 불빛 아래, 무산된 악몽 같은 검은색 덩어리 하나가 놓여 있었다. 자궁 안에 있을 때 달라붙어 버린 쥐돌고래 두 마리, 즉 하나의 몸통을 공유한 태아들이었다. 그들은 평범한 삶에 생긴 어떤 믿기 어려운 균열, 갑작스러운 잔인한 살인 같았다. 우리는 충격을 받아 거기서 번들거리고 있는 검은색 고무 같은 물고기를 조용히 응시했다. 피서의 보존 방법은 흠잡을 데가 없어서, 그 생물은 그가 그것을 처음 발견한 바로 그날처럼 신선해 보였다. 우리는 특별히 그 일을 위해 만든 용기에 그것을 챙겨 넣었고, 장기 보존에 대해 많은 대화를 한 후, 그것을 잘 보관하기 위해 우리 호텔로 다시 가져다 놓았다.

그런 다음, 우리는 그 경이로움에 미처 진정되지 않은 채로, 밖으로 나가 그 굉장한 도시를 걸었다.

그리하여 나는 암스테르담을 이렇게 생각하게 되었다 — 그림자들의 도시라고. 그리고 그 도시에서 옛 거장들은 빛이 마치 살아 있는 생명체인 것처럼 그것을 정확하게 포착하려고 노력했다. 나는 그 남자들이 피부, 특히 여자들의 피부를 채색한 방식에 대

흰 티치의 묘사가 기억났다 — 농축된 벌꿀의 광택을 지니고 있어서 어둠 속에서도 선명하게 빛나는 피부. 나는 나 자신의 작품에 대해, 명암보다는 선의 힘으로 표현하고 싶은 내 욕구에 대해 생각했다. 그리고 이 모든 빛을 내 안으로 끌어모아 기억해 두었다가 그리고 싶었다.

마침내, 마치 군중 속에서 자신의 존재를 주장하는 평범한 얼굴처럼, 페터 하스의 집이 눈에 확 띄었다 — 앞에 작은 정원이 있는 높고 푸른 집이었다. 가파르고 좁은 무시무시한 계단과 꼭 교회 지하실 문처럼 보이는 낡고 검은 문이 있었다. 우리는 초조하게 서로를 힐끗 보고, 노커로 문을 두드렸다.

한 하인이 응대를 하러 나왔는데, 그가 우리에게 전혀 좋은 인상을 받지 못한 것은 분명했다. 그는 반짝거리는 검은 눈으로 우리를 천천히 훑으며 빤히 쳐다보았다. 내 흉터를 유심히 살펴보면서, 그는 문을 닫기로 마음먹은 것처럼 보였다.

"방해해서 죄송합니다." 내가 말했다. "우리는 미스터 페터 하스라는 분을 찾고 있는데요, 그분이 예전에 여기 살지 않았을까 싶어서요."

하인은 색이 몹시 옅은 입술을 축이며, 얼굴을 찡그렸다.

누군가가 그의 뒤쪽 현관홀로 들어왔다. 나무랄 데 없이 최신 유행에 맞춰 차려입은 남자였다. 무심한 듯 권위 있는 태도로 보아 틀림없이 그 집의 주인이었다. 그는 아주 젊었고, 얼굴은 주름 하나 없이 매끈했으며, 두 눈은 다소 멍해 보였고, 적갈색 머리는 높은 봉우리 모양으로 빗겨져 있었다. 아무리 보아도, 이 사람은 내가 아는 페터 하우스가 아니었다.

나는 토할 것 같았으며, 몹시 당황하고 실망했다. 내 편지에 그의 답장이 전혀 없었음을 고려할 때, 내가 왜 여기서 그 남자를 찾을 생각을 했었는지 도무지 알 수가 없었다. 우리는 이 모든 것을 위해 얼마나 멀리 여행해 왔던가. 내가 우리가 온 이유를 어떻게 설명할지 고심하고 있을 때, 태나가 거리낌 없이 말했다.

"우리는 방금 페터 하스라는 분에 대해 묻고 있었어요. 그분이 이전에 여기 살았던 것으로 알고 있어요. 혹시 그분이 어디로 가셨는지 아시나요?"

그 젊은 남자는 내 얼굴을 살피며 화상을 눈여겨보고 있다가, 태나를 힐끗 보더니 별안간 사로잡히고 말았다. 나는 그 즉각적인 끌림을 잘 알았다 — 나도 언젠가 그것을, 그러니까 그녀의 황갈색 피부, 무정해 보이는 두 눈에 대한 호기심을 느꼈던 적이 있었다. 그는 무심한 척하는 표정으로 거의 알아차리기 힘들 정도로만 미소를 머금었다.

"내가 페터 하스예요." 그가 우렁차고 낭랑한 굵은 목소리에 강한 억양으로 그렇게 말했다.

우리는 서로 잠시 멈칫했다. 이내 그가 이렇게 말했다. "우리 아버지도 페터 하스고요."

나는 왜 그런지 아직도 그곳이 맞는 집일 수 있다고 확신하지 못하며, 그를, 그의 잘생긴 외모와 눈부신 옷을 빤히 바라보았다. "당신 아버지께서 일찍이 미스터 제임스 와일드와 함께 일한 적이 있는지 아시나요?"

남자는 내 쪽으로 다시 고개를 획 돌리더니, 나를 한참 동안 바라보았다. 그가 하인과 활기차게 이야기를 나누었다. 그러자 하인은 한쪽으로 비켜선 다음, 정중한 팔 동작으로 순식간에 우리를 안으로 이끌었다.

식당은 길고 폭이 좁았으며, 세월에 거무스름해진 창문들이 있고 벽에는 마호가니 벽널이 붙어 있었다. 나는 마치 우리를 기다리고 있었던 것처럼 테이블이 호화롭게 차려져 있는 것을 발견하고 깜짝 놀랐다. 고기 파이, 파테*, 다져서 양념한 병조림 고기, 쇠고기 구이, 차가운 생선이 있었다. 커다란 호크니거스주** 한 그릇이 테이블 한가운데서 흔들리고 있었다.

"죄송합니다. 손님을 기다리고 계셨군요." 내가 말했다. "우리는 오래 머물지 않을 겁니다."

젊은 남자가 손사래를 쳤다. "평소 점심 식사일 뿐이에요. 부디, 함께하시지요."

우리가 뭐라고 더 말하기도 전에, 그 젊은 남자는 하인을 따라 방에서 나가 버렸다. 그가 황급히 복도를 지나는 소리에 귀를 기울이며, 나는 초조하게 태나를 힐끗 보았다. 그 방 안의 빛은 초록색이 감돌았고, 납틀 유리창들을 통해 거의 천처럼 묵직하게 흘러들고 있었다. 벽마다 작은 유채 초상화들이 액자 없이 걸려 있

* 고기나 생선을 곱게 다지고 양념하여 차게 해서 빵 등에 발라 먹는 요리.

** 독일산 화이트 와인인 호크에 따뜻한 물, 설탕, 향료, 레몬을 섞은 음료. 니거스는 최초로 니거스주를 만든 영국 육군 대령 F. 니거스의 이름이다.

었다. 가장 눈길을 사로잡는 것은 하얀 비단옷 차림으로 관 속에 누워 있는 어느 나이 든 여인의 초상화였다. 그녀의 얼굴은 마치 최후까지 죽음과 맞서 싸운 것처럼 참으로 엄숙해 보였다. 이때 옆문에서 어떤 소리가 나더니, 젊은 남자가 더 나이 든 남자의 한쪽 팔을 부축하고 함께 돌아왔다.

나이 든 남자의 눈은 선명한 회색이었고, 그의 마른 손에는 마치 지하에 흐르는 물줄기 같은 짙은 혈관이 툭툭 불거져 나와 있었다. 그의 길고 창백한 얼굴에는 우리가 북극의 추운 평원에서 보내던 시절부터 내가 너무도 잘 기억하고 있는 유난히 눈에 띄는 갈색 점들이 있었다. 달리 아무런 특색이라고는 없는 곳에서 내가 유일하게 색이 있는 지점이라고 느끼곤 했던 그 조그만 살점들 말이다.

그가 나를 부둥켜안았는데, 그의 포옹은 마치 느릿느릿 흐르는 물 같았고, 힘이 전혀 없었다. 그에게서는 젖은 모직물 냄새가 짙게 났다. 그러자 사납고 모든 것을 다 지워 없애던 그 새하얀 눈이 기억났다.

그는 한 걸음 물러서더니, 두 손으로 격렬하게 수화를 하기 시작했다.

마치 연기 시작 신호라도 받은 것처럼, 그의 아들이 연설조로 이렇게 말했다. "살아 있었군. 내 친구 워싱턴 블랙."

나는 이 말에 — 방 반대편으로부터 퍼지는 강한 네덜란드어 억양에 실린 페터의 말을 듣고 — 가슴이 덜컥 내려앉았다. 마치 그의 목소리의 정수가 그의 몸에서 바깥으로 흘러나와 이 소년의 모습으로 뿌리를 내리기라도 한 것 같았다.

나는 페터의 얼굴에서 눈을 떼지 않았다. "나는 당신을 찾아서 몹시 얼떨떨해요." 내가 말했다. 호흡이 좀처럼 가다듬어지지 않을 것만 같았다. 나는 몹시 낯익지만 그러면서도 몹시 다른 그 얼굴을 응시하고 또 응시했다. "이건 예상 밖이에요."

"자네가 와서 정말 기뻐." 아들이 자기 아버지의 손에서 태나의 얼굴로 몇 초마다 두 눈을 굴리며 이렇게 말했다. "도대체 어떻게 나를 찾은 건가?"

나는 그 기묘하고 자꾸만 막히던 탐색을, 우리가 어떻게 마침내 그를 찾아냈는지를 설명했다. 그는 번갈아 고개를 끄덕였다가 얼굴을 찡그렸다. 그의 얼굴은 어느 고대인, 어느 조각상의 얼굴 같았다. 그가 두 손을 움직이기 시작했다.

"나는 아무 편지도 받지 못했어." 아들 하스가 아버지를 대신해 그렇게 말했다. "그 편지들이 모조리 분실되다니 별 희한한 일도 다 있군."

나는 고개를 절레절레 흔들었다. 나 자신도 그 까닭을 설명할 수 없었기 때문이다.

"티치는 여기 없어." 그가 말을 이었다. "1년 반 전쯤에 와서, 몇 주 동안 머물렀지. 하지만 오래전에 가고 없어."

실망감에 가슴이 쓰라렸다. "그는 어디로 갔나요?" 내가 말했다.

페터는 길고 뿌리처럼 생긴 손가락으로 우리에게 테이블에 앉으라고 손짓을 해 보였다. 그의 수척한 모습은 믿기 힘들 정도였고, 마치 시체 같았다. 산더미 같은 음식들이 거기 놓여 있는데 그는 그처럼 여위고 굶주려 보이는 게 엄청난 아이러니인 것 같았다. 앉는 자리에 수를 놓은 방석이 놓여 있는 나무 의자에 그가 천천히 자리를 잡고 앉았고, 남은 우리도 그와 함께 자리에 앉았다.

"죄송하지만 — 미스 태나 고프를 소개해도 될까요?" 내가 말했다. "그녀의 아버지는 지(G). 엠(M). 고프입니다."

페터는 얼굴이 환해지며, 나 자신이 언젠가 고프를 만나자마자 그랬던 것처럼, 해양 동물학에 대한 그녀의 아버지의 공헌에 대해 흉금을 터놓고 실컷 떠들기 시작했다. 대화를 원점으로, 그러니까 다시 티치로 돌려놓은 것은 바로 태나였다.

페터는 무겁게 한숨을 쉬었다. 우리는 잠시 말없이 앉아 있었고, 방이 어두워지는 것 같았다. 그는 말하기 위해 두 손을 들어 올리고 싶지 않은 듯했다.

"처음 도착했을 때, 그는 평소의 그가 아니었어." 그는 다시 잠시 말을 멈췄다. "더 정확히 말하면, 누구도 쉽게 알아볼 수 없는 새로운 사람이 되어 있었어."

나는 의자 앞으로 나앉았다. 그러자 내가 깔고 앉은 의자가 애처롭게 삐걱거렸는데, 그 소리가 마치 내 안에서 흘러나오는 것 같았다. "그의 어머니의 집사도 같은 취지의 말을 했어요. 런던의 노예제폐지론자협회의 그의 친구인 로버트 솔랜더도 마찬가지였고요. 하지만 어느 쪽도 우리에게 그가 어떻게 변했는지 말해 주지는 못했어요. 오로지 그가 변했다는 말만 해 줬지요."

"왜 그를 찾으려고 하는 거지?" 페터가 얼굴을 찡그리며 말했다.

나는 머뭇거렸다. 태나의 두 눈이 나를 지켜보고 있는 것이 느켜셨는데, 그로 인해 내 긴장감만 더 커졌을 뿐이었다. "그가 죽은 줄 알고 있었어요."

페터는 입술을 축였지만, 잠시 시간이 흐른 뒤에야 손을 움직였다. "그 티치는, 그러니까 자네가 알던 그 사람은 —" 그가 잠시 말을 멈췄다. "내가 말했듯이, 그는 엄청나게 변했어."

"어떻게요, 선생님?" 태나가 말했는데, 그녀의 목소리는 마치 별안간 창문이 열리고, 온도가 변화하는 것 같았다.

페터가 그녀를 돌아보았다. "꼭 집어 말하기는 어려워."

그의 아들이 대놓고 태나를 살펴보는 동안 침묵이 흘렀다.

"말하자면……." 페터가 말했다. "말하자면, 그는 탐구의 단계에서 명백한 믿음의 단계로 넘어갔어."

우리는 그가 더 자세히 설명해 주기를 기다렸지만, 그의 침묵은 요지부동이었다.

"그가 신앙인이 되었다는 말씀이신가요?" 태나가 말했다.

페터가 빙긋 웃으며 말했다. "아가씨, 그는 늘 신앙인이었어 — 다만 그의 신앙은 측정할 수 있는 것에 한해서였지. 거기에 신은 없었어."

"그런데 지금은 발견했군요." 내가 말했다. "어떤 신을요."

페터가 고개를 가로저었다. "아니, 그렇다고 할 수는 없어."

태나가 질문을 하나 더 하려고 몸을 숙였지만, 내가 부드럽게 가로막았다.

"티치는 그날 눈 속에서 어디로 갔나요?" 내가 말했다. "자기가 어떻게 살아남았는지 말하던가요?"

"바로 그거야, 내 말이 바로 그거라고." 페터가 말했다. "그가 그 수개월 전에 암스테르담에 왔을 때, 우리는 결국 그 일에 대해서 이야기했지. 내가 그에게 물었을 때, 그는 자신이 거기에 있었다고 말했어."

나는 잠시 멈칫했다. "어디에요?"

"우리한테 돌아왔다고 했어. 거기서 우리 사이에, 그러니까 우리 야영지에 있있대."

태나가 나를 보며 부드러운 한쪽 눈썹을 추켜세웠다.

"이해가 안 돼요." 내가 말했다.

"그 자신도 그걸 이해하지는 못했어. 하지만 그는 자기가 거기에, 그 야영지에 있었다고 말했어. 마치 그곳으로 돌려보내지기는 했지만 존재하지 않는 것처럼, 마치 우리 바로 옆 또 하나의 영역에서 함께 살았던 것처럼."

그 순간 침묵은 마치 안개처럼 짙었다. 나는 우리 사이에 놓인 테이블 위의 차가운 청어의 냄새, 그것에서 나는 소금과 딜*의 고약한 냄새를 맡을 수 있었다.

"터무니없는 소리." 태나가 중얼거렸다. 우리가 그녀를 바라보자, 그녀는 어깨를 살짝 으쓱했다.

"나 자신도 그걸 믿지는 않아." 페터가 말했다. "당연히 아니지. 하지만 그는 자신이 행방불명된 후 우리가 거기서 보낸 날들에 대해 충격적일 만큼 정확하게 이야기했어. — 이웃한 야영지들을 오랫동안 샅샅이 뒤진 일이며, 그의 아버지가 점점 더 고통스러워하던 일까지." 그가 예리한 회색 눈으로 나를 돌아보았다.

* 흔히 피클을 만들 때 쓰는 허브의 일종.

"그는 자네에 대해서도 이야기했어, 워싱턴. 제임스가 병에 걸렸을 때, 자네가 매일 오후 그의 머리맡에서 그림을 그리며 시간을 보냈다고 하더군. 그가 마지막 숨을 거두는 순간 자네가 그 자리에 있었다고 했어."

내 안에서 미세한 전율이 일었고, 의자에 넓적다리가 배기는 것이 느껴졌다. 앉은 자세를 바꿔 보았지만, 편해지지는 않았다.

"불가능한 일이라는 건 나도 알아." 페터가 조용히 말했다.

"이해가 안 돼요." 나는 고개를 가로저었다. "그는 과학자였어요."

"그리고 여전히 과학자야. 나라면 그는 요즘 그 어느 때보다도 과학에 더 많이 투자하고 있다고 말할 수 있어. 하지만 우리가 거의 이해할 수 없는 무언가를 추구하는 데 그런 관심을 쏟고 있지."

나는 아무 말도 하지 않았다. 무슨 말을 해야 할지 몰랐기 때문이었다.

"그의 형이 죽으면서 상황이 복잡해졌어." 페터가 그의 아들의 낮고 또렷한 목소리로 말했다. "자기 아버지의 죽음은 제법 견뎌 내는 것처럼 보였지만, 이래즈머스의……." 그가 고개를 절레절레 흔들었다.

"그는 지금 어디에 있나요?" 태나가 그렇게 말하자, 나는 마치 그녀가 어떤 까마득히 먼 곳에서 느닷없이 찾아오기라도 한 것처럼, 그녀의 목소리에 살짝 어리둥절했다.

페터는 그녀를 유심히 보았다. "그는 종이 위에 이미지를 포착해 내는 데 집착하게 되었어. 빛에 대해, 햇빛을 사용해서 종이 위에 얼굴 모습들을 구워 새겨 넣는 것에 대해 끊임없이 이야기했어. 그는 그런 것을 섀도그램*이라고 불렀지. 그 과정을 이용해 별들의 모습을 포착하고 싶어 했어." 그는 희미하게 미소를 지으며, 잠시 말을 멈췄다. "솔직히, 나는 그의 말의 흐름을 모두 따라잡지는 못했어 — 그의 아이디어들은 광적이었고, 전적으로 이성적인 것은 아니었거든. 나는 그가 몹시 지쳤다고 생각했어."

"그가 어디로 갈 거라고 얘기하던가요?" 내가 물었다.

"지난번에 그에게 편지를 한 통 받았는데, 그는 모로코에 있었어. 마라케시 근교의 어느 지역이었어. 나한테 그 주소가 있으니, 자네가 거기로 그에게 편지를 보내 볼 수도 있을 거야. 그의 마음이 답장을 보낼 만한 상태인지는 나도 모르지만, 한번 시도해 볼 만한 가치는 있을지도 몰라."

"모로코라고요." 내가 깜짝 놀라며 말했다.

"그의 편지를 받은 지 얼마나 됐나요?" 태나가 말했다.

"8주쯤 됐어. 그가 아직 거기 있을 거라고 생각해. 그는 그 프로젝트에 착수할 최적의 장소를 계산하는 데 아주 구체적이었어."

나는 그 방을 진지하게 둘러보았다. 그러자 그 긴 시간 동안 줄곧 응시하고 있었던 물건들이 마치 처음 보는 것 같았다. 시계들, 테이블보 — 모든 것이 너무도 달라 보였다.

"자네한테 줄 게 있어." 페터가 별안간 일어서며 말했다.

우리 셋은 남겨진 채 꽤 거북한 상태로 앉아 있었다. 태나는 먼저 젊은 페터를, 그러고 나서는 나를 힐끗 보고, 페터는 공공연하

* 실루엣, 사진 피사체의 그늘을 살려 촬영한 특수 사진.

게 태나를 바라보고, 나는 내 튼 손을 빤히 바라보면서 두 사람 다 보지 않으려고 애쓰고 있었던 것이다.

페터는 손에 커다란 나무 상자를 들고 돌아왔다. 그의 아들이 서둘러 그로부터 상자를 받아 들었다. "운 좋게 자네가 그를 찾아낸다면, 부디 이걸 그에게 전해 줘. 내가 이해한 얼마 안 되는 내용에 비춰 보면, 그게 그에게 쓸모가 있다고 판명될 수도 있어."

"우리는 분명 모로코에 가지 않을 거예요." 내가 당황하며 말했다. "계속 가지고 계시는 게 나을 텐데요, 선생님."

페터가 빙긋 웃으며 말했다. "그럼, 자네가 직접 가지고 있게. 부탁이야. 이렇게 훌륭한 기구도 내가 맡고 있으면 쓸모가 없어. 그리고 아들애는 매력이 많기는 해도, 과학자는 아니야. 이건 여기서 낭비되고 있어."

"그게 뭔가요?"

그가 더 활짝 웃어서, 나는 다시 한번 그의 이목구비에서, 미스터 와일드에게 너무나도 헌신적이어서, 어린 아들을 버려 두고 그 과학자를 따라 뜨거운 평원들과 빙원들을 지나, 결국 마지막에는 때늦은 관용에도 결코 환해지지 않던 고결하고 적막한 곳까지 따라 들어가, 위대한 남자의 애정 속에서 끝내 자신의 온 생애를 보냈던 열정적인 남자를 보았다.

페터가 말했다. "젊었을 때, 나는 딜리버런스호를 타고 식물학자로서 첫 탐험을 했어. 우리는 금성의 태양 표면 통과를 자세히 살펴보기 위해 타히티로 갔지. 금성의 실루엣이 둥근 태양면으로 진입했다가 빠져나가는 정확한 순간을 관측해야만 했어. 그건 우리가 지구에서 태양까지의 거리를 측량할 기회였어. 100년 동안 다시없을 굉장한 기회였지.

그런데, 그 통과 바로 전날 밤, 우리 사분의*를 도둑맞았어. 그게 없으면, 우리는 천체의 고도를 측정할 수가 없었어 — 탐험 전체가 말짱 헛수고가 될 판국이었지. 나는 즉시 그 도둑을 찾아 나서기로 결심했어.

실은, 그건 배우 현명하지 못한 처사였어. 바로 그 전주에도 우리 일행 중 한 사람과 타히티섬 사람들 중 한 사람 사이에 실랑이가 있었거든— 머스킷 총을 도난당해서, 타히티 사람 하나가 우리 경비병들 중 한 사람 손에 하마터면 죽을 뻔했지. 상황이 아주 위태로웠어. 소유권에 대한 서로의 상이한 개념을 이해하지 못했던 거야.

그래서 나는 무기 없이, 통역 한 사람만 대동하고, 한참 떨어진 구릉 지대까지 좁은 오솔길을 헤치며 천천히 올라갔어. 더위에 현기증이 나고 숨이 막혔어. 마침내 우리가 나무들 사이에 자리 잡은 어느 작은 마을에 이르자, 양쪽에서 사람들이 마치 연기처럼 쏟아져 나와 우리를 거칠게 밀치며 고함을 질러 댔어.

내가 본능적으로 풀밭에서 내 주위에 재빨리 원 하나를 그렸더니, 모두가 그 주변에 몰려들어 지켜보기 시작했어. 곧이어 나는 통역의 목소리를 빌려, 질문하고 설명하며 협상을 시작했어. 모르겠나? 아주 천천히, 그 힘든 합의를 시작으로, 나는 이 사분의를 한 조각씩 돌려받았어." 그는 그 커다란 나무 상자를 탁탁 내리치며 활짝 웃었다. "거기서 목소리가 없는 유일한 사람인 내가 말이

* 90도의 눈금이 새겨져 있는, 부채 모양의 천체 고도 측정기.

야. 네가 우리 보누를 대변했어. 그러자 모든 상황이 반전되었던 거야.”

11

태나와 나는 하를럼*의 어스름한 우리 방에 누워, 갖가지 탈것들이 열린 창문 앞을 지나가는 소리에 귀를 기울이고 있었다. 마차들이 덜커덕거리는 소리, 늙은 말이 낮게 신음하는 소리가 들렸다. 우리에게는 희미하게만 들릴 정도로 까마득히 먼 어딘가에서 어린아이가 우는 소리가 났다. 방 건너편 세면대 위의 물 항아리에서 얼음이 살며시 부서졌다. 방 한쪽 구석에는 머리 둘 달린 표본이 상자에 담긴 채 놓여 있었다.

나는 여전히 축축한 그녀의 피부, 그러니까 목의 오목한 곳에 입을 맞췄다. 그녀에게서는 짠맛이 났다. 그녀는 벌거벗은 채 흘러내린 머리카락만 휘감고 있어서, 더 작고 연약해 보였다.

"나는 당신의 자연스러운 모습이 정말 좋아요." 나는 그녀의 가슴에 입을 맞추며 말했다.

* 암스테르담 서쪽 18킬로미터 지점에 위치한 도시.

그녀가 나른한 미소를 지었다. "그건 내가 평범하다는 걸 완곡하게 표현하는 건가요?"

"나는 당신이 꾸미지 않는 게 감탄스러워요."

"그래서 나는 정말로 평범해요."

"분명히 당신도 페터 하스가 당신을 빤히 쳐다보고 있는 걸 눈치챘을 거예요. 당신은 당신의 아름다움을 작은 것들로 조용히 배가시켜요. 그래서 실제 이목구비가 더욱 돋보여요."

"듣자 하니, 당신은 줄곧 여자에게 구애하는 법에 관한 설명서를 읽고 있었군요. 맙소사." 그녀가 희미하게 미소를 지으며 말했다. "아이러니한 건 내가 몇 년 동안이나 아버지께 보석 장신구를 착용하고 얼굴에 화장을 하고 최신 유행 스타일로 옷을 입게 허락해 달라고 애원했다는 거예요. 그리고 아버지는 오랫동안 내 뜻에 반대하셨어요. 그런 일이 내 또래의 소녀들에게 자연스러운 시점이 한참 지나서까지도요. 마침내 아버지가 그것을 허락하셨을 때, 나는 돈이 든 지갑을 받았고, 가장 원하는 물건 네 가지를 사도 된다는 말을 들었어요. 옅은 색의 모슬린 드레스, 에메랄드 걸쇠가 하나 달린 핸드백, 가루분, 그리고 새빨간 립스틱이었어요. 나는 그것들을 한꺼번에 바르고 걸쳤지요."

"그리고 당신은 거리의 팬터마임 배우처럼 유난히 화려해 보였고요."

"나는 숨이 턱 막힐 듯 멋졌어요 — 그야말로 살아 있는 인형이었지요. 아버지는 그 변신에 몹시 놀라셔서 그렇게 오랫동안 내 뜻에 반대한 걸 사과하셨어요. 내 생각에 아버지는 내가 맺어질 수 있을 좋은 결혼 상대, 미인으로서 누릴 수 있을지 모를 편한 삶을 대번에 알아보셨던 것 같아요. 그렇게 차려입자, 내게 어떤 일이 벌어졌어요. 그 세계에서 내가 두드러져 보이게, 선명해 보이게 된 거예요. 나는 쉽게 눈에 띄었고, 끊임없이 다른 사람들의 눈길이 닿는 게 느껴졌어요. 그리고 더 많은 사람들이 쳐다볼수록, 나는 점점 더 희미해지는 기분이 들었어요. 마치 내가 사라져 가는 중인 것처럼 말이에요. 그건 정말이지 너무 이상한 느낌이었어요. 그 모든 흘낏거리는 눈길들이 어떤 본질에 생채기를 내고 있는 것처럼 느껴지지는 않았어요. 아마 부분적으로는 그렇겠지만요. 높아진 기대감 때문에 나는 오히려 나 자신 속으로 더 깊이 움츠러들었어요. 내가 장애물이 된 것 같은 기분이었어요. 마치 내가 나 자신 앞에 서 있기라도 한 것처럼요 — 내가 진정한 자아를 보기 위해서는 이 두 번째 자아를 밀쳐 낼 필요가 있었어요. 나는 그 몇 달 동안 의욕이 하나도 없었어요, 워시. 매번 대화를 할 때마다, 나는 완전히 멍한 눈빛이었어요. 그 자리에 없는 사람 같았어요. 마치 벌써 방에서 나가 버리기라도 한 것처럼. 나는 바보 같다는 평판을 얻기 시작했어요. 예쁘고 바보 같다."

"아무도 당신을 바보 같다고 생각할 수는 없어요, 태나."

"좋아요, 그럼, 생각이 모자라다. 별 볼 일 없다."

"그래요, 자 이제 당신은 생각이 모자라고 평범해요." 내가 그녀의 머리카락에 입을 맞추며 놀리듯 말했다. "당신은 어디에 쓸모가 있나요?"

"당신이 바보 같은 변덕스러운 기분들을 실행하는 걸 막는 데요."

나는 빙긋 웃었지만, 부드럽게 비난을 받는 기분이 들었다. 나는 베개에 편히 기댔다.

"도난당한 기구에 대한 미스터 하스의 이야기는 나에게 그가 의도했던 것과는 정반대의 울림을 남긴 것 같아요." 그녀가 말했다. "계속 생각해 봤지만, 불쌍한 타이티섬 사람들이 어떻게 되었지요? 총에 맞고, 새로 도착한 이 낯선 사람들의 우월감과 그들의 무시무시한 도구들에 시달려야만 했어요." 그녀가 어깨를 으쓱했다.

"모로코." 내가 말했다. "나라면 결코 그곳을 생각하지 못했을 거예요. 그를 그곳으로 끌어들인 게 무엇인지 궁금해요."

"섀도그램 아니었나요?"

"왜 그런 식으로 말하는 거예요?"

"어떤 식이요?"

"경멸하는 투로요."

그녀는 한숨을 푹 내쉬었다. "당신의 집착은 전혀 수그러들 줄 모르고 커져서 당신은 심지어 낯선 사람들에게서도 그의 모습을 보기 시작했어요." 그녀가 모로 누웠다. "뉴게이트에서, 군중 속에 나를 두고 뛰어갔을 때 — 그를 봤다고 생각했던 것 아니었나요? 그리고 지금 당신은 벌써부터 또다시 서둘러 떠날 궁리를 하는 중이에요."

"서둘러 떠난다고요?" 내가 말했다.

그녀가 격렬하게 고개를 흔들자, 고운 머리카락 몇 가닥이 그녀의 이마에 축축하게 달라붙었다. "우리가 가식적으로 굴어야 하나요? 이런 속임수를 기꺼이 받아 줘야 해요?"

나는 빛이 천장을 가로질러 천천히 기어가는 것을 지켜보며 아무 말도 하지 않았다.

"나는 그게 당신의 근본적인 혈통을 찾는 문제라고만 믿었어요. 티치가 당신의 어린 시절을 상징하고, 거기에 해결되지 않은 무언가가 있다고 말이에요. 하지만 우리는 그 일을 해냈어요. 노예제폐지론자협회에 갔어요. 킷이 당신 어머니였어요. 그런데도 우리는 어느새 여기, 암스테르담에 와 있어요." 그녀가 몸을 둥글게 말아 다리를 끌어안았다. 나는 그녀가 무언가를 중얼중얼 말하는 동안 머리카락이 헝클어진 그녀의 뒤통수를 빤히 쳐다보았다. 내가 자기 말을 듣고 있지 않다는 것을 알아차리자, 그녀가 나를 돌아보았다. "그를 죽일 작정이에요? 그거예요?"

나는 너무 어처구니가 없어서, 그녀를 힐끗 보았다.

"물론 아니겠지요 — 내가 그렇게 말한 건 오로지 당신에게 지금껏 이 모든 일이 얼마나 무의미했는지 알려 주기 위해서였어요. 그 모든 일이 내게 얼마나 혼란스럽고 이상해 보이는지를요. 나는 이해가 안 돼요 — 노력하고 또 노력해 봤지만, 이해가 안 돼요. 왜 그렇게 그를 찾아다녀요? 이 일로 당신이 더 강해질 거라고 믿나요?" 그녀가 고개를 절레절레 흔들었다. "당신은 약해질 거예요. 망가질 거라고요."

나는 불안과 슬픔에 휩싸여 있었다. 어느 정도는 그녀가 옳다는 것을 알고 있었다. 하지만 내 안의 무언가가 — 엄청난 돌진, 마치 물에 대한 갈증처럼 내 안에 깊숙이 뿌리박혀 있는 힘겨운 노력이 — 멈추려 하지 않았다. 나는 그때껏 존재하지 않을지도 모르는 진실을 찾으며, 거기까지 갔다. 그러므로 나는 계속 나아갈 수밖에 없었다.

"우리 아버지가 당신 아이디어를 훔쳤다고 느끼기 때문인가요?" 태나가 그렇게 말했다. 그녀의 목소리는 비통했지만 얼굴은 차분했다. "그래서 우리한테서 달아나는 거예요? 당신은 대양관을 빼앗겼고, 이제 마치 그 상실감을 떨쳐 내기라도 하려는 것처럼, 거기서 점점 더 멀어져 가고 있어요."

나는 혀를 깨물고 참아야 한다는 것을 잘 알고 있었다. 대신에 한쪽 팔꿈치를 짚고 일어나면서 이렇게 말했다. "이런, 내가 그걸 빼앗기지 않았나요? 나는 1년 넘게 대양관의 과학적인 문제를 해결하면서 보냈어요 — 심지어 지금도 애쓰고 있고요. 그런데 결국 그 일로 내가 얻는 게 뭔가요? 아무것도 없어요. 내 이름은 어디에도 없어요."

그녀는 부르르 떨고 있었다. "그럼, 당신 이름이 문제인가요?"

"아니요." 내가 말했다. 그리고 그것은 진실이었다. 하지만 진실이 아니기도 했다. 나는 그때껏 그 프로젝트가 내가 세상에 기여했음을 보여 주는 증거가 될 거라고, 그리고 왜 그랬는지는 몰라도, 그것이 내가 세상을 헤치며 지나온 길을 표시해 주고 내 존재가 의미 있고 가치 있었음을 확증해 줄 거라고 믿고 있었다는 걸 알 뿐이었다. 하지만 이미 그런 확신은 사라져 가는 중이었고, 나는 더 이상 무엇을 믿어야 할지 몰랐다.

"워싱턴." 그녀가 말했다.

"지쳤어요." 내가 가만히 말했다.

그녀는 머뭇거렸다.

방이 어두워지며 서늘해지고 있었고, 습한 공기 속에서, 파리 한 마리가 왱왱거리는 소리가 들렸다.

"우리 아버지한테 형이 한 명 있었어요." 태나가 입을 열기 시작했는데, 목소리가 너무 조용해서 나는 하마터면 그녀의 말을 듣지 못할 뻔했다. "우리는 그분을 선샤인 큰아버지라고 불렀어요. 그분은 몹시 뚱한 성미였어요. 그분이 우리 아버지를 찾아올 때면, 나는 멀리서 그분 마차를 보기만 해도 달아나기 시작했지요. 그분은 와서 맥이 빠진 채 우울해 했어요. 그게 고프 집안의 기질인가 봐요 — 심지어 헨리에타 고모와 주디스 고모조차도 자주 울적해 해요. 아버지도 마찬가지고요. 물론, 미란다 고모는 자살을 했고요. 하지만 선샤인 큰아버지는, 그분은 자신의 고통을 무척 즐기는 것처럼 보였어요. 내 웃음소리는 그분을 더 슬프게 만들 뿐인 것처럼 보였어요 — 모든 어린아이들은 그분을 슬프게 만들었지요. 마치 그저 그분이 진정으로 행복했던 시절을 상기시키는 작은 존재들에 불과한 것처럼요.

우리 할머니가 돌아가셨을 때, 큰아버지께 얼마간의 돈을 유산으로 남기셨어요. 모든 자식들에게 300파운드씩 남기셨거든요. 우리 아버지는 본인 몫을 곧바로 과학 장비들에 써 버리셨어요. 우리 큰아버지요? 그분은 가족 묘지의 자기 묫자리에 둘 웅장한 묘비를 사들였어요.

날마다 자신의 묘비를 찾아가서, 그 위에 꽃을 남겼어요. 직접 산 것이면 어떤 작은 물건이라도 다 리본으로 묶어서 그 무덤 위에 정결하게 얹어 놓곤 했어요. 한번은 그분이 우리가 에스트렐라산맥*으로 여행을 갔다가 와서 드린 검은색 포르투갈 무화과들

* 포르투갈에서 제일 높은 산맥.

을 남겨 뒀던 적이 있어요. 그분이 그 무화과를 맛보기를 내가 줄곧 얼마나 바랐는지 몰라요. 하지만 그 무덤 위에 놓이고 말았지요. 결국에는 우리보다 그 무덤을 더 많이 찾아갔어요. 그곳이 그분의 유일한 행선지가 되었지요. 마침내 그분이 돌아가셨을 때, 그건 귀향이나 다름없었어요."

나는 슬픈 미소를 지으며 말했다. "그분이 정말로 존재하기는 했어요?"

태나가 축축한 머리를 내 가슴에 얹었다. "세상은 커요. 우리가 때때로 그럴 거라고 생각하는 것보다도 더 커요." 그녀는 얼굴을 내 피부에 바싹 갖다 대고, 얕은 숨을 쉬었다.

나는 완전히 기진맥진해서 녹초가 된 기분이었다.

"나는 당신과 함께 갈 거예요." 그녀가 말했다.

이미 내 두 눈은 감겨 있었고, 곯아떨어지는 순간, 나는 그녀의 손가락을 잡으려고 내가 손을 뻗는 것이 느껴졌다.

12

우리는 표본을 가지고 영국으로 함께 돌아왔고, 의심의 여지 없이 나는 다시 떠날 예정이었다.

나는 지내기에 적합하지 않을 수도 있고 그녀에게 위험할 수도 있는 곳인 모로코에 그녀를 데려가고 싶지 않았다. 또 대양관도 준비해야 하는 데다, 노쇠한 그녀의 아버지를 고려해야 했다. 비록 활기차고 최상의 건강 상태를 유지하고 있기는 했지만, 고프는 예순여섯 살이었고, 우리는 그가 사다리를 오르고 무거운 설비들을 들기를 원하지 않았기 때문이다. 그의 노령기는 특이했다. 육체의 외적인 힘이 내적인 나약함을 알려 주는 것처럼 보였다. 마치 어떤 숨겨져 있는 것이 달아나려고 기다리고 있는 것 같았고, 어느 날 아침 그가 별안간 잠에서 깼는데 급격하게 늙어 버려 머리가 하얗게 세어 있고 눈이 멀고 귀가 먹고 휘청거릴 것 같았다.

그럼에도 놀랍게도, 고프는 행운을 빌어 주었고, 심지어 그래야 한다고 주장하기까지 했다. 그는 태나가 암스테르담까지 나와 동행했음을 거의 즉시 알아차렸다. 어느 날 오후 머리를 맑게 하려고 그가 뉴본드가를 천천히 거닐고 있었을 때, 힐끗 눈길을 들었다가 여동생인 주디스가 세이버리 앤드 무어스 약국에서 나오는 모습을 발견했다. 그는 그녀에게 다가가 위협적으로 말을 걸었고, 몹시 당황한 여자는 그의 분노에 어리둥절하여 거리에서 공개적으로 울음을 터뜨렸다. 그는 호통을 치고 미친 듯이 악을 쓰며, 그녀의 마차까지 따라갔다. 그러는 내내 그녀는 자신은 그 일에 대해 아무것도 모른다고 주장하며, 비극적으로 꺼이꺼이 흐느껴 울었고, 그 바람에 마침내 한 남자가 고프를 마구잡이로 아무나 괴롭히는 사람이라고 생각하고 개입하려 했다. 고프가 집으로 돌아와서, 우리를 뒤쫓을 계획을 세우고 있던 바로 그 순간 바닥에 새로 깐 얼음 위에서 마치 오닉스처럼 반짝거리는 돌고래를 끌고 우리가 도착했다.

그는 그 생명체에 너무 충격을 받아서 우리에게 소리조차 지르지 못했다. 그것을 빤히 내려다보며, 창백해진 얼굴로 한참 동안 침묵을 지켰다. 마침내 그는 이렇게 말했다. "지금껏 이런 추함 속에서 이렇게 아름다운 것을 본 적은 한 번도 없어."

우리는 거짓말 때문에 야단을 맞았지만, 그게 다였다. 그 후로 며칠은 그 머리 둘 달린 생물을 위해 갖가지 준비를 하고 피셔가 제안한 장기 보존법들을 시험하고 가장 잘 전시할 수 있는 방법들을 논의하며 보냈다. 만일 우리가 노바스코샤에서 가져온 문어가 회복하지 못한다면, 어쩌면 그것이 우리의 가장 중요한 전시물이 될 수도 있었다.

고프는 마라케시에 있는 해양 동물학자인, 그의 또 다른 동료에 대해 이야기하기 시작했다. "그는 아주 희귀한 오징어에 대한 글을 썼어." 그는 그날 저녁 내내 우리가 그 남자를 찾을 수 있을지도 모르는 장소의 지도를 상세하게 작성했다.

그렇게 여행을 준비하고 열심히 일하면서 몇 주가 흘러갔다. 적막이 대양관을 지배하고, 바깥세상은 멀어져 갔다. 문이 굳게 닫혀 있어서, 공기에서 방부액과 썩은 식물들, 고여 있는 탁한 물의 지독한 냄새가 났다. 더러운 창문들로 햇빛이 계속 비쳐 들며, 먼지가 그 빛 속에서 빙글빙글 돌고 있었다. 나는 도화새우와 연체동물과 게와 바다 벌레와 폴립 들이 들어 있는 수조들을 확인하면서, 곳곳을 돌아보았다. 진열해 놓은 벨벳 피들 연주자 인형들이 한쪽 구석에서 조용히 몸부림치며 괴로워하고 있었다.

나는 주위를 두루 살펴보는 그런 순간마다, 사람들이 악몽처럼 끔찍하다고 여겼던 생물들을 관찰하러 와서 이런 동물들이 사실은 아름답고 전혀 겁낼 필요가 없다는 것을 이해하게 될 수 있는 이 색다르고 더할 나위 없이 아름다운 장소에 맹렬한 자부심을 느꼈다. 하지만 동시에 내 마음 한편에서는 왠지 비통하고 황폐하고 미어지는 것 같은 기분이 들었다. 왜냐하면 전시물 하나하나에서, 내 모든 정교한 계산 결과와 늦은 밤까지 정신없이 바쁘게 일하던 내 모습이 언뜻언뜻 보였기 때문이다. 모든 것에서 내 손길이 보였다 — 수조의 크기와 소재, 동물 표본의 선정, 심지어 수생 식물들의 배치에서도. 나는 그때껏 땀이 뻘뻘 나고 속이 뒤틀리는 실수들을 저지르기도 했지만, 결국 내 이름은 어디에도 없을 터였다. 그것이 중요했을까? 나는 그것이 중요한지 아닌지 알지 못했다. 그저 내가 그 상실감과 화해하고 평온해질 방법을 찾거나, 아니면 그 모든 기획을 뒤로하고 그것과 연관된 모든 사람을 떠나야만 하리라는 것을 이해하고 있을 뿐이었다.

어느 수조에 떠돌아다니는 분홍색 넝마 조각 같은 해파리가 한 마리 들어 있었다. 그리고 그 바로 옆에 완전히 나새류로만 가득한 수조가 하나 보였다. 나는 아주 천천히 그 수조로 가서 그 시원한 유리를 손으로 지그시 눌렀다.

13

아찔할 정도로 눈부신 햇빛이 하얀 평원에 점점이 흩어져 있는 건물 옥상에 반사되며 물결치듯 일렁거렸다. 그 모습이 너무나 웅장하고 강렬해서 우리는 아지랑이 때문에 앞이 잘 보이지 않는 눈 위로 연신 손을 들어 올렸다.

모든 일이 엄청 꼬여 있었다. 페터가 안내인이 우리를 마중하도록 주선해 두었지만, 시끄럽고 북적거리는 항구 어디에서도 그 남자를 찾을 수가 없었다. 그래서 우리는 어쩔 수 없이 마라케시에서 방을 빌리는 한편, 나는 페터에게 그 오류에 대해 적고 다른 안내인을 구하는 일을 도와 달라고 간청하는 편지를 보냈다. 기다리는 것 말고는 할 수 있는 일이 거의 없었다.

시간이 더디 가는 몹시 더운 나날을 보내며, 우리는 고프가 아는 해양 동물학자를 찾으려고 여러 차례 시도해 보았다. 꼬불꼬불한 길들로 수없이 이끌려 가 봤지만, 마지막에는 늘 거액의 대가를 요구하는 남자와 대치하는 것으로 끝이 났다. 그래서 우리는 수색 작업을 포기했다. 대신에 클레멘타인*과 말린 가죽과 신선한 자두 냄새, 당나귀 배설물의 악취와 우리에 갇힌 낙타들의 땀에 젖은 털가죽 냄새가 나는 그 도시를 탐험하기 시작했다. 우리는 사납게 날뛰는 낙타의 코에 꿴 밧줄을 잡아당기는 한 남자 옆을 지나갔는데, 낙타의 머리에서는 검붉은 피가 줄줄 흐르고 있었다. 그 짐승은 얼마나 분개하며 턱을 치켜들었던가. 낙타는 발길질을 하고 껑충 뛰고 목 뒷부분에서 나오는 것 같은 거친 소리로 울부짖었다. 하지만 그것은 그 북적거리는 변경 거류지의 소음과 밝은 웃음소리에 아무런 영향도 미치지 못했다. 태나가 외면하자, 한 구경꾼이 그녀가 얼굴을 돌리는 것을 보고 발을 질질 끌며 우리 쪽으로 걸어오더니, 손짓 발짓으로 설명을 하기 시작했다. 하지만 우리는 그를 이해하지 못했고, 결국 그는 몹시 실망한 표정으로 가 버렸다.

나중에 우리는 시장들을 이리저리 돌아다니며, 영국으로 돌아가면 어떨까 생각해 보았다. 비록 내게는 그것이 패배로 여겨지기는 했지만 말이다. 가판대는 모두 개성이 뚜렷했다. 몇몇에는 아름답게 엮인 바구니들이, 몇몇에는 먼지투성이 고추들이, 몇몇에는 진홍색과 노란색과 파란색이 다채롭게 만발한 염색 양모가 걸려 있었다. 밧줄 가판대들에서는 여러 명의 밧줄 만드는 사람들이 앉아서, 대마 섬유 위로 날쌔게 손을 놀리며, 빠르게 작업을 하고 있었다. 보석 상인들은 모두 자신들만의 안뜰을 가지고 있

* 운향과 밀감류의 과일나무. 크기는 약간 작고 맛이 진한 일종의 소형 오렌지.

었고, 그늘진 차양 밑에서는 보석들이 마치 힐끗 쳐다보는 사람의 눈길처럼 반짝거리며 윙크를 하고 있었다.

나는 서툴지만 영어를 할 줄 아는 한 보석 상인을 발견했다. 나는 지체 없이 사막에 사는 이상한 영국인에 대해 묻기 시작했다. 그 남자에 대해 무언가 아는 게 있는지를 말이다. 나는 또한 고프의 동료에 대해서도 물었다. 그는 검은색 로브를 입고 나를 물끄러미 바라보았는데, 얼굴이 갓 닦은 접시처럼 텅 비어 보였다. 이내 그는 느닷없이 미소를 짓더니, 어깨를 몸서리치듯 연신 움츠리며 '아니요'라는 말만 연발했다.

그동안 우리가 알고 있던 세상을 뒤로하고 무턱대고 전진하고 있었던 탓에, 우리는 이 모든 상황을 전전긍긍하며 받아들였다. 날이 갈수록, 나는 티치가 더 이상 이곳에 없음을 더욱 확신하게 되었다. 우리는 진이 다 빠져 버렸고, 비록 태나에게 내 두려움을 드러내지 않으려 조심하기는 했지만, 그녀는 틀림없이 그것을 감지할 수 있었을 것이다.

어느 날 아침 나는 어느 시장 한편에 멈춰 서서, 세면기에 손을 씻었다. 한 남자의 눈길이 내게 닿는 것이 느껴져 얼굴을 들었다.

그는 마치 호출이라도 받은 것처럼, 앞으로 나섰다. 나는 일어서서 초조하게 바짓가랑이에 손을 닦았다. 그는 각진 주걱턱을 가진 작고 여윈 사내여서, 눈빛이 친절한데도 항상 무언가에 이의를 제기하고 있는 것처럼 보였다.

그가 내 앞에 서자, 내 뒤의 태양이 스쳐 지나가며 그의 갈색 눈이 불에 눌은 버터 색깔로 보였다. 태나는 건너편에서 푸른색 숄을 두르고 나를 초조하게 바라보고 있었다.

“워싱턴 블랙?” 그가 ‘애’를 ‘에’처럼 눌러 발음하며 말했다.

놀랍게도 그는 애초에 우리를 티치한테 데리고 가기로 되어 있었던 바로 그 남자였다. 그는 서투른 영어로 자신이 지난 며칠간 줄곧 아팠다고 설명했다. 이제야 회복되어, 우리를 찾을 수 있을 거라는 실낱같은 희망을 가지고 그 도시로 왔던 것이다. 실제로 그런 일이 생기다니 얼마나 놀라운가.

그리하여 그는 우리를 작고 덜컹거리는 포장마차에 태워 겉보기에는 텅 빈 것 같은 지평선 쪽으로 이끌고 갔다. 사막에 나 있는 길들은 광활하고 구불구불했다. 시끌벅적한 마라케시를 떠나 모래로 뒤덮인 좁은 길들을 따라 삐걱거리며 나아가는 동안, 나는 마치 우리가 열기와 빛 속에서 사라지고 있기라도 한 듯, 점점 작아지고 있는 것 같은 기분이 들었다. 공기는 숨이 막힐 듯 빽빽하고, 짠맛이 잔뜩 났다. 눈언저리가 근질거리기 시작했고, 시간이 길어지면서 아랫입술의 갈라진 틈 사이로 피가 미세하게 배어 나왔다. 나는 축축한 천을 들어 코를 가리고 숨을 쉬었다.

“나는 당신 아버지께 당신을 안전하게 다시 데려가겠다고 약속했어요.” 내가 말했다.

“당신은 그 약속을 지킬 거예요.” 태나가 비몽사몽간에 중얼거렸다.

나는 흐릿하게 아른거리는 평원을 유심히 바라보았다. “여기서 다호메이까지 거리가 얼마나 될 것 같아요?”

하지만 그녀는 귀담아듣고 있지 않았다. 그녀는 머리와 얼굴을 푸른색 숄로 감싸고 있었고, 접힌 숄의 어두운 그늘 속에서 그녀의 두 눈은 믿을 수 없을 정도로 맑게 빛나고 있었다. 햇빛을 받아 거의 주황색처럼 보일 정도였다. 우리가 천천히 말을 몰아 그 풍경을 헤치고 나아갈수록, 우리에게서 모든 언어 능력이 다 빠져나가 버리고, 그 결과 심지어 말하고자 하는 본능까지 사라져 버리는 것 같았다. 1마일마다 지형이 바뀌며, 밝아졌다 어두워지기를 거듭했고, 나는 한 시간마다 우리가 길을 잃었나고, 심지어 우리 마부조차도 변화하는 빛 때문에 방향 감각을 잃은 게 틀림없다고 확신하게 되었다. 나는 녹초가 돼서 평원을 내다보았다. 이제 다시 한번, 그의 자의는 아니었지만, 티치는 나를 몹시 낯선 곳으로 데려왔다.

몇 시간이 흘렀다. 우리는 식사를 하고 볼일을 보기 위해 멈춰 섰지만, 여전히 말은 많이 하지 않았다. 몇 마일이 지나도록 생명체는 전혀 없었는데도, 몹시 건조한 바람 속에서 소리들이 들리기 시작했다. 이상하게도, 나는 그 소리들이 들려오는 곳을 분간할 수가 없었다 — 서쪽에서 들려오는 소리들은 동쪽에서 나는 것 같았고, 남쪽에서 나는 소리들은 북쪽에서 흘러오는 것 같았다. 내 두뇌가 머릿속에서 바싹 말라 버린 기분이어서 물을 마셨다. 갑자기 더위가 숨 막힐 듯 심해졌다가, 단계적으로 약해졌다.

느닷없이 밤이 찾아왔다. 너무 순식간에 일어난 일이어서, 마치 누군가가 지구 위에 뚜껑을 덮어 놓은 것 같았다. 별들이 불꽃처럼 갑자기 나타나서 평원을 비췄다. 그리고 바로 그때 작은 건물처럼 보이는 것들이 저 멀리서 솟아올랐다. 하지만 그것들은 그 순간에 내가 너무나도 보고 싶어 하던 것이어서, 나는 그것이 내 상상인 줄 알았다. 우리는 불쑥 나타난, 일렬로 늘어선 벽들까지 천천히 말을 몰고 올라갔다. 시간이 좀 지나서야 나는 그 벽들이 실제 집들이라는 것을 깨달았다. 거리로 난 창문은 거의 없었다. 나는 좁은 건물들 사이로 원형의 넓고 어두운 안마당이 있다는 것만 간신히 알아볼 수 있었다. 마부가 먼지를 풀풀 날리며 우리 소지품을 던지듯 내려놓는 동안, 우리는 뻐근한 다리로 마차에서 내려섰다.

우리가 제대로 찾아온 것일 리가 없어 보였다. 그곳은 페터가 묘사했던 것처럼 하나의 마을이라기보다는, 차라리 뒤늦게 생각이 나서 사막 가장자리에 덧붙이다시피 지은 몇 안 되는 집들이 드문드문 서 있는 곳이었다. 풍요로운 도시로부터 그렇게 멀리 떨어진 그곳에서 생존자를 상상하기는 힘들었다. 황량하고 버려진 분위기, 거리감을 흐리는 분위기가 있었다.

바로 그때 한 소년이 안마당에서 나왔다. 피부 아래서 툭 불거져 나온 그의 뼈대가 밧줄처럼 가늘었으므로, 아홉 살 이상일 리는 없었다. 눈이 움푹 꺼진, 길쭉하지만 섬세한 인상의 얼굴이었다. 그는 마치 어떤 치명적인 진실을 남몰래 들어 알고는 있지만 미처 그 의미를 제대로 다 이해하지는 못한 사람처럼, 피곤해 보이면서도 동시에 생기발랄해 보였다. 윤기가 흐르는 그의 검은 머리카락은 가닥가닥 먼지투성이였다.

우리 안내인이 가까이 오라고 손짓하며 소년을 날카로운 목소리로 불렀다. 그들이 내게는 처량하면서도 다정하게 느껴지던 대화를 주고받는 동안, 어떤 이해에 도달하며 합의가 이뤄졌다. 소년이 마침내 우리에게 따라오라고 손짓을 했고, 나는 우리 안내인, 먼지 범벅에 땀이 흥건한 그의 주름진 얼굴을 의견을 구하듯이 힐끗 돌아보았다. 그는 친절한 미소를 지어 보이며, 고개를 끄덕였다.

내가 밧줄을 잡아당겨 우리 가방들을 끌고 가기 시작하는 바람에, 지면에서 섬뜩한 소리가 울려 퍼졌다. 우리는 그 소년을 따라 안마당 쪽으로 갔다. 저녁 어둠 속에서 거의 한 치 앞도 보이지 않아, 내가 물 한잔 달라는 말조차 할 줄 모르는 나라에 와 있고 그 나라로 아무런 방어 수단도 없이 무모하게 태나를 데리고 와 버렸음을 엄연히 인식하면서 불안감이 솟구쳤다. 나는 거기서 베일에 가려져 있는 그녀의 모습, 조그마하고 가냘픈 그녀의 몸을 뚫어져라 쳐다보았다.

마치 안마당에만 별개의 날씨가 존재하는 것 같았다. 갑자기 공기가 더 잠잠하고 더 시원해졌다. 삶은 고추 냄새, 바람에 마르라고 널어 놓은 깨끗한 천 냄새가 났다. 여기서는 왠지 땅거미도 아직 짙지 않은 것 같았고, 비질해 놓은 돌이 너무 하얘서 꽁꽁 얼어붙은 연못처럼 반짝거리는 지붕 없는 마당에는, 덮개에 가려진 커다란 물체가 거무스름하게 우뚝 서 있었다. 우리는 그 그림자의 거대한 크기에 화들짝 놀라서 잠시 멈춰 서 버렸다. 그것은 별이 빛나는 하늘과 마치 자연적으로 생긴 장애물 같은 그 거주지의 담벼락들을 배경으로 실루엣만 드러내고 있었다. 하지만 그 방수포 아래 놓인 것이 무엇이든 그것이 자연적인 것이 아님은 누구라도 알아볼 수 있었다. 눈에는 익숙해졌지만, 나는 아직도 그것이 무엇인지 종잡을 수가 없었다.

안마당 한쪽에서 어떤 움직임이 있었다. 한 남자가 어느 출입구에서 걸어 나왔는데, 살아 있는 암탉 한 마리가 그의 손에서 몸부림치고 있었다. 그는 그 새의 두 다리를 잡고 있었고, 어둠 속에서 깃털은 마치 밀랍처럼 새하얘 보였다. 그 남자가 저녁 식사를 하기 위해 그것을 죽일 작정이라는 것은 분명했다. 사실, 나는 애초에 그것을 산 채로 집 안에 들여 놓았다는 것 자체가 이상하다는 생각이 들었다. 그가 그 닭을 손가락으로 꼬집고 쿡쿡 찔러서 살진 부위가 있는지 확인하며 안마당을 가로지르는 동안 우리는 말없이 지켜보았다.

그가 자세를 바꾸자, 흐릿한 달빛 아래 그가 보였다. 그의 얼굴이 보였다. 그러자 내가 미처 깨닫기도 전에, 엄청난 고통이 내 몸을 휩쓸었고, 나는 이렇게 소리쳐 불렀다. "티치."

남자가 돌아섰다. 그는 놀라서 암탉을 손에서 놔 버렸다. 그 새는 미친 듯이 날개를 퍼덕이며, 자유로운 두 다리로 허둥지둥 안마당을 가로질러 어둠 속으로 들어가 버렸다.

그는 잠시 거친 숨소리로 마당을 가득 채우며, 그 뒤를 주시했다.

"저녁 식사 시간에 늦었구나." 그는 그렇게 되받아넘겼다. 하지만 나는 희부연 어스름 속에서 걸음을 내디디며 그가 부들부들 떨고 있는 것을 보았다.

14

그 문은 자연적으로 건조된 널빤지 네 장을 쇠붙이로 두드려 박아 만든 것이었다. 그는 그 문을 지나 현관방의 노란 촛불 빛 속으로 우리를 데리고 들어갔다. 사방 벽이 두껍고 몇 안 되는 창문이 조그마해서, 안이 바깥보다 더 따뜻하기는 했지만 여전히 시원했다. 그 방은 작고 유난스러울 정도로 깨끗했으며, 그 지방 특유의 태피스트리들과 바구니들 사이에 매우 유럽적인 스타일의 의자들과 테이블들이 놓여 있었다. 마치 그가 그 친밀한 물건들을 통해서 그 세계에 질서를 부여하려 애쓴 것처럼 보였다.

우리는 그곳을 지나 뒤쪽에 있는 더 작은 방으로 갔는데, 통과하려면 그가 고개를 살짝 숙여야 하는 출입구가 달려 있을 정도로 천장이 낮은 그 공간이 바로 그가 실제로 생활하는 곳인 게 분명했다. 희끗희끗 빛바랜 시트들이 마치 잠자는 개처럼 널브러져 있는 간이 침대가 하나 있었다. 하나뿐인 창가에는 책들이 차곡차곡 쌓여 있었고, 맞은편 벽 옆의 긁힌 자국들이 나 있는 나무 도마 위에는 반으로 잘린 고추가 씨가 쏟아진 채 놓여 있었다.

그는 그 방 한복판에서 잠시 멈춰 섰는데, 그러고 싶지 않은 듯 보였다 — 마치 우리의 눈길을 피하기 위해서 계속 움직이고 싶어 하는 것 같았다. 그는 지친 듯 미소를 지으며 우리를 향해 돌아섰다. 그리고 그의 몸을 그렇게 똑바로 바라보고 그의 얼굴을 그렇게 똑바로 쳐다보니, 엄청나게 낯익으면서도 달라진 그의 모습에 눈물이 차올랐다. 그는 예전 모습 그대로였다. 초록색 눈은 반짝거리며 호기심이 많아 보였고, 하얀 흉터는 양쪽 입가에서 가느다란 실처럼 위쪽으로 뻗어 있었다. 그의 복장은 주름진 흰색 리넨 셔츠에 연한 색 바지 차림으로 간편하고 영국식이었다. 비록 그렇게 입고 있는 그가 다르게, 그러니까 더 나이 들어 보이기는 했지만, 그런 것들이 신경에 거슬리지는 않았다. 도리어 그의 이목구비, 특히 그의 두 눈에 뭐라 설명하기 힘들게 변한 것이 있었다 — 그의 눈길 속에 너무나도 짙게 응축된 고통이 담겨 있어서, 나는 잠시 동안 '이 사람은 그가 아니야, 우리는 엉뚱한 곳에 왔어.'라고 생각했을 정도였다. 그는 마치 난생처음 시달리는 피로에 어찌할 바를 모르며, 자기 안에 뿌리내리고 있는 질병에 대해 겨우 서서히 깨달아 가고 있는 사람 같았다. 그는 마치 내 곁에 없던 4년 동안, 어둠에 대한 이해에 더 가까이 다가가기라도 한 것 같았다. 이미 그의 육촌 필립은 늘 받아들이고 있었던 것, 즉 파멸은 우리 안에 있기에 우리는 그것으로부터 아무것도 숨길 수 없음을 깨닫는 데 더 가까이 다가가기라도 한 것 같았다

"워싱턴." 그가 상냥하고 나지막한 목소리로 말했다. "네가 오는 꿈을 꿨어. 정말 많이 컸구나."

평생 서로를 잃어버린 채 살았던 것 같은 기분을 느낀 뒤라고 하기에는 너무나 공허한 언급이었다. 그를 껴안고 싶은 충동이 강하게 일었지만, 나는 망설였고, 그럴 수가 없었으며, 우리 사이의 따뜻하고 흐릿한 거리를 좁힐 수가 없었다.

우리 — 티치, 태나, 안내인, 어린 소년 그리고 나 — 는 저마다 두 손으로 따뜻한 채소 스튜 그릇을 감싸 쥐고, 그림자들이 어른거리는 현관방에 앉아 있었다. 나는 몹시 시장했지만, 먹지도 못했고, 변했으면서도 낯익은 그 얼굴에서 눈을 떼지도 못했다. 주황색 불빛 속에서 그의 턱은 길고 말처럼 보였고, 그는 한 입 한 입 심사숙고하며 씹어 먹었다. 그는 혀로 채소를 하나하나 신중하게 더듬어 보는 것처럼 보였다. 내가 자기를 지켜보고 있는 것을 알고, 그가 애처롭게 빙긋 웃었다.

"치통이 있어서." 그가 겸연쩍은 듯 말했다. "이걸 뽑아 버릴 용기가 나지를 않아."

"여기에는 의사가 없나요?" 태나가 말했다.

티치는 한쪽 입으로만 씹고 있었다. "그들의 의술이 못 미더워서요."

나는 다른 사람들이 먹는 소리에 귀를 기울이며, 그의 얼굴을 유심히 살펴보았다. 그는 나를 보지 않는 것 같았고, 대개 모두에게 이야기를 하는 것 같았다. 그의 눈은 좀처럼 내 눈과 마주치지 않았다. 고작 4년이 지났을 뿐이었지만, 나는 내가 그의 마음을 읽을 수 없음을 알았다. 우리의 출현에 그가 깜짝 놀랐는지, 슬펐는지, 짜증이 났는지 나는 알지 못했다. 그의 태도는 품위 있었고,

마치 그것으로 자기 주위에 장벽을 세우는 것 같았다.

"그럼, 우리가 때마침 도착해서 당신의 닭을 놀래 쫓아 버렸으니 정말 뜻밖의 행운이었군요." 태나가 빙긋 웃으며 말했다. "채소 속에 가지고 씨름할 뼈가 하나도 없잖아요."

"매우 자비로운 행동이었지요."

왠지 몰라도, 태나는 그의 언급에 피 흘리던 낙타의 모습을 떠올리고, 그것을 묘사하기 시작했다.

"아마 공수병에 걸린 낙타였을 거예요." 티치가 말했다. "낙타가 공수병에 걸리면, 반드시 죽여야만 해요, 안 그러면 그 낙타가 사람들을 죽일 테니까요."

"사람들을 죽인다고요?"

"녀석들은 잠을 자고 있는 사람들에게 슬금슬금 다가가서 그들의 가슴 위에 웅크리고 앉아 질식사시켜요."

태나는 흠칫 놀라며 손으로 자기 입을 틀어막았지만, 그 섬뜩한 이야기가 그녀의 관심을 끈 것은 분명했다.

그 모든 것이 얼마나 이상했던가 — 몇 달 동안이나 티치에 대해 매몰차게 말한 태나가, 일찍이 내가 경험한바 어느 누구와 함께 있었을 때 못지않게 그를 다정하고 예의 바르게 대하고 있었으니 말이다. 나는 그때껏 그녀 안에서 천천히 변화가 일어나고 있는 것을 지켜보았다 — 처음 자기 이름을 댈 때는 냉담하다가, 이내 마치 자신도 어쩔 수 없다는 듯 그의 강력한 존재감 앞에서 관심이 점점 커져 가더니, 결국에는 그 상황이 마치 그가 스스로 선택한 게 아니기라도 한 듯 그의 의지할 곳 없는 상황을 측은하게 여기기에 이른 것이 확연했다. 아마 그건 그가 정신적으로 강인한지 의심스러웠기 때문이었을 것이다. 그녀 역시 그의 눈에 담긴 고통을 보았고, 우리의 느닷없는 등장이 매우 부담스러울 것임을 알았기 때문에 더 이상 그를 힘들게 하고 싶지 않았던 것이다. 그리고 그녀가 친절하게 행동한 것은 옳은 일이었다. 하지만 나는 마치 그녀가 나를 혼자 감당해야 할 분노 속에 홀로 서 있도록 내버려 둔 것 같은 기분이 들었다. 티치의 얼굴을 응시하자, 내 안에서 커다란 슬픔이 차올랐지만, 동시에 상처 받고 화가 나고 어찌해야 할지 모를 것 같은 기분이 들었다..

밖에서 방수포가 갑자기 불어닥친 바람에 펄럭거리는 소리가 났다.

"이보다 더 때맞춰 도착하기는 힘들었을 거예요." 티치가 말했다. "폭풍이 올 거예요. 당신들도 폭풍을 만나는 곤경에 처하고 싶지는 않았을 테지요."

"그런데 아까는 바람이 거의 불지 않았어요." 태나가 말했다.

"이곳 날씨는 변덕스러워요. 타는 듯이 더웠다가 이내 춥지요. 환했다가 곧 캄캄하고."

"아프리카의 날씨 같은 날씨는 어디에도 없다는 말을 들은 적이 있어요."

"지역마다 엄청나게 달라요. 전체적으로 말할 수 있을 것 같기는 하지만요."

나는 건너편의 소년을, 그의 야위고 총명해 보이는 얼굴을 유심히 보았다. 머리카락에 묻은 먼지의 흔적이 그를 나이 들어 보이게 했지만, 그는 몹시 어렸고 우리가 영어로 대화를 나누는 동안 혼란스러워 어쩔 줄을 몰라 했다. 그는 우리에게 정식으로 소개되지 않았고, 두고 보니 계속 그럴 것 같았다. 티치는 그를 좀처럼 바라보지 않았고, 보더라도 항상 가르치듯 얼굴을 찡그리며 바라보았다. 그러나 나는 그 모습에서 다정함을 감지했고, 결국 통증이 목구멍에 차올라, 재빨리 눈길을 돌려 버렸다.

"밖에, 방수포 아래 있는 저건 뭔가요?" 태나가 말했다. "정말 섬뜩했어요."

티치는 생각에 잠겨 음식을 씹는 중이었다. 그가 나를 보지 않으려고 엄청나게 노력하는 것이 다시 한번 느껴졌다. "그랜본에 들렀다고 했지요. 우리 어머니는 건강하시던가요?"

"대단히 건강하셨어요." 태나가 말했다. "어머님은 승마를 하고 돌아오신 참이었어요."

"그러면 담즙이 다 올라왔겠군요.* 몹시 불쾌하게 구셨나요?"

태나는 잠시 멈칫했다. "제 생각에는 피곤하셨던 것 같아요."

"그분은 내 어머니시니까 당신처럼 예의 바른 사람은 그분을 비난하지 못할 테지요." 티치가 한숨을 쉬며 말했다. "적어도 어머니가 뭘 좀 대접하시기는 했나요? 정말이지 맛있는 저녁 식사를 했기를 바라요."

태나가 어쩔 수 없다는 듯 어깨를 으쓱했다. "그게 최선이었다고 생각해요. 정신을 차려 보니 어느새 우리가 메뉴에 올라가 있었을지도 모를 일이었잖아요."

* '기분이 언짢다'는 의미. bile에는 '담즙'이라는 뜻 외에 '화', '짜증', '분노' 등의 의미도 담겨 있다. 일찍이 히포크라테스는 성격을 체액의 구성에 따라 네 가지 유형으로 분류할 수 있다고 보았는데, 특히 화를 잘 내고 성미가 급한 사람은 담즙이 지나치게 많기 때문이라고 여겼다.

티치가 빙긋 웃으며 말했다. "이런, 뭐가 됐든 어머니께서 당신을 속상하게 하는 말씀을 하신 게 있다면 내가 대신 사과할게요."

그는 자기 어머니가 저지른 무례에 대해 얼마나 간절히 책임을 지고 싶어 했던가. 그런데 나에 대한 양심의 가책은, 죄책감은 대체 어디에 있었을까?

"적어도 어머니는 당신들에게 내 행방에 대해 알려 줬고, 그래서 나는 어머니에게 감사하는 마음이에요."

태나는 잠시 머뭇거리다가, 곧 우리가 어떻게 그를 찾게 되었는지 설명했다.

티치는 웃음을 터뜨렸다. "저런, 아무래도 좋아요, 당신들은 여기 와 있어요. 당신들이 이 먼 길을 왔다니 믿을 수가 없어요." 우리가 도착한 후 처음으로 그가 나를 똑바로 쳐다보았다. 그리고 놀랍게도 나는 흐릿한 촛불 빛을 받아 반짝이는 그의 눈에서 두려움에 가까운 불안감이 언뜻 스치는 것을 본 것 같았다.

"내 꿈을 꿨다고 했어요." 내가 별안간 그렇게 말했다. 그건 내가 처음으로 한 말이었고, 다른 사람들이 놀라서 나를 돌아보는 것이 느껴졌다. "무슨 뜻이었나요?"

"네 꿈을 꿨다고?" 티치가 말했다.

"내가 도착했을 때요. 내가 오는 꿈을 꿨다고 했어요."

"내가 그랬어?" 티치는 정말 어리둥절한 듯 고개를 절레절레 흔들었다. "무슨 뜻인지 나도 짐작이 가지 않는구나."

15

밤이 깊었다. 티치는 태나가 간이 침대가 있는 뒤쪽 방을 써야 한다고 주장했다. 그리고 내게는 우리가 식사를 한 현관방의 긴 안락의자에서 자라고 권했다. 그 자신은 소년과 함께 바깥에 친 텐트에서 자기로 했다. 태나가 반대하자, 티치는 이렇게 설명했다. "우리는 아마 이런 밤에는 어차피 그렇게 했을 거예요. 별들을 관찰하기 위해서요."

"폭풍이 올 거라고 하셨잖아요."

"텐트가 비바람은 잘 막아 줄 거예요." 티치가 말했다. "나는 전갈과 뱀이 더 걱정이에요."

"하느님 맙소사."

"편히 쉬어요." 티치가 피곤한 듯 미소를 지었다. "바닥에 떨어지지 말고요."

그러고는 그는 소년의 어깨를 잡고 밖으로 나갔고, 우리 마부가 조용히 그 뒤를 따랐다.

나는 티치 자신이 날마다 앉던 곳에 누워 있다는 느낌 때문에 마음이 편해지지 않았다. 나는 몸을 뒤척였다. 게다가 춥기까지 했다. 사막에 그런 추위가 존재한다니 얼마나 놀라웠던가. 마침내 서서히 잠에 빠져들었을 때, 나는 대양관 꿈을 꿨다. 하지만 그것은 화재로 반쯤 불탄 잿빛 목조 건물은 아니었다. 그것은 거대한 유리 구조물, 거대한 온실이었고, 그 측면은 모두 유리창으로, 그 온실을 광적으로 둘러싸고 있는 나무들이 거기에 비치고 있었다. 모든 것이 아른아른 반짝거렸다. 나는 그 덜거덕거리는 눈부신 창유리들에 놀라 움찔하며 빤히 쳐다보았다.

느닷없이 빅 킷이 내 옆에 있었다. 그녀에게서는 아무런 긴장감도, 아무런 고통도 느껴지지 않았다—마치 갑옷처럼 두르고 있던 단단한 분노의 막이 박박 긁혀 벗겨지기라도 한 것처럼, 확고하게 평온한 상태인 것 같았다. 두 뺨은 땅거미 속에서 움푹 꺼져 보였고, 얼굴은 나무들 사이로 비치는 늦은 오후 햇살에 얼룩덜룩했다. 그녀는 침묵에 잠긴 채, 완전히 깨어 있지도 잠들어 있지도, 심지어 죽지도 않고 살아 있지도 않은 것처럼 보였다. 이미 그런 경계선들을 넘어 빠져나간 다음, 좀 더 흐릿한 어떤 곳으로 들어가 있었다. 주황색 눈은 구리 같은 광채를 띠며, 뜨겁고 맑게 반짝거렸다. 하지만 그녀는 내게 눈길 한번 주지 않았다. 나는 손을 뻗어, 늘 하던 대로, 그녀의 손을 잡아야겠다고 생각했다. 대신에 나는 그 피부에서 발산되는 열기를, 몹시 생생한 온기를 느끼며, 옆에 가만히 서 있기만 했다. 태양이 아쉬운 듯 꾸물거리고 있었는데도, 바람은 비와 진흙 냄새를 풍기고 있었다. 거울 같은 창유리에 비친 우리 모습은 마치 유령들처럼 부들부들 떨리고 있었다.

그리고 그 순간 나는 잠에서 깨어났다.

평소 부실한 갈비뼈들이 쑤시는 바람에, 나는 긴 안락의자에서 일어나 작은 방을 서성거렸다. 밖으로 나가 바람을 쐬고 싶었다. 추위도 그 어떤 더위만큼이나 숨이 막혔다. 나는 손바닥으로 벽을 짚고, 거친 회반죽벽을 따라 천천히 앞으로 나아갔다. 그 방에서는 아직도 삶은 채소 냄새가 났다.

방향감각을 잃어버린 바람에, 깨닫고 보니 나는 반대로 간이 침대가 있는 뒤쪽 방에 와 있었다. 어떻게 방 두 개짜리 집에서 길을 잃을 수 있는지 도무지 알 수가 없었다. 어둠 속에서 새근새근 숨 쉬며 자고 있는 태나의 형체가 보였다. 그 방은 두 방 중 더 작은 곳이었는데, 벽은 초상화 하나 없이 휑하며 오로지 흰색으로만 칠해져 있었다. 회반죽벽에는 가느다란 금들이 나 있었고, 작은 생물들이 그 갈라진 틈으로 바쁘게 들락거리는 소리가 들렸다.

내가 더듬거리며 문 쪽으로 가고 있었을 때, 태나가 외치는 소리가 들렸다. "거기 누구예요?"

"깼어요?" 나는 그렇게 말하며 그녀의 간이 침대 옆에 가 앉았다. 그녀의 엎드린 몸 위쪽 벽에 있는 커다란 창유리에 달빛이 내려앉았다. "미안해요, 놀라게 하려던 건 아니었어요."

그녀가 살며시 내 어깨를 잡는 것이 느껴지자, 나는 그녀의 촉촉한 손에 내 입술을 눌렀다.

"잠이 안 오던가요?" 그녀가 하품을 하면서 말했다.

"꿈을 꿨어요." 내가 말했다.

"어떤 꿈이었는데요?"

나는 그녀의 손에 다시 입을 맞추고, 그 손을 쓰다듬었다. 달빛이 울퉁불퉁한 회반죽벽을 가로지르며 서서히 흐르기 시작하자, 그 벽은 거의 달처럼 보였다.

"영국이 아주 멀게 느껴져요." 그녀가 중얼거렸다.

"정말 그래요."

"대양관이 아주 멀게 느껴져요."

정말이지 오랜 세월이 흐른 것 같았고, 완전히 다른 또 하나의 삶인 것 같았다.

"나를 경멸해요?" 그녀가 부드럽게 말했다. 나는 이해할 수가 없어서 어둠 속에서 그녀를 돌아보았다. "그에게 친절하게 대해서요."

"당연히 아니지요 — 당신은 예의 바르고 인정이 많아요. 그래서 내가 당신을 사랑하는 거예요."

그녀가 머뭇거렸다. "그의 눈이요 — 평생 한 남자의 눈에서 그런 고통을 본 적은 한 번도 없어요. 그가 그런 모습이라는 말은 안 해 줬잖아요."

"그가 늘 그랬던 건 아니에요. 내가 그를 알고 지냈던 시절, 그는 달랐어요."

"당신한테는 정말 충격적이었겠군요."

나는 손에서 모래를 털어 내며 아무 말도 하지 않았다.

"당신이 상상한 그대로인가요?" 그녀가 다시 한번 하품을 하며 말했다. "이 모든 게? 당신이 마음속으로 그려 봤던 거예요?"

"누구도 이런 상황을 상상할 수는 없어요."

"그래요." 그녀가 갑자기 침묵에 잠겼다.

"뭐예요?"

나는 어둠 속에서 그녀가 고개를 돌리는 것을 느꼈다. "아무것도 아니에요."

하지만 나는 그녀가 물어보지 않으려 한 게 무엇인지 알 것 같았다. 내가 찾으려 애쓰던 것을 발견했는지, 이 여행이 유독 이론의 여지가 없는 진실을 추구하는 내 마음을 충족시켜 줄 수 있을지, 그 어디에도 소속감을 느끼지 못하는 나를 달래 주고 내 근원에 관한 혼란스러운 문제들을 해결해 줄 것인지를 그녀가 알고 싶어 한다는 것을 잘 알았다. 그녀는 모든 것을 덮고 넘어가게 될지, 아니면 계속 함께 온 세상을 정처 없이 떠돌다가 결국 내가 자신을 나처럼 어디에도 발 디딜 곳이 없어서 아무 데도 집처럼 느끼지 못하게 만들 것인지를 알고 싶어 했다.

"여기 온 건 미친 짓이었어요." 내가 조용히 말했다. "미안해요."

하지만 그녀는 이미 슬며시 잠들어 있었다.

그때 나는 그녀의 간이 침대 바로 너머에 있는, 바깥으로 이어지는 문을 보았다. 내가 천천히 앞으로 가서 그 문을 열자, 산들바람이 밀려 들어왔다. 낮은 지붕 위에는 빛나는 별들로 가득한 하늘이 광대하게 펼쳐져 있었다. 멀리서 펄럭거리는 소리가 들렸고, 나는 틀림없이 그것이 바깥 안마당에서 강풍에 마구 흔들리고 있는 커다란 방수포일 거라고 생각했다. 공기가 훨씬 더 서늘하고 조밀해서, 부르르 진저리가 났다. 나는 하늘에서 환히 빛나는 둥근 접시를 올려다보았다.

내 바로 오른쪽에 있는 문이 보였다. 마치 방이 하나 더 있는 것 같았다. 마치 꿈속에 있는 것처럼, 그 문은 반쯤 열린 채 빛을 쏟아 내고 있었다. 불안했지만, 나는 그 문을 향해 갔다.

나는 안으로 들어가자마자, 즉시 뒷걸음실 쳤다.

수십 개의 과학 기구들이 그곳에 쌓여 있었다. 너무 많은 서류와 저울과 관찰용 기구 들이 쌓여 있어서 그 문은 고작 반쯤 열리다가 양초가 놓여 있는 책상에 부딪칠 수밖에 없었다. 마치 하나의 강박적인 생각이 그런 도구들로 일목요연해진 것 같았다. 다시 말해, 각각의 강철 조각은 버려진 아이디어이고, 렌즈 달린 각각의 관찰용 기구들은 그럴듯한 해답인 것처럼 보였다.

벽마다 여러 장의 반들반들한 검은색 박판이 꽂혀 있었고, 그 한가운데마다 마치 잉크에 떨어져 퍼진 우유 방울 같은 새하얀 얼룩이 있었다. 그것들은 유령 같았고 이상했으며 마치 인간의 뇌의 환영 같았다. 넋을 잃고 그 앞에 서 있는 바람에, 나는 어느 정도 시간이 지나서야 그것들 옆에 꽂혀 있는 사진을 천천히 훑어보게 되었다. 그것은 그 소년의 얼굴 사진이었데, 그의 두 눈은 맑고 속눈썹이 검었으며, 오른쪽 뺨은 질 나쁜 정착액 때문에 일그러져 있었다. 마치 빛이 그의 얼굴 한쪽을 공격하기라도 한 것처럼, 마치 그 화학 물질이 변하기 쉬운 상태였던 것처럼 보였다.

"그건 달이야."

돌아보니, 티치는 저녁때 입었던 옷을 아직도 입고 있었다. 여전히 거북해 했지만 긴장감은 줄어든 것처럼 보였다. 그가 앞으로 나섰다. "은을 입혀서 연마한 구리 박판을 증기로 처리하고 한 밤중에 빛에 노출시켜서 달의 모습을 포착하려고 했어.” 그는 에메랄드 반지를 낀 가느다란 손가락으로 그 하얀 얼룩들에서부터 아이의 얼굴까지 죽 더듬었다. “보다시피, 그 방법은 별의 모습보다는 인간의 얼굴을 찍을 때 훨씬 더 효과적이야. 하지만 내 목표는 그걸 똑같이 선명하게 만드는 거야. 내 생각에는 그건 거리의 문제인 것 같아. 피사체로부터의 거리.”

나는 그의 얼굴을 유심히 살피며, 이제 그의 얼굴에 내가 좀 더 쉽게 알아볼 수 있는 무언가가 있음을 느꼈다.

“정말이지 인간의 얼굴은 아주 흥미로워요.” 내가 말했다.

“그래, 확실히 그렇지. 하지만 네가 한 사람의 얼굴을 보고 있을 때, 다른 사람의 얼굴을 보고 있지는 않아. 그 얼굴에 특혜를 베풀고 있는 거지. 누가 관찰할 만한 가치가 있고, 누가 없는지를 결정하고 있는 거야. 누가 보존할 가치가 있는지를 선택하고 있는 거지.” 그가 고개를 절레절레 흔들었는데, 마치 너무 피곤해서 자신의 말에 담긴 아이러니를 알아차리지 못하는 것 같았다.

나는 그 어린 소년의 얼굴 사진을 가리켰다. “이 애가 당신 조수인가요?”

티치가 머뭇거렸다. “그 애는 배우는 중이야.” 그가 흘낏 곁눈질을 했다. “좀 더디긴 하지만.”

나는 고개를 끄덕였다.

“나는 —” 그가 그렇게 말하는 순간, 돌아보니 그가 얼굴을 붉히고 있었다. “나는 네가 오해할까 봐 두려웠어…… 내가 너를 대체해 버렸을 뿐이라고 생각하지 않기를 바랐어.”

우리 사이에 침묵이 흘렀고, 벽 너머에서 낯선 새소리가 울려 퍼졌다.

"여기서 행복해요?" 내가 말했다.

그는 나를 조심스럽게 바라보았다. "행복에는 여러 종류가 있어, 워싱턴. 이따금 우리에게 허락된 행복을 선택하거나, 심지어 이해하는 것조차도 우리 몫은 아니야."

그건 일종의 격언일 터였다. 하지만 그것은 오로지 바람 소리와 낯선 새 울음소리만 들리는 이런 추운 밤이면 그가 스스로를 위로하기 위해 하는 말처럼 들렸다.

추위가 뼈 마디마디까지 스며드는 것이 느껴졌다. 나는 부르르 떨면서, 코트 자락을 단단히 여몄다.

"안으로 들어갈까?" 티치가 말했다.

"아버님의 야영지를 떠났을 때 어디로 갔나요?" 내가 말했다. "페터는 당신이 그 일에 대해 미친 것처럼 들리는 말을 했다고 그랬어요 — 당신이 줄곧 거기서 우리들 사이에 있었고, 우리를 볼 수 있었다고 말이에요. 아니, 정말로 갔던 곳은 어디에요?"

그는 입술을 축였지만 아무 말도 하지 않았다.

"당신을 찾기 위해 당신 아버지의 야영지에서 수색대가 파견되었어요. 우연히 마주친 적도 없었나요? 어째서 그들이 당신을 결코 발견하지 못했을까요?"

이번에도 그는 아무 말도 할 마음이 없어 보였다.

"나는 이 먼 길을 왔어요." 내가 말했다.

그가 천천히 숨을 내쉬어, 나는 그가 말을 하려는 줄 알았지만, 그는 한참 동안 말이 없었다. 마침내 그가 말했다. "네가 결코 나를 떠나지 않을 걸 알고 있었어." 그가 잠시 말을 멈췄다. "나는 단순한 방법으로는 떠날 수가 없었어."

"그러니까 그게 속임수였다는 건가요? 그저 당신이 떠난 것처럼 보이게 했을 뿐이라고요?"

"나는 정말 떠났어." 그는 우리 앞의 허공에서 무언가를 보기라도 한 것처럼, 그곳을 향해 눈살을 찌푸렸다. 하지만 더 이상 아무 말도 하지 않았다.

"나는 거기서 죽었을 수도 있어요." 내가 말했다.

"너한테는 페터가 있었어, 우리 아버지도 있었고. 그렇지 않았다면 나는 너를 두고 떠나지 않았을 거야. 너를 잘 돌봐 줄 걸 알고 있었어." 그가 나를 돌아보았다. "우리 아버지가 돌아가셨을 때 함께 있었지?"

나는 가만히 쳐다보며, 고개만 까닥했다.

"네가 그 자리에 있었다는 게 내게는 항상 큰 위로가 됐어. 우리 형도 2년 전쯤 죽었어. 형의 죽음이 나를 산산조각 낼 거라고 생각했었지만, 그렇지가 않았어. 나는 나 자신에게, 내 냉담함에 충격을 받았어. 우리는 어린 시절을 함께 보냈고, 한 핏줄이었어. 그런데도 아무 느낌이 없었어."

그는 내가 그 일에 대해 무슨 말을 하기를 바랐던 것일까? 그의 형은 잔인하고 사악한 남자였고, 나는 아무도 그의 사망 소식을 듣고 울어서는 안 된다는 생각만 들 뿐이었다. 나는 하스와 솔랜더가 그토록 다르게 이야기했다는 것에, 티치가 엄청나게 충격을 받았다고 말했다는 것에 놀랐을 따름이다.

"나는 몇 해 전쯤 페이스를 정리하러 갔어. 너도 알다시피, 그곳의 모든 기록을 런던에 놔뒀어." 그가 나를 동정하듯 힐끗 바라보았다. "사망자 명단에서 너의 킷을 보았어. 나는 그때까지는 그녀가 네 어머니라는 걸 몰랐어." 그가 얼굴을 살짝 찡그렸다. "내가 알기로 그녀는 자연사했어."

나는 그가 친절을 베풀려 애쓰고 있음을, 자신이 느낀 우리 사이의 거리를 메우려 시도하고 있음을 잘 알았다. 그럼에도 불구하고 나는 그 상처를 그와 공유하고 싶지 않았고, 어느 누구와도 공유하고 싶지 않았다.

"언젠가 내가 그림을 그리고 있을 때 당신이 내게 '네가 보기로 되어 있는 것이 아니라, 본 것에 충실하도록 해.'라고 말한 적이 있어요."

"내가 그런 말을 했어?" 티치는 정말로 놀란 것 같았다.

"그랬어요. 그럼에도 불구하고 내게는 항상 당신 자신은 결코 그 말대로 살지 않는 것처럼 보였어요."

그가 잠시 머뭇거렸다. "무슨 뜻이지?"

"당신은 나를 보지 않았어요 — 당신은 나를 쳐다보지 않았고, 나를 보지 않았어요. 당신은 그러고 싶어 했지만 그러지 못했어요, 실패했어요. 결국에는 다른 모든 백인들이 나를 쳐다보면서 본 것을 봤어요."

그가 얼굴을 살짝 찡그렸다. "그건 사실이 아니야."

나는 입술을 축였다. 마침내 할 수 있을 것 같았다. 내 삶을 뒤틀고 정의해 버린 그 질문을.

하지만 그는 가고 싶어 했고, 앞서서 걸어가기 시작하며, 이렇게 말했다. "자, 너한테 보여 줄 게 있어."

"티치." 나는 날카롭게 말했고, 내 목소리에 담긴 고통의 깊이에 깜짝 놀랐다.

그가 멈춰 섰다. 그의 얼굴에는, 마치 내가 할지도 모를 말을 막고 싶어 하는 듯한, 경고하듯 슬픈 표정이 어려 있었다.

나는 앞으로 한 걸음 나섰다. 심장이 가슴 속에서 쿵쾅거렸다.
"왜 나를 선택했어요?"

그는 무표정하게 서 있었다.

"그 첫날 저녁, 빅 킷과 내가 당신 형을 위해 저녁 식사 시중을 들고 있었을 때요. 당신은 그날 밤 상당히 신중하게 나를 선택했어요. 다 기억나요. 내가 당신 구름 범선에 딱 맞는 몸집이라고 했지요. 당신은 내가 완벽한 밸러스트가 될 터라서 나를 선택했어요."

그의 얼굴에 의아해 하는 표정이 떠올라 있었다.

"부인하는 건가요?"

그가 얼굴을 찡그렸다. "왜 이런 걸 물어보는 거지?"

"그게 당신 대답인가요?"

그가 고개를 흔들었다. "나는 그때 아주 솔직하게 말했어. 네 몸집이 정말로 내가 널 선택한 이유야. 나는 그걸 전혀 비밀로 하지 않았어."

나는 내가 옳았음이 증명되었다고 느끼는 동시에 지독하게 가슴이 아파서 화를 내며 미소를 지었다.

"그때 나는 너를 모르고 있었는데, 그것 말고 달리 내가 판단할 근거가 뭐가 있었겠니? 그게 내가 널 선택한 이유지만, 네가 내 실험을 돕게 한 이유는 아니야. 그게 내가 너와 친구가 된 이유는 아니야. 아무나 그런 복잡한 방정식들을 이해할 수 있었을 거라고 생각하니? 너는 보기 드문 것이었어."

"것이요?"

"사람. 보기 드문 사람이었어."

"버릴 수 없을 만큼 보기 드물지는 않았지요. 대체할 수 없을 만큼은 아니었어요." 고통이 목구멍 끝까지 차오른 것이 느껴졌고, 내가 말을 했을 때, 내 목소리에는 억제하지 못한 고통의 기미가 역력했다. "그렇게 당신은 어린 흑인 소년을 당신 집에서 지내게 했고, 그를 마치 영국 소년인 것처럼 교육했어요. 그렇지만, 그를 위해서였을까요? 아니면 당신이 그 일에 대해서 글을 쓸 수도 있어서였을까요?"

그는 은근히 충격을 받은 것처럼 보였다. "나는 그 일에 대해서 결코 글을 쓰지 않았어."

"당신은 내가 당신의 정치적 대의에 도움이 되기 때문에 나를 맡았어요. 내가 당신 실험을 거들 수 있었기 때문에요. 그것 말고는 나는 당신에게 아무 쓸모가 없었고, 그래서 당신은 나를 버렸어요." 나는 숨을 고르려고 안간힘을 썼다. "나는 당신에게 아무것도 아니었어요. 당신은 결코 나를 동등한 사람으로 여기지 않았어요. 노예 제도가 흑인들에게 끼친 실제 피해에 대해서보다는, 그것이 백인들에게 묻은 도덕적 오점이 될까 봐 더 걱정했어요."

심지어 이 말을 하는 동안에도, 나는 그 말이 얼마나 거짓된 그림을 그려 내는지, 그리고 동시에 그것이 얼마나 고통스러울 정도로 진실한지를 이해할 수 있었다.

그는 나를 빤히 쳐다보았다. 천천히, 아주 천천히, 그는 고개를 가로저었다. 짙은 초록색 눈으로 나를 고요히 응시했다.

나는 입이 바짝바짝 말라 가는 채로, 기다리며 서 있었다.

다시 한번 그가 고개를 가로저었다. "나는 너를 가족으로 대했어."

나는 서글퍼 보이는 그의 친절한 얼굴을 보면서, 그 남자가 한때는 내 온 세상이었는데도, 우리가 끝내 서로를 이해할 수 없다니 얼마나 이상한 일인지 모르겠다는 생각을 했다. 그는 바로 자신의 권력의 원천인 고된 노동을 하는 종족의 고난을 끝내기 위해 대다수 사람들보다 훨씬 더 많은 일을 한 사람이었다. 또한 그는 자신을 안락하게 해 주는 많은 것들, 가족의 사랑, 자신의 평판을 걸고 위험을 무릅썼다. 그가 바로 내 육신을 구했고, 죽을 수밖에 없었던 나를 도망시켰다. 그가 내게 해로운 것은 그 자신이 여전히 해를 끼칠 수 있는 능력을 지니고 있음을 이해하지 못하기 때문이라고 나는 생각했다.

"부탁이야." 그가 말했다. "보여 주게만 해 줘."

내 몸속에서 피가 돌며, 열기가 서늘한 피부까지 치솟는 것이 느껴졌다.

"워싱턴." 그가 말했다.

나는 고통스러워하는 그의 얼굴을 보고, 걸음을 옮기기 시작했다.

16

그는 내가 지나왔던 통로를 거쳐, 그 집의 구불구불하고 향내 나는 복도들을 지나 바깥의 안마당으로 나를 데리고 갔다.

시간이 조금 지나자 내 눈이 다시 한번 어둠에 적응했다. 그러자 안마당에서 태나와 내가 처음 들어오자마자 지나쳤던 그 그림자가 하늘 높이 어둡게 솟아 있는 것이 어렴풋이 보였다. 그것에는 아무것도 덮여 있지 않았다. 나는 눈을 가늘게 뜨고 바라보다가, 서로 뒤엉켜 있는 목재와 천과 금속 막대들을 간신히 알아보았다. 그러고는 즉시 할 말을 잃어 버렸다.

왜냐하면 거기 그 흐릿한 땅바닥 위에 비스듬히 놓여 있는 것은 우아한 모습의 작은 2인용 배였기 때문이다. 그 배의 튼튼한 흰색 돛대들이 하늘을 향해 비스듬히 솟아 있었다. 선체의 양 측면에서 선사 시대에나 있었을 법한 크기의 날개들—신화 속에 등장하는 무시무시한 생명체의 날개들—이 뻗어 나와 있는 것이 보였다.

내 위쪽에서 돛대가 세찬 바람에 펄럭거리는 동안, 나는 아연 실색한 채 서 있었다.

"지금까지 몇 년 동안 이걸 만들고 있었어." 티치가 얼굴을 찡그리고 돛대들을 올려다보며 말했다. "여전히 대서양을 건널 작정이야. 사실 전에는 줄곧 바베이도스를 목적지로 생각했었어. 이 배로 그곳 해변으로 가는 게 적절할 것 같았거든."

나는 그를 가만히 바라보았고, 그의 광기에 대한 모든 이야기가 물밀듯이 되살아났다. 하지만 나는 그가 미치지 않았음을 알고 있었다 — 그가 편리하게도 지난날의 모든 나쁘고 잘못된 일들은 다 잊어버리고, 자기의 과거를 위안이 되는 방식으로 재연하고 있을 뿐임을 알고 있었다. 나는 또한 그가 두 번째 실패를 자초하고 있음을, 그 배는 그를 그 잃어버린 섬까지 채 절반도 데려다주지 못할 것임을, 그는 그것을 포기해야만 하거나 아니면 시도하다가 죽을 것임을 깨달았다.

그 멋진 하얀 돛대, 광택이 도는 검은 목조 선체, 양 측면에서 펼쳐진 날개들을 유심히 바라보는 동안, 나는 청록색 바다에서 불어오는 축축한 바람, 꽃이 만발한 대왕야자 잎사귀들의 감촉, 내 발뒤꿈치 아래 깔린 고운 마른 풀을 다시 한번 느꼈다. 또한 내 손에 꽉 움켜 쥔 사탕수수 두꺼비들과 나뭇잎 모양의 발가락을 가진 도마뱀붙이들의 축축한 피부를 느꼈다. 그리고 한창 더울 때 나던 마체테들의 뜨거운 녹 냄새를 맡았다. 그러자 그 순간 선명한 통증이 내 머릿속에 밀려 들어와 가득 찼고, 결국 나는 얼굴을 찡그리며 눈을 감아 버렸다.

17

우리는 어둑한 불빛 속에서 방바닥에 마주 보고 앉아, 박하차를 마시고 있었다. 밖에서는 바람이 거세져, 분가루가 섞인 듯 하얀 돌풍이 창문들을 때렸다. 소년은 잠결에 실내를 이리저리 굴러다니다가, 맨 안쪽 구석 바닥에 살며시 코를 골며 누워 있었다.

티치는 구부러진 스푼을 자기 찻잔의 찻잎들 사이에서 말없이 건져 올렸다. 우리는 촛불을 딱 한 개만 켜 놓았는데, 그 불꽃이 너무 작아서 겨우 우리 손과 얼굴만 보일 정도였다. 그의 가느다란 하얀 손등에 난 상처가 눈에 들어왔고, 그때껏 그가 그것을 줄곧 덧나게 했음을 알 수 있었다. 그것은 진물이 흐르고 까져서 쓰라려 보였다.

"여기서 다호메이까지 거리가 얼마나 되나요?" 내가 말했다.

그가 하품을 하며 눈을 비볐다. "다호메이?" 그가 내 얼굴을 유심히 살피며 말을 잠시 멈췄다.

"무슨 일이지?"

그가 차분하게 말했다. "네가 얼굴을 다쳤을 때, 다호메이를 언급했던 게 기억나. 너는 네가 거기서 다시 태어난 줄 알았지." 그는 자신이 나를 당황하게 했음을 알아차렸지만, 과감히 말했다. "그곳은 가깝지 않아. 그 여정은 너 같은 사람에게는 몹시 위험할 거야. 나라면 위험을 무릅쓰지는 않겠어."

우리는 잠시 동안 침묵을 지켰다. 그가 크게 하품을 했다.

"당신은 자러 가는 게 좋겠어요." 내가 말했다.

그는 잠시 동안 졸린 얼굴로 나를 가만히 바라보았다. "미스터 에드거 패로를 기억하니?"

"기억해요."

"그가 죽었어. 나도 얼마 전에야 그 소식을 들었지."

나는 그 기묘한 남자의 얼굴을 기억해 내려 애를 썼다. 나는 그의 친절을, 그리고 그것이 그의 어둡고 불쾌한 취미들과 아무런 상관관계가 없었음을 상기했다. "정말 안타깝군요."

"그는 줄곧 아팠어. 사실, 우리가 마지막으로 그를 보았을 때, 나는 그가 아직 거동할 수 있다는 걸 알고 깜짝 놀랐었지."

"그분은 정말 아파 보였어요."

"그는 위대한 사람이었어. 그가 사람들을 위해 한 일들 모두."

침묵이 흘렀다. 이윽고 나 스스로도 놀랍게도, 나는 대양관에 대해서, 그것이 결국에는 어떤 곳이 되기를 바라는지에 대해서 이야기하기 시작했다. 그리고 나는 그때, 그러니까 그것에 대해서 언급하던 바로 그 순간에, 내가 런던으로 돌아가 삭제된 내 이름을 복원하기 위해 싸울 것임을, 그 프로젝트에 온전히 헌신하고 그에 대한 공로를 인정받고자 할 것임을 깨달았다.

티치가 귀 기울여 듣는 동안, 나는 그의 얼굴에서 페이스에 머물던 무렵의 맹렬한 호기심을 얼마간 볼 수 있었다. 그 무렵 그는 딱정벌레 한 마리만 봐도 확대경을 찾으러 급히 뛰어갔고, 단단한 나무의 잎사귀 하나에 남아 있는 녀석의 흔적을 유심히 지켜보면서 하루를 다 써 버렸다. "네가 내 확인을 원하는 건 아니라는 걸 알아, 워시." 그가 말했다. "하지만 네가 만들고 있는 건 — 그건 정말 놀라운 것 같아."

나는 순간적으로 내 손을 내려다보았다가, 다시 눈을 들었다.

티치는 주저하고 있었다. "내가 밖에서 너는 가족이라고 말했을 때 — " 그가 잠시 말을 멈췄다. "적어도, 너를 향한 내 감정은 언제나 그랬어. 너를 학대할 생각은 전혀 없었어. 친절하게 대하려고 노력했지."

나는 아무 말도 하지 않고, 피곤하고 불안해 보이는 그의 얼굴을 바라보았다.

그는 무언가 말할 것처럼 보였지만, 입을 다물어 버렸다.

"존 윌러드가 죽었어요." 내가 말했다.

티치가 조심스럽게 힐끗 보았다. "그것도 전해 들었어. 게다가 전혀 아름다운 죽음이 아니었다더군."

"이 세상 끄트머리에서 많은 것을 전해 듣고 있네요."

"사실 — 영국에 있었을 때보다 여기서 세상 돌아가는 일에 대해 더 많이 듣고 있어."

나는 북극의 전초 기지에 머물던 그의 아버지, 미스터 와일드를 떠올렸다. 그런 삶이 얼마나 오래전인 것 같던지. "존 윌러드가 교수형에 처해지는 순간, 현장에 있었어요."

티치는 깜짝 놀란 것처럼 보였다. "그런 일은 겪지 않았어도 되는데 그랬구나, 워시."

"그걸 목격할 운명인 것 같았어요." 나는 차를 휘저으며, 박하 잎이 가볍게 닿는 것을 느꼈다. 나는 눈을 들었다. "거기서 당신을 본 줄 알았어요. 사람들 속에서요. 심지어 뒤를 따라가기까지 했어요."

그가 지칠 대로 지친 듯 미소를 지었다. "어쩌면 그건 내 영혼이었는지도 모르겠구나." 그가 그렇게 말하자, 나는 그가 페터 하스에게 했던 말, 그 눈 속에서 자기가 어디로 갔었는지에 대한 그의 설명이 떠올랐다.

"페터 하스가 당신에게 줄 오래된 사분의 내게 맡겼어요."

"하지만 그건 실어 나르기에는 너무 큰 기구야. 대체 어떻게 해낸 거지?"

"안 했어요. 아마 암스테르담에 다시 돌아가 있을 거예요. 당신 말대로, 그건 그야말로 너무 컸어요. 돈을 지불하고 그에게 다시 가져다주게 했어요." 내가 어깨를 으쓱했다. "어쨌든 그에게서 그걸 받아 오는 건 옳지 않은 일 같았어요. 설사 그가 결코 그걸 사용하지 않을 거라 해도, 그건 그의 삶을 나타내는 거예요."

티치가 천천히 차를 한 모금 마셨다. "그는 어떻게 지내고 있었지?"

"아주 잘 지내고 있었어요." 내가 망설이다가 덧붙였다. "당신이 제정신인지 걱정하는 것 같아요."

티치는 놀란 것 같았다.

"로버트 솔랜더도 마찬가지고요. 그는 당신 옷이 너무 꼭 꼈다고 했어요."

"내 옷이 너무 꼭 꼈다고? 대체 무슨 소리지?"

나는 그가 노예제폐지론자협회에 다른 사람 옷처럼 보이는 옷을 입고 온 것에 대해 솔랜더가 했던 말을 설명했다. 티치는 큰 소리로 웃기 시작했다.

"나는 페터를 방문할 생각을 하면서, 암스테르담으로 짐을 미리 보내 버린 상태였어." 그가 말했다. "내게 남은 거라고는 그랜본에 있던 게 다였지. 오랫동안 떠나 있었기 때문에, 나한테 맞는 게 거의 없었어. 그걸로 만족해야 했어."

"바로 미친 사람이 체면을 차리느라 주장할 법한 소리네요."

티치는 한 번 더 미소를 지었다. 비록 그 미소가 눈까지 번진 것은 아니었지만 말이다. "그 옷들을 입는 내내 계속 생각했어. 내가 이렇게 입고 있는 걸 보면 필립이 어떻게 생각했을까? 자기 옷을 그렇게 소중히 여기던 사람이었는데."

그 이름을 듣자마자, 내게 온갖 모습들이 물밀듯 밀려들었다. 사냥총 위에서 느릿느릿 움직이던 하얀 손가락, 엄청난 식사를 하고 나서 각각의 허브와 향신료와 식초를 다시 한번 음미하듯 생각에 잠겨 바로 그 손가락을 핥던 방식. 가을 내내 늘 어두워져만 가던 얼굴의 권태감. 그날 저녁 들판에서 보였던 표정.

나는 만일 내게 상처를 주려는 게 아니라면 티치가 왜 그를 언급하려 하는지 알 수 없었다. 하지만 이때 그의 얼굴에 설명하고자 하는 욕구가 보였다.

"조금 전에, 밖에서, 북극에서 무슨 일이 있었는지에 대해 네가 물었지." 그가 손에 난 상처를 문질렀다. "나는 그 폭풍 속으로 걸어 들어갔을 때, 제정신이 아니었어. 전혀 평소의 내가 아닌 것 같았어. 나는 그때 너무 ―" 그는 어떻게 말을 시작해야 할지 모르는 것처럼 잠시 멈췄다. "이래즈머스 형과 필립과 나는 ― 우리는 소년 시절에 아주 가까웠어. 우리는 셋 다 형제처럼 함께 놀았지. 그런데도 이래즈머스 형과 나는, 우리는 필립을 전혀 우리와 동등한 사람으로 여기지 않았어. 그의 가족은 더 가난했고, 그의 예절은 세련미가 부족했어 ― 사내아이들은 그런 것들을 모두 찾아내서 서로를 괴롭히기 마련이거든. 우리는 그를 인정사정없이 놀려 댔어." 그가 겸연쩍은 듯 눈길을 들어 올렸다. "하지만 그 당시에는 상황이 도를 넘은 것 같았어."

나는 잠자코 맞은편의 그를 유심히 쳐다보았다. "처음에는 사소한 일들이었어. 우리는 그랜본에 유령이 나온다고 이야기한 다음, 사용하지 않는 방들 중 한 곳에 그를 밤새 가둬 두곤 했어. 우리는 마치 한가롭게 도보 여행을 가는 것처럼, 영지에 있는 숲으로 그를 데리고 간 다음, 갑자기 그에게 달려들어 옷을 모조리 벗으라고 요구하곤 했어. 그가 울기 시작하면, 그를 발가벗겨서 맨몸으로 집까지 걸어가게 내버려 두곤 했어." 그는 거북한 듯 나를 바라보았다. "그런 일이 자랑스러운 건 아니야.

"상황이 점점 더 험악하게 변하기 시작했어. 우리는 그를 때리기 시작했지. 특히 이래즈머스 형이 그를 마구 두들겨 팼어. 그러면 필립은 땅바닥에 쓰러지고, 형은 또 무릎을 꿇고, 그를 계속 때리곤 했어. 필립이 의식을 잃으면 그제야 비로소 그 모든 일이 끝나곤 했지.

"우리는 그 짓에 맛을 들였던 거야. 그야말로 멈출 수가 없었어. 우리 안에 폭력성이 내재해 있었던 거지. 나는 이따금 그것이 이래즈머스 형에게 그 모든 일이 시작된 지점이 아니었을까 생각해. 필립도 그렇고."

나는 바닥에서 자세를 바꿔 앉으며, 아무 말도 하지 않았다.

"내 경우에, 그러니까 나는 필립을 이해한다고 느꼈던 적이 한 번도 없어. 그는 항상 다른 세상에서 온 존재 같았어. 나이가 들수록, 대부분의 사람은 정체성이 확고해지면서, 어떤 사람인지가 더 뚜렷해지는 법이야. 필립은 그렇지 않았어. 그는 점점 더 모호해지는 것만 같았어. 그에게는 이상한 점들이 너무나 많았고, 소소하게 터무니없는 점들이 너무나 많았어. 그가 죽은 후에, 우리가 놀랄 일들이 많았어. 아무도 그가 그랬을 거라고 의심한 적이 없었던 일들이었지. 그는 다달이 자기 수입의 절반을 고아원을 설립한 어느 여성자선협회에 기부했어. 왜? 나는 짐작해 볼 엄두도 나지 않았어. 그는 화이트채플*에서 상당한 도박 빚을 지고 있었는데도 그랬거든. 그것도 그의 자선 기부금이면 쉽게 갚을 수 있었을 금액이었는데 말이야. 그가 왜 그랬을까? — 어딘가에 남모르는 자식들이라도 있었던 걸까? 나는 그가 리스본에서 한 과부와 약혼했다고 떠벌리곤 했던 걸 잘 알아. 하지만 그 여자는 이름뿐인 존재로 밝혀졌어 — 그녀에 관한 기록은 전혀 발견되지 않았지. 그는 맛있는 음식과 훌륭한 옷을 사랑하면서도, 가장 평판이 나쁜 클럽들을 자주 찾곤 했어. 백주 대낮에는 결코 입에 올릴

* 전통적으로 가난한 노동자 계층이 주로 사는 런던 동부 지역인 이스트 엔드(East End)의 낙후된 지구 이름.

수도 없는 곳들이었지. 그는 사람들과 어울리면서, 돈을 함부로 썼어. 그에게는 이 세상에 친구가 한 명도 없었어."

"우리는 그에게 너무 끔찍하게 굴었어." 티치는 나를 힐끗 보았지만 계속 바라보지는 않았다. "그의 아버지가 돌아가시던 바로 그날 밤에, 이래즈머스 형과 나는 필립이 거듭 반대했는데도, 우리와 함께 선술집에 놀러 가야 한다고 우겼어. 있잖니, 그의 아버지는 몇 주 동안 줄곧 아팠고, 필립은 결코 아버지 머리맡을 떠나지 않았었어. 어쨌든, 결국 우리는 그를 설득했어. 필립은 그날 밤 술에 잔뜩 취해서 그로브너의 집으로 돌아갔다가 자기 아버지가 돌아가셨다는 것을 알게 되었지.

"그가 페이스에서 스스로 목숨을 끊었을 때 — " 티치가 고개를 흔들며, 말끝을 흐렸다.

나는 어둠 속에서 딱딱한 돌바닥에 앉아, 과거의 일들이 하나씩 주마등처럼 스쳐 지나가는 것을 느꼈다. 내가 놀라 말문이 막힌 채, 피에 흠뻑 젖어 덜덜 떨면서, 서재에 있던 티치에게 달려갔던 그날 밤, 티치의 침묵이 기억났다. 필립에게 손 한번 댄 적 없었는데도, 그의 죽음에 대해 내가 얼마나 큰 책임감을 느꼈었던가. 나는 내가 막을 수 없었던 그 일에 대해 심한 무력감을 느꼈었다.

티치가 말했다. "그날 밤 그 들판에서 그의 시신을 수습하면서, 나는 그럴 수가 없었어. 그를 만질 수가 없었어. 나는 '이 조각들, 이 살점, 이건 필립이 아니야.'라고만 생각했지." 그가 어깨를 살짝 으쓱했다. "갑자기 이 세상의 물리적 특성이 거기 있는 전부가 아니고, 그 이상의 것이 있는 듯했어."

소년이 구석에서 몸을 뒤척였다. 나는 그에게 눈길 한번 돌리지 않았다. 대신에 필립이 죽은 후, 내가 달아나며 보낸 세월을 생각하면서, 내 손을 바라보았다. 그리고 내가 줄곧 피해 달아났던 대상, 다시 말해 이래즈머스의 손에 맞이할 뻔했던 나 자신의 죽음에 대해 생각했다. 나는 티치가 도착하기 전 나의 생존 방식, 쨍쨍 내리쬐는 태양 아래 들판에서 보냈던 야만적인 시간들, 비명소리들, 마치 하루하루가 아주 쉽게 마지막 날이 될 수 있다는 듯 모든 노예의 삶의 언저리에서 기웃거리던 우발적인 최후를 생각했다. 내가 보기에는 분명히 그것이 더욱 확실한 고통인 것 같았다 — 우리 중 어느 누구도 그 삶을 한 번도, 심지어 우리가 삶을 마감함으로써 그 삶을 되찾으려고 했을 때조차도 소유해 본 적이 없었다는 사실이 말이다. 우리는 그때껏 우리 자신의 육체의 잠재력에서, 우리의 육체와 정신이 이뤄 낼 수 있는 모든 것을 밝히는 일에서 소외되어 있었다.

"내가 얼마나 끔찍했는지 들으니 너도 역겨울 거야." 티치가 말했다. "당연히 그럴 테지." 그가 나를 바라보았는데, 그의 얼굴은 어둠에 잠겨 보이지 않았다.

나는 잠자코 그를 힐끗 보았다.

"우리는 그에게 너무 잔인했어."

나는 잠시 먼지가 쌓인 바닥을 바라보았다. "어떤 삶의 실체가 뭔가요, 티치? 그 삶을 살아가는 사람조차도 딱 잘라 말할 수 있을지 의심스러워요." 나는 얼굴을 들어 올렸다. "다른 사람의 고통의 본질은 알 수 없는 법이에요."

"그래. 하지만 그 고통을 악화시키지 않도록 최선을 다할 수는 있지."

우리는 침묵에 잠겼다. 이윽고 나는 거의 소리 없이 자리에서 일어섰다. 티치는 올려다보지 않았다. 나는 그에게 가서, 그의 어깨에 아주 천천히, 아주 살며시 부드러운 한 손을 얹었다.

바람이 그 집에 사납게 불어닥쳤다. 나는 손을 내리며 물러났다. 티치는 잠시 조용히 앉아 있었다. 우리는 둘 다 아무 말도 하지 않았다. 마침내 그는 일어나서, 자기 찻잔을 창가에 탑처럼 쌓여 있는 책 더미 위에 놓은 다음, 소년 옆으로 가서 자려고 누웠다. 나는 정신이 멍하고 허탈한 채로, 어둠 속에 가만히 앉아 있었다. 몇 분 안 돼 티치는 지칠 대로 지친 듯 숨을 푸푸거리며 잠이 들었다. 바깥의 어둠 속에서, 모래가 창문을 때리며 사람의 속삭임처럼 쉿쉿 소리를 냈다.

나는 태나가 다른 방에서 뒤척이는 소리가 들린다고 생각했지만, 이내 그것이 그저 바람일 뿐이라는 것을 깨달았다. 나는 몸을 일으켜 웅크리고 앉았다. 마치 태양이 모래의 굉음을 뚫고 솟아오르려 애쓰고 있기라도 한 것처럼, 창문마다 은은한 주황색 빛이 감돌고 있었다. 나는 그림자들이 날개를 퍼덕이는 검은 새들처럼 창유리들을 두드리는 것을 지켜보았다. 동쪽에서 바람이 윙윙거리는 소리가 한참 들리더니, 이내 마치 거울에 자갈을 던지기라도 한 것처럼 딸깍 하는 소리가 났다.

티치를 여기, 그의 유일한 동반자라고는 그 소년뿐인, 이런 변변찮은 소유물들 사이에서 찾아냈다니 얼마나 놀라운 일인가. 그의 죄책감은 나와는 아무 상관이 없었다 — 이 오랜 세월 동안 나는 그의 양심에 거리끼는 존재가 아니었다. 하지만 그게 어떻든 더 이상 무슨 상관이었을까. 그는 그때껏 온갖 다른 슬픈 일들로 고통받았다. 그리고 그런 상처들로 인해 줄곧 자기 소년 시절에, 우리가 페이스에서 보낸 시절을 재현하고 싶다는 단 하나의 소모적인 욕구에 사로잡혀 있었다. 다른 누군가가 여기서 그의 삶을 지켜봤다면, 그 삶이 이전의 모든 것과 얼마나 다른지만 보았을지도 모른다. 나는 오직 그대로 남아 있는 것만 보았다. 마치 이곳에서는 진정한 가정을 절대 꾸밀 수 없다는 듯 널브러져 있는 가구들, 오로지 측정만 할 뿐 단 하나의 결론도 이끌어내지 못할 수많은 너저분한 기구들, 며칠, 몇 달, 몇 년 후면 자신이 처음 태어났던 곳에서 너무 멀리 떨어진 곳에 버려져 본인조차도 그 자신을 거의 알아볼 수 없게 되고 두 번째 삶을 일구려 몸부림치게 될 소년과의 우정. 나는 이름 모를 그 소년이 두려움에 떨며 온통 얼음으로 뒤덮인 세계를 헤치고 나아가는 모습을 상상했다.

다른 방에서 소리가 났고, 나는 태나가 일어나는 소리, 그녀의 소녀 같은 사뿐사뿐한 발걸음 소리를 들었다고 생각했다. 나는 그녀가 문간으로 들어오기를 기다리며 가만히 있었지만, 그녀는 결코 나타나지 않았다. 창문으로, 거대한 하늘이 마치 새도, 구름도, 그 어떤 것도 더 이상은 지탱할 수 없다는 듯, 텅 비어 가는 것이 보였다.

서투르게 못을 박아 만든 문의 널빤지 사이사이로, 쉭쉭거리는 소리가 마치 목소리들처럼 새어 들어왔다. 나는 지칠 대로 지쳐 있었지만, 무심코 자리에서 일어섰다. 나는 그 문에 손바닥을 바짝 대고 누르며 그 떨림을 느꼈다. 그런 다음, 문을 끌어당겨 열자, 굉장한 노란색 공기가 윙윙거리며 내 앞에서 치솟았다. 나뭇가지 하나가 갑자기 휙 날아가더니, 거친 돌집에 부딪쳐 산산이 쪼개졌다. 바람이 사납게 날뛰며, 희끄무레한 땅바닥 위로 할퀴듯 거칠게 울어 대고, 희부옇게 밝아 오는 동쪽을 향해 모래를 물보라처럼 세차게 뿌려 댔다. 인간이 존재한다는 흔적은, 작은 길 하나도, 발자국 하나도, 그 어디에도 없었다. 너무 추워서 내 입김이 보일 것 같다는 생각이 들었다.

나는 모래 때문에 몸이 따갑고 앞이 안 보이는 채로, 문턱 너머로 발을 내디뎠다. 뒤에서 태나가 내 이름을 부르는 소리가 들린 것 같았지만 나는 돌아보지 않았다. 흐릿하게 보이는 주황색 지평선에서 눈길을 뗄 수가 없었다. 나는 두 팔로 몸을 감싸 안고, 몇 걸음 앞으로 나아갔다. 이마를 스치는 바람이 마치 살아 있는 생명체 같았다.

감사의 말

트라이던트 미디어의 엘런 리바인, 하퍼콜린스 출판사의 패트릭 크린과 아이리스 터프홈, 서펀츠 테일 출판사의 리베카 그레이와 해나 웨스트랜드, 앨프리드 A. 크노프 출판사의 다이애나 밀러, 저작권 에이전시인 RCW의 존 스위트, 피터 스트라우스, 그리고 노엘 지처와 애서배스카 상주 작가 프로그램에 감사를 표합니다.

아울러 페기와 밥 프라이스, 재클린 베이커, 제프 미로, 우리 가족, 그리고 특히 이렇게 미친 것 같은 상황 속에서도 함께해 준 나의 가장 소중한 동반자, 스티븐 프라이스에게도 감사를 전합니다.

옮긴이 김희용

이화여자대학교 영어영문학과를 졸업하고 같은 대학원에서 박사 과정을 수료했다. 배화여자대학교, 그리스도대학교, 성결대학교 등에 출강했으며, 현재 전문 번역가로 활동 중이다. 『노멀 피플』『심장은 마지막 순간에』『동조자』『결혼이라는 소설』『오 헨리 단편선』『로마제국 쇠망사』(공역) 등을 우리말로 옮겼다.

워싱턴 블랙

1판 1쇄 인쇄 2022년 6월 15일
1판 1쇄 펴냄 2022년 6월 30일

지은이 에시 에디잔
옮긴이 김희용
발행인 박근섭·박상준
펴낸곳 (주)민음사

출판등록 1966. 5. 19. 제16-490호
서울시 강남구 도산대로 1길 62(신사동)
강남출판문화센터 5층(06027)
대표전화 02-515-2000 | 팩시밀리 02-515-2007
홈페이지 www.minumsa.com

ISBN 978-89-374-4238-4 03840